FOLIO POLICIER

Luke McCallin

La maison pâle

Traduit de l'anglais
par Nicolas Zeimet

Gallimard

Titre original :
THE PALE HOUSE

Né en Angleterre, Luke McCallin grandit en Afrique avant de partir faire ses études aux quatre coins du monde. Il rejoint ensuite les Nations unies et, au cours des vingt années qu'il y passera, sera envoyé dans le Caucase, le Sahel et les Balkans. Il puise l'essence de ses romans dans ces expériences. La première enquête de Gregor Reinhard, *L'homme de Berlin*, a été finaliste du prestigieux prix du Roman historique CWA en Angleterre.

À ma femme, Barbara,
et à mes enfants, Liliane et Julien,
Avec tout mon amour

PROLOGUE

Vienne, novembre 1944

« Racontez-moi encore, fit l'officier de la Gestapo, celui qui était affalé derrière son bureau. La partie sur l'accident de voiture. Racontez-moi encore cette partie. »

Reinhardt avait la bouche sèche, le sang sur sa langue la rendait pâteuse et lourde. Ils ne lui avaient rien donné à boire depuis qu'ils l'avaient traîné ici. Il expira lourdement par les narines.

« Nous avons été attaqués au sud de Brod…

— Alors que vous alliez interroger le général Verhein.

— Non », répondit Reinhardt.

Quelque chose dans sa bouche le gênait, un vide, un mouvement inhabituels. Il porta son regard sur le sol. Les carreaux étaient chamarrés, différentes couleurs et différentes tailles. Il en trouva un sur lequel il fixa son attention, essayant d'ignorer le second agent qui faisait les cent pas. Celui qui rôdait et frappait à sa guise.

« Nous étions perdus. Nous nous sommes retrouvés sur le chemin du Sud par erreur.

— Donc, vous ne cherchiez pas Verhein?

— Non. »

Des doigts se glissèrent dans ses cheveux et on lui tira la tête en arrière. L'autre agent le jaugea du regard.

« Donc, vous cherchiez Verhein.

— Non.

— L'accident… ?

— Je vous l'ai dit, articula-t-il, le sang dans sa gorge manquant l'étouffer. Nous étions sur la route quand une fusillade a éclaté, tout à coup, et l'instant d'après la voiture partait dans le décor.

— Vous étiez seul ? »

Le second agent relâcha sa tête et l'envoya en avant. Reinhardt se pencha sur le côté et cracha pitoyablement.

« Mon chauffeur a été tué. »

Il cracha à nouveau et vit une dent rouler sur le carrelage. Les interrogateurs se mirent à rire.

« Une dent, Reinhardt ? Vous devriez en prendre soin. Enfin, il vous en reste encore un paquet là-dedans, hein ?! »

« Capitaine Reinhardt ? »

Reinhardt s'arracha aux souvenirs du passé et leva les yeux du verre encore plein posé entre ses avant-bras, à quelques centimètres d'un deuxième verre rempli à ras bord, de l'autre côté de la table. Une cigarette se consumait lentement entre ses doigts. Un rai de lumière crue traversa l'intérieur de la taverne et, repoussant l'ombre dans les coins, se déversa sur les autres clients du bar avant de se heurter à la fumée de cigarette qui vacilla et tournoya dans un courant d'air.

« Capitaine Reinhardt ! »

Son dos se tendit et il regarda lentement autour de lui, découvrant un sergent de la Feldgendarmerie sur le pas de la porte, à l'autre bout de la salle, son hausse-col brillant sur sa poitrine. Un deuxième Feldgendarme, un lieutenant, se tenait à ses côtés. Reinhardt sentit son estomac se nouer. Il se demanda s'ils avaient fini par le trouver, et si l'homme qui devait le rejoindre était à l'origine de leur venue.

« Capitaine Reinhardt. Identifiez-vous. »

Les yeux du Feldgendarme balayèrent méthodiquement la pièce, visage après visage, les sondant tour à tour de manière appuyée.

« Je suis le capitaine Reinhardt », dit-il en se mettant debout pour leur faire face.

Les deux Feldgendarmes se tournèrent vers lui comme un seul homme, et Reinhardt sentit la peur le tétaniser. Ce n'étaient pas des Feldgendarmes. Ils en avaient seulement l'air. Ils portaient des uniformes semblables à ceux des Feldgendarmes et des hausse-cols en métal autour du cou, mais leurs bras gauches, qui avaient été dissimulés à sa vue, arboraient des brassards rouges frappés de lettres noires. Chacun d'eux portait fièrement la Croix de fer sur le côté gauche de sa poitrine.

Des Feldjäger.

« Vous allez nous suivre, ordonna le sergent.

— Pourquoi ? Je n'ai rien fait de mal.

— Nous avons reçu l'ordre de vous conduire au quartier général du Feldjägerkorps. »

Le bar se fit encore plus silencieux, si c'était

possible. Reinhardt ne répondit rien et essaya de faire descendre la boule qui s'était soudain formée dans sa gorge. Koenig l'avait-il trahi ? Ou bien avait-il tenté de venir l'alerter ?

« Que me veut le Feldjägerkorps ?

— Posez la question à quelqu'un qui sait de quoi il retourne, répondit le lieutenant. En route, capitaine, vous venez avec nous. »

Seul un Feldjäger pouvait s'exprimer ainsi, un jeune officier donnant des ordres à un supérieur, mais si sa fierté en avait pris un coup, Reinhardt n'en laissa rien paraître. Il observa son verre, s'imagina le vider et grimacer tandis que la boisson lui brûlerait le gosier, puis écrasa sa cigarette et enfila son manteau en priant pour qu'aucun des Feldjäger ne s'interroge sur la présence de deux verres sur une table à laquelle un seul homme était assis. Il s'avança avec prudence dans le bar silencieux, au milieu d'un entrelacs de jambes et d'un amas de pardessus pendus aux dossiers des chaises, dont le tissu gris encombrait le sol carrelé. Les deux Feldjäger s'écartèrent de chaque côté de la porte pour le laisser passer, leurs visages vidés de toute expression alors qu'ils lui emboîtaient le pas dans la faible lueur de l'entrée. Ils le suivirent en haut d'une volée de marches où les attendait la rue sombre, figée dans un froid perçant et humide.

Le ventre de Reinhardt gargouilla. Il fit jouer sa langue dans sa bouche pâteuse et collante avant d'aller explorer le trou dans sa gencive. Il serra la mâchoire et inspira une grande goulée d'air frais qui lui glaça les dents, le réveillant et le ramenant pour de bon à la réalité. Le lieutenant passa devant lui et le sergent posa une main ferme dans son dos afin de l'escorter jusqu'à une voiture noire dont les contours se noyaient dans l'humidité ambiante. Le lieutenant ouvrit la portière arrière et suivit Reinhardt à l'intérieur, faisant tanguer le véhicule sur ses suspensions. Le sergent fit gronder le moteur et s'engagea sur la route.

Reinhardt regarda les rues plongées dans l'obscurité défiler derrière la vitre mouillée qui les faisait étinceler comme dans une cité engloutie. Il tournait et retournait ses pensées dans sa tête, cherchant à comprendre ce qu'ils lui voulaient, mais ne trouva aucune réponse. Ils étaient restés inactifs, lui et ce qu'ils appelaient la cellule de résistance, depuis le mois de juillet, quand le monde avait semblé s'arrêter de tourner après la tentative d'assassinat de Hitler. Ils avaient observé d'autres qu'eux tenter leur chance, ailleurs. Ils avaient patienté tandis que la machine à laquelle ils espéraient qu'un coup fatal avait été porté balbutiait et se remettait en branle. Puis ils avaient prié pour qu'un miracle arrive, jusqu'à ce que l'un d'eux disparaisse dans un bâtiment d'acier et de béton sans jamais en ressortir, puis un deuxième, et la cellule avait été dissoute après des adieux brefs et furtifs, quand il y en avait eu, leurs yeux aux paupières lourdes enfouis sous des sourcils froncés.

Des jours, des semaines, puis des mois sans nouvelles des autres, ou presque, et personne ne s'était manifesté jusqu'à ce soir. Son esprit ne cessait de tourner, et Reinhardt, soudain pris d'un désespoir grandissant, finit par se demander pourquoi ceux qui étaient venus le chercher étaient les Feldjäger, et pas la Gestapo ou les SS.

La voiture s'enfonça dans la nuit humide le long du large boulevard de Stubenring, en direction de ce que Reinhardt reconnut comme l'ancien immeuble du ministère de la Défense austro-hongrois, devenu l'un des principaux quartiers généraux allemands de la ville. Un immense drapeau orné d'un swastika[1] pendait comme une empreinte sanglante sur la façade de l'austère construction grise, tout en lignes verticales et en pierre sculptée sous un toit cuivré. Ils longèrent le grand édifice pour le contourner par l'arrière, slalomant entre les barricades et évitant des décombres tombés au sol à la suite d'un bombardement récent.

Quand le lieutenant le fit descendre de voiture, Reinhardt frissonna dans le froid. Il suivit l'homme à l'intérieur et passa devant deux sentinelles occupées à réchauffer leurs mains autour d'un brasero en métal. Il semblait faire plus froid encore dans l'enceinte du bâtiment. Il se laissa guider par le Feldjäger à travers un dédale de couloirs, d'escaliers et de paliers, avant d'arriver devant une porte à laquelle le lieutenant frappa. Il l'ouvrit et fit entrer Reinhardt dans une antichambre.

Un caporal à la tunique bardée de décorations le délesta de son manteau et alla frapper à une deuxième porte. Une réponse étouffée se fit entendre. Reinhardt pénétra dans une longue pièce au bout de laquelle se dressait un bureau encadré de lourds rideaux. Une lampe projetait une lueur verte sur le visage de l'officier qui était assis là, creusant durement ses traits dans un jeu d'ombres et de lumière. Le reste de la pièce était plongé dans le noir, et il fallut

1. Croix gammée nazie (*NdT*).

un moment à Reinhardt pour remarquer la présence d'un troisième homme installé au fond d'un fauteuil, dans un recoin sombre.

« Capitaine Reinhardt », commença l'officier assis derrière le bureau, alors que le caporal refermait la porte dans un frottement de bois.

Il indiqua un emplacement devant le bureau, où Reinhardt vint se poster. C'était un commandant qui, comme tous les Feldjäger qu'il avait rencontrés, portait une rangée de décorations, à commencer par la Croix de chevalier autour de son cou.

« Capitaine Gregor Sebastian Reinhardt, lut le commandant, les yeux posés sur un dossier sur son bureau. Né en 1898 dans le quartier de Köpenick, à Berlin. Père, maître de conférences en philosophie. Mère, femme au foyer. Enfant unique. Aspirant officier de 1914 à 1916. Service actif sur le Front de l'Est. Transfert sur le Front de l'Ouest et incorporation dans les troupes d'assaut en 1917. A servi avec distinction lors de l'Opération Michael. A reçu la Croix de fer à Amiens en 1918. Croix de première et deuxième classes le même jour. »

Le commandant s'interrompit, leva les yeux sur Reinhardt, et plus précisément sur sa Croix de fer. Reinhardt éprouvait un malaise profond à être ainsi scruté du regard, sans compter celui de l'autre homme, qu'il ne distinguait pas vraiment. Sa peau voilée de sueur se hérissa, et il s'efforça de contrôler son souffle sans prêter attention au léger tremblement qui l'accompagnait à chaque respiration.

« Grièvement blessé, poursuivit le commandant, qui parlait de Reinhardt à la troisième personne, et démobilisé avec les honneurs avec une invalidité de

30 % en décembre 1918. Rejoint les forces de police de Berlin en tant qu'inspecteur en 1920 avant d'être promu inspecteur en chef. Affecté à Interpol ici, à Vienne, en 1938. Démissionne de la Kripo[1] en 1938, rejoint l'Abwehr. Nommé au poste d'officier du renseignement lors de l'invasion de la Norvège. Reçoit la plaque de bras Narvik. Prend part à l'invasion de la France en 1940. À l'invasion de la Yougoslavie en 1941. Affecté à l'Afrika Korps au sein du service du renseignement. Réformé de l'Afrika Korps en 1942. Affecté au bureau de l'Abwehr, à Sarajevo, au contre-espionnage des partisans. »

Le commandant fit une nouvelle pause, fronça les sourcils, tourna une page, puis la laissa retomber.

« C'est à ce moment-là qu'une carrière plutôt brillante déraille. S'attire les foudres de la Gestapo au sujet de son rôle dans une enquête pour meurtre. Un général était impliqué, il est mort par la suite au combat. » Le commandant leva la tête. « Pas mal de gens vous en ont voulu à cause de cette histoire, je me trompe ? »

Reinhardt n'était pas sûr qu'il s'agisse d'une question et garda le silence, fixant son attention sur un point par-dessus l'épaule du commandant tout en glissant la langue dans ce trou dans sa gencive.

« De nouveau blessé au combat, interrogé – de manière intensive – par la Gestapo. Lavé de tout soupçon. Évidemment. Mais personne ne sait trop bien quoi faire de vous. Réaffecté en août 1943 de l'Abwehr à la 1re Panzerdivision en Grèce, en tant

1. Kriminalpolizei, service de la police criminelle sous le IIIe Reich (*NdT*).

qu'officier de liaison du renseignement, puis à la 12e armée à Belgrade. Plutôt barbant. J'imagine que c'était le but, non ? Mais la situation a évolué, n'est-ce pas ? »

Les yeux du commandant le transpercèrent, et sa peau se hérissa à nouveau.

« Évacué de Belgrade à Vienne en octobre 1944 suite à l'offensive soviétique. Cité dans des dépêches pour sa très grande bravoure lors de son action dans la retraite de Belgrade. Reçoit l'agrafe de la Liste d'honneur en novembre de cette année. »

Il y eut un craquement de cuir lorsque le troisième homme se leva et s'avança dans la lumière. C'était un colonel aux cheveux noirs coupés ras et piqués de gris, avec une tête ronde en équilibre sur de larges épaules. Il se pencha sur le bureau et prit la feuille des mains du commandant avec une certaine délicatesse, avant de la retourner. Il lut un instant puis regarda Reinhardt.

« Cette enquête sur le général Verhein. À Sarajevo. Racontez-moi.

— Que souhaitez-vous savoir exactement, monsieur ? » s'enquit Reinhardt, surpris par l'aplomb de sa voix.

Le colonel pinça les lèvres, se redressa.

« Je suppose qu'on vous avait ordonné de mettre fin à cette enquête dès lors que vous auriez un général dans le viseur. Mais vous avez désobéi. Que s'est-il passé ?

— J'ai mené mon enquête à son terme.

— C'est-à-dire ?

— J'ai préféré aller où les preuves me menaient plutôt que là où d'autres intérêts le suggéraient.

— Parlez-moi de la retraite de Belgrade. »

Comme Reinhardt ne répondait rien, le colonel prit un air presque compatissant.

« Pour quelle raison avez-vous été cité dans ces dépêches ?

— J'ai couvert la retraite de l'hôpital de campagne principal. J'avais reçu des informations tardives selon lesquelles une partie de l'avancée soviétique allait menacer l'évacuation de l'hôpital. Les communications étant hors service, je suis allé les prévenir.

— Et vous avez rassemblé une bande de pauvres bougres, parmi lesquels des blessés en état de marcher et des éclopés, pour repousser les Russes le temps que les renforts arrivent. Impressionnant. C'était la première fois que vous combattiez les Russes ?

— Depuis 1917, oui. »

Le colonel renifla, un sourire flotta sur les lèvres du commandant.

« Et ?

— Et je ne serais pas du tout mécontent de ne plus avoir à me frotter à eux avant vingt-sept autres années. »

Le colonel observa tour à tour Reinhardt et le commandant. Quelque chose d'imperceptible sembla passer entre eux, puis le colonel retourna se terrer dans l'ombre. Le commandant ferma le dossier de Reinhardt et froissa un morceau de papier entre ses doigts.

« Capitaine Reinhardt, effectif immédiatement, vous êtes transféré au Feldjägerkorps. »

Un silence pesant se referma sur les mots du

commandant. Reinhardt resta muet, incapable de croire ce qu'il venait d'entendre.

« Connaissez-vous le Feldjägerkorps, capitaine ?

— Oui, commandant, déglutit Reinhardt. En partie.

— Éclairez-moi.

— Police militaire.

— Continuez.

— Mais avec une différence.

— Exact, confirma le commandant. Le Feldjägerkorps n'accepte que les anciens combattants décorés. Officiers et sous-officiers, pas de simples soldats. Nous rendons compte directement au haut commandement des forces armées. En tant que tel, même un caporal a une autorité supérieure, s'il décide de l'exercer, à celle d'un officier. Nous menons des missions indépendantes et disposons des pleins pouvoirs pour maintenir la discipline dans les bases arrières de l'armée.

— Les pleins pouvoirs, répéta Reinhardt, qui sentit quelque chose s'éveiller en lui, cette partie de lui qui ne pouvait s'empêcher de réagir, d'asticoter, de provoquer dans ce genre de situations. Cours martiales expéditives et exécutions sommaires.

— Cela peut arriver, répliqua le commandant. Ça ne se limite pas à cela, toutefois.

— Il s'agit de redevenir agent de police, fit la voix calme du colonel, dans l'ombre. C'était votre fonction avant, non ? Celle que vous pensez toujours occuper.

— Mais un agent de police *militaire* ?

— Dois-je vous rappeler que nous sommes tous

deux agents de police militaire, capitaine ? demanda le colonel.

— Non, monsieur, je m'excuse, dit Reinhardt, se faisant violence pour garder son sang-froid. Ce n'est pas ce que je voulais dire. Ce que je voulais dire... » Sa voix s'estompa, il chercha quelque chose du regard, n'importe quoi, sur les murs blancs et les longs et sombres replis des rideaux. « Ce que je voulais dire, c'est qu'en me réveillant ce matin, j'étais encore un agent divisionnaire du renseignement.

— Imaginez notre surprise, à nous aussi, fit le commandant d'un ton sec.

— Monsieur, puis-je vous demander qui m'a recommandé pour ce poste ?

— En fait, répondit le colonel en se levant pour revenir dans la lumière, votre commandant s'est montré assez persuasif.

— Monsieur, ai-je mon mot à dire ?

— Non. »

Pour la première fois, la voix et le visage du colonel se durcirent, dressant entre eux un mur qui signifiait à Reinhardt qu'aucune discussion n'était envisageable.

« Très bien, dit-il en se redressant. Je vous remercie de cet honneur, monsieur. »

Un fantôme de sourire erra à nouveau sur les lèvres du commandant.

« N'en faites pas trop, Reinhardt, murmura-t-il.

— Où serons-nous postés ?

— Nous sommes détachés du Commandement III des Feldjäger, ici, à Vienne. Nous partons pour le Sud. Très bientôt. Le front là-bas est une vraie pagaille. »

Le commandant fit le tour du bureau et donna un papier à Reinhardt.

« Votre ordre de transfert. Rendez-vous ici demain à midi, muni de votre livret de solde. Nous le ferons mettre à jour dans les plus brefs délais. Et mettez ceci », ajouta-t-il en tendant à Reinhardt un morceau de tissu rouge plié qui contenait quelque chose de lourd.

Il s'agissait d'un brassard dans lequel était enveloppé un hausse-col en forme de croissant de lune. Reinhardt se figea, puis passa le brassard autour de son poignet pour le remonter jusqu'en haut de sa manche. Attaché là, rouge sur gris avec ses lettres noires, il indiquait l'unité à laquelle il appartenait et l'autorité dont elle dépendait – *Feldjägerkorps, haut commandement des forces armées.* Ça tirait, ça serrait, un peu comme une menotte, et cela remua brusquement quelque chose au fond de lui, sans qu'il sache ce que c'était ni être en mesure de se le demander pour le moment.

« Bienvenue, capitaine, dit le colonel en lui tendant la main. Je suis le colonel Scheller. Et voici le commandant Hassler. »

Reinhardt leur serra la main à tour de rôle avant d'être raccompagné à la porte par le commandant Hassler. Il stoppa sur le seuil à la vue du caporal qui attendait dans l'antichambre, son manteau passé par-dessus son avant-bras.

« Monsieur, dit-il à Scheller, si je puis me permettre. Je suis certain que vous ne réservez pas un tel accueil à toutes vos recrues. Alors pourquoi à moi ? »

Scheller opina du chef.

« Vous n'êtes pas tout à fait le type d'officier que

nous recrutons habituellement, expliqua-t-il en s'avançant lentement, mains dans les poches. C'est pourquoi nous souhaitions vous rencontrer. Mais vos états de service sont bons, et votre expérience singulière dans les Balkans, ainsi que votre passé dans la police, seront des atouts pour nous. Voyez les choses sous cet angle : nous allons aussi là où l'on a besoin de nous, pas là où nous aimerions forcément aller. » Il s'interrompit et pinça la bouche, sa lèvre supérieure recouvrant celle du bas, ses yeux rivés à ceux de Reinhardt. « Comme je l'ai dit, vous nous avez été chaudement recommandé. »

Un nouveau chauffeur attendait Reinhardt au rez-de-chaussée, près d'une Kübelwagen au toit de toile, un caporal au visage fermé qui n'en grogna pas moins un bref salut et qui par bonheur garda le silence tout au long du trajet qui le déposa à la caserne, située tout près du canal du Danube, à l'autre bout de la ville.

Reinhardt resta tapi dans l'ombre tandis que la voiture s'éloignait, observant la façade blanche du bâtiment, puis il tourna les talons pour prendre la direction des berges. Il alluma une cigarette, les yeux plissés pour ne pas être aveuglé par la flamme de son allumette, et jeta un regard en contrebas, vers le fleuve au débit lourd et paresseux. Il battit des paupières pour en chasser les gouttelettes que la bruine qui commençait à tomber y avait déposées, et essaya de trouver un sens à tout ça. Appuyé à une balustrade en pierre, ses doigts allant et venant sur le métal froid du hausse-col, il se mit à frissonner alors que la pression retombait peu à peu. Pas d'arrestation, pas d'accusations. Un simple transfert. De ses doigts tremblants, il porta la cigarette à ses lèvres puis leva le visage vers le ciel nocturne, prenant conscience que le froid qui l'étreignait était dû au vent qui rafraîchissait ses larmes.

« Reinhardt ? »

Il entendit des pas et se retourna. Une silhouette se détacha de l'ombre juste à côté de lui.

« Koenig ?

— C'est moi, répondit Koenig, vêtu de son uniforme de capitaine d'infanterie.

— Tu ne devrais pas être ici, dit Reinhardt.

— Je sais. Les autres... » Il s'interrompit, baissa la voix. « Je les ai vus t'escorter à l'extérieur du bar. Nous... nous étions inquiets. Ils m'ont demandé de te surveiller. Que s'est-il passé ?

— Un transfert, voilà ce qui s'est passé. »

Reinhardt lui fit passer le papier et gratta une allumette, dans la lueur de laquelle il vit la surprise se peindre momentanément sur les traits de Koenig.

« Le *Feldjägerkorps* ? souffla ce dernier d'une voix rauque. Bon sang, Reinhardt... »

Y avait-il une pointe de jalousie dans sa voix ?

« Si ça te tente, je te laisse ma place.

— Dis pas de bêtises, siffla Koenig. Le Feldjägerkorps est une unité très puissante. Ils ont des pouvoirs et des droits. Chez eux, personne ne te soupçonnera. Tu auras une position privilégiée. Tu es toujours des nôtres, pas vrai ?

— Bien sûr.

— Quand tu t'es réveillé ce matin et que tu étais encore un agent du renseignement, tu étais aussi des nôtres ?

— Oui.

— Un membre de la résistance.

— Oui, je t'ai dit.

— Alors tâche de ne pas l'oublier.

— Ça, je ne suis pas près de l'oublier, lâcha Reinhardt, encore secoué par la nouvelle. Tu sais, quand je vois le peu qu'on a accompli…

— Ah, Reinhardt, soupira Koenig. Toujours à courir après ce cheval blanc ?

— Non, laissa tomber Reinhardt. Ce cheval s'est sauvé il y a longtemps.

— Alors peut-être le retrouveras-tu au sein du Feldjägerkorps ? Vois ce que tu peux faire quand tu y seras. Et si jamais l'un d'entre nous – ou un camarade qui partagerait nos idées – a besoin de toi, tu seras en mesure de l'aider.

— Tu crois vraiment ?

— Ah, bon Dieu, Reinhardt ! s'exclama Koenig en retirant sa casquette pour passer ses mains sans ses cheveux fins et huilés. Qu'est-ce que j'en sais ? Qu'est-ce que nous en savons, tous autant que nous sommes ? Je ne suis qu'un simple administrateur occupé à éplucher de la paperasse toute la journée. Comment ils t'ont mis la main dessus, au fait ?

— Ils m'ont dit que c'était le général qui m'avait recommandé. »

Koenig renifla dans la nuit.

« Il est rusé, ce vieux salopard.

— J'imagine qu'il s'est dit… »

Reinhardt n'alla pas plus loin. Il ignorait ce que le général s'était dit.

« J'imagine qu'il s'est dit qu'il te faisait une faveur, termina Koenig. Et c'est peut-être le cas. Il t'envoie loin d'ici. Il en envoie un de plus loin de lui.

— Donc, voilà. C'est fini. »

Koenig hocha la tête.

« C'est fini, pour l'instant. Ici. On n'a plus rien à faire ici, Reinhardt. Non pas qu'on ait fait grand-chose. Je suppose que tu as raison sur ce point.

— *Attention!* »

Une lampe électrique oscilla dans le noir, emprisonnant dans son faisceau les gouttelettes du crachin en suspension dans l'air.

« Vous deux, là-bas ! Qu'est-ce que vous faites ? »

Reinhardt sursauta, lançant un regard autour de lui. Une patrouille de la Feldgendarmerie venait de se poster à quelques pas de là.

« Nous discutons, merci. »

Le lieutenant des Feldgendarmes qui commandait la patrouille s'agaça de la note de défi qu'il avait perçue dans la voix de Reinhardt.

« Qu'est-ce que vous faites ici, j'ai demandé ?

— Nous discutons, rien de plus, lieutenant.

— Vous discutez de quoi ? Monsieur ? » insista le Feldgendarme, si près maintenant qu'il pouvait voir le rang de Reinhardt.

Reinhardt lui retourna son regard, les yeux plissés dans la lumière aveuglante de la torche électrique, observant ses yeux étrécis, imaginant le préjudice que cet homme pouvait lui causer, et il se vit, planté là face une personne telle que ce Feldgendarme, et l'espace d'une seconde, il entraperçut le champ des possibilités que lui conférait son statut de Feldjäger. Les possibilités auxquelles Koenig avait fait allusion. Il déglutit, l'esprit tourné vers cette pensée soudaine, et leur tendit son ordre de transfert, veillant à le leur faire passer de la main gauche.

« De ça. »

Le faisceau lumineux se braqua sur le papier, et sa réverbération inonda le visage du Feldgendarme d'un soulagement macabre. La lumière vacilla, chercha le poignet de Reinhardt, revint au papier. Il le rendit à Reinhardt, se redressa et fit le salut militaire.

« Désolé de vous avoir dérangé, monsieur. Et... bonne chance. »

Ils regardèrent la patrouille s'éloigner, puis Koenig tendit la main.

« Tu as raison. Je ne dois pas rester ici. Qui sait comment ça aurait pu tourner ?

— Oui. Pour ce que tu as dit, tu n'avais pas tort, je suppose, fit Reinhardt en renvoyant un sourire faiblard à l'obscurité avant de serrer la main de Koenig. Ç'a été un honneur.

— Excuses acceptées, Reinhardt, répondit Koenig, un sourire dans la voix, sa main dans la sienne. Rends-nous fiers. Et n'oublie pas, on ne se résume pas à ça. »

D'un pas lent, Reinhardt se dirigea vers les quais du canal et repensa à Sarajevo, à la longue promenade sur les bords de la rivière, aux ponts ottomans qui enjambaient les flots écumeux de la Miljacka. Il se sentit perdre le contrôle, les larmes lui brûlaient les joues, sans qu'il sût dire si c'était à la fureur ou à son sentiment d'impuissance qu'il les devait. Sa main vola à sa poitrine, à la Croix de fer qui y était épinglée. Il la serra jusqu'à en avoir mal aux doigts, son cerveau en ébullition tiraillé entre le froid mordant de l'hiver viennois et l'humidité pénétrante de la campagne française où il l'avait gagnée, et tandis que ses arêtes s'enfonçaient dans sa peau, il envisagea, pour la première fois, de s'en débarrasser.

« Je ne me résume pas à ça », murmura-t-il, faisant écho aux dernières paroles de Koenig, la devise de leur groupe.

À chaque fois qu'il se la répétait, il l'espérait ridicule, creuse, mais à chaque fois il ressentait la vérité de ces mots, et alors il réalisait à quel point il était en colère. Contre lui. Contre tous les autres. Debout dans la nuit, avec pour seule compagnie le grondement de l'eau, il était impuissant à exprimer la raison de sa colère, et se sentait plus seul qu'il ne l'avait été depuis bien longtemps.

Dépêche-toi et attends, pensa-t-il, se plongeant un peu plus profondément dans ses réflexions. Il l'avait fait souvent, ces derniers temps. Ils l'avaient tous fait. Ils avaient eu beau vouloir passer à l'action, lui et les autres – tous des hommes de valeur qui pensaient pouvoir accomplir quelque chose de digne au sein de ce qu'on pouvait appeler la « résistance » –, et il avait eu beau essayer de se convaincre du contraire, il n'avait rien accompli. Aucun d'entre eux ne l'avait fait, et cette nuit où il avait senti une vérité nouvelle s'imposer à lui sur une montagne bosniaque lui semblait très loin, vérité qui avait rempli ce vide qu'il savait être en lui, et qui l'avait confronté à d'autres parties de lui dont il ignorait tout, mais qui s'étaient vidées elles aussi.

La rapidité avec laquelle le champ des possibles s'était réduit face à l'engourdissement du monde, cependant, et la façon dont il n'était rien sorti des rêves qu'il partageait avec des hommes de même sensibilité – à l'exception de discussions furtives, de projets d'action et de l'impression désagréable qu'ils étaient espionnés –, tout cela l'avait miné. Quel était l'intérêt d'une résistance qui ne se faisait jamais connaître ? se demanda-t-il une fois de plus. Plutôt mineur. En dépit de toutes leurs conversations sur la dissidence, l'opposition, la résistance, Reinhardt était on ne peut plus conscient du fait qu'il avait échoué à franchir un pas qu'il aurait pu – et peut-être qu'il aurait dû – franchir. Et alors qu'il avait imaginé, à l'époque, que la vie s'accrocherait parfois aux bords effilés de sa personnalité, il se sentait à présent usé, diminué, comme une bougie qui se serait presque entièrement consumée.

Il contempla le canal qui s'écoulait devant lui pendant de longues minutes puis, levant les yeux sur la pluie scintillante qui se déversait du ciel d'un noir profond, se demanda comment ils avaient pu en arriver là.

PREMIÈRE PARTIE

DU SANG SUR UN ARBRE MOURANT

1

Sarajevo, fin mars 1945

Guidés par une rumeur colportée par une bande de déserteurs, les Feldjäger arrivèrent sur les lieux du massacre vers la fin de l'après-midi. La vallée, battue par un vent humide et glacial annonciateur de pluie, était écrasée sous une lourde chape de nuages gris. Le petit convoi de véhicules descendit une piste bourbeuse en cahotant, traversa une ceinture d'arbres dans une puanteur capiteuse, et déboucha sur une grande clairière. Forgé par l'hiver, le sol défoncé était aussi dur que de l'acier sous leurs roues, jonché de pierres et de cailloux qui firent dévier les voitures de leur trajectoire, jusqu'à ce qu'elles s'arrêtent en dérapant.

À bord du véhicule de tête, Reinhardt leva une main, et les moteurs se coupèrent en pétaradant, laissant le silence de la forêt les envelopper. Il se leva lentement, noua son écharpe autour de son cou et posa les mains sur le pare-brise de la Kübelwagen. C'était une vaste clairière, plus vaste qu'un terrain de sport, au sol piétiné et parsemé d'herbe détrempée.

L'un de ses versants, en contrebas, avait été considérablement déboisé, et la forêt se retirait derrière une étendue de souches et de boue mêlée de branches brisées et de feuilles éparses. Le décor ressemblait à s'y méprendre au souvenir que Reinhardt avait gardé du no man's land de la guerre des tranchées. Trois huttes, guère plus que des cabanes, se dressaient juste à côté de la forêt, portes défoncées et lambeaux de tissu pendant à leurs fenêtres. Des formes s'alignaient dans l'herbe, des corps entassés les uns à côté des autres. Un écran de fumée brouillait les lignes effilées des arbres, s'élevant d'un foyer caché par les huttes.

Une Kübelwagen était stationnée près des cabanes, où s'étaient rassemblés quatre Feldjäger. Voyant Reinhardt descendre de voiture, l'un d'eux s'approcha. Il n'y eut pas de salut militaire. Ce n'était pas tant en raison de la fraternité qui unissait les Feldjäger que du risque de se voir aussitôt pris pour cible si quelqu'un les surveillait, quelque part.

« Qu'est-ce qu'on a, Frenchie ? demanda Reinhardt.

— C'est pas beau à voir », répondit le lieutenant Benfeld.

Franco-allemand d'Alsace, c'était un jeune homme costaud, plus grand que Reinhardt, aux cheveux coupés court sur sa tête carrée et aux joues rosies par le froid.

« Vous pensez que c'est eux ?

— Je vous montre ? »

Reinhardt se tourna pour donner un ordre à son sergent, puis opina tandis que Benfeld accrochait la sangle de son fusil d'assaut StG 44 sur son épaule.

Un moteur ronfla et Reinhardt regarda derrière lui pour voir la Horch sortir de la file et la longer lourdement. Plié derrière la mitrailleuse montée à l'arrière, le sergent Priller se mit à quadriller le périmètre de la clairière.

Reinhardt emboîta le pas à Benfeld, qui lui fit faire le tour des huttes jusqu'à un vague carré de terre recouvert de cendres parsemées de restes déformés et noircis, uniques vestiges des murs d'une petite construction. La fumée s'enroulait autour des arbres comme une eau vive, et la chaleur faisait onduler l'air, noyant la forêt dans ses vagues. Trois corps gisaient au milieu de la hutte, entourés de débris. Leur peau était calcinée, leurs nuques brisées et leurs crânes tordus, leurs bouches ouvertes en des rictus muets. Une odeur de chair et de vêtements brûlés saturait l'air.

S'agenouillant auprès du premier cadavre, Reinhardt inséra délicatement son doigt dans un trou au milieu de son front. Il retourna le corps pour examiner l'arrière du crâne et repéra un trou plus petit à l'endroit où un pistolet avait été collé sur la tête de l'homme. Un trou identique perçait la boîte crânienne du deuxième, et quand il porta son regard sur Benfeld, ce dernier hocha la tête, faisant tourner son doigt autour du front du troisième.

Reinhardt posa une main sur l'épaule du cadavre et appuya dessus, réprimant une vague de nausée. La peau était dure au toucher, craquante et fendillée comme de la terre cuite, sans la moindre élasticité. Il n'en tira rien, si ce n'est une petite trace de cendre sur la pulpe de ses doigts.

« Légèrement trop cuit, pas vrai, monsieur ? »

Reinhardt ignora l'humour macabre de Benfeld, enfonça les doigts dans un monticule de cendres et étudia les empreintes qu'ils y laissèrent, estimant que la hutte n'avait pas brûlé depuis plus de quelques heures. Il posa les yeux un peu partout autour de lui, à la recherche d'un objet, sans savoir lequel, avant de le trouver. Déformé, entortillé, carbonisé, un tas tout enroulé de… quelque chose. Ni du bois, ni de la pierre, ni du métal. Ni de la chair. Il y regarda de plus près, levant ce qu'il venait de trouver entre son pouce et son index.

C'était un vêtement, un lambeau de manche. Il fronça les sourcils, plissa les yeux, frotta le tissu de ses doigts. Il passa la main dans les cendres et trouva un objet dur et raide qu'il tira à lui sans savoir ce que c'était, seulement que ça craquait au toucher. Avec précaution, il essaya de le débarrasser de ses cendres et de ses salissures. C'était une sorte de tissu rigide qui avait été carbonisé.

Son regard passa sur les cadavres, puis se posa sur Benfeld.

« Qu'avez-vous trouvé d'autre qui justifie votre signalement ? »

Benfeld eut un petit sourire.

« Ceci, monsieur », répondit-il, montrant un objet déformé et noirci.

Il avait à peu près la taille de sa main et ses deux extrémités étaient recourbées.

« Si vous voulez mon avis, fit Benfeld, je dirais qu'il s'agissait d'un morceau de tunique de soldat allemand. Là. Vous voyez ? Ce motif saillant. On dirait une épaulette.

— Je crois que vous avez raison, dit Reinhardt avec calme.

— Et ceci », ajouta Benfeld, tendant la main.

Une poignée de boutons brûlés par le feu reposait dans sa paume. Reinhardt en saisit un du bout des doigts, frotta son pouce dessus. C'était un bouton en métal à la surface polie. Il en piocha un autre.

« Ces deux-là sont étranges, monsieur », fit savoir Benfeld en en désignant d'autres.

Reinhardt les prit pour les observer de plus près, chassant la cendre noire qui les recouvrait.

« Sur celui-là, il y a des chiffres romains. Et sur celui-là, des chiffres standards. » Il les fit sauter dans le creux de sa main, les yeux posés sur le lieutenant. « Intéressant.

— C'est ce que je me suis dit moi aussi, monsieur. Les chiffres désignent des compagnies d'infanterie. Les chiffres romains…

— … correspondent à des bataillons d'artillerie, termina Reinhardt.

— Plus d'une unité, monsieur. Des déserteurs. Très certainement.

— Probablement. » Il pivota sur lui-même et regarda les autres corps. « Et eux, alors ?

— Peut-être que ça ne nous regarde pas, monsieur ?

— On ne le saura que lorsque l'on aura vérifié, vous ne pensez pas ? » répondit Reinhardt.

Benfeld le rendait toujours nerveux, à cause des deux facettes de sa personnalité. L'une joyeuse et insouciante, l'autre froide et concentrée. C'est cette dernière qui lui avait valu une Croix d'argent à

Sébastopol, ainsi que la Croix de chevalier à Koursk, et c'est cette facette qui ressortait à cet instant.

Reinhardt se détourna de lui et s'avança vers les corps, soulagé de laisser le regard de Benfeld derrière lui, soulagé, aussi, de sentir le froid atténuer quelque peu l'odeur du sang et des restes brûlés. Il se planta là et observa, les lèvres pincées. Il y avait peut-être une douzaine de corps étendus faces vers le haut, criblés d'impacts de balles en travers de la poitrine. Ils ne présentaient à première vue aucun signe distinctif, en dehors du fait qu'ils étaient vêtus de haillons et ressemblaient à des réfugiés. Leur peau était incrustée de crasse et gercée par le froid, et leurs visages creusés par la faim. Certains étaient âgés, d'autres plus jeunes. On trouvait quelques hommes, des femmes en nombre plus important, et il y avait une fille, à peine une adolescente, recroquevillée sur le corps d'un homme plus vieux qu'elle, peut-être son père, qui avait sans doute voulu la protéger dans leurs derniers instants. Reinhardt s'attarda sur elle quelques secondes, espérant que sa fin avait été rapide et que ses meurtriers n'avaient pas fait durer les choses.

Il laissa échapper un long soupir qu'il n'avait pas eu conscience de retenir, et se mit à genoux près du corps le plus proche. Il porta un doigt sur le sang qui avait giclé et qui s'écoulait des blessures dans la poitrine. Il était épais, mais toujours liquide. Reinhardt positionna le dos de sa main sur le cou, puis se tortilla pour la glisser sous les vêtements du cadavre et tâter son torse. Il souleva l'un des bras, le remua, le plia à hauteur du coude, fit de même avec les deux suivants, avant de se déplacer jusqu'au suivant et de répéter les mêmes gestes. Il tourna l'un des corps sur le côté, puis un autre, à la recherche de signes de lividité cadavérique, d'une indication qui pourrait l'aider à estimer l'heure de la mort.

Ses yeux balayèrent lentement la scène du massacre. Il considéra les corps, essayant d'en savoir plus sur eux, mais il n'était même pas en mesure de présumer leur confession au vu de leurs vêtements – catholiques, orthodoxes ou musulmans –, ce qui aurait pu lui fournir une indication, même infime, sur l'identité des coupables. Son regard passa de corps en corps comme s'il cherchait à leur témoigner une ultime marque de respect, un devoir de mémoire, quelque chose de plus que le regard aveugle du ciel gris ardoise au-dessus d'eux. Les corps et les visages se succédèrent jusqu'à celui d'un vieil homme portant un bouc, sur lequel ses yeux glissèrent avant d'y revenir. Reinhardt le fixa un moment, fit quelques pas en arrière, scrutant la rangée de part en part, s'imaginant comment et où ils étaient tombés. Il recula encore, observa l'herbe à droite et à gauche, et finit par s'arrêter sur un emplacement, non loin des corps, qui semblait avoir été plus piétiné que les autres. Il se déplaça latéralement et s'accroupit pour glisser les mains dans les herbes. Ses doigts, finalement, se refermèrent sur un objet froid de forme cylindrique.

Un froissement de pas se fit entendre et Reinhardt leva la tête pour voir Benfeld se camper à côté de lui.

« Peut-être que ça ne nous regarde pas ? » demanda-t-il une nouvelle fois.

Reinhardt se glaça. Benfeld était un homme dur, déterminé, un bon soldat mais nouveau dans les

Balkans, et il ne pouvait voir ce que Reinhardt voyait, pas plus qu'il ne pouvait comprendre les souvenirs qui avaient soudain jailli dans sa mémoire.

« Monsieur ? demanda Benfeld. Vous ne voulez pas me dire ce qui se passe ?

— J'essaie de… Je m'interroge sur ce qui est arrivé ici, lieutenant.

— Pourquoi ?

— Curiosité professionnelle.

— Professionnelle… » Benfeld s'interrompit et serra les lèvres en quadrillant la clairière du regard. « Vous voyez une autre interprétation à tout ceci qu'un groupe de civils qui se serait trouvé au mauvais endroit au mauvais moment ?

— Cela peut paraître tristement banal à vos yeux, lieutenant. Comme aux yeux de tout le monde. Mais fondamentalement, ceci est scène de crime, déclara Reinhardt. En tant que telle, elle a des choses à nous raconter. »

Benfeld ne dit rien, bien que la question se lût en grand dans ses yeux.

« Auparavant, j'étais inspecteur, Frenchie. Kriminalpolizei de Berlin, continua Reinhardt, décelant un changement dans le regard du lieutenant. C'était il y a longtemps, mais certaines choses ne changent jamais.

— Comme ?

— Ils ne sont pas morts depuis longtemps, pour commencer, répondit Reinhardt en fouillant dans ses poches à la recherche de ses cigarettes. Quelques heures, pas plus. Et l'homme au bouc est intéressant.

— Le quoi ? » Benfeld considéra les cadavres tour à tour. « Qu'est-ce qu'il a de spécial ?

— Regardez-le, dit Reinhardt avant d'allumer une cigarette et de jeter l'allumette.

— Un vieillard.

— Il n'a presque pas de poils sur les joues, et son bouc est épais et blanc. Il est entretenu. Cet homme s'est rasé récemment. Il prenait soin de son apparence. Pouvez-vous imaginer un homme vivant ici qui s'attacherait à garder un bouc aussi net ? Et puis jetez un œil à ses habits. Très différents des autres. Usés mais pas déchirés. Sales mais pas crasseux. Coupe et qualité supérieures à celle des autres. »

Des vêtements de ville, réalisa-t-il en s'emplissant les poumons de fumée, pas les tas de chiffon et de laine que les autres portaient. Reinhardt plissa le front et se baissa au-dessus du cadavre pour l'examiner de plus près.

« Il a une montre au poignet. Que personne ne lui a volée, soit dit en passant. Et ses mains… continua-t-il en les retournant. Douces. Ce n'est pas un réfugié. Ou si c'en est un, ça ne fait pas longtemps. Quoi qu'il en soit, ce n'est pas un paysan, de toute évidence. Il vient de la ville. »

Reinhardt se releva et pointa des deux bras une ligne approximative qui courait le long des pieds des réfugiés tués.

« Vous voyez comme ils sont positionnés ? Un peloton d'exécution, expliqua-t-il. Des douilles, ici. Ici. Ici. Et ce ne sont que celles que j'ai repérées. » Il ouvrit la main, dévoilant ce qu'il avait trouvé. « Neuf fois dix-neuf millimètres. Parabellums.

— N'importe qui pourrait avoir tiré ces balles, fit valoir Benfeld, portant ses mains à la sangle de son fusil d'assaut.

— Je ne prétends pas le contraire, lieutenant, dit Reinhardt dans un léger sourire. Mais il y a de fortes chances que ces gens aient été tués par des balles de MP 40. Plusieurs, je dirais. Je me demande, pourtant… »

Il alla s'agenouiller près de l'un des trois corps brûlés et, coinçant sa cigarette dans un coin de sa bouche, plaça la douille contre le trou à l'arrière de sa tête pour voir si la taille correspondait.

« Trop grosse », marmonna-t-il, plissant les yeux pour les protéger de la fumée.

Il tira son pistolet de son étui, éjecta le chargeur et en retira une balle, puis il répéta l'opération précédente, faisant tourner la cartouche dans le trou tout en refoulant un sentiment de dégoût. La balle correspondait beaucoup mieux. Il procéda à une vérification sur les deux autres cadavres.

« Coups de pistolet, plus vraisemblablement, conclut-il avec un regard vers Benfeld.

— Qu'est-ce qui s'est passé, d'après vous, monsieur ?

— Une supposition ? Nous sommes face à deux séries de meurtres distinctes. Peut-être même trois », répondit Reinhardt en réassemblant son arme.

Une dernière bouffée de cigarette et il envoya voler le mégot.

« Des *meurtres*, monsieur ?

— Oui, Benfeld. Des meurtres. C'est généralement le nom que l'on donne à la mise à mort illégale et parfois préméditée d'un être humain par un autre. Quelque chose qui vous semble étrange là-dedans ?

— Eh bien, monsieur… commença le colosse, l'air perdu. C'est juste…

— … l’un de ces mots qui semblent être tombés en disgrâce ? le coupa Reinhardt. Un terme qui a perdu sa capacité à choquer ? Une définition dépourvue de son sens… ? Sans doute tout cela à la fois. Mais ça ne change en rien ce que c’est.

— Non, monsieur. Vous disiez ?

— Ces corps calcinés, dans ce qu’il reste de la hutte, appartiennent à une première série de meurtres. Puis il y a les civils. Les réfugiés. Quelle que soit leur identité, ils font partie d’une deuxième série. Je dirais, simple hypothèse, que ces réfugiés se trouvaient… probablement… au mauvais endroit au mauvais moment.

— Des témoins ? hasarda Benfeld.

— Probablement.

— Les pauvres diables.

— Ceux de la hutte sont plus importants. Quelqu’un a cherché à faire disparaître des preuves, et au vu de ce que vous avez trouvé, ils portaient des uniformes allemands.

— Ça ne fait pas forcément d’eux des soldats allemands, cela dit, plaça Benfeld.

— Non. En effet.

— Mais quelqu’un s’est donné du mal pour dissimuler leur mort.

— Continuez, fit Reinhardt dans un signe.

— Quelqu’un… une dispute, peut-être ? Un désaccord ?

— Je suppose que nous ne le saurons jamais, lieutenant.

— Vous avez dit trois, monsieur ? Peut-être trois séries de meurtres.

— Ce vieil homme. Lui, là. Un citadin. »

Reinhardt se mordilla la lèvre inférieure, puis fouilla de la langue le trou laissé par sa dent manquante dans sa gencive. « Quelle est son histoire… ? »

Bien que le printemps semblât vouloir reprendre possession des bois, l'hiver avait été rude. Le sol et les troncs étaient recouverts de boue et de saletés, et malgré l'épaisseur des arbres, l'espace entre eux laissait plus de place aux ténèbres qu'à la végétation naissante. C'est pour cette raison que le garçon put s'approcher sans que personne ne le remarque.

Le premier à le voir fut un sergent. Il claqua des doigts avec insistance, presque silencieusement, et lorsque Reinhardt et Benfeld tournèrent la tête vers lui, il leur indiqua l'endroit où se trouvait l'enfant, en partie dissimulé à l'orée de la clairière. Immobile, il observait les huttes et leurs environs d'un regard vide. Un geste bref pour signifier aux soldats de ne pas bouger, et Reinhardt se mit en mouvement avant même d'en avoir conscience. Il arpenta le sol gelé en quelques longues enjambées pour aller se poster là où le garçon ne le verrait pas. Puis il se mit à courir, indifférent à la douleur dans son genou. Le garçon ne bougea pas jusqu'à ce qu'il se penche derrière un tronc d'arbre et repère Reinhardt, tout à coup. Ses yeux s'agrandirent. Un pas, deux pas en arrière, et l'enfant terrifié fit volte-face pour s'enfoncer dans l'ombre des bois, dans une course désespérée. Mais Reinhardt n'était pas très loin de lui.

Sur ses talons, il se fraya un passage à travers les lignes irrégulières des arbres inclinés, slalomant dans la pénombre végétale piquée de flèches de lumière blanche. Il le rattrapa rapidement, comme il s'y savait contraint. Son genou et l'obscurité ne lui laissaient d'autre choix. Piégé, le garçon agita les bras en tous sens. Il tenta d'échapper à l'emprise de Reinhardt, parvint à dégager l'un de ses bras en se débattant, mais pas l'autre, trébucha et chuta après s'être emmêlé les jambes. Reinhardt le saisit au collet, le plaqua au sol, le souffle rendu court par ses tortillements sur la terre humide, qu'il battait de ses petits poings en poussant de faibles gémissements.

« Tout va bien, haleta Reinhardt en déglutissant et en fouillant sa mémoire à la recherche des bons mots. *U redu. Sve je u redu.* Tout va bien. »

Il s'agenouilla auprès du garçon, le força à se redresser. Il était couvert de crasse, ses yeux roulaient de droite à gauche.

« Hé, hé », fit Reinhardt en l'agrippant par les épaules.

Il put sentir sa maigreur maladive sous ses vêtements, que l'on aurait eu peine à qualifier de haillons tant ils étaient en lambeaux. Une forme pointue se profilait sous le revers de son manteau. Soulevant le tissu, Reinhardt découvrit un objet long et fin enveloppé dans du cuir, et baissa l'arrière du pantalon de l'enfant.

« Que se passe-t-il ? *Šta se događa ?* demanda-t-il, le serbo-croate lui revenant peu à peu. *Zašto se bojiš ?* De quoi as-tu peur ? »

Il déballa le morceau de cuir, dévoilant un long couteau à lame épaisse, pareil à celui d'un boucher. Les yeux du garçon se fixèrent dessus avec avidité. La lame était propre et brillait avec éclat, malgré la faible lumière que laissaient passer les arbres.

Un brouhaha de voix se fit entendre, des propos hargneux, et Benfeld fit son apparition au milieu des troncs, suivi de deux Feldjäger. Reinhardt remballa le couteau et le glissa sous sa ceinture.

« Il y en a deux autres, fit savoir Benfeld, fixant le garçon sans la moindre émotion.

— Deux quoi ? »

Une lueur dans le regard vide du lieutenant poussa Reinhardt à serrer le garçon contre lui.

« Survivants. Un couple de personnes âgées. Ils devaient être avec le garçon. Ils sont sortis des bois quand il s'est enfui. Peut-être que ce sont ses grands-parents ? »

Reinhardt se leva et prit l'enfant dans ses bras. Il était léger comme une plume, un simple paquet d'os et de chair. Il rebroussa chemin à travers les bois. Près des huttes, une vieille dame poussa un cri en les voyant arriver dans la clairière, ses bras tendus vers le garçon. Reinhardt le posa par terre et le regarda s'élancer dans les bras de la femme et enfouir son visage au creux de son épaule. Un vieil homme se tenait derrière eux, un bonnet de laine loqueteux posé au sommet de son crâne surmonté d'une touffe de cheveux gris emmêlés, un poing noueux serré autour de la poignée d'une vieille valise sur laquelle était écrit *Blagojević* en lettres noires.

« Vous parlez allemand ? *Govorite li njemački ?* »

L'homme se contenta de le regarder, ses yeux passant de son visage à son hausse-col, de plus en plus écarquillés à chaque fois. Ceux de la femme se posèrent sur lui et il lui retourna son regard.

« Que s'est-il passé ici ? *Šta se…* » Reinhardt serra les dents, frustré par ses difficultés à trouver ses mots en serbo-croate, et vit la femme baisser la tête pour sangloter dans les cheveux du garçon. « *Šta se dešava ovdje ? Šta se*… Partisans ? Oustachis ? C'étaient les oustachis ?

— *Molim vas, gospodine, molim vas*, pleurnichait-elle, encore et encore. *Milosti, gospodine, molim vas, milosti.*

— Je ne vais pas vous faire de mal », répondit Reinhardt, comprenant qu'elle implorait sa clémence.

Mais la femme ne s'arrêtait plus, portant tour à tour son regard en l'air, sur le vieil homme, puis de nouveau sur lui. Elle répétait sans cesse les mêmes paroles, tout en se rapprochant du vieux, l'enfant dans les bras. Reinhardt, qui avait rencontré son lot de victimes, s'efforça de ne pas les brusquer.

« Ils doivent savoir ce qui s'est passé, avança Benfeld en désignant les trois réfugiés blottis les uns contre les autres : l'homme au regard lointain, la femme serrée contre lui, l'enfant enfoui dans ses bras.

— Probablement.

— Alors pourquoi on ne les interroge pas ?

— Chaque chose en son temps, répondit Reinhardt. Et puis, ce n'est pas vous qui disiez que ça ne nous regardait pas ? »

Il sonda les yeux froids de Benfeld, cherchant à savoir à quel moment le lieutenant allait répliquer.

« Nous avons perdu suffisamment de temps. Le reste de l'unité est sans doute déjà arrivé à Sarajevo. Contactez-les pour leur donner notre heure estimée d'arrivée, et remettons-nous en route. Faites-les monter dans la Horch. Nous les ramenons en ville. Nous les livrerons à… quelqu'un. Je ne sais pas qui. »

2

Les véhicules se remirent en branle, leur lourd chargement cahotant sur la piste qui s'enfonçait dans la forêt à l'autre bout de la clairière. La route sinua à travers les arbres quelques minutes, puis s'ouvrit sur le versant d'une colline. Le relief, tel un bloc de pierre brute aux contours mal dégrossis, s'élevait de pentes densément boisées en sommets brisés tout autour d'eux. Les montagnes déployaient des nuances de gris et de vert, leurs ombres projetaient des taches d'un violet profond sur la plaine. Un faible éclat irisait leur silhouette à l'endroit où leur cime venait gratter le ciel sale, si bas qu'il aurait suffi de tendre la main pour le toucher, semblait-il, à la manière d'un plafond enfumé.

Tandis que le chauffeur négociait les irrégularités de la route, Reinhardt s'accrochait pour parer au roulis et aux embardées de la voiture. Cette progression hésitante avait sur lui un effet soporifique, aussi leur arrivée à ce qui devait être l'un des derniers postes de contrôle le prit-elle presque par surprise. Le convoi louvoya à travers des barrages de tranchées, de fils barbelés, de sacs de sable entassés et de postes de tir, ainsi que deux tanks enfoncés dans des accotements. Le commandant du poste attendait au milieu d'une zone dégagée, emmitouflé dans ses vêtements pour se protéger du froid, le visage à moitié caché derrière une grosse écharpe. L'air sévère et distant, il fit stopper la voiture de Reinhardt, qui arrivait vers lui.

« Message de votre commandant, dit l'homme. Rendez-vous à la caserne principale. À Kosovo Polje.

— Merci.

— C'est vous ?

— Moi quoi ?

— Le dernier ?

— Je ne sais pas, répondit Reinhardt avec un regard pour la route qui partait en serpentant sur le versant des collines. C'est très probable. »

Il ne restait que des partisans, ici. C'était le dernier retranchement, il le savait. La limite de ce qu'ils s'étaient accaparés et dont ils s'attribuaient la propriété, qui maintenant se recroquevillait peu à peu, comme une feuille qu'on approcherait du feu. Et, sur le pourtour de ce qu'on leur avait présenté comme un Reich millénaire, se tenaient des hommes comme eux, observant, attendant, sentant les limites de cette époque dans laquelle ils vivaient se replier sur eux, sentant la chape de plomb de l'avenir peser de plus en plus lourdement.

« Territoire indien, donc », fit l'officier. Reinhardt le regarda avec incompréhension. « Vous n'avez jamais vu de westerns ? Avant la guerre ? Feriez mieux de faire entrer vos hommes. Il fera bientôt nuit.

— Un instant, dit Reinhardt. Au cours des deux ou trois derniers jours, qui a emprunté cette route ?

— Dieu seul le sait, répondit le commandant. À peu près tout le monde. Dans les deux sens.

— Des oustachis ? »

Le commandant le considéra un court instant avant de hocher la tête.

« Hier. Et aujourd'hui. Un petit groupe. Ils sont revenus d'excellente humeur.

— Autre chose dont vous vous souviendriez ?

— Je me souviens de beaucoup de choses, capitaine, mais je ne suis pas sûr de savoir où vous voulez en venir.

— Il y a eu un massacre de civils là-haut, expliqua Reinhardt en montrant la montagne derrière lui.

— Rien de nouveau, donc. »

Reinhardt s'apprêtait à répondre mais, devant le manque d'intérêt de son interlocuteur, il comprit que c'était inutile et s'abstint donc, le remerciant d'un signe et ordonnant au chauffeur de continuer. La Kübelwagen s'engagea en douceur au milieu des lignes, dépassa un groupe de travailleurs – des hommes appartenant à un bataillon disciplinaire, à ce qu'il semblait, sous la surveillance d'un Feldgendarme aux mains enfoncées dans les poches de son manteau – puis les derniers entrelacs de barbelés, et la lente et pénible descente se poursuivit sur le flanc de la montagne. Il plut pendant quelques minutes, et les véhicules roulèrent dans de la neige fondue tombant d'un ciel terne et gris, comme pour ennuyer les hommes. Ils passèrent la structure érodée du vieux pont des Chèvres, qui enjambait la Miljacka, et soudain, perché au sommet d'une colline torturée à la roche couleur d'os, les murailles blanches de la forteresse ottomane de Vratnik apparurent au-dessus d'eux. Reinhardt les contempla, de plus en plus tendu – sentiment qui n'avait fait que s'accentuer au fil de la journée – à l'idée de revoir Sarajevo.

Il y était déjà allé, mais les Feldjäger n'y étaient pas entrés, retranchés ces dernières semaines derrière les lignes de front en cours de démantèlement, alors que les troupes se retiraient, d'abord dans le calme, puis dans la pagaille, avec toute l'indiscipline que cela impliquait. Des soldats incontrôlables, d'autres qui refusaient d'obéir aux ordres, d'autres encore qui se volatilisaient pour former des bandes organisées qui semaient la terreur dans les campagnes, quand ils ne disparaissaient pas tout simplement ou ne passaient pas dans le camp des partisans. C'était sur la piste de l'une de ces bandes que Reinhardt et ses hommes s'étaient lancés au cours des derniers jours, ce qui les avait conduits à la clairière et à ce qu'il avait découvert là-bas. Le souvenir de ce vieillard portant le bouc et d'une fillette dans les bras de son père ne le laisserait pas en paix, et il fut une nouvelle fois pris de court par le soudain crissement des freins. La voiture s'arrêta dans une embardée et il leva les yeux sur le convoi de camions à l'arrêt.

Il perçut quelque chose derrière le ronflement des moteurs, un bruit faible qui fit courir un frisson sur sa nuque. La rumeur d'une foule. Une foule de femmes effrayées. Les voix haut perchées, cette stridence de peur ou de désespoir, cela ne pouvait le tromper. Reinhardt descendit de voiture d'une démarche raide et glacée. Dans un éclat de voix, il ordonna à Priller de surveiller leurs arrières, puis, accompagné de

Benfeld, se glissa le long de l'enfilade de véhicules remplis d'hommes transis de froid et affalés sous les toits de toile rigides, ne laissant apparaître que des bosses sur leurs contours. La route se dévoila à eux, et il constata que le trafic était immobilisé dans le dernier virage qui menait à la ville. Trois autres camions attendaient un peu plus loin dans un équilibre précaire, encerclés par une masse grouillante de soldats et, çà et là, de grappes de civils.

Un coup de feu éclata dans le matin, et les gens se dispersèrent dans cet étrange mouvement qui caractérise les foules. Un autre coup de feu suivit, plus bas, plus net, un coup de pistolet. Reinhardt fronça les sourcils et se pressa sous les regards apathiques des soldats. Tant que les coups étaient tirés devant eux, pas derrière, ils n'étaient pas inquiets outre mesure. Il marcha aussi vite que la prudence le lui permettait, le genou douloureux et les pieds gelés et lourds, jusqu'à atteindre une Kübelwagen occupée par quelques Feldgendarmes, stationnée au tout début du convoi.

« Pourquoi êtes-vous arrêtés ? »

Tous les yeux à l'intérieur de la voiture se tournèrent vers lui, engourdis par une sorte de torpeur insouciante.

« Ce sont les oustachis, monsieur, lui apprit le chauffeur, un lieutenant, après un instant. Ils ont dressé un poste de contrôle à l'entrée de la ville. Les combats ont à moitié vidé les campagnes, et tout le monde essaie de rejoindre la ville avec femmes et enfants.

— On ne peut pas leur en vouloir, dit Reinhardt.

— Ça, non. Pour sûr. Mais les oustachis passent tout et tout le monde au peigne fin.

— Et ils ne font pas dans la dentelle », ajouta un second lieutenant assis à côté du chauffeur.

Il avait un visage large, des bajoues rosies par le froid.

Tous les occupants de la voiture éclatèrent de rire, à l'exception du commandant assis à l'arrière, qui se contenta de sourire, une moue narquoise sur les lèvres.

« Il y a eu des exécutions, monsieur. Je crains que la route ne soit complètement bloquée.

— Vous avez tenté quelque chose ? » Reinhardt considéra les visages vides les uns à la suite des autres. « Pour débloquer la situation. Pour mettre un terme à ce qui se passe.

— Vous êtes nouveau ici ? »

C'était le commandant, qui de ses yeux plissés allait et venait de Reinhardt à Benfeld.

« Relativement, répondit Reinhardt.

— Dans ce cas vous ne pouvez pas savoir.

— Savoir quoi ?

— Qu'il faut laisser le paradis aux anges, comme l'a écrit le célèbre poète. Qu'il faut laisser les oustachis tranquilles, capitaine. » Le commandant se pencha en avant. « Avez-vous un problème avec l'autorité ?

— Aucun, fit Reinhardt. Monsieur.

— Et d'abord vous êtes qui, bon sang ?

— Capitaine Gregor Reinhardt, se présenta-t-il avant d'enfouir la main sous son manteau et de montrer son hausse-col. Feldjägerkorps. »

Il observa les hommes dans la Kübelwagen, considéra la façon dont leurs yeux se ruèrent sur le hausse-col.

« Eh bien, capitaine Reinhardt, du Feldjägerkorps. Prenez votre mal en patience. Tout sera bientôt terminé. N'est-ce pas, messieurs ? dit le commandant, ralliant les autres Feldgendarmes à sa cause, les lèvres pincées dans un simulacre de sourire. Sauf bien sûr si vous souhaitez vous-même leur en toucher deux mots ? »

Et pourquoi pas, après tout ? Reinhardt serra la mâchoire et avala une longue et lente goulée d'air froid. Elle lui glaça les dents, le réveillant et lui donnant de l'énergie. Il fit sauter l'attache de son holster et poussa plus bas sur la route, se frayant un chemin parmi les soldats en direction d'une zone où les uniformes gris commençaient à laisser la place à des manteaux sales, marrons et noirs. Les gens étaient rassemblés par familles, serrés autour du moindre petit bagage qu'ils avaient réussi à emporter. Il se faufila entre eux de ses mains posées sur leurs épaules, murmurant des mots d'excuse sur son passage, jusqu'à ce que l'annonce de sa présence se diffuse dans la foule et que les gens commencent à s'écarter devant lui, se déportant en tous sens. Il entendit des éclats de voix, les sanglots d'une femme, et un espace dégagé s'ouvrit devant lui.

Un vieil homme était agenouillé sur la route, une main appuyée sur son front en sang. Une femme se tenait derrière lui, main levée. Le contenu d'une valise avait été déversé sur le sol, du linge de maison chiffonné traînait sur la chaussée et une photo froissée et déchirée s'échappait d'un cadre en bois brisé. Devant eux se dressait un colosse vêtu d'un uniforme noir et armé d'un gourdin clouté dont l'extrémité était couverte de sang, ainsi que d'une autre matière, plus sombre, plus solide. Dans son dos, deux camions étaient garés nez à nez en travers de la route, abritant chacun un mitrailleur en uniforme noir. D'autres oustachis se trouvaient là, certains fouillant des piles de bagages, deux d'entre eux postés près d'un petit nombre de corps gisant sur le bas-côté. D'un rapide coup d'œil, Reinhardt remarqua qu'au moins deux cadavres avaient eu le crâne écrasé par le gourdin.

S'apercevant que la foule se faisait silencieuse, l'officier oustachi porta tout à coup les yeux sur Reinhardt. Il avait un visage aux traits rabougris, beaucoup trop petit pour un homme de sa taille, comme s'il avait été ajouté sur le mauvais corps, après coup. De petits yeux sombres surmontaient la fente de ses lèvres, et son nez épaté se tordit quand il toisa Reinhardt. Celui-ci sentit la peur le transpercer, réaction qui fit suite au souvenir de leur dernière rencontre, alors qu'il le suivait d'un pas lourd dans le noir…

« Vous bloquez la route », dit Reinhardt en allemand.

La femme les regarda tour à tour avec désespoir, tandis que le vieil homme posait les mains par terre et se mettait à tousser et à crachoter du sang et de la bave.

« Quoi ? fit Bunda.

— La route. Vous la bloquez avec votre poste de contrôle.

— Je contrôle la circulation. Pour trouver des “saboteurs” et des “infiltrés” », énonça-t-il lentement, prononçant chaque mot avec prudence avant de donner un coup de pied à l'homme au sol.

Le bout de sa chaussure faucha son bras, et son épaule se déroba sous son poids. La femme poussa un cri et tenta de le protéger de son corps.

« Capitaine, je ne vois pas les partisans emprunter cette route déguisés en fermiers pour venir en ville, dans le contexte actuel.

— Et vous savez quoi, bordel ? » grogna Bunda en agitant devant lui son gourdin, qui ressemblait à un petit bâton entre ses larges mains.

Quelque chose se détacha de l'extrémité de l'arme pour venir se coller sur le manteau de Reinhardt. L'oustachi planta ses yeux dans les siens, et dans un bref moment d'effroi, il pensa que l'homme l'avait reconnu. Puis ses lèvres s'ourlèrent et se contractèrent, comme s'il allait ricaner en voyant une vérité s'imposer à lui.

« En tout cas, j'accepte pas des ordres des Allemands. On fait plus ça. Quand c'est fini, c'est fini.

— Capitaine, dit Reinhardt, jetant un coup d'œil aux épaulettes de l'homme, mais ce dernier ne le laissa pas terminer.

— Capitaine rien du tout ! »

Dans un jappement, il lança un ordre à ses hommes et deux d'entre eux s'avancèrent. Ils firent glisser leurs fusils de leurs épaules, les yeux tournés vers la route, un peu plus haut. Le grand oustachi avait déjà détourné son attention sur autre chose quand Reinhardt entendit sauter le cran de sûreté du fusil d'assaut de Benfeld.

« Allez les Allemands, reculez, putain, et attendez votre tour, dit l'un des oustachis, un homme maigre au visage étroit balafré d'une cicatrice qui courait de sa joue à son cou.

— Un problème, monsieur ? » demanda calmement Benfeld, ses yeux rivés à ceux de l'oustachi.

La cicatrice de l'homme blanchit sur le rouge vif de son visage, et l'air se fit électrique autour d'eux. Un faux mouvement, pensa Reinhardt. Un faux mouvement et la situation dégénérerait.

« Capitaine, répéta Reinhardt, risquant un pas en avant tout en s'efforçant de garder un ton calme et de recentrer la conversation uniquement sur eux deux. Je ne cherche ni à vous mettre dans l'embarras ni à aller à l'affrontement. Mais je ne resterai pas les bras croisés pendant que vous maltraitez ces gens, et si je perds des hommes parce que les partisans arrivent derrière nous sur la route et que je suis coincé avec vous qui bloquez le passage, c'est vous que je tuerai en premier, puis vos hommes, et ensuite je me retournerai pour les combattre. Est-ce que c'est assez clair pour vous ? »

Reinhardt se demanda s'il se faisait bien comprendre. Il se demanda quels mots pénétraient le crâne épais de l'oustachi, bouffi par le sentiment évident de pouvoir et de légitimité que sa carrure et son uniforme lui conféraient. Il fit jouer sa langue dans sa bouche, fouilla le trou à l'arrière de sa mâchoire, retira sa langue. C'était devenu un réflexe quand il était nerveux, et il voyait ça comme une faiblesse qui le répugnait.

Les trois oustachis fixèrent Benfeld. Bunda se lécha les lèvres, le souci se peignant sur ses traits renfrognés alors qu'il désignait le lieutenant.

« T'es qui, l'Allemand ? »

Reinhardt se retourna et vit ce que Bunda pointait du doigt. Le brassard de Benfeld, austère sur le gris de sa tunique.

« Feldjägerkorps », répondit Benfeld.

Le brassard de Reinhardt n'était pas visible sous la manche de son manteau.

« *Feldjägerkorps ?* » fit Bunda comme s'il prononçait le mot pour la première fois. Il observa le fusil d'assaut de Benfeld, son chargeur courbe en forme de banane, comme s'il n'en avait jamais vu, puis se focalisa sur leurs hausse-cols. « Pas la Feldgendarmerie ?

— *Nije sa nama*, Bunda. »

Reinhardt fit volte-face et découvrit le commandant derrière lui, ses yeux posés sur l'oustachi.

« Je pense que vous devriez écouter le capitaine », dit le Feldgendarme.

Durant un long, très long moment, le monde se figea, mais l'oustachi finit par opiner du chef. Reinhardt inclina la tête à l'attention de l'homme, dans un mouvement qu'il espéra courtois. Le visage de l'oustachi se tordit une nouvelle fois, puis il aboya des ordres à ses hommes. Ils grimpèrent dans leurs camions et les déplacèrent laborieusement des deux côtés de la route. Bunda adressa un dernier regard à Reinhardt, appuyé et venimeux, avant de s'écarter en observant avec animosité la foule ébranlée qui se dirigeait pas à pas vers la ville. Un homme quitta la file en courant pour aider le vieillard à se relever, tandis que la femme rassemblait leurs quelques affaires dans la valise cassée, prenant le temps de faire une pause, de se tourner, et d'oser un discret signe de gratitude à l'attention de Reinhardt. Puis elle s'en alla à la hâte.

Le commandant, un homme mince sanglé dans un pardessus en cuir de bonne facture, les regarda partir. Il suivit des yeux les mouvements de la foule avant de les poser sur Bunda.

« Pas malin d'asticoter un ours quand il est déjà énervé.

— Cet ours-là est toujours énervé. »

Le commandant leva les sourcils.

« Vous connaissez Bunda ?

— Je connais ce genre de personnes, répondit Reinhardt, veillant à rester concis et à ne pas lâcher le commandant du regard. Lieutenant, remettons le convoi en route. »

Benfeld s'engouffra dans la foule, à contre-courant.

« *Le cœur de l'homme rongé par le chagrin, et accablé de douleur par les orages de la vie, ne peut espérer trouver de vrai repos que lorsqu'il cessera de battre* », déclara le commandant, tout à coup.

La douceur de ses paroles contrastait avec le regard dur qu'il portait sur la lente procession des réfugiés.

« Johann Salis », dit Reinhardt sans réfléchir, alors qu'une fenêtre s'ouvrait dans son esprit.

Il revit le bureau de son père, les étagères débordant de livres, et le visage ridé de son père s'éclairer de joie alors qu'il le regardait depuis son fauteuil, un vieux livre de poésie ouvert sur les genoux.

« Un homme instruit, murmura le commandant dans un haussement de sourcil. Johann Salis, effectivement. »

S'il s'agissait d'une invitation à poursuivre, Reinhardt la déclina d'un silence, préférant savourer l'image sépia de ce doux souvenir qui s'évaporait déjà.

« Alors, les gars du Feldjägerkorps, vous êtes venus nous sauver ? demanda le commandant en plissant le front et en s'avançant vers Reinhardt avec la démarche rigide d'un garde-chiourme. L'aide extérieure est toujours la bienvenue. Ne vous y trompez pas, capitaine.

— Je suis certain que nous ferons de notre mieux, monsieur.

— Dites-moi donc d'où vous venez.

— Nous sommes arrivés du Monténégro très récemment.

— Un endroit terrible, marmonna le commandant. Des foutues montagnes, rien d'autre. Des problèmes à signaler ?

— Oui. Nous sommes tombés sur une scène de massacre, ce matin. C'était très récent.

— Vraiment ? Cela ne me surprend pas du tout. Ces forêts ne sont plus adaptées à l'homme, pas plus qu'aux animaux. Pas avec les partisans qui grouillent partout comme des foutus termites.

— *Nije sa nama.*

— Quoi ?

— "Ils ne sont pas avec nous." C'est ce que vous avez dit à l'oustachi.

— Vraiment ? » La bouche du Feldgendarme esquissa une moue paresseuse. « Eh bien, de toute évidence, vous ne l'êtes pas. »

La Kübelwagen de Reinhardt stoppa près de lui. Il fit signe aux autres voitures d'avancer. Les trois autres Kübelwagen le dépassèrent, suivies de la Horch, où Priller était installé derrière la mitrailleuse, les trois réfugiés blottis les uns contre les autres à l'arrière. Quand Bunda les vit passer, il se tendit et martela la route de son pas lourd.

« ATTENDEZ ! cria-t-il et, cognant du poing sur

le capot de la Horch, il appela ses hommes qui se réunirent autour de lui.

— C'est qui ? » beugla l'oustachi à la cicatrice, son fusil pointé en direction des réfugiés à l'intérieur du véhicule.

Benfeld et quelques autres Feldjäger sautèrent de leurs voitures, dégainant leurs fusils.

« Capitaine ! appela Reinhardt.

— Répondez. C'est qui ?

— Des réfugiés, répondit Reinhardt.

— J'ai dit quoi sur les espions ? cracha Bunda.

— Eux ? Un couple de vieux paysans et un garçon ?

— Les partisans peuvent être n'importe où. N'importe qui.

— Oui, c'est vrai. Mais eux, non.

— Vraiment ? » fit le commandant, venant se positionner près d'eux.

La femme s'était mise à pleurer et serrait le garçon contre elle, répétant encore et encore « *molim vas, molim vas* » dans un mouvement de balancier. L'homme était assis le dos droit, sa valise sur les cuisses, ses yeux aussi luisants que ceux d'un oiseau fixés sur l'enfilade de toits rouges de la ville, juste devant lui.

« Qu'est-ce qui vous pousse à le croire ? Où les avez-vous trouvés ?

— Ce sont les survivants d'un massacre. Celui dont je vous ai parlé.

— Seigneur, des survivants, dit le commandant. Une chance que vous soyez arrivés à ce moment-là. »

Le visage de Bunda s'était vidé de toute expression, et sa bouche se crispa comme s'il avait mordu dans quelque chose d'infect. Il recula.

« Un massacre ? Où ça ? »

Reinhardt secoua la tête, dérouté par son changement de ton et d'attitude.

« Je ne sais pas où exactement. Je les emmène en ville pour qu'on puisse les aider.

— L'armée allemande est-elle devenue une organisation humanitaire, capitaine ? fit le commandant d'une voix traînante.

— Vous prenez un risque, l'Allemand, articula Bunda, le regard rivé aux réfugiés. Vous prenez un risque à les amener ici. Vous me mettez dans l'embarras. Vous allez apprendre... »

Il s'interrompit, retroussa les lèvres, puis disparut. Reinhardt le regarda décamper, ses épaules anguleuses resserrées sur sa colère. Il brailla un ordre aux oustachis et tout le monde s'entassa dans les véhicules, qui vrombirent le long de la colline en laissant dans leur sillage une fumée noire de diesel.

« Vous apprendrez, capitaine, que si vous voulez faire quelque chose de bien ici, il faudra faire encore mieux avec eux, expliqua le commandant en pointant du doigt les oustachis qui s'éloignaient. Appelez ça la réalité de la vie. Ceci étant dit, je vous souhaite bonne chance. »

Le commandant sourit, bien que son regard restât dur et déterminé. Il regarda les réfugiés. La vieille femme eut un mouvement de recul, quant au garçon, il le fixa depuis l'abri de ses bras.

« Vous voulez que je m'occupe d'eux ? Je sais où les emmener.

— J'ai moi-même une idée, répondit Reinhardt. Par ailleurs, je suis responsable d'eux.

— Un homme de conscience. »

Le commandant sourit alors que sa voiture démarrait. Reinhardt le regarda partir dans le silence soudain revenu.

« Foutus chiens à chaînes », grommela Benfeld sans quitter des yeux les Feldgendarmes qui passaient.

Il se tourna vers Reinhardt.

« Vous avez vu leurs insignes ? Ils font partie d'un bataillon disciplinaire. »

Reinhardt n'avait rien vu et ne s'en souciait guère. Il observa les réfugiés.

« Qu'avez-vous vu là-haut, demanda-t-il doucement. *Što ste… vid… vidjeli ?* »

Mais la femme ne faisait que répéter sa litanie, et le garçon garda le silence. Quant à l'homme, il tourna lentement la tête, son haut bonnet perché dans un angle absurde au sommet de son crâne. Il observa Reinhardt comme s'il le voyait pour la première fois, puis baissa les yeux sur son hausse-col. Ses yeux s'agrandirent et il cligna une fois des paupières avant de regarder droit devant lui.

3

Un dernier virage, et ils dépassèrent les flots écumeux et sales de la Miljacka, à l'endroit où son cours repoussait la route au plus près des montagnes blanches. La voie longeait ensuite la façade rayée rouge et jaune de l'hôtel de ville – le Rathaus, dans les caves duquel Reinhardt avait subi un interrogatoire de plusieurs jours par la Gestapo après l'affaire avec Verhein – puis traversait le dédale oriental de Bentbaša avant de faire une boucle autour du nord de Baščaršija, le vieux quartier ottoman avec ses fontaines, ses artisans, ses cafés et ses mosquées. Dans l'ombre du Rathaus, des croûtes noires et sales de neige mêlée de glace s'amoncelaient de chaque côté de la route et encombraient les voies de tramway. Des immeubles s'étaient effondrés, des portes étaient grandes ouvertes, et la plupart des carreaux des fenêtres avaient été brisés. L'afflux de réfugiés s'entassait à l'entrée de Baščaršija et commençait à se déverser sur le côté, rejoignant la foule plus nombreuse encore qui se pressait à travers tout le quartier.

Reinhardt fit arrêter ses véhicules sur la place et remonta jusqu'à la voiture de Benfeld pour donner l'ordre à ses hommes de se rendre à la caserne de Kosovo Polje, de l'autre côté de la ville. Il les regarda partir, puis s'intéressa à la marée humaine qui traversait la place, enjoignant aux civils de descendre de la Horch. Ils restèrent là, tremblants et hésitants sur le bas-côté, suivant des yeux la masse des têtes en mouvement. Ils n'avaient jamais vu la ville, devina-t-il. Ils auraient pu être émerveillés par le spectacle en des temps meilleurs, mais pas aujourd'hui.

« Attendez ici, dit-il alors que la Horch s'éloignait. Je vais voir si je peux vous trouver de l'aide. »

Il s'avança prudemment sur les pavés glissants, à la recherche d'une présence dont il avait seulement entendu parler, des organisations humanitaires municipales qui s'efforçaient d'offrir leur aide aux réfugiés. La ville en regorgeait, à présent. L'hiver et les combats violents aux abords de Sarajevo ces dernières semaines avaient vidé les campagnes. Ceux qui n'avaient pas fui chez les partisans avaient échoué ici, et cet ici était bien peu. Les personnes qu'il croisa étaient apathiques, épuisées par la guerre et le froid. Beaucoup faisaient la queue, sans qu'il sût pourquoi : un ticket de rationnement, peut-être, ou bien un abri, la perspective d'être ausculté par un médecin mais sans espoir de traitement. En dépit du froid, une odeur aigre et pesante régnait sur la place, mélange de sueur, de crasse et de boue. L'odeur d'un hiver dans les Balkans.

Leur désespoir et, il devait bien le reconnaître, sa propre solitude le rongeaient depuis quelques mois. Koenig et les autres lui manquaient. Même s'ils n'avaient pas accompli grand-chose, la compagnie de ces hommes dont il partageait les opinions était inestimable. Les Feldjäger étaient très soudés, mais la plupart étaient des hommes durs, très durs, et des individualistes patentés. Reinhardt retrouvait en eux le membre des troupes d'assaut qu'il avait été sur le Front de l'Ouest durant la Première Guerre mondiale, il en était conscient, et pour rien au monde il ne souhaitait redevenir cet homme.

Malgré ce qu'il voyait, il réalisa qu'il n'était pas mécontent d'être de retour, alors qu'il grimpait sur l'un des bancs qui entouraient la fontaine pour avoir un meilleur point de vue. Labyrinthique, oppressante, Sarajevo était une ville de secrets cachés et de beautés, et plus encore, mais c'était aussi l'endroit où il s'était révélé à lui-même après tant d'années, et il se rendit compte que la ville lui avait manqué plus qu'il ne l'aurait cru.

Il repéra ce qu'il cherchait non loin du vieux café où il avait eu ses habitudes. Quand il arriva devant la vitrine il découvrit que celui-ci était fermé, la pénombre intérieure ne laissant rien entrevoir d'autre que les contours indistincts des fourneaux sur lequel le propriétaire faisait autrefois chauffer sa grosse bouilloire noire. Juste à côté, des mots sur une bannière en lambeaux indiquaient une antenne du Napredak, société culturelle croate. Il se fraya un chemin à travers la foule qui attendait dehors et se faufila jusqu'au bureau d'accueil. Les lieux empestaient l'humidité et l'odeur piquante de la maladie. Derrière un bureau de bois bancal, une femme vêtue d'un manteau, d'un chapeau et de gants prenait en note les diverses informations que lui communiquait un réfugié. Elle s'interrompit en le voyant approcher et le regarda en silence, comme tout le monde.

« J'ai amené trois personnes, lui apprit Reinhardt. Deux personnes âgées et un garçon. Je les ai trouvés dans la forêt. Pouvez-vous les aider ? »

La femme cligna des yeux.

« Les aider ? Les aider », répéta-t-elle après avoir avalé sa salive.

Elle balaya la salle du regard avant de revenir à lui.

Reinhardt la comprenait, mais il n'avait pas de temps à perdre. D'autres tâches l'attendaient, sur lesquelles il avait déjà pris du retard, mais il s'était attribué un devoir de responsabilité envers ces gens, dont il comptait bien s'acquitter.

« J'ai trois personnes qui ont besoin d'aide. Pouvez-vous les aider ?

— Ici on a tous besoin d'aide, soldat », fit quelqu'un.

Il ne vit pas de qui il s'agissait, mais c'était bien là un signe des changements qu'avait connus la ville. Auparavant, personne n'aurait osé adresser la parole à un soldat allemand.

« Peut-être puis-je parler à quelqu'un d'autre ?

— Quelqu'un d'autre ? »

La voix perçante de la femme eut pour effet de faire remuer la foule. Un cri brisé, avait remarqué Reinhardt, où pointait un soupçon de folie.

« Il n'y a personne d'autre. Il n'y a que nous.

— Que se passe-t-il ici ? »

Reinhardt pivota sur lui-même. Une autre femme venait d'entrer dans la salle, habillée d'un long manteau noir sur les épaules duquel cascadaient des cheveux d'un blond cendré. Il la dévisagea, sans voix l'espace d'un instant, comme s'il avait vu un fantôme, et dans son regard il vit soudain qu'elle l'avait reconnu, elle aussi.

« Capitaine… Capitaine Reinhardt ?

— Madame Vukić. »

Reinhardt se redressa, retira son gant et tendit la main. Elle la lui saisit ; ils échangèrent un regard, puis semblèrent simultanément se souvenir qu'on les observait. Elle battit des paupières et recula d'un pas, lâchant sa main.

« Je m'occupe du capitaine, Anica, dit-elle à la femme derrière le bureau. Par ici. »

Elle fit signe à Reinhardt de la suivre à l'extérieur. Il prit une grande inspiration, refoulant un frisson. Elle le précéda dehors et s'emmitoufla dans son manteau. Les gens qui faisaient la queue les regardèrent, et un nouveau silence s'installa entre eux.

« Capitaine. C'est… Comment vous portez-vous ?

— Merci, Madame Vukić. Très bien. Et vous-même ?

— Beaucoup de travail, répondit-elle dans une amorce de sourire. De plus en plus chaque jour.

— Un travail qui en vaut la peine, dit Reinhardt après un moment, laissant le *au moins* en suspens, mais elle lui lança un regard interrogateur, comme en réponse à des mots qu'elle pensait avoir entendus.

— Que puis-je faire pour vous, capitaine ?

— Je vous ai amené trois personnes. Je les ai trouvées. Il semblerait que ce soient les survivants d'un massacre. Survenu dans la forêt.

— Un massacre ? Et… ? »

Elle fit halte, montra son manteau. Il baissa les yeux sur une tache d'un rouge sombre et se rappela le gourdin de Bunda et les résidus sanglants à son extrémité.

Reinhardt secoua la tête, grattant la salissure.

« Non. Grand Dieu, non, dit-il, soudain terrifié à l'idée qu'elle pût s'imaginer qu'il en fût responsable. Il s'agit d'autre chose. C'était fini quand nous sommes arrivés. Ça s'est sans doute passé un jour plus tôt. Seuls un couple de personnes âgées et un garçon s'en sont sortis. Ils n'ont pas dit un mot de ce qui est arrivé. En fait, ils n'ont quasiment pas parlé. Je ne sais même pas s'ils sont de la même famille. Mais je tenais à m'assurer qu'on leur apporterait toute l'aide disponible. Je me rends compte que... »

Il n'alla pas au bout de sa phrase, une fois de plus. Ils se regardèrent, mais ce fut le désarroi ambiant qu'ils virent autour d'eux.

« Vous avez bien fait, capitaine. Peut-être pouvez-vous me conduire auprès d'eux ?

— Oui, suivez-moi », dit Reinhardt, la guidant à travers Baščaršija.

La neige commençait à tomber, tout doucement, les flocons voletant dans une danse alambiquée. Ils s'enfoncèrent dans la foule, et si son uniforme gardait les gens à bonne distance de Reinhardt, ils déferlaient en revanche sur Vukić. Ils étaient nombreux à la connaître. Des mains se tendaient, on s'approchait d'elle, on appelait son nom. Elle avançait lentement, acceptant chaque poignée de main, touchant l'épaule de tous ceux qui venaient à sa rencontre, appelant par leur nom ceux qui prononçaient le sien, une parole de réconfort ici et là, mais elle ne s'arrêta pas, et personne n'essayait vraiment de la retenir.

Ils débouchèrent sur une zone dégagée à l'autre bout de la place et firent une pause. Elle promena son regard sur Baščaršija.

« Ils sont de plus en plus nombreux chaque jour, dit-elle.

— Une chance pour eux que vous soyez là », commenta Reinhardt, qui se rappela soudain qu'elle se prénommait Suzana.

Un faible sourire étira ses lèvres.

« Prosvjeta pour les Serbes, Merhamet pour les musulmans, Napredak pour les Croates. Ces organisations étaient censées favoriser le développement culturel. Participer aux œuvres de charité des communautés qu'elles représentent. Mais pas ça. Pas… faire l'aumône et rassembler des rations quotidiennes. Mais la ville n'a quasiment plus rien, et les oustachis. Ils…

— Ils sont de pire en pire ? »

Vukić hésita, puis opina légèrement du chef. Reinhardt secoua la tête.

« Comme si c'était possible », déclara-t-il presque pour lui-même, revoyant le poste de contrôle et l'effroyable assurance de Bunda, convaincu que ses agissements étaient non seulement justes, mais aussi conformes à la loi.

Ses yeux d'un bleu pur posés sur lui, elle sembla peser ses paroles. Ses traits se durcirent, sans qu'il sût dire si c'était à son encontre.

« C'est possible, finit-elle par répondre. Ils ont envoyé quelqu'un de Zagreb pour, selon leurs propres termes, "prendre les choses en main" ici. Il s'appelle Vjekoslav Luburić. On le surnomme Maks Luburić.

— J'ai entendu parler de lui.

— Eh bien, tout est vrai. Le moindre mot. Et plus encore. »

Elle frissonna, à cause du froid ou de leur conversation, il n'aurait pu le dire, et il remarqua qu'elle paraissait très fatiguée. Elle avait toujours les cheveux blonds, mais ils étaient maintenant parsemés de gris, et des rides plissaient le coin de ses yeux et de sa bouche. Ses épaules étaient voûtées et tendues sous son manteau élimé aux coudes et à la taille.

« Vous êtes occupée, et on gèle. Je ne vais pas vous retenir plus longtemps. »

Elle lui offrit un autre sourire, bref mais chaleureux, qui illumina son visage.

« Voici les gens dont je vous ai parlé. »

Vukić les salua à tour de rôle avant de s'accroupir pour poser une main sur l'épaule du garçon, qui détourna lentement la tête du giron de la vieille femme.

« Encore merci, capitaine, dit-elle en lui tendant la main. Ça… m'a fait plaisir de vous voir. »

Sa petite main était glacée. Il retira ses gants et les lui offrit, bien conscient des yeux du chauffeur et des gens posés sur eux.

« S'il vous plaît. S'ils sont trop grands, quelqu'un d'autre pourra peut-être en faire usage ? »

Un autre sourire, et elle lui prit les gants des mains.

« Vous avez été bon avec moi, capitaine. Je ne l'ai jamais oublié. Merci pour les gants. »

Elle tourna les talons et s'engouffra sur la place, les réfugiés derrière elle. Reinhardt la suivit du regard tout en se repassant leur conversation. Vukić s'arrêta, se retourna.

« Capitaine, si vous avez le temps, peut-être... peut-être me raconterez-vous comment cela s'est terminé. Votre enquête. La mort de Marija. Je n'ai jamais su si vous aviez fini par... retrouver le coupable. »

Reinhardt fit la grimace.

« Personne ne vous a dit ? »

Elle fit non de la tête, puis, dans un dernier petit signe de la main, elle se perdit dans la foule, son bras sur les épaules du garçon. Juste avant de disparaître, ce dernier tourna la tête et jeta un regard par-dessus son épaule. Leurs yeux se rencontrèrent, et Reinhardt fut saisi d'un frisson au souvenir des deux garçons de son cauchemar sur les champs enneigés de Kragujevac. Mû par un réflexe inconscient, il se saisit du couteau du garçon enveloppé dans le cuir et alla le lui rendre. L'enfant s'en empara d'un geste ferme et rapide, cligna des yeux, puis ils furent engloutis par la marée humaine. Lorsqu'il se tourna vers sa voiture, Reinhardt se retrouva nez à nez avec Bunda, planté derrière lui.

De près, l'homme était gigantesque, plus encore que ce qu'il lui avait semblé au poste de contrôle. Son bâton ensanglanté était glissé sous sa ceinture. Il observait Vukić qui s'enfonçait dans la foule ; après un moment, ses petits yeux se fermèrent, et quand il les rouvrit, ils étaient fixés sur lui.

« Re-bonjour, sourit-il. Vous savez, j'étais sûr que vous me disiez que'q'chose. Et puis ça m'est revenu. »

Reinhardt ne pipa mot. L'autre éveillait en lui une sorte d'instinct primitif. Se battre ou s'enfuir, bien qu'aucune des deux solutions ne fût envisageable. Il ne bougea donc pas d'un pouce, se contentant d'aller fouiller sa gencive édentée du bout de sa langue.

« Capitaine Reinhardt, c'est ça ? »

Il lorgna son hausse-col, fit un autre sourire, tendit la main et le toucha. Du bout des doigts, mais Reinhardt pouvait sentir toute sa puissance derrière cette main inoffensive.

« Vous nous avez causé un peu d'ennuis tout à l'heure, hein. Et vous avez même pas dit au revoir avant de partir.

— Ravi de constater que vous avez gravi les échelons, Bunda », dit Reinhardt.

C'était la première idée qui lui était venue, une façon de détourner Bunda de la voie sur laquelle son esprit limité avait voulu s'engager.

« D'agent de police à capitaine oustachi. Félicitations.

— Vous aviez pas le droit de faire ce que vous avez fait là-bas, Reinhardt. Me mettre dans l'embarras devant mes hommes. Devant ces gens-là. » Il referma les doigts sur le hausse-col, ses ongles cassés crissant faiblement sur le métal. « Et vous avez pas le droit de fricoter avec des gens comme Mme Vukić. Elle fait partie de la putain de noblesse. Elle est à nous. Vous lui voulez quoi, d'abord ?

— Je peux faire quelque chose pour vous, Bunda ?

— Vous pouvez crever, ça ouais, grogna le géant.

— Vous savez, les miracles, ça peut toujours arriver, mais avant cela, il faudrait déjà qu'un oustachi puisse donner un ordre à un soldat allemand. »

Reinhardt vit ses paroles faire péniblement leur

chemin jusqu'au cerveau de l'oustachi, et saisit cette opportunité pour s'écarter de son chemin.

« S'il n'y a rien d'autre, je vous laisse. »

Ses mots lui semblèrent ridicules, convenus et ampoulés, mais il ne voyait pas d'autre moyen de se sortir de cette situation.

« Y a un truc que vous devez comprendre, Reinhardt, fit Bunda en le suivant des yeux. C'est plus l'endroit que vous avez connu. Les règles, maintenant, c'est nous qui les faisons. Pas moyen d'y échapper ou de les contourner. Pas moyen non plus de nous en empêcher.

— Je tâcherai de ne pas l'oublier, Bunda, lui renvoya Reinhardt avec une légèreté imprévue.

— Vous êtes prévenu.

— Et c'est tout ? »

Bunda se borna à le fixer tandis que Reinhardt donnait une tape sur l'épaule de son chauffeur, puis la voiture s'éloigna lentement, patinant sur les pavés.

4

La Kübelwagen s'engagea prudemment le long de la rue Alexandre Ier, traversant la vieille ville pour rejoindre les nouveaux quartiers construits par les Autrichiens. La route était difficilement praticable, et le chauffeur s'efforçait de garder ses roues dans les deux ornières creusées dans les restes de glace boueuse et les nids-de-poule qui trouaient sa surface, les pneus s'embourbant dans une mélasse de neige fondue.

Malgré l'heure tardive, un côté de la route était encombré de soldats, des milliers semblait-il, en train de marcher, d'attendre ou de faire la queue pour accéder à la gare et être évacués. De l'autre, des civils arpentaient laborieusement les trottoirs encombrés de draps, de blocs de neige, de glace ou de gravats, jambes écartées pour ne pas glisser, souvent pliés, parfois en deux, sous le poids de leur chargement. Ils étaient engoncés dans leurs vêtements, leurs visages protégés par des écharpes et des capuches sous lesquelles Reinhardt discernait leurs traits crispés et tirés par le froid et la faim, et il se souvint d'un texte qu'il avait lu un jour. Quelque chose sur le fait que le froid d'hiver gardait les riches à l'intérieur mais attirait les pauvres à l'extérieur, dans le seul et unique but de rester en mouvement pour ne pas geler.

La route se dégagea au niveau du Palais du gouvernement, et les ornières se brouillèrent et se dispersèrent, s'élargissant en tous sens tels des rails. Dans le modeste bois qui faisait face au bâtiment brûlaient de petits foyers dont la fumée épaisse s'élevait dans les arbres, des silhouettes humaines s'agglutinant autour d'eux. Une fois le bois passé, ils trouvèrent l'intersection Marijin Dvor bondée, une véritable marée noire. La voiture ralentit, laissant à Reinhardt le loisir de découvrir ce qui retenait les gens.

Des corps. Des dizaines de corps, se balançant lentement au bout de cordes. Pendus à des arbres, à des lampadaires et à des panneaux, certains accrochés à des fenêtres. Des hommes, pour la plupart, mais aussi des femmes. Les braseros et les lampes peignaient les cadavres d'une horrible lumière orange et noir qui donnaient à leurs visages des airs de masques grimaçants, lesquels semblaient se moquer des spectateurs comme s'ils savaient quelque chose que seuls les morts pouvaient comprendre. Des oustachis entouraient le périmètre, et la tension de la foule était palpable, femmes et enfants pleurant ceux qui, il y a peu, étaient encore des maris et des pères. Reinhardt échangea un regard avec son chauffeur, puis la voiture déboucha à nouveau dans une zone dégagée. Les murs blancs et sans fin de la caserne de Kosovo Polje se profilèrent dans le brouillard naissant. Emmitouflée dans ses vêtements, la sentinelle à l'entrée leur fit signe de passer la barrière pour rejoindre un parking.

Les véhicules garés le long des murs étaient saupoudrés d'une fine pellicule de neige fraîchement tombée, mais la cour était une étendue de graviers boueux sur lesquels la Kübelwagen dérapa. Reinhardt et le chauffeur déchargèrent leurs bagages et pataugèrent péniblement dans la neige fondue qui collait à leurs semelles, en direction de l'entrée devant laquelle se trouvaient le plus grand nombre de panneaux. Il les balaya du regard en tapant des pieds pour décrotter ses bottes, trouva l'écriteau indiquant les opérations du Feldjägerkorps, et s'engagea dans le labyrinthe des couloirs de l'immense caserne.

Les corridors étaient sombres et glacés, équipés de plafonds aussi hauts que les fenêtres, un modèle de l'architecture d'une nouvelle époque. De nombreuses vitres étaient brisées ou fendues, les carreaux recouverts d'adhésif ou protégés par des piles étagées de sacs de sable. Le bâtiment résonnait du bruit des hommes pressés, des ordres criés, des cliquettements et tintements des machines à écrire et des téléscripteurs, des carillons des téléphones. Ils trouvèrent le centre des opérations, enfin. C'était une vaste salle aux murs tapissés de cartes, dont l'espace était occupé par des tables autour desquelles s'affairaient des dizaines de soldats et d'officiers, assis ou debout. L'air vibrait de la rumeur des conversations, des éclats de voix, du rythme saccadé des échanges téléphoniques ou radiophoniques à une voix, saturé de fumée de cigarette et d'un mélange d'odeur de pieds, de vêtements humides et de transpiration. Un lieutenant leur indiqua une porte de l'autre côté de la salle, derrière laquelle se trouvaient les opérations du Feldjägerkorps.

« Reinhardt, vous voilà, dit le colonel Scheller,

assis derrière son bureau – il observait une carte de la ville, sourcils froncés. Vous arrivez juste à temps. Réunion d'équipe. Je m'apprêtais à envoyer une équipe de secours vous chercher. Une cigarette ? proposa-t-il à en lui faisant signe de s'asseoir. Alors ?

— On m'a appris aujourd'hui que tout ce qui se trouve à l'est de la dernière ligne est un "territoire indien". Nous avons fait un dernier tour par là, indiqua Reinhardt en pointant de sa cigarette le trajet de son unité sur la carte, et nous avons trouvé… quelque chose. Je ne sais pas trop qu'en penser.

— Ces déserteurs ? »

Les lèvres de Reinhardt s'ourlèrent autour d'un nuage de fumée.

« Peut-être. Je ne suis pas sûr. Trois cadavres. Probablement des Allemands. Au moins deux unités, preuve à l'appui. Ça pourrait être eux.

— Frenchie a fait mention d'autre chose…

— Un massacre de civils. Des réfugiés, d'après leur apparence. Tués par un peloton d'exécution.

— Les déserteurs ?

— Qui peut le savoir, monsieur ? soupira Reinhardt.

— Ma foi, si c'était eux, ils sont livrés à eux-mêmes, à présent. Le commandement de l'armée a ordonné de suspendre tout mouvement à l'est de… à l'est de… Ahh, bon sang, ils ont vraiment des noms à coucher dehors. Donje-je-ne-sais-pas-quoi. D'ici, indiqua-t-il en traçant un arc-de-cercle au sud de la route principale qui menait à l'est, celle par laquelle Reinhardt était arrivé en ville dans l'après-midi, à ici. Tout ce qui se trouve à l'est de cette ligne est, comme vous dites, un territoire indien.

— Donc, c'est comme ça, dit Reinhardt avec

calme, suivant des yeux les volutes de fumée de sa cigarette.

— C'est comme ça, oui. Frenchie m'a aussi rapporté que vous avez fait peur à la faune locale ? »

Reinhardt sursauta, arraché à une nouvelle vision de la fillette dans les bras de son père, et de l'homme au bouc.

« Je vous demande pardon, monsieur ? »

Scheller sourit.

« En ville depuis moins de cinq minutes, et vous tourmentez déjà nos fidèles alliés.

— Les oustachis ?

— Précisément. » Il lui fit passer un papier. « Une plainte officielle relative à votre comportement.

— Nom de Dieu, murmura Reinhardt. Ils n'ont pas perdu de temps.

— Non, confirma Scheller en mordillant le côté gauche de sa lèvre inférieure comme il le faisait à chaque fois qu'il réfléchissait. Il se passe beaucoup de choses, on dirait. Entrez ! » s'écria-t-il, en réponse à des coups frappés à la porte.

Deux officiers Feldjäger entrèrent, les autres capitaines de l'unité, Lainer et Morten, accompagnés de deux Feldgendarmes – parmi lesquels un général, remarqua Reinhardt en se redressant – suivis d'un capitaine de l'armée.

Le général était trapu, presque aussi large que haut, et faisait penser à un bulldog, par sa stature et son allure pugnace, son torse bombé et son visage impénétrable et belliqueux, et ses petits yeux rapprochés qui fouillaient la pièce dans des battements de paupières. Le second Feldgendarme, un commandant, était son exacte antithèse : grand, mince, les cheveux plaqués en arrière, avec une sorte de nervosité dans les regards en biais qu'il lançait au général, comme s'il s'attendait à le voir commettre une erreur ou faire un impair.

« Messieurs, je vous présente le général Herzog, commandant des forces de police militaire de la région de Sarajevo. »

Des salutations et des noms furent échangés à voix basse, auxquels l'imperturbable commandant resta indifférent.

« Et voici le commandant Neuffer, qui occupe le poste d'officier de liaison avec la Feldgendarmerie, ainsi que le capitaine Langenkamp, qui assure la liaison de l'armée avec les oustachis. Je sais que c'est un peu tard, mais maintenant que l'unité tout entière est en ville, j'ai demandé au général de nous donner son évaluation de la situation, dans la mesure où c'est à ses hommes que nous allons apporter notre soutien. Il a gentiment accepté. Général, dit Scheller en désignant des chaises tirées autour d'une table basse, je vous en prie, prenez place.

— Bien, vous êtes tous les bienvenus à Sarajevo, commença Herzog en jetant des coups d'œil furtifs autour de la table, alors qu'un officier d'ordonnance se glissait dans la pièce avec un plateau de sandwichs et de café. Non que j'aie sollicité votre présence. Mais vous êtes les bienvenus quand même, et nous vous trouverons des activités lucratives, ne vous inquiétez pas. Simplement, n'allez pas abuser de cette fameuse autorité du Feldjägerkorps avec moi ou mes hommes. Je ne le tolérerai pas. Vous pardonnerez mon franc-parler – cela dit, ça m'est bien égal que vous me pardonniez ou non – mais je crois que l'honnêteté et la franchise sont les deux vertus de base d'une nouvelle relation. »

Reinhardt promena son regard sur Scheller et les capitaines, se demandant s'ils étaient aussi déroutés que lui.

« Cela étant dit, je veux que nous soyons tous au diapason en ce qui concerne la situation, car nous allons être, passez-moi l'expression, foutrement occupés. Messieurs, notre position ici, à Sarajevo, est précaire. Plus de 35 000 soldats allemands, ainsi que des dizaines de milliers de nos alliés, sont pratiquement cernés. Nous disposons d'une ligne ferroviaire en état de fonctionnement pour nos déplacements, laquelle mène au nord, en passant par Visoko et Zenica, puis jusqu'à la frontière avec la Croatie, où elle tombe sous la menace des forces soviétiques qui encerclent Belgrade. La ligne qui conduit à la côte, au sud, a été coupée lorsque les partisans ont pris Mostar le 14 février. Les premières lignes des partisans ont été signalées à une faible distance, environ onze kilomètres... »

Reinhardt n'écoutait que d'une oreille, mâchonnant tranquillement un sandwich garni de tranches de viande et de fromage sans saveur, l'esprit tourné vers l'homme au bouc. Qu'avait-il de spécial ? Quel instinct cela éveillait-il en lui ? Cela avait-il un rapport avec son retour, se demanda-t-il en sirotant son café noir mais rêvant à une tasse de ce café turc qu'il aimait boire à Baščaršija ? Sa conversation avec Benfeld lui trottait dans la tête. La notion de meurtre avait-elle encore un sens après tout ce qui s'était passé ? Car quelqu'un avait bel et bien été assassiné, là-haut dans la forêt. De la même manière que d'autres l'avaient été dans le même genre d'endroits à l'échelle du continent. Comme toujours, son esprit récalcitrant répugnait à envisager de telles pensées, incapable de comprendre ce qui s'était produit, ce dont ils avaient été témoins ces dernières années. Mais ça s'était produit sous son nez, cette fois, ou presque. Il se demandait quelles étaient ses chances de pouvoir y faire quelque chose…

« … voilà pourquoi notre priorité est l'évacuation par voie ferrée, de jour comme de nuit, les troupes étant envoyées à la gare au fur et à mesure. Enfin, en plus des forces partisanes qui encerclent la ville, les actions des partisans se multiplient à l'intérieur de Sarajevo – sabotage, espionnage –, toutes menées par des cellules actives. Ces cellules sont prétendument sous le contrôle d'un dirigeant opérationnel du parti communiste connu sous le simple nom de "Valter". Ce type est, faute d'un terme plus approprié, un fils de pute rusé et lâche que je rêve d'attraper et de pendre par les couilles. Cependant, cela concerne nos alliés oustachis. Je laisse donc la parole au capitaine Langenkamp. »

À l'évocation des oustachis, Reinhardt mit sa rêverie de côté et se fit plus attentif. Langenkamp avait, peut-être, un petit peu trop côtoyé les oustachis. Il se tenait immobile sur sa chaise, les mains jointes sur la table devant lui, et parlait d'une voix calme qui semblait venir de très loin. Comme s'il cherchait à mettre de la distance entre lui et le monde.

« Les oustachis se trouvent dans une situation particulièrement délicate. Ils n'ont presque plus d'emprise sur la Bosnie et concentrent désormais leurs forces sur la défense des frontières de la

Croatie. En outre, ils doivent faire face à l'émergence continuelle de factions qui se forment autour de divers territoires, chacune d'entre elles étant dirigée ou soutenue par une personnalité. Par exemple, les oustachis de Sarajevo sont sous le contrôle du général Vjekoslav Luburić. Le général Luburić est connu pour être farouchement dévoué à la cause oustachie, et sans pitié à l'égard de ceux qu'il considère comme incapables de la défendre, qui l'ont trahie ou compromise. Il est entouré d'un petit cercle de six ou sept hommes, ses lieutenants, des hommes tels que Svetozar Trpić, Jovan Buzdek et Ante Putković. » Reinhardt remua sur son séant et fronça les sourcils en entendant ce dernier nom. « Ils exercent leur pouvoir sur la ville en toute impunité. Putković, en particulier, est responsable de la sécurité intramuros, mais aussi de la récente vague d'arrestations, sans motifs précis, de dizaines de personnes. En fait, on le connaît sous son *nom de guerre*[1], "Le Joueur", car il se sert d'un jeu de dés pour décider du sort qu'il réserve aux prisonniers et aux suspects. Rien qu'aujourd'hui, une exécution de masse a fait quatre-vingts et quelques victimes, dont on a pendu les corps dans des arbres du quartier de Marijin Dvor.

« La capacité des oustachis à se positionner comme une force de combat efficace est très faible. On peut se demander dans quelle mesure ils continuent à suivre les ordres de Zagreb de manière significative. Plus ils s'affaiblissent, plus leur façon de gouverner les quelques rares territoires qui leur

1. En français dans le texte (*NdT*).

restent devient désespérée et incontrôlée, et plus ils ont recours à l'usage de la terreur, de la corruption et de la violence. »

Ces mots auraient pu sonner comme un slogan oustachi, se dit Reinhardt – à ranger auprès de leur ridicule trinité « le couteau, le revolver, la bombe » –, et, en effet, ce Langenkamp avait sans doute un peu trop baigné là-dedans. Reinhardt le sentait dans les yeux de l'homme, ainsi qu'à la façon dont ses tendons se contractaient sous la peau de son cou. Agent de liaison avec les oustachis. On pouvait difficilement faire plus pénible et dégradant.

« J'ajouterai un élément d'information. Il semble qu'une purge soit en cours de préparation au sein des oustachis de Sarajevo. Selon certaines rumeurs, des dirigeants parmi les hauts gradés auraient disparu, peut-être déserté, et le général Luburić serait soi-disant furieux, soupçonnant trahison et traîtrise.

— Néanmoins, l'interrompit Herzog, dont l'impatience se peignait largement sur sa face de bulldog, en dépit de leurs faiblesses et de leurs divisions internes, ils demeurent nos alliés. Nos *alliés*, messieurs, insista-t-il en promenant ses petits yeux perçants sur le groupe. En tant que tels, ils ont exclu toute forme de compromis avec les partisans, et les deux camps semblent engagés dans un combat à mort dans lequel aucun d'eux ne fera de quartier. La crainte d'infiltrations partisanes dans la ville rend les oustachis paranoïaques, contrôles et arrestations se succèdent dans le but de dissoudre leurs cellules et de capturer ou tuer Valter et ses commandants. Ils font une vraie fixation sur lui.

« Et à juste titre. Ne vous y trompez pas, messieurs, l'infiltration partisane est une réalité. Ces salauds sont partout. Vous avez tous eu vent, je présume, de l'audacieux exploit qu'ils ont accompli récemment. Ils se sont emparés des plans de défense de l'armée il y a deux jours, directement dans le coffre où ils étaient gardés, ici même, dans cet immeuble.

— Je tire mon chapeau à ces gars, qui que ce soit, plaça Scheller dans un murmure général de l'assemblée. Une opération rondement menée. »

Herzog lui renvoya un rictus, mais approuva tout de même d'un hochement de tête.

« Nous avons essayé de garder le secret, et officiellement c'en est toujours un. Cependant, de trop nombreuses personnes ont été interrogées, et de nombreux changements vont devoir être entrepris suite à ce vol, et c'est un peu le chaos. Pour ne rien arranger, l'officier responsable de la rédaction des plans, le colonel Wedel, a mis fin à ses jours hier, relançant les rumeurs et ajoutant à la confusion. À vous, Langenkamp.

— Nous devons marcher sur des œufs dans nos relations avec les oustachis, poursuivit Langenkamp comme si Herzog n'avait jamais pris la parole. Avec l'évacuation, nous devons à tout prix veiller à ne pas leur donner de fausses impressions et à ne pas les laisser croire que nous les abandonnons pour de bon. Les conséquences que cela pourrait avoir sur nos troupes, ici et dans toute la Croatie, seraient alors imprévisibles. En outre, les activités des oustachis en ville, même si elles posent problème dans la gestion de l'occupation et de l'évacuation, ont reçu l'approbation implicite de l'officier général commandant à Sarajevo, le général Kathner. Pour finir, j'ai un homologue oustachi, pour votre information, un capitaine Marković. Si toutefois vous ne parveniez pas à me contacter, n'hésitez pas à solliciter son assistance. Merci », termina-t-il de la même manière qu'il avait commencé, mains jointes sur la table et regard lointain.

Un silence se referma sur les paroles de Langenkamp, et Reinhardt se demanda si l'un des Feldjäger avait la moindre idée de ce qui les attendait à l'extérieur avec les oustachis. Il se pencha en avant.

« Capitaine Langenkamp, dit-il, rompant le silence sous le regard pesant de Herzog, qu'il sentit le transpercer. Vous avez évoqué un oustachi du nom d'Ante Putković. Je me demandais s'il était dans la police de Sarajevo, auparavant ? »

Langenkamp opina.

« Un ami à vous, Reinhardt ? s'enquit Scheller, sourcils levés derrière le bord de sa tasse.

— Pas exactement.

— Dans ce cas, il est peu probable que vous souhaitiez vous retrouver face à lui, je pense. »

Reinhardt ouvrit la bouche mais ne trouva rien à répondre.

« Gardez donc ça en tête, Reinhardt. Écoutons à présent le commandant Neuffer. Commandant, si vous voulez bien », fit Scheller, lui laissant la parole.

Avec ses cheveux noirs plaqués en arrière, ses pommettes saillantes et ses lèvres pincées qui barraient son menton étroit, Neuffer rappela soudain à Reinhardt l'ancien empereur Guillaume II.

« Merci, colonel. Je voudrais profiter de cette occasion pour vous souhaiter la bienvenue en ville, à vous et à vos hommes, et vous faire savoir que nous comptons sur votre aide pour maintenir l'ordre dans les rangs. Nous sommes très heureux de vous avoir parmi nous », dit-il, bien que, tout comme Herzog, il semblât tout sauf heureux.

Le commandant poursuivit dans la même veine pendant de longues minutes, une litanie formaliste et conventionnelle ponctuée de rares éléments de renseignement, jusqu'à ce que Herzog ne le presse d'enfin « cracher le morceau ». Les joues rouges, Neuffer les informa que les Feldjäger seraient déployés dans diverses zones sensibles, tels que la gare et la caserne principale, ici à Kosovo Polje.

« Colonel, si vous me permettez, intervint Reinhardt. Général, monsieur, quel est le rôle des forces allemandes dans le maintien de l'ordre public dans l'enceinte de la ville ?

— Je voudrais réitérer les propos du capitaine Langenkamp au sujet des oustachis. Ils restent nos alliés et, à ce titre, nous avons le devoir de leur apporter notre aide ou, à défaut, de ne pas faire obstacle à leurs opérations. Il est de notre responsabilité de nous assurer que nos hommes restent disciplinés en attendant leur évacuation, et de leur donner une bonne leçon au moindre faux pas. En dehors des questions de stratégie, de sécurité opérationnelle et de tout ce qui concerne directement nos troupes, nous n'avons aucune autorité sur les oustachis.

— C'est-à-dire, monsieur ?

— C'est-à-dire que le maintien de l'ordre public dans cette ville est la chasse gardée des oustachis, à de rares exceptions près.

— “À de rares exceptions près” ? C'est-à-dire… ? »

Herzog fit la grimace, visiblement irrité par les questions de Reinhardt.

« C'est-à-dire que nous leurs foutons la paix.

— C'est-à-dire que nous les laissons tranquillement se livrer à toutes leurs saloperies sans rien dire ? » demanda Reinhardt, que le ton dédaigneux et grossier du général poussa à jurer, lui aussi.

Herzog étrécit les yeux.

« Et rappelez-moi qui vous êtes, nom de Dieu ?

— Reinhardt, monsieur. »

Herzog braqua ses yeux de fouine sur Neuffer, qui hocha la tête.

« Reinhardt. Bien. Colonel, dit Herzog à l'attention de Scheller, voici précisément ce que nous redoutons. Je me dois de mentionner le comportement du capitaine Reinhardt en début de soirée, lequel lui a valu une plainte écrite des oustachis et un rapport de l'un de nos hommes.

— Et de qui s'agit-il ?

— D'un officier qui a été témoin d'une confrontation entre le capitaine Reinhardt et les oustachis. »

Scheller décocha un coup d'œil interrogateur à Reinhardt.

« Il y avait une unité de la Feldgendarmerie à ce poste de contrôle en début de soirée, monsieur, lui apprit ce dernier.

— Et quel est l'objet de cette plainte contre le capitaine Reinhardt, monsieur ? » demanda Scheller.

Une ombre passa sur les lèvres de Herzog, sans que Reinhardt sût dire si c'était la question qu'il trouvait déplaisante ou toute cette histoire qui le faisait sourire.

« Le capitaine Reinhardt a interféré dans l'ordre des choses, dirons-nous. L'ordre naturel des choses. »

D'un signe de tête, Scheller invita Herzog à poursuivre.

Neuffer changea de position, mal à l'aise.

« Si nous pouvions revenir au sujet principal... commença-t-il avant de marquer une pause, comme pour intimer à Herzog d'embrayer, mais le général garda le silence. Des actions unilatérales telles que celle du capitaine Reinhardt, qui vont à l'encontre de la volonté des oustachis, sont préjudiciables à la bonne entente et au bon déroulement des opérations dans cette ville. Je dois vous demander de nous garantir que cela ne se reproduira pas.

— Certes », fit Scheller, le menton rentré dans le cou.

Il regarda Herzog de derrière ses sourcils baissés, l'air calme et circonspect, mais ceux qui le connaissaient – et Reinhardt commençait à savoir lire en lui – pouvaient deviner un agacement sous lequel couvait de la colère. Scheller était, comme Reinhardt l'avait découvert ces derniers mois, quelqu'un d'extrêmement loyal envers ses subordonnés. Il attendait beaucoup d'eux, mais leur donnait également beaucoup en retour, que ce soit en terme de confiance, de responsabilités ou de liberté d'action.

« Nous espérons tous que le capitaine Reinhardt, comme l'ensemble de mes hommes, ne sera plus confronté à ce genre de situation.

— Vous avez foutrement raison, grogna Herzog. Une règle générale, messieurs : réfléchissez en termes de couleurs. Notre juridiction commence et s'arrête avec les uniformes gris. Nous n'avons aucune autorité sur les noirs. Là-dessus, je vais devoir vous laisser. Voyez avec Neuffer s'il vous faut quoi que ce soit. Bonne chance et tout ce qui s'ensuit, dit-il en se levant et en lissant sa tunique, avant de changer subitement d'attitude et de ton, comme s'il venait de recentrer ses pensées. Nous ne sommes pas là pour nous amuser, messieurs, et bien que les temps soient déjà durs, ce n'est qu'un prélude. Il faut parfois que les choses tournent mal, vous savez, vraiment mal quelquefois, avant de s'arranger. Ce qui, messieurs, est exactement le cas actuellement, et ici, précisément, ajouta-t-il en relevant le menton vers les Feldjäger. Plus tard, quand ils regarderont en arrière, les gens s'attarderont sur cet endroit, sur cette période, et ils s'interrogeront sur la qualité des hommes qui ont traversé tout ça et qui se sont battus. » Herzog se figea sur le pas de la porte que Neuffer tenait ouverte, et leur adressa un dernier regard. « Sur ce, messieurs, je vous souhaite bonne chance.

— Bien, les gars, dit Scheller quand ils furent seuls. Morten, soyez sympa et sortez-moi cette bouteille du buffet. »

Un silence s'installa tandis que Morten leur servait quatre verres de cognac, puis ils se rassirent et allumèrent des cigarettes. Chacun d'eux, à l'évidence, repensait au général Herzog. Reinhardt échangea un regard furtif avec Morten, qui leva un sourcil en tournant les yeux vers la porte.

« Voilà ce que je veux. Je veux que nous quittions tous cette ville entiers. Je ne veux perdre personne, dans la mesure du possible. Pas pour ce merdier – vous me pardonnerez l'allusion, glissa-t-il avec un signe de la tête à l'attention de Reinhardt, qui leva son verre en guise de réponse, et pas non plus pour ces psychopathes d'oustachis. Donc, nous apportons notre soutien à la Feldgendarmerie là où elle en a besoin, mais plus particulièrement à la gare. Les choses là-bas peuvent parfois déraper, apparemment.

— Il fallait s'y attendre, monsieur. Certains hommes peuvent disjoncter quand ils sont si proches de la sortie, fit valoir Morten.

— Certes. Je veux quelques-unes de nos propres patrouilles sur le terrain, en parallèle. J'ignore combien de temps nous allons rester ici, et je veux que nous regardions de nos propres yeux et que nous écoutions de nos propres oreilles, afin de savoir où nous mettons les pieds. Lainer, vous vous occupez de ça, d'accord ? Reinhardt, je vous retire des opérations. Je vous veux dans l'équipe ici, et je veux que vous assuriez la liaison avec le commandement de l'armée. Vous connaissez la ville. Je veux pouvoir mettre votre expérience à profit si les gars de Lainer ou ceux de Morten appellent, ou s'il leur faut des renseignements.

— Monsieur… », commença Reinhardt.

Il regarda les deux autres capitaines. Tous deux étaient, comme il se devait dans le Feldjägerkorps, des officiers d'infanterie hautement décorés et expérimentés. Lainer se caractérisait par son apparence désinvolte avec ses cheveux implantés en V constamment rejetés en arrière, quant à Morten, le cache-œil qu'il portait du côté gauche lui donnait de faux airs de pirate. Cela n'avait pas été simple de gagner le respect de ces hommes. Reinhardt n'était même pas sûr qu'il lui était acquis, conscient de leurs regards en coin à tous, se demandant s'ils le pensaient faible, ou pas assez solide, et il arrivait qu'il éprouve l'envie irrépressible de leur parler de son expérience dans les troupes d'assaut durant la Grande Guerre afin de leur prouver que lui aussi avait été jeune, fort et dur. Mais il s'en abstenait, soucieux de ne pas passer pour quelqu'un qui vivrait dans le passé, un croulant qui se raccrocherait à des histoires d'une époque révolue.

« Si c'est à cause des oustachis…

— Oui et non, Reinhardt. Je compte sur vous pour vous assurer que nous naviguions sur ces eaux. Ce qui veut dire que je vous veux concentré ici. D'ailleurs, vous pouvez disposer. Je veux votre rapport sur votre patrouille avant minuit sur mon bureau. Ensuite, allez dormir. Vous êtes de service à partir de 6 heures zéro zéro demain matin. »

5

La matinée du lendemain fut, dans une large mesure, dédiée à régler les détails opérationnels du déploiement des Feldjäger, mission pour laquelle Reinhardt se mit en contact avec le commandement de l'armée responsable de l'évacuation en cours. La majorité des Feldjäger fut envoyée à la gare, où leur réputation les avait précédés, entraînant une diminution considérable des incidents depuis leur arrivée. Les succès qu'on leur attribuait étaient tels que l'annonce de leur présence s'était propagée au sein de plusieurs autres zones dans lesquelles des soldats étaient cantonnés, et où la tension ne cessait de croître à mesure que les pensées des hommes se focalisaient de plus en plus sur leur place dans le train et le moment de leur départ.

Le traitement de ces demandes et la rotation des équipes étaient des tâches difficiles mais gratifiantes, et Reinhardt put mettre à profit sa connaissance de Sarajevo pour guider les unités de Feldjäger à travers la ville, voire plus loin encore, jusque dans les bases arrières et sur les routes qui, à l'ouest et au nord, conduisaient à Visoko et Zenica. Dans le même temps, son esprit le ramenait sans cesse à la forêt, aux trois corps calcinés, au cadavre avec le bouc et à la fillette dans les bras de son père. Et en toile de fond, il y avait les oustachis. Bunda au poste de contrôle, son physique de primate, la peur qu'il inspirait. À nouveau, Reinhardt alla fouiller le trou dans sa gencive, et il serra la mâchoire dans un accès de colère.

« Il y a un juge qui veut vous voir. »

Reinhardt sursauta, leva le nez du tableau de service qu'il était en train de corriger, et regarda autour de lui avant de se mettre debout. Le colonel Scheller se tenait derrière lui, un bout de papier à la main. Il fit signe à Reinhardt de se rasseoir, tira une chaise à lui et s'assit à son tour.

« Un juge ?

— Le nom du juge est Dreyer. »

Reinhardt fronça les sourcils.

« *Dreyer ?* Marcus Dreyer ?

— Et comment vous le connaissez, ce Dreyer ?

— S'il s'agit bien du même Dreyer, nous nous connaissons depuis longtemps. Nous avons servi dans la même unité pendant la Grande Guerre, puis il est devenu juge à Berlin alors que j'étais dans la police. Je l'ai perdu de vue à la fin des années trente ; ensuite nous avons tous les deux été affectés en Norvège. Finalement, il avait quitté la justice pour revenir dans l'armée. »

Dreyer avait été un allié pour la police, et un ami pour Reinhardt. L'un comme l'autre avaient subi le même genre de pression des nouveaux maîtres de l'Allemagne : se conformer, s'adapter, rentrer dans le rang. Dreyer avait cédé avant Reinhardt, à supposer que les efforts de Reinhardt pour rester dans la police pussent être qualifiés d'acte de résistance.

« J'ai de nouveau perdu le contact avec lui, après ça. J'ai entendu dire qu'il était en Russie. Bref, de quoi s'agit-il, monsieur ? Pourquoi souhaite-t-il me voir ?

— Apparemment, il a lu le rapport que vous avez fait hier, et il veut vous en parler. »

Scheller se tut et, tout en se mordillant la lèvre du bas, baissa la tête pour jeter un œil au papier qu'il tenait dans ses grosses mains. Malgré sa carrure et son énergie impressionnantes, le colonel était terriblement épuisé. Après la mort du commandant Hessler au Monténégro, ce dernier n'avait pas été remplacé, et bien que Reinhardt eût repris une partie de ses activités, le gros du travail avait échu à Scheller.

« Le rapport d'hier ? » grimaça Reinhardt.

Scheller haussa les épaules.

« Vous verrez bien. Allez-y, Reinhardt. Prenez ma voiture et mon chauffeur. »

Reinhardt s'enfonça dans le dédale de couloirs, fendant des mêlées d'hommes dans un tourbillon sonore pour retrouver le froid extérieur. À son grand soulagement, la voiture de Scheller était équipée d'un habitacle en dur, et donc bien chauffée. Le chauffeur chemina à travers les files d'attente des troupes et les volutes de fumée des feux, puis la voiture s'arrêta au niveau du Palais du gouvernement, l'ancien bâtiment austro-hongrois. Reinhardt descendit à la hâte, passa devant les sentinelles en faction qui le saluèrent, puis il gagna le vestibule bruyant, et ce faisant, il se rappela être venu ici pour s'entretenir avec le capitaine Thallberg de la police secrète militaire, au moment de son enquête sur les meurtres de Marija Vukić et de Stefan Hendel.

Des panneaux le menèrent à l'étage où, une fois passés les bureaux de l'ancienne police secrète, il arriva dans la section occupée par les services judiciaires de l'armée. Il eut un moment d'arrêt, hésita, se faisant l'effet d'un intrus le temps d'une seconde – ou pire, d'un pénitent. Il se secoua, ouvrit la porte et fit un grand pas dans le bureau, qu'il trouva vide. Il perçut un brouhaha de voix un peu plus loin, provenant d'un petit couloir au bout duquel une porte était entrouverte. Le ton était dur, comme si on se disputait. Il avança et alla frapper. Les voix se turent, et un « *Entrez !* » retentissant se fit entendre de l'autre côté.

Le bureau ne ressemblait en rien à ceux des juges que Reinhardt avait visités au cours de sa carrière dans la police. Pas d'étagères en bois riche et lambrissé remplies d'ouvrages juridiques, pas de tapis, pas de fauteuil de cuir ou d'abat-jour. Cet endroit était froid, dépouillé ; un bureau, deux chaises dépareillées à l'air inconfortable, un gramophone dans un coin, près d'un lit de camp fait à la hâte dont le matelas était creusé d'un pli profond. Et derrière le bureau, en train de se lever, un homme sur le visage duquel un sourire vint chasser une expression de surprise. Grand, bourru, il fondit sur lui le torse bombé comme la voile d'un galion porté par le vent.

« Gregor ? *Gregor !* Ça alors, c'est toi, mon vieux !

— Marcus. Commandant Dreyer, monsieur. »

Reinhardt serra la main de l'homme, comme le voulait son grade. Il lui retourna son sourire, mais ce qu'il ressentit fut plus de l'ordre d'une nervosité soudaine que d'un quelconque plaisir à retrouver un vieil ami.

« Bon sang, Gregor ! J'ai su que tu étais ici, mais j'ignorais… que… c'était… »

Il s'interrompit et désigna le hausse-col du Feldjägerkorps autour du cou de Reinhardt.

« On s'y fait, monsieur. »

L'autre homme présent dans la pièce se racla la gorge, les regardant tous les deux avec un sourire poli sur les lèvres. C'était un homme grand et fin, vêtu d'un uniforme bien coupé, qui tenait ses lunettes entre ses doigts longs comme ceux d'un pianiste. Il avait une chevelure argentée et deux ronds de couleur sur les joues, et arborait une expression érudite de surprise et d'interrogation tandis qu'il détaillait Reinhardt de la tête aux pieds.

Dreyer se tourna vers lui, tendant le bras pour l'inclure dans la conversation.

« J'oublie les bonnes manières, pardon. Reinhardt, je te présente le juge Felix Erdmann. Un juriste redoutable, également mon supérieur.

— Enchanté, capitaine, dit Erdmann.

— Enchanté, monsieur. Je m'excuse de vous avoir dérangés mais il n'y avait personne à côté.

— Il n'y a pas de mal, capitaine, sourit Erdmann. Je crois comprendre qu'il s'agit d'heureuses retrouvailles, Dreyer ?

— Tout à fait, répondit Dreyer, souriant à Reinhardt. Entre le capitaine et moi, c'est une longue histoire. Nous avons fait la Grande Guerre ensemble. Il a dû me sauver la vie une demi-douzaine de fois. Et en 1940, à nouveau, alors que nous étions en Norvège.

Il m'a sorti d'un navire en train de couler, que les Britanniques avaient détruit à Narvik.

— Bonté divine !

— Et nous avons été collègues à Berlin après la guerre.

— Oh, vraiment ? » Erdmann inclina la tête vers Reinhardt d'un air inquisiteur. « Vous êtes avocat ?

— J'étais policier, monsieur.

— Policier ? Quelle qualité, exactement ?

— Inspecteur.

— Réellement ?

— Reinhardt était l'un des meilleurs de l'Alex [1], lui apprit Dreyer avec fierté. Je ne pensais pas le retrouver ici !

— Réellement, murmura à nouveau Erdmann, un sourire ténu se dessinant sur ses lèvres, contre lesquelles il vint frotter les branches de ses lunettes.

— Monsieur, verriez-vous un inconvénient à nous accorder quelques minutes pour évoquer le passé ?

— Bien sûr que non, Dreyer. Cela va de soi, répondit Erdmann, qui consulta sa montre dans un élégant mouvement du poignet. Reprenons dans une heure ? Dans mon bureau ? Ce fut un plaisir, capitaine. »

La porte cliqueta derrière Erdmann, et Dreyer invita Reinhardt à s'asseoir sur l'une des deux chaises.

« Raconte-moi. Qu'est-ce que tu deviens ? Et pour l'amour du ciel, oublie le "monsieur" ! »

Reinhardt observa Dreyer, du passepoil vert foncé de son grade à la Croix de chevalier sur son cou, la

1. Diminutif d'Alexanderplatz, à Berlin, où se trouvait l'ancien quartier général de la police (*NdT*).

médaille du Front de l'Est barrant sa tunique d'un trait rouge.

« Une cigarette ? »

Dreyer sortit un étui à cigarettes métallique laqué argent et ivoire et alluma la cigarette de Reinhardt avec un briquet assorti. Le juge eut un sourire en voyant les yeux de son ami se poser dessus.

« Le contenu, lui, laisse quelque peu à désirer, murmura-t-il en allumant sa propre cigarette. Ces fichus trucs, ce n'est rien qu'un peu de papier et du bon tabac. »

Reinhardt regarda Dreyer avancer la tête et baisser le menton vers la flamme de son briquet. Son regard accrocha les rides profondes qui creusaient le visage du juge, les varices qui marbraient son nez de leurs minuscules affluents. Au moment où ce dernier ouvrit les yeux, Reinhardt détourna les siens et fixa un instant sa cigarette avant de les lever vers le plafond pour suivre la fumée qu'il venait de recracher.

« Une petite goutte ? » proposa Dreyer en lui tendant une flasque.

À en juger par son haleine, ce n'était pas la première, mais bien que tenté, Reinhardt déclina l'invitation. Cette faiblesse, il ne voulait plus y céder, comme cela avait été le cas il n'y avait pas si longtemps.

« Non ? À Narvik, tu ne disais jamais non !

— En effet. Rarement. »

Malgré sa réserve, un sourire étira le coin des lèvres de Reinhardt.

« Ah, je préfère ! sourit Dreyer. Bon, ça te dérange si je… ? » Il avala une grande lampée et, quand il rebaissa la tête, il posa les yeux sur Reinhardt.

« Qu'est-ce qui t'est arrivé, Gregor ? Aux dernières nouvelles, tu étais au contre-espionnage des partisans, ici. Avec l'Abwehr. Il n'y a pas eu un problème avec un général ? J'ai entendu dire qu'on t'avait un peu malmené.

— C'est de l'histoire ancienne, répondit-il dans une petite moue.

— Mais alors, qu'est-ce qui s'est passé ? »

Dreyer posa sur la table un lourd cendrier en verre couleur ambre, aux courbes complexes incrustées de métal.

Reinhardt soupira.

« On m'a demandé d'enquêter sur deux meurtres. Un général était impliqué. Il a été tué. Au combat. Mais mon enquête a ennuyé pas mal de gens. On m'a interrogé sur mon rôle dans les événements.

— Qui a mené l'interrogatoire ?

— À peu près tout le monde, souffla Reinhardt sans pouvoir réprimer une pointe de cynisme qui lui déplut. L'armée. La Gestapo. Les oustachis voulaient aussi en être mais ils n'en ont pas eu l'occasion.

— Ça cachait quelque chose, selon eux ? La mort du général ? » Reinhardt hocha la tête. « C'était le cas ?

— Tout cache toujours quelque chose », répondit Reinhardt, le regard lointain, égaré vers la fenêtre.

Quelque chose clochait. Trop de coïncidences, peut-être. Ou peut-être était-il trop soupçonneux à l'égard de ce qui semblait normal, mais qui ne l'était pas. Il tira lourdement sur sa cigarette, qui rougeoya.

« Mais ce n'était pas leur but ou leur préoccupation. Ils ont fini par me laisser tranquille. Par me réaffecter à une unité opérationnelle.

— Et te revoilà donc. Un Feldjäger, rien que ça.

— Ç'a été une surprise pour moi aussi.

— Et dis-moi, tu as des nouvelles de ton fils ? »

La bouche de Reinhardt se pinça. Il agita la tête avec raideur, faisant tomber ses cendres dans le cendrier.

« Aucune. Rien de rien. Friedrich est toujours porté disparu à Stalingrad.

— Ah, mon Dieu, Reinhardt. »

La main de Dreyer se tendit pour venir se poser lourdement sur son épaule.

Reinhardt hocha la tête, marqua un temps, laissant traîner ses mots, désireux de demander, de savoir, mais pas trop.

« Que fais-tu aujourd'hui ? Aux dernières nouvelles tu étais en URSS. »

Dreyer confirma d'un hochement de tête.

« C'est exact. Avec la 2e Panzer en Russie. Puis la 4e armée.

— Tu as été occupé, à ce que je vois, fit remarquer Reinhardt, un doigt pointé sur son cou. On ne l'a pas décernée à beaucoup de juges.

— Ça ? » Dreyer porta la main à sa Croix de chevalier. « C'est ce qu'on nous donne pour… peu importe. Front de l'Est. C'est tout ce qui compte.

— Et maintenant ?

— Bureau des crimes de guerre. »

Reinhardt leva les sourcils.

« Bureau des crimes de guerre ?

— Pour mes péchés, grommela Dreyer, ses yeux brillants fixés sur Reinhardt tandis qu'il inclinait de nouveau la tête pour une nouvelle rasade. Tu ne dis rien ? En général, les gens ont tous un commentaire à faire. »

Reinhardt montra la flasque.

« Je vois que tu es toujours collectionneur.

— Quoi ?

— Tu as toujours aimé ce genre de trucs.

— L'Art déco ? »

Dreyer sourit, les yeux posés sur la flasque. C'était un bel objet à la ligne fuselée et évasée, dont la coque était striée de lignes métalliques brillantes.

« Oui, c'est un bel objet.

— Ça aussi, dit Reinhardt en désignant le cendrier. Tout comme ton étui à cigarettes et ton briquet. Je suis surpris que tu te balades toujours avec ça sur toi. »

Dreyer eut une moue perplexe en écrasant sa cigarette.

« On a tous nos petites lubies, je présume. Comme cette montre que tu portais toujours. Qu'est-ce que c'était ?

— Une Williamson.

— Tu ne la portes plus. »

Reinhardt secoua la tête.

« La Gestapo l'a cassée.

— Tu m'en vois désolé. Tu y tenais beaucoup, si je me souviens bien.

— Qu'est-ce qui t'amène ici ? demanda Reinhardt dans un effort pour réorienter la conversation.

— Les oustachis, lui apprit Dreyer sans le quitter des yeux. Il y a des gens à Berlin qui pensent, dans certains cercles, que nous devrions surveiller les activités les plus flagrantes, dirons-nous, de nos alliés. En prévision de certaines... éventualités. » Son regard était lourd, évaluateur. « Tu vois ce que je veux dire, j'en suis certain.

— Pas besoin de me faire un dessin, répondit Reinhardt, qui sentit l'excitation monter.

— Inutile de te dire que certaines personnes au sein du commandement de l'armée pensent que c'est une perte de temps. Non seulement une perte de temps, mais aussi une trahison, vis-à-vis des oustachis, et vis-à-vis de nos principes et idéologies communs.

— Erdmann ? » risqua Reinhardt.

Dreyer haussa les épaules, ramassa le cendrier et retourna à son bureau.

« Erdmann peut-être. Ce type est un impitoyable garde-chiourme, bien qu'il le cache derrière ses airs érudits. Les autres sont pires. Je ne suis pas vraiment, dirons-nous, en odeur de sainteté ici, et la situation actuelle est un véritable obstacle à toute investigation, ajouta-t-il en saisissant une pochette cartonnée dont il tira une feuille de papier. Ton rapport. Il m'intéresse.

— Pour quelle raison ? articula Reinhardt avec calme.

— J'ai la très nette impression que tu es tombé sur quelque chose que je recherche depuis longtemps maintenant.

— Qu'attends-tu de moi ?

— Raconte-moi ce qui s'est passé hier. Avec tes propres mots. »

Reinhardt hocha la tête et repensa à l'homme au bouc, à la fillette dans les bras de son père, à ce que cela avait éveillé en lui, à cette connexion avec un passé lointain.

« Nous avons découvert une scène de massacre dans la forêt. Deux séries de meurtres. Un groupe de civils, et trois autres corps. Je pense qu'il s'agissait de soldats, mais sans certitude. Les civils ont été tués par balle alors que les trois autres ont été abattus, puis brûlés.

« Chacune des deux scènes avait pour but de dissimuler quelque chose. Selon moi, on a tué ces civils parce qu'ils étaient des témoins gênants. J'ai trouvé trois survivants. Un couple de personnes âgées et un garçon. Je ne peux rien prouver pour l'instant – et n'y arriverai peut-être jamais – mais les oustachis sont impliqués, d'une manière ou d'une autre. Je sais qu'ils ont traîné là-haut, et ils ont eu l'air très inquiet quand j'ai ramené les survivants en ville. Cette zone est proche de l'endroit où les partisans exercent un contrôle total, donc quelle que soit la raison de leur présence là-bas, c'était important, et quoi qu'ils y aient fait… ça les a comblés de joie, dit Reinhardt en se remémorant les mots du commandant au poste de contrôle, qui avait prétendu qu'ils étaient revenus d'excellente humeur. »

Il s'interrompit, voyant Dreyer lui adresser un petit sourire crispé, à peine un soulèvement de paupières, et lever la main. Reinhardt reprit son souffle, conscient et embarrassé d'avoir parlé si vite, si intensément, comme il le faisait parfois en présence d'une affaire de meurtre, et il sentit un frisson passer à travers tout son corps.

« Parle-moi du Feldgendarme. Le commandant.

— Le *Feldgendarme* ? »

Dreyer opina du chef. L'esprit de Reinhardt,

entraîné sur une nouvelle voie, achoppa sur la question.

« Que… que veux-tu savoir ?

— Tu l'as croisé au poste de contrôle. Dirigé par les oustachis. Parle-moi de lui. Comment était-il ?

— Comment il *était* ?

— Comment il était », confirma Dreyer.

Reinhardt fronça les sourcils et s'avança sur sa chaise, coudes sur les cuisses.

« Je voudrais être sûr de bien comprendre, Marcus. Tu es juge de crimes de guerre. Tu es ici… »

Dreyer le coupa d'un geste de la main, une paume apaisante tendue en avant comme pour repousser quelque danger.

« Tu es ici sur ordre de Berlin afin d'examiner certaines allégations à l'encontre des oustachis, tu as lu un rapport que j'ai rédigé sur eux qui t'intéresse, et tu me demandes de te décrire le comportement d'un commandant de la Feldgendarmerie au sein d'un bataillon disciplinaire ? »

Dreyer approuva silencieusement.

Reinhardt s'appuya sur son dossier, croisa les jambes et secoua son paquet de cigarettes pour en extraire une, sans en proposer à Dreyer. Il l'alluma, recracha la fumée sur le côté et attendit.

« Le commandant s'appelle Erwin Jansky. Je l'ai rencontré fin 1941, finit par exposer Dreyer d'une voix atone. En Pologne. À plusieurs reprises, au sujet d'affaires de marché noir. Puis concernant des rumeurs de trafic d'armes et de munitions impliquant des combattants de la résistance locale, en échange d'objets de valeur et d'œuvres d'art. Quelque chose dans ce goût-là. Il a été entendu dans le cadre d'une enquête sur le massacre de soldats allemands par la résistance polonaise. Sauf que je suis persuadé qu'il s'agissait d'autre chose. C'était lié au marché noir. Une "transaction commerciale" qui a très mal tourné. Quelqu'un a camouflé tout ça, et ceux qui ont tué les Allemands se sont débrouillés pour faire porter le chapeau aux Polonais. Tout un village a été décimé en représailles…

« Je le tenais presque, mais il m'a filé entre les pattes. Comme je l'ai dit, il était très intelligent. Des témoins ont disparu ou sont revenus sur leurs déclarations. Des unités ont été déplacées, séparées. On a rejeté la faute – de façon plutôt commode, je dois dire – sur les civils locaux. Je n'ai jamais pu monter le moindre dossier contre lui. J'ai perdu sa trace. Puis, l'an dernier, il a refait surface, en Grèce. C'était peu ou prou la même histoire qu'en Pologne. Cette fois il était question de grosses sommes d'or, des lingots soustraits à la banque centrale. Une mascarade qui a fait encore de nombreux morts. Aucune preuve directe. Encore. Mais je suis sûr qu'il y était mêlé. »

Reinhardt se repositionna sur sa chaise, et tout en écoutant la voix monocorde de Dreyer, repensa à ces réfugiés dans la forêt. Il visualisa un village polonais en flammes, au-dessus duquel tournoyaient des corbeaux.

« Si tu n'as aucune preuve, pourquoi penser que c'est lui ? »

Dreyer remua la tête, les yeux baissés.

« C'est… J'avais un témoin. En Pologne. Et en Grèce, aussi. Mais ils ont été tués. Et… Jansky… il avait, il a cette façon de… te parler. De t'asticoter avec cette vérité que seul lui et toi connaissez.

— À savoir ?

— Que ses crimes restent impunis. C'est pourquoi je te demande, Gregor, ce que tu as vu.

— S'il avait l'air d'un type qui viendrait de commettre un meurtre ? »

Dreyer plissa les yeux de frustration et secoua la tête.

« Oui. Non. Comment il était, à tes yeux ?

— J'ai été dans la police assez longtemps pour savoir reconnaître les questions tendancieuses des juristes, Marcus, répliqua Reinhardt avant d'aller chercher le cendrier sur le bureau de Dreyer pour y écraser sa cigarette. Va droit au but, dis-moi sur quoi portent tes soupçons. Ou ce que tu veux. »

Dreyer eut la bonne grâce de sourire.

« Touché, Gregor. »

Il regarda ailleurs, et sa bouche remua une ou deux fois avant de sembler trouver les mots qu'elle cherchait.

« Ce n'est pas simple d'exprimer clairement mes soupçons.

— On est amis, Marcus. Je peux tout entendre », assura Reinhardt.

Il observa Dreyer, son regard lourd et usé, comme s'il portait le poids d'un souvenir impossible à oublier.

« Aide-moi, Gregor. »

Le juge surgit près de lui, tout à coup, donnant l'impression de chercher quelque chose, et Reinhardt dut se reculer pour échapper à sa présence imposante.

« À attraper Jansky ? Sur quelle base ? Qu'est-ce que tu as sur lui ? Quelle preuve ?

— Je sais. Je ne… les fils, Reinhardt. Tire assez fort…

— Et ils se démêleront. Je sais, Marcus. Ça a marché par le passé. Mais nous sommes dans le présent.

— Je t'en prie, Gregor…

— Marcus, ce n'est pas que je refuse de t'aider, mais comment le pourrais-je ?

— *Je t'en prie*, Gregor.

— Je ne peux pas t'aider. Nous ne sommes pas à Berlin, mon ami. »

Les yeux de Dreyer roulèrent dans leurs orbites.

« Qu'est-ce que tu veux dire ?

— Ce que je veux dire, c'est que nous ne pouvons plus nous permettre de brandir l'étendard de la loi, du droit ou des procédures pour nous guider ou nous retrancher derrière lui. Ce qui veut dire que nous sommes au bord du précipice, Marcus, et que nous survivons en essayant de garder notre équilibre. Je ne… je ne vois pas en quoi risquer un pied dans le vide peut aider. Dans quel but ? Afin de confondre un Feldgendarme qui, peut-être, serait corrompu ? » Reinhardt secoua la tête, bien que ce geste lui coûtât, qu'il répugnât à voir son ami sombrer dans un gouffre au fond duquel ses mots l'enfonçaient encore plus profondément. « Sois réaliste, dit-il avant de marquer un temps devant l'expression implorante et morne qu'il vit subitement se peindre sur le visage du juge. Tu me caches quelque chose ? Marcus ? »

Dreyer grimaça, un tic faisant tressauter le coin de ses lèvres vers le bas comme si un mot trop lourd était coincé à l'intérieur.

« Je suis après Jansky depuis longtemps. On

m'a… ridiculisé, dirons-nous, en raison de mon intérêt pour lui. Mais je sais… je sais… qu'il est coupable à cent pour cent.

— Je n'en doute pas, Marcus. Mais…

— Il est difficile de faire confiance, Gregor. De faire confiance aux autres sur la base de ce que l'on sait. Ou de ce que l'on pense. Je pensais… Je veux te faire confiance. »

Comment lui expliquer ? Reinhardt ne voyait pas comment s'en sortir. Comment faire valoir une opinion quand on n'y croyait pas soi-même, se demanda-t-il tristement, se rappelant sa conversation avec Benfeld dans la forêt. Un meurtre était un meurtre, non ? Dreyer croyait que ce Jansky pouvait être impliqué. Il voyait de la fumée, et il y avait peut-être un feu, mais il y en avait tant, par les temps qui couraient. Le monde entier était à feu et à sang, alors où était la place de la flamme du juge dans ce vaste incendie ? Mieux valait couper court, quelquefois, aussi Reinhardt se mit-il debout.

« Je suis navré. Je n'ai pas le temps. Je n'ai pas les ressources. Je n'ai pas… »

L'autorité. Il ravala le mot, mais tous deux l'entendirent, ce symbole misérable du monde dans lequel ils vivaient. Reinhardt soupira, le regard lointain, fixant sans le voir un coin de la pièce, car à la place, c'était une bande de forêt déboisée qu'il voyait, et elle disparaissait peu à peu.

Dreyer inclina le menton sur sa poitrine, et il sembla se replier sur lui-même. Reinhardt le laissa en plan, aux prises avec les pensées qui tournaient dans sa tête, et traversa les bureaux en sens inverse, croisant une ordonnance qui se dressa au garde-à-vous, puis le regard d'Erdmann qui, par la porte ouverte de son bureau, lui lança un regard de derrière une liasse de papiers, et il se retrouva dehors, où il laissa le froid d'hiver s'engouffrer au plus profond de lui.

6

« Monsieur. *Monsieur !* Réveillez-vous, monsieur. »

Reinhardt s'arracha au sommeil et fixa le plafond en battant des paupières.

« Quoi ? » demanda-t-il, la bouche pâteuse, avant de se tourner pour voir qui l'avait réveillé.

Un caporal Feldjäger se tenait près du lit de camp.

« Ordre du colonel Scheller, monsieur. Vous êtes attendu aux opérations séance tenante.

— D'accord, d'accord, fit Reinhardt en faisant glisser ses jambes sur le rebord du lit. Qu'est-ce qui se passe ?

— Il y a eu une fusillade. Deux de nos hommes sont morts, un troisième a été blessé. »

Reinhardt bâilla à s'en décrocher la mâchoire et se hâta à travers les couloirs de la caserne en direction des opérations, sur les talons du caporal. Sa montre indiquait un peu plus de 3 h 30 du matin et tout était calme. Il n'avait pas dormi plus de deux ou trois heures depuis la fin de son service, et ça tambourinait sous son crâne comme s'il était plein de verre brisé.

Scheller terminait une conversation téléphonique

quand Reinhardt arriva. Il lui remit un morceau de papier.

« Cette adresse. Tout de suite. Une voiture de la Feldgendarmerie vous attend.

— Que s'est-il passé ?

— On a tiré sur l'une de nos patrouilles. Je veux savoir qui et pourquoi. Le plus vite possible.

— Qui a donné l'alerte ? »

Reinhardt parcourut l'adresse du regard. Un endroit à Logavina. Il alla jeter un rapide coup d'œil à la carte de Scheller, et eut confirmation de ce dont il se souvenait : c'était l'un des vieux quartiers ottomans dans la partie nord et haute de la ville.

« La Feldgendarmerie. Ils ont entendu des coups de feu.

— Nos hommes, que faisaient-ils à Logavina ? »

Il fronça les sourcils et ses sens engourdis se mirent en branle, s'aiguisèrent, tandis qu'il se réveillait.

« Demandez à Lainer. C'est lui qui a les horaires des patrouilles.

— Il est là-bas ?

— Il devrait. Et vous aussi. *En route !* »

Reinhardt traversa la caserne en courant pour rejoindre la cour. Une Kübelwagen l'attendait, moteur allumé, avec à son bord un Feldgendarme, et Benfeld occupé à fumer à l'extérieur. Le lieutenant écrasa son mégot en voyant Reinhardt approcher. Il ouvrit la portière arrière de la voiture.

« Je peux venir ? »

Reinhardt haussa les épaules et se glissa dans l'habitacle.

« Si vous n'avez rien de mieux à faire, je vous en prie. »

Benfeld sourit et grimpa à l'arrière, l'air à peine altéré par la journée qu'il avait dû passer. Le chauffeur enfonça l'accélérateur et la Kübelwagen démarra sur les chapeaux de roue. Ils sortirent de la caserne en direction de la ville, contournèrent l'hôtel de ville en bondissant sur les pavés glacés, puis remontèrent la rue Sagrdzije avant d'atteindre Logavina, sur les hauteurs de Sarajevo, et la rue que le colonel avait identifiée. Le chauffeur ralentit à l'approche d'un barrage de la Feldgendarmerie qui bloquait la route. Au-delà étaient garés quelques véhicules, au nombre desquels figurait une ambulance. La lumière des lampes torches des hommes présents dansait autour d'une Kübelwagen dont la partie arrière gauche était immobilisée contre un mur faisant face à la colline, à un jet de pierre du poste de contrôle. Une ou deux personnes avaient sorti des lanternes, des civils semblait-il, amassés, frissonnants, de l'autre côté de la route, sous la surveillance de deux Feldgendarmes.

Reinhardt abandonna la voiture derrière lui, passa le point de contrôle en montrant son brassard à deux hommes qui s'avançaient déjà pour l'arrêter. Il reconnut la silhouette de Lainer en ombre chinoise. Le grand Feldjäger se tenait là, immobile, les mains dans le dos. Il se retourna à l'approche de Reinhardt et hocha la tête.

« Bien. Content que vous soyez là. C'est un vrai bordel. Vous allez peut-être pouvoir nous aider à y voir plus clair. »

Reinhardt regarda la voiture, l'homme qui en faisait le tour, l'ambulance, les secours qui déplaçaient le survivant sur une civière.

« Ceci est une scène de crime, Lainer, dit-il pour

la seconde fois en deux jours. Scheller m'a demandé de m'en occuper. Donc je vais m'en occuper. C'est bon pour vous ? » Lainer serra la mâchoire, mais Reinhardt devina que c'était seulement dû au stress. « Très bien. Alors faites-moi confiance. »

Le capitaine approuva de la tête et sembla se détendre un peu, comme s'il venait de se délester d'un poids. Reinhardt fit quelques pas en avant et prit la voix la plus grave qu'il put :

« Tout le monde arrête ce qu'il était en train de faire. Immédiatement. IMMÉDIATEMENT ! »

Le silence tomba, et une ou deux lampes se braquèrent sur lui.

« Toutes les lampes vers le sol, merci. Je suis le capitaine Reinhardt du Feldjägerkorps. À partir de cet instant, je prends le contrôle de la situation. Exception faite des médecins, toute personne ne s'appelant pas Reinhardt doit venir se poster derrière moi. Maintenant, s'il vous plaît. MAINTENANT ! »

Les hommes s'avancèrent vers lui d'une démarche traînante, le faisceau de leurs lampes trouant la nuit dans un miroitement qui dessina des croissants de lumière sur les pavés.

« Merci. Le Feldgendarme qui a donné l'alerte est-il ici ? Oui ? Veuillez vous avancer, s'il vous plaît. »

Un sergent de la Feldgendarmerie se mit au garde-à-vous, accompagné de deux soldats, leurs fusils sur l'épaule.

« Votre nom, sergent ?

— Ibel, monsieur.

— Dites-moi ce que vous avez vu et fait.

— Oui, monsieur. On assurait les contrôles à Pirin Brieg, de ce côté-là, expliqua-t-il en montrant l'est, c'est pas loin de la mosquée, et là on a entendu comme une explosion. On était pas sûrs, voyez. C'était étouffé. Un bruit sourd. Et puis y a une grande lumière blanche. Ça a pas duré, alors on a pas su dire d'où ça venait. Mais deux ou trois minutes après, on a entendu éclater des coups de feu, et puis juste après, encore des tirs. Et là on était sûrs que ça venait d'ici. Alors moi et les deux, là, on a rappliqué et on a trouvé la Kübelwagen dans la rue, là, comme ça.

— Et ensuite ?

— Bah, j'ai jeté un œil à l'intérieur et j'ai vu qu'il y avait trois Feldjäger et qu'il y en avait un de vivant. Y avait pas un chat dans la rue. Alors j'ai renvoyé un de mes gars à notre Kübelwagen qu'était toujours au point de contrôle pour qu'il donne l'alerte, et moi et l'autre gars on a attendu ici.

— Qu'est-ce que vous avez vu ? Pendant que vous attendiez ?

— Rien du tout, monsieur. La rue, elle était sombre. Y avait pas un bruit.

— Le moteur tournait ?

— Non, monsieur.

— Vous avez inspecté le haut de la rue ?

— Non, monsieur. Il faisait noir. Y avait que nous deux. Si c'étaient les partisans, valait mieux pas s'éloigner de la voiture. Et puis comme ça on pouvait s'occuper du blessé, voyez.

— Vous avez entendu quelque chose ? Des voix ? Un véhicule ? Des pas ? N'importe quoi ? »

Ibel secoua négativement la tête.

« Donc, ensuite les renforts sont arrivés ?

— Oui, monsieur. Des gars de chez nous. Y en a qui ont été voir en haut de la rue, mais ils ont rien trouvé. Les autres ont commencé à taper aux portes. On a réveillé les trois, quatre personnes qui vivent toujours là, on les a fait sortir, on les a interrogées. Ça a rien donné, pour l'instant. Ils parlent pas un mot d'allemand et on a pas d'interprète. Et puis là-dessus y a votre équipe qui est arrivée. Le capitaine, là, et ses hommes. Et puis vous.

— C'est tout ?

— C'est tout, monsieur.

— Vous êtes sûr ?

— Monsieur.

— Vous avez touché les corps, sergent ?

— Ben, oui, monsieur. Pour voir s'ils étaient vivants.

— Vous les avez déplacés ?

— Le blessé, c'est tout, monsieur. Lui on l'a sorti. On a laissé les deux morts. C'est Günsche qui a eu l'idée de les laisser, précisa-t-il en désignant l'un des soldats. Il a dit que les enquêteurs voudraient voir où ils étaient morts. Il a bien fait, pas vrai ?

— Il a bien fait, confirma Reinhardt en adressant un sourire convenu au soldat de la Feldgendarmerie. Cette rue, vous la connaissez bien, sergent ? Des choses à signaler, en temps normal ?

— Pas grand-chose, monsieur. Ça fait partie de notre secteur de patrouille, mais on vient pas souvent. Y a beaucoup de maisons qui sont vides, ici. À cause des dégâts. Vous voyez là-haut, y a eu des bombardements alliés, et la rue elle est en ruine. Et puis c'est pas très loin des montagnes, alors les gens ils ont peur des partisans. Et puis en plus, ils sont en train de construire des ouvrages défensifs, là-haut.

— Qui donc ?

— Des troupes d'ouvriers, je crois bien. Y a un chantier là-bas, dit le sergent en indiquant le haut de la rue. Y a deux, trois panneaux ACCÈS INTERDIT, du matériel dans une remise fermée à clé. Un bulldozer.

— Et que construisent-ils ?

— Une batterie antiaérienne ou un truc comme ça. En tout cas, avant. Ils sont pas venus depuis deux, trois jours. Depuis… voyez, depuis que les plans de défense… » Le sergent ne termina pas sa phrase et s'approcha furtivement de Reinhardt. « C'est vrai ce qu'on dit, monsieur ? Pour les plans ? Que quelqu'un les a volés ?

— Merci, sergent, fit Reinhardt, éludant la question. Si d'autres détails vous reviennent, n'hésitez pas à me le faire savoir. »

Il lança un regard à Lainer et à Benfeld, qui se tenaient juste derrière lui. Il était temps de passer à l'action.

« Lainer, faites venir deux de vos hommes pour monter la garde. Personne ne passe jusqu'à nouvel ordre. Frenchie, j'ai besoin de votre aide. Avant tout, trouvez-moi une lampe torche, s'il vous plaît. »

Il leva les yeux au ciel. La lune était presque pleine, mais elle était cachée derrière un plafond de nuages bas et froissé qui ne laissait passer qu'une lueur argentée.

« Ensuite, prenez la radio et voyez si on peut nous faire porter de la lumière. Un projecteur, quelque chose. Voyez s'ils en ont un dont on pourrait se servir à la défense aérienne, monté sur un camion. Et trouvez-moi un interprète. Contactez les opérations. Ils doivent avoir quelqu'un. »

Benfeld hocha la tête, donna à Reinhardt une lampe allumée, puis s'éloigna.

« Lainer, j'ignore ce que nous allons trouver, vu comme les lieux ont été piétinés au cours de la dernière demi-heure. Et j'ignore si les tireurs sont toujours dans le coin. J'en doute, mais on ne sait jamais. Donc vous suivez mes ordres, d'accord ? »

Reinhardt s'avança lentement vers la voiture, balayant sa carrosserie du faisceau de sa lampe. La Kübelwagen était criblée d'impacts de balles, de petites étoiles de métal brillant, et le pare-brise était brisé, des fragments de verre triangulaires toujours accrochés au cadre. Les tirs étaient venus par l'avant et les côtés, à première vue. Le véhicule et ses occupants avaient été pris dans un feu nourri qui avait probablement tué sur le coup – du moins l'espérait-il – les passagers à l'avant. Les deux Feldjäger étaient effondrés sur leurs sièges, tête en arrière et bouche ouverte, semblant contempler le ciel nocturne avec émerveillement. Le devant de leurs uniformes était imbibé du sang qui s'écoulait de leurs nombreuses blessures, et leur peau, quand elle était visible, laissait apparaître des plaies causées par des éclats de verre.

« Les pauvres salopards, souffla Lainer. Savoir qu'ils ont fini criblés de balles comme ça. Bader avait survécu à Stalingrad et Pollmann... »

Il n'alla pas plus loin.

Reinhardt fit la sourde oreille et promena sa lampe à l'intérieur de l'habitacle, son faisceau faisant miroiter la myriade d'éclats de verre dispersés un peu partout. Il n'existait aucune façon agréable de mourir en temps de guerre, il le savait – à part peut-être dans un hôpital, shooté à la morphine, avec une jolie infirmière qui vous tiendrait la main dans vos derniers instants. Il aperçut trois fusils d'assaut dans la voiture. L'un sur le sol à l'arrière, un autre dissimulé derrière le chauffeur, le troisième posé entre les cuisses du passager avant. Ils portaient l'équipement réglementaire, pour ce qu'il en voyait. Casques, hausse-cols, sangles, porte-chargeurs, baïonnettes. Il se glissa à l'intérieur, fit sauter l'attache de l'une des pochettes et y trouva trois magasins de rechange. Une lampe électrique était épinglée à la sangle du passager, quant au chauffeur, il portait une boussole attachée à un cordon passé autour du cou, un bel objet serti de laiton. Chacun des deux hommes arborait une Croix de fer sur sa tunique. Dans leur poche de poitrine était glissé leur *Soldbuch* – leur livret de solde – ainsi que leur portefeuille, qui contenait des Reichsmarks et quelques *kunas*, la monnaie locale.

Il tendit le cou plus avant et vit la clé sur le contact. Il fit jouer le levier de vitesse. Au point mort. Le frein à main n'était pas serré. Il ressortit en se tortillant et alla braquer sa lampe sur l'arrière de la Kübelwagen écrasé contre le mur. Des débris de pierre et de ciment jonchaient le sol, le feu arrière était cassé. D'un coup d'œil en arrière, il constata que les roues avant étaient légèrement tournées vers la gauche. Il fit le tour de la voiture en éclairant le sol centimètre après centimètre, et trouva une douille dont le cuivre brilla fugitivement entre les pavés.

Deux séries de tirs, avait dit le sergent. Une grosse détonation, puis des coups de feu.

Les roues tournées. La boîte de vitesses au point mort. La voiture était sans doute partie en roue libre vers l'arrière après la mort du conducteur, ce qui voulait dire que la fusillade avait eu lieu un peu plus haut.

Reinhardt fit signe à Lainer de l'accompagner en empruntant le trottoir d'en face et se mit à remonter la rue vers les hauteurs, faisant osciller sa lampe de droite à gauche et comptant ses pas. Il venait de dépasser les vingt quand la lumière se refléta sur un objet métallique au milieu de la chaussée, quelques mètres en amont, puis un deuxième, un troisième, et bientôt de nombreux autres. Il s'agenouilla près du premier et ramassa une douille en cuivre. Percevant des bruits de pas étouffés, il tourna la tête et vit Benfeld s'accroupir près de lui.

« Vous en pensez quoi, Frenchie ? » dit-il à voix basse.

Benfeld leva l'une de ses douilles.

« Neuf millimètres. Il y en a un paquet, nom de Dieu. »

Reinhardt promena le faisceau de sa lampe tout autour de lui. Les douilles étaient dispersées en deux grands groupes.

« Un tireur à gauche, un à droite, conclut-il en dirigeant sa lampe torche vers le haut de la colline. Là. Il y en a d'autres. Trois tireurs, probablement. Un de chaque côté, un autre devant. Douilles de neuf millimètres. Probablement des MP 40. Disons trois chargeurs pleins. Ça fait environ quatre-vingt-seize balles.

— Les salauds », grogna Lainer.

Les trois lampes torches n'étaient pas d'un grand secours, mais Reinhardt arriva à discerner les principaux contours de la rue. Il y avait des trous dans les maisons un peu plus loin, des murs effondrés au milieu de la route, des toits affaissés sur eux-mêmes, voire complètement détruits. C'était sûrement ici que les bombardements avaient frappé, pensa-t-il, ses semelles crissant sur des morceaux de pierre et de maçonnerie. Un panneau blanc frappé de lettres rouges, un peu plus haut, annonçait CHANTIER – DÉFENSE D'ENTRER. Un alignement de tréteaux de bois posés en travers de la chaussée insistait sur ce point. Le bulldozer que le sergent des Feldgendarmes avait mentionné était garé sur le côté gauche, parallèle à la rue, sa lame presque posée contre une maison qui serait probablement démolie sous peu. Un peu plus loin se dressait une petite baraque en bois entourée d'une grosse chaîne, dans le but vraisemblable de protéger le matériel qui y était entreposé.

La rue, au-delà du panneau, semblait s'interrompre. Les maisons des deux côtés avaient disparu ; toute la zone, du moins ce qu'il pouvait en voir, avait été nivelée, à l'exception de deux excavations surmontées de monticules de terre. Il s'agissait manifestement des fondations pour les canons antiaériens dont le sergent avait parlé.

Un cul-de-sac, pensa Reinhardt, *sauf si l'on est à pied.* À pied, on pouvait s'enfuir en passant par le chantier, continuer plus haut sur la colline, ou disparaître dans les maisons d'un côté ou de l'autre. *Si c'étaient des partisans, ils pouvaient le faire les yeux fermés*, se dit-il, se rappelant la façon dont il avait été amené sur cette route en lacets jusqu'à la vieille ville, où il avait rendez-vous avec le Dr Begović, dans sa planque, les partisans redoublant de précautions pour le livrer à l'homme appelé Senka – « L'Ombre » –, celui sur lequel la Gestapo voulait à tout prix mettre la main. Pour la énième fois, Reinhardt se demanda où était Begović, ce qu'il était devenu, et il se demanda aussi si ce nouveau partisan, ce Valter, l'avait remplacé.

Mais si ce n'étaient pas les partisans... Si c'était quelqu'un d'autre, ou si on disposait d'une voiture ou d'un camion, la seule issue était de passer par le bas. Il fallait alors repasser devant la voiture prise pour cible. Ce qui signifiait que quelqu'un parmi les habitants devait avoir entendu ou vu quelque chose.

Ce qui signifiait aussi que les Feldjäger étaient venus ici pour une raison bien précise. C'était un coin de la ville où on ne mettait pas les pieds à moins d'y être arrivés par accident, de ne pas connaître les lieux ou de ne pas savoir où on allait.

« Lainer. Depuis quand ces trois hommes patrouillaient-ils ?

— Depuis deux jours.

— Ici ?

— Dans le secteur. »

Reinhardt observa la ville en contrebas, ses lumières, telles des lucioles, au pied de la colline. Il fallait forcément connaître ces rues pour pouvoir s'y diriger par une nuit comme celle-ci. Sans parler du risque de se faire arrêter. Mais les Feldjäger, se dit-il en se retournant pour orienter le faisceau de sa lampe devant lui, s'étaient arrêtés pour quelque chose, ou pour quelqu'un.

L'un des tréteaux était de travers, laissant un espace vide avec le suivant. Reinhardt ne trouva aucune trace au sol lorsqu'il éclaira cette zone, mais il put facilement passer, et une fois de l'autre côté, il examina le bulldozer et la maison.

Il y avait une porte à gauche de la lame du bulldozer. Ou plutôt une ouverture, sans porte. Reinhardt tendit le bras vers l'avant et dirigea sa lampe à l'intérieur de la maison, tout en étudiant le chambranle, et il eut un mouvement de recul en sentant une puanteur monter à ses narines. Une odeur de soufre piquante, semblable à de l'œuf pourri. Il se força à passer la tête à l'intérieur de ce qui semblait être une unique pièce, sans le moindre meuble, avec une autre porte du côté opposé. Il dégaina son pistolet et l'arma, dans un bruit sec et métallique qui claqua dans l'air immobile. Il entendit Lainer et Benfeld faire de même, puis entra lentement dans la maison.

Le plancher était en bois et les lattes craquèrent sous ses pieds. Il avança de deux pas, d'un troisième, puis abandonna l'idée de marcher en silence, préférant se concentrer sur ce qu'il y avait à voir. Le sol était couvert de poussière et de débris, au milieu desquels des traces étaient clairement apparentes. Des empreintes de pas et de longues traînées, qui menaient toutes à cette autre porte. Il pointa le plancher du doigt, puis la porte, et les deux autres vinrent se poster à ses côtés alors qu'il s'immobilisait. Puis il poussa la porte.

Il ne vit d'abord que du noir, puis il distingua les escaliers qui descendaient à ce qui devait être une cave. Braquant sa lampe vers le bas, Reinhardt constata que les marches en bois étaient usées, leur surface plane parsemée de bris de verre et d'échardes. Et autre chose, aussi. Des taches d'un rouge foncé, presque brun, étalées çà et là. Il descendit, les marches craquant de manière inquiétante sous son poids, une odeur d'humidité et de pétrole lui chatouillant le nez et occultant la puanteur qui venait de l'étage. Quand il eut quitté la dernière marche, il balaya du faisceau de sa lampe le sol en terre battue parfaitement égalisé, avant de se figer.

Un jeu d'ombres et de lumière passa sur les murs et le sol de la cave au moment où Lainer et Benfeld le rejoignirent, et quand leurs lampes se stabilisèrent, leurs trois faisceaux mêlés éclairèrent de plein fouet les corps qui gisaient là.

7

« Bon Dieu, Reinhardt, qu'est-ce qui se passe ici ? » articula Lainer.

Le plafond était bas, et les trois hommes devaient se tenir courbés sous les poutres de bois qui le soutenaient. Reinhardt s'approcha des corps et s'accroupit pour les examiner à l'aide de sa lampe torche, minutieusement, de gauche à droite. Il compta cinq cadavres. Uniquement des hommes, tous sauvagement mutilés. Leurs visages avaient été réduits en bouillie, leurs nez et leurs bouches éclatés. La lumière crue conférait une horrible profondeur à leurs blessures, les plaies sombres exposant des parties qui n'auraient jamais dû être visibles. Au-dessus de ce magma rougeâtre, leurs fronts enfoncés laissaient apparaître un impact étoilé là où une balle était sortie. Retournant l'un des corps, en proie à une soudaine et étrange sensation de déjà-vu, Reinhardt repéra le point d'entrée à l'arrière du crâne.

« Reinhardt, dit Lainer à nouveau. Qu'est-ce que c'est ?

— Ces cadavres n'auraient jamais dû être découverts. »

Reinhardt leva les yeux vers les deux officiers, dont les visages éclairés par en dessous semblaient suspendus dans l'air, comme des spectres.

« Mais voilà, vos hommes ont dû tomber dessus. Ou pas loin. On a voulu faire disparaître des preuves. Enfin, du moins on a essayé. Et en termes de dissimulation, celle-ci est pour le moins excessive.

— Et ça a son importance ?

— Ça a son importance, Lainer. Ça peut nous donner une indication sur l'identité des assassins. Qui aurait intérêt à cacher ce genre de choses ? Qui aurait gros à perdre si cette scène de crime était découverte ?

— Et alors ? Vous avez une idée ? »

Reinhardt leva une main apaisante, anticipant toute tentative de protestation.

« Je ferai de mon mieux pour vous aider, Lainer. Vous, et vos hommes. »

Un craquement de bois se fit entendre à l'étage, suivi d'un chaos de voix et d'un appel.

« Benfeld, allez voir ce qui se passe là-haut. Je n'ai pas envie de voir la moitié de l'armée rappliquer ici.

— Qu'est-ce que vous voulez que je fasse ? demanda Lainer.

— Vos hommes peuvent-ils sécuriser le secteur ?

— Oui.

— Dans ce cas, personne ne descend ici sans mon accord. Quant à ceux qui ne sont pas autorisés à passer… ma foi, il serait peut-être temps de faire usage de cette fameuse autorité du Feldjägerkorps pour les envoyer se faire voir. Vous devriez vous y mettre maintenant. »

Lainer opina du chef puis se retourna avant de se figer.

« Si vous avez besoin de quoi que ce soit, Reinhardt, faites-le-moi savoir. »

Resté seul, Reinhardt s'agenouilla près des corps. Sa réflexion se mit en branle, d'abord lentement, puis plus vite, et il alla à nouveau chercher ce trou dans sa bouche. Cinq blessures mortelles à la tête. Cinq cadavres ici. Trois de plus dans cette clairière. Abattus le même jour, mais les autres avaient été brûlés. Destruction de preuves. Mais pas ici. Il dirigea son regard vers les murs, vers le plafond, visualisant, imaginant le bulldozer qui attendait là-haut. Cette maison plantée au milieu d'un chantier. Ses murs qui s'effondraient, les décombres qui ensevelissaient tout ce qui trouvait ici, effaçant purement et simplement la scène, comme si elle n'avait jamais existé.

« On les a abattus. Puis on leur a fracassé la figure, dit-il pour lui-même, notant que les blessures au visage n'avaient pas saigné, ce qui signifiait qu'elles avaient été causées après la mort. Après quoi on les a traînés ici pour les enterrer. Quelqu'un… »

Les mécanismes de sa pensée s'enclenchèrent, leurs rouages cliquetèrent sous son crâne pour tenter de mettre de l'ordre dans les pièces d'un puzzle qu'il ne parvenait pas à assembler. Quelqu'un s'était donné beaucoup de mal pour faire disparaître ces corps. Il plia le bras d'un des cadavres, du moins essaya-t-il. Il était toujours en état de *rigor mortis*. Cet homme était donc mort depuis un jour, pas plus. Reinhardt se déplaça de l'un à l'autre et examina un membre de chacun d'entre eux. Il observa la même rigidité, ce qui voulait dire qu'ils avaient tous été tués à peu près au même moment.

« Pauvres salopards », marmonna-t-il tout bas.

Il souleva la manche du cadavre le plus proche. Des marques de ligature. Le faisceau de sa lampe altérait les couleurs, donnant à la peau une teinte sépia délavée, mais il devinait qu'on devait pouvoir distinguer du violet sous la lividité, une nuance de fruit gâté. Il trouva des marques identiques sur les quatre autres cadavres, qu'il étudia les uns à la suite des autres, ce qui confirma qu'on leur avait attaché les poignets. Leurs mains, quant à elles, étaient dures et calleuses.

Alors qu'il déplaçait l'un des corps, la jambe de l'homme fléchit et il perdit sa chaussure. Reinhardt s'immobilisa, les yeux rivés au pied dont les ongles luisaient dans la lumière. Pas de chaussette, remarqua-t-il.

« Qu'est-ce que c'est que ce… grommela-t-il en se demandant qui sortirait sans chaussettes par un temps pareil. Quelqu'un qui n'aurait pas eu le temps d'en mettre », se répondit-il à lui-même.

Il lui ôta la deuxième chaussure et imagina les coups sur la porte, l'homme arraché au sommeil, forcé à sortir dans la nuit habillé des seuls vêtements qu'il portait. Ses sourcils se froncèrent. Les deux chaussures étaient différentes.

Il se pencha au plus près des cadavres et inspecta leurs vêtements. Aucun de ces hommes n'était habillé pour sortir. Aucun de ces hommes ne portait des vêtements à sa taille. Les lacets, quand il y en avait, n'étaient pas faits sur les chaussures trop petites. Les manches et les pantalons étaient soit trop courts, soit trop longs. Les tissus étaient pleins de taches, certaines de sang, à première vue, mais Reinhardt ne trouvait pas les blessures qui correspondaient. La chemise de l'un des hommes était déchirée tout le long du dos, ses bords effilochés encroûtés de sang, mais il ne présentait aucune blessure à cet endroit.

Lentement, il balaya la pièce du faisceau de sa lampe. Dans un des coins, le mur nu était moucheté d'éclaboussures sombres qui évoquaient de la peinture projetée sur la pierre. Reinhardt s'approcha et, plissant les yeux, compta cinq zones différentes, sous lesquelles le sol était souillé et piétiné.

« Cinq corps, murmura-t-il pour lui-même en se retournant. Cinq ensembles de vêtements qui ne leur appartiennent pas. Des marques de ligature. Des blessures par balle. Des hommes défigurés.

— Une véritable énigme, monsieur. »

Surpris, Reinhardt fit volte-face. Il n'avait pas entendu les escaliers grincer sur le passage de Benfeld.

« Nous avons de la visite. La Feldgendarmerie. Des nouveaux. D'un bataillon disciplinaire. Ils disent que le secteur est sous leur juridiction, dans la mesure où leurs hommes travaillent sur ce chantier. Les oustachis aussi se sont pointés, accompagnés d'un policier. Lainer les empêche de passer, pour l'instant.

— À qui cinq hommes pourraient-ils manquer, lieutenant ? Ou pour le dire autrement, qui aurait intérêt à dissimuler les identités de cinq hommes ? »

Benfeld pinça les lèvres et tira une cigarette de son paquet. Il haussa les épaules en un mouvement à peine perceptible. Il avait l'air tendu, les bras serrés le long du corps. Il fit sauter la cigarette à sa bouche dans un geste étriqué et tira dessus avec force. Son rougeoiement s'étala sur son visage, bien plus chaud que l'éclat blafard de la lampe torche.

« Qu'est-ce que je peux faire, monsieur ?

— Donnez m'en une, pour commencer, répondit Reinhardt en coinçant sa lampe sous son aisselle pour allumer la cigarette que lui tendit Benfeld. Ensuite, faites évacuer les corps. Je veux qu'ils soient transportés à l'hôpital militaire. Chargez-vous-en. Accompagnez-les, et trouvez un médecin. Je veux que ces cadavres soient examinés, puis autopsiés.

— Autopsiés ? Bien, monsieur.

— Des nouvelles de mes projecteurs ?

— Aucune. Et je ne crois pas qu'on en aura de sitôt.

— Qu'est-ce que je ne donnerais pas pour un appareil photo », murmura Reinhardt en sentant poindre la colère.

Il retourna auprès des corps et y jeta un dernier regard, considérant leurs positions.

« Un bataillon disciplinaire, avez-vous dit ? » demanda-t-il à Benfeld tout à coup, pivotant sur ses talons.

Le lieutenant hocha brièvement la tête. La bouche de Reinhardt se pinça, et il suivit Benfeld dans l'escalier pour rejoindre l'air froid du dehors. Une fois à l'extérieur de la maison, il s'arrêta, assailli par la puanteur d'œuf pourri. Il se laissa guider par elle le long de la façade, le faisceau lumineux de sa lampe tressautant sur des gravats et de la pierre, seuls vestiges d'un mur éboulé dans le noir. L'odeur s'amplifiait du côté de la maison voisine, dont il ne restait que des ruines. Une puissante odeur de soufre, et autre chose, aussi. Le fumet du bois et de la pierre brûlés, doublé d'un parfum plus furtif, comme de la viande carbonisée. Il l'avait déjà senti à Belgrade, ainsi qu'à Vienne, après un raid aérien.

Il grimpa prudemment sur un tas de décombres, fouillant les environs à l'aide de sa lampe jusqu'à trouver une bande de débris noircis au fond de laquelle était niché un cylindre métallique déformé et tordu sous l'action d'une chaleur extrême. Reinhardt se pencha et approcha la main. Il sentit une onde de chaleur résiduelle et se demanda s'il y en avait d'autres dans le coin, avant de se souvenir que l'endroit avait été bombardé récemment.

« Là, dit-il à Benfeld, qui l'avait suivi. Ce sont les restes d'une bombe incendiaire. Les Alliés les larguent pendant leurs raids pour marquer leurs objectifs. J'imagine que les tueurs l'ont déclenchée sans le vouloir, ce qui expliquerait le bruit et l'éclat de lumière qui a réveillé les voisins et attiré les Feldjäger. » Il redescendit de l'amas de gravats, faisant crisser ses pieds sur les cailloux. « Dites à tout le monde d'être prudent. L'endroit pourrait être truffé de tout un tas d'obus non explosés. »

De retour dans la rue, son pied alla taper dans une douille qui roula en tintant vers le lieu où le poste de contrôle avait été dressé. Les formes, les ombres et les zones sombres se confondaient dans les phares des véhicules et les faisceaux des lampes. Lainer l'appela, sa silhouette se découpant dans la lumière d'une voiture.

« Reinhardt, par ici ! »

Il était en compagnie de plusieurs hommes, dont deux Feldgendarmes – l'un d'eux était le commandant Neuffer, l'officier de liaison avec la

Feldgendarmerie – et un oustachi. Un quatrième se tenait un peu à l'écart, vêtu d'un costume et d'un pardessus froissés.

« Reinhardt, vous vous souvenez du commandant Neuffer. Et voici le lieutenant Brandt, du bataillon disciplinaire 999. Il semble que nous soyons de trop. »

Le lieutenant était un homme mince, dont le hausse-col pendait autour du cou décharné. Le triangle rouge d'une unité disciplinaire était cousu sur la manche de son manteau. Il lui parut familier.

« Allons, capitaine, intervint Neuffer. Ce ne sont pas tout à fait les mots qu'il a utilisés. Une sale affaire, on dirait, hein, Reinhardt ?

— Que voulez-vous, Neuffer ? »

Il y eut un instant de flottement, comme si le ton direct de Reinhardt avait contrarié le commandant.

« Ce n'est pas tant ce que je veux, capitaine, répondit celui-ci en insistant légèrement sur le grade. C'est plutôt ce que les autres veulent, et demandent. Le lieutenant Brandt a un travail à faire. Et voici le capitaine Marković, officier de liaison oustachi avec l'armée, et l'inspecteur Bakarević, de la police de Sarajevo. Eux aussi ont un travail à faire.

— Et de quoi s'agit-il ?

— J'ai une installation antiaérienne à construire, capitaine Reinhardt », dit Brandt.

Reinhardt pencha la tête, très légèrement, et l'observa, se rendant compte qu'il l'avait vu la veille. Au poste de contrôle oustachi, dans la voiture avec le commandant de la Feldgendarmerie.

« Il n'est pas un peu tôt pour commencer à travailler sur un chantier ? »

Aucun des Feldgendarmes ne pipa mot, mais Marković avança d'un pas.

« Capitaine, vous avez des corps là-bas ? Sauf votre respect, je tiens à vous préciser que c'est à la police qu'il revient de mener l'enquête », affirma-t-il en désignant Bakarević, un homme fin dont seuls les tempes et l'arrière du crâne étaient couronnés de cheveux frisés.

L'inspecteur soutint son regard, mais Reinhardt devinait sa gêne. C'était un civil, musulman d'après son nom, écartelé entre différentes juridictions, entre ce qu'il fallait faire et ce qu'il pouvait laisser faire. À une époque, Reinhardt l'aurait certainement plaint. À une époque, il avait même été à sa place, mais ça remontait à une éternité. Il ressentit un étourdissement soudain, un vertige, comme s'il regardait d'en haut et que l'air venait à lui manquer. Il prit une grande inspiration, se força au calme, et comprit d'où lui venait cette sensation. Le pouvoir. Son exercice brut. La prise de conscience que lui et Lainer – mais aussi Benfeld, d'ailleurs – avaient la maîtrise de la situation. Pas parce qu'ils en étaient plus dignes, mais du fait de leur statut.

« Je pense le contraire, capitaine Marković.

— Et en quel honneur ? » aboya Neuffer.

Il sembla se reprendre, se dressa sur ses petites pattes, le menton tout contracté. Le Kaiser, pensa Reinhardt, en train de bomber le torse devant ses hommes.

« Pourquoi exclure la police ?

— J'ai deux Feldjäger morts, un troisième blessé. J'ai des raisons de croire que leur mort est liée aux autres. Par conséquent, il s'agit d'une même affaire, et elle est à moi jusqu'à ce que mon colonel m'informe du contraire.

— Ce type de comportement déraisonnable est *précisément* ce que je redoutais, et ce contre quoi on m'avait mis en garde, geignit Neuffer.

— Quelqu'un m'a fait une très mauvaise réputation, commandant. Auriez-vous l'obligeance de me donner son identité ? »

Neuffer ne répondit rien, visiblement au comble de l'irritation.

« Maintenant, que les choses soient claires : quand un crime est commis, les minutes et les heures qui suivent sont les plus décisives. Je refuse de voir cette scène de crime polluée si je peux l'éviter. »

Marković grogna.

« Oh, voyons, capitaine. Ce qui s'est passé ici est évident. Ce sont les partisans.

— Oui. » Neuffer s'engouffra dans la brèche ménagée par l'oustachi. « Les partisans. Ça leur ressemble bien.

— Et vous vous demandez pourquoi je tiens à garder un certain contrôle sur la situation ? Vous n'avez rien vu. Rien inspecté. Mais vous tirez déjà des conclusions hâtives. Toutefois, interjeta Reinhardt, changeant de tactique pour les dérouter un peu plus, je reconnais qu'un peu d'aide ne serait pas de refus et que je souhaite coopérer. Mon lieutenant peut montrer les corps à l'inspecteur Bakarević avant qu'ils soient transportés à l'hôpital militaire pour être autopsiés. Il…

— L'hôpital *militaire*, capitaine ? le coupa Marković. Puis-je vous demander pourquoi ?

— Je veux qu'ils soient examinés par un médecin militaire.

— Pourquoi, capitaine ? demanda Neuffer, se précipitant dans le sillage de Marković.

— Je vais y venir. Comme je le disais, je ne vois pas d'inconvénient à partager les résultats de l'autopsie avec l'inspecteur, ni à recevoir de l'aide pour interroger les habitants du quartier. Ils sont quelques-uns, ils ont dû entendre quelque chose.

— En effet. Partager des informations est le meilleur moyen d'avancer », fit valoir Neuffer d'un air soulagé.

Quel petit homme conventionnel, pensa à nouveau Reinhardt.

« Voilà qui est plus raisonnable, dit Marković. L'inspecteur ira voir les cadavres. Je m'occupe d'aller parler avec…

— Merci, capitaine, mais je préférerais que ce soit l'inspecteur qui s'occupe de ça aussi. »

Reinhardt ne se faisait cependant aucune illusion sur le fait que Bakarević transmettrait toute information en sa possession aux oustachis. C'était inévitable. C'est ainsi que survivaient les hommes comme lui au quotidien.

« Capitaine, quels sont ces sous-entendus ? »

C'était Neuffer, une fois de plus.

« Aucun sous-entendu, commandant. Seulement, je ne vois pas d'intérêt à impliquer les oustachis.

— Et pourquoi cela, capitaine ?

— Le général Herzog nous a informés que notre autorité s'arrêtait là où les uniformes gris s'arrêtaient. Eh bien, ces Feldjäger portaient des uniformes gris. Tout le reste en découle. C'est notre enquête et je ne vois pas en quoi les oustachis devraient y être mêlés.

— Tout va bien, commandant Neuffer, dit Marković, je comprends le point de vue du capitaine. »

L'oustachi se mit à donner des ordres à Bakarević, qui semblait terriblement mal à l'aise. Reinhardt avait peu d'espoir de voir l'inspecteur obtenir une quelconque information valable des habitants, mais au moins ces derniers survivraient à l'interrogatoire. Laisser la main à l'oustachi comportait trop d'inconnues, aussi s'y refusait-il.

« Et en ce qui me concerne, capitaine ? intervint Brandt. J'ai cinquante ouvriers qui attendent de se mettre au travail, et un horaire à respecter.

— Ne vous en faites pas, lieutenant, grogna Lainer. Ce n'est que de la terre. Elle ne va pas s'envoler.

— Monsieur… commença le Feldgendarme.

— Vos foutus condamnés devront attendre qu'on ait terminé. » Le grand Feldjäger était impressionnant quand il se mettait en colère, et c'était le cas à cet instant. « En attendant, foutez-moi le camp d'ici.

— Capitaine, protesta Neuffer, bien que surpris lui aussi par le ton de Lainer. Inutile de vous énerver. »

Il y eut un mouvement sur le côté – Benfeld, qui reculait d'un pas.

« Vous croyez ? cracha Lainer.

— Messieurs, je vous demande simplement de vous montrer patients. Ensuite le lieutenant Brandt pourra reprendre son travail sur le chantier. Lieutenant Benfeld, voulez-vous escorter l'inspecteur ? »

Là-dessus, le groupe se dispersa. Reinhardt regarda Benfeld et Bakarević se diriger vers le haut de la colline, leurs silhouettes rendues floues par le halo lumineux de leurs lampes torches. Reinhardt s'éloigna de la concentration de véhicules et des demandes contradictoires des hommes et de leurs factions, pour s'accorder un moment pour lui. Il alluma une cigarette, s'arrêta pour se remplir les poumons de fumée, essayant de deviner ce qui allait suivre, de mettre les pièces du puzzle dans l'ordre.

Les camions du bataillon disciplinaire furent rangés des deux côtés de la rue. Les dos des hommes déformaient les bâches latérales de leurs plateformes de chargement, il entendit un murmure de voix et réalisa qu'il avait vu ces camions la veille, immobilisés en amont du poste de contrôle oustachi.

« Kreuz ? *Kreuz ?* Qu'est-ce que tu fous à traîner ? »

Une forme émergea du haut de la rue, le faisceau lumineux de sa lampe trouant l'ombre entre les camions. La lumière en mouvement vint l'aveugler.

« Ah, désolé, capitaine. »

La forme se précisa, et un sergent de la Feldgendarmerie apparut, un écusson triangulaire rouge cousu sur sa manche.

« Avec ces gars-là, on a l'impression de s'occuper d'un troupeau de volailles.

— Il n'y a personne ici, sergent.

— En effet, monsieur. Si vous le permettez ?

— Vous pouvez disposer, sergent. »

Reinhardt poursuivit son chemin dans l'obscurité, songeant à la façon dont ce pouvoir qu'il exerçait se manifestait, et à la peur qu'il ressentait toujours quand il se trouvait dans ce genre de situation. Il y a bien longtemps, il avait éprouvé un sentiment similaire, éveillé par le respect et la crainte qu'une réputation de membre des troupes d'assaut lui conférait, mais il avait abandonné cet homme derrière lui, et n'avait jamais voulu le retrouver.

L'espace d'un instant, une sensation étrange le traversa, comme si quelque chose de glacé s'éveillait au fond de lui. Une présence depuis longtemps oubliée qui revenait le hanter, le connectant avec sa part d'ombre à l'aspect repoussant et aux yeux fous de bête sauvage. Il frissonna, plus conscient de ce qu'il était qu'au cours des dernières années. Il pivota vers les sources de lumière, et pour la première fois depuis longtemps, ses pensées se tournèrent vers l'avenir, éveillées et actives, comme un chien qui aurait flairé une odeur insaisissable, et il sut au plus profond de lui que la chasse était lancée.

DEUXIÈME PARTIE

LE COR DE CHASSE NE FAIT PAS LE CHASSEUR

8

Planté devant l'hôpital de la rue Kranjčević, sous un ciel bas et lourd, Reinhardt tira sur sa cigarette avant d'envoyer voler le mégot. Il recracha la fumée et se lécha l'intérieur de la bouche, rêvant à un verre. La nuit avait été très longue et il n'avait pas dormi. L'aube grise ne donnait aucune lumière, et il n'y voyait pas plus clair dans le fouillis de ses pensées. Il avala une dernière et longue goulée d'air froid et monta les marches, en haut desquelles il croisa un petit groupe d'aides-soignants et d'infirmières occupées à fumer sous le portique de l'entrée. Aux bribes de conversation qu'il surprit avant qu'ils ne se taisent à son approche, il comprit qu'il s'agissait de locaux. La plupart détournèrent les yeux, mais l'un d'eux le fixa avec insistance jusqu'à ce que Reinhardt pousse les portes en bois. Puis il regarda ailleurs. Leurs caquètements l'accompagnèrent dans le hall de l'hôpital, où Reinhardt ralentit, l'esprit tourné vers ces aides-soignants, plus précisément vers celui qui l'avait fixé, et qui lui semblait familier. Quelque chose dans sa façon de se tenir, de le regarder. Il s'apprêtait à tourner les talons quand il vit

Benfeld qui l'attendait, le dos appuyé à un mur, bras croisés et yeux fermés. Alors que Reinhardt hésitait encore, le Feldjäger ouvrit grand les yeux et se redressa.

« Où en sommes-nous, Benfeld ? demanda Reinhardt, toujours partagé à l'idée de retourner dehors pour aller trouver cet aide-soignant.

— Les corps ont été rapatriés ici sans problème. Mais trouver un médecin a été une autre paire de manches. J'ai dû faire un peu pression pour que les choses se fassent, dit-il en étouffant un bâillement, avant de s'excuser dans un murmure et de montrer un aide-soignant qui attendait non loin de là. Il va nous conduire au médecin. Comment ça s'est terminé, là-haut ?

— De manière aussi confuse que je le redoutais. »

Bakarević, l'inspecteur, était allé jeter un coup d'œil aux cadavres dans la cave, sans faire la moindre remarque ou poser la moindre question, puis il était sorti de la maison pour aller interroger les voisins avec un manque flagrant d'enthousiasme. Entre l'allemand de l'inspecteur, très mauvais, et le serbo-croate balbutiant de Reinhardt, les choses avaient avancé laborieusement. Personne n'avait vraiment envie de parler, ce que Reinhardt comprenait, mais n'acceptait pas. Vers la fin, les entretiens s'étaient transformés en interrogatoires, Bakarević hurlant et Reinhardt prêchant le faux pour savoir le vrai, mais tout ce qu'il en était sorti était le tableau confus d'une nuit tranquille soudain perturbée par des coups de feu, avant le retour du silence. Certains avaient affirmé avoir entendu des voitures, d'autres des camions. Certains avaient prétendu que les tueurs parlaient allemand, d'autres étaient moins sûrs. La plupart des témoins ne leur offrit que des larmes, des protestations ou de la défiance. Tout ce qu'ils obtinrent par consensus, ce fut de la peur. Ces gens avaient peur de Reinhardt, de son uniforme, mais ils avaient plus peur encore de Bakarević et de la menace qui planait autour de lui, la peur de l'oustachi. Cela, plus que tout.

Au bout du compte, les divers renseignements qu'ils avaient glanés leur avaient permis de retracer grossièrement le fil des événements. Aux environs de 3 heures du matin, tout le monde avait été réveillé par une détonation étouffée. Quelques-uns avaient déclaré que c'était plutôt un sifflement. Les témoins avaient mentionné des jurons et une lumière éclatante, sans doute la bombe incendiaire que les tueurs avaient déclenchée par accident. Puis le silence. Comme tout bon survivant, ils s'étaient tous mis à l'abri, dans l'espoir que l'orage passe. Ils étaient nombreux à être restés cachés, mais une femme avait affirmé avoir entendu le véhicule des Feldjäger remonter la rue, décrivant de manière très précise le bruit que le moteur d'une Kübelwagen faisait en première. Ensuite, il y avait eu des coups de feu, un échange nourri, et un certain nombre d'habitants avaient entendu des hommes s'enfuir. La plupart s'accordait pour dire qu'ils avaient perçu des voix, mais personne n'avait su ou pu rapporter ce qui s'était dit, pas même de quelle langue il s'agissait. Quelques instants après les tirs, un autre véhicule avait quitté les lieux.

« Rien de plus que ce que nous pouvons déduire nous-mêmes, en somme, résuma Reinhardt. On peut y aller ? » demanda-t-il en désignant l'aide-soignant, gardant à l'esprit que l'un de ceux qu'il avait croisés à l'extérieur lui avait paru familier.

Benfeld acquiesça, et l'aide-soignant écrasa sa cigarette sous son talon avant de marmonner un « Suivez-moi ». Tandis qu'ils s'engageaient dans un dédale de couloirs, Reinhardt se rappela à quel point il détestait les hôpitaux. Leur décor, leur odeur, le silence sinistre dans lequel ils étaient plongés, ou à l'inverse leur cacophonie incessante, sans juste milieu. Celui-ci était bruyant. Des cris et des éclats de voix, des claquements de portes, et quelque part, quelqu'un qui hurlait. L'aide-soignant les mena au sous-sol en empruntant plusieurs escaliers. L'air s'était rafraîchi, l'écho de leurs pas résonnait durement contre les murs en béton et les précédaient tels des hérauts.

L'homme montra une porte et murmura « Veuillez attendre ici » avant de s'éclipser. Reinhardt ouvrit la porte dans un courant d'air froid. C'était une morgue, et on s'y bousculait. Une rangée de chambres mortuaires en acier flanquait l'un des murs, mais les cadavres étaient empilés sur le sol et les tables tout autour de la pièce. Il repéra les cinq corps de la maison, l'un disposé sur une table de dissection, les quatre autres allongés les uns à côté des autres, nus, sur le sol.

« Ils n'ont pas été autopsiés ? Pourquoi ?

— Monsieur, c'est tout ce que j'ai pu faire pour qu'un médecin les examine. Rien de plus… Vous aurez peut-être plus de chance que moi. »

Malgré le froid, une légère exhalaison flottait dans l'air, une odeur de décomposition mêlée à des substances chimiques, et les deux hommes allumèrent une cigarette d'un même mouvement. Ils échangèrent un regard vaguement embarrassé, puis Benfeld eut un sourire penaud. Reinhardt le lui retourna et fit basculer le poids de son corps sur sa jambe droite. Son genou gauche lui faisait mal, une nuit à courir partout n'avait rien arrangé.

« Cet endroit fait froid dans le dos », fit remarquer Benfeld presque silencieusement.

Les cadavres ne l'auraient pas contredit, pensa Reinhardt, qui s'en voulut aussitôt d'avoir eu une telle pensée. C'était le problème, avec les morgues. Elles vous mettaient des idées insensées dans la tête, vous connectaient avec les morts, parfois émotionnellement. Il s'approcha des cadavres et les observa en pleine lumière pour la première fois. La lividité de leur peau faisait encore plus ressortir leurs blessures. Leurs visages mutilés, magma rouge constellé d'éclats blancs aux endroits où les dents et les os apparaissaient, les rendaient presque impossibles à regarder.

« Où sont les vêtements ? s'enquit Reinhardt en pointant du doigt un petit tas sur une table. Vous avez trouvé quelque chose ? »

Le lieutenant fit non de la tête et alla tirer un cardigan élimé du haut de la pile.

« Seulement ça. Il y a un morceau d'étiquette dessus, avec un nom. On dirait qu'il est écrit "Kapet…", ou quelque chose comme ça. La deuxième partie du nom a été arrachée. Le reste des vêtements ne nous a rien appris, si ce n'est qu'ils ne leur appartenaient pas, de toute évidence. »

La porte s'ouvrit avec fracas et un médecin entra, un homme assez jeune vêtu d'une blouse blanche tachée de sang, un stéthoscope passé autour du cou. Il lança un regard mauvais à Benfeld, puis braqua ses yeux injectés de sang vers Reinhardt.

« C'est vous le capitaine ? »

Reinhardt confirma d'un hochement de tête.

« Vous savez que votre lieutenant nous a fait un tapage de tous les diables ce matin ? C'est un véritable scandale, bon Dieu ! On a déjà assez de mal à sauver les vivants sans avoir en plus à s'inquiéter de ce qui a bien pu arriver aux morts. »

Reinhardt lui offrit une cigarette. L'homme avait l'air affreusement fatigué avec ses yeux pochés de gris.

« Le lieutenant vous a-t-il fait part de la situation ? Vous a-t-il expliqué que deux de mes hommes ont été assassinés la nuit dernière près de l'endroit où ces corps – les cinq, là – ont été retrouvés ?

— Et en quoi je devrais me soucier de ces deux hommes ?

— Il n'y a pas de raison particulière, répondit Reinhardt en s'avançant pour allumer la cigarette du médecin. Mais cette enquête est très importante, docteur.

— Suffisamment importante pour me détourner de mon travail ?

— Plus vous discuterez, plus vous perdrez de temps », fit Reinhardt sans la moindre animosité.

Il devinait que le médecin protestait pour la forme, rien de plus, et sachant cela, il n'était pas mécontent de lui donner une occasion de lâcher ce qu'il avait sur le cœur.

Le médecin s'avança vers le cadavre allongé sur la table, puis jeta un coup d'œil rapide à ceux qui gisaient au sol. Il pinça les lèvres et regarda Reinhardt.

« Vous vouliez vraiment qu'on les examine ? Bon Dieu, ça ne fait pas un pli, ce qui les a tués.

— Je sais ce qui les a tués, docteur. Dr… ?

— Henke.

— Je sais qu'on leur a tiré dessus, puis qu'on les a mutilés, Dr Henke. Ce que je veux essayer de savoir, c'est qui ils étaient.

— Qui ils *étaient* ? Est-ce que c'étaient des soldats, au moins ?

— Je ne sais pas, répondit Reinhardt dans un haussement d'épaules. D'après moi…

— Si ce n'étaient pas des soldats, ça ne relève pas de ma compétence, l'interrompit Henke avant de tirer sur sa cigarette, dont l'extrémité rougeoya, et de l'écraser au fond d'un bocal. On peut savoir pourquoi vous ne les avez pas fait transporter à l'hôpital public, bon Dieu ?

— Docteur, s'il vous plaît. J'ai mes raisons.

— La prochaine fois, refilez vos cadavres à quelqu'un qui en aura quelque chose à foutre. De préférence à un homme qui aura dormi plus de deux heures en trois jours.

— Docteur…

— Pas à un médecin qui peut être appelé au bloc à tout instant et n'aura pas le droit à la moindre erreur, crevé ou pas.

— Je comprends, docteur.

— Je me le demande.

— Je voulais que ce soit fait par une personne en qui j'aurais confiance. Voilà, ça vous va ?

— Vous me flattez, capitaine ? s'enquit Henke,

clignant lentement des paupières comme s'il cherchait à les débarrasser de la fatigue qui les lestait. Très bien. Donnez-moi une autre cigarette, et on va voir ce qu'on peut trouver. »

Louchant sur les volutes de fumée qui montèrent à ses yeux, Henke se saisit d'une planchette à pince et fit glisser un doigt sur une feuille noircie de notes griffonnées à la hâte.

« Très bien, souffla-t-il en exhalant un nuage de fumée, ses yeux allant et venant des cadavres à ses notes. Ils sont tous logés à la même enseigne. Cinq hommes, tous entre trente-cinq et quarante ans, je dirais. Taille moyenne. Excepté celui-ci, dit Henke en désignant le plus grand des cinq. 1,90 mètre pour lui. Poids : plus ou moins dans la norme en fonction de leur âge estimé et de leur taille, même si aucun d'entre eux n'aurait fait sauter la balance. Pas vraiment sous-alimentés, mais on ne peut pas dire non plus qu'ils vivaient comme des pachas. Leur état de santé était globalement correct. Correct pour le lieu et l'époque, cela va sans dire. Signes de carences en vitamines sur leurs ongles. Manque de calcium. Denture en mauvais état, pour la plupart. Un ou deux sont passés entre les mains d'un dentiste à un moment donné. Avant la guerre. Assez bon boulot.

« Les corps, à présent… pas vraiment de particularités. Ni tatouages ni signes distinctifs. Pas de taches de naissance. Quelques cicatrices. Celui-ci, précisa Henke en désignant un cadavre du bout du pied, a ce qui ressemble à des blessures de shrapnel dans le dos. »

Reinhardt fit un geste, et Benfeld retourna le corps pour laisser apparaître une série de petites cicatrices striées sur sa peau.

« L'état des mains laisse à penser qu'ils exerçaient une activité manuelle intensive, avec de nombreuses cicatrices et callosités. Différence de couleur de peau marquée entre les visages et les torses, entre les mains et les bras. Ces hommes passaient vraisemblablement le plus clair de leur temps à l'extérieur.

— Rien de concluant au niveau de leurs épaules ou de leurs mains droites ?

— Comme quoi ? » demanda Henke en bâillant.

Reinhardt s'expliqua :

« S'ils étaient soldats, il y a de fortes chances qu'ils aient manié le fusil, par ailleurs ils étaient très certainement droitiers, comme la majorité des gens. Donc, leur épaule droite pourrait porter des marques de contusions, ou des hématomes, causés par le recul et le poids du fusil. Quant à leur main droite… » Il leur fit une démonstration. « Elles pourraient porter la marque de callosités au niveau de l'index, causées par la détente, ainsi que sur la partie entre l'index et le pouce, à l'endroit où appuie la crosse. »

Henke opina dans un nouveau bâillement.

« Oui. Je vois. Non, rien de tel. Ou si c'est le cas, ce n'est pas concluant. Passons à la suite. Marques de ligature sur chacun des poignets. Attachés avant la mort. Ecchymoses aux genoux. Les cinq hommes ont tous été considérablement malmenés après avoir été tués. Nombreuses contusions et écorchures, résultant sans doute du fait que les corps ont dû être traînés. Ramassés, roulés, ce genre de choses.

— Ce qui serait cohérent avec les vêtements qu'ils portaient et le lieu où on les a trouvés, murmura Reinhardt.

— Exact. Maintenant, les causes du décès. Blessure

mortelle par balle à l'arrière de la tête. En plein dans la nuque. Point de sortie à travers le front. Des ecchymoses sur leur cuir chevelu semblent indiquer qu'on les a forcés à baisser la tête en maintenant leur nuque exposée avec la main. »

Le médecin marqua un temps, et Reinhardt sut qu'ils étaient tous les trois en train d'imaginer la même scène, les images du calvaire qu'avaient dû endurer ces hommes dans les dernières minutes de leur vie surgissant dans leur esprit.

« Qu'en est-il des mutilations ?

— Post mortem elles aussi. Pas mal de temps après, en fait. Causées par un objet contondant manié avec une force surpuissante. Peu de coups – deux ou trois, dans la plupart des cas – ont été portés à chacun de ces hommes. Il faut être sacrément costaud ou expérimenté, voire les deux, pour infliger de telles blessures. C'est à peu près tout, capitaine.

— Les lividités ?

— Peu concluantes. Les corps ont été beaucoup manipulés, apparemment.

— L'heure de la mort ?

— La *rigor mortis* a disparu. Je dirais qu'ils ont été tués il y a environ un jour et demi. Pas plus.

— Une autopsie nous en apprendrait plus, plaça Reinhardt, conscient que le médecin n'allait pas apprécier.

— Une *autopsie* ? Vous êtes sérieux ?

— Très.

— Mais merde, qu'est-ce que ça nous apprendrait que vous auriez tant envie de savoir ? » s'exclama Henke en envoyant valser sa planchette avant de faire le tour de la table.

Reinhardt posa une main sur le torse de l'homme quand il voulut passer près de lui. Le médecin semblait léger, presque aérien.

« J'étais policier, autrefois. J'en connais un rayon sur ce genre de choses. J'ai ma petite idée sur leur identité, mais j'ai besoin qu'ils soient autopsiés pour m'en assurer.

— Vous voulez savoir *quoi* ?

— Ce qu'ils ont mangé, et à quel moment.

— Oh pour l'amour de Dieu, capitaine, soupira Henke. Ils auront sans doute mangé la même merde que tous ceux qui vivent dans ce cloaque.

— Peut-être. S'il vous plaît, docteur. C'est important.

— Vous répétez ça en boucle, bon Dieu.

— S'il le faut, je ferai usage de mon autorité de Feldjäger.

— Écoutez, fit Henke en se frottant les yeux de la paume de la main, même si j'accepte de le faire, je ne le ferai pas tout de suite. Je ne serai bon à rien dans l'immédiat. Il faut que je dorme avant de reprendre mon service à la mi-journée, vu que j'ai à peine fermé l'œil cette nuit, dit-il avec un regard noir pour Benfeld. Je verrai ce que je peux faire ce soir. Si c'est calme.

— Docteur…

— Je ne peux pas faire mieux, capitaine, le coupa Henke. Et n'essayez même pas d'aller déranger quelqu'un d'autre. Ils feront encore moins de cas de vous que je n'ai pu le faire. »

Reinhardt comprit qu'il ne le ferait pas changer d'avis. Il lui tendit son paquet de cigarettes.

« Tenez, c'est le moins que je puisse faire pour le désagrément.

— Et comment, fit le docteur en levant les sourcils, mais on décelait une pointe de sourire dans ses yeux fatigués. Repassez me voir ce soir. Vous ou votre charmant lieutenant. Je ne promets rien, hein. »

Une cigarette s'agitait entre ses lèvres alors qu'il parlait. Reinhardt l'alluma, et le médecin le remercia d'un signe de la tête avant de sortir.

« Éteignez la lumière en partant », dit-il.

Reinhardt et Benfeld le suivirent dans les escaliers, sans se presser. Tandis qu'ils remontaient à l'étage, le bruit de l'hôpital se fit plus présent, jusqu'à les assaillir de plein fouet quand ils ouvrirent la porte en haut des marches. Reinhardt sentit soudain les fantômes du passé revenir à la charge. Il fallait qu'il sorte d'ici au plus vite, et c'est au petit trot qu'il regagna l'extérieur, dans le froid piquant du matin. Il s'arrêta en bas des escaliers, s'efforçant au calme, puis se retourna pour lever les yeux vers l'hôpital.

Reinhardt serra les dents pour faire passer la douleur dans son genou et contenir la colère qui grondait au fond de lui. Dans le lit opposé, l'Autrichien avec ses bandages sur les yeux pleurait à nouveau, des sanglots mais pas de larmes, et Reinhardt résista à l'envie de se traîner de l'autre côté de l'allée pour étrangler ce satané pleurnichard.

Il tendit le bras vers le tiroir de la petite table de chevet attenante à son lit et en sortit la montre. Il la tint par la chaîne et la regarda se balancer d'abord à gauche, puis à droite, puis encore à gauche, la lumière allant et venant sur le verre et capturant l'inscription à l'arrière. De la pulpe du pouce, il caressa les lettres cursives, puis il remonta les draps sur lui et se couvrit le visage du bras. Le feu dans son genou commençait à se dissiper, et il respirait mieux. Tout en continuant à caresser la montre, il réfléchissait, se rappelait. Il n'avait pas besoin d'aller chercher bien loin pour comprendre ce qu'il y avait de paradoxal à se sentir apaisé par le souvenir de cette tranchée britannique.

« Elle va finir par s'abîmer si vous continuez à la tripoter tout le temps. »

Reinhardt sursauta. C'était cette infirmière, à nouveau. Celle qui l'asticotait sans arrêt, sur la guerre, la politique, et tout un tas d'autres sujets.

« Je ne… » bafouilla-t-il en rougissant.

Il sortit la main de sous les couvertures et lui montra la montre. Elle lui offrit un sourire lumineux et plein de vie.

« Voilà qui est mieux, dit-elle. Vous devriez le faire plus souvent.

— Tripoter ma montre ?

— Sourire. »

Il ne s'était même pas rendu compte qu'il avait souri.

« Heureusement, vous aurez bientôt beaucoup d'autres raisons de vous réjouir.

— Quoi ?

— La guerre. Elle est terminée. Finie », dit-elle en s'activant autour de lui.

Il aimait l'observer, avec ses gestes parcimonieux. Elle n'en faisait jamais trop. Elle remplit sa cruche d'eau, puis entreprit de retaper le lit, avant de se figer et de le regarder.

« Personne ne vous a annoncé la nouvelle ? Ça s'est passé ce matin. Un armistice, ils appellent ça. Les combats ont cessé à 11 heures, aujourd'hui, ce

11 novembre. Et je suis sûre que quelqu'un, quelque part, se battait encore à onze heures moins cinq.

— Il faut bien que quelqu'un soit le dernier à mourir », murmura Reinhardt, mais ce n'était pas de gaieté de cœur.

Il fixa, au plafond, le réseau de fissures qui lézardaient le plâtre comme des toiles d'araignée.

« Terminée… ?

— Vous parlez comme un vrai membre des troupes d'assaut, dit l'infirmière, un brin moqueuse. Ouvrez grand. »

Elle lui enfourna un thermomètre dans la bouche.

« C'est vraiment terminé ? articula Reinhardt.

— C'est ce qu'ils disent. Levez la tête. »

Elle arrangea l'oreiller sans y mettre plus de douceur que ça, et il se recala en arrière. Elle s'immobilisa, une main sur la hanche, l'autre repoussant ses cheveux derrière ses oreilles. Elle avait les yeux gris, un regard brillant qui le transperça quand elle le posa sur lui.

« Quoi ? fit Reinhardt, qui faillit cracher le thermomètre.

— Je me disais juste… que va-t-il advenir d'une personne comme vous après ça ?

— Une personne comme moi ?

— Un soldat. Pas n'importe quel soldat.

— Un soldat blessé.

— Arrêtez de vous apitoyer sur votre sort, lui intima-t-elle en cueillant le thermomètre entre ses lèvres. Les choses pourraient être pires, pour vous. Mais bientôt, tout s'arrangera.

— Oh non, soupira-t-il, vous n'allez pas me refaire votre profession de foi.

— Si, je vais vous refaire ma profession de foi. » Son teint s'empourpra, ses yeux pétillèrent. « Vous pouvez toujours rire ou vous moquer, mon ami. Mais une personne de votre trempe doit savoir que le monde ne sera plus jamais le même. Regardez à quoi cela vous a mené. »

Reinhardt ne trouva rien à répondre. Il la regarda rassembler ses affaires, et au moment où elle tourna les talons pour partir, il se sentit près de basculer dans le vide.

« Comment vous appelez-vous ? »

Elle se retourna, les bras tendus sur le petit chariot qu'elle poussait, les doigts fermement accrochés à la poignée.

« Tout ce temps, vous m'avez parlé d'à peu près tous les sujets, mais vous ne m'avez jamais dit votre nom. »

Le chariot s'ébranla doucement, elle jeta un coup d'œil par-dessus son épaule. Elle sourit, et un rayon de soleil vint rebondir sur l'une de ses pommettes.

« Carolin », dit-elle.

« Et maintenant, monsieur ? » s'enquit Benfeld.

Reinhardt cligna des yeux, arraché à son souvenir par la voix du lieutenant. C'était son souvenir préféré, la première fois que la femme qui allait devenir son épouse lui avait dit son nom. Ses yeux se fixèrent sur les marches où il avait vu des aides-soignants en train de discuter et de fumer. Il revoyait, dans son esprit, cet homme qui lui avait semblé familier, sans parvenir à se rappeler où et quand il avait pu le croiser. Les joues gonflées, Reinhardt laissa échapper un long soupir.

« Petit-déjeuner ? Puis nous aviserons. »

C'est alors que le souvenir lui revint. Il se rappelait où il l'avait vu auparavant.

Sur la place de Baščaršija, à l'extérieur de cette petite boutique où il avait l'habitude de prendre son café. Reinhardt avait la certitude qu'il s'agissait de Simo, le partisan qui l'avait conduit sur cette route sinueuse à travers Bentbaša, pour rencontrer le Dr Begović.

9

« Qui aurait intérêt à faire disparaître cinq hommes, Frenchie ? »

C'était la même question que la nuit précédente, et ils n'avaient toujours pas la réponse. Assis dans le mess de la caserne, Benfeld décocha un regard à Reinhardt par-dessus le rebord de la tasse dans laquelle il sirotait ce qui leur tenait lieu de café.

« Cinq hommes, poursuivit Reinhardt. À en croire les échos que j'ai eus de ce qui se passe en ville, cinq cadavres, ça ne semble pas inhabituel. Alors pourquoi se donner tant de mal pour les cacher ? Aux yeux de qui voulait-on les dissimuler ? Qui aurait intérêt à faire disparaître cinq hommes ?

— Les oustachis ? » hasarda Benfeld.

Reinhardt hocha la tête, fouillant ce trou dans sa gencive.

« L'armée ?

— Les partisans ? »

Benfeld leva les sourcils et retroussa les lèvres, comme s'il attendait une réprimande, mais Reinhardt lui fit signe de continuer.

« On a déjà vu ça en Russie avec les partisans

locaux, dans certaines villes. Conflits internes. Brouilles. Un groupe qui se serait écarté du droit chemin. Peut-être que… quelqu'un chez les partisans voulait se débarrasser de quelqu'un. Ou de quelques-uns. Une nouvelle faction qui prendrait le contrôle, mais qui ne voudrait pas être découverte ou divisée ? Je ne sais pas. C'est juste une idée.

— Pas forcément mauvaise. Mais à moins d'aller trouver un partisan et de lui poser la question, je ne vois pas comment nous pourrions le prouver.

— C'est vrai, monsieur », dit Benfeld en baissant les yeux sur son café.

Reinhardt l'observa et se demanda, tout en fixant la Croix de chevalier autour de son cou, comment ce héros de Koursk pouvait se décourager aussi vite.

« Bien, fouillons là où on peut fouiller, Frenchie. Je veux que vous passiez en revue les rapports d'intervention. Remontez au début de la semaine. L'état des corps laisse à penser qu'ils n'ont pas été tués avant cela. Consultez aussi les listes de déserteurs. Les hommes portés disparus. Les hommes faits prisonniers. Ce genre de choses.

— Oui, monsieur, acquiesça Benfeld. Et nos autres fonctions ?

— J'ai le feu vert du colonel. Nous pouvons travailler là-dessus, mais pas à plein temps. »

Quand Scheller s'était rendu sur les lieux plus tôt dans la matinée, le capitaine Lainer avait insisté pour que l'enquête avance au plus vite. Le grand capitaine ne digérait pas la mort de ses hommes, Triendl, le troisième Feldjäger, celui qui avait survécu à la fusillade de Logavina, ayant succombé à ses blessures. Lainer avait fait pression sur Scheller pour que

Reinhardt soit affecté à temps plein sur l'enquête, ce qui était impossible. Ils le savaient tous. Il y avait trop à faire. En outre, Neuffer se rangeait à l'avis de la Feldgendarmerie, qui soutenait que les oustachis pouvaient tout à fait mener l'enquête eux-mêmes et que les ressources allemandes auraient plus d'utilité ailleurs.

« Qu'est-ce qui vous fait dire que ce n'étaient pas simplement des partisans, Reinhardt ? » avait voulu savoir le colonel.

Reinhardt avait senti le regard brûlant de Lainer peser sur lui.

« On ne peut pas écarter cette piste, monsieur, mais voici ce que j'ai vu. J'ai vu trois Feldjäger avec du matériel d'excellente qualité. Trois StG. Des armes de valeur. Plusieurs centaines de cartouches. Des pistolets. Un bon couteau. Une très bonne boussole. Argent liquide et papiers d'identité. Médailles.

— Votre opinion ? avait demandé Scheller.

— Rien de tout cela n'a été volé. Les corps n'ont même pas été touchés. Les agresseurs, quelle que soit leur identité, étaient dans l'urgence. Ou bien ils ne voulaient pas risquer d'être pris avec du matériel qui pourrait leur causer du tort. Quoi qu'il en soit, je n'ai jamais entendu parler d'un partisan qui n'aurait pas pris le temps de dépouiller le cadavre d'un Allemand d'au moins une arme. »

Ses paroles avaient semblé mettre un terme à la discussion. Les Feldjäger enquêteraient sur la mort des leurs, avait signifié Scheller à un Neuffer mécontent, et toute demande d'aide serait suivie d'effet.

Reinhardt fit tourner son reste de café au fond de sa tasse.

« Vous êtes de garde à la gare, ce soir, dit-il à Benfeld. Alors essayez d'aller vous reposer avant.

— Et vous, vous allez faire quoi, monsieur ? s'enquit Benfeld en s'appuyant sur le dossier du banc pour sortir ses cigarettes de sa poche et en offrir une à son supérieur.

— Je vais aller faire un tour du côté du bataillon disciplinaire 999. Puisque c'est sur leur lopin de terre qu'on a trouvé les corps. Quelque chose qui ne va pas, Frenchie ?

— Monsieur ?

— Vous avez tiqué quand j'ai mentionné le bataillon disciplinaire, et ce n'est pas la première fois. Je l'ai déjà remarqué la nuit dernière.

— Mon frère est dans un bataillon disciplinaire. En Russie.

— Navré de l'apprendre, Benfeld. »

La bouche du lieutenant se tordit.

« Ahh », fit-il en tirant longuement sur sa cigarette.

Ses doigts tremblèrent à quelques centimètres de ses lèvres, et soudain ce fut comme si un barrage cédait, et les mots affluèrent.

« C'était... c'était lui le moins bavard, à la maison. Moi j'étais un vrai moulin à paroles. Sauf qu'il avait cette fichue tendance à toujours ouvrir la bouche au mauvais moment. Il n'a jamais su la fermer quand il le fallait. À l'école. Dans les bars. Au travail. À chaque fois il s'attirait des ennuis, déclenchait des bagarres. C'est pour ça que je suis ici, vous savez, confessa-t-il en avalant une autre longue bouffée. Nous étions alsaciens, mais pas français, et ça les Français n'ont jamais cessé de nous le rappeler après la Grande Guerre. Heinz y croyait, à tous ces… discours… sur l'Allemagne et les Allemands, et il s'est engagé. Mon père m'a forcé à m'engager, moi aussi. "C'est ton plus jeune frère, Max", il m'a dit. "Tu le ramènes sain et sauf à la maison. Tu le surveilles." C'est ce que j'ai fait, aussi longtemps que j'ai pu, et un jour il a sorti quelque chose à un officier et en rien de temps, il s'est retrouvé dans un bataillon disciplinaire. Je n'ai rien pu faire pour le tirer de là.

— Vous avez de ses nouvelles ?

— Aucune, monsieur. Mais je sais que son unité se trouvait dans le secteur du front qui été mis en échec à Koursk. »

Arrivé au bout de sa cigarette, Reinhardt la laissa tomber dans son reste de café. Il était touché par la peine du jeune homme, mais se sentait incapable du moindre geste, impuissant à se dépasser.

« Vous m'en voyez désolé, Frenchie, dit-il, sachant bien que ces mots n'étaient pas vraiment appropriés mais n'ayant rien de mieux à offrir, ignorant même si Benfeld accepterait le moindre réconfort de sa part.

— Non, monsieur. C'est moi. Ce n'est rien. Revenons à nos affaires, vous voulez bien ? »

*

Reinhardt trouva une voiture et ordonna au chauffeur de le conduire à la vieille forteresse ottomane en haut de la colline de Vratnik. La route était escarpée, enrubannée de brume, et la voiture monta lentement, ses roues chassant sur les pavés. Ils passèrent sous la masse imposante de la vieille porte de

Visegrad et longèrent les remparts de la citadelle jusqu'à la forteresse blanche, à l'autre bout d'un promontoire rocheux. Des Feldgendarmes étaient en faction devant les portes, leurs hausse-cols étincelant dans la lumière hivernale au-dessus de longs pardessus en cuir. Ils firent signe à la voiture d'avancer, et un sergent dévisagea froidement Reinhardt et son chauffeur après avoir examiné leurs papiers d'identité.

« Feldjägerkorps ? Qu'est-ce qui vous amène, monsieur ?

— Je dois voir le commandant ou le chef d'état-major. Je n'ai pas rendez-vous.

— Le chef d'état-major, ce sera préférable, dit le sergent en se fendant d'un sourire morbide. Mais vous allez devoir patienter. Il est en train d'intégrer un nouveau contingent de recrues. Dans la cour. »

Deux groupes de soldats se tenaient au garde-à-vous devant le poste de commandement du bataillon. L'un d'eux était apparemment composé d'officiers. Reinhardt le devinait à leur maintien, à la coupe de leurs uniformes, et à cette expression incrédule que plusieurs d'entre eux arboraient, comme s'ils espéraient se réveiller d'un mauvais rêve à tout moment. Quelque part au fond de lui, il ne put s'empêcher de les plaindre, mais à peine cette pensée l'effleurait-elle que la porte du poste de commandement s'ouvrit brutalement, laissant apparaître un commandant de la Feldgendarmerie qui vint se planter en face des soldats d'un pas martial, son hausse-col rutilant à son cou.

C'était le commandant qu'il avait croisé au poste de contrôle à son arrivée en ville, celui qui avait parlé à Bunda et fait reculer les oustachis. Il s'appelait Erwin Jansky, avait dit Dreyer. Reinhardt se rappelait avoir noté son allure et son comportement, sa pointe de dédain à peine voilée. Ici, l'homme était dans son élément et ne s'encombrait d'aucune subtilité. Une étincelle de folie luisait dans son regard tandis qu'il paradait devant ses hommes et qu'il faisait durer le suspense dans le martèlement sec de ses pas. Un deuxième officier sortit du poste de commandement, un vieux colonel à l'air maladif, puis un troisième homme que Reinhardt reconnut aussitôt comme le général Herzog. Le général et le colonel s'entretinrent discrètement pendant un instant, puis le premier eut un geste préoccupé, et le vieux colonel hocha la tête avant de faire un pas en arrière.

« Soldats ! brailla presque le général d'une voix rude et implacable, promenant ses petits yeux perçants sur les deux groupes. Je n'ai qu'un simple message pour vous. Vous avez tous été reconnus coupables d'infractions au code de conduite militaire. Vous avez tous été condamnés. Mais la patrie a de nouveau besoin de vos services. On vous offre une seconde chance. Une chance de vous racheter. Je vous suggère de la saisir. » Son regard les transperça les uns après les autres. « De saisir cette chance de laver votre honneur. De saisir cette chance d'accomplir des actes de bravoure pour défendre la patrie, et pour défendre notre grande cause. Répondez à l'appel de votre nom. »

Jansky se glissa devant lui et vint se poster face à ceux que Reinhardt avait identifiés comme des officiers.

« Eh bien, regardez-moi cette foutue bande de traîtres arriérés que le bon Dieu a jugé bon de m'envoyer ce matin, aboya-t-il en montrant les dents dans une parodie de sourire, la lueur de folie dans ses yeux s'intensifiant alors qu'il les posait sur une planchette à pince. Des cocos. Des gauchistes. Des bâtards. Des politicards. Des débiles mentaux. Des *psychoses traumatiques* ? Pour l'amour de Dieu, n'y a-t-il pas le moindre déserteur, voleur ou violeur honnête dans ce troupeau ? Ou c'est qu'ils sont tous là-bas ? » ricana Jansky en tournant brusquement la tête vers l'autre groupe.

Son regard accrocha celui de Reinhardt au passage, et il sourit, comme s'il voulait partager une plaisanterie avec lui. Les yeux des hommes passèrent de l'un à l'autre.

« Ma foi, l'on doit supporter ce que le ciel envoie. C'est de qui, Reinhardt ? » lança le commandant, pivotant vers lui.

Les yeux du général suivirent, s'attardèrent un instant.

« Schiller, répondit un Reinhardt surpris.

— Schiller, *monsieur*, le reprit Jansky, avec un air de satisfaction absurde, avant de parcourir la cour d'un pas raide, décochant des regards assassins aux rangées d'hommes. Des esprits supérieurs au mien ont donc décidé de vous faire à nouveau porter l'uniforme. S'il n'en avait tenu qu'à moi, j'aurais fait comme les Russkoffs : j'aurais balancé quelques grenades dans vos cellules. Mais voilà, ils ont préféré vous remettre entre mes mains. Je suis le commandant Jansky. Et je serai le chef d'état-major de ce bataillon. »

Du regard, il les cloua sur place, et son sourire s'affaissa, se crispa, le temps d'une seconde. Les traits du commandant se figèrent, puis s'animèrent à nouveau.

« Alors les gars, c'est reparti. Vous revoilà soldats, qu'ils ont dit. Nous avons des fantassins. Nous avons des ingénieurs. Nous avons des tankistes, débita-t-il en décochant un clin d'œil à un homme habillé de l'uniforme noir des Panzers. Mais quelle qu'ait été votre fonction, quel qu'ait été votre uniforme, ancien ou nouveau, aujourd'hui vous allez porter ceci. »

Il leur montra un triangle rouge. Un simple triangle rouge, pas plus gros que sa main. Reinhardt savait de quoi il s'agissait. La plupart des hommes le savaient, et certains se balancèrent sur leurs talons, d'autres reculant de dégoût, ici et là, mais quelques-uns semblaient incertains.

« Vous savez ce que c'est, les gars, pas vrai ? *Pas vrai ?* Toi ! beugla-t-il en pointant du doigt un officier bedonnant au premier rang. Le tas de graisse ! Tu sais ce que c'est ?

— Comment osez-vous me parler ainsi ! cracha l'officier. Vous oubliez le respect dû à mon rang et… »

L'homme fut envoyé au tapis d'un coup dans la mâchoire. Il s'affala sur les pavés, sonné.

« Je t'appellerai comme il me plaira, enfoiré de tas de graisse. Parce que tu es à moi, maintenant. Debout. *DEBOUT !* Donc, fulmina Jansky, lorgnant l'officier, est-ce que tu sais ce que c'est ?

— Non, monsieur.

— Il ne sait pas ! Pauvre gros sac à merde. Reinhardt ! brailla-t-il, déployant le bras. Venez par là, Reinhardt. Approchez. Vous, vous savez. Vous êtes un Feldjäger. Ceci, les gars, dit-il en s'écartant pour leur présenter Reinhardt, bras écartés comme si c'était un mannequin, ceci est un Feldjäger. Quelque chose de très particulier. Vous verrez. Bref, Reinhardt, dites-lui. Allez.

— C'est l'écusson des bataillons disciplinaires.

— C'est exact ! Une unité *disciplinaire*. Ce qui veut dire, les gars, que vous appartenez au bataillon disciplinaire 999. Ce qui veut dire que vous m'appartenez. Ce qui veut dire que vous pouvez oublier ce que vous avez été, oublier le grade qui était le vôtre. Ce qui veut dire que si vous pensiez que les choses allaient déjà mal, vous allez être sacrément surpris, les gars, parce que vous êtes vraiment dans la merde maintenant. Vous allez mettre les mains dans la merde. Dormir dedans. Marcher dedans. En bouffer s'il le faut, et en redemander. »

Le sourire sur le visage de Jansky se figea à nouveau, puis il baissa les yeux sur sa planchette à pince.

« Vous vous avancerez à l'appel de votre nom. *Amelung, Peter* », attaqua-t-il.

Un prisonnier fit un pas en avant et se mit au garde-à-vous devant Jansky, qui le jaugea de haut en bas avant de revenir à ses papiers.

« Vous intégrez la compagnie A. *Audendorf, Conrad.* »

Jansky continua ainsi, appelant les noms, énumérant leurs affectations. Les rangs se vidèrent tandis que les hommes se dispersaient de part et d'autre, cernés et houspillés par les sergents et quelques lieutenants. Une fois qu'ils eurent tous rejoint leur groupe, Jansky braqua deux yeux assassins sur Reinhardt.

« Je peux faire quelque chose pour vous, Reinhardt ?

— Je souhaite vous parler des meurtres de trois Feldjäger. La nuit dernière.

— Oui, je suis au courant. Vous voulez quoi ?

— Ça s'est passé sur un chantier où travaille votre bataillon.

— Ça s'est passé dans la rue en bas du chantier, à ce que je sais. À 3 heures du matin ou je ne sais quelle heure indue.

— Ça n'a pas empêché vos hommes de rappliquer à l'heure tout aussi indue de 4 h 30.

— C'est exact, répondit Jansky dans un rictus. On leur mène la vie dure. Sinon, pourquoi ils seraient là ?

— Cinq autres cadavres ont été découverts sur le chantier lui-même.

— Inutile de vous dire de ne pas m'emmerder avec ça, j'imagine ? »

Reinhardt ne dit rien. C'était inutile ; son autorité de Feldjäger, son aura, les entouraient tous les deux. Jansky contracta la mâchoire et hocha la tête, et le visage rude qu'il donnait à voir au monde sembla se radoucir.

« Comment je peux vous aider ? Faites vite, s'il vous plaît.

— Ça prendra le temps qu'il faudra », répliqua Reinhardt.

Jansky blêmit, et Reinhardt s'interrogea, se demandant si c'était bien lui qui parlait, ou si c'était Dreyer qui s'exprimait à travers lui, son ami qui détestait tant le commandant qu'il avait en face de lui. La fixation du juge n'était pas difficile à comprendre, réalisa-t-il. Le personnage avait quelque chose d'obsédant. Comme une blessure, ou une croûte, qu'on ne pourrait s'empêcher de titiller et de tripoter. Comme ce trou dans sa gencive qu'il revenait sans cesse fouiller.

« J'aimerais m'entretenir avec l'officier de garde sur le chantier hier.

— C'était le lieutenant Metzler. Je dois prendre congé du général. Allez attendre dans le poste de commandement, je vous envoie le lieutenant. »

Reinhardt pénétra dans le bâtiment, dans un coin duquel un poêle chatoyait, produisant une chaleur étouffante. La porte du bureau du commandant était entrouverte, il coula un regard à l'intérieur et vit le vieux colonel en train de tousser dans un mouchoir plaqué sur sa bouche. Une odeur de renfermé émanait de la pièce, une sorte de relent tuberculeux. Cela lui rappela les tranchées, les bunkers pleins de soldats entassés les uns sur les autres, le blanc de leurs yeux tendus vers le plafond secoué par les ondes de choc fracassantes des bombardements.

Deux hommes se mirent au garde-à-vous dans le bureau d'accueil : un sergent derrière un grand bureau, et un second homme, un commis, rencogné derrière un coffre de bois rouge qui le cachait presque. Son bureau disparaissait sous des tas de papiers, des formulaires, des livrets de solde, des cartes de rationnement, empilés derrière un rempart de bouteilles d'encre, de pots à stylos et à crayons qui semblaient dresser un mur entre lui et le reste de la pièce. Sentant le regard de Reinhardt posé sur lui, l'homme leva les yeux, puis il se voûta sur son bureau, dissimulant son travail d'un bras protecteur comme un écolier qui chercherait à éloigner les copieurs.

« Qui est là ? »

La voix bourrue venait du bureau du colonel. Reinhardt et les deux autres échangèrent des regards, et le sergent fit le geste de vouloir fermer la porte, mais le colonel glissa la main dans l'interstice, des doigts d'araignée aux extrémités blanchies par la pression qu'ils exerçaient.

« Colonel Pistorius, monsieur », protesta le sergent.

Le vieux colonel l'ignora, observant Reinhardt et louchant sur sa Croix d'argent.

« Qui êtes-vous ? Vous ne m'avez pas l'air d'un condamné.

— Capitaine Reinhardt, monsieur, répondit-il, au garde-à-vous. Feldjägerkorps. »

Pistorius fronça les sourcils sans le quitter des yeux, puis pressa un mouchoir sur sa bouche pour étouffer une quinte de toux. Il fit signe à Reinhardt d'entrer et se traîna de l'autre côté d'une table à tréteaux.

« Alors, dites-moi, fit Pistorius en s'essuyant la bouche. Comment ça s'est passé ? Dehors.

— Monsieur ? » l'interrogea Reinhardt, surpris par la question.

Derrière lui, le sergent resta planté sur le pas de la porte, hésitant, puis il la referma doucement.

« Comment se sont comportés mes hommes, capitaine ? Dehors.

— Assez honorablement, monsieur. »

Le colonel leva les yeux. Ils étaient vitreux et injectés de sang, mais une lueur les éclaira tout à coup.

« *Honorablement ?* Attention, capitaine. Ça ressemble dangereusement à ce que pourrait dire un officier de la vieille école. Ou un foutu sergent aux intentions douteuses. Exprimez le fond de votre pensée.

— Oui, monsieur.

— Eh bien ?

— Plutôt rude, comme accueil, monsieur. »

Pistorius respira bruyamment, porta son mouchoir à sa bouche, où il se tacha de sang.

« Rude ? parvint-il à articuler.

— Personnellement, je n'ai jamais été convaincu que c'était le meilleur moyen de motiver des hommes. »

Le colonel jeta un nouveau coup d'œil à la Croix de fer de Reinhardt, le cou tendu en avant, plissé comme celui d'un dindon et alourdi par le hausse-col qui s'y balançait telle l'enseigne d'une taverne.

« La seule vraie guerre, c'était la première, et les seules vraies Croix, ce sont celles de la Grande Guerre », marmonna-t-il avec des airs de vieux grincheux qui méditerait dans un recoin sombre en regardant défiler la vie des autres.

Il partit d'une autre quinte de toux et ses mains cherchèrent une chaise derrière lui, sur laquelle il se laissa tomber. Reinhardt l'observa à nouveau, curieux de savoir qui il était et d'où il venait.

« Qu'est-ce que vous faites ici ? soupira finalement Pistorius, les yeux soudain plus clairs.

— Le commandant Jansky m'apporte son aide

dans mon enquête sur la mort de trois Feldjäger, la nuit dernière.

— Qu'est-ce qu'il… siffla-t-il avant que sa voix ne s'éteigne. Qu'est-ce qu'il a à voir avec ça ?

— Colonel, monsieur, est-ce que tout va bien ? »

Jansky se tenait sur le seuil du bureau. Il se glissa furtivement dans la pièce, une tasse fumante entre les mains. Il la tendit avec sollicitude à Pistorius, qui la saisit avec gratitude et la serra contre sa poitrine malade.

« Ça va, Jansky, ça va », souffla Pistorius en s'appuyant sur le dossier de sa chaise.

L'étincelle de vie qui avait ranimé le vieil officier, l'espace d'un instant, s'était éteinte. Reinhardt regarda Jansky, qui le pria de sortir d'un signe de la tête.

« Un homme courageux, très courageux, murmura le commandant en refermant doucement la porte. En principe il aurait dû être réformé pour raisons de santé, mais il refuse de partir. »

Un lieutenant de la Feldgendarmerie qui patientait dans le bureau d'accueil se mit au garde-à-vous. Le détaillant du regard, Reinhardt se rendit compte qu'il l'avait déjà croisé, lui aussi, au poste de contrôle, accompagné du commandant Jansky et de Brandt.

« Lieutenant Metzler, dit Jansky.

— Le commandant Jansky vous a informé de la raison de ma visite ? demanda Reinhardt. Dites-moi ce que vous savez sur ce chantier.

— C'est une installation antiaérienne, monsieur, répondit Metzler.

— Poursuivez.

— Nous préparions le terrain pour les emplacements de quatre canons antiaériens.

— Poursuivez.

— Notre tâche était de faire place nette. Nous avons reçu le renfort de gens d'une société d'ingénierie pour les gros travaux, abattre les murs et ce genre de choses. Deux hommes d'une équipe de déminage, aussi.

— Pourquoi ?

— Les munitions non explosées, monsieur. Les Alliés ont bombardé la zone il y a quelques semaines. Il en reste peut-être à certains endroits. »

Reinhardt l'invita à poursuivre d'un mouvement du menton.

« C'est tout, monsieur, vraiment. »

La porte s'ouvrit et un sergent passa la tête à l'intérieur.

« Commandant, monsieur. Vous êtes demandé à la section des transports.

— Ça peut attendre, fit Jansky.

— Je vous prie de m'excuser, monsieur, mais Alexiou dit que c'est urgent. »

Jansky soupira, les yeux rivés sur Reinhardt.

« Je peux vous faire confiance, vous n'allez pas malmener mon lieutenant, capitaine Reinhardt ?

— Vous le récupérerez tel que vous me l'avez laissé, commandant.

— Très bien, alors. Tâchez de bien vous conduire, lieutenant, l'avertit Jansky en emboîtant le pas au sergent.

— Nous ferons de même, lieutenant. Sortez, je vous prie. »

Reinhardt le suivit dehors, incapable de rester

dans cette pièce étouffante avec son odeur fongique. Il inspira profondément pour nettoyer ses poumons. Le lieutenant regarda Jansky s'éloigner à travers la cour dans un martèlement de pas, en direction d'un petit groupement de tentes près des ruines blanches d'une muraille ottomane. Puis il se retourna pour fixer Reinhardt de ses petits yeux marron derrière les broussailles de ses sourcils. Ses grosses bajoues le faisaient ressembler à un dogue. Elles lui conféraient un air inoffensif de chien battu, que venaient contredire son regard et ses poings massifs.

« À quelle heure avez-vous fini hier ? s'enquit Reinhardt en sortant ces cigarettes. Vous fumez ?

— Non, merci monsieur. Hmm, nous avons arrêté de travailler au coucher du soleil, dans ces eaux-là.

— Pourquoi ?

— Ça ne sert à rien de rester plus tard, monsieur. Pas de lumière.

— C'est vrai. Vous n'avez rien remarqué d'inhabituel ? »

Reinhardt alluma sa cigarette et se débarrassa de son allumette. Le lieutenant secoua la tête et inclina légèrement le menton. Sa ressemblance avec un chien s'accentua.

« Des gens aux alentours ?

— Non, monsieur.

— Quelqu'un qui n'aurait pas dû se trouver là ?

— Non, monsieur.

— Des véhicules ? Ce genre de choses ? asséna Reinhardt en accélérant la cadence, le regard fixe, direct.

— Rien, monsieur.

— Jamais de soucis avec les habitants ?

— Aucun, monsieur.
— Des oustachis qui fouineraient ?
— Non, monsieur.
— Donc il fait nuit tôt ici, n'est-ce pas ?
— Oui, monsieur.
— Vers quelle heure ?
— La nuit commence à tomber aux environs de 19 heures.
— Et vous arrêtez le travail ?
— Pas de lumière. Comme je l'ai dit, monsieur.
— Pas de lumière. Et il n'y a rien d'autre que vous puissiez faire là-haut ?
— Rien.
— Rien du tout ?
— À part ranger les outils. Ce genre de choses.
— Vous n'avez rien vu, personne ? fit Reinhardt avec un petit sourire qui invitait Metzler à jouer le jeu.
— Rien, monsieur, répondit le lieutenant, plus calme, les enclumes qui lui tenaient lieu de poing se desserrant légèrement.
— À quelle heure le jour se lève-t-il ?
— Vers… 6 heures et demie.
— 6 heures et demie. Et avant ça, il fait noir.
— Oui, monsieur.
— On ne peut rien voir. On ne peut rien faire.
— Non, sauf si on a envie de se rompre le cou dans le noir, répliqua Metzler, s'octroyant une petite seconde de légèreté.
— Dans ce cas, que faisaient le lieutenant Brandt et cinquante de ses hommes sur les lieux à 4 heures et demie du matin ? »

La lumière avait commencé à poindre à l'est, irisant le ciel nocturne au-dessus de l'horizon, sur les coups de 6 heures – Reinhardt était sur le point de quitter le chantier. Une demi-heure plus tard, le soleil était levé.

Le lieutenant remua les lèvres, déglutit, puis serra à nouveau les poings. Reinhardt resta silencieux, le laissant comprendre les implications de ce qu'il venait d'avancer.

« Je ne…

— Qu'est-ce qui aurait pu vous conduire là-haut à cette heure ? le questionna-t-il pour resserrer un peu l'étau.

— Je ne…

— Réfléchissez. Donnez-moi une idée, dit Reinhardt sans relâcher la pression. N'importe quoi.

— Je suis sûr qu'il y aura eu une bonne raison, monsieur, avança Metzler, le regard vide, tout son être se tendant comme en réaction à une menace.

— Surprenez-moi, lieutenant.

— Je crois que vous devriez poser la question au lieutenant Brandt, monsieur.

— Et où puis-je le trouver ?

— Je l'ignore, monsieur.

— Qui pourrait me renseigner ?

— Le commandant Jansky, monsieur. »

Retour à la case départ.

10

Reinhardt libéra Metzler en lui demandant de trouver le commandant Jansky. Il s'étonna de ne pas être plus exaspéré par l'obstination dont pouvaient faire preuve des hommes comme le lieutenant, et se demanda si c'était lié au fait qu'en tant que Feldjäger, il s'attendait à ce qu'on lui obéisse. Il réfléchit là-dessus quelques secondes puis décida de passer à autre chose. Ses introspections habituelles attendraient un moment plus opportun.

Il regarda Metzler qui traversait à la hâte la cour intérieure éclaboussée de boue. De vieux bâtiments de pierre s'élevaient çà et là, flanquant les murs d'enceinte : les écuries et la caserne des troupes ottomanes qui avaient été stationnées ici autrefois, ainsi que des structures plus récentes, faites de brique, de bois et de toile, qui venaient parfois les prolonger. De la fumée s'échappait de certaines d'entre elles, et on entendait un marteau cogner quelque part. À l'autre bout de la cour, du côté où Metzler était parti, plusieurs camions étaient garés. Des hommes s'affairaient autour d'un moteur, le corps à moitié enfoui sous le capot. Un sergent braillait sur un groupe d'hommes occupés à quelque tâche punitive le long d'un mur, agenouillés, rampant, courant, tombant tête la première et se relevant au rythme discordant de ses directives. Non loin de là, d'autres hommes aux uniformes dépareillés, équipés de pelles et de pioches, se rassemblèrent sur les ordres de deux Feldgendarmes à l'air rude, puis ils grimpèrent dans un camion sous les coups de pieds et de crosses. Reinhardt suivit des yeux le véhicule qui s'ébranla en passant devant lui pour sortir de la forteresse.

Près du poste de commandement se dressait une bâtisse en pierre pourvue d'une lourde porte de bois. Il la poussa sans réfléchir et pénétra dans un espace aussi long que bas, plongé dans l'obscurité, et il comprit qu'il se trouvait dans les baraquements. Des couchettes en bois s'alignaient à droite et à gauche, l'air était lourd de l'odeur de renfermé du sommeil. Un faible murmure se faisait entendre, lent et pesant comme la marée, les respirations d'hommes épuisés. Un soldat allongé près de la porte, réveillé par la lumière et le froid, souleva ses paupières alourdies, avisa Reinhardt, et sauta de son lit. Son uniforme était sale, le bas de son pantalon et les manchettes de sa chemise souillés de boue séchée, et ses yeux étaient enfoncés profondément sous la ligne fine de ses sourcils.

« Repos », murmura Reinhardt.

L'homme n'émit aucune objection et se remit au lit. Reinhardt sortit, referma délicatement la porte, puis se laissa guider par l'odeur qui provenait du mess. La tente était quasi déserte, seuls un ou deux soldats étaient assis sur de longs bancs de bois. Des caisses de rations en conserve – le ravitaillement d'urgence de l'armée – étaient ouvertes le long des murs. Un cuisinier cassait le pain noir, dur et insipide des rations au-dessus d'une soupière dans laquelle bouillonnait de l'eau. Son contenu attira le regard de Reinhardt, qui vit apparaître un reflet blanc dans les remous ; le crâne d'une chèvre, son œil vide le fixant à travers les lambeaux de chair. Il roula et disparut dans le bouillon, avant de remonter à la surface comme pour jeter un dernier regard sur le monde. Les yeux verrouillés sur le cuisinier, Reinhardt le vit servir une louche de soupe à un homme qui alla s'asseoir à une table, seul avec son bol.

Il sortit de la tente et marcha lentement jusqu'au chemin de ronde, se positionnant face à une trouée dans le parapet dentelé de la vieille muraille ottomane. Le brouillard s'était dissipé, et les contours des nuages bas se nacraient de la lueur pâle du soleil qui pointait au-dessus des collines de l'Ouest. Comme surgie de sa mémoire, une image sépia de ce qu'avait été la ville autrefois se superposa au panorama délavé qui se déployait en contrebas. Un décor dénué de couleurs. La ville, se dit-il intérieurement, était à son image. Avant, Sarajevo se dressait fièrement au milieu des montagnes, tout au moins insoumise. Ancrée dans le souvenir d'une meilleure époque, de meilleurs maîtres. Begović l'avait comparée à une rose. Une rose, dans son écrin rocheux. Les mauvais moments étaient transitoires ici, comme les maîtres de la ville. Ottomans. Autrichiens. Oustachis. Allemands. Ils allaient et venaient. Un flux continu, en perpétuel mouvement, semblable aux eaux des rivières qui s'écoulaient dans cette vallée, parfois déchaînées, parfois tranquilles, à l'image de ce qu'enduraient la ville et ses habitants.

« Hé ! Le flic ! »

La voix n'était qu'un faible sifflement. Reinhardt fronça les sourcils, cherchant d'où elle venait.

« Par ici. Hé ! le flic ! T'en grilles une avec un vieux soldat ? »

Un homme se tenait derrière une pile de boîtes et de tonneaux, tout contre le mur. Quand Reinhardt posa les yeux sur lui, l'autre se tapit un peu plus dans l'ombre, tournant la tête en tous sens. Il était maigre, assez grand, portait un manteau trop petit, ses poignets dépassant largement de ses manches. Un sourire humide et brillant vint fendre son visage.

« Vous avez une clope, capitaine ? » demanda à nouveau l'homme.

Reinhardt jeta un coup d'œil par-dessus son épaule pour s'assurer qu'ils étaient seuls, puis il fit un pas vers lui et lui tendit son paquet. L'homme en tira une cigarette, la fit rouler entre ses doigts, puis sous son nez.

« Super, murmura-t-il. Du feu ? »

La flamme de l'allumette que Reinhardt approcha de lui éclaira momentanément son visage aux traits tirés, pincés, tout en lignes verticales.

« Merci. »

La cigarette rougeoya, s'éteignit, se ralluma.

« J'ai entendu parler de vous, le Feldjäger, murmura l'homme, qui semblait incapable de rester en place. Ils disent qu'il y a pas grand-chose que vous puissiez pas faire. Vous croyez que vous pouvez me faire sortir de cette unité ? »

Il montra sa tunique, avec son triangle rouge pour seul insigne.

« Pour quelle raison je le ferais ? »

La cigarette rougeoya encore.

« Je pourrais faire quelque chose pour vous en échange, capitaine.

— Dites-moi. »

L'autre plissa le front, l'air étonné, mais ne répondit rien.

« Vous avez perdu votre langue ? »

L'homme fit la grimace, se balançant d'un pied sur l'autre, et un rictus vint étirer ses lèvres avant de retomber.

« J'ai pas perdu ma langue, mais je risque de perdre mes foutues couilles. Vous êtes mon ticket de sortie, le flic, j'en suis sûr. Mon ticket gagnant. Enfin, le voilà.

— Je ne vois pas de ligne d'arrivée, et vous ? Bon, quand vous serez prêt, et il y a intérêt à ce que ce soit bientôt, vous me direz ce que vous voulez me dire ? Et comment vous appelez-vous, d'ailleurs ?

— Plus tard, répondit l'homme en secouant la tête. Si vous vous arrêtez au coin de Baščaršija en repartant, je serai là.

— Pourquoi je voudrais faire ça ?

— Vous êtes un bon flic. Ça pourrait vous intéresser. »

Reinhardt ouvrit la bouche pour protester, mais l'homme s'était déjà esquivé. Il retourna dans l'espace ouvert de la cour, où il croisa un groupe d'hommes qui passèrent lentement près de lui. Ils étaient vêtus d'uniformes allemands, leurs tuniques simplement ornées d'écussons rouges. C'étaient des hommes trapus, massifs, à la peau sombre et aux cheveux d'un noir de jais. Ils le regardèrent tout en rejoignant l'autre côté de la cour, l'évaluant ouvertement, sans le moindre signe de soumission ou d'allégeance. Sans savoir pourquoi, Reinhardt fut saisi d'un frisson, puis de l'impression que d'autres regards pesaient sur lui. Deux autres hommes enfouis dans l'ombre l'observaient depuis une voûte en pierre de taille blanche, un molosse haletant à leurs pieds.

Reinhardt traversa la cour vers le poste de commandement. Le voyant entrer, Jansky leva les yeux de la table de l'ordonnance où il était assis, un sourire sur les lèvres.

« Vous êtes encore là ? s'étonna-t-il.

— J'ai envoyé Metzler vous chercher.

— Oh ? Il ne m'a pas trouvé. Mais je suis là. Au travail, dit-il en ouvrant les bras pour englober la pièce et ses bureaux débordant d'un fouillis de papiers. *L'enfer même a ses lois.* »

Il adressa un regard interrogateur à Reinhardt, comme s'il le défiait de trouver qui était à l'origine de cette citation.

« Goethe, avança Reinhardt.

— En effet, confirma Jansky en inclinant la tête comme un oiseau. Je suis surpris de vous voir encore ici.

— J'ai fait le tour du propriétaire. En vous attendant. »

Dans un coin de la pièce, la petite tête du commis émergea furtivement de derrière son coffre rouge, puis elle disparut. Jansky s'approcha, le visage barré d'un sourire.

« Je vous raccompagne à votre voiture, capitaine », dit-il en posant une main ferme dans le dos de Reinhardt.

Ce dernier se laissa guider à l'extérieur, tout ce qu'il y avait de plus surpris.

« Je me suis renseigné sur vous, lui apprit Jansky en fermant la porte derrière eux, avant de se frotter énergiquement les mains pour les réchauffer. On m'a dit que, comme vous menez une sorte d'enquête sur la mort de ces Feldjäger, nous devons vous apporter toute notre collaboration. Il me semble être allé dans ce sens ce matin, n'est-ce pas ?

— Le lieutenant Metzler n'était pas inintéressant, monsieur. Même si j'avais espéré qu'il soit un peu plus bavard.

— Une description assez exacte du lieutenant Metzler, capitaine. *Limité* lui convenant beaucoup mieux. Il aurait dû pouvoir vous dire ce que le lieutenant Brandt et ses hommes faisaient là-haut.

— Donc le lieutenant Metzler vous a trouvé ? »

Jansky sourit d'un petit air de conspirateur.

« Veuillez pardonner ces jeux de dupes, capitaine. Quand on a passé autant de temps entouré de voleurs, de menteurs et de fripouilles – le genre d'hommes qu'on envoie servir ici –, ma foi, j'ai bien peur que la vérité ne soit pas toujours la meilleure carte à jouer. Je m'excuse.

— Brandt a prétendu qu'il avait du travail. Il a dit qu'il avait cinquante hommes attendant de se mettre au boulot.

— La mission du lieutenant Brandt était de rassembler du matériel pour un autre chantier.

— À quel endroit ?

— À Zenica, capitaine. »

Reinhardt suspendit ses pas, et Jansky retira sa main de son dos.

« Zenica est à environ 80 kilomètres au nord. »

Le commandant hocha la tête.

« Brandt avait donc une longue route à faire, ce qui explique le départ matinal. Le prochain poste de contrôle est en cours de construction à Zenica. Cela signifie qu'on a pris la décision d'abandonner Sarajevo aux partisans, mais je ne suis pas sûr que les oustachis soient dans la confidence. Pas plus que notre haut commandement, termina-t-il avec une note sinistre dans la voix, comme pour désigner le pire de ces deux démons.

— L'évacuation de la ville n'est un secret pour personne, fit valoir Reinhardt.

— Non. Mais ce que les gens ignorent, c'est que nous l'abandonnons sans nous être vraiment battus pour la garder. Donc, capitaine, s'il vous plaît. Je suis conscient que vous avez vos affaires à régler, mais j'apprécierais que vous gardiez cette information pour vous, fit-il savoir en posant fermement la main sur le bras de Reinhardt. J'ai votre parole ? »

Reinhardt acquiesça silencieusement, se faisant violence pour ne pas se dérober à la poigne du commandant.

« Très bien.

— Y a-t-il autre chose, capitaine ? s'enquit Jansky en s'écartant subitement, l'air dur et anguleux.

— Ce sera tout, monsieur.

— Bonne journée, capitaine. »

Reinhardt fit un salut et regagna sa voiture. Il s'arrêta devant la porte, alluma une cigarette et laissa errer son regard autour de la cour. Des petits groupes d'hommes – deux ici, trois là – l'observaient le long des murs.

« Baščaršija, dit-il au chauffeur, un caporal portant le ruban de la Croix de fer sur son manteau, à qui il donna une cigarette. Prenez votre temps. Il se pourrait que j'aie quelqu'un à voir en chemin.

— À vos ordres, monsieur », murmura le chauffeur en faisant demi-tour dans la cour.

La Kübelwagen emprunta le passage voûté, dépassa les Feldgendarmes aux manteaux en cuir serrés autour de leur brasero, puis s'engagea sur la route qui serpentait sur le flanc de la colline. Quand ils eurent atteint l'endroit où celle-ci rejoignait la rue Alexandre Ier et où Baščaršija descendait vers la Miljacka, Reinhardt fit signe au chauffeur de ralentir puis de s'arrêter. Celui-ci gara la voiture sur le bas-côté, près d'une soupe populaire. Des centaines de personnes faisaient la queue sur la place, près de camions frappés d'une croix rouge, la foule s'agglutinant en colimaçon dans l'espoir de recevoir un peu d'aide. Il ne voyait pas comment il allait pouvoir retrouver l'homme dans toute cette cohue, à supposer qu'il ait pu sortir de la forteresse, ce dont il doutait.

« Vous allez rester longtemps, monsieur ? demanda le chauffeur.

— Non. Je suis censé avoir rendez-vous… *juste là*, répondit Reinhardt en le repérant. Cinq minutes. Ensuite donnez un coup de klaxon. »

Il se dirigea au petit trot vers un coin de la place, dardant des coups d'œil à droite et à gauche et vers les hauteurs de la forteresse, guettant quelque chose, n'importe quoi.

« *Le flic !* »

La voix haut perchée lui fit tourner la tête. L'homme se terrait dans une venelle étroite et lançait des regards furtifs tout autour de lui. Le cou tendu par-dessus l'épaule de Reinhardt, il l'attira vers le fond de la ruelle. Reinhardt s'immobilisa, fit ostensiblement sauter l'attache de son holster et suivit l'autre à petits pas. L'endroit empestait les excréments, l'humidité et la pourriture.

« Vous avez une autre cigarette ? »

Il lui en tendit une, l'alluma.

« Moi, c'est Kreuz, fit l'homme en tirant longuement dessus, avant de recracher la fumée entre ses dents serrées, le regard toujours aux aguets. Combien de bataillons disciplinaires vous avez visités, capitaine ?

— C'était le premier.

— Et moi le deuxième. J'ai fait des bêtises, capitaine. Mais j'ai purgé ma peine dans le premier, j'suis sorti, et puis je m'suis débrouillé pour y retourner direct. J'suis ce qu'on appelle un récidiviste.

— Ce qui m'amène vraiment à me demander pourquoi j'ai accepté de vous écouter.

— Soyez pas pressé, capitaine. Un flic comme vous devrait le savoir. La patience, c'est la règle du jeu.

— C'est sans doute la règle de certains jeux. Pourquoi vous m'appelez sans arrêt "le flic" ? »

Kreuz posa un doigt sur le bout de son nez, très calme tout à coup.

« Je le sens. Je sens ce genre de choses. Vous étiez un vrai de vrai avant, non ? Un flic de la grande ville. C'était où ? Hambourg ? Berlin ?

— Qu'est-ce que vous voulez ?

— Comme j'ai dit, je veux sortir de là avant de me faire zigouiller.

— Pourquoi on vous “zigouillerait” ?

— Parce que les gars comme moi ont l’habitude de mettre leur nez où il faut pas. Les risques professionnels, qu’ils appellent ça. Moi je dirais plutôt thérapie professionnelle.

— Vous êtes un indic ?

— Exact, capitaine. Faut bien vivre. Et faut pas renier sa nature. Et moi, j’entends des trucs.

— Attendez que je devine », fit Reinhardt, dont l’intérêt s’amenuisait.

Personne ne portait les indics dans son cœur. Il parlait à un homme que la Feldgendarmerie payait probablement pour servir d’informateur, pour garder un œil sur tout ce qui se passait dans les rangs.

« Vous avez entendu un truc de trop.

— Je suis sérieux, siffla Kreuz, de nouveau sur les nerfs. Y a de l’eau dans le gaz chez les Hiwis. Ils sont pas contents.

— Qu’est-ce que je suis censé comprendre ?

— Y en a plein le bataillon, grinça Kreuz, sa voix crissant dans le fond de sa gorge. Comment un gars comme moi peut survivre s’il comprend pas un mot de ce qu’ils racontent ?

— Kreuz, vous parlez allemand et je ne comprends pas moi-même un traître mot de ce que vous dites.

— Les Hiwis, capitaine. Ils conduisent. Ils cuisinent. Ils fouillent. Ils contrôlent tout ce satané bataillon.

— Les Hiwis ? Les *Hilfswillige* ? Les auxiliaires étrangers volontaires ?

— Vous pouvez les appeler comme ça. Ça a commencé avec les Grecs. Ensuite les Albanais. On a quelques Serbes, des Bulgares, deux ou trois Russes. Mais les pires, c'est les Grecs et les Albanais.

— Comment ça, les pires ?

— Pour faire ce qui leur plaît. Les Grecs ont un chef, Alexiou. Du genre vieux patriarche. Lui et ses fils, ils font la loi. Ils vivent comme des rois pour tout le bien qu'ils font. »

Kreuz pompa furieusement sur sa cigarette, par petits coups secs, tel un fil sous haute tension qui aurait eu besoin d'une mise à la terre. Survolté, il pointa la tête vers le coin de la ruelle.

« Bon, vous voulez m'aider ? demanda-t-il.

— Je pensais que c'était vous qui deviez m'aider. »

Kreuz gloussa.

« D'accord, d'accord. Ça m'était sorti de la tête. Donc, y a de l'eau dans le gaz chez les Hiwis. Entre eux. Et aussi avec certains gardes. On m'a dit de…

— Qui vous a dit ?

— Les gardes. Les chiens à chaînes. Ces satanés Feldgendarmes. C'est eux qui sont responsables, normalement. Ils m'ont dit de me mêler à eux. De voir ce qu'ils racontaient. Sauf que moi, je comprends que dalle. Et les chiens, ça leur plaît pas, comme réponse. Alors ils me mettent la pression, et moi je continue à fureter, mais les Hiwis, ils sont pas dupes.

— Risque professionnel, me semble-t-il, commenta Reinhardt, qui se demandait toujours où cela allait le mener.

— Vous croyez pas si bien dire, capitaine ! Allez pas vous méprendre, j'ai des compensations en retour. Des cigarettes. Des tâches moins pénibles. J'suis le premier à pouvoir goûter aux filles, quand y en a, une fois que les chiens à chaînes ont fini avec elles.

— Venez en au fait, mon vieux, asséna Reinhardt dans un rictus.

— Donc on a les chiens qui me disent de surveiller les Hiwis, les Hiwis qui sont au courant, et qui me demandent de surveiller les gardes. Si je le fais pas, je finis au fond d'un fossé quelque part, et ils sont pas du genre à pas tenir leurs promesses. Alors du coup, moi je me retrouve avec le marteau d'un côté, et l'enclume de l'autre. Et puis voilà qu'y a cette huile d'officier qui débarque, et les Hiwis, ça les met dans tous leurs états, comme jamais…

— Kreuz, attendez. Attendez, le coupa Reinhardt en levant une main pour faire barrage à sa logorrhée. Tout cela n'a aucun sens.

— J'arrête pas d'entendre le même nom. Les mêmes noms. À chaque fois que les Hiwis s'engueulent.

— Quels noms ?

— Deux noms. Des hommes qu'étaient proches des Hiwis. Y en a un, c'est Berthold. L'autre, c'est Seymer.

— Berthold et Seymer ? »

Kreuz fit oui de la tête.

« Vous avez pas une autre cigarette ?

— Non. Qu'est-ce que vous voulez que je fasse de ces deux noms ?

— Renseignez-vous, capitaine. Enquêtez. » Kreuz prit une profonde inspiration, comme s'il essayait de se contrôler, mais d'un coup il sembla à nouveau perdre toute contenance. « Écoutez, écoutez, j'ai un peu fouiné de mon côté. Ces deux gars, ils sont portés disparus. Disparus au combat, à ce qu'on dit. Mais moi j'y crois pas. Ça fait plus d'une semaine maintenant, et leurs *Soldbuchs* sont toujours au poste de commandement.

— Leurs *Soldbuchs* ?

— *Ouiiii*, siffla Kreuz en faisant deux petits bonds en avant qui poussèrent Reinhardt à reculer. Leurs *Soldbuchs*. Les gars ont disparu, mais leurs livrets ils ont pas été rendus. C'est ce qu'on fait, non ? Quand un soldat meurt ? Alors pourquoi ils les gardent ? »

Reinhardt fronça les sourcils, soucieux.

« Ils attendent de les payer ? Ou ça concerne leurs rations… ? Ils ont pris du retard dans leur paperasse ?

— Des salaires pour des morts. Des rations pour des morts. Peut-être bien, peut-être bien. Je crois que c'est pas la première fois. Oh, *merde* ! »

Reinhardt jeta un œil derrière lui. Un camion venait de stopper non loin de là, près de l'endroit où la route qui conduisait à la forteresse rejoignait la rue Alexandre Ier. Un groupe d'hommes en descendit pour quadriller la place du regard. Des hommes trapus, massifs, à la peau sombre et aux cheveux d'un noir de jais.

« C'est eux ! piailla Kreuz, qui recula dans l'ombre, saisi de panique.

— Les Hiwis ? Les Grecs ? »

L'autre hocha la tête, le blanc de ses yeux s'écarquillant.

« Il faut pas qu'ils me voient avec vous. Écoutez-moi. J'ai personne d'autre que vous. Personne m'écoutera. J'ai essayé. Mais cette fois je tiens quelque chose. D'accord ?

— C'est absurde, Kreuz. Ce que vous dites n'a aucun sens. »

Un air de frustration vint chiffonner les traits de Kreuz, qui reprit son souffle sans quitter des yeux les Hiwis derrière les épaules de Reinhardt.

« Si vous m'aidez, je vous apporterai quelque chose. Demain. À la caserne de Kosovo Polje. Demain, à la même heure.

— Kreuz… commença Reinhardt, mais l'autre n'écoutait pas.

— J'ai essayé de parler à d'autres personnes. J'ai voulu parler à un juge, mais il avait pas l'air de m'aimer. Plutôt bizarre, hein ? »

Il gloussa à nouveau, mais son rire s'enraya comme s'il l'avait avalé.

« Quel juge ? »

Mais Kreuz s'était déjà retourné pour remonter la venelle, l'ombre semblant l'agripper pour l'emmener ailleurs.

« Oh non, y en a un qui vient par ici. Demain, Reinhardt. Au mess de la caserne.

— *Attendez !* »

Kreuz avait disparu. Sentant quelqu'un approcher dans son dos, Reinhardt déboutonna son pantalon, d'instinct, et se mit à uriner sur un tas de haillons détrempés qui, à en juger par l'odeur, avait déjà été utilisé aux mêmes fins. De la vapeur s'enroula autour de ses chevilles, et il résista à l'envie de siffler, se disant qu'il en ferait peut-être un peu trop. Il reboutonna son pantalon et se retourna. Un soldat se tenait à l'entrée de la venelle, un homme basané à la mâchoire puissante et ombrée de barbe, portant un triangle rouge sur sa tunique.

« Il est d’usage de saluer un officier supérieur », lâcha Reinhardt.

L’homme se mit au garde-à-vous, et Reinhardt passa devant lui, ses yeux brillant d’un sombre éclat.

« Je ne vous recommande pas l’endroit, mais la place est à vous, soldat. »

11

Reinhardt demanda à son chauffeur de le ramener à la caserne, mais ils n'avaient pas fait une centaine de mètres qu'il lui donna l'ordre de s'arrêter. Il resta assis là, les yeux fixés à un point droit devant, le regard du chauffeur posé sur lui, puis il se décida.

« Je descends », dit-il en vérifiant le chargeur de son pistolet.

Il le rangea dans son holster, enleva son hausse-col et le fourra dans sa poche.

« Revenez dans une heure, vous ou un autre, et attendez à l'endroit où nous avons stationné sur la place. Si je ne suis pas là, réessayez une heure plus tard.

— Oui, monsieur, fit l'homme en haussant les sourcils. Si je puis me permettre, qu'allez-vous faire, monsieur ? Au cas où le colonel me le demande.

— Je vais voir où me mènent certaines idées, caporal, répondit Reinhardt. Ne vous faites pas de souci pour moi, tout ira bien. » Il nota sur un morceau de papier les noms que lui avait communiqués Kreuz, tels qu'il s'en souvenait. « Donnez ceci au lieutenant Benfeld. Dites-lui de faire une recherche administrative pour savoir qui étaient ces hommes. Dites-lui qu'ils étaient affectés au bataillon disciplinaire 999. »

Il sortit de la voiture et, planté sur le bas-côté, la regarda s'éloigner. Un sentiment de solitude s'empara de lui, tout à coup. La rue Alexandre Ier s'étendait dans les deux sens, ligne droite bordée d'immeubles aux façades austères de deux ou trois étages. Un flot permanent de piétons y déambulaient, et ceux qui se trouvaient du même côté que lui l'évitaient en lui décochant des coups d'œil derrière leurs sourcils baissés. Un court convoi de camions de l'armée passa dans un grondement, leurs conducteurs regardant distraitement dans sa direction.

Reinhardt prit le premier embranchement menant au sud, vers le cœur de la ville, secteur délimité par la rue Alexandre Ier au nord et la rivière Miljacka au sud. Il traversa la ligne qui séparait les vieilles villes autrichienne et ottomane, les quartiers de l'ère austro-hongroise se perdant dans de petits murs blancs et les rues pavées. Il dépassa le marché, les cathédrales – l'orthodoxe dans son square, à droite, la catholique sur son parvis, à gauche – et la mosquée Husrev-bey, le bazar couvert et ses passages voûtés, et contourna la foule pour rejoindre la limite de Baščaršija, jusqu'à s'enfoncer dans le dédale des rues qui cernaient le quartier. Malgré la distribution en cours sur la place, tout était silencieux dans le marché des forgerons, les étals étaient fermés et un silence de mort plombait l'air immobile, privé des coups et des tintements de leurs marteaux et du brouhaha des transactions.

Il tourna à droite au Rathaus, emprunta la rue Kvaternik, d'où il contempla, de l'autre côté des méandres glacés de la Miljacka, la mosquée de l'Empereur et le vieux bâtiment de la Résidence où il avait été cantonné deux ans auparavant, ainsi qu'une zone de décombres, seuls vestiges d'un pâté de maisons frappé par un bombardement allié. Il avançait lentement, sans un regard en arrière – bien que cela le démangeât – et préférait observer les rues jonchées de détritus et encombrées d'un flot de piétons grouillant et incessant, aux mouvements désordonnés, leurs regards égarés vers le passé ou fixés sur un avenir qui n'irait peut-être pas plus loin que le prochain croisement. Par endroits, des hommes et des femmes étaient rassemblés autour de feux allumés avec des ordures, dont la fumée stagnait lourdement et se mêlait aux odeurs de moisi, de pourriture et de déjections qui appesantissaient l'air froid. Des enfants se faufilaient furtivement le long des rues, passant d'ombre en ombre, regardant le monde avec de petites lunes blanches au fond de leurs yeux sombres. Partout, des oustachis fendaient la mêlée dans leurs uniformes noirs, tels des oiseaux de mauvais augure devant lesquels la foule s'écartait.

Les oustachis étaient partout. Dans les rues, aux postes de contrôle et dans les quelques véhicules qui roulaient encore. Il les vit lancer des regards longs et appuyés aux passants, se retourner sur eux, quelquefois. Il vit des arrestations : un homme arraché aux bras de sa famille et poussé dans une voiture ; un réfugié passé à tabac et traîné comme un paquet de linge sale. Il vit un homme se faire abattre, tué par balle après avoir bousculé un oustachi alors qu'il descendait d'un chariot tiré par un âne décharné. À un moment, il vit une femme se faire escorter jusqu'à une cave en bas d'une volée de marches, le regard vide. L'oustachi planté en haut des marches le repéra et lui décocha un signe du menton dans un mouvement de tête – *Quoi ?* semblait-il vouloir dire, *Qu'est-ce que tu regardes ?* – et il serra les dents en un rictus avant de détourner les yeux. Ils étaient omniprésents, toujours par deux, et donnaient tous l'impression de vouloir chercher la bagarre.

C'était la fin, Reinhardt en était bien conscient. Il n'y avait rien à perdre et tout à gagner pour ceux qui, comme ces hommes, faisaient le choix de s'approprier les choses par eux-mêmes, ou au nom de ce qui restait de l'État, pendant que les habitants de la ville passaient, se convainquant sans doute que ce à quoi ils ne prêtaient pas attention n'existait pas. L'atmosphère des rues était très différente du souvenir que Reinhardt avait gardé de Sarajevo. Il avait l'impression que la ville se trouvait à un point de rupture qui ne pourrait conduire qu'à deux réactions. S'effondrer face à la terreur et se replier sur elle-même. Ou exploser, et se dresser contre les oustachis qui leur empoisonnaient la vie, et les Allemands qui regardaient et laissaient leurs alliés violer et corrompre à leur guise, dans le seul et unique but de se ménager une porte de sortie qui leur permettrait d'évacuer un maximum de leurs troupes de la ville.

Persuadé qu'il avait laissé derrière lui une piste que même un aveugle aurait pu suivre, Reinhardt louvoya près de deux hommes occupés à casser une vieille armoire pour en récupérer le bois, avant de se couler sous l'entrée d'une bâtisse en brique. C'était un homme patient et il avait besoin de réfléchir, aussi resta-t-il là, à l'abri des regards, guettant quelqu'un qui l'aurait suivi. Il s'alluma une cigarette, les yeux levés vers le ciel gris ardoise qui écrasait la ville comme un plafond crasseux, et se passa la langue sur les dents, l'esprit ailleurs.

Un grondement de tonnerre se fit entendre au loin, et il sentit l'odeur de la pluie dans l'air. Remontant le col de son manteau sur son cou, il se recula un peu plus dans la pénombre, aux aguets. Il n'aurait pu jurer qu'on le suivait, mais il avait perçu quelque chose derrière lui, à une ou deux reprises. Une silhouette, une présence, un mouvement. Elle lui était apparue un peu trop souvent pour que ce soit une simple coïncidence. Tout en continuant à balayer lentement la rue du regard, il fit le point sur ce qu'il savait, ce qu'il soupçonnait, ce qu'il voyait se dessiner de la situation.

Des cadavres dans la forêt, des cadavres dans une cave, des cadavres dans la rue. Du feu et des mutilations, quelqu'un qui avait quelque chose à cacher. Les oustachis omniprésents. Un commandant d'un bataillon disciplinaire au tempérament sadique. Une opportunité pour ceux qui avaient vu ce qui s'était passé. Même en des temps pareils, certaines choses devaient être cachées, et tout ce qu'on voulait cacher ne pouvait pas toujours l'être. Les gens parlaient. Les yeux voyaient.

Il écrasa son mégot sous son talon et patienta encore un peu, laissant sa réflexion faire paisiblement son chemin, sans la brusquer. Son esprit finit par arriver à une conclusion, une piste à suivre, de laquelle il n'arriva plus à se détourner. Il s'ébroua et entendit la voix languissante d'un muezzin s'élever vers le ciel figé. Il s'immobilisa pour l'écouter, se rendant compte qu'il n'avait pas entendu l'appel à la prière depuis son retour, et ce fut alors comme si une pièce de puzzle, dont il ignorait l'existence, venait de se mettre en place. Sarajevo sans ses mosquées, sans ses muezzins, n'était pas la ville dont il se souvenait, pas plus, se dit-il, qu'elle n'était la ville qu'il fallait qu'elle redevienne.

Il patienta, à l'écoute de la voix lancinante du muezzin, puis, une fois qu'il se fût tu, il retourna à Baščaršija. La distribution – de quoi, il l'ignorait – était terminée, et les camions étaient partis, mais de nombreuses personnes étaient encore là à attendre, apathiques, pleines d'espoir. Il aperçut parmi elles une tête aux cheveux blond cendré rejetés sur un manteau noir. Elle allait et venait dans les files d'attente en distribuant paroles et gestes d'attention avec compassion et élégance. Il attendit encore un peu, posté près du vieux café, jusqu'à ce qu'il la voie entrer dans les bureaux du Napredak, où il avait laissé le couple de personnes âgées et le garçon après leur arrivée en ville. Elle revint un instant plus tard, passa le pas de la porte et tourna à droite, en direction du pont de l'Empereur.

« Madame Vukić. »

Elle sursauta et se retourna, ouvrant grand les yeux en les posant sur lui. Surprise, elle porta une main à sa bouche. La façon dont la peur étirait ses traits n'échappa pas à Reinhardt ; on aurait dit qu'elle se trouvait face à une lande balayée par un vent glacé. Puis son expression changea quand elle le reconnut.

« Capitaine ? J'ai... » Elle avala la fin de sa phrase. « Une seconde, je vous prie. Vous m'avez fait tellement peur.

— Je m'excuse. »

Il attendit qu'elle reprenne ses esprits, ses mains s'abaissant sur sa poitrine pour venir serrer le devant de son manteau.

« Que faites-vous ici ?

— J'ai besoin de votre aide, madame Vukić.

— À quel sujet ?

— Ces gens que je vous ai amenés à mon arrivée en ville, il faut que je leur parle. »

Elle hocha la tête, circonspecte.

« Pourquoi ? Qu'ont-ils fait ?

— Rien du tout. Mais il faut que je leur parle de ce qu'ils ont vu. Ou de ce qu'ils pensent avoir vu.

— Dans la forêt ? Le massacre ? Vous êtes obligé ?

— Je le crains, oui, acquiesça-t-il, la voyant hésiter. C'est important. Sans cela je ne serais pas venu vous trouver. Si ce n'est pas moi qui les trouve, ce seront d'autres personnes. Je crois qu'ils sont peut-être en danger.

— Quelles personnes ?

— Celles qui ont tué les autres, quelles qu'elles soient. »

Une nouvelle hésitation, puis Vukić inclina brièvement la tête. Elle sourit, mais sans grande conviction. Elle sembla reprendre contenance, comme si elle enfouissait ses craintes au plus profond de son esprit.

« Marchons, voulez-vous ? Ce n'est pas très loin d'ici. »

Ils laissèrent la foule derrière eux et rejoignirent l'espace ouvert de la rue Kvaternik, près de l'endroit où le cours de la Miljacka s'accélérait dans un bouillonnement d'écume. Elle le guida en bas de la rue, et ils avancèrent dans le silence jusqu'à ce que sa voix vienne le rompre.

« Capitaine Reinhardt. Ma fille, dit-elle. Vous avez dit… que vous me raconteriez.

— Que souhaitez-vous savoir ? » demanda Reinhardt.

Vukić fit quelques pas en silence.

« Vous savez, capitaine, ils ont dit que c'était à cause de vous si l'enquête sur le meurtre de Marija n'avait pas abouti.

— Les oustachis ? »

Elle confirma d'un hochement de la tête.

« Je ne crois pas ce qu'ils disent. Enfin, je me suis interrogée, au début. Mais après… J'ai reconnu en vous un homme d'honneur. Je me suis dit que vous étiez incapable d'une telle chose.

— Collaborer avec les partisans ? Coucher avec les communistes ? Saboter le travail de la police ? Tout ça, vous voulez dire ?

— "Tout ça", comme vous dites, sourit-elle, et il sourit à son tour. Je n'en crois pas un mot. Mais il y a quelque chose que je n'ai jamais su, capitaine. Comment c'est arrivé. Ils ne me l'ont jamais dit, tout ce que j'ai su c'est que vous étiez intervenu.

— Eh bien… hésita-t-il. C'est la vérité, je suppose. En quelque sorte. »

Elle le regarda, attendant la suite.

« Ce qui intéressait les oustachis n'était pas vraiment de savoir qui avait tué Marija. Ce qui les intéressait était plutôt de trouver un moyen de s'en sortir, et peut-être de faire d'une pierre deux coups. Ils ont cherché à… soulager la pression politique qu'on exerçait sur eux pour trouver un coupable, n'importe qui. Et ils ont vu là l'occasion de porter un coup, du moins l'imaginaient-ils, aux partisans et aux communistes. Ils ont donc arrêté un soi-disant agent communiste et l'ont torturé pour lui arracher des aveux.

— Ils ont prétendu que vous étiez impliqué dans sa mort.

— La mort de l'agent ? Non. C'est quelqu'un d'autre qui s'en est chargé. Un médecin de la police, qui était aussi un partisan. Il a fini par abréger les souffrances de ce pauvre homme. Et je suppose qu'en même temps, il a réglé un problème de sécurité. D'une pierre deux coups, à nouveau… »

Il n'alla pas plus loin.

« Et vous ? Au milieu de tout ça… ?

— Moi ? J'étais… » Comment lui expliquer ? « J'étais… seul. Désespéré par le tour qu'avait pris ma vie, par ce que j'avais fait, et pas fait. Accablé de constater qu'on pouvait totalement se perdre quand notre seul but était de survivre. Et je voyais dans cette enquête une chance de faire quelque chose de bien. De faire ce qui me semblait juste. Pour moi. Mais aussi pour elle. Je lui devais la vérité. Pas une version déformée de la vérité. Il en allait de même pour l'homme qui a été tué avec elle, l'un de nos officiers. Et je suppose que mes projets sont venus contrecarrer ceux des oustachis. J'ai mené mon enquête mais bousillé la leur.

— Et ? Qui l'a tuée ?

— Pas les partisans. Ni les communistes. Pourtant, Dieu sait qu'ils en avaient tous envie. C'était un officier allemand. Il a agi par loyauté envers son supérieur, avec qui elle entretenait une liaison.

Marija avait découvert que cet officier était juif et elle voulait le dénoncer. Elle avait pris… du plaisir à décrire en détails ce qu'elle comptait faire. Cet officier… vous êtes sûre de vouloir entendre ça, madame Vukić ? »

Elle opina, les lèvres pincées.

« Il croyait l'avoir battue à mort, mais quand il a envoyé son subalterne nettoyer les lieux, celui-ci l'a trouvée en vie, et c'est lui qui l'a achevée en la poignardant. Pris de panique à l'idée qu'elle puisse dire quelque chose. Et parce qu'elle le terrifiait.

— Vous l'avez trouvé ? Cet homme ?

— Oui. Son supérieur l'avait tué. Puis il a lui-même été tué au combat.

— Mon Dieu, murmura-t-elle, les yeux plongés dans l'eau. Pauvre Marija… »

Reinhardt se garda de répondre, se rappelant ce qu'il avait appris sur Marija Vukić, sur les passions qui la motivaient, qui avaient motivé ses actes.

« Elle a eu droit à des funérailles de héros, vous le saviez ? J'ai reçu une médaille. Un époux mort pour la patrie, et une fille… » Sa voix flancha. « Ils m'ont donné le titre de membre d'honneur des oustachis. Mais je sais bien qu'ils l'ont utilisée. Ils ne se sont jamais réellement souciés de découvrir la vérité sur ce qui lui était arrivé, lui confia-t-elle avec un regard pour la rive d'en face, le vent venant balayer les larmes qui perlaient sous ses paupières. Nous étions si différentes, elle et moi… C'était un monstre, n'est-ce pas ? Tout comme mon mari. Mais ça n'a pas toujours été le cas. Vous devez garder ça à l'esprit. Il fut un temps où… »

Sa voix se grippa à nouveau, l'empêchant de

poursuivre, et elle sanglota silencieusement, voûtée sous le poids du chagrin.

« C'est à cause des regrets, vous ne croyez pas ? » fit-elle.

Ça ne sonnait pas comme une question aux oreilles de Reinhardt, aussi garda-t-il le silence, se contentant de la regarder.

« Le fait de ne pas pouvoir faire ses adieux. S'accrocher à une dernière image. Se demander si on ne s'est pas trompé. Vous avez ce genre de regrets, capitaine ? Des choses que vous n'avez pas dites. Pas faites. »

Il ignorait comment cette femme s'y prenait, pourquoi elle avait cet effet sur lui, mais un souvenir jaillit de sa mémoire, tout à coup, et il ne put rien faire d'autre que constater, avec un regard extérieur, comme il lui était naturel de partager quelque chose qu'il avait si longtemps gardé enfoui en lui.

« Carolin, ma femme, est morte du cancer. À la fin, quand elle était à l'hôpital, j'allais la voir tous les soirs. Je lui tenais la main alors qu'elle était étendue dans son lit, mourante, et je lui parlais. Il lui arrivait parfois de sourire, de dire quelques mots. D'autres fois, elle dormait. »

Il se dit qu'il parviendrait à dominer l'émotion qui pointait dans sa voix s'il s'imaginait que c'était celle de quelqu'un d'autre.

« Mais le matin où elle est décédée, j'étais… endormi. Ma tête reposait sur son lit. Quand je me suis réveillé, elle avait sa main sur mon épaule. Elle s'était réveillée avant de mourir, m'avait vu, et depuis ce moment-là, chaque jour, je me demande… a-t-elle essayé de me parler ? Je n'avais toujours voulu qu'une chose, être là pour elle, mais au lieu de cela je dormais juste à côté d'elle quand elle est morte. J'avais travaillé la nuit d'avant. J'étais fatigué. Et… j'avais bu… »

Vukić le regardait fixement, ses yeux d'un bleu brillant contrastant avec la pâleur de son visage.

« C'était le seul moyen que j'avais trouvé de supporter mon travail. Et je ne peux pas m'enlever de la tête que la dernière image que ma femme aura emportée… était celle de son… *alcoolique*… de mari en train de ronfler sur le bord de son lit. »

Il n'alla pas plus loin. Il n'avait jamais raconté cette histoire à quiconque. Ni à Brauer, son ami et partenaire de vingt ans à la Kripo. Ni, et c'était son plus grand regret, à son fils Friedrich, qui lui avait été arraché et dont le corps se trouvait quelque part sur le Front de l'Est. Il baissa les yeux sur Vukić, qui essuya une larme sur sa joue. Il avait la gorge irritée, comme si quelqu'un d'autre s'en était servi. Ce qui, d'une certaine manière, était le cas.

« Vous savez, un gentleman n'est pas censé évoquer ses amours passés en présence d'une autre femme.

— Je suis désolé. »

Elle rit, ravala quelques larmes, et Reinhardt sourit de la voir fouiller dans ses poches.

« Non. C'est moi. Je devrais garder ce genre de choses pour moi. »

Elle se moucha dans le mouchoir sur lequel elle avait fini par mettre la main, puis s'agrippa à son bras le plus naturellement du monde, avant de se remettre à marcher.

« Vous voilà donc de retour. Le même homme ? Ou un autre ?

— Un autre. Le même. Retour au point de départ. Au même endroit qu'il y a deux ans. Seul. M'efforçant de survivre », répondit-il, pesant ses paroles avec un coup d'œil vers le ciel de plomb.

Ils continuèrent à avancer jusqu'à ce que Reinhardt fasse halte pour observer un alignement de véhicules garés devant une villa à la façade blanche, sur la rive opposée de la rivière. Des oustachis s'affairaient autour des voitures, discutant, fumant, errant au milieu des groupes de gens, des femmes pour la plupart, qui se trouvaient à l'extérieur.

« Cet endroit, qu'est-ce que c'est ?

— C'est la Maison Pâle », lui apprit-elle.

Il posa son regard sur elle, et elle tourna la tête vers lui, sans quitter des yeux la villa.

« Le quartier général de Maks Luburić, continua-t-elle, amarrant ses yeux aux siens. C'est un endroit horrible. Venez. S'il vous plaît. »

Un vent fort s'était levé. L'air était froid et humide, et l'orage grondait toujours quelque part au-dessus des montagnes. Vukić le guida parmi les passants qui avançaient sans but, en direction de l'endroit où le couple de personnes âgées et le garçon étaient hébergés. Son bras était toujours passé sous le sien, ce qui n'empêchait pas Reinhardt de voir qu'elle était recroquevillée sur elle-même, blottie dans des souvenirs qu'il avait fait remonter à la surface. Il décida de la laisser à ses pensées, calant ses pas sur les siens jusqu'au moment où elle ralentit à l'approche d'un bâtiment bas.

« Nous y sommes », dit-elle, et ils s'immobilisèrent tous les deux devant la porte.

La poignée avait été forcée, fracassée autour du verrou qu'on avait fait voler en éclats.

12

Vukić fit un pas en avant, mais Reinhardt l'arrêta d'une main posée sur son bras. Il sortit son pistolet et entra en silence. Flanquée de portes fermées, une cage d'escalier menait directement à l'étage. Il échangea un regard avec Vukić, qui lui fit signe de monter de ses yeux brillants et exorbités. Reinhardt s'engagea prudemment dans l'escalier. En haut, deux portes supplémentaires s'ouvraient sur un palier étroit. Celle de gauche n'était plus là, des éclats de bois blanc hérissant son cadre aux endroits où elle avait été arrachée à ses charnières. La porte enfoncée reposait sur le plancher de la pièce, brisée en son milieu.

Vukić se glissa derrière lui, le souffle court. Elle jeta un œil à l'intérieur, puis recula pour aller doucement frapper à la porte opposée sur le palier. Reinhardt pénétra dans la pièce, qu'il quadrilla du regard. Il vit deux matelas roulés dans un coin, un vieux poêle à bois, ainsi qu'une petite fenêtre dont l'un des carreaux avait été remplacé par des bouts de tissus déchirés et sales, son montant bloqué. Le poêle était froid, avec un petit tas de cendres à l'intérieur, deux assiettes, deux fourchettes, deux tasses en fer, un couteau et une casserole métallique déformée sur le dessus. Il fouilla dans une pile de couvertures et trouva une valise au nom de *Blagojević.* Derrière la porte traînaient une veste d'homme chiffonnée et un bonnet de laine loqueteux.

Il entendit des voix sur le palier, celles de Vukić et d'une autre personne, puis quelqu'un dans l'escalier, et en se retournant pour sortir il découvrit une tache de sang au niveau du sol, près de la porte. Il quitta la pièce et vit Vukić, en bas, en train de discuter avec une femme habillée tout en noir. Celle-ci décocha un regard à Reinhardt et se mit à reculer, un mouchoir serré dans sa main, aussitôt suivie par Vukić. Reinhardt ne bougea pas, attendant d'entendre leurs voix, puis il descendit sans se presser.

Vukić se tenait sur le seuil de l'un des appartements du rez-de-chaussée, face à la femme appuyée derrière sa porte. Ses yeux roulèrent sur Reinhardt quand il apparut, et si elle ne s'enferma pas chez elle, ce fut uniquement parce que la main de Vukić l'en empêcha. Cette dernière lui parla tout doucement, sur un ton apaisant, et la femme, mise en confiance, se glissa finalement dans l'interstice.

« Elle dit qu'ils ont été emmenés hier soir. Les oustachis sont venus les chercher. »

Reinhardt regarda la femme derrière Vukić.

« Pouvez-vous lui demander si elle peut les décrire ? Peut-elle nous décrire leur chef ? »

Reinhardt ne quitta pas la femme des yeux, laissant Vukić faire l'interprète. Il vit la panique déformer ses traits, puis elle secoua la tête, ses yeux grands ouverts et noirs de peur se remplissant de larmes.

« Elle ne peut pas. Elle ne veut pas », dit Vukić à Reinhardt.

Il n'y avait aucune hostilité, aucune récrimination dans son regard, mais le ton qu'elle avait employé ne laissait pas de place à l'objection.

« La police est venue ? »

Une fois que Vukić lui eut traduit la question, la femme fit non de la tête.

« S'il vous plaît. Demandez-lui de nous fournir au moins un détail sur ces oustachis. Leur chef, dit Reinhardt, les yeux posés sur la femme, il était grand ? *Veliki ?* »

Il leva une main à hauteur d'homme. La femme le fixa, remuant la tête dans un frémissement. Reinhardt essaya de se remémorer le poste de contrôle, les oustachis qui accompagnaient Bunda. De simples hommes. Seul Bunda dépassait tout le monde d'une tête.

« S'il vous plaît. Rien qu'un mot. N'importe quoi. »

Vukić parla à la femme d'une voix basse, rassurante. Celle-ci avala sa salive, le blanc de ses yeux écarquillés fixé sur Reinhardt, et dans un geste prudent, elle fit lentement glisser son doigt le long de son cou.

« Une cicatrice », se rappela-t-il subitement. D'un regard, il intima à Vukić de traduire. « L'un d'entre eux avait une cicatrice ? Une cicatrice, dit-il à la femme en traçant une ligne imaginaire sur son cou, jusqu'à son col.

— *Ožiljak* », traduisit Vukić.

Les yeux de la femme rencontrèrent ceux de Reinhardt, et elle hocha la tête. Il sourit, ouvrit les mains en signe de gratitude, puis fit un pas en arrière.

« *Hvala*, la remercia-t-il avant de se tourner vers Vukić. Ce sera tout. Vous pouvez la remercier. Dites-lui qu'elle n'a rien à craindre. Dites-lui que si on vient l'ennuyer, elle doit demander le capitaine Reinhardt. Feldjägerkorps », ajouta-t-il en montrant son brassard.

Il ignorait si cela pouvait aider. Peut-être bien, et c'était tout ce qu'il avait à lui offrir pour le désagrément.

Une fois sur le trottoir, il consulta sa montre ; son heure s'était presque écoulée.

« Si ce sont les oustachis qui les ont embarqués, où ont-ils pu les conduire ?

— À la Maison Pâle. »

Il tourna la tête vers Vukić sans vraiment la voir. Son esprit était ailleurs.

« Puis-je vous accompagner quelque part ? »

Elle acquiesça et il lui offrit à nouveau son bras. Ensemble, ils se mirent à avancer en silence, perdus l'un et l'autre dans leurs pensées.

« Vous pensez qu'ils ont emmené le garçon en même temps que les deux vieux ? » finit par demander Reinhardt.

Le bras de Vukić se tendit contre son flanc, mais elle ne dit rien.

« Je n'ai trouvé aucune trace de lui, poursuivit-il.

— Comment ça ?

— Je n'ai rien vu qui lui appartiendrait, seulement la valise du vieil homme, son bonnet et sa veste. Des couverts pour deux personnes. Je peux établir la présence de l'homme, peut-être de sa femme. Mais qu'est-il advenu du garçon ?

— Vous allez à la Maison Pâle, n'est-ce pas ? »

demanda Vukić alors qu'ils approchaient du pont Latin.

Reinhardt opina du chef. Elle le dévisagea.

« Capitaine, ça peut paraître étrange, mais... vous m'avez confié quelque chose d'important. J'aimerais vous offrir quelque chose en retour. Peut-être voudriez-vous m'accompagner dans un endroit qui pourrait vous surprendre, un peu plus tard ? Non, fit-elle en levant une main et en laissant un sourire monter à ses yeux, je ne vous dirai rien de plus. Mais venez, si possible. »

Ils restèrent à se regarder quelques instants, puis la ville sembla soudainement se rappeler à lui : le froid, le bruit, le flot des passants qui allaient et venaient, les regards tranchants et évaluateurs. Il n'y avait pas d'autre endroit où il devait être, réalisa Reinhardt.

« Je viendrai. »

Elle écarta une mèche de cheveux de son visage, mélange de blond et de gris cendré entre ses doigts, et posa sa main sur la sienne.

« Encore merci, capitaine, de m'avoir dit la vérité sur ma fille. Je vous vois ce soir. »

Bien que cela semblât être une affirmation, Reinhardt perçut la question sous-jacente, et il confirma d'un nouveau hochement de tête. Vukić lui donna une adresse dans la rue Kvaternik, puis ils se séparèrent. Il la regarda s'éloigner, enveloppée dans son manteau noir sur lequel cascadaient ses cheveux qui se soulevaient comme un rideau dans un courant d'air.

Il se hâta de retourner à Baščaršija, où il retrouva le chauffeur qui était sur le point de partir. Un cri et un galop claudiquant sur les derniers mètres, et il le rattrapa. Il se laissa tomber sur le siège de la voiture, le genou en feu et le souffle court, rageant de ne pas être en meilleure forme, et donna l'ordre à son chauffeur de le conduire au carrefour qui jouxtait le pont de Cumurija, là où il pensait que se trouvait la Maison Pâle. La voiture s'insinua dans le dédale de rues à sens unique et de venelles, ses repères revenant à Reinhardt, mu tant par ses souvenirs que par son instinct, ce doigt qu'il avait longtemps gardé sur le pouls de la ville et les fluctuations de sa circulation. Finalement, la Kübelwagen déboucha dans la rue Kvaternik, et un coup d'œil rapide à droite lui confirma qu'il était arrivé à la Maison Pâle.

Le chauffeur se gara le long du trottoir, côté rivière, en face d'un entrelacs de fils barbelés enroulés autour de piquets de bois entrecroisés. Un passage avait été ménagé dans la barrière, devant lequel deux oustachis montaient la garde. Ils lancèrent un vague coup d'œil à Reinhardt alors qu'il descendait de la voiture pour embrasser la façade du regard, ses sculptures massives et les renfoncements obscurs de ses fenêtres. Celles qui étaient dépourvues de rideaux ne laissaient voir que le reflet grisâtre du ciel d'hiver sur leurs carreaux, et il était impossible de deviner ce qui se tramait à l'intérieur. Sur l'arête du toit, des corbeaux faisaient les cent pas à la manière d'hommes d'Église, l'air prétentieux dans leur démarche cadencée et les rebonds de leur tête, scrutant les files d'attente des femmes qui se pressaient à proximité des barbelés. Ces dernières se faufilaient près des gardes et de la barrière infranchissable, aussi hésitantes que des créatures qui ne connaissaient que le fouet mais ne pouvaient s'empêcher de s'approcher toujours plus près de ce qui causait leurs souffrances.

Reinhardt lissa son manteau, observa la porte de la maison, puis il se mit à avancer, avec sur le visage et dans son attitude toute la prestance et la force qu'un Feldjäger allemand devait laisser paraître. Lorsque les deux oustachis lui barrèrent le chemin, il leva les yeux sur eux, sans ralentir, et montra du doigt quelque chose que lui seul pouvait voir dans leur dos. Ils se retournèrent tous les deux – parce qu'ils le voulaient, parce qu'il les y avait *contraints* – et Reinhardt en profita pour se glisser dans l'espace entre eux et se diriger tout droit vers les marches qui menaient à la porte d'entrée. En haut du perron, deux autres oustachis l'empêchèrent de passer, sans se laisser impressionner par son apparence, contrairement à leurs camarades. Il fit halte devant eux et les jaugea tour à tour.

« Qui est le responsable, ici ? »

Ni l'un ni l'autre ne pipèrent mot, mais celui de gauche fit un mouvement à peine perceptible, un geste de recul instinctif, pour laisser la place au second homme.

« Je dois entrer », dit Reinhardt en s'approchant de l'homme de droite, qu'il fixa droit dans les yeux.

L'autre soutint son regard, imperturbable.

« Interdit d'entrer pour inconnus », parvint à répondre l'oustachi en allemand, après quelques secondes.

Reinhardt ne le lâchait pas des yeux.

« Capitaine Langenkamp. Officier de liaison. »

L'oustachi hocha la tête, hésitant.

« Allez le chercher. Dites-lui que le capitaine Reinhardt souhaite le voir. »

Il y eut un long moment de flottement, puis l'oustachi se tourna vers l'autre homme et lui donna un ordre. Celui-ci disparut à l'intérieur du bâtiment, la porte d'entrée claquant derrière lui.

« Vous attendre ici », fit l'oustachi en poussant l'un des deux battants pour inviter Reinhardt à entrer.

L'entrée plongée dans une semi-obscurité lui fit l'impression d'un gouffre béant, et Reinhardt put ressentir la terreur et la peur qui imprégnaient les lieux dès qu'il eut posé un pied à l'intérieur. Sa respiration s'accéléra, et il eut le sentiment que la maison l'avalait, l'enserrait, se refermant sur lui comme un chien qui tournerait en rond autour d'un étranger. Quelqu'un criait, quelque part. Ailleurs, on riait. Peu à peu, la bâtisse sembla s'ouvrir à lui, se dévoilant couche après couche.

« Vous attendre ici », répéta l'oustachi en désignant un autre oustachi avachi derrière un bureau équipé d'un téléphone, au pied d'un immense escalier.

Le garde considéra Reinhardt, puis indiqua un coin du vestibule avec indifférence. Reinhardt n'aurait su dire combien de temps il attendit avant d'entendre des pas dans l'escalier et de voir Langenkamp atterrir lourdement en bas des marches.

« Que voulez-vous, capitaine ? »

Aucun salut, rien.

« Je suis à la recherche d'un oustachi. Je ne connais pas son nom, je n'ai que sa description. Petit. Les cheveux noirs. Mince. Une cicatrice sur le côté gauche du visage, au départ de son oreille. »

Langenkamp fronça les sourcils et battit des paupières.

« Je ne pense pas connaître cette personne. Mais mon homologue, peut-être. Que s'est-il passé ?

— Je dois m'entretenir avec lui dans le cadre d'une enquête.

— Une enquête ? Quel objet ?

— La mort de ces Feldjäger, la nuit dernière, et l'arrestation d'un couple de réfugiés, dont l'un s'appelle Blagojević. »

Langenkamp hocha la tête et fit signe à Reinhardt de patienter. Il s'avança vers le bureau et décrocha le téléphone sous le regard toujours indifférent du garde. Il parla une fois, deux fois, remit le combiné en place et revint vers Reinhardt.

« On patiente » fut tout ce qu'il dit, et il sembla se replier en position d'attente.

Bien qu'il restât muet, et bien que Reinhardt ne fût pas homme à parler pour ne rien dire, le silence de Langenkamp était terriblement déconcertant, et Reinhardt fut heureux de voir un officier oustachi descendre les escaliers et se tourner vers eux. Il reconnut le capitaine Marković, croisé sur les lieux des meurtres.

L'oustachi lui serra la main, un sourire évasif aux lèvres.

« Capitaine ? Il paraît que vous souhaitez parler à l'un de nos hommes ? Puis-je savoir pourquoi ?

— Je dois l'interroger, c'est tout.

— À quel sujet ?

— Au sujet de son rôle dans l'apparente disparition de deux vieux réfugiés que j'ai amenés en ville il y a deux jours. Il pourrait aussi y avoir un garçon.

— Et ce rôle, quel serait-il ?

— Ils ont disparu. Des témoins affirment qu'ils ont été arrêtés par des oustachis, décrivant de manière assez précise cet homme que je souhaite interroger.

— Quand prétendez-vous que cela s'est passé ?

— Je ne "prétends" pas. C'est bel et bien arrivé, la nuit dernière.

— Les noms de ces réfugiés ?

— Je ne les connais pas. Tout ce que je sais, c'est que l'homme s'appelle Blagojević.

— Veuillez me décrire cet oustachi. »

Reinhardt s'exécuta, et Marković approuva silencieusement, dans un sourire poli.

« Et l'adresse où cette arrestation a eu lieu ? »

Reinhardt la lui donna.

« Capitaine, j'avais cru comprendre que vous enquêtiez sur la mort de vos hommes ce matin. Pourquoi alors vous intéresser à une tout autre affaire ?

— Capitaine, essayez-vous de m'embobiner ? » lui renvoya Reinhardt.

Marković fit la grimace.

« Je ne crois pas connaître ce dialecte-ci, capitaine.

— Est-ce que vous me menez en bateau ? Est-ce que vous essayez de me cacher quelque chose ?

— Aucunement, capitaine. Je vous assure. J'essaie seulement de comprendre pourquoi un homme comme vous se soucie du sort de deux réfugiés et d'un garçon, et quel rapport cela peut avoir avec vos Feldjäger. Et pourquoi un ancien inspecteur aussi illustre que vous – oui, capitaine, votre réputation vous a précédé – serait à la recherche d'un oustachi qui, semble-t-il, a disparu.

— Disparu », répéta Reinhardt.

Marković fit oui de la tête.

« La nuit dernière. Qui plus est, il n'existe aucun rapport d'arrestation à l'adresse que vous avez indiquée, pas plus que nous ne détenons ici un homme du nom de Blagojević.

— Pas de garçon non plus ?

— Nous avons des "garçons", comme vous dites. Aucun n'a été arrêté cette nuit. Aucun n'a été amené en compagnie d'un couple âgé correspondant à votre description. Comme vous le voyez, capitaine, vos questions entraînent d'autres questions, et aucune ne semble trouver de réponse.

— Très bien. Merci, capitaine Marković, pour votre temps.

— Avec plaisir, capitaine.

— Si jamais cet homme… comment avez-vous dit qu'il s'appelait ? »

Marković sourit et secoua la tête.

« Bien tenté, capitaine. J'apprécie votre intérêt, mais je ne vous donnerai pas plus son nom que vous ne me donneriez celui d'un Allemand que nous voudrions interroger. »

Reinhardt inclina la tête. La tentative en valait la peine, mais ce Marković n'était manifestement pas Metzler, à se faire rouler par un petit tour de passe-passe verbal.

« Si jamais cet homme venait à réapparaître, je vous saurai gré de m'accorder une entrevue avec lui.

— Évidemment, je ne vous promets rien, capitaine Reinhardt, mais je verrai ce qu'il est possible de faire. »

Encore quelques mots – des marques d'intérêt pour l'avancée de l'enquête que Reinhardt menait sur l'affaire des Feldjäger –, puis Marković donna l'ordre de le raccompagner à l'extérieur. Langenkamp se ranima et s'extirpa du recoin où il attendait. Alors qu'ils gagnaient la sortie de devant, les portes s'ouvrirent à la volée et Jansky entra d'un pas raide, les mains dans le dos comme s'il se livrait à une inspection, un deuxième Allemand sur ses talons, chargé d'un grand coffre rouge.

Tous deux s'arrêtèrent net, Jansky débarrassé de ses airs de garde-chiourme. Reinhardt vit son visage se vider de toute expression, et un instant plus tard, il devinait à son regard qu'il l'avait reconnu.

« Commandant Jansky, dit Marković en se mettant poliment au garde-à-vous, son regard passant de l'un à l'autre. Il semblerait que vous connaissiez déjà le capitaine Reinhardt, du Feldjägerkorps ?

— Nous nous sommes déjà vus. Pas plus tard que ce matin. Comment allez-vous, capitaine ?

— Bien, commandant, merci.

— Qu'est-ce qui vous amène au quartier général des oustachis ?

— Le capitaine Reinhardt s'interrogeait sur les faits et gestes de l'un de nos hommes.

— Êtes-vous en train d'associer les oustachis à votre enquête, capitaine ?

— Non, s'empressa de répondre Reinhardt, voyant Marković ouvrir la bouche. C'est en rapport avec ces réfugiés que j'ai ramenés des montagnes, ceux avec lesquels vous m'avez vu. Ils ont disparu.

Un oustachi présent au poste de contrôle où nous nous sommes rencontrés pourrait y être mêlé.

— Je vois, murmura Jansky sans quitter Reinhardt des yeux. Capitaine Marković?

— Bien sûr, commandant, dit l'oustachi. Vous pouvez monter. Le colonel Putković vous attend.

— Reinhardt, le salua Jansky.

— J'ai rencontré l'une de vos connaissances. Le juge Marcus Dreyer», dit Reinhardt.

La bouche du commandant s'étira en un sourire poli alors qu'il se retournait.

«Comment va-t-il?

— Il s'intéresse à des affaires anciennes, semble-t-il.»

Le sourire de Jansky s'élargit, comme s'il sentait le sol sous ses pieds se raffermir.

«Loin de moi l'idée de critiquer nos confrères magistrats, mais Dreyer a une… réputation. Vous ne croyez pas qu'il cherche un peu d'aide? Hmmm? fit-il dans un sourire qui lui mangeait le visage. Sinon, mieux vaut espérer qu'il n'y a rien dans votre passé que vous souhaitiez garder secret. Par les temps qui courent, on ne sait jamais qui sont nos amis, mais nos ennemis, eux… on peut très vite les distinguer.» Son sourire se flétrit pour reprendre la forme d'un simple trait. «J'ai toujours trouvé cela assez rassurant. Et comme je me plais à le dire, "Le cor de chasse ne fait pas le chasseur". Vous devriez le rappeler à Dreyer la prochaine fois que vous le verrez.»

Sur ces entrefaites, Jansky s'en alla, les mains jointes presque gracieusement dans le dos, traînant dans son sillage l'Allemand qui était entré avec lui. C'était l'un des deux commis du bureau du bataillon disciplinaire, réalisa Reinhardt, celui qui était à moitié caché par un rempart de paperasse dans son coin. En passant près de lui, l'homme eut comme un mouvement de recul, puis il passa son chemin en serrant contre lui son coffre rouge, à l'intérieur duquel se fit entendre un tintement.

13

Le soleil à l'ouest était bas, lueur délavée au milieu du ciel anthracite, quand Reinhardt s'installa dans le centre de communications de la caserne, une petite liasse de papiers sous le bras. C'était tout ce que Benfeld avait pu réunir des rapports d'intervention, en remontant à une semaine. Reinhardt n'avait rien pu tirer de la prose au style télégraphique des comptes-rendus, pas le moindre élément lui permettant d'établir une quelconque théorie. Le calme régnait sur les lignes de front, mais c'était le calme avant la tempête. Tout le monde savait que les partisans étaient en train de se rassembler dans l'attente du moment propice, mais en l'absence presque totale de conflit armé au cours de la semaine précédente, cette approche des comptes-rendus, tout comme la recherche d'hommes tombés au combat ou portés disparus, ne menait à rien.

Les seuls contacts sur la ligne de front avaient été sporadiques, les victimes peu nombreuses, et aucun homme n'avait été fait prisonnier. On avait signalé une petite troupe de déserteurs, et l'idée de comparer leurs profils à ceux des cadavres avait effleuré

Reinhardt, mais il l'avait vite abandonnée. Il en était venu à envisager l'éventualité que les cinq corps qu'ils avaient trouvés sur le chantier venaient peut-être d'unités différentes, et qu'ils pouvaient être évoqués dans différents rapports d'intervention. Auquel cas, il devait bien le reconnaître, il serait quasiment impossible de faire le lien entre des hommes mentionnés dans cette paperasse et cinq cadavres découverts dans la cave d'une maison bombardée. Pour ne rien arranger, Benfeld n'avait trouvé aucune trace d'un Berthold ou d'un Seymer dans les dossiers administratifs. Il restait une option, selon Reinhardt, mais il s'était refusé à l'envisager jusque-là.

« Capitaine, monsieur. La ligne est connectée. »

Reinhardt suivit l'opérateur des transmissions jusqu'à une petite pièce équipée d'un téléphone. Le combiné reposait sur la table. Il le porta à son oreille, entendit le clic de l'opérateur, puis un bourdonnement distant sur la ligne.

« Allô ? Koenig ? »

Un silence.

« *Reinhardt ?*

— C'est moi, Koenig.

— *Quelle agréable surprise.*

— Heureux de te l'entendre dire. Comment vas-tu ?

— *Bien, merci. Pas grand-chose de neuf depuis notre dernière rencontre.*

— Eh bien, il faisait sombre ; j'aurais pu manquer quelque chose, fit Reinhardt en injectant un peu de légèreté dans sa voix.

— *Ma foi, je suppose que l'obscurité peut parfois être salutaire. Et toi ?*

— Tout va bien, merci. Je suis à Sarajevo.

— *Oui, c'est ce que j'avais cru comprendre.*

— Koenig, j'aurais aimé que ce soit un appel de courtoisie, mais j'ai une faveur à te demander. »

Koenig laissa s'installer un autre silence, à présent rassuré sur le fait qu'il s'agissait bien de Reinhardt, eu égard à l'échange de ce qu'ils espéraient être des phrases anodines. Elles ne l'étaient clairement pas, et cet échange était en réalité un code instauré par leur cellule de résistance pour confirmer que la personne au bout du fil ne parlait pas sous la contrainte.

« *Bien sûr, dis-moi ce que je peux faire.*

— J'essaie de retrouver deux soldats. Leurs noms sont apparus dans une enquête en cours ici.

— *En quoi puis-je t'aider ?*

— Tu fais toujours partie des effectifs de la garnison de Vienne ?

— *Oui.*

— J'espérais que tu pourrais consulter des dossiers d'administration de l'armée pour moi, puisque tu as accès aux dossiers du personnel un peu partout dans les Balkans.

— *Je peux essayer. Quels noms et quelles unités ?*

— Je n'ai que leurs noms de famille. Berthold et Seymer, répondit Reinhardt avant d'épeler les noms. Ils purgeaient tous les deux une peine dans le bataillon disciplinaire des Balkans 999.

— *Un bataillon disciplinaire ?* réagit Koenig avec surprise.

— Oui. Et autre chose aussi : tout ce que tu pourras trouver sur un commandant de la Feldgendarmerie. Erwin Jansky. Actuellement affecté au 999.

— *Quel genre d'informations ?*

— Missions. Antécédents. » Reinhardt marqua un temps. « Dossier disciplinaire. »

Il y eut un silence.

« *Pour quand en as-tu besoin ?*

— Au plus vite, Koenig.

— *Comment puis-je te joindre ?*

— Par le standard, ici à la caserne Kosovo Polje. Tu peux aussi laisser un message à mon attention au lieutenant Benfeld, du Feldjägerkorps.

— *Je vais voir ce que je peux faire.*

— Merci, Koenig. Au revoir.

— *Au revoir.* »

Reinhardt resta assis là un moment après avoir replacé le combiné, gêné par le ton guindé qu'ils avaient employé à la fin de la conversation. Il aurait voulu échanger davantage avec Koenig, tout comme il aurait aimé demander des nouvelles des autres à Vienne, mais les risques étaient trop grands. Puis il consulta sa montre et constata qu'il était presque l'heure. Il retraversa la caserne, prenant son temps et s'efforçant d'occulter l'activité bouillonnante des couloirs, d'ignorer les hommes entassés sur des couvertures le long des murs, à défaut de lits. Une fois dans la salle des opérations, il griffonna un mot à l'attention de Benfeld, reprenant les grandes lignes de sa conversation avec Koenig, puis rejoignit le parking, où une Kübelwagen l'attendait. Il donna l'adresse fournie par Vukić au chauffeur, se carra dans son siège, et la voiture roula en cahotant jusqu'au long virage de la rue Kvaternik.

« Voilà, monsieur », dit le chauffeur.

Arraché à ses pensées, si l'on pouvait ainsi qualifier le chaos qui régnait sous son crâne, Reinhardt tressaillit. Le froid s'insinua en lui, transperçant son genou alors qu'il jetait un œil au-dehors. Le véhicule était garé devant deux portes en bois endommagées qu'on avait laissées ouvertes. Juste à côté, des mots écrits à la main sur un grand morceau de papier indiquaient *Čaršijska Posla*. Il fronça les sourcils, essayant de les traduire, tandis que des gens passaient devant lui pour pénétrer dans le bâtiment. Un événement au marché ? Un rassemblement dans le bazar… ?

C'était un théâtre.

Reinhardt observa la rue de haut en bas. Des nuages écrasaient la ville, une odeur de pluie flottait dans l'air, et le décor se noyait dans une obscurité galopante. Il demanda au chauffeur de l'attendre, puis monta les marches pour gagner un petit foyer noir de monde, un tourbillon humain qui se déplaçait vers de grandes portes de l'autre côté. Dans un coin de la pièce, sa chevelure blond cendré brillant dans la lumières de chandelles, Vukić riait avec un homme grand aux cheveux gris en bataille, qui avait rejeté son écharpe rouge sur son épaule de façon théâtrale. Ce dernier regarda Reinhardt de travers quand il s'approcha d'eux, s'écartant pour laisser passer le flot des visiteurs qui poussaient derrière lui, mais Vukić l'accueillit avec un sourire immédiat et spontané, et s'avança vers lui mains en avant.

« Capitaine. Je suis ravi que vous ayez pu venir.

— Une pièce, madame Vukić ? demanda-t-il en rangeant sa casquette sous son bras avant de prendre ses mains dans les siennes.

— Appelez-moi, Suzana, s'il vous plaît », fit-elle

dans un sourire et un hochement de tête, tout en embrassant le foyer du regard.

C'était un théâtre, ou ce qui en tenait lieu. Des éclats de rire se firent entendre un peu plus loin, dans une autre salle, d'où leur parvenait une lumière chaude, sans doute des bougies.

« Suivez-moi », dit-elle.

Elle fit un pas en arrière, et ils se retrouvèrent spontanément bras dessus, bras dessous. Reinhardt la suivit sans se faire prier.

« J'ai encore quelques personnes à saluer, et je dois donner un coup de main. Avancez, je vous en prie. Entrez. Et bon spectacle. On se retrouve ici à la fin ? »

Un autre sourire, puis elle s'éclipsa.

Reinhardt s'arrêta pour retirer son hausse-col et le glisser dans sa poche, après quoi il pénétra dans une grande salle au plafond bas. La faible lueur des braseros qui brûlaient dans chacun des coins conférait à l'endroit une atmosphère étouffante, encore renforcée par la foule qui s'y était rassemblée – hommes, femmes, et même quelques enfants, assis sur des rangées de bancs ou debout le long des murs. Une scène occupait le devant de la salle, ce qui ressemblait à des planches de bois soutenant quelque chose dissimulé derrière un lourd rideau rouge. Reinhardt se rangea sur le côté pour laisser passer quelqu'un, puis il adressa un sourire d'excuse aux deux hommes entre lesquels il se glissa. L'un d'eux posa sur lui un regard inexpressif et indifférent. Il s'appuya sur le mur, pesant de tout son poids sur sa jambe droite, et attendit.

Finalement, comme cela arrivait parfois dans ce genre de rassemblement, le silence tomba peu à peu. Les conversations cessèrent, les gens se redressèrent, jetant des coups d'œil autour d'eux ou par-dessus leur épaule. Un homme vint éteindre les lanternes et les bougies allumées le long des murs. Un autre fit son entrée sur la scène, l'homme à l'écharpe rouge du hall d'entrée. Les planches craquèrent sous ses pas, et il sourit aux spectateurs, les bras ouverts en guise de bienvenue, avant de se mettre à parler.

Reinhardt se trouva très vite perdu. L'homme parlait vite, avec un accent, mais il parvint à saisir des bribes de son discours : il remerciait le public d'être venu et évoquait le besoin de faire une pause et de se remémorer le passé. Il quitta la scène sous les applaudissements après quelques minutes, puis la pièce commença. Une femme portant un costume ottoman et un lourd chargement sur le dos se traîna sur les planches, suivie par un homme vêtu d'un gilet ridiculement petit et d'un turban trop grand, une paire de babouches aux pieds, leur extrémité recourbée lui montant presque jusqu'aux genoux. Des rires s'élevèrent alors que d'autres personnages, habillés de vêtements tous différents, faisaient leur apparition de tous les côtés pour venir mettre en place ce qui ressemblait à une place de marché.

Plongé dans l'ombre, les yeux rivés sur la scène, Reinhardt retira doucement son manteau et le replia sur son bras. Il ne cherchait plus à comprendre les dialogues et se contentait de suivre l'action des yeux, s'arrêtant sur un mot ou une phrase, de-ci de-là. Le public était aux anges, gloussant, pouffant, éclatant de rire face au spectacle des personnages qui bondissaient partout et arpentaient les allées du marché. Des marchands, des mercenaires, un aubergiste et un brocanteur, une fille de joie, une mendiante… Les acteurs criaient, murmuraient et, de temps à autre, se mettaient à chanter. Le rythme était trépidant, les mots fusaient, un langage coloré, touffu, ponctué de ce que Reinhardt devinait être de l'argot de Sarajevo, et après un moment il quitta la scène des yeux et observa le public pour se laisser porter par leurs réactions.

Des gens remuèrent dans le rang du fond. Reinhardt regarda sur le côté et vit un homme avancer avec précaution dans la salle obscure. Sur la pointe des pieds, celui-ci tendait la tête de droite et de gauche dans le but évident de trouver une place, le peu de lumière qui éclairait la salle soulignant les contours de sa barbe épaisse. Et tandis que le tapage continuait sur la scène, où un poulet et ses plumes faisaient l'objet d'intenses et interminables négociations, l'homme se mit à se faufiler dans les rangées, murmurant des excuses sur son passage, pour finalement venir s'insinuer dans un espace entre Reinhardt et un autre spectateur.

« *Oprostite, komšija, žao mi je* », s'excusa-t-il dans un souffle à l'attention de Reinhardt et de son voisin.

Reinhardt ne pipa mot, ne cherchant ni à comprendre ni à suivre les messes basses entre le nouveau venu et l'homme qui se tenait auparavant à côté de lui. Il les ignora, plongé dans l'atmosphère et la bonne humeur du théâtre. La pièce avait une signification particulière pour le public, Reinhardt le sentait, et il s'étonna à nouveau de cette capacité qu'avaient les gens à prendre part à ce genre d'événement en des temps pareils. Puis il cessa d'y penser pour ne faire qu'un avec eux, mais une phrase qu'il n'eut pas le moindre mal à comprendre surgit soudain de la nuit, murmurée directement à son oreille.

« Capitaine Reinhardt. »

Reinhardt se figea avant de tourner la tête, lentement. Il ne put discerner les traits de l'homme qui lui faisait face, seulement l'éclat de ses yeux dans la lumière lointaine des projecteurs.

« Veuillez me suivre. »

Quelque chose de dur était enfoncé dans ses côtes, et une main fouilla sa poitrine pour faire sauter l'attache de son holster et en extraire son pistolet dans le frottement étouffé du métal sur le cuir.

« Doucement. Vous d'abord. Allez », siffla l'homme.

Reinhardt remonta la rangée de spectateurs sans un bruit, les pieds se rangeant sur son passage. L'homme derrière lui murmurait des mots d'excuses et échangea même une blague à voix basse avec quelqu'un. Arrivé à la porte du foyer, Reinhardt l'ouvrit avec précaution et sortit, l'autre sur les talons. Un deuxième homme attendait dans l'ombre près de la porte d'entrée fermée, le bas de son visage caché par une écharpe qui remontait haut sur son cou. Les deux hommes échangèrent des regards, des signes, et celui qui attendait secoua la tête en jetant un coup d'œil à la rue à travers les carreaux ondulés.

« Par ici », fit le premier en désignant une petite porte à l'autre bout du foyer, derrière un bar abandonné aux étagères vides.

D'un signe de la tête, l'homme intima à Reinhardt d'entrer dans la petite pièce dénuée de meubles sur laquelle elle ouvrait. Un troisième homme les y attendait. Grand, les cheveux noirs, vêtu d'un manteau sombre qui pendait de ses larges épaules, les mains jointes devant lui. C'était l'homme que Reinhardt avait vu à l'hôpital, et l'un de ceux qui l'avaient suivi le matin même, il en était sûr.

« Bonjour, Simo, dit Reinhardt.

— Capitaine, répondit Simo en inclinant la tête avec gravité.

— Un peu dramatique, comme mise en scène, non ?

— Peut-être, mais vous conviendrez qu'il n'y a pas d'endroit plus approprié pour ça. »

Reinhardt lui offrit un sourire, mais un sourire en demi-teinte, une façade improvisée pour cacher sa confusion, le pressentiment qu'un poids énorme allait lui tomber dessus.

« Vous n'auriez pas pu venir me trouver en ville ? Je vous ai pourtant donné plus d'une occasion de m'approcher, tout à l'heure.

— C'est ce que nous sommes en train de faire.

— Et donc ? Expliquez-moi ce qui se passe, Simo.

— Quelqu'un souhaite vous voir.

— Vous m'avez déjà fait le coup, vous vous rappelez ? Me coincer, m'emmener voir quelqu'un. Le Dr Begović. Vous disiez que ce serait dans mon intérêt.

— Et j'ai dit vrai, non ? »

Reinhardt laissa filer, soupira.

« Oui, je suppose. Et comment se porte ce bon docteur ? »

Simo inclina à nouveau la tête et pinça les lèvres.

« Aussi bien que possible, compte tenu des circonstances.

— Vous savez, s'il voulait me voir, il existait des moyens plus simples.

— C'est celui-ci que nous avons choisi, capitaine », répliqua Simo en ouvrant une porte étroite derrière lui, que son corps imposant avait cachée jusque-là.

Une impression de déjà-vu s'empara de Reinhardt, le souvenir de cette maison à Bentbaša où il avait rencontré Begović, où il avait reçu l'aide et le respect d'un homme qui aurait dû être son ennemi, et emprunté le chemin de la réconciliation avec lui-même et avec sa place dans cette guerre. Mais il avait toujours su – tout comme Begović – que cette réconciliation n'aurait pas le même sens pour tout le monde. Que plus les implications seraient grandes, plus Reinhardt aurait d'occasions de la comprendre. La vérité de cette réconciliation n'était pas immuable, et celle-ci allait être mise à l'épreuve, tant dans la forme que dans le fond, derrière cette porte, il en était conscient, et il éprouva une terreur soudaine à l'idée de ne pas être prêt. À l'idée de n'avoir jamais été prêt au cours des deux dernières années.

Ces pensées tournoyaient dans son esprit tandis qu'il passait le seuil de la porte, Simo devant lui, l'homme à la barbe épaisse le suivant de près. Ils marchèrent jusqu'à une volée d'étroites marches de pierre, entourées de murs décrépits en béton et en plâtre. À un moment, une vague de rires monta jusqu'à eux, accompagnée d'un brouhaha de voix haut perchées, et Reinhardt se rendit compte qu'ils étaient au-dessus du théâtre. Puis les bruits furent étouffés par les murs de plus en plus épais et le silence retomba. Ils débouchèrent sur un couloir confiné et sinueux qui les mena à droite, puis à gauche. Le plancher était en bois, à présent, et les deux partisans avançaient calmement, prudemment, faisant signe à Reinhardt de les imiter. D'autres voix se firent entendre quelque part, indistinctes, puis Simo grimpa à une échelle aux barreaux métalliques fixés dans un mur de briques. Reinhardt le suivit, talonné par le barbu.

L'échelle menait à un plancher de poutres de bois massives. Reinhardt posa ses coudes, puis ses mains, sur le sol, et se hissa dans l'espace plongé dans le noir. Seul un puits de lumière éclairait ce qui semblait être un grenier, avec ses courants d'air glaçants aux odeurs de poussière, de moisissure et d'humidité. Simo se profila devant lui, sa main puissante empêchant Reinhardt d'aller plus loin ; le second partisan était planté dans son dos, en haut de l'échelle. Simo parla dans la pénombre et reçut une réponse. Un instant de flottement, suivi d'un grattement de métal, et la douce lumière jaune d'une lanterne se diffusa dans le grenier, dévoilant peu à peu l'espace sans toutefois en révéler toute l'étendue, certains de ses recoins restant encore profondément enfouis dans l'ombre.

La lanterne était posée sur une petite table ronde. Deux tabourets dépareillés l'encadraient, et un groupe d'hommes se tenait debout derrière elle. La lumière n'arrivait pas jusqu'à eux et il était difficile de les distinguer clairement, mais les yeux de Reinhardt accrochèrent un reflet métallique et la forme vague du système d'attache de leurs armes sur leurs poitrines. Posté un peu en avant des autres, l'un des hommes s'avança et s'arrêta près d'un des tabourets. Il n'était pas grand, mais trapu, avec une tête coiffée d'un taillis de cheveux ras au-dessus d'un front large, et une petite bouche qui soulignait son nez épaté.

Il s'assit, indiquant l'autre tabouret à Reinhardt.

Simo s'écarta et Reinhardt s'approcha de la table, à laquelle il prit place. L'homme en face de lui le toisa de ses yeux brillants derrière l'épaisse ligne incurvée de ses sourcils. Il se pencha en avant, et dans la lumière qui s'étala sur son visage, Reinhardt constata qu'il était très jeune, trente ans tout au plus.

« Capitaine Reinhardt, dit-il enfin. Vous savez qui je suis ?

— J'ai mon idée. »

L'homme écarquilla légèrement les yeux, invitant Reinhardt à poursuivre.

« Vous êtes Valter. »

L'homme hocha la tête.

« Mon nom est Vladimir Perić. Vous êtes peut-être le seul Allemand à savoir ça. Je vous dis ça en signe de confiance. Il doit y avoir de la confiance entre nous, capitaine, ajouta-t-il avec un fort accent mais sans se départir de son calme.

— De la confiance ? »

Reinhardt avait la bouche sèche et saliva, avant d'enfouir sa langue dans le trou laissé par sa dent manquante. Il faisait très froid et il réprima un frisson.

« La confiance suppose déjà qu'il y ait une quelconque relation entre nous, avança-t-il.

— Une relation, nous en aurons une, capitaine. Vous allez faire des choses pour moi. Je vais vous accorder ma confiance pour faire ces choses. Vous m'accorderez votre confiance pour vous laisser le temps de les faire.

— Je ne suis pas sûr de comprendre, monsieur Perić. Êtes-vous en train de dire que vous attendez de moi que je travaille pour vous ?

— Vous travaillez déjà pour moi. Pour notre cause.

— C'est faux.

— Qu'est-ce qui est faux ? Vous n'avez pas parlé de ça avec Muamer Begović ?

— Non. *Non.* Nous n'avons jamais évoqué le fait que je travaille pour vous. J'étais... » Reinhardt s'interrompit, tout à coup, au comble de l'effroi, sa peau couverte de sueur malgré la température glaciale. « Begović comprenait. C'était mon choix. La... voie que je devais trouver et suivre.

— Belles paroles, capitaine.

— Mais demandez-lui. Il vous le dira.

— Belles paroles mais inutiles pour l'instant. Vous êtes ici. J'ai besoin de vous. »

Redoutable, Perić leva une main en secouant légèrement la tête, dans le but de contrer toute objection de Reinhardt.

« Écoutez-moi, capitaine, et comprenez. Je vais vous laisser partir. Je n'ai pas envie de vous tuer. Mais vous allez travailler pour moi. Je dois vous expliquer les... » Il marqua un temps, cherchant ses mots, et détourna le regard avant de revenir à Reinhardt. « Je dois vous expliquer les implications ? Les mauvaises paroles au mauvais moment.

— Vous me faites chanter ? Vous me menacez ?

— Oui, répondit simplement Perić. Je vous donne aussi le choix d'agir, et une occasion d'agir. Ce n'est pas ça que vous cherchez ? Sinon pourquoi vous traîniez tranquillement comme ça en ville aujourd'hui ? Pourquoi laisser Simo vous voir à l'hôpital ?

— Je ne trahirai personne pour vous, affirma Reinhardt, ébranlé par la façon dont les mots de

Perić faisaient écho à son propre dilemme, à ses questionnements sur la façon et le moment d'agir en fonction de ce qu'il ressentait et de ce en quoi il croyait.

— Belles paroles, capitaine. La trahison n'est jamais facile, confirma l'autre. Mais d'abord, réfléchissez. Il y a des choses et des gens qui méritent d'être trahis. Vous n'êtes pas d'accord ? Bien sûr que oui. Vous ne seriez pas ici, sinon. Mais ne vous inquiétez pas. Je ne vais pas vous demander de trahir. Juste d'écouter, maintenant, ce que j'ai à vous demander.

— Je vais vous écouter. Vous fumez ? J'ai des cigarettes. »

Perić fit oui de la tête, et Reinhardt sortit ces cigarettes de sa poche, avec précaution. Il en alluma deux, en passa une à Perić. Le partisan tira dessus avec force, hocha la tête en guise de remerciement, puis se pencha lentement en avant.

« Alors, capitaine. Dites-moi. Ils vont où, tous les oustachis ? »

14

« Cette guerre est bientôt finie, dit Perić. Une nouvelle paix arrive. Dans cette nouvelle paix, il n'y aura pas de place pour les divisions du passé. Nous formerons un peuple. Un peuple uni. »

Il s'interrompit, tira sur sa cigarette, puis fit tomber ses cendres par terre.

« Il n'y aura pas de place pour les oustachis dans ce monde. Ils seront anéantis. Cela est nécessaire.

« Il ne pourront se réfugier nulle part. Ils n'auront aucun endroit où s'enfuir. Où se regrouper. Aucun endroit d'où ils pourront revenir nous hanter. Il n'y aura aucune terre d'exil pour eux, comme l'Italie avant la guerre, ou l'Espagne aujourd'hui. Il ne pourra y avoir de nouveaux assassinats par les oustachis, comme celui du roi à Marseille. Je ne me fais pas d'illusions, capitaine. Ceux qu'on ne pourra pas tuer sur le champ de bataille, ceux qu'on ne pourra pas capturer et éliminer, ceux-là s'enfuiront. On ne pourra pas tous les attraper, et je me soucie peu des petits poissons. C'est les gros poissons qui m'intéressent. Eux, on ne peut pas les laisser s'échapper. Ils doivent payer pour ce qu'ils ont fait. Et ils doivent payer pour ce qu'ils ont été. Est-ce que c'est assez clair pour vous ? »

Reinhardt approuva en silence. Le ton de Perić était implacable, sa voix rendue hypnotisante par sa diction lente et précise. Il garda la tête baissée sur ses larges épaules, les yeux fixés sur un point juste derrière Reinhardt, comme si son regard était un peu faussé, porté vers un ailleurs légèrement déconnecté de ce monde. À l'instar de Begović, Perić était un homme du futur condamné à vivre au présent.

« Il y a peu de temps, peut-être un mois, on a commencé à entendre des rumeurs. Il y aurait des divisions chez les oustachis. Sur le fait de rester et de se battre, ou de partir, se regrouper. Et il y a eu des discussions sur d'autres projets. À plus long terme. Des projets qui allaient au-delà de l'ici et du lendemain, et de la semaine d'après, tournés davantage vers l'avenir. Le genre de projets qui nous ont fait peur.

« Il y a environ une semaine, trois oustachis ont disparu. Ces trois-là ne sont pas de ceux qu'on peut considérer comme des petits poissons. C'est des gros. Des très gros. On ne sait pas où ils sont allés. Ce qu'on sait, c'est que ça a rendu Luburić – lui, vous le connaissez, évidemment – furieux. Une purge a failli avoir lieu à la Maison Pâle, mais ses supérieurs à Zagreb l'ont convaincu de renoncer.

« Au moment de la disparition de ces trois hommes, on a repéré quelqu'un à la Maison Pâle. Cette personne allait et venait. Il conduisait une voiture, et portait un uniforme, et tout ça venait de votre armée, mais ce n'était pas l'officier de liaison avec les oustachis, Langenkamp. Lui, on le connaît. On s'est demandé qui c'était, cet homme. Pas un officier. Il venait la nuit, toujours. On l'a suivi, mais on n'a pas pu remonter à l'endroit d'où il venait. Alors on a décidé de l'arrêter. On a fait stopper sa voiture, et on l'a emmené. Malheureusement, il ne nous a pas dit grand-chose, mais il nous a appris quelques faits intéressants. Il conduisait une voiture allemande et portait un uniforme allemand, mais il n'était pas allemand. C'était un Shqiptar. Un Albanais. Il avait un tatouage, ici, sur l'épaule. Un aigle albanais avec les lettres *SSVT*. Ça veut dire "*Shqipëria Shqiptarëve, Vdekje Tradhëtarëvet*". "L'Albanie aux Albanais. Mort aux Traîtres". L'homme était membre du Balli Kombëtar. Vous connaissez le Balli Kombëtar ?

— Des nationalistes albanais, et anticommunistes. Nombre d'entre eux ont affronté les Italiens, puis les Allemands, en Albanie, et certains ont combattu au sein de la division de la SS Skanderbeg. »

Perić inclina la tête, le seul mouvement qu'il semblait avoir à son actif.

« Que vous a appris cet homme ?

— Il n'a pas beaucoup parlé. Ce qu'il a dit n'avait aucun sens, et on a précipité les choses. Il n'était pas assez endurant pour l'interrogatoire. On ne voulait pas alerter les oustachis. Alors on l'a remis dans sa voiture, on s'est arrangés pour que ça ait l'air d'un accident, et on est partis.

— Quel uniforme portait-il ? Vous pouvez le décrire ?

— Allemand, répondit Perić, dont les yeux disparurent derrière les sourcils.

— Quel grade, quel insigne ? Il devait bien y avoir quelque chose ? insista Reinhardt.

— Un écusson. Un triangle rouge, dit Simo, ce que Perić confirma d'un hochement de tête. Sur l'épaule.

— Je vois que vous connaissez, remarqua Perić en écrasant sa cigarette sur la table, où il l'abandonna. Parlez-moi de cet uniforme.

— Le triangle rouge est l'emblème d'un bataillon disciplinaire », expliqua Reinhardt.

Perić fronça les sourcils et secoua la tête, perdu.

« Une unité punitive.

— *Shtrafbat* », murmura Simo.

Le visage de Perić s'illumina, et il fit signe à Reinhardt de continuer.

« Il y a un bataillon disciplinaire à Sarajevo, dont le QG se trouve dans la forteresse ottomane de Vratnik.

— Dites-moi ce que vous savez.

— Peu de choses. Ils font surtout des travaux. Construction. Transports. On y trouve apparemment un grand nombre de volontaires étrangers, ce qui expliquerait la présence d'un Albanais. L'unité en compte quelques-uns. Maintenant, j'ai quelques questions à vous poser. Les partisans ont-ils quelque chose à voir dans la mort de trois soldats allemands la nuit dernière à Logavina ? »

Perić secoua la tête, et une petite grimace étira son visage.

« Les partisans ont-ils quelque chose à voir avec un massacre de civils survenu dans les forêts à l'est de la ville il y a deux jours ?

— Sur le site de bûcheronnage ?

— Vous êtes au courant ?

— Pour le site ou les morts ? Les deux. On a attaqué l'endroit par le passé.

— Pourquoi ?

— Il était aux mains de l'armée allemande. »

Reinhardt l'apprenait.

« On n'a rien à voir avec ce massacre. Pourquoi vous demandez ?

— J'ai été policier, monsieur Perić, je suis sûr que vous le savez. J'élimine des possibilités.

— Vous enquêtez sur ces morts ?

— Ces meurtres. Ceux des Feldjäger, oui, en effet.

— Ça ne va pas interférer avec ce que je vous demande ? »

Reinhardt sourit, de façon sardonique, un rictus acide qu'il ne put contrôler.

« Monsieur Perić, je... » Il n'alla pas au bout de sa phrase, cherchant les mots appropriés. « Vous savez que vous me demandez de servir deux maîtres à la fois, de poursuivre deux objectifs.

— Peut-être qu'ils ne seront pas si différents que vous croyez, capitaine. Si on n'a pas tué ces gens – et je vous assure que c'est vrai – ça ne laisse pas beaucoup de suspects. »

Il y eut un froissement de tissu derrière Perić, et l'un des hommes s'avança dans la lumière.

« *Druže, trebalo bi razmisliti o odlasku. Ovdje smo bili predugo.*

— *Sačekajte, momak* », dit Perić en levant une main sans quitter Reinhardt des yeux.

L'homme recula dans l'ombre.

« Mes hommes craignent que l'on soit restés ici trop longtemps. Je dois partir, capitaine. Mais vous allez découvrir où ces trois oustachis sont passés, et si les Allemands ont un lien avec ça. Et vous allez trouver quel est le rapport avec ce bataillon disciplinaire allemand.

— Sauf votre respect, comment pouvez-vous penser que j'y arriverai ? »

Ça sentait la formule toute faite, la protestation superflue. Reinhardt le savait, et Perić parut s'en rendre compte, même si son visage large n'en montra rien quand il se leva.

« Vous trouverez un moyen. Vous êtes un homme plein de ressources, capitaine. Vous devez l'être, pour être encore en vie et penser comme vous le faites. »

Reinhardt se leva à son tour, sentant la colère monter, l'envie d'envoyer paître ces hommes qui cherchaient à le contrôler.

« Vous semblez en savoir long sur moi pour quelqu'un qui vient de me rencontrer, monsieur Perić. »

Ce dernier l'épingla du regard, et un sourire flotta sur son visage de marbre.

« Donc, il y a de l'esprit là-dedans. »

Reinhardt s'empourpra, ce qui était l'effet recherché, et il fut reconnaissant à la lumière de la lanterne de dissimuler le rouge de ses joues.

« Je sais des choses. J'en devine d'autres. Le reste m'est égal. C'est pourquoi j'ai confiance, capitaine. Je crois que vous êtes un survivant. Même si je pense que ce n'est pas ce que vous voulez être, je vais me servir de ça pour servir ma cause. Je crois savoir, mais dites-moi si je me trompe, que Muamer et vous avez eu une conversation similaire, par le passé ? »

Reinhardt hocha la tête, silencieux, se gardant de répliquer que Muamer Begović et Perić n'étaient pas de la même étoffe, le médecin s'étant montré tellement plus en phase avec l'état d'esprit de Reinhardt à l'époque, tellement plus sensible aux restrictions qui limitaient sa marge de manœuvre.

« Ce sera tout ? Dans ce cas, Simo va vous raccompagner au théâtre. Il reprendra contact avec vous sous peu.

— Vous ne me laissez pas le choix ?

— Non, asséna simplement Perić avant de tourner les talons.

— Monsieur Perić, un instant. »

L'autre s'immobilisa, lança un regard en arrière.

« Où est le Dr Begović ? »

Perić observa Reinhardt, ses narines s'élargissant alors qu'il prenait une grande inspiration.

« Il est mort, capitaine. Exécuté, après l'Opération Schwarz. Il ne voulait pas abandonner les blessés. Et quand les Allemands ont fait main basse sur l'hôpital de campagne… ils les ont abattus. Tous les docteurs. Toutes les infirmières. Tous les blessés. »

Ils se fixèrent intensément du regard, chacun d'eux se remémorant cet homme qui les unissait. Perić fit à nouveau le geste de partir, mais il s'arrêta, une fois de plus.

« Peut-être… »

Il ne termina pas, cependant, quoi qu'il eût voulu dire, comme si les mots ne pouvaient combler le vide de la perte, et il pivota pour sortir, précédé par l'un de ses hommes, deux autres derrière lui.

Reinhardt le regarda partir et se retourna quand Simo lui tapota l'épaule pour lui tendre un morceau de papier. Il y jeta un coup d'œil, notant les trois noms qui y étaient inscrits – Bozidar Brkić, Tomislav

Dubreta, Zvonimir Saulan –, puis le plia pour le fourrer dans sa poche, le chiffonnant presque.

« Vous saviez ? Pour Begović ? »

Simo acquiesça. À l'annonce de cette nouvelle, Reinhardt se sentit vide, presque nauséeux, même s'il s'attendait à une telle tragédie depuis la fin de Schwarz, quand l'armée allemande avait reçu l'ordre de ne faire aucun prisonnier. Il avait espéré que le petit médecin sortirait indemne de ces forêts, mince réconfort auquel il se raccrochait de temps à autre.

« Il faut y aller, capitaine. »

Il fit le chemin de retour seul avec Simo, le long des couloirs tortueux et des escaliers étroits qui reliaient les différentes parties du bâtiment. Reinhardt ignora les trous dans le sol et les murs, toutes ses pensées tournées vers ce qu'il venait d'apprendre, l'annonce de la mort de Begović, et il eut la surprise de sentir la grosse main de Simo se poser sur son épaule dans cette pièce derrière le bar. Il remarqua soudain le partisan à la barbe qui, posté derrière la porte, écoutait ce qui se passait dans le foyer.

« Comportez-vous normalement, capitaine. On ne doit rien remarquer. Ne nous cherchez pas. C'est nous qui vous trouverons. »

Simo échangea un regard avec le deuxième homme, attendant son feu vert, et quand le moment fut venu, il rendit son pistolet à Reinhardt, le barbu passant près d'eux pour lui laisser le champ libre.

« Je suis navré, Simo. Pour Begović. »

Reinhardt fit halte devant la porte, main sur la poignée, mais quand il se retourna, la pièce était vide.

Il regagna le théâtre, sa chaleur et sa foule, mais l'ambiance lui parut étouffante – même insupportable –, et à défaut d'apprécier le brouhaha des voix et des rires, il dut s'efforcer de faire avec.

Ils se dirent au revoir à la lisière de la forêt, en surplomb de la vallée, à l'endroit où Reinhardt s'était assis et où il avait senti se révéler à lui cette nouvelle vérité sur ce qu'il était et ce qu'il devait faire. Les premières lignes du front étaient en perpétuel mouvement, l'Opération Schwarz se déployant et gagnant du terrain dans les montagnes encaissées et les bois qui les camouflaient. Les partisans estimaient à au moins deux jours le temps de marche, de manœuvres, de tours et détours à travers la forêt, de planques et de retraites lorsque cela s'imposerait, avant que Reinhardt et son escorte ne puissent arriver à l'endroit qu'ils avaient choisi. Ils le laisseraient alors partir et s'en sortir par ses propres moyens, rejoindre son camp et leur servir l'histoire qu'ils avaient concoctée ensemble, priant pour que tout se passe bien.

« C'est un étrange chemin que nous avons parcouru ensemble, vous ne trouvez pas, mon ami ? »

Reinhardt observa Begović. Le petit homme était exténué. On le devinait à son maintien, aux lignes profondes qui creusaient son visage.

« Et il n'a pas fini de nous surprendre. Y a-t-il quelque chose d'étrange, malgré tout, à dire que le sentiment qui prédomine en moi est l'allégresse… ? »

Begović sourit.

« L'allégresse des vérités qui se révèlent. Je me rappelle avoir déjà ressenti ça. Mais les vérités doivent être mises à l'épreuve.

— Et les miennes sont encore devant moi. J'en suis conscient. »

Reinhardt inspira profondément. L'officier de liaison britannique, le major Sanburne, ainsi que ses hommes, les avait quittés la veille pour suivre une brigade de partisans en direction du sud, à la recherche d'une brèche dans les lignes ennemies. Sanburne se montrait sceptique quant à la décision qu'avait prise Reinhardt de rentrer. C'était une solution insensée et trop risquée pour un prisonnier aussi précieux, estimait le Britannique, qui aurait préféré le mettre dans un sac et l'envoyer sur la côte, où il aurait été réceptionné par la marine, envoyé par bateau à Alexandrie, où on l'aurait mis à contribution. Mais Reinhardt était le prisonnier des partisans, et ils semblaient ouverts à ses suggestions.

« Vous savez que je ne suis pas votre espion, répéta Reinhardt.

— Je le sais, dit Begović. Mais les autres ne comprendront pas toutes les subtilités. Ils vous verront comme un atout dans leur manche. Le jour viendra où ils auront besoin de vous. Ce sera alors de trahison que nous parlerons. De vos hommes, en notre faveur. Et quelles que soient les circonstances, la trahison n'est jamais une étape que l'on franchit à la légère. Mais nous n'avons pas le choix, ce sera ça ou le risque de vous voir de nouveau exposé aux Allemands.

— Et les subtilités de la conscience de chacun vont à l'encontre de la réalité dans laquelle nous vivons », laissa tomber Reinhardt.

Ça sonnait comme de la philosophie de comptoir, mais cela résultait de son état d'allégresse et de sa soif de faire quelque chose de nouveau. De différent.

« La première chose à faire est d'effacer ce sourire de votre visage, lui conseilla Begović.

— Les têtes d'enterrement, c'est ma spécialité. »

La pièce s'acheva, le ramenant à la réalité. Les acteurs saluèrent sous les applaudissements enthousiastes du public. Les gens se mirent debout, tournant la tête en tous sens avec de grands sourires. Reinhardt enfila son manteau et se mêla à la foule qui se massait vers les sorties. Quand une vieille dame près de lui laissa échapper une exclamation de joie, il lui sourit sans comprendre ce qu'elle venait de dire et sentit son moral retomber, se sentant exclu de cette foule et se souvenant qu'il n'était pas des leurs et ne le serait jamais. Il regagna le foyer en restant près des murs, jouant des coudes parmi les gens qui arpentaient la salle, des couples bras dessus, bras dessous, des amis qui discutaient tous avec animation. L'air distant, il gardait les yeux rivés à la porte, avec sur le visage ce qu'il espérait faire passer pour un sourire poli, et se trouva un coin où patienter. Certaines personnes le regardèrent en passant, il entendit le mot *Allemand* une fois, deux fois, et ne put refouler les bouffées de culpabilité qui montèrent à ses joues, comme si on lui avait plaqué un objet brûlant sur la nuque.

« Vous voilà. »

Il battit des paupières, relâcha son souffle, et vit que Vukić se tenait à côté de lui et lui souriait d'un air perplexe. Reinhardt lui répondit par un signe de la tête, un sourire montant spontanément à ses lèvres.

« Alors ? Vous avez suivi ?

— Pas tout. Mais j'ai compris l'essentiel. »

Elle souriait toujours.

« Je vais vous présenter à l'auteur. Cela va beaucoup l'amuser.

— Non, s'il vous plaît », fit Reinhardt.

Vukić lui adressa un regard surpris.

« Je préfère ne pas me faire remarquer. Pas ici. Pas ce soir. Il n'y a… pas de place, en ce moment pour… pour les étrangers », parvint-il à lui expliquer.

Elle pencha la tête de côté, et la surprise se lut plus nettement encore sur ses traits.

« J'ai apprécié. Mais je pense… Je pense que ce que j'ai encore plus apprécié, c'est votre compagnie », articula-t-il après un instant.

Ça semblait faible, insuffisant au regard du cadeau qu'elle lui avait offert, mais l'esprit de Reinhardt était toujours ballotté entre sa rencontre avec Perić, ce dernier souvenir de Begović, et la joie qu'il éprouvait au fond de lui.

Vukić hocha la tête.

« C'est important. C'est l'une des raisons pour lesquelles Safet a écrit la pièce. Safet Kafedzić. Tout le monde lui demande "Pourquoi, Safet ? Pourquoi, mon frère ? Pourquoi prendre ce risque ?". Parce que *c'était* risqué. Aujourd'hui on ne sait plus ce que les gens pensent, ce qu'ils pourront dire ou faire.

— Et donc, pourquoi l'a-t-il écrite ?

— Pour ne pas oublier, à ce qu'il dit. Il m'a confié l'avoir écrite pour rester sain d'esprit. Et pour rappeler aux Sarajéviens qui ils étaient, qui ils sont, et qui ils pourraient redevenir.

— À savoir ?

— Une communauté », répondit-elle simplement.

Un silence s'installa entre eux. Il n'avait rien de pesant, ni d'oppressant, ce n'était pas un de ces silences qu'il fallait rompre à tout prix. Il existait, tout simplement, et il rappela à Reinhardt des mots que Padelin avait prononcés le jour où il était allé rencontrer l'inspecteur au QG de la police, après qu'ils avaient perdu leur suspect numéro un pour le meurtre de Marija Vukić. *Il y a Sarajevo, et il y a le reste de la planète. Sarajevo est un monde en soi. Avec des règles qu'on ne comprend jamais. Une communauté dont on ne fera jamais partie.*

« Je vous demande pardon ? » fit Vukić.

Reinhardt ne s'était pas rendu compte qu'il avait parlé tout haut.

« Ce n'est rien. Un simple souvenir.

— À quel propos ?

— Cette ville. Sa communauté. Ceux qui n'en font pas partie.

— C'est un choix, quelquefois, vous ne croyez pas ? De ne pas prendre part à quelque chose.

— Ou bien une décision qu'on a prise pour vous. »

Reinhardt, soudain, ressentit le besoin de quitter cet endroit.

« Je tiens à vous remercier pour la soirée. Pour avoir pris le temps de me montrer cette pièce. »

Il grimaça intérieurement de s'entendre parler avec autant de cérémonie. Un vrai Prussien.

« Si vous voulez bien m'excuser, je vous souhaite une agréable soirée. »

Elle inclina la tête, consciente que quelque chose clochait.

« Je suis ravie que vous ayez aimé. » Une pause. « Si vous passez par la ville nouvelle, peut-être pourriez-vous m'escorter jusque chez moi, capitaine ? »

Il hésita une seconde, puis marqua son approbation.

« Je vais chercher mon manteau », dit-elle.

Reinhardt ne cessait de revenir à Perić. Perić – plus connu sous le nom de Valter – était un homme extrêmement difficile à cerner. Le secret le mieux gardé des partisans. Le fait qu'il se dévoile ainsi, qu'il s'expose à un tel risque, signifiait que les partisans étaient inquiets, au plus haut point. Ils étaient prêts à utiliser tous les pions en leur possession, y compris lui. Mais après tout, se dit-il, était-ce si différent de ce qu'il avait connu jusqu'alors ? Être un pion entre les mains de quelqu'un d'autre ? Soldat, policier, de nouveau soldat. Une vie de service, alors pourquoi cette quête d'indépendance, aujourd'hui ? Ce besoin de faire sa propre place, de n'obéir qu'à lui-même, lui tenait-il toujours autant à cœur ?

Il avait besoin de respirer, et la foule se pressait toujours devant l'entrée. Elle s'écarta, peu à peu, et il devina qu'il se passait quelque chose. Il se laissa porter à l'extérieur et s'emplit les poumons d'air froid pour se sortir de sa torpeur. Il stoppa en haut des marches. Quelqu'un avait suspendu une lanterne à un crochet de fortune au-dessus de la porte, une personne dont l'haleine givrée tournoyait dans la lumière.

Bunda se tenait en bas du porche, le fixant de ses yeux brillants dans l'éclat de la lanterne.

15

« Alors, on fait ami avec les locaux ? »

Reinhardt garda le silence. Bunda ne le lâcha pas des yeux alors qu'il descendait lentement les marches.

« J'ai appris que vous étiez là. Je vous cherchais. »

L'immense capitaine s'adossa à une voiture, encadré de deux autres oustachis. Reinhardt sentit un frisson de peur lui picoter l'échine et alla agacer le trou dans sa gencive.

« Capitaine ? »

La lumière provenant du foyer et de la lanterne projetait sur le visage de Vukić un clair-obscur qui enfouissait ses yeux dans l'ombre. Les oustachis se redressèrent, y compris Bunda. Il parut s'ouvrir et se refermer en la voyant, et quelque chose dans son regard fit courir une sueur froide sur la peau de Reinhardt. Vukić jeta un œil à l'intérieur du théâtre, semblant hésiter, puis elle descendit les marches dans un jeu de lumières changeantes, un flux et reflux qui tour à tour souligna et atténua sa silhouette, alors qu'elle s'éloignait de la lueur de la lanterne.

« Il y a un problème ?

— Pas de problème, madame, répondit mollement Bunda. On a juste demandé de le rapporter.

— Qui ?

— Lui, là.

— C'est un gradé. Vous devez lui témoigner le respect dû à son rang. »

Les lèvres de Bunda se retroussèrent dans un rictus. Il laissa passer quelques secondes. Prit une inspiration.

« Cet homme. Le capitaine Reinhardt.

— Voilà qui est mieux, capitaine. Merci. Pour quelle raison ?

— Que'q'chose à lui montrer. Et quelqu'un qui veut l'voir. Quelqu'un qui vaut mieux pas faire attendre si on veut pas avoir des problèmes.

— Un oustachi ? » demanda Reinhardt.

Bunda fit oui de la tête. Reinhardt eut une pensée immédiate pour Perić. Il y vit une opportunité en or, mais il n'était pas prêt. Il était trop tôt.

« Mais puisque je ne suis pas à votre disposition, je pense que je vais poliment décliner l'invitation, dit-il pour gagner du temps.

— Non, Reinhardt. Vous déclinez pas. Vous venez. »

Les deux oustachis qui encadraient Bunda se tendirent, prêts à dégainer.

« Pas d'histoires. Pas ici. Pas avec tous ces gentilles gens autour. Vous venez avec moi.

— Où ?

— Pas loin.

— À la Maison Pâle ? »

Bunda sourit.

« D'abord je vous montre que'q'chose.

— Qui demande à me voir ?

— C'est une surprise, répondit Bunda, dont les traits se crispèrent, se durcirent. Ça suffit. » Il se dressa de toute sa hauteur et ouvrit la portière de la voiture. « On va pas vous faire du mal, Reinhardt. Faites pas la fillette. C'est juste pour parler. Votre chauffeur peut suivre. Montez, maintenant. Avant que je m'énerve.

— Très bien », consentit Reinhardt en se remémorant sa rencontre avec Bunda au poste de contrôle, à l'entrée de la ville.

Il avait envie de le planter là, mais n'osa pas. Il sentait peser sur lui les regards des gens serrés autour de lui sur les marches, dans le théâtre, et même les yeux qui le fixaient depuis les fenêtres des immeubles qui bordaient la rue.

« Je vous suis.

— Il vaudrait mieux pour vous que rien de fâcheux n'arrive au capitaine Reinhardt, avertit Vukić tout à coup. Sans quoi j'en référerai au général Luburić. »

Alors que Bunda inclinait la tête, une lueur au fond de ses yeux braqués sur la femme et un éclat féroce sous le couvert ombrageux de son arcade sourcilière, Reinhardt se rendit compte qu'elle avait parlé en serbo-croate.

« Je voudrais pas qu'il arrive du mal au capitaine, m'dame. Vu qu'il a l'air d'être votre bon ami. »

Il avait parlé à voix haute, et l'avait fait à l'attention de la foule qui les entourait. Si son but était de blesser ou d'embarrasser Vukić, elle ne sembla pas le remarquer. Reinhardt la regarda comme si c'était la première fois. Elle se tenait face à Bunda, droite comme un *i*. Elle faisait la moitié de sa taille, pourtant elle occupait l'espace avec une confiance enracinée dans une autorité sans faille. Mais elle prenait un gros risque à tenir tête à un oustachi. Pour défendre un Allemand.

Vukić posa la main sur la manche de Reinhardt, qui s'apprêtait à partir.

« Je vous vois plus tard », lui dit-elle en regardant Bunda.

Le même éclat féroce brilla une fois de plus dans les yeux du géant. Vukić tourna les talons et s'éloigna, tout en élégance, son long manteau noir s'évasant sur ses hanches.

« Ben ça, c'est vraiment un derrière royal, sourit Bunda, les yeux fixés sur Reinhardt. Rien à ajouter, Reinhardt ? Alors, en voiture. »

Reinhardt prit le temps de demander à son chauffeur de les suivre. Le Feldjäger était debout derrière sa Kübelwagen, un StG 44 entre les mains. Il hocha la tête, rangea son arme et mit le contact.

Rassuré de savoir qu'il ne partait pas vraiment seul, Reinhardt grimpa à l'arrière de la voiture de Bunda, poussé par l'un des oustachis. Le véhicule tangua de côté au moment où le capitaine hissa sa masse imposante à l'avant, puis le chauffeur démarra dans un crachotement de moteur accompagné de la puanteur d'un carburant artisanal. La voiture cahota sur les pavés, tourna à gauche dans Kvaternik, puis à droite pour traverser le pont Latin. Des passants foulaient les trottoirs dans l'obscurité enveloppante, pressés de rentrer chez eux. Le brouillard tombait, noyant les derniers étages des bâtiments, et la rue était parsemée des lueurs des bougies isolées ou groupées, des faisceaux de lampes torches, et même de quelques flambeaux qui diffusaient des halos de lumière dans la nuit de plus en plus noire.

« Où m'emmenez-vous ?

— Pas loin, vous inquiétez pas. Mais y a que'q'chose que je veux vous montrer qui va vous plaire, je crois. C'est là-bas. »

Le moteur protesta alors que le véhicule s'engageait sur une pente abrupte, et Reinhardt réalisa qu'ils n'étaient pas loin, s'ils n'y étaient pas déjà, de Bistrik, ce quartier au sud de la Miljacka où se trouvait autrefois sa caserne. La voiture fit une embardée à droite et emprunta une voie à l'entrée de laquelle un panneau blanc annonçait rue Balibegovica. Ils stoppèrent devant une maison. Comme dans une reconstitution de la scène de crime de Logavina, des véhicules étaient garés sur le bas-côté, mais ils étaient tous d'ici, une ou deux voitures de police, ainsi qu'un camion avec des plaques oustachies. La portière était ouverte et Reinhardt, suivi de Bunda, gagna la porte d'entrée. Il passa devant un soldat en faction et pénétra dans la maison, allumant une lampe électrique. L'endroit était plongé dans le noir, les épais murs en bois empêchant la faible luminosité extérieure d'entrer. L'air empestait les latrines. Il bifurqua sur le côté, vers l'une des pièces qui donnaient sur l'entrée, et braqua sa lampe en avant. Si l'endroit avait autrefois servi de salle à manger, c'était aujourd'hui devenu une scène de meurtre. De boucherie, en fait.

Sous le choc, Reinhardt se figea sur le pas de la porte, ses mains tellement serrées sur sa lampe que ses phalanges blanchirent. Entre ses pieds s'enroulait un enchevêtrement de membres, des tissus tendus autour de leurs articulations. Il estima le nombre de corps à quatre, emmêlés les uns autour des autres, au moins deux d'entre eux engagés dans une position sexuelle obscène. Reinhardt passa en revue les perforations et les entailles, les renflements de chair exsangue, les mutilations barbares, et ses mécanismes internes se mirent à tourner au ralenti au fond de lui, enregistrant instantanés et impressions, avant de finalement revenir à Bunda. Les yeux de l'oustachi trahissaient une sorte de sauvagerie, et son expression engorgée lui donnait l'air de se repaître de ce spectacle. Reinhardt perçut un mouvement derrière son épaule et vit arriver Bakarević, l'inspecteur de la police, visiblement toujours aussi désespéré.

« Que s'est-il passé ici, Bunda ?

— Ce qui s'est passé, c'est les partisans, Reinhardt. »

Reinhardt se retourna, et bien que surpris, s'efforça de ne rien en laisser paraître. Un oustachi se tenait dans l'encadrement sombre d'une porte donnant sur une autre pièce. Il était grand, très costaud, sanglé dans un uniforme qui paraissait presque trop petit pour lui, sa bedaine retenue par une ceinture noire. Il s'avança dans la lumière parcimonieuse.

« Bonjour, capitaine, dit-il.

— Putković », répondit Reinhardt, à qui revint le souvenir de cet homme, le chef de la police de Sarajevo, rencontré deux ans plus tôt.

Il se rappela l'embarras et l'humiliation qu'il lui avait infligés en lui causant une sévère défaite dans l'enquête sur le meurtre de Marija Vukić.

« C'est *colonel* Putković pour vous, Reinhardt,

grogna Bunda, en bon larbin soucieux du respect dû à son maître.

— Les partisans, Putković? demanda Reinhardt la bouche sèche, ignorant Bunda. Comment cela?»

Putković lui adressa un sourire et montra les cadavres.

«Ce sont des oustachis. Tous autant qu'ils sont. C'est l'œuvre des partisans. C'est leur façon de faire quand ils prennent l'un des nôtres. Mais nous aussi, on a un des leurs. Montrez-lui, Bakarević.»

Reinhardt suivit l'inspecteur jusqu'à un petit lopin de terre envahi par les mauvaises herbes et les broussailles à l'arrière de la maison, et Bakarević dirigea le faisceau argenté de sa lampe torche vers une masse dans l'herbe. Reinhardt s'approcha du corps avec précaution, inspectant de sa lampe le sol autour de lui. Le cadavre gisait sur le ventre, les bras le long du corps et la tête dévissée vers la droite. Sa bouche et son nez avaient presque entièrement disparu, arrachés par un coup violent qui rendait superflu l'impact de balle qui trouait sa nuque. Son uniforme d'un brun sans éclat était trop grand et une casquette reposait dans l'herbe près de sa tête. Reinhardt la ramassa et découvrit l'étoile rouge des partisans cousue sur le devant après l'avoir retournée. Il ne put réprimer un sourire ironique et leva les yeux vers le ciel pour se donner une contenance.

Il s'agissait du corps d'une femme. Reinhardt la détailla de la tête aux pieds, repensant soudain à la forêt, puis à la cave. Il toucha l'impact de balle du bout des doigts. La blessure n'avait pas saigné, elle avait donc été infligée post mortem. Quand il voulut lui retirer une botte, celle-ci glissa facilement de sa jambe, étant bien trop grande pour elle. Elle était pied nu, pas de chaussette. Reinhardt s'appuya sur ses talons avec une pensée pour les cinq cadavres du chantier. Sa bouche se contracta, la colère gagnant peu à peu. Un bruissement le fit se retourner ; il avait presque oublié Bakarević, qui se tenait là comme un pénitent, un carnet ouvert entre les mains.

« Vous... vous avez été inspecteur. Avant. Donc. Qu'est-ce que tout cela vous évoque ? demanda ce dernier.

— Rien de bon », fut tout ce que Reinhardt trouva à répondre.

Bakarević le regarda et se mit à rire, un gloussement aigu qu'il ravala.

« Rien de bon ? *Rien de bon ?* Oh, vous n'avez pas idée. »

Ses lèvres remuèrent en silence, puis ses yeux se déportèrent à droite et à gauche. On aurait dit un animal pris au piège. Ce qui s'était passé ici était très grave, Reinhardt le sentait. Il n'était pas seulement question de meurtres, il y avait autre chose.

« Expliquez-moi », dit-il.

Bakarević secoua la tête et recula dans l'herbe avant de regagner l'intérieur de la maison. Reinhardt lui emboîta le pas et tomba nez à nez avec Bunda au détour d'une porte.

« Vous avez vu dehors ? La partisane ?

— Je l'ai vue, Bunda.

— Les enculés. Ils s'en prennent aux femmes. Ils ont pas honte. Et regardez ce qu'ils ont fait à mes hommes. Allez, regardez. Rien à cacher, Reinhardt. Regardez-les, j'ai dit ! Vous voyez quoi ?

— Des cadavres.

— Vous voyez une provocation, corrigea Putković. Regardez de plus près.

— Regardez lui, fit Bunda, sa lampe braquée sur l'un des corps. On lui a arraché les yeux. Çui-là. Éviscéré. D'où l'odeur. C'est ses boyaux. Et çui-là, c'est un sodomite ? Et puis lui, on l'a… »

Le géant n'alla pas plus loin.

« Émasculé.

— Ça, putain, c'est un joli mot pour dire qu'on lui a arraché les couilles.

— Vous vouliez que je voie ça, alors accordez-moi un instant, Bunda. »

Bunda s'effaça, ses gros bras croisés sur son poitrail de taureau. Putković resta tranquillement sur le côté, l'un de ses poings charnus serré sur un petit objet qu'il faisait rouler dans un léger cliquetis. Reinhardt orienta sa lampe vers les visages des cadavres, sentant son estomac se retourner à la vision de celui qu'on avait énucléé, des chaussettes vides et ensanglantées. Il observa leurs visages tour à tour jusqu'à trouver celui qu'il cherchait, et fit glisser la pulpe de son doigt le long de la cicatrice nervurée qui courait de son oreille à sa mâchoire pour disparaître sous son col. Accroupi là, il balaya la pièce de son faisceau lumineux, et les éclaboussures de sang lui sautèrent aux yeux. Il en compta deux. Sur le mur. À une hauteur compatible avec des hommes qu'on aurait forcés à s'agenouiller avant de leur tirer une balle à l'arrière de la tête.

« Et ça, vous en dites quoi ? » demanda-t-il aux oustachis en éclairant le mur taché de sang.

Bunda se pencha en avant et laissa échapper un grognement.

« Au moins ils ont pas souffert, pas vrai ? »

Au moins deux d'entre eux n'ont pas souffert, pensa Reinhardt, qui se leva dans une grimace, sentant son genou le tirailler.

« C'est tout ?

— Vous avez l'air de prendre ça à la légère », gronda Putković.

Prenant conscience de la situation dans laquelle il se trouvait, presque livré à lui-même, Reinhardt titilla le trou dans sa gencive.

« J'suis sûr que quand c'était vos gars par terre, vous vous en foutiez un peu moins », affirma Bunda, si bouffi de colère qu'il sembla doubler de volume.

Mais Reinhardt ne s'excuserait pas. Pas pour ces hommes, même s'il était seul ici.

« Qu'attendez-vous de moi ?

— Il fallait que vous voyiez ça, Reinhardt, dit Putković. Il est important que vous sachiez que nous avons un ennemi commun. À présent, allons dans un endroit un peu plus confortable, vous voulez bien ? »

Ils sortirent dans la rue. Tout était calme en dehors des murmures des oustachis et de la police et des pas feutrés d'une sentinelle dans le noir. Reinhardt s'immobilisa un court instant, à l'écoute du silence, puis il remonta en voiture avec Bunda. Devant eux, Putković cala sa masse imposante dans une autre voiture, et ils refirent le même trajet en sens inverse pour rejoindre la Maison Pâle. La bâtisse se profilait dans la nuit, cernée par les groupes de gens désespérés qui attendaient le long de son mur d'enceinte, unis dans la lumière. La voiture les dépassa, puis ralentit à l'approche des gardes armés de fusils postés près d'écheveaux de fil barbelé enroulés autour de tréteaux en bois. Ils s'arrêtèrent devant la porte d'entrée, enfoncée sous une arche encadrée de deux grosses lampes en fer forgé. Perché sur le toit, un corbeau inclina la tête vers la rue et émit un croassement rauque.

Assis à l'avant, Bunda se retourna et sourit à Reinhardt.

Les gens se turent en voyant Putković descendre de voiture. Le grand oustachi promena sur la foule pénitente un regard indolent et porta son poing à sa bouche, qu'il frotta du dos de la main en serrant quelque chose entre ses doigts. Il semblait jouer avec eux, sans avoir besoin de parler, simplement conscient du contrôle qu'il exerçait sur eux, tel un prédateur. C'était comme s'il connaissait précisément la teneur du pouvoir qui était le sien et l'ampleur des souffrances que ces gens subissaient par sa faute. Il les abandonna finalement à leur sort et Reinhardt suivit Bunda à l'intérieur, où il trouva le bureau vide en bas de l'escalier.

La maison l'écrasa à nouveau, mais d'une manière différente, molosse aux babines retroussées sur des crocs blancs et humides qu'elle semblait ne plus avoir à cacher maintenant que la nuit était tombée. Il entendit quelqu'un crier, un hurlement lointain étouffé par les murs et les portes, mais qui déchira l'air immobile du vestibule en une longue plainte d'agonie. De derrière une porte lui parvint le bruit sourd et flasque d'un poing qui frappait. Putković et Bunda montèrent l'escalier. Le géant, qui respirait lourdement, poussa Reinhardt vers la droite à la suite de Putković. Ils croisèrent un homme enchaîné à un énorme radiateur métallique. Reinhardt sentit sa chaleur sur son passage, et le prisonnier se contorsionna contre les tuyaux en fonte, pleurnichant, son visage virant à l'écarlate alors qu'il se débattait.

Reinhardt et Bunda suivirent Putković dans une autre pièce, une sorte d'office meublé d'un gigantesque bureau en bois flanqué de chaises dépareillées. De lourds rideaux marron pendaient aux fenêtres, que Putković alla tirer. Une odeur flottait dans l'air, comme si on avait brûlé quelque chose. Putković se retourna et regarda Reinhardt pendant que Bunda venait se poster à ses côtés. Les yeux du colonel étaient sombres et vides, il était impossible de déchiffrer une quelconque expression sur son visage. Ses doigts bougeaient en rythme, produisant un faible claquement alors qu'un objet allait et venait au creux de sa main.

16

« Laissez-nous, Bunda. »

Putković ignora l'expression déconfite de Bunda, attendit qu'il soit parti et indiqua une chaise.

« Asseyez-vous, dit-il avant de faire rouler deux dés rouges sur la table. Ça remonte à longtemps, Reinhardt. »

Reinhardt prit une longue inspiration. Cette journée de plus en plus étrange semblait ne plus devoir finir.

« Vous êtes le Joueur. »

Putković inclina la tête en avant.

« Vous êtes responsable de la sécurité en ville.

— Vous êtes bien informé. »

Putković fit jouer les dés entre ses doigts et les fit lentement rouler sur la table.

Reinhardt haussa les épaules, les yeux rivés à l'oustachi.

« Connaissez vos amis…

— Et connaissez encore mieux vos ennemis, termina Putković en le gratifiant d'un sourire qui n'atteignit pas ses yeux inexpressifs. Sommes-nous vos ennemis, Reinhardt ? »

Il ramassa ses dés.

« Que voulez-vous dire ?

— Ce que je veux dire, c'est que nous ne nous sommes pas spécialement quittés en bons termes, la dernière fois. Je l'admets. Et vous voilà de retour, deux ans plus tard, exactement où nous nous sommes quittés. »

Reinhardt ne répondit pas. Il était évident qu'il pouvait récolter des informations ici, et il allait laisser la conversation prendre le tour que Putković souhaitait lui donner.

« Un verre, Reinhardt ? »

Le grand colonel se tourna vers un buffet en bois sculpté à l'intérieur duquel était entreposé un fouillis de bouteilles.

« Vous voulez quoi ? Prenons une rakija ! »

Reinhardt n'avait aucune envie de boire, et encore moins de trinquer avec Putković, mais il se rappela que les habitants des Balkans étaient particulièrement sensibles quand il s'agissait d'hospitalité.

« Une slivovitz, alors.

— Bon choix. J'en ai une très bonne faite maison là-dedans… quelque part, fit Putković, rentrant la tête dans le buffet pour fouiller parmi les bouteilles. *Evo, srpska rakija !* Voilà ! On peut dire ce qu'on veut des Serbes, ils font la meilleure slivo, affirma-t-il en tendant à Reinhardt un verre de l'eau-de-vie de prune. Santé !

— *Živjeli* », répondit Reinhardt.

Putković s'esclaffa et ils burent tous les deux. L'eau-de-vie était excellente, dangereusement excellente, une cascade onctueuse de sa bouche à son estomac.

« À votre promotion, Putković. »

L'oustachi le remercia d'un sourire satisfait.

« Quelle en est la raison ?

— Pour tout vous dire, c'est votre vieil ami et partenaire, Reinhardt. Padelin. Vous vous souvenez de lui ? Vous lui avez causé du tort, vous savez. Après votre départ, il a changé. Il a en quelque sorte hiberné, et à son retour, c'était un homme différent. Il s'est mis à faire du zèle. Beaucoup trop de zèle. Tant qu'il en est devenu un handicap, au moment précis où nous avions besoin d'unité autour de nous. C'est pourquoi, lorsque certains d'entre nous se sont vu offrir une promotion au sein des oustachis, nous l'avons laissé sur le carreau. La police, nous en avions assez soupé. Rien ne se passait, rien n'avançait. En tout état de cause, Padelin s'est rendu tellement insupportable à la fin qu'il s'est fait renvoyer par Luburić. C'est assez récent, en fait.

— Charmante histoire.

— L'une des dernières choses que je l'ai entendu dire a été “Putković, le travail de la police, c'est vraiment un travail de fous dans cette ville”. Et je vais vous dire : c'est le truc le plus sensé qu'il ait dit depuis que je le connais.

— Votre allemand s'est nettement amélioré. »

Putković se redressa dans un sourire.

« Merci. J'ai fait des efforts… »

D'un coup, il sembla se rappeler quelque chose ; son sourire s'effaça et ses doigts se mirent à pétrir ses dés.

« Pourquoi suis-je ici, Putković ? »

Le colonel trempa ses lèvres dans son eau-de-vie

et en avala une grande lampée, ses yeux porcins luisant sur son visage.

« J'ai le sentiment que nous sommes partis sur un malentendu, Reinhardt. Vous avez l'impression que nous sommes, au mieux, une bande de psychopathes indisciplinés, et au pire, une bande de psychopathes indisciplinés qui sont vos ennemis. Non ?

— C'est à peu près ça.

— Nous ne sommes rien de tel. Ni indisciplinés ni psychopathes, et encore moins vos ennemis. Nous sommes bien plus que ça. Votre peuple, le nôtre : nous sommes des remparts. Nous avons un devoir envers la civilisation, envers l'avenir. Les vôtres, les miens, nous avons une alliance, une alliance sacrée. Il ne doit pas y avoir de méfiance entre nous, afin d'assurer…

— Bon Dieu, Putković ! » De l'alcool s'échappa du verre de Reinhardt quand il le reposa. « Vous ne m'avez pas fait venir pour une leçon de propagande. »

Le visage de Putković s'empourpra. Il lui tourna le dos et se resservit une eau-de-vie, la bouteille cliquetant contre le rebord de son verre.

« Parfait. Pas de propagande. Pas d'histoire. Pas de fla-fla. Rien que la vérité. » Il lança ses dés, loucha sur les chiffres. « Vous menez une enquête sur les meurtres de trois de vos hommes. Il semble que vous les rapprochiez d'autres morts dans une forêt. Et vous semblez croire que les oustachis sont impliqués dans cette affaire.

— Continuez, le défia Reinhardt avant même d'avoir pu ravaler ses mots.

— On vous a montré les corps de quatre de mes

hommes ce soir. Assassinés et mutilés. Qui que soient les coupables, Reinhardt, les miens souffrent, eux aussi.

— Il est un peu prématuré de tirer de telles conclusions.

— Que les miens souffrent ?

— De ça, je ne doute pas, fit savoir Reinhardt avec une pointe de mépris qu'il n'arriva pas plus à retenir que ses paroles. Ce que j'entendais par là, c'est qu'il est prématuré d'affirmer que ces meurtres sont l'œuvre d'une seule et même personne.

— Il n'y a rien de mal à vouloir analyser une situation sous tous les angles, Reinhardt.

— Comme il n'y a rien de mal à suivre son instinct et à se fier aux preuves.

— Et les similitudes entre vos morts, vous en faites quoi ? Les cadavres dans la forêt. Ceux que vous avez découverts ce matin à Logavina. Ça ne devrait pas vous interpeller ?

— Et vous, que faites-vous, par exemple, du silence de mort qui planait sur la scène de crime, tout à l'heure ? Il n'y avait pas un chat dans la rue. Aucun habitant n'a été interrogé. À croire que ce n'était pas nécessaire. »

Putković étrécit les yeux.

« Mais ce n'était pas nécessaire. C'est l'œuvre des partisans. »

Reinhardt garda pour lui le sentiment qu'il avait que seuls deux hommes avaient été tués dans cette maison ce soir, et il inclina la tête dans un petit geste narquois.

« Je vais vous dire une bonne chose, Reinhardt. Nous sommes les maîtres de cette ville. Loi et ordre.

Vie et mort. Si je juge une action nécessaire – pour être plus clair, si je veux qu'on arrête quelqu'un, si je pense que quelqu'un est un danger ou doit être éliminé – je donne l'ordre de l'exécuter. » D'une chiquenaude, il envoya ses dés bondir sur la table. « Comme ça ! Je ne me planque pas dans l'ombre. Je ne laisse pas de cadavres derrière moi. J'agis, c'est tout. Vous avez vu ce que nous avons fait à Marijin Dvor ? Il y a deux nuits ?

— Les pendaisons ?

— Les pendaisons.

— C'était vous ? »

Putković acquiesça de la tête.

« Est-ce que j'ai agi dans l'ombre ? Est-ce que j'ai cherché à cacher ce que nous avions à faire ?

— Il y a meurtre et il y a meurtre, Putković.

— Qu'est-ce que ça veut dire ?

— Que certaines morts ne passeront pas l'épreuve d'un examen minutieux. »

Putković renifla.

« Qu'est-ce que je dois faire pour vous prouver que nous sommes les maîtres de cette ville ? demanda-t-il presque pensivement. Que nous n'avons rien à cacher. Venez. Je vais vous montrer. »

Putković ramassa ses dés et alla soulever un pan de rideau. Il baissa les yeux vers une cour intérieure, imité par Reinhardt, venu le rejoindre à la fenêtre. Des torches brûlaient sur des piquets et des appliques, inondant d'une lumière orange et aqueuse des monticules repoussés le long de deux murs. Deux par deux, des oustachis arpentaient le sol sombre de la démarche titubante mais précise d'hommes croulant sous un lourd fardeau, suivis de leurs ombres mouvantes.

Reinhardt plissait les yeux pour mieux y voir quand un flash argenté vint illuminer les nuages bas, dévoilant brièvement les contours de la cour qui sembla s'arracher à contrecœur aux ténèbres. Et tandis que le tonnerre se mettait à gronder, il s'efforça de donner un sens à l'image stroboscopique qui venait de s'imprimer sur sa rétine. Des corps, entassés comme des bûches le long des murs ; les oustachis qui venaient en abandonner d'autres par-dessus ceux qu'on avait déjà déposés là.

« Est-il utile... commença Reinhardt avant de s'interrompre pour laisser passer le reflux de colère qui montait dans sa gorge... de vous demander ce que ces gens ont fait ?

— Non. Vous ne comprenez toujours pas, hein ? Savoir qui ils étaient est beaucoup moins important que le message qu'ils envoient maintenant qu'ils sont morts. Leur crime ? Celui qu'ils auraient pu commettre. Être qui ils étaient. Tout ce qui compte, je suppose, c'est qu'ils sont entrés dans ce bâtiment et n'en sont jamais sortis. J'ai laissé une chance à certains d'entre eux. C'était le moins que je puisse faire. Je leur ai proposé de jouer. Ils donnaient un nombre, expliqua Putković en faisant claquer ses dés sur la table, et s'il sortait, alors ils pouvaient s'en aller. Dans le cas contraire, non. Vous voyez, Reinhardt, ce qui arrive à nos ennemis. Nous ne nous cachons pas. Ce que nous cachons, peut-être, c'est l'ampleur de ce qui se passe.

— Vous croyez que ça peut durer éternellement ? »

Putković fronça les sourcils, et Reinhardt se dit qu'il n'aurait sans doute jamais de meilleure chance, face à un oustachi, d'obtenir ce que Perić attendait de lui.

« Il y aura forcément un moment où vous devrez rendre des comptes, Putković. La guerre arrive à un tournant. Un avenir nouveau se dessine, et ce n'est pas celui que nos dirigeants nous avaient promis. Attendez, laissez-moi finir… plaça-t-il, voyant le colonel près de le couper. Qu'adviendra-t-il des oustachis ? Qu'adviendra-t-il de vous ? De toute évidence, vous n'allez pas rester ici à attendre que les partisans déferlent sur vous, pas plus que vous n'imaginez pouvoir continuer à les contenir. Alors dites-moi, où les gens comme vous vont-ils s'enfuir ?

— Si vous portiez un uniforme noir, je vous aurais fait arracher la langue pour ces propos, murmura Putković en se tournant vers lui, broyant les dés dans le creux de sa main.

— Mais ce n'est pas du noir que je porte, Putković », rétorqua Reinhardt, entrant dans son jeu.

Une sorte de champ magnétique semblait néanmoins les tenir à distance, une force presque physique, viscérale, une incapacité à s'approcher l'un de l'autre, comme s'ils risquaient de se neutraliser mutuellement en se touchant, en se télescopant.

« C'est du gris, reprit-il. Et même si ce ne sont pas des couleurs très différentes, vous et moi sommes aux antipodes, c'est pourquoi je dirais ce qui me plaira.

— Peut-être avez-vous besoin d'une leçon supplémentaire sur les réalités de ce qui se passe ici. Suivez-moi. »

Putković enfonça la porte de l'épaule, enfila le couloir d'un pas martial et dépassa le malheureux enchaîné à son radiateur. Il s'arrêta devant une porte, à l'écoute, un doigt épais posé de manière théâtrale sur ses lèvres alors qu'il se tournait pour faire face à Reinhardt. Il ouvrit la porte, posa une main lourde sur l'épaule de ce dernier, et le poussa à l'intérieur. Reinhardt grimaça de dégoût, assailli par la puanteur. De l'urine, des excréments et de la peur, ainsi que l'odeur métallique du sang. Il s'immobilisa, recula d'un pas, mais Putković se tenait dans son dos, et il se retrouva acculé.

Il y avait deux oustachis dans la pièce, ainsi qu'un homme, un prisonnier. Une matraque en bois était posée entre deux tables qu'on avait rapprochées l'une de l'autre. La matraque était passée derrière les genoux du prisonnier, qui y était lui-même suspendu, tête en bas. L'homme pleurait, étouffé par le sang, les larmes et les mucosités qui s'écoulaient de son nez et de sa bouche. Avec ses mains liées derrière son dos et ses chevilles attachées à ses poignets, il était complètement à la merci des deux oustachis, et encaissait sans pouvoir rien y faire les coups que l'un d'eux faisait pleuvoir sur lui à l'aide d'une matraque en caoutchouc. Les cuisses et l'estomac du prisonnier étaient marbrés de rouge, et l'oustachi avait relevé ses manches, le visage lustré de sueur. Le plancher au-dessous d'eux était taché et décoloré, le rouge brillant du sang fraîchement versé recouvrant le vernis rouge plus sombre, presque brun, du sang plus ancien qui avait coulé sur les lames du parquet.

L'oustachi stoppa dans son élan, la matraque levée au-dessus de sa tête.

« *Tko je ovo ?* haleta-t-il en toisant Reinhardt,

cloué sur le pas de la porte, l'imposante silhouette de Putković derrière lui.

— Vous voyez ? fit Putković en allemand, avant de pousser Reinhardt vers l'avant. Voici quelqu'un qui avait besoin d'apprendre ce qu'il en coûte de nous contrarier.

— On peut dire qu'il est venu au bon endroit, répondit l'oustachi.

— Et c'est Sutko qui se charge de la leçon », plaisanta le deuxième homme.

Ils se mirent à rire en chœur, celui qui s'appelait Sutko faisant une petite révérence et brassant l'air de sa matraque comme s'il s'agissait d'une épée. Puis il se redressa et braqua les yeux sur le poing de Putković.

« C'est l'heure ?

— Il a donné son nombre ? demanda le colonel en désignant le prisonnier.

— Le nombre douze », lui apprit Sutko dans un rictus.

Reinhardt fut soudain effroyablement conscient du danger qui l'entourait. Il prit une longue inspiration, aspirant lentement l'air fétide de la pièce, et s'efforça au calme. Il posa un regard apathique sur l'oustachi, puis sur l'homme suspendu à la matraque. Il fallait qu'il coince sa langue entre ses dents, ça l'aiderait à faire ressortir son menton, à lui donner l'air dédaigneux qui convenait à la situation.

Putković le regarda, et une ombre passa sur son visage, comme s'il était déçu. Il s'approcha du prisonnier pendu la tête en bas, se baissa, et l'attrapa par les cheveux. Il se redressa, tira dessus, faisant pivoter les genoux de l'homme autour de la matraque sur laquelle ils reposaient. L'oustachi lui renvoya un regard impénétrable, tandis que le malheureux s'époumonait et s'étouffait dans son propre sang. Puis il le relâcha, et l'homme se balança d'avant en arrière comme une carcasse dans un abattoir, un nouveau gémissement d'agonie s'échappant de sa bouche meurtrie. Putković soupesa ses dés un instant avant d'ouvrir la main et de les envoyer rouler sur le plancher. Les petits cubes rouges cliquetèrent sur le bois. Il les regarda puis les fit disparaître au creux de sa main.

« Mauvais numéro ? sourit cruellement Sutko.

— J'en ai bien peur, répondit Putković, son regard froid fixé sur Reinhardt, avant de s'adresser au troisième oustachi : Finissez-en, Marin. »

Reinhardt se détourna pour se diriger vers la porte, mais juste avant, il eut le temps d'entrevoir le dénommé Marin se pencher sur le prisonnier, armé d'un long couteau. La porte se referma et il ne lui resta qu'une image, gravée sur la rétine, et un son, un cri étranglé. Il resta dans le couloir, le souffle rauque, à observer l'homme enchaîné au radiateur. Puis la porte s'ouvrit derrière lui et Putković vint le rejoindre. Leurs regards s'entrechoquèrent, s'entremêlèrent. Finalement, Reinhardt tourna les talons pour retourner dans le bureau du colonel.

« Vous comprenez, maintenant ? demanda Putković en lui emboîtant le pas. Voilà comment ça se passe. »

Reinhardt sentit la bile lui monter dans la gorge, l'empêchant de parler. La situation aurait très bien pu dégénérer s'ils n'avaient été interrompus par des coups frappés à la porte. Deux oustachis entrèrent sur ordre de Putković.

« Monsieur, le général Luburić souhaite vous voir avant son départ.

— Tout de suite. Attendez-moi dehors. »

Dès qu'ils furent partis, Putković relâcha son souffle, très lentement, tout en faisant à nouveau jouer les dés entre ses doigts. Il cherchait visiblement à recouvrer son calme.

« Je vous envoie Bunda. Il va vous raccompagner. »

La porte claqua derrière lui dans un bruit sourd, et Reinhardt, resté seul, patienta un instant, à l'écoute des voix et des bruits de pas, avant de relâcher la pression. Un soupir impétueux, un coup d'œil distrait au plafond. Son cœur ralentit au son des bruits de la maison, des bribes de conversation, d'un éclat de rire – provenant de l'extérieur, semblait-il. Il alla se planter derrière la fenêtre et regarda en contrebas, où il vit Putković, les mains sur les hanches, debout près d'un autre homme. Des corbeaux piétinaient pesamment les cadavres, d'autres étaient alignés sur la toiture de la cour, tels des crochets noirs se détachant sur le ciel d'un gris blafard.

« Ça y est, c'est bon ? »

Le cœur de Reinhardt se glaça d'effroi. Il n'avait pas entendu Bunda entrer et resta pétrifié sur place. Mais il prit vite conscience qu'il avait tout intérêt à saisir cette chance.

« Vous faites quoi, là en bas ? »

Le géant sourit.

« Le ménage. »

Reinhardt déglutit et laissa retomber le rideau.

« Vous seriez plus utile en bas, Bunda. Un homme comme vous pourrait charrier deux de ces corps à la fois. »

L'expression sur le visage de l'oustachi changea, se froissa.

« Je fais plus ça.

— D'accord.

— Ça veut dire quoi, Reinhardt ?

— Rien, Bunda.

— Ne dites pas "rien".

— C'est vous qui décidez, maintenant, n'est-ce pas ? Vous êtes officier.

— Vous dites quoi, là, Reinhardt ? »

Reinhardt retourna son regard au géant et, bien qu'il se trouvât en plein dans son viseur, il sentit la peur qu'il lui inspirait se dissiper.

« Qu'un singe reste un singe, même habillé en velours.

— Vous avez dit quoi, là, putain ?

— Heureusement pour les oustachis, pas vrai, Bunda ? Sans ça, vous auriez trait des vaches toute votre vie…

— Je vous emmerde.

— … au fin fond d'une campagne, où les hommes ont des besoins et où ils font fuir les moutons effrayés.

— Je vous emmerde, Reinhardt ! Les animaux, c'est pas mon truc.

— C'est quoi, votre truc, Bunda ?

— Je peux avoir qui je veux. Ce que je veux. Y a qu'à se servir.

— Parce que la ville vous appartient, c'est cela, Bunda ? Le petit gars de la campagne s'en est bien sorti. Il évacue ses frustrations sur les citadins.

— Attention, Reinhardt. Vous êtes vraiment tout

seul ici. Et le général s'en va. La ville est à nous, maintenant.

— Putković a dit que vous alliez me raccompagner, Bunda. »

Pris de cours par la tournure inattendue de la conversation, Bunda cilla, son esprit s'attardant encore sur ce que Reinhardt avait dit précédemment.

« Je vais trop vite pour vous, Bunda ?

— Qu'est-ce que vous racontez ?

— Je vous ai dit que les ordres de Putković étaient de me raccompagner.

— C'est *colonel* Putković pour vous, Reinhardt. »

Reinhardt ne pipa mot, et contourna la masse imposante de l'oustachi pour rejoindre le couloir. Il dépassa l'homme enchaîné au radiateur, entendit les pas lourds de Bunda s'arrêter, puis un bruit sourd, un souffle agonisant. Il regarda derrière lui et vit l'oustachi envoyer son pied dans le ventre du prisonnier.

« Bunda ! »

Les yeux du géant brillèrent d'un éclat malveillant derrière ses sourcils.

« Putković a dit que c'était important. Mais si vous vous amusez, je ne veux pas déranger. À vous de voir. »

Au milieu de ce couloir lugubre, suspendu au-dessus du prisonnier, Bunda avait des airs de créature primitive, de monstre ancestral gardant l'entrée d'une caverne. Reinhardt poursuivit son chemin dans l'escalier, sentant peser dans son dos la présence du géant, dont les pas résonnaient derrière lui. Il jaillit à l'extérieur et s'abreuva d'air pur, par grandes goulées. Il devait fuir cet endroit, dont le moindre recoin l'oppressait. C'est à cet instant qu'il se rappela la foule des gens qu'il avait croisés à son arrivée.

« S'il vous plaît. Vous l'avez vu ? »

Une vieille femme lui montra un portrait, fenêtre sépia sur une époque plus heureuse.

« Vous avez vu mon Selmir ?

— Bosko Jović ? Mon mari. Vous l'avez vu ?

— Mirsad Huremović. Le photographe. Un homme âgé ?

— Mohamed Spahić. De Logavina. *Mohamed Spahić ?*

— Eh, vous, l'Allemand ! »

Un oustachi fit signe à Reinhardt et lui indiqua sa voiture, dont le moteur tournait au ralenti de l'autre côté des barbelés. La foule le suivit et l'encercla, lui tendant des images, des photos, des documents, des sacs et des paquets. Il entendait les noms des hommes et des garçons de cette ville, dont ces femmes étaient à présent les seules gardiennes. Leurs cris fusaient, pesants, pressants, suppliants, stridents, et il sentit ses pensées dériver, des images des horreurs auxquelles il avait assisté dans la Maison Pâle se superposant aux visages des femmes qui lui faisaient face, ces cadavres empilés les uns sur les autres qui servaient maintenant d'appâts aux corbeaux. Il entendit les gardes crier, faiblement, repoussant la foule, et soudain, il aperçut Vukić.

Elle le prit par le bras, tout en parlant aux femmes autour d'eux. Il n'entendit pas ce qu'elle leur disait, mais elles s'écartèrent pour leur céder le passage, et Reinhardt discerna plus qu'un simple désespoir dans leurs yeux. Il y lut du respect, voire de l'affection, de celle qu'elles auraient pu autrefois témoigner à un aristocrate. Serrant fermement son bras, Vukić le tira hors de la foule, sans heurts, et l'entraîna jusqu'à la voiture.

« Que faites-vous ici ? s'enquit Reinhardt.

— Je me faisais du souci pour vous, répondit-elle.

— Merci », lui murmura-t-il, la gorge serrée.

Pour seule réponse, elle lui retourna un sourire dont il retira de la force.

« Je suis désolé, dit-il en serbo-croate, se tournant vers la foule qu'il essaya d'embrasser tout entière du regard. Je n'ai vu aucun d'entre eux. Je suis désolé.

— Partez, maintenant, dit Vukić. Elles vont devoir partir, elles aussi. Leur présence est tolérée, mais nous avons déjà dépassé l'heure du couvre-feu.

— Alors permettez-moi de vous raccompagner. J'y tiens sincèrement. »

Après une hésitation, elle hocha la tête et donna au chauffeur une adresse située près de la limite entre les parties austro-hongroise et ottomane de la ville. La voiture démarra, et Reinhardt se figea, assailli par une succession d'images qui s'entrechoquèrent comme une cloche sous son crâne. Il tourna la tête pour jeter un regard à la Maison Pâle. Les oustachis battaient et chassaient les femmes de leur trottoir, les dispersant comme des oies.

« L'homme au bouc, murmura-t-il pour lui-même. Celui de la forêt. Stop ! »

Il fixa la foule des yeux, ignorant les deux autres passagers de la voiture. Finalement, il se tourna vers Vukić.

« Là-bas. L'une des femmes avait une photographie de son mari avec elle. Elle l'a appelé… elle l'a appelé Mira… Mirad… Quelque chose comme ça. Un photographe.

— Mirsad Huremović, dit Vukić.

— C'est ça. Son mari est mort. J'ai vu son corps dans la forêt, sur les lieux de ce massacre dont je vous ai parlé. Comment… comment a-t-il pu se retrouver là-bas, si elle pense qu'il a été amené ici ? »

Vukić posa sur lui ses yeux écarquillés, puis elle se laissa glisser de côté sur la banquette.

« Attendez. Je vais lui demander. »

Reinhardt alluma une cigarette pour patienter, le regard rivé à sa main tremblante, et essaya de recouvrer son sang-froid. Il se tordit sur son séant et vit Vukić marcher bras dessus, bras dessous avec la femme qui lui avait montré la photo d'un homme en costume noir, aux cheveux peignés en arrière et au petit bouc bien entretenu. Il les regarda se dire au revoir, puis la femme s'éloigna en compagnie d'une autre, tandis que Vukić se hâtait de rejoindre la voiture en entourant son corps de ses bras.

« Son mari a été emmené il y a environ une semaine, lui apprit-elle en s'installant sur la banquette arrière de la Kübelwagen. Vous êtes sûr qu'il est mort ? Elle pense qu'il est toujours vivant. Un prisonnier l'a vu il y a quatre jours.

— À la Maison Pâle ?

— Oui. »

Reinhardt regarda passer la femme qui avançait, tête baissée, sans savoir quelle terrible vérité l'attendait. Il secoua la tête, prit une dernière bouffée de cigarette, puis la jeta par la portière avant de signifier au chauffeur de démarrer d'un signe de la tête.

À l'arrière, Vukić se pencha pour lui indiquer la

route, une main posée sur l'épaule de Reinhardt. Elle la laissa là tandis que la voiture s'insinuait dans les rues presque entièrement plongées dans le noir en dehors du rougeoiement dansant de quelques foyers et de lumières qui apparaissaient et disparaissaient çà et là, derrière les portes, les fenêtres ou les cages d'escaliers. Lorsqu'ils furent arrivés devant un immeuble carré de trois étages de construction austro-hongroise, elle pria le chauffeur de s'arrêter. Reinhardt la suivit à l'extérieur.

« Je vous raccompagne ?

— Non, je... commença-t-elle en secouant la tête. Merci, ce ne sera pas nécessaire. »

Ils se regardèrent pendant quelques secondes.

« Cet endroit, la Maison Pâle... » Reinhardt s'interrompit. « Les gens là-bas... Les gens qui attendent dehors. Est-ce qu'ils savent ? »

Est-ce qu'ils savent quoi ? Il semblait ne pas y avoir de mots, et elle leva une main qu'elle vint poser sur sa joue. Ses doigts étaient petits, et très froids lorsqu'il les couvrit de sa main.

« Encore merci », dit-il.

Elle inclina la tête, se retourna, et pénétra dans la bâtisse. Il la regarda disparaître dans les ténèbres, écouta le bruit de ses pas s'estomper dans un escalier en bois jusqu'à entendre une porte se fermer, et il sut alors qu'elle était en sécurité chez elle.

17

Les bureaux attenants à l'office de Dreyer étaient vides de tout personnel, seulement encombrés de papiers soigneusement empilés et triés près de casiers à moitié pleins. Reinhardt se tenait, silencieux, sur le pas de la porte du bureau du commis, et il se demanda pour la énième fois s'il avait bien fait de venir. Une lame de lumière filtrait sous la porte de l'office de ce juge érudit, Erdmann, rien sous celle de Dreyer, mais un filet de musique planait dans l'air. Cela semblait quelque peu incongru, mais elle était bien là, et en tendant l'oreille vers la porte de Dreyer, il se rendit compte qu'elle provenait du bureau de son vieil ami.

Reinhardt frappa doucement, puis plus fort, mais il ne reçut aucune réponse. Avec précaution, il ouvrit la porte sur une pièce sombre à l'odeur de renfermé où se faisait entendre le doux ronflement d'un saxophone. Un rectangle de lumière blanche vint inonder le plancher et les murs, et un mouvement brusque secoua le lit situé dans un coin, duquel émergea Dreyer. Il avait la figure rouge et bouffie, et son souffle bruyant se doublait d'un sifflement éraillé. Le cœur de Reinhardt se serra.

« Excuse-moi, dit-il. Je ne pensais pas que…

— Reinhardt, fit Dreyer avant de reprendre son souffle. Ça va. Ferme la porte. Là, sur le bureau. Allume la lumière, et aide-moi à retirer ça. »

Dreyer portait encore l'une de ses bottes, comme le constata Reinhardt en allumant la petite lampe du bureau. Il tira dessus, et elle glissa dans un bruit de succion. Il fit un pas hésitant en arrière, voyant son ami rouler sur le lit dans un soupir et couvrir son visage de son bras. Ce dernier ne bougea plus pendant un instant, respirant lourdement au rythme de son ventre qui montait et redescendait, puis il se redressa sur un coude et fouilla le dessus d'un casier en bois faisant office de table de chevet.

« C'est ça que tu cherches ? » demanda Reinhardt en ramassant une flasque sur le plancher.

Une expression embarrassée flotta sur le visage du juge. Il fit signe à Reinhardt de la lui donner avant de porter le goulot à ses lèvres. Il avala de longues gorgées, poussa un autre soupir, et se laissa retomber sur son lit.

« Tu n'en veux toujours pas, Gregor ? demanda-t-il.

— Sans façon. »

Dreyer braqua sur lui un œil chassieux.

« Tu ne vas pas me faire la morale, j'espère ? »

Reinhardt fit non de la tête.

« Je m'abstiendrai. Mais je suis passé par là. Là où tu es. Et ça ne m'a rien rapporté de bon, à la fin. »

Il se sentait dépassé, complètement vidé par la pression qu'il avait subie au cours de la journée, et savait qu'il ne lui faudrait pas grand-chose pour replonger. Il ne voulait pas redécouvrir cette partie de lui qui avait trouvé du réconfort dans l'alcool, ni ressembler à ce que Dreyer était devenu.

Son ami le regarda, cligna des yeux, leva la tête vers le plafond.

« Oh, ça j'en doute, murmura-t-il. Si tu avais vu ce que j'ai vu, je pense que tu ne dirais pas non aussi facilement.

— Pourquoi ne me racontes-tu pas, dans ce cas ? » soupira Reinhardt en retirant son pardessus.

Il s'installa sur une chaise, passa sa jambe gauche par-dessus la droite et se massa le genou.

« Raconte-moi. Raconte-moi ce qui t'est arrivé, Marcus. »

Il se demanda s'il en avait vraiment envie. Derrière lui, hors du temps et de l'espace, le saxophone ronflait, contrebalancé par ce qui semblait être une trompette, et il réalisa que c'était du jazz. Du jazz américain d'avant-guerre, du genre de celui qu'ils écoutaient autrefois dans les clubs de Berlin.

« Pour que je finisse comme ça, tu veux dire ?

— Ce n'est pas ce que j'ai dit.

— Ce n'était pas la peine.

— Ce n'est pas ce que je pense non plus. Marcus. S'il te plaît. Ne va… ne va pas croire que je te juge. C'est faux. Jamais je ne le ferais. »

Dreyer gloussa, tout à coup, un son incongru pour un homme de sa stature. Il secoua la tête sous le regard interrogatif de Reinhardt, puis descendit quelques gorgées d'alcool.

« C'est rien. Rien du tout. Seulement, je trouve toujours amusant que les gens utilisent le mot juge avec moi. »

Reinhardt sourit à son tour.

« Dans la mesure où tu en étais un.

— Dans la mesure où j'en suis toujours un, crois-le ou non… Beaucoup de gens ne le croient pas.

— Un juge avec une Croix de chevalier. Je me rappelle… » Reinhardt s'adossa à sa chaise et ferma les yeux, tout en continuant à se masser le genou. « La première fois que je t'ai vu, tu n'étais encore qu'un gamin. C'était quand ? À l'hiver 1917 ? En France. Tu avais bien une tête d'avocat. On s'est dit que tu ne ferais pas de vieux os. Si les Tommies[1] n'avaient pas ta peau, alors ce serait le froid. »

Dreyer sourit, reprit une gorgée.

« Tu… tu as veillé sur moi, pourtant. Toi. Et Brauer. Et Rosen.

— Toujours prendre soin du quartier-maître, tel était le credo de Brauer. » Reinhardt fronça les sourcils, les yeux toujours fermés. « Ensuite, je me souviens de toi à Berlin. Tiré à quatre épingles dans ce costume que tu portais. Celui avec la queue de pie. Et le haut-de-forme.

— Le costume de pingouin.

— Puis sont arrivées les robes de juge. Ta nomination en tant que magistrat a été une bénédiction pour la police, Marcus. Encore plus pour ceux d'entre nous qui ont eu la fierté de te compter parmi leurs amis. »

Dreyer le regarda avant de plisser les yeux. Ses traits se décomposèrent. Il retomba en arrière, barrant son visage de son bras. Il y eut un silence, puis sa poitrine se souleva et il se mit à sangloter, son avant-bras plaqué sur la bouche. Reinhardt garda le silence ; ses yeux s'embuèrent aussi tandis que son

1. Soldats de l'armée britannique (*NdT*).

ami pleurait, sans pouvoir s'arrêter. Quand Dreyer se calma enfin, il abaissa le bras et poussa un long et lent soupir.

« Bon Dieu, je suis désolé. Pour tout ça. »

Reinhardt continua à se masser le genou en silence.

« Ce genou te fait toujours des misères ?

— Toujours. Que s'est-il passé, Marcus ?

— Les nazis. Les Russes. La guerre. La vie. »

Dreyer ouvrit son étui à cigarettes argenté et le tendit à Reinhardt. Il prit lui-même une cigarette et alluma les deux avec le briquet assorti. Reinhardt l'observa à travers les volutes de fumée.

« Je t'écoute, Marcus.

— Les nazis m'ont chassé de mon tribunal en 35. »

D'un signe de tête, Reinhardt lui notifia qu'il s'en souvenait.

« Mais sentant le vent tourner, j'avais conclu un arrangement avec de vieux amis de l'armée, au département de la justice, et ils m'ont repris. Après la Norvège, je suis allé en Russie pendant l'opération Barbarossa, en tant que juge divisionnaire de la 2e Panzer. À peine un mois après l'invasion, nous avions déjà des affaires par-dessus la tête. Vols, incendies criminels, meurtres, viols et tout ce qui s'ensuit, nous avons tout instruit. Nous avons prononcé des dizaines de condamnations à mort, et avons exécuté la plupart des peines. Des dizaines d'autres prévenus ont été envoyés en prison ou en bataillons disciplinaires. Toutes ces peines ont été approuvées par le général. Général Heinrici. Le plus coriace des salopards qu'on ait jamais vus dans un uniforme de général. Il refusait d'appliquer le décret Barbarossa de Hitler, selon lequel les crimes commis par les soldats contre les civils ne seraient plus sanctionnés. “Nous n’en ferons rien, arguait ce vieux salaud. Les tribunaux fonctionneront normalement.”

« Mais autant essayer de bâtir un château de sable au milieu de la marée. Le peu qu’on a pu faire a fonctionné, et même tenu le coup. Principes, preuves, tout ça. » Dreyer fit une pause, coupé par un hoquet. « Mais à côté de ça, dans tous les autres domaines, à droite et à gauche, tu n’imagines pas… ce que nous faisions. Ce qui se passait. Et puis Heinrici a rejoint la 4e armée, et l’homme qui l’a remplacé s’est révélé un nazi pur et dur. La dernière des crevures. Tout s’est arrêté. “Aucune entorse à la discipline militaire et aux principes nationaux-socialistes”, a-t-il déclaré. Le vol, les incendies, le meurtre, le viol et tout ce qui s’ensuit, nous avons fermé les yeux sur tout. Et tout l’alcool du monde ne pouvait nous aider à oublier. Oublier que nous laissions des hommes… qui… s’étaient rendus coupables des pires forfaits… que nous les laissions s’en sortir impunément. Que nous laissions des meurtriers s’en sortir. »

Le silence tomba sur ses paroles. Reinhardt ne pouvait s’empêcher de le fixer, imaginant les compromis que son ami avait dû faire avec lui-même.

« Le coup… le coup de grâce pour moi, ç’a été un homme, un soldat… » Dreyer s’interrompit, se remit à boire. « Il faisait partie d’une unité accusée d’avoir mis un… misérable petit village… à feu et à sang. Le soldat avait décimé tous les membres d’une famille. Quatre générations. Puis il avait embroché un nourrisson sur la poitrine de sa mère avec sa baïonnette.

“Elle était déjà morte, se défendait-il. Je lui ai facilité les choses, à cet enfant.” Vraiment… Dans quelle espèce de monde *complètement tordu* vivons-nous ? Qu’y a-t-il de logique… J’ai demandé à être transféré sur le front. J’étais à bout. Ils ont refusé. Ils m’ont dit “Vous êtes juge. Votre boulot, c’est de juger”. Il faut juger, petit juge. Faire en sorte que les faits concordent avec les vues nationales-socialistes. Ainsi, il devenait juste d’embrocher un enfant à… sa…

— Mon Dieu, Marcus, finit par murmurer Reinhardt.

— Dieu n’était nulle part. J’ai insisté pour qu’on me transfère. J’ai tout essayé, et en fin de compte, j’y suis arrivé. Tout ce que je voulais, c’était mourir, car j’avais trop peur pour me mettre moi-même une balle dans le cœur. Le suicide est un péché, non ? Ce n’est pas ce qu’on nous apprend au catéchisme ? Le suicide est un péché… Comment des préceptes à première vue aussi insignifiants – des paroles, une croyance – peuvent-ils encore avoir autant d’emprise et d’influence dans un monde tel que celui-ci, après tout ce que nous avons fait et vu ? Je n’ai pas eu le courage. Je ne pouvais m’y résoudre. Je ne pouvais m’y résoudre, j’ai donc donné aux Russes toutes les occasions de le faire à ma place. Et ils ont merdé. Ils ont *royalement* merdé. À chaque fois, ils m’ont manqué. Et à la place, on m’a attribué cette réputation surhumaine. Un courage *suicidaire*. Ce genre d’âneries. Tout ce que je voulais, c’était mourir. Alors ils m’ont donné une médaille. Et puis une autre. Jusqu’à ce que je craque. Je me suis effondré. Mais s’ils étaient plutôt indulgents, voir un homme qui s'était vu remettre la Croix de chevalier sombrer dans l'alcool, ça ils ne le supportaient pas. Ils m'ont sortis de là. Ils m'ont pris mon alcool. Affecté ailleurs. Et maintenant je suis ici. Voilà toute l'histoire, dit-il en renversant la flasque pour faire couler les dernières gouttes sur sa langue. Voilà ce qui m'est arrivé. »

Reinhardt termina sa cigarette et l'écrasa dans le cendrier.

« Où t'ont-ils envoyé après t'avoir sorti de là-bas ?

— Quoi ? marmonna Dreyer, basculant la tête en arrière pour considérer la question, avant qu'un petit rot lui échappe. Pardon. Mes… amis… au département de la justice. Ils m'ont mis au… Bureau des crimes de guerre. L'ironie du sort, quelquefois… Enquêter sur les crimes des Russes contre notre camp. Les différences qui nous séparent tiennent sur un timbre-poste. Tout ça, c'était des conneries. Deux chauves qui s'écharpent pour un peigne. J'ai rongé mon frein pendant presque un an avant de demander un nouveau transfert. Et j'ai échoué ici. »

Le juge secoua la tête et planta ses yeux dans les paumes de ses mains.

« Redis-moi comment tu as rencontré Jansky. »

Dreyer releva la tête et fixa Reinhardt en plissant les yeux.

« Je t'ai déjà raconté.

— Raconte-moi encore.

— Quoi ?

— Raconte-moi autrement. »

Dreyer détourna le regard, mais Reinhardt avait eu le temps d'y saisir un éclat lugubre.

« C'était en Pologne. Juste avant Barbarossa. Le

pays tout entier était envahi par les Allemands. Tout le monde attendait, sous tension. Des hommes ont cherché à s'occuper. Jansky était responsable d'une unité de police dans une pauvre ville polonaise. Près de la frontière avec la Russie. J'ai oublié son nom.

— Et ?

— Et quoi ? éclata Dreyer avant de donner l'impression de se rappeler quelque chose, peut-être les bonnes manières, et il rougit en se passant une main sur la figure. Je suis désolé, grommela-t-il avant de s'humecter lentement les lèvres. Quelque chose se tramait, une sorte d'escroquerie. Je crois que c'était un trafic d'œuvres d'art et de trésors volés. Jansky disposait d'un réseau qui rapatriait les objets en Allemagne. De l'art juif. Des héritages polonais. Ce genre de choses. »

Reinhardt fronça les sourcils. Quelque chose là-dedans le chiffonnait, mais il garda ses doutes pour lui et laissa Dreyer poursuivre son inlassable récit.

« Il y a eu une brouille, ou quelque chose. Un outrage fait à l'un ou l'autre des voleurs. J'ai débarqué sur cette affaire au moment où on a découvert deux cadavres d'Allemands. Des officiers. Connus pour être des associés de Jansky. Des subalternes. »

Reinhardt comprit, tout à coup : tout cela n'était qu'élucubrations. Il aurait dû s'en rendre compte plus tôt. Ce qui avait réuni Dreyer et Jansky était un événement marquant. Il n'aurait pas dû y avoir de *je crois* et de *quelque chose*. Dreyer aurait dû le savoir, mais peut-être était-ce un effet de l'alcool, se dit-il.

« Donc tu as mené l'enquête ?

— Les… preuves… allaient dans le sens d'une attaque de la résistance polonaise.

— Et il y a eu des représailles.

— Un village a été détruit. Tous les hommes exécutés. »

Dreyer enfouit son visage dans ses mains. Reinhardt attendit, mais rien d'autre ne vint.

« Et la Grèce ? Je comprends ce que tu dis, au sujet de la Pologne, de la façon dont il s'en est sorti là-bas. Mais de là à ce que tu ailles jusqu'en Grèce… ?

— La Grèce, dit Dreyer. La même chose. Mais en plus grand. De l'or, cette fois. J'ai découvert que Jansky s'était frotté à une bande de ces fascistes grecs dans leurs bataillons de sécurité.

— Comment en as-tu été informé ? »

Les yeux de son ami roulèrent vers lui, leur blanc injecté de petites veinules rouges.

« Par le Bureau des crimes de guerre. Il faut que tu comprennes comment ça fonctionne. Je t'ai parlé des Russes. Du ridicule de cette histoire. Enquêter sur leurs crimes au milieu des nôtres.

— Deux chauves qui s'écharpent pour un peigne.

— Exact. Sauf que parfois, nous lancions des enquêtes sur demande des Alliés. Ils transmettaient les affaires par le biais du ministère des Affaires étrangères. Par les Suédois, ou les Suisses. Des demandes d'enquête sur des crimes perpétrés à l'encontre de leurs soldats. De leurs citoyens. Et il arrivait que nous fassions de même. »

Reinhardt secoua la tête à l'idée de missives échangées entre les chancelleries, douce paperasserie diplomatique au milieu de la barbarie ambiante.

« Les Britanniques et les Grecs – leur gouvernement en exil, celui de Londres – nous ont transmis une requête par l'intermédiaire des Suisses pour enquêter sur des crimes commis par des hommes dans les bataillons de sécurité. La plupart d'entre eux étaient des fous furieux. Complètement hors de contrôle. Viols. Pillages. Massacres de leurs compatriotes. Tu en as entendu parler ?

— Des unités collaborationnistes. Formées par le gouvernement fantoche.

— Le gouvernement fantoche. Celui que nous avons mis en place. Une unité en particulier avait vu le vent tourner et conclu ses propres arrangements. Ils ont dévalisé la banque centrale, quelque chose comme ça, au moment du retrait des troupes d'Athènes. Jansky y était mêlé. Il les a aidés d'une manière ou d'une autre. Pour l'organisation.

— Comment le sais-tu ? » demanda Reinhardt.

À nouveau, quelque chose le dérangeait.

« Un informateur, répondit Dreyer, laconique, en enfouissant à nouveau son visage entre ses mains.

— Que me caches-tu, Marcus ? »

Dreyer déglutit.

« Chaque chose en son temps, Gregor. »

Reinhardt hocha lentement la tête, se leva et alla à la fenêtre, où il observa son reflet flou et sans éclat dans la vitre noire.

« Les apparences sont trompeuses », dit-il calmement, pour lui-même, pensant à des forêts et à des photographes, à des cadavres calcinés, à des personnes exécutées, à Jansky et aux oustachis, aux Allemands et aux Hiwis.

Dreyer se redressa d'un bond.

« *Qu'est-ce que c'est que ces conneries ?* "Les apparences sont trompeuses" ? Les apparences sont tout *sauf* trompeuses. Embrocher un enfant à la poitrine de sa mère avec une baïonnette, ça n'a rien de trompeur. Faire aligner des gens et les abattre dans un fossé, ça n'a rien de trompeur. »

Reinhardt eut un léger mouvement de recul. La voix de son ami avait déraillé, elle était pleine de salive, et son regard fixe se portait derrière lui, sur un endroit lointain. Il regretta ses paroles. Il les avait prononcées pour lui-même, peut-être pour combler un vide, mais dans ce cas il aurait dû savoir qu'elles n'étaient pas du tout appropriées.

« Excuse-moi, dit-il. Ce n'est pas ce que je voulais dire.

— Peu importe, fit Dreyer en agitant une main. Ne fais pas attention à moi. Je ne suis qu'un vieil homme bedonnant. Et soûl.

— Je suis passé par là aussi, Marcus. »

Les mains de Reinhardt se pétrissaient l'une l'autre, ses pouces allaient et venaient dans ses paumes couvertes d'une sueur froide.

« Je ne suis peut-être pas allé aussi loin que toi sur cette route, mais je suis passé par là, avança-t-il.

— Ah oui ? Et comment tu t'en es sorti sur cette route ? Comment en es-tu revenu ? À moins que tu ne sois pas revenu ? »

Le reflet de Reinhardt le fixait sur la vitre, les courbes et les angles de son visage semblables à des arcs pâles. Comment lui dire ? Comment lui parler de sa conversion dans cette cabane au milieu de la forêt, deux ans auparavant ? Il n'en avait jamais parlé à personne, et ça n'avait jamais rien donné, mais de toute façon, n'était-ce pas le fardeau qu'il devait porter ? Comment lui confier qu'il avait failli dans sa recherche d'un acte de résistance ? Comment lui parler de la lourde tâche que les partisans lui avaient imposée ?

« Tu ne dis rien ? »

Dreyer ferma les yeux et enfouit la tête dans son oreiller.

« Peut-être avais-je tort, alors. Je m'attendais à autre chose de ta part. Éteins la lumière en sortant, veux-tu ?

— Je vais t'aider, Dreyer. »

Le juge émit une ou deux respirations, puis il ouvrit les yeux et regarda le plafond.

« Quoi ?

— J'ai dit que j'allais t'aider. »

Dreyer se redressa.

« Pourquoi ?

— Je pense que ton affaire et la mienne sont liées. Ce bataillon disciplinaire a ressurgi un peu trop souvent au cours des derniers jours. Et Jansky a partie liée avec les oustachis. Il se trouvait au poste de contrôle tenu par cette brute d'oustachi du nom de Bunda, et Bunda n'était pas indifférent à sa présence. J'ai revu Jansky à la Maison Pâle aujourd'hui, il se rendait à une réunion avec l'un des hauts dirigeants oustachis. »

Dreyer écoutait, yeux grands ouverts.

« Alors, tu ne me prends pas pour un fou ? »

Reinhardt dressa les sourcils, releva la tête.

« Je n'ai jamais... »

Dreyer l'empêcha de poursuivre d'un geste de la main, un sourire bancal étirant un côté de son visage.

« Tu es la première... la première personne qui me prend au sérieux à ce sujet. Au sujet de Jansky. Merci.

— Tu me remercieras plus tard, Marcus, lorsque nous aurons avancé. »

Dreyer se rencogna sur son lit et déglutit avec peine.

« Avancé… répéta-t-il, avancé… » Ses traits se froissèrent à nouveau, sa respiration se fit haletante, saccadée. « Ce n'est pas bon. Ça ne marchera pas. »

Un scintillement passa au fond de ses yeux, un soupçon de panique pointa dans sa voix.

« Peut-être que si. Très certainement, même, lui renvoya Reinhardt. Je connais quelqu'un qui peut nous aider. À l'intérieur de l'unité de Jansky.

— À l'intérieur ? s'étonna Dreyer en se soulevant tant bien que mal sur un coude. *Qui donc ?*

— Quelqu'un que je rencontre demain, un informateur que la Feldgendarmerie a dans le bataillon », répondit Reinhardt, éludant la question mais désireux de donner quelque chose, n'importe quoi, à Dreyer, pour l'aider à continuer, pour lui donner la foi, de l'espoir en l'avenir.

Le juge inclina la tête vers son ami et lui offrit un sourire inattendu et lumineux.

« Nous deux, travaillant ensemble. Ce sera comme au bon vieux temps ! »

Reinhardt aurait voulu lui retourner son sourire, mais il fut de nouveau assailli par ses soupçons. Un instinct froid et reptilien, qui lui dictait que quelque chose n'était pas normal. Il se rendit compte que la musique s'était tue ; le gramophone s'était arrêté. Il se leva pour jeter un œil au disque.

« Duke Ellington ?

— Il fait partie de mon stock secret. Imports originaux. Johnny and His Orchestra et toutes ces conneries, très peu pour moi. Lorsque je quitterai ce monde, j'aimerais qu'on joue du Duke à mon enterrement. Rends-moi un service. Retire-le de l'appareil et range-le dans cette caisse. Celle-ci. Il y a un très mauvais enregistrement de Hans Pfitzner près du gramophone. Fais-le tourner, s'il te plaît. Camouflage, Gregor, sourit-il. Je me cache à la vue de tous.

— Il est tard. Je vais te laisser dormir. On se reparle demain, d'accord ?

— Plutôt deux fois qu'une ! »

Dreyer cacha sa figure derrière son bras dans un autre sourire. Reinhardt éteignit la lumière et se dirigea vers la porte en silence. Il entendit la respiration de Dreyer ralentir presque aussitôt, un ronflement râpeux au fond de sa gorge, et laissa une nouvelle fois la journée lui repasser en mémoire. Il avait encaissé les coups comme il l'avait pu, anticipant à l'instinct d'où ils pourraient venir. La vérité sur ce qui se passait se trouvait là, quelque part dans les événements de cette journée.

« Les apparences sont trompeuses », articula-t-il en quittant la pièce plongée dans le noir, sur laquelle il referma doucement la porte.

Il enfila son manteau et, la tête basse, traversa le bureau du commis, plongé dans ses pensées.

« Un instant, capitaine », l'appela une voix.

Reinhardt s'arrêta, se retourna. L'autre juge se tenait là, ses lunettes à la main, dans son uniforme immaculé, propre et repassé.

« Capitaine Reinhardt, si je ne m'abuse ? Juge Erdmann. Nous nous sommes déjà vus. Hier, rappelez-vous. Auriez-vous l'obligeance de m'accorder quelques minutes de votre temps ? Venez, entrez », dit-il, faisant signe à Reinhardt.

Bien que dépouillée et spartiate, et très différente des bureaux de juges que Reinhardt avait pu observer à Berlin, la pièce était propre et ordonnée, tout en lignes droites en dépit de la rangée de caisses à moitié pleines qui flanquaient l'un des murs. Dessus était écrit *Bureau de la cour martiale*.

« Vous prendrez un verre ? » proposa Erdmann en montrant une chaise.

Reinhardt secoua la tête, et le juge souleva les genoux de son pantalon avant de s'asseoir près de lui, une jambe élégamment passée par-dessus l'autre. Il lui sourit, dévoilant des dents blanches et régulières. Reinhardt se hérissa.

« Vous êtes passé voir notre ami le juge Dreyer. C'est une heure bien tardive pour une visite, vous ne pensez pas ? »

Reinhardt inclina la tête.

« Le juge et moi avions des affaires à régler.

— Qui ne pouvaient attendre demain ? releva Erdmann avant de lui offrir un autre sourire. Le juge Dreyer a besoin de repos, voyez-vous. Il est épuisé, il travaille si dur. Nous essayons tous de le ménager, le pauvre homme, car il ne s'épargne aucune peine. » Le juge le regarda, un sourire paternaliste montant jusqu'à ses yeux, dont les coins se plissèrent en un fin réseau de ridules. « J'aimerais savoir ce qu'il y a de si important pour justifier une visite aussi tardive.

— Je ne suis pas sûr d'avoir la permission d'en parler, monsieur.

— Je suis le supérieur du juge Dreyer, capitaine. Vous pouvez me parler. En fait, j'insiste.

— Je pensais que le juge Dreyer travaillait pour le Bureau des crimes de guerre ? »

Erdmann pencha la tête de côté, et ses yeux se réduisirent à deux petites fentes affables.

« Certes, dit-il. Quoi qu'il en soit, la hiérarchie a toujours cours ici, capitaine, et le juge Dreyer se trouve sous mon autorité. Je me dois donc d'insister : que vous a-t-il demandé ? Rien qui concernerait les oustachis, j'espère.

— Vous "espérez", monsieur ?

— C'est une mission détestable, capitaine, que de se voir chargé d'enquêter sur ses propres alliés, de surcroît à un moment aussi terrible pour eux. Et pour nous.

— Indubitablement. » Reinhardt avait répondu sur un ton sec, en réaction à l'austérité avec laquelle le juge s'exprimait. « Une tâche pour le moins déplaisante. »

La tête d'Erdmann pencha légèrement de côté, à nouveau, et les ridules au coin de ses yeux se creusèrent, comme s'il avait saisi l'écho du sarcasme de Reinhardt.

« Et donc ? Que voulait le juge Dreyer ?

— Le juge a demandé mon aide dans une enquête en cours.

— Oh ? De laquelle s'agit-il ?

— Une enquête sur un officier de la Feldgendarmerie. »

Erdmann pinça les lèvres, sourcils froncés.

« Ah ! Ce ne serait pas le commandant Jansky, à tout hasard ? C'est ce que je pensais, soupira-t-il, l'un de ses sourcils s'arquant avec élégance sur son front. Vous l'ignorez, je suppose, mais ceux qui le connaissent bien savent qu'il s'agit, dirons-nous, de sa *cause célèbre*[1]. Elle le préoccupe. Il y porte un tel intérêt qu'il en devient, à certains moments, presque rébarbatif. À tel point qu'il s'avère parfois nécessaire de faire rire ce pauvre bougre, ajouta-t-il dans une grimace qui confinait à l'amertume.

— Je tâcherai d'en tenir compte, merci, monsieur.

— J'espère sincèrement que vous lui pardonnerez, capitaine. Je suis persuadé que les hommes du Feldjägerkorps ont beaucoup mieux à faire. En cas de besoin, je me ferai un plaisir d'intervenir auprès du juge Dreyer afin de vous assurer toute la tranquillité nécessaire à l'accomplissement de votre travail.

— C'est très aimable de votre part, monsieur. Ce sera tout ? »

Erdmann opina, semblant réfléchir.

« Tout de même, il est pour le moins fortuit pour le juge d'avoir un enquêteur avec qui travailler. Bref, je ne vais pas vous tenir éloigné de vos responsabilités plus longtemps. » Il se mit debout et tendit la main pour guider Reinhardt vers la sortie. « Je vous remercie beaucoup de votre visite, capitaine. Gardez bien à l'esprit, cependant, que le pauvre bougre n'a pas toujours toute sa tête. Il a un gros problème avec l'alcool, bien qu'il fasse tout pour le cacher. Cela force mon admiration, tout comme la façon dont il s'en est sorti après ce qu'il a enduré en Russie. »

Le juge raccompagna Reinhardt dans le bureau du commis et jeta un coup d'œil quelque peu théâtral au bureau de Dreyer.

1. En français dans le texte (*NdT*).

« Sous-entendez-vous, monsieur, que l'intérêt du juge Dreyer envers le commandant Jansky ne repose sur rien ?

— *Fixation* est un terme plus approprié, capitaine. Peut-être même obsession. Le juge Dreyer a tendance à se montrer des plus irritables quand on aborde le sujet du commandant Jansky. Et non, je ne dirais pas que ça ne repose sur rien, mais je ne suis pas convaincu d'y voir autant de malveillance que le juge Dreyer. J'ai moi-même interrogé le commandant Jansky et l'ai côtoyé en société. Indiscutablement, ce n'est pas quelqu'un que j'aimerais avoir pour dîner, mais il est tout à fait à sa place dans l'époque actuelle. Pour vous dire toute la vérité, je l'admire, ce type, sans compter que ses principes et convictions politiques sont irréprochables. » Une main posée dans le dos de Reinhardt, Erdmann ponctua sa phrase d'un petit mouvement argenté de ses lunettes, qu'il avait portées à sa bouche. « C'est une tâche infernale qu'il s'est vu confier avec ce bataillon disciplinaire, sans parler de celle, plus importante encore, de devoir s'occuper des éléments les plus indésirables de nos forces armées, de leur offrir une chance de se racheter. Les hommes tels que le commandant Jansky doivent être soutenus, à mon sens, à moins qu'une bonne raison ne nous en empêche. »

Ils s'arrêtèrent près de la porte menant à l'extérieur.

« Vous n'êtes pas d'accord, capitaine ?

— Innocent jusqu'à preuve du contraire, monsieur ? Je suis d'accord.

— Bien, capitaine. »

Erdmann posa sa main gauche sur l'épaule de

Reinhardt et lui tendit la droite. Elle était chaude et douce, il avait la peau sèche et la poigne ferme.

« Vous avez tout mon respect, capitaine, pour le travail que vous faites. Vous et vos camarades Feldjäger. » Ses yeux passèrent sur la Croix de fer, sur l'agrafe de la Liste d'honneur. « Ma porte vous est ouverte, ainsi qu'à vos hommes. »

Une pression sur l'épaule de Reinhardt, et le juge le libéra, reculant pour le laisser sortir.

« Je vous souhaite une bonne nuit, et espère vous revoir dans des circonstances plus agréables. »

18

Une nuit noire tomba sur la vallée. La pleine lune brillait, quelque part, mais sa clarté peinait à percer le voile de nuages qui recouvrait la ville. Le ciel s'éclairait par moments d'éclairs argentés, révélant les versants de montagnes éphémères qui semblaient avoir été créées à cette seule occasion. Le tonnerre attendait que les ténèbres les aient de nouveau englouties pour gronder.

La démarche rendue traînante par la fatigue, Reinhardt se dirigea vers le centre des opérations du Feldjägerkorps et jeta un regard alentour pour voir qui s'y trouvait. Un sergent était posté près de la radio, occupé à feuilleter un magazine. Benfeld était installé à la grande table, seul avec des cartes de la ville. Ses yeux étaient fixés sur le coin opposé de la salle et une cigarette se consumait devant lui. Il avait l'air perdu, et très jeune.

« Tout va bien, ici ? » demanda Reinhardt d'une voix paisible.

Le lieutenant sursauta, et sa cigarette vola. Il se mit maladroitement debout, balayant les cendres incandescentes.

« Je vous demande pardon, monsieur, bafouilla-t-il. Vous m'avez fait peur.

— Veuillez m'excuser. Alors, tout est calme ?

— Tout est calme. »

Le sergent confirma d'un hochement de la tête depuis le coin radio.

« Et vous, monsieur ?

— Une journée bien remplie. Je vous ferai un point demain.

— Un petit résumé... ? »

Reinhardt bâilla et s'appuya sur la table.

« Un juge qui pourrait nous aider. Les oustachis qui prétendent que les partisans ont tué quatre de leurs hommes dans la soirée, et qui cherchent à établir un lien avec nos trois hommes.

— Mais... ?

— Mais... je ne crois pas que ces quatre-là aient été tués au même moment. Deux d'entre eux ont certainement été tués sur place ; pour les autres, je ne suis pas sûr. Et il y avait un cinquième cadavre, une femme, habillée comme une partisane.

— Oh ?

— Et bien que les corps aient tous été sévèrement mutilés, il n'y avait que peu de sang... remarqua Reinhardt, pensif, réfléchissant presque à voix haute en revoyant la scène.

— C'est tout ce que vous me direz ce soir, monsieur ? »

Reinhardt tressaillit ; il avait commencé à s'assoupir. Il bâilla et opina du chef.

« Pour ce soir, oui. Je dois rencontrer un soldat du bataillon disciplinaire ici, demain. Il semble qu'il ait quelque chose pour nous.

— On enquête sur le bataillon disciplinaire, maintenant ?

— Il n'arrête pas de ressurgir, apparemment. Vous vous souvenez de ce juge que je suis allé voir l'autre jour ? Il a l'air très intéressé par le commandant de ce bataillon.

— Jansky ? »

Reinhardt acquiesça, et Benfeld serra les lèvres, sourcils dressés.

« Un sacré bazar, on dirait, hein ? fit Reinhardt.

— Pour sûr. Ce soldat, qui est-ce ?

— Un certain Kreuz, répondit Reinhardt avant d'étouffer un autre bâillement qui faillit bien lui décrocher la mâchoire. Les rapports d'intervention, vous en êtes où ? Rien trouvé ? Vous avez inclus le bataillon disciplinaire dans votre recherche ? Faites-le. Ils ont fait des allers et retours en ville, et ils sont peut-être intervenus quelque part. Aucun… message pour moi ? »

Benfeld fit signe que non.

« Bon, je vais me coucher. Nous parlerons demain, dit-il en s'immobilisant sur le pas de la porte, sentant son genou gauche le tirailler quand il se retourna. J'oubliais. Ce médecin. N'oubliez pas qu'il nous doit des informations. »

Benfeld sembla ne pas comprendre, puis son visage s'illumina.

« C'est vrai. Désolé, monsieur. J'avais oublié. Je vais le contacter. »

Reinhardt chercha le lit de camp étroit dans la petite pièce qui lui avait été assignée, mais le sommeil tarda à venir. À un moment, le crépitement lointain et répété d'une arme à feu le tira de son assoupissement, lui faisant tendre l'oreille dans la nuit. Mais la fusillade se perdit dans une succession de tirs hachés et aucune alarme ne se déclencha dans la caserne. Longtemps, au fil des dernières heures de la nuit et jusqu'au matin, il tenta d'apaiser son esprit, principalement tourné vers ce bataillon disciplinaire, vers le regard de garde-chiourme du commandant Jansky, vers Kreuz l'informateur, et vers un groupe de volontaires étrangers. Puis ce furent d'autres visions qui vinrent se greffer à ses pensées, des oustachis en uniformes noirs, sentinelles de quelque fin du monde imminente, des pôles autour desquels gravitait le chaos, et d'où il découlait même. Et puis il y avait Dreyer, un ami, mais quelque part au fond de lui, l'instinct reptilien de Reinhardt se tenait sur ses gardes, refusant de le laisser approcher. Dreyer était porteur d'un secret, un fragment froid du passé, et Reinhardt n'était pas sûr de vouloir être là quand il se révélerait au grand jour.

Cette journée avait été éreintante. Il devait jouer sur deux tableaux à la fois, avec cette enquête. Il commençait à s'apercevoir que ses obligations de Feldjäger et ses instructions – son autorisation – pour enquêter sur les meurtres de ces trois hommes n'étaient pas nécessairement compatibles. Bien qu'il disposât d'une autorité considérable en tant que Feldjäger, il ne pouvait se résoudre à abandonner sa mission principale pour privilégier cette affaire ou mettre son nez où il lui plaisait. Ce n'était pas ainsi qu'il trouverait des preuves. Elles disparaîtraient, se rendraient insaisissables dans l'espace ou dans le temps, et alors ces trois Feldjäger seraient vraiment morts pour rien. Ces contradictions menaçaient déjà de le prendre au piège et de l'immobiliser, d'autant plus qu'il ne savait pas précisément sur quoi il enquêtait, ni ce que recelait ce mystère.

*

Reinhardt finit par s'endormir, d'un sommeil morcelé et capricieux qui ne parvint pas à le guérir de sa fatigue. Pour la première fois depuis longtemps, il rêva de Kragujevac, du champ enneigé où des garçons et leurs professeurs avaient été mis en ligne pour être abattus et jetés dans des fossés. Il voyait ces deux jeunes enfants le regarder, seuls et abandonnés dans les bras l'un de l'autre, mais soudain leurs yeux se mélangeaient, leurs corps fusionnaient, et il avait face à lui le garçon qu'il avait secouru dans la forêt, ses petits poings crottés. Il le voyait lever les mains, paumes ouvertes, et la terre sur sa peau se transformait en un sang épais et sirupeux qui lui coulait entre les doigts et venait éclabousser un carrelage de toutes les couleurs, où les dents de Reinhardt roulaient comme une bouteille vide sur le pont d'un navire pris dans la tourmente.

Reinhardt s'éveilla dans la lueur aqueuse de l'aube, qui filtrait faiblement à travers l'unique et haute fenêtre de sa chambre. Il était en nage, mais sa respiration était étrangement calme. Il fit ses ablutions, se doucha dans le brouhaha de la salle de bains commune au milieu d'une centaine d'hommes, puis retourna au mess. La salle s'était réveillée et n'avait plus rien d'une caverne. Les cuisines résonnaient du bruit des casseroles et des assiettes, et une substance noire et épaisse qui passait pour du café coulait dans des percolateurs en acier. Reinhardt s'en servit une tasse et la but près de la fenêtre, accompagnée d'une cigarette. Un train passa dans un fracas métallique, un transport de troupes plein à craquer, équipé de voitures blindées à l'avant et à l'arrière, ses passagers protégés par des sacs de sable. Il le regarda accélérer et s'enfoncer dans la vallée, à l'ouest, sa fumée s'élevant dans l'air immobile comme un doigt dressé, et il se demanda à quel moment son tour viendrait, et à quel moment Kreuz passerait le voir, comme il l'avait promis.

Kreuz ne vint pas, mais Langenkamp, oui. Reinhardt regarda l'officier de liaison traverser la salle de sa démarche monolithique, garnir son plateau avec des gestes méticuleux, puis trouver une place pour s'asseoir au bout d'une longue table. Il l'observa d'un regard évaluateur, se servit du pain, du fromage et de la confiture, ainsi qu'une autre tasse de café, et alla le rejoindre.

« Vous permettez que je me joigne à vous ? »

Langenkamp leva lentement les yeux et sembla ne pas vraiment reconnaître Reinhardt. Il avala ce qu'il avait dans la bouche et, d'un geste mou, désigna le banc en face de lui. Reinhardt prit place et posa un morceau de fromage à pâte molle sur une tranche de pain noir aux céréales.

« Je vous remercie de votre aide, hier, dit-il, recevant un regard vide en retour. À la Maison Pâle, avec Marković. En fait, je me posais une question et espérais que vous pourriez m'aider. Que pensez-vous, ou quel est votre ressenti, concernant les oustachis en ce moment ? Avez-vous entendu des choses ? De quoi discutent-ils entre eux ?

— À quel sujet ?

— La fin de tout ça, répondit Reinhardt avec calme, guettant la réaction de son interlocuteur, mais ses mots – si défaitistes qu'ils puissent paraître – n'en soulevèrent aucune.

— Les oustachis sont des gens communautaires, expliqua Langenkamp après un instant. Ceux de Sarajevo. D'autres d'Herzégovine, plus au sud. Ceux de Croatie, aussi. Ils ne partagent pas toujours les mêmes vues. Les oustachis de Sarajevo, par exemple, n'ont pas vu d'un bon œil l'arrivée de Luburić en tant que superviseur. Certains l'ont fait savoir. Et il en a limogé un certain nombre.

— À quel groupe appartient Putković ?

— Putković est de Sarajevo. Une petite minorité des dirigeants oustachis est originaire d'ici. Ils sont très dévoués à la cause oustachie. J'en déduis que vous avez rencontré le colonel Putković.

— Un homme dévoué à sa cause, comme vous dites.

— De nombreux oustachis bosniaques, en particulier ceux de Sarajevo, semblent nourrir des griefs à l'encontre de cette ville. Ils ont le sentiment d'en avoir été exclus avant la guerre. Exclus de sa vie.

— Et aujourd'hui, ils prennent leur revanche, termina Reinhardt. Vous avez dit que trois d'entre eux avaient disparu. Quels étaient leurs noms ?

— Trois ? Quand ai-je dit ça ?

— Lors de votre briefing, le jour de notre arrivée ici. »

Reinhardt se maudit intérieurement d'avoir mentionné un chiffre. C'est Perić qui avait parlé de trois disparus parmi les oustachis. Langenkamp avait seulement fait mention d'un « nombre », et c'est sur ce genre de détails insignifiants que tout pouvait échouer – une enquête, un secret, un complot.

« Si vous le dites ; je ne m'en souviens pas.

— Leurs noms ?

— Bozidar Brkić, Zvonimir Saulan, et Tomislav Dubreta. Pourquoi ? »

Reinhardt haussa évasivement les épaules.

« Quelqu'un a-t-il la moindre idée de l'endroit où ils pourraient être ? » s'enquit-il, sentant ces mêmes noms dans sa poche, sur ce morceau de papier que Simo lui avait donné et qui lui sembla si brûlant qu'il aurait pu trouer le tissu.

Le fromage était immangeable, et Reinhardt tartina une seconde tranche de pain de confiture gélatineuse.

« Ils ont été tués ? Ils ont désertés ?

— Aucune idée, et si les oustachis savent quelque chose, ils ne m'en ont rien dit.

— À quoi étaient-ils occupés avant leur disparition ?

— Brkić et Dubreta étaient dans la sécurité intérieure. L'équivalent oustachi de la Gestapo, je suppose. Saulan était le commandant de la prison.

— Donc… ils travaillaient tous pour, ou avec, Putković ?

— Oui. Et avant que vous ne demandiez, il ne sait rien non plus. Il est aussi furieux que Luburić à ce sujet.

— Que disent-ils, en dehors de ça ?

— Eh bien… » Langenkamp s'interrompit, sa tasse à mi-chemin de sa bouche. « Ils disent que de l'argent a disparu. De l'or. D'autres biens de valeur. Du liquide. Y compris du liquide envoyé de Zagreb.

— Cet or, et tout le reste, d'où sont-ils censés provenir ?

— Les oustachis dépouillent le coin de tout ce qui peut avoir de la valeur depuis plusieurs années. Ajouté à la corruption et à l'extorsion, ça fait une sacrée addition, me suis-je laissé dire.

— J'aimerais savoir autre chose, Langenkamp, fit Reinhardt, déconcerté par l'honnêteté acerbe du capitaine. Comment voient-ils leur avenir ? »

Langenkamp sirota son café du bout des lèvres, pesant la question.

« Se battront-ils au prix de leur vie, comme le veut leur propagande ? Nous aimerions tous le savoir. Personnellement, je pense que non. Mais l'expérience m'a appris que les oustachis étaient des gens surprenants. On ne sait jamais à quoi s'attendre avec eux. Sur ce, je vous souhaite une bonne journée, capitaine », ajouta-t-il en se levant.

Reinhardt le regarda partir en trempant son pain tartiné de confiture dans son café dans un vain effort pour en rehausser le goût, mais la nourriture ressemblait à du carton et le café était vraiment infect. Il balaya le mess du regard, considéra les épaules voûtées et les conversations décousues de ses camarades officiers ainsi que la monotonie des plats, et se fit la réflexion qu'ils ne tarderaient pas à ouvrir les rations en conserve s'ils étaient tombés aussi bas. Puis il consulta sa montre. Kreuz avait plus d'une heure de retard. Reinhardt avait encore du temps devant lui avant de reprendre son service, aussi décida-t-il de partir à sa recherche.

Il réquisitionna un véhicule et prit la direction de Vratnik. Arrivé à l'endroit où la route serpentait sur le versant escarpé de la colline qui soutenait le mur d'enceinte de la forteresse, il ralentit. Un peu plus haut, sur la pente enneigée, il entrevit des hommes à travers une brèche dans le mur ; ils regardaient vers le bas, les lignes tronquées de leurs bras montrant quelque chose. Il leva le pied, s'arrêta, tenta d'apercevoir ce qui les intéressait. L'un d'eux lança un projectile, une pierre, qui disparut dans une déclivité que Reinhardt ne pouvait voir, de l'endroit où il se trouvait. Il entendit un choc, un faible éclat de rire venu d'un peu plus loin, puis un oiseau s'éleva lourdement dans les airs et inclina la tête avant de pousser un cri rauque. Il devait s'agir d'une corneille. Ou d'un corbeau, même si Reinhardt n'aurait su dire s'il y en avait en ville. Un frisson le parcourut alors qu'il redémarrait, une appréhension étrange qui l'accompagna jusqu'aux portes de la forteresse, où il stoppa la voiture et demanda à voir le commandant Jansky.

« Parti, fut la réponse de leur sergent, qui était blotti contre un brasero. Parti à Zenica. Avec une bonne partie du bataillon. Il reste que les avortons, et on doit partir demain, en principe.

— Qui assure le commandement ?

— C'est le lieutenant Reche. Mais il est pas là.

— Vous avez une idée de ce qui a pu attirer les hommes près du mur d'enceinte ? »

Les Feldgendarmes échangèrent des regards impavides et haussèrent les épaules.

« Je vais aller jeter un œil, si vous n'y voyez pas d'inconvénient », dit Reinhardt en les dépassant.

Il entendit une forte inspiration, un bruissement de bottes, mais personne ne se mit en travers de sa route. Une fois à l'intérieur, il découvrit une forteresse quasiment déserte, une cour intérieure vidée de ses véhicules et de son matériel. À l'autre bout, un petit groupe s'était rassemblé près d'une brèche ancienne, où des blocs de pierre éboulés avaient roulé sur la pente abrupte d'un coteau envahi de broussailles. Il s'avança vers les hommes, dont les marmonnements mécontents et les questions s'évanouirent lorsqu'ils avisèrent son uniforme et son hausse-col. Ils s'écartèrent pour le laisser passer, et Reinhardt regarda en contrebas.

Il y avait un cadavre au fond d'un trou, terrain de jeu d'une poignée de corbeaux qui le piétinaient nonchalamment. Le corps gisait face contre terre, le gris de son uniforme se mêlant à la roche et aux restes de neige durcis.

« Quelqu'un sait-il qui c'est ? » demanda-t-il à la cantonade.

Les hommes esquivèrent son regard, détournant les yeux, leurs bouches s'ouvrant sur des « non » muets. Un visage accrocha son regard, sombre et tanné, joues rebondies sous ses yeux noirs.

« Vous, dit Reinhardt en désignant l'un des Grecs qu'il se rappelait avoir vus à Baščaršija. Vous allez m'aider à le remonter. Et vous, ajouta-t-il à l'attention du soldat le plus proche. Trouvez de la corde. Assez longue pour descendre. Maintenant. Exécution ! »

Il pointa un doigt en direction du Grec, puis du mur. L'homme se déplaça avec lenteur, les yeux tournés ailleurs l'espace d'un instant, comme pour trouver un quelconque soutien ou salut, mais rien ne vint. Il s'exécuta de mauvaise grâce et, tandis que Reinhardt grimpait avec précaution vers le mur, il comprit que son apparente réticence à obéir aux ordres n'expliquait pas à elle seule son manque d'allant. La pente était raide et périlleuse, parsemée de blocs de pierre, de débris et de glace. Il dérapa, glissa, se rattrapa, le genou chauffé à blanc, tourna son visage grimaçant vers le bas pour que personne ne voie ses traits se tordre de douleur. Il progressait avec toute la prudence possible, sur les pas de l'autre homme. Enfin, ils s'accroupirent auprès du cadavre, sous les coups d'œil interrogateurs des corbeaux perchés un peu plus haut. D'un geste, Reinhardt intima à l'homme de retourner le corps.

C'était Kreuz. Son crâne avait été enfoncé et une blessure avait laissé une trace rouge sur son front.

Reinhardt examina le corps comme on le lui avait appris autrefois. De la tête aux pieds, puis en sens inverse, et l'espace d'un instant il oublia l'air glacé, la puanteur de la forteresse humide, cette raideur dans son genou qui ne le quittait plus. Il vit les cheveux emmêlés, les croissants crasseux des ongles, la tunique souillée, le col graisseux d'une chemise grise. Il nota que la blessure sur le front de Kreuz n'avait pas saigné. Le devant de sa tunique était gelé, et une large tache d'alcool s'y étalait, froissant le tissu dans de longs replis sombres. Il y avait des tessons de bouteille près du corps. Reinhardt remonta les manches de Kreuz, puis les jambes de son pantalon, n'observant aucune marque sur la peau. Puis il ouvrit sa tunique et souleva la chemise. Le torse était contusionné, maculé de sang, lacéré de zébrures livides et de longues entailles infligées avant la mort. Il retourna le cadavre, mais ne trouva rien. Il considéra une nouvelle fois les blessures sur le torse de Kreuz, puis la pente devant lui, se demandant si les contusions avaient pu être causées par la chute ou par des coups de poing. Le corps présentait des signes manifestes de lividité cadavérique, des taches violacées qui marbraient la peau aux endroits où le sang s'était accumulé après avoir cessé de circuler. Il n'était pas médecin mais avait vu suffisamment de cadavres à une époque pour savoir que ces lividités pouvaient aider à déterminer l'heure de la mort, qu'il estima remonter à au moins six heures.

« Qui est Dreyer ? »

Reinhardt tressaillit. Le Grec le fixait, accroupi avec désinvolture, les coudes passés entre les genoux et les pieds largement écartés pour assurer son équilibre. Il y avait quelque chose de tout à fait étranger tout autant que de naturel dans sa posture, comme s'il paressait à l'ombre d'une terre lointaine et ensoleillé, où la vie s'écoulait en douceur.

« Qui est Dreyer ? redemanda l'homme en regardant Reinhardt de ses yeux noirs, limpides sur sa peau bronzée. Ce n'est pas une question si difficile. »

Ce n'était peut-être pas une question difficile, mais la réponse était sujette à conséquences. Comme toutes les réponses. Bien sûr, la journée commençait à peine, et elle réservait son lot de surprises, pensa Reinhardt. Peut-être était-il fatigué, et peut-être cela le rendait-il imprudent, peut-être aussi en avait-il assez d'essayer de trouver un sens à cette affaire, toujours est-il qu'il baissa momentanément sa garde.

« Un juge, finit-il par répondre.

— Quel genre de juge ?

— Je le dirai à Alexiou », fit savoir Reinhardt, jouant le tout pour le tout, voulant régler ça maintenant avec l'homme qu'il avait choisi, et espérant que cela déclencherait une réaction au lieu d'échouer simplement dans le vide.

Il ne fut pas déçu, car l'autre lui retourna un regard menaçant.

« Qu'est-ce que vous lui voulez à Alexiou ?

— Je souhaite lui parler.

— De quoi ?

— C'est entre lui et moi. »

Un éclat de voix leur parvint d'en haut, et une corde se déroula sur le ciel d'un gris pâle avant de venir s'écraser sur le sol, tout près d'eux. Reinhardt l'enroula et la serra autour des chevilles de Kreuz, puis il se mit à tirer, entendant le Grec s'approcher derrière lui. Arrivé en haut, le souffle court, il regarda les hommes hisser le cadavre hors du trou. Reinhardt le vit se plier dans un angle étrange, comme le faisaient souvent les morts. Aucun membre n'était censé se tordre ainsi ; il semblait que le corps, une fois éteint, s'accordait une liberté que la vie ne lui permettait jamais. Une dernière traction vers le haut, sur le bord de la brèche, et le cadavre de Kreuz roula dans la terre. Les têtes se baissèrent pour regarder.

« Il s'est encore saoulé, fit l'un des soldats.

— Il a dû tomber. Et se fracasser le crâne, avança un Feldgendarme en se baissant, un doigt inutilement pointé vers la tête de Kreuz. Pauvre cloche.

— Ça aurait pas pu arriver à un type plus sympa.

— Quelqu'un l'a-t-il vu hier ? » demanda Reinhardt.

À nouveau, les hommes autour de lui s'écartèrent, les têtes se détournèrent. Il chercha le Grec et vit l'homme s'éloigner en direction d'un passage voûté dans le mur d'enceinte de la cour. Reinhardt décida de lui laisser du temps avant d'aller voir par lui-même.

« Personne ? Il y a bien quelqu'un. Tout ce que je veux, c'est savoir où et quand. Sans quoi je rédigerai un rapport pour que l'unité tout entière ait droit à des tâches punitives, les menaça-t-il, durcissant le ton et les défiant du regard. Un endroit et une heure. C'est tout.

— Les latrines », fit une voix.

C'était celle d'un soldat maigrichon aux mains enfoncées dans les poches de son manteau. Les autres s'écartèrent de lui alors que Reinhardt s'approchait.

« Vers minuit. Il était dans un des cabinets. Il parlait tout seul. Comme d'habitude.

— Que disait-il ?

— Rien de cohérent, capitaine. Ce qui sortait de sa bouche n'avait jamais de sens. Il ricanait et marmonnait des trucs à propos de tickets et de juges. On aurait dit qu'il avait gagné à la loterie ou quelque chose comme ça.

— Montrez-moi les latrines. »

La bouche de l'homme retomba, puis il hocha la tête, soupirant à travers ses narines. Reinhardt le suivit à travers la cour et montra le cadavre de Kreuz, le regard tourné vers les Feldgendarmes.

« Il est à vous, caporal », dit-il.

Le soldat le guida jusqu'à une structure faite de planches de bois branlantes, dont la puanteur lui piqua les yeux avant même qu'il y eût pénétré. L'homme indiqua un cabinet tout au fond, dont la porte pendait, entrebâillée, devant un trou dans le sol détrempé, avec en tout et pour tout deux planches pour support. L'odeur était insoutenable, et Reinhardt couvrit ses voies respiratoires de sa manche, quadrillant des yeux les quatre coins du cabinet, sans rien trouver. Lorsqu'il retrouva l'air frais du dehors, le soldat était parti, mais le Grec était revenu.

« Suivez-moi, dit-il. Alexiou va vous parler. »

19

Reinhardt fut escorté sous le passage voûté jusqu'à une petite cour intérieure autour de laquelle se serraient des camions et des voitures. Il suivit le Grec derrière une autochenille sans chenilles qu'on avait basculée sur le côté. Il vit des hommes aux quatre coins de la cour, mais son regard fut attiré par deux armoires à glace qui réchauffaient leurs mains au-dessus d'un brasero, devant l'entrée de ce qui avait autrefois dû être une écurie. C'étaient des jumeaux, massifs, aux épaules larges et aux épais cheveux noirs coupés court. Ils regardèrent Reinhardt approcher, et l'un des deux lança un regard à l'intérieur. Il y avait un troisième homme dans la pièce, assis dans la pénombre. Reinhardt distingua une main qui se levait, et les jumeaux s'écartèrent, lui faisant signe d'entrer.

Il frôla le brasero au passage et sentit sa peau se réchauffer. Quand il entra dans la pièce plongée dans l'obscurité, l'homme assis au fond se pencha légèrement en avant, et Reinhardt remarqua aussitôt la ressemblance qu'il entretenait avec les jumeaux, rendant évident leur lien de parenté. Quelque peu intimidé mais sentant que c'était la chose à faire, il tendit la main vers l'homme, qui la lui serra après un instant. Il avait de grandes mains, à la peau chaude et dure. Sa poigne était ferme, puissante. L'homme lui adressa un signe de la tête et se rassit. De son autre main, il esquissa un geste, et l'un de ses fils attira à lui un tabouret qu'il proposa à Reinhardt. Celui-ci s'installa, jambe gauche dépliée.

« Je suis le capitaine Reinhardt, du Feldjägerkorps.

— Alexiou », se présenta l'homme. Il ajouta quelque chose, et l'un des jumeaux se tourna vers Reinhardt pour faire l'interprète.

« Mon père demande si vous voulez un café.

— Seulement si c'est du grec. »

Alexiou, qui avait compris, lui offrit un sourire – un faible étirement des lèvres, mais un sourire quand même. Son expression resta néanmoins intraitable pendant que Reinhardt et lui s'évaluaient mutuellement du regard. Ils gardèrent le silence jusqu'à ce que les jumeaux, qui s'étaient affairés au-dessus du brasero, viennent leur apporter deux tasses dépareillées dans une odeur de café torréfié. Reinhardt se saisit de la sienne et la fit tourner entre ses mains tout en humant son parfum. Il ferma les yeux un court instant, de retour à Baščaršija, par une fin d'après-midi en plein cœur de l'été où la place noire de monde, familles et amis, bruissait de mille conversations. Ouvrant les yeux, il se retrouva face au vieil homme et leva sa tasse pour le saluer avant d'avaler une gorgée brûlante de café.

« Excellent. Je vous remercie.

— Mon père dit qu'il n'y a pas de quoi, traduisit le jumeau qui avait déjà pris la parole. Je m'appelle

Kostas. Je vais traduire pour vous. Lui, c'est Panos, ajouta-t-il en montrant son frère. Mon père souhaite savoir de quoi vous voulez lui parler.

— Pouvons-nous nous parler librement et ouvertement ? »

Reinhardt regarda Alexiou répondre, puis hocher la tête. Cet homme était un patriarche, et les patriarches attendaient d'une conversation qu'elle réponde à un certain rythme et à certains codes. Si c'était de la déférence qu'il s'attendait à recevoir, Reinhardt aller lui en donner.

« Avez-vous tué Kreuz ?

— Non, finit par répondre Alexiou, un silence plombant se refermant sur sa voix.

— Savez-vous qui l'a tué ?

— Non. Mais j'ai mon idée. »

Reinhardt attendit.

« Il a été tué par ceux qu'il servait.

— Par les Feldgendarmes ? »

Alexiou acquiesça d'un discret signe de la tête.

« Pourquoi ?

— Je l'ignore.

— Kreuz avait peur de vous. De vous tous, souligna Reinhardt, incluant les jumeaux du regard. Il faisait l'espion pour la Feldgendarmerie. Pour Jansky. Il avait peur que vous le tuiez pour ça.

— Mieux vaut tenir le diable à l'œil, capitaine. Kreuz entendait ce qu'il voulait entendre.

— Qui étaient Berthold et Seymer ? »

Les trois Grecs eurent un mouvement de recul à peine perceptible, un léger sursaut des épaules, une contraction des muscles du cou. La bouche d'Alexiou se tordit alors qu'il tournait la tête pour prendre une gorgée de café, sans quitter Reinhardt des yeux.

« Des amis à nous.

— Que leur est-il arrivé ?

— Ils ont disparu. Il y a environ une semaine.

— Comment ?

— Au travail.

— Où ?

— Dans la forêt. À l'extérieur de la ville.

— Où ? »

Alexiou fronça les sourcils, et une lueur d'irritation passa dans son regard avant de s'éteindre.

« Au camp pour le bois. »

Reinhardt lança un regard interrogatif à Kostas.

« Le camp pour le bois ?

— Là où on coupe du bois.

— Le camp de bûcheronnage, murmura Reinhardt pour lui-même. Parlez-moi de ce camp.

— Il n'y a rien à en dire. C'était un endroit où on récupérait du bois. Pour la ville. Mais c'est un travail qui ne nous a pas porté chance.

— Pourquoi ?

— Le camp a été attaqué par les partisans. Plusieurs fois.

— Des hommes ont-ils été portés disparus ? Combien ? »

Les Grecs échangèrent des regards. Panos dit quelque chose à son père à voix basse. Alexiou haussa les épaules, fit un mouvement du menton, et Kostas se tourna vers Reinhardt.

« Quatre, peut-être cinq hommes ont disparu dans la forêt.

— Kreuz a découvert que leurs décès n'avaient

pas été signalés, indiqua Alexiou. Que les *Soldbuchs* de ces hommes étaient toujours là. Personne n'avait signalé leur disparition. Et leurs livrets étaient entre les mains de Thun, un des hommes qui travaille dans le bureau de Jansky.

— Ce Thun, qui est-ce ?

— Un indic – c'est le terme ? –, un indic, comme Jansky. Mais doué avec les papiers.

— Qui était responsable du camp de bûcheronnage ?

— Le lieutenant Metzler.

— D'autres hommes ont-ils disparu ?

— Qu'est-ce que c'est que ce genre de questions, capitaine ? Nous sommes en guerre. Des hommes disparaissent. Nous sommes dans une unité disciplinaire. Le premier endroit où les hommes disparaissent, c'est ici. Qui s'en soucie ? Qui tiendra les comptes ? Maintenant, à vous de parler. Parlez-moi du juge Dreyer. Que fait-il ?

— Il est juge de crimes de guerre », répondit Reinhardt, fixant le vieil homme après avoir pesé la question.

Il ne lut aucune réaction sur son visage.

« Juge de crimes de guerre. Qu'est-ce que c'est ?

— Il travaille pour le Bureau des crimes de guerre. Un service d'enquêtes qui rend compte au haut commandement des forces armées.

— Vous travaillez ensemble ? voulut savoir Alexiou, un doigt pointé vers le brassard de Reinhardt.

— Non. C'est autre chose. Le Bureau effectue des recherches sur des allégations de crimes de guerre. Qu'ils soient du fait des Alliés ou de l'ennemi.

— Et ensuite ?

— En cas de preuve, les tribunaux militaires lancent les procédures. Des procès. »

Il y eut une réaction cette fois, les narines de l'homme se dilatèrent puis se pincèrent.

« Pourquoi ces questions ? demanda Reinhardt.

— Kreuz nous a rapporté des choses sur votre compte, capitaine. Jansky également. Nous avons fait nos propres découvertes. Vous étiez policier. Vous l'êtes toujours, précisa Alexiou avec un coup d'œil pour le hausse-col de Reinhardt. Je vais vous fournir des informations, capitaine Reinhardt. Des choses qui devraient vous intéresser. Mais d'abord, je dois vous demander, êtes-vous prêt à pactiser avec le diable ?

— Avec vous ?

— Avec moi.

— Je vais écouter, dit Reinhardt.

— Je peux vous donner Jansky, dit Alexiou, appuyant ses mots d'un clin d'œil. C'est bien ce que veut ce juge, je me trompe ?

— Continuez.

— Nous sommes des Grecs qui nous sommes enrôlés dans l'armée allemande car nous avions le sentiment que nous ne pouvions plus vivre dans notre propre pays », exposa Alexiou.

C'étaient des mots simples, mais à la signification très forte, une vérité indéniable sur le fait qu'ils étaient des collaborateurs ayant décidé de soutenir la mauvaise cause, et qu'ils en payaient aujourd'hui le prix. Dit simplement, c'était factuel, comme un rocher au milieu de la route. C'était ainsi et pas autrement. On ne pouvait rien y faire, on ne pouvait pas l'occulter. Seulement l'accepter, et vivre avec.

« Nous sommes dans cette unité depuis un bon moment, capitaine. Nous avons été les premiers étrangers à la rejoindre. Il y a presque un an, en Grèce. Il nous fallait un lieu où nous réfugier et, si étrange que cela puisse paraître, cette unité nous l'a offert. J'ai pris le risque, en quelque sorte – pour moi et ma famille, et pour tous ceux qui se sont montrés loyaux envers moi –, de me cacher. De me cacher bien en évidence, en quelque sorte, jusqu'à ce que des jours meilleurs arrivent, et j'ai payé le prix fort pour ce privilège. Hélas, ce jour n'est jamais venu. Je me suis longtemps accroché à cet espoir, mais croire que notre cause renaîtra un jour de ses cendres est une utopie. Aujourd'hui, je ne prends plus part aux comités. Aux décisions. Regardez-nous. Tout le monde a quitté le navire, sauf les rats. Nous sommes les derniers à partir. Même les Albanais passent avant nous.

— Qu'est-ce qui se trame, d'après vous ?

— Je l'ignore.

— J'ai entendu parler d'un Albanais mort récemment. Dans un accident de voiture. Il appartenait au Balli Kombëtar. »

Les Grecs se figèrent, le fixant tous les trois.

« Vous savez quelque chose à ce sujet ?

— Rien du tout. Ce que font les Albanais, ce ne sont pas nos affaires. Ce sont des porcs.

— Et les oustachis ?

— Eh bien quoi ?

— Qu'est-ce qu'on dit d'eux ?

— Ce sont des porcs, eux aussi. Nous sommes tous des porcs, croupissant dans la fange, bouffant de la merde, incapables de voir plus loin que le bout de notre nez. Je n'ai pas de vision d'ensemble de ce qui se passe, mais je n'aime pas ce que je vois. Cet endroit n'est plus aussi accueillant qu'avant, et maintenant, je redoute d'avoir à trouver un autre refuge pour les miens. Je suis fatigué d'être ignoré, d'entendre les gens me parler dans le vide. Fatigué de ces mots qui ne sont que du remplissage, comme si quelqu'un d'autre que mes fils savait quoi que ce soit du vide qui m'habite. Fatigué de ces mots qui sont censés attiser un feu en moi, ces mots qui devraient soi-disant nous rappeler les coups que nous avons portés à ces salopards de gauchistes, de mauviettes et de communistes qui ont failli conduire mon pays à la ruine. Ces mots qui sont censés décrire les grandes choses que nous pouvons encore accomplir, si nous nous montrons patients. Comme si une poignée de main chaleureuse, une tape sur l'épaule ou un compliment pouvaient remplacer une action concrète. C'est la façon dont on traite un chien, pas un homme, capitaine. »

Alexiou marqua une pause, et bien que sa voix restât calme, sa colère était palpable. Il porta sa tasse à ses lèvres, le regard lointain. Ses fils échangèrent un regard vide, leurs épaules voûtées sur leurs propres tasses.

« Qui donc vous tient ce discours ? demanda Reinhardt.

— Je n'en sais rien, répondit Alexiou. Des enfoirés d'Allemands. Vous vous ressemblez tous, à nos yeux. Il y en avait un qui parlait comme… comme un poissonnier. Toujours à râler. À jurer. Un autre qui parlait comme un prêtre. C'est là que j'ai su. C'est toujours quand vous n'avez plus besoin de nous que vous nous sortez vos belles paroles.

— C'est Kreuz qui vous a parlé de Dreyer ? questionna Reinhardt sans obtenir de réponse. Si ce n'était pas lui, alors qui ? Jansky, peut-être ? »

Une réaction, les narines qui se dilatent, se resserrent.

« Oui, c'est Jansky, affirma-t-il.

— Posez-vous la question : pourquoi ferait-il ça ? Que veut-il que vous fassiez de cette information ?

— Je n'en sais rien, et je m'en fiche.

— Vous ne devriez pas. Peut-être devriez-vous vous demander pourquoi vous êtes les derniers à rester ici ?

— Je ne marche plus dans les combines de Jansky. Aujourd'hui, je dois réfléchir à la meilleure façon de protéger les miens. J'ai un marché à vous proposer. Je vais vous donner quelque chose. Mais vous devez détourner votre attention de nous, déclara Alexiou en se penchant en avant, sa tasse paraissant minuscule entre ses doigts immenses. Si vous nous promettez que Dreyer nous laissera tranquilles, nous pouvons l'aider à avoir Jansky. Nous avons des informations, et nous sommes suffisamment proches pour en trouver d'autres. Mais on n'a rien sans rien. Pour obtenir ce que nous avons, vous allez devoir faire un pacte avec le diable, et je crois que c'est difficile pour les hommes comme vous. »

Reinhardt fit tourner la tasse entre ses doigts, l'inclinant légèrement pour séparer le café du marc. Il la porta à ses lèvres et sirota le breuvage jusqu'à ce qu'il devienne granuleux et amer.

« Je peux le faire, dit-il en observant le dépôt bourbeux au fond de sa tasse. Ce n'est pas si difficile, après tout. On peut même finir par s'y habituer.

— Pour combattre les injustices, il faut parfois en commettre», approuva Alexiou, l'air grave, avant de se pencher pour prendre la tasse des mains de Reinhardt, qui bouillait intérieurement.

Le vieil homme pensait sans doute pouvoir sonder les profondeurs de ses regrets. Il pencha délicatement la tasse et la fit tourner à trois reprises, renversant une petite quantité de liquide mêlé de marc, puis il la retourna sur une soucoupe et se rassit.

«Kreuz détenait des preuves qu'il voulait me transmettre. Pouvez-vous les trouver?

— Qu'est-ce que c'était?»

Reinhardt haussa les épaules, une petite moue plaquée sur le visage.

«Je ne sais pas. Mais j'imagine qu'il s'agissait de documents. Peut-être même ces *Soldbuchs* dont vous avez parlé.

— Où les aurait-il eus? S'il les a volés, ou si Jansky le soupçonnait de les avoir volés, je peux comprendre qu'il soit mort, maintenant, poursuivit Alexiou.

— La dernière fois que Kreuz a été vu vivant, c'était dans les latrines. Peut-être y a-t-il caché quelque chose? Ou ailleurs dans la forteresse?

— Vous irez retrouver un de mes fils, ce soir. Kostas, dit Alexiou en montrant celui qui faisait l'interprète. Vous le retrouverez à la cathédrale de la Nativité-de-la-Mère-de-Dieu. Il y a une petite place à côté. Sur la rue Strossmayer, près d'une taverne. Il y a une allée. Allez jusqu'à la maison qui se trouve à son bout. Il apportera quelque chose. Des informations. Ou des preuves, si nous en trouvons.

— Quelle heure?

— 21 heures. »

Reinhardt hocha la tête et les regarda tour à tour. Il n'y avait plus rien à dire, semblait-il.

« Merci pour le café. Et la conversation », fit-il en se levant.

Les jumeaux l'imitèrent mais Alexiou resta assis. Reinhardt tendit la main, et le vieil homme la serra, le regard grave et sérieux, comme s'il recevait un hommage.

« Capitaine, fit la voix du Grec, qui eut un geste en direction de la tasse à café retournée sur sa soucoupe. Vous ne voulez pas que je vous lise l'avenir ?

— Ça a déjà fonctionné pour vous ? »

Un sourire flotta sur les lèvres d'Alexiou.

« Non. Pas vraiment. »

Il se pencha néanmoins en avant et retourna la tasse. Il regarda au fond, puis leva les yeux sur Reinhardt, une petite moue sur les lèvres.

« Femmes et fortune ? » demanda Reinhardt.

Les jumeaux ricanèrent, et un sourire fendit le visage impérieux d'Alexiou.

« Il ne me reste plus qu'à tenter ma chance, alors. »

20

« J'ai découvert aujourd'hui que ce site dans la forêt était un camp de bucheronnage dirigé par le bataillon disciplinaire », dit Reinhardt.

Dreyer leva le nez de son bureau, sur lequel il était en train de trier des dossiers. Ses yeux étaient injectés de sang, ses cheveux plaqués en arrière sur sa tête. Il avait une mine affreuse, celle d'un alcoolique, se dit Reinhardt.

« Ce qui signifie… ? » demanda le juge.

Reinhardt pinça les lèvres et fit claquer sa casquette contre sa cuisse.

« Je ne sais pas. Mais ce n'est pas une information très joyeuse. Des hommes ont disparu là-bas. Ce seraient soi-disant les partisans qui les auraient tués, ou capturés.

— Mais quel est ton avis ?

— Je pense que ça fait partie de… ce qui se cache derrière tout ça… quoi que ce soit. Quoi que soit ce "tout ça", soupira Reinhardt avant de se laisser lourdement tomber sur une chaise. Comment sommes-nous passés de la mort de trois Feldjäger à des hommes disparus au sein d'un bataillon disciplinaire ?

— "Soi-disant", marmotta Dreyer en jetant un œil aux piles de papiers et aux boîtes autour de lui.

— Pardon ?

— Ils ont "soi-disant" disparu, précisa Dreyer dans un sourire plein d'autodérision. Désolé. C'est le juriste qui parle.

— "*Désolé*" ? » Le front de Reinhardt se plissa, l'irritation perça dans sa voix. « Écoute, Marcus, tu m'as demandé mon aide et j'essaie de te l'apporter. Tu avais l'air absolument convaincu, hier soir, que Jansky utilisait ce bataillon disciplinaire à de mauvaises fins. Pourquoi est-ce que tu pinailles, tout à coup ? »

Dreyer fit le tour de la table en levant deux mains apaisantes.

« Je m'excuse, Gregor, je m'excuse, dit-il en prenant une chaise près de lui. Souviens-toi de ce que je t'ai dit, que cette histoire me préoccupe depuis si longtemps que j'ai l'impression que personne ne voudra me croire. Je suppose que… j'agis ainsi par prudence.

— Où sont ces dossiers, alors ?

— Je n'arrive pas à remettre la main dessus, répondit Dreyer, penaud, avant de se rasseoir. Ce n'était pas grand-chose, mais je n'arrive pas à les retrouver dans tout ce bazar. Ils vont nous déplacer dans un jour ou deux. Donc tout est dans des caisses qui vont partir. »

Dreyer lui offrit un pâle sourire, une petite grimace.

« Bon, dis-moi ce que tu sais, dit Reinhardt.

— Ce que je sais… Je soupçonne toujours Jansky d'être mouillé dans des combines. Principalement du marché noir. D'autres formes de corruption. Concernant le bataillon disciplinaire, à l'origine c'était une unité de combat, mais ils ont été décimés en Grèce, et quasiment réduits à néant au Monténégro. Aujourd'hui, ils sont occupés à tout un tas de choses. Basses besognes. Construction. Rassemblement des blessés. Transport. Les possibilités de corruption sont considérables.

— Et donc, de quoi le soupçonnes-tu ?

— De détournement de ressources. Dans le cas qui nous importe actuellement, ses hommes. C'est tout ce qu'il a.

— Comment cela ?

— Il monnaie leurs services. Il les extorque.

— Il y a un sacré paquet d'étrangers dans ce bataillon. Des Grecs et des Albanais, à ce que j'ai entendu. Que sais-tu d'eux ?

— Des renégats, des traîtres à leur patrie, probablement. Ou tout simplement des gens qui ont accroché leurs drapeaux au mauvais mât. Une rumeur dit que certains d'entre eux seraient des rescapés d'une unité paramilitaire grecque. L'unité a été en grande partie démantelée, mais tous ses dirigeants n'ont pas été tués. » Dreyer bascula la tête en arrière et regarda au plafond en portant une main à son cou. « L'or. La rumeur parle toujours d'or, mais aucune preuve n'a jamais… »

Une connexion se fit dans l'esprit de Reinhardt, une soudaine illumination.

« Quelle est la meilleure façon de cacher quelque chose, Marcus ? demanda-t-il. Ça revient sans arrêt dans les conversations depuis que tout ça a commencé.

Bien en évidence. Sous le nez de tout le monde, il n'y a pas mieux.

— Qu'est-ce que tu racontes ?

— Je pense savoir ce que trafique Jansky : il offre sa protection – ou l'asile, si tu préfères – à qui a les moyens de se l'offrir. »

Tout en l'exprimant, Reinhardt sut qu'il était dans le vrai. La vérité s'imposa à lui, et son pouls s'accéléra tandis qu'il retournait l'idée dans sa tête.

Les traits de Dreyer tressaillirent alors qu'il portait les yeux sur son ami.

« Qu'est-ce que tu racontes ? répéta-t-il.

— Regarde par où est passée son unité, et qui elle compte dans ses rangs. Des Grecs. Des Albanais. Probablement des Monténégrins. Des gens venant d'un peu partout dans les Balkans. Des gens qui ne peuvent rester dans leur pays. Des collaborateurs. Des criminels. Des opportunistes. Des soldats qui ont choisi le mauvais camp. Ou autres. Ils le paient et il leur garantit une protection. Il les engage en tant que cuisiniers, chauffeurs, commis, hommes d'entretien, n'importe quoi, mais pas en tant que soldats. Ils sont on ne peut plus à l'abri du danger.

— Ils le *paient* en échange de sa protection… ?

— Tu avais des soupçons de corruption, non ? Tu pensais que ça avait un rapport avec les *Soldbuchs* et des salaires détournés ? Eh bien, tu étais sur la bonne voie, mais tu ne voyais pas assez grand.

— C'est-à-dire ?

— C'est-à-dire que les gens comme eux – les gens comme *nous*, Marcus, si l'on veut être honnête – ont eu quatre bonnes années pour piller ces pays, expliqua Reinhardt en se pliant en deux, avec dans la voix une inflexion sardonique qui faisait écho aux mots de Langenkamp. Réfléchis aux opportunités. Réfléchis ! Œuvres d'art. Bijoux. Objets de valeur. Propriétés. Les ressources de pays tout entiers.

— L'or, murmura Dreyer.

— L'or, répéta Reinhardt. Volé. Ils se sont simplement servis. Ils sont entrés dans la banque centrale, la banque d'État, et se sont servis. Comment les arrêter, puisqu'il s'agissait de l'État en personne ? Mais il y a eu les citoyens, aussi. Les victimes. Les réfugiés. Des gens désespérés, perdus. Tout le monde a quelque chose à donner, et si chacun donne un petit peu, à la fin ça fait beaucoup.

— Mon Dieu.

— Tout le monde. Même les morts, Marcus. N'oublions pas les morts. Une montre. Une bague. Un bracelet. Un collier. Une dent en or. *N'importe quoi.*

— Tout le monde a quelque chose à donner. »

Dreyer battit frénétiquement des paupières, comme si quelque chose essayait de se refermer au fond de lui. Son regard dériva subitement vers sa poche, où il alla chercher sa flasque, qu'il porta à ses lèvres. Reinhardt s'appuya sur le dossier de sa chaise, le cœur en plein galop, en proie à ses réflexions. Il tenait quelque chose. Il tenait quelque chose, mais il sentait qu'un détail lui échappait, qu'une pièce du puzzle ne logeait pas correctement dans son schéma, ou était encore manquante.

« Tu crois que les oustachis sont impliqués ? marmonna Dreyer, les yeux baissés.

— Ils auraient certainement de bonnes raisons. Pour certains, tout porte à le croire. »

Le pouls de Reinhardt s'accéléra encore. Était-ce là que les oustachis se rendaient, ceux qui inquiétaient les partisans ? Allaient-ils se réfugier dans un bataillon disciplinaire allemand en usant de manœuvres douteuses ?

« Jansky avait-il les moyens d'agir seul ? demanda Dreyer.

— Bonne question. Je n'en ai aucune idée. Mais j'en doute. L'un de ces étrangers dont je t'ai parlé – un Grec, probablement un ancien commandant de bataillon de sécurité – en a assez de Jansky, et veut mettre les voiles. Il a promis de te donner Jansky si on le laisse s'en aller.

— Attends, attends. » Dreyer secoua la tête, et ses mâchoires puissantes vibrèrent. « De quoi est-ce que tu parles ? »

Reinhardt lui fit un résumé de sa conversation avec les Grecs, que Dreyer écouta les yeux grands ouverts.

« Le résultat, c'est que je rencontre l'un des fils ce soir. Il va me fournir de plus amples informations sur Jansky. J'espère qu'il aura pu découvrir ce que Kreuz voulait me dire.

— Et ce Grec veut partir ?

— Il veut disparaître. Il prétend qu'il est en mesure de s'en sortir par ses propres moyens.

— Donc, les rumeurs concernant l'or disent vrai ?

— Probablement. Qui s'en soucie ?

— Beaucoup de monde, j'imagine.

— Mais là n'est pas le sujet, Marcus. Tout ce que nous avons à faire, c'est laisser partir le Grec.

— Et il croit que je peux l'aider ?

— Pas l'aider. Mais il a peur de toi. Il ne veut pas que tu lui coures après.

— Pourquoi ? »

Dreyer fronça les sourcils et Reinhardt l'imita.

« Parce que tu travailles pour le Bureau des crimes de guerre, et apparemment il pense avoir à répondre de certaines choses.

— Donc Alexiou pense que Jansky a quelqu'un qui le couvre ?

— Tu peux te renseigner là-dessus ? »

Dreyer hocha la tête et prit une lampée de cognac avant de s'essuyer la bouche, la brûlure de l'alcool dans sa gorge le faisant suffoquer.

« Mais que fais-tu des *Soldbuchs* ? Quelle est leur place dans tout ça ?

— Je n'en sais rien. Je ne les ai même pas encore vus. Ils pourraient tout aussi bien ne pas exister.

— Mais alors… ? »

Le juge s'interrompit en voyant Reinhardt lever une main et tourner la tête, oreille tendue. Un grondement lointain se fit entendre, semblable au tonnerre, mais plus précis, moins diffus. Sans s'en rendre compte, il s'avança vers la fenêtre et s'arrêta juste à temps.

« L'artillerie ! » s'écria-t-il, s'éloignant de la fenêtre alors que des obus traversaient le ciel dans un bruit de déchirure.

Des explosions retentirent quelque part en ville. Une nouvelle salve déchira l'air, et l'écho d'autres détonations se répercuta à travers la vallée. De l'ouest arriva la riposte allemande dans un fracas de tirs de contrebatterie.

« Ça a commencé, souffla Dreyer.

— L'offensive des partisans. Ils bombardent la ville depuis le nord et l'est. »

Ils turent tous deux les conséquences que cela ne manquerait pas d'avoir sur ce qu'ils savaient, ou soupçonnaient à présent.

« Il faut que je rentre à la caserne », dit Reinhardt.

Il stoppa sur le pas de la porte, une pensée venant soudain titiller son esprit. Ça avait un rapport avec ce qu'ils s'étaient dit, mais quand il essaya de mettre le doigt dessus, elle lui fila entre les mains. Il savait que s'il s'y accrochait, elle lui échapperait complètement.

« Quand j'ai vu Jansky hier à la Maison Pâle, il a dit quelque chose. Il m'a demandé de te dire “Le cor de chasse ne fait pas le chasseur”. »

Dreyer leva le nez de ses documents, déglutit, puis reprit un peu de cognac.

« Le salaud. C'est ce qu'il m'a dit en Pologne. La dernière fois que je l'ai vu, avant qu'il ne parte impunément.

— C'est un amateur de citations classiques, n'est-ce pas ?

— Pour sûr, confirma Dreyer dans un rictus. Mais maintenant, je t'ai toi. Je n'ai jamais été chasseur. Mais toi, oui.

— Pas de pression, dans ce cas, fit Reinhardt avec ironie, ce qui fit sourire Dreyer, mais de manière plutôt vague. On se reparle bientôt. »

Dehors, Reinhardt quadrilla brièvement le périmètre du regard et vit de la fumée s'élever de la gare. La plupart des soldats étaient partis ; la gare avait drainé les longues files d'attente qu'il avait vues à son arrivée en ville, et les gens qui couraient se mettre à l'abri étaient surtout des civils. Il y eut un autre tir d'artillerie émis par les batteries allemandes sur la rive sud de la Miljacka, de l'autre côté de la caserne, puis le silence retomba, seulement perturbé par le crépitement de plus en plus nourri de petites armes à feu provenant de l'intérieur de la ville, ce qui signifiait que les partisans de Valter avaient joint leurs forces à celles des brigades partisanes qui encerclaient la ville.

Il mit très peu de temps à rejoindre la caserne, les rues étant quasiment désertes. À l'intérieur, l'agitation était à son comble. Un flot de soldats affluait des baraquements, les bras entravés de papiers et de classeurs, qu'ils chargeaient dans des camions ou mettaient à brûler dans des bidons d'huile retournés d'où s'échappaient des flammes. Aux opérations du Feldjägerkorps, la salle était bondée, et Reinhardt vit Scheller, Lainer et Morten penchés sur une carte de la ville.

« C'est terminé, Reinhardt, dit Scheller, lui faisant signe d'approcher. Plus que deux jours. Trois, au plus. Puis les partisans auront la mainmise sur cet endroit. Nous avons reçu des ordres. Si les lignes tiennent, nous nous retirerons après-demain. Prochaine étape, Visoko. »

De la main, il indiqua une petite ville sur la carte, au nord-ouest de Sarajevo. La route qui partait vers l'ouest se séparait en deux à Ilidža, l'une d'elle continuant dans cette direction, puis vers Mostar au sud, mais elle était à présent coupée. La deuxième bifurquait vers le nord, à travers Visoko, et remontait la vallée de la rivière Bosna par un chemin sinueux qui coupait Kakanj, puis Zenica et ses immenses aciéries, en direction de Doboj et au-delà vers la Save, qui délimitait la frontière entre la Bosnie et la Croatie.

Reinhardt se joignit au briefing de Scheller, prit connaissance des ordres de déploiement – ses instructions personnelles étaient de se rendre au centre des opérations principal de l'armée et de tenir lieu d'officier de liaison – mais son regard ne cessait de croiser celui de Lainer, et il devinait que le grand Feldjäger attendait de lui des résultats alors qu'il n'en avait pas à lui offrir. Une fois le briefing terminé, Scheller entraîna Lainer et Morten ailleurs. Reinhardt repéra Benfeld, en train de quitter la salle surpeuplée, et le suivit avec un léger décalage, le long des couloirs qui menaient au mess.

« Frenchie ! »

Benfeld sursauta, et la tasse qu'il avait à la main tangua. Son contenu sombre vint se répandre sur la table, et il laissa échapper un juron.

« Qu'est-ce qui ne va pas ? » s'enquit Reinhardt en s'asseyant.

Le mess résonnait d'un brouhaha de voix, des hommes allaient et venaient en courant, et de la cuisine s'échappaient des ondes de chaleur et de la vapeur qui arrivaient jusqu'à eux.

« Vous n'arrêtez pas de sursauter depuis hier soir.

— Veuillez m'excuser, monsieur. C'est sans doute la fatigue.

— À qui le dites-vous », murmura Reinhardt.

Il porta sa tasse à ses lèvres et eut un mouvement de recul. Ce café était vraiment mauvais après celui qu'il avait bu chez Alexiou, mais il avait besoin d'une dose minimum de stimulant. Ses batteries étaient à plat, il avait l'estomac noué, et un étourdissement lui tournait la tête.

« Où en êtes-vous de la mission que je vous ai confiée ? Les noms ?

— Rien pour l'instant, monsieur.

— Des nouvelles de Koenig ?

— Aucune, monsieur.

— Avez-vous réussi à parler au médecin ?

— Oui et non, répondit Benfeld tout en s'efforçant de nettoyer le café qui avait coulé avec un mouchoir. Il a été… occupé.

— Occupé ? Bon sang. Vous êtes allé le voir en personne ?

— Non, monsieur. Pas le temps.

— Les rapports d'intervention ? Ceux que je vous ai demandés hier, concernant le bataillon disciplinaire ?

— Oui. Ceux-là, je les ai eus. Quelques-uns, du moins. Il n'y a rien », répondit Benfeld en cherchant un endroit où ranger son mouchoir dégoulinant.

Reinhardt fit pivoter ses jambes par-dessus le banc et se mit debout, se massant le genou.

« Vous me tenez au courant de l'avancée de vos recherches avant la fin de la journée, entendu, Frenchie ?

— Ça a encore une importance, monsieur ? »

Reinhardt se figea, percevant la note sous-jacente dont étaient teintés les mots du lieutenant. Sa voix semblait presque implorante.

« Vous savez, avec ce qui se passe. L'évacuation. Il faut… on doit continuer ce qu'on a commencé ?

— Je croyais que ça vous tenait à cœur. Quel est le problème ?

— Aucun problème, monsieur, répliqua Benfeld, peut-être un peu trop hâtivement. Seulement… enfin, ça semble un peu… superflu.

— Superflu ? »

Benfeld se délita sous le regard appuyé de Reinhardt, qui ne reflétait aucune colère, plutôt de l'introspection, un regard intérieur méprisant aiguisé par l'impression que le temps lui glissait entre les doigts. Était-ce la vérité ? Ce qu'était devenue la situation ? Superflue ?

« Monsieur ? »

Reinhardt s'ébroua, se rendant compte qu'il était resté planté là, la tête ailleurs.

« Il y a quelque chose que vous voulez me dire ?

— Du temps et des détails à régler, Frenchie. Nous manquons du premier et abondons des seconds.

— Oui, monsieur.

— Alors réglez vos affaires. Vous êtes sûr que vous ne couvez rien ? demanda Reinhardt en quittant la salle.

— Je vais bien, monsieur. »

*

Cette journée, à l'image de celles qui l'avaient précédée, s'écoula comme dans un brouillard, mais un brouillard aux reflets métalliques. Les hommes travaillèrent avec la ferveur de ceux qui sans cela se savaient condamnés. Des rixes éclatèrent à la gare, et les Feldjäger furent déployés sur place pour assurer le maintien de l'ordre. Des unités oustachies quadrillèrent la ville dans des véhicules lourdement chargés. Nombre de leurs soldats étaient ivres et tiraient frénétiquement en l'air ou sur les façades

des bâtiments, semant la destruction sur leur passage dans ce qui semblait être un dernier débordement de fureur contre la ville et ses habitants. De violents combats éclatèrent aux bordures nord et est de la ville, les brigades partisanes mettant à l'épreuve les défenses intérieures. Des obus tombèrent sporadiquement sur la ville, principalement dans les périmètres de la gare et des casernes, mais l'efficacité de la contrebatterie allemande permit de limiter les tirs de barrage. La raison était peut-être aussi à chercher du côté des partisans, qui souhaitaient ne pas trop endommager la ville, maintenant à portée de leurs mains.

Chargé de coordonner les patrouilles de sécurité, Reinhardt passa la journée à finaliser les derniers détails du retrait définitif des troupes avec une dizaine d'officiers et de sous-officiers surmenés, essayant de déterminer à qui incomberait la tâche ingrate d'être le dernier à quitter la ville. Dans un coin de son esprit accablé de fatigue, il pensait à son rendez-vous avec Kostas. Il fallait que, d'une manière ou d'une autre, il empêche les maigres informations qu'il avait pu grappiller de lui échapper sous la pression des événements. L'éventualité qu'il puisse quitter Sarajevo sans avoir de réponses à ses questions commençait à tourner à l'obsession au fil des heures, tandis que la nuit tombait sur la ville assiégée de toutes parts et que le fracas des salves semblait le cerner. Lorsque les tirs se taisaient quelque part, ils reprenaient ailleurs, et Reinhardt imaginait les hommes de Perić s'insinuer dans la ville pour la piller, ajoutant à la terreur grandissante.

L'horloge approchait dangereusement des 21 heures quand Reinhardt parvint enfin à s'esquiver de la salle des opérations de l'armée, conscient qu'il allait être en retard. Alors qu'il enfilait les couloirs, il réalisa qu'il était sur le fil du rasoir, plus fatigué qu'il ne l'avait été depuis une éternité. Il se servit un bol de soupe dans la salle des opérations du Feldjägerkorps et alla retrouver Benfeld.

« Donnez-moi de bonnes nouvelles, Frenchie, dit-il, conscient de son ton péremptoire mais trop fatigué et pressé pour l'adoucir. Les noms.

— À vrai dire, j'ai quelque chose. Une réprimande de votre ami le capitaine Koenig. Pour lui avoir fait perdre son temps.

— Il a dit ça ?

— Oui, monsieur. Il a dit qu'il avait trouvé deux Berthold et un Seymer, mais qu'aucun d'eux n'avait jamais servi dans les Balkans, et encore moins dans un bataillon disciplinaire.

— Quoi ?

— Peut-être que les noms n'étaient pas corrects ?

— Vérifiez encore.

— Mais, monsieur…

— Vérifiez encore, Benfeld.

— Avec le capitaine Koenig ?

— Si c'est nécessaire, oui. Ou quelqu'un d'autre. Peu importe. Koenig a-t-il dit autre chose ?

— Rien, monsieur.

— *Rien ?* Vous êtes sûr ? »

Reinhardt fronça les sourcils, incertain à l'idée de mentionner la requête faite à Koenig de fouiller dans le passé de Jansky.

« Le médecin ?

— Rien, monsieur. Je n'ai pas pu me rendre sur place, et mes coups de fil n'ont rien donné.

L'hôpital est en cours d'évacuation. Les routes sont encombrées, voire complètement embouteillées.

— Ce fumier de toubib... » grogna Reinhardt avant de s'interrompre, voyant la consternation se peindre sur les traits de Benfeld.

Il prit une longue inspiration et posa une main apaisante sur l'épaule du lieutenant.

« Oubliez ça, je suis désolé, ajouta-t-il après un coup d'œil à sa montre. Je vous retrouve ici dans à peu près une heure, et nous irons rendre visite au docteur.

— Où allez-vous, monsieur ?

— Je ne suis pas de service, l'informa Reinhardt.

— Je le sais, mais je suis sûr que le colonel aimerait le savoir. En cas d'urgence. »

Reinhardt laissa échapper un rire teinté d'amertume.

« Cette situation tout entière est une urgence, Frenchie. Je vais en ville, dit-il, radouci, tout en s'emparant d'un StG 44, dont il vérifia le mécanisme. J'ai rendez-vous avec quelqu'un. »

Il ne trouva aucune voiture disponible mais, retenant un grognement de rage, il repéra une patrouille Feldjäger en train de quitter les lieux et embarqua avec les hommes jusqu'à la rue Zrinskoga, près du QG de la police, d'où il pourrait marcher. Seul dans la rue presque déserte et baignée de la lueur argentée de la pleine lune, il remonta le col de son manteau, inspecta les alentours, puis s'engagea à la hâte vers la cathédrale orthodoxe, au nord. Le silence de la ville plongée dans l'obscurité n'était dérangé que par le crépitement régulier des armes à feu. Il gagna la rue Strossmayer, à l'arrière de la cathédrale, dont l'ombre des tours et des dômes avalait la lumière.

L'adresse qu'Alexiou lui avait donnée se situait à côté d'une taverne, l'une des rares à accueillir encore les autochtones. Ses portes et fenêtres étaient fermées, et l'allée qui la longeait était aussi sombre qu'étroite. Reinhardt la balaya du faisceau d'une lampe torche et, ne voyant rien, s'insinua rapidement entre les façades. Il se cogna le genou au passage et se prit à espérer que Kostas n'était pas reparti.

Le Grec lui avait donné comme instruction de remonter l'allée jusqu'à la porte d'une maison, tout au bout, qui le conduirait à un petit appartement à l'étage, qui appartenait à une famille d'origine macédonienne qui avait sa confiance. Alors qu'il était à mi-chemin, la porte s'ouvrit, et il discerna deux hommes dans la faible lumière. Reinhardt s'immobilisa avant de s'agenouiller, prudemment, et de tendre l'oreille.

La porte se referma et il perçut une conversation à voix basse, dont il ne put comprendre le moindre mot. À leurs intonations, il comprit que c'était de l'albanais. Un dernier échange et les hommes arrivaient déjà vers lui, ne lui laissant que peu de temps pour agir. Il les mit en joue, le canon de son fusil posé sur son bras gauche, puis brandit sa lampe en avant. Il l'alluma, figeant les deux hommes dans la lumière. Ils trébuchèrent et s'arrêtèrent, les mains levées.

« *Ku jeni ?!* »

Leurs mains étaient rouges de sang, leurs vêtements et leurs visages couverts de taches pourpres. Un brusque accès de rage s'empara de Reinhardt.

Le deuxième homme alluma une lampe et la braqua sur lui.

« *Kopil!* » aboya celui qui était le plus proche en sortant un pistolet de sa veste.

Reinhardt tira deux courtes salves, le bruit de son fusil d'assaut éclatant avec fracas dans l'espace confiné de l'allée. Les hommes furent projetés en arrière dans un brouillard de poussière et de gouttelettes de sang. Il éteignit sa lampe alors que les douilles rebondissaient en tintant sur le sol, changea de position aussi discrètement que possible, puis il se tapit dans un coin et patienta, sur le qui-vive. Il avait toujours su faire preuve de patience et savait que l'impatience avait conduit à leur perte plus de soldats qu'il n'osait l'imaginer. Il attendit donc dans le noir, laissant ses yeux s'habituer à la pénombre, tous ses sens en éveil. Sans prévenir, un souvenir remonta à la surface : un trou d'obus rempli de boue sur le Front de l'Ouest, son visage enfoncé dans la terre visqueuse et ses oreilles pleines des toussotements d'agonie d'un homme qui n'avait pas attendu assez longtemps que le danger soit passé…

Reinhardt passa de longues minutes à attendre, à l'affût du moindre bruit, s'efforçant de se fondre dans l'ombre. Il finit par prendre une longue inspiration, immédiatement suivie d'un frisson, un tremblement qui le secoua tandis que ses nerfs se relâchaient et que la tension retombait. Une giclée de colère lui succéda, jaillissant froidement en lui, comme pompée par son cœur tambourinant. Il se leva au prix d'une douleur dans le genou qui lui arracha une grimace, et alla chercher les corps à tâtons. Toujours aux aguets, il alluma sa lampe torche.

Les deux hommes étaient morts. Il orienta le faisceau sur leurs visages mais ne reconnut aucun d'entre eux. Il promena sa lampe sur leurs corps, de haut en bas. Ils portaient des pantalons amples et d'épais gilets en peau de mouton passés au-dessus de longs manteaux noirs. De grosses barbes mangeaient leurs visages, et alors qu'il fouillait leurs vêtements à la recherche d'un objet qui permettrait de les identifier, Reinhardt constata qu'ils étaient très maigres, tout en articulations et en muscles noueux.

Il ne trouva rien d'autre sur le premier cadavre que deux recharges de munitions pour le petit pistolet mal dégrossi que le macchabée tenait toujours entre ses doigts. Sur le second, en revanche, il trouva un couteau, et sentit quelque chose sous le manteau de l'homme. Il garda la lampe allumée encore quelques secondes et mit la main sur un morceau de papier enroulé autour d'un paquet en cuir. Sur la feuille imbibée de sang, il découvrit ce qui avait l'air d'être une liste de nom.

Il la fourra dans sa poche avec le pistolet et éteignit sa lampe, fixant sans le voir le bout de l'allée, redoutant ce qu'il allait y trouver. Il ouvrit la porte avec prudence et se risqua brièvement à rallumer sa lampe. Il y avait une pièce au bout d'un petit couloir, éclairée par la douce lueur d'une lanterne. À première vue, il s'agissait d'une salle de séjour. Elle était sens dessus dessous : la table basculée sur le côté, des chaises retournées, des tasses, des assiettes et des cendriers brisés partout sur le sol. Une large trace de sang maculait l'un des murs, juste au-dessus de Kostas, dont la chemise ouverte laissait apparaître le torse, couvert d'un lacis de plaies sanguinolentes qui rappelèrent à Reinhardt celles qu'il avait observées sur le cadavre de Kreuz.

« Merde », marmonna-t-il.

Il leva les yeux au plafond et sentit son visage se tordre en une grimace d'agonie, le temps d'une seconde. Il éprouvait un sentiment similaire à cet instinct viscéral sur le champ de bataille, qui vous intimait de vous tapir au sol pour échapper à l'ennemi alors que seule la fuite pouvait vous sauver la vie. Arrêtez-vous et vous mourrez : telle était la vérité, mais cette ville crépusculaire était un maelström d'ombres menaçantes et il n'avait pas la moindre envie de sortir.

Il posa son fusil sur la table, crosse tournée vers lui, et étala à côté les documents soustraits à l'Albanais. Le papier comportait une liste de dix noms, tous des hommes. En face de chacun d'eux était inscrit un nombre à six chiffres, tous différents les uns des autres. Il déballa le paquet en cuir, plissant le nez en sentant l'odeur d'ammoniaque qui s'en dégageait. Il contenait des *Soldbuchs* – les livrets de solde de soldats. Reinhardt en compta trois, tous de la taille de sa main. Il observa celui du dessus, sa couverture brunâtre ornée d'un aigle noir, d'un swastika et de larges caractères gothiques, et se demanda où diable Kreuz avait pu dénicher des documents aussi précieux.

Il ouvrit le premier. L'emplacement réservé à la photographie du propriétaire du *Soldbuch* était vide. Sur la page intérieure, il trouva seulement le rond incomplet du tampon qui avait autrefois dû être appliqué sur la photo. Le livret, cependant, contenait des informations. Il avait appartenu à un sergent

Heinrich Keppel. Reinhardt feuilleta rapidement les pages, les lignes manuscrites et les tampons décolorés qui recensaient les lieux et dates de service de Keppel, les blessures subies, les décorations reçues, les sanctions infligées. Il passa les deux autres en revue sans s'y attarder. Ils contenaient tous deux une photographie et des informations. Rien d'anormal ne lui sauta aux yeux.

Une fusillade quelque part le fit soudain sursauter, et il arracha le fusil à la table. Il avait besoin de temps pour réfléchir, et d'un endroit sûr.

Un endroit pour réfléchir, et un refuge où il serait en sûreté. Entre les deux, son esprit balançait. Puis d'un coup, ses idées s'éclaircirent et Reinhardt sut où aller.

21

La porte s'ouvrit dans un craquement, inondant le palier d'une lumière dorée. Une silhouette se dessina dans l'embrasure, puis s'immobilisa. Il sentit des yeux se poser sur lui. L'ouverture s'évasa, et Suzana Vukić lui lança un regard avant de jeter un œil à la cage d'escalier derrière lui. Elle fouilla l'obscurité des yeux et revint à lui.

« Que voulez-vous, capitaine ? demanda-t-elle tout bas, murmurant presque.

— Veuillez m'excuser, articula-t-il, frappé par l'éclat perçant de ses yeux. J'ai… j'ai besoin de parler à quelqu'un. »

Vukić ne répondit pas, et ce fut l'expression insistante dans son regard qui l'incita à poursuivre :

« J'ai des ennuis. J'ai besoin de… d'un endroit où réfléchir.

— Quelqu'un vous a-t-il vu entrer ?

— Personne, je pense. »

Elle finit par hocher la tête, ouvrit plus largement la porte et garda les yeux baissés tandis que Reinhardt la rejoignait à l'intérieur. Elle ferma la porte et passa furtivement devant lui.

« Par ici », dit-elle, et sa robe flotta derrière elle alors qu'elle l'invitait à la suivre.

L'appartement était sombre, le couloir éclairé par la lueur vacillante de la chandelle qu'elle tenait à la main desservant deux portes qui ouvraient sur des pièces plongées dans le noir. L'endroit sentait le propre, malgré une légère odeur d'humidité et d'ordures, tenace comme partout ailleurs dans la ville. Elle le fit entrer dans ce qui tenait lieu de salle de séjour : un canapé sur le dossier duquel était pliée une couverture, et deux chaises dépareillées rangées sous une table. Dans la petite cuisine adjacente, un poêle en fonte diffusait une chaleur rougeoyante, faisant de son mieux pour chasser l'air froid.

« Asseyez-vous, capitaine », dit Vukić avant de quitter la pièce, emportant la chandelle avec elle.

Reinhardt se délesta de son manteau, abandonna son StG 44 dans un coin et retira son hausse-col en le passant par-dessus sa tête. Il le déposa délicatement sur la table et l'observa un instant avant de s'installer dans le canapé. Tandis que la lueur courait sur les murs derrière l'occupante des lieux, il vit que l'espace était encombré de sacs et de caisses, que des draps recouvraient ce qu'il devina être du mobilier, et que des tableaux étaient entreposés les uns contre les autres dans un coin. Des objets appartenant à une vie passée, qui provenaient peut-être de cette grande maison de l'autre côté de la vallée, la maison où lui et Padelin l'avaient interrogée sur la mort de sa fille, dans une pièce décorée de photographies exposées dans des cadres d'argent sur un grand piano. Il y avait aussi des fleurs et un vieux chien. Comme le temps avait passé, depuis.

Reinhardt entendit un tintement de verre, puis la lueur éclaira de nouveau les murs. Vukić revint dans le séjour, munie d'une cuvette remplie d'eau, d'un torchon et de deux verres qu'elle posa sur la table. Elle alla chercher une bouteille dans un placard, qu'elle plaça elle aussi sur la table, accompagnée de la chandelle. Reinhardt se déporta sur le côté quand elle vint le rejoindre dans le canapé, sa robe serrée près de son corps et ses jambes repliées sous elle. La lumière de la pièce changea au rythme de la flamme ondoyante de la bougie, allongeant et creusant les ombres avant de se stabiliser. Les cheveux détachés de Vukić, qui renvoyaient l'éclat de la chandelle, lui apparurent aussi longs que le souvenir qu'il en avait gardé deux ans après.

« Vous devriez vous laver. »

Il observa ses mains et constata qu'elles étaient maculées de sang : des croissants noirs sous ses ongles et des arabesques au bout de ses doigts, des croûtes qui avaient commencé à sécher et à se fendiller sur ses articulations. Il trempa le torchon dans l'eau, l'essora, puis se nettoya les mains. Ses gestes étaient lents, appuyés, l'eau s'assombrissait lorsqu'il rinçait le morceau de tissu, qu'il porta à son cou en la voyant désigner le sien. Ce ne fut qu'après qu'elle eut hoché la tête qu'il le reposa.

Reinhardt se mit à trembler, sans savoir si c'était dû à leur proximité ou au stress, ou bien aux deux. Mais il n'essaya pas plus de contrôler ses tremblements qu'il ne se soucia qu'elle les remarquât. Il entendit la bouteille tinter, un murmure liquide quand elle lui servit un verre, et sentit ses doigts frôler les siens quand elle le lui donna. Sa main frémit, faisant couler une petite quantité du contenu sur ses doigts. Il agrippa le poignet qui tenait le verre, serra fort, et essaya de se recentrer sur lui-même. De se concentrer sur le lieu et l'instant présent. Sur le verre. Sur la femme à ses côtés, sur ses yeux fixés sur lui.

Dehors, tout près, la détonation d'une arme à feu se fit entendre. Un coup, deux, une rafale. Quelqu'un cria. Avec prudence, il approcha le verre de ses lèvres, inspira. C'était de la slivovitz. De l'eau-de-vie à la prune. Il inclina le verre, s'humecta les lèvres. L'alcool le brûla, emplissant sa bouche de sa chaleur. Il avala, soupira, et posa lentement le verre sur ses genoux. Il en avait envie. Plus qu'il ne pouvait l'imaginer, mais boire était une faiblesse à laquelle il ne voulait plus céder. Pas après une si longue période d'abstinence. Pas maintenant. Pas en sa compagnie.

« Reinhardt, pourquoi êtes-vous venu ? »

Il quitta le verre des yeux et les posa sur Vukić, qui le regardait fixement, sa peau rendue dorée par la lueur frémissante de la chandelle qui faisait miroiter ses pupilles. Elle ne cilla pas.

« Que voulez-vous ?

— On a essayé de me tuer, ce soir, parvint-il enfin à lui dire.

— Mais vous vous êtes défendu », dit-elle, dans ce qui tenait autant de l'affirmation que de la question.

Reinhardt lui retourna un sourire teinté d'amertume. Il lut de l'incertitude dans l'expression qui se peignit sur son visage.

« Qui était-ce ?

— Aucune idée, répondit-il du tac au tac. Aucune. »

Il releva la tête et plongea le regard dans les

recoins obscurs de la pièce, dans le rectangle noir de la porte, par-delà la chandelle.

« Ils étaient deux, dans une maison où j'étais censé retrouver quelqu'un.

— Vous les avez tués.

— Je les ai tués. »

Cette fois, il prit plusieurs gorgées d'eau-de-vie, et elle se joignit à lui.

« Que voulez-vous ? demanda-t-elle une nouvelle fois.

— J'ai peur. Je cherchais un abri. Pour réfléchir. La compagnie d'une personne qui ne sait rien de tout ça.

— Rien de tout ça ?

— De tout ce qui se passe. Des gens qu'on tue. Ou qu'on assassine.

— C'est ce que vous pensez ? De moi ? Vraiment ? »

Il posa sur elle un regard confus.

« Ainsi va le monde, aujourd'hui. Ainsi va cette ville, dit-elle en montrant la fenêtre et la ville au-delà. Ainsi vont les gens que nous côtoyons. Que j'ai côtoyés. »

Son visage se ferma, et elle détourna les yeux avant de porter son verre à sa bouche. Elle se passa la langue sur les lèvres, ce qui les fit briller dans l'éclat de la bougie. Quand elle posa à nouveau son regard sur lui, une émotion passa sur son visage.

« Quoi ? demanda-t-elle. Je vous choque, peut-être ? Vous avez oublié à qui j'étais mariée ?

— Je n'ai pas oublié.

— Eh bien, dans ce cas… dit-elle sans terminer.

— Je ne… sais plus… Je ne sais plus quel genre

d'homme je suis, lui confia Reinhardt avant de prendre une grande rasade d'eau-de-vie. J'en avais une assez bonne idée, avant. Mais plus maintenant.

— Et qu'étiez-vous, avant ? demanda Vukić.

— J'étais un tueur. En tant que soldat, lors de la Grande Guerre. Et un bon, selon les standards en vigueur à l'époque. Puis la guerre a pris fin, et cet homme a perdu sa place dans ma vie. Dans la vie de tout le monde. Trop passionné. Trop sombre. Trop de colère et de compétences, et trop peu de perspectives. Trop de regrets… »

Son regard se perdit dans le vide. Il se revit couché dans cette tranchée, aux côtés de l'Anglais qui lui avait donné sa montre et qui était mort avec sa tête posée sur son épaule.

« J'en ai bien profité, à l'époque… la passion… le respect – car nous étions respectés en tant que soldats des troupes d'assaut –, et puis tout s'est terminé. Nous avions fait tout cela pour rien, semblait-il. La guerre a pris fin. Nous avons tous pris des chemins différents. Certains ont rejoint les Freikorps, d'autres les Rouges. Certains ont trouvé refuge dans l'alcool et n'en sont jamais sortis. Certains ont tout simplement disparu. Et qui sait, il y en a même qui ont peut-être repris une vie normale, bien que je ne voie pas comment cela soit possible. Moi, j'ai trouvé la police. Ou peut-être est-ce la police qui m'a trouvé. »

Ou peut-être, se dit-il dans un soudain accès de cynisme, qu'à ce moment-là, déjà, il n'était qu'un pion sur un échiquier, que d'autres déplaçaient à leur guise.

« Et ça a fini par me plaire. Ce besoin de contrôle, de discipline, inhérente et indispensable à cette tâche.

Il fallait résoudre les problèmes par soi-même. Vous avez le droit de rire, ajouta-t-il, bien qu'elle restât stoïque, le regard fixe et le visage impassible. Il peut paraître amusant qu'on se fasse une telle idée du travail de policier. Mais c'était mon cas. C'était ce dont j'avais besoin. Et je n'ai levé la main sur un suspect qu'à une seule occasion. À la toute fin. »

Il s'arrêta là et regarda son verre, conscient qu'il n'y avait rien de plus simple que de le reposer, raison pour laquelle il en vida le contenu d'un trait, grimaçant en réaction à la morsure de l'alcool dans sa gorge. Il ferma les yeux et inspira un grand coup par les narines. La brûlure se diffusa plus profondément en lui. Puis il les rouvrit, se pencha en avant et se servit un deuxième verre. Il échangea un regard avec Vukić, qui à son tour vida le sien, avant de le lui tendre pour qu'il le remplisse.

« Et maintenant ? demanda-t-elle.

— Maintenant ? Je n'en sais rien. Quelque part en chemin, je me suis perdu. Les nazis, cette guerre… parfois je voudrais simplement me détourner de tout ça, me cacher et attendre que ça passe. Mais un homme que j'ai rencontré ici il y a deux ans m'a aidé à comprendre que ce n'était pas envisageable. Ce ne sont pas les choix qui manquent dans la vie, mais les décisions. Et moi, j'ai décidé de changer ma façon de… d'appréhender cette guerre. Malgré cela, je continuais à me cacher, et cet autre en moi, plus jeune… il n'en peut plus de se cacher. Il n'en peut plus des mensonges, des frustrations. Tout ce… ce qu'il veut, c'est réduire ces gens en bouillie à mains nues et aller pisser sur leurs tombes. » Il se sentit rougir d'embarras en prononçant ces mots, et se demanda si c'était vraiment lui qui parlait, ou l'alcool. « Je crains de laisser s'exprimer ce qu'il y a de pire en moi. J'ignore si j'arriverai encore à être l'un ou l'autre de ces hommes.

— Et ce serait une mauvaise chose ? De le laisser s'exprimer ?

— Une mauvaise chose ? C'est... » Il fronça les sourcils, troublé par ses paroles, par les siennes. « Je ne suis pas cet homme. Je refuse de l'être.

— Ce que nous voulons être... ce que nous finissons par devenir... Ce n'est pas la même chose, n'est-ce pas ? Ce que nous voulons être se trouve ici, dit-elle en se tapotant la tempe, et le reste se trouve dehors, dans le monde réel.

— En fait, c'est celui qui est ici, avec nous, qui m'inquiète. »

Tout en sirotant sa slivovitz, Reinhardt se rappela ces Albanais. Deux salves rapides. Aucune considération. Aucun calcul. Juste une réaction.

« J'ai tué des hommes, ce soir. »

Il marqua un temps. Vukić attendit.

« J'ai tué des hommes que je n'aurais sans doute pas dû tuer.

— Y a-t-il une différence ? demanda Vukić en plissant le front. Dans ce que vous venez de dire ? Auriez-vous dû tuer d'autres hommes, à la place ? Ou bien ces hommes méritaient-ils de mourir, mais de la main d'un autre ? »

Reinhardt tendit la main et se saisit de la bouteille, même s'il savait que c'était une mauvaise idée. Il ressentait déjà les premiers effets de l'alcool, par manque d'habitude, et ne voulait pas perdre le contrôle. Il approcha la bouteille du verre de Vukić, mais elle le couvrit de sa main. Il se servit un fond d'eau-de-vie.

« Je ne sais pas s'il y a une différence. Je voulais dire que c'était mal. J'ai fait quelque chose de mal.

— Êtes-vous venu chercher l'absolution, Reinhardt ? »

Il l'observa, surpris par le ton de sa voix.

« Je ne peux vous la donner, et je ne pense pas que vous en ayez besoin, ou envie. La sympathie ? Il m'en reste si peu, et que sais-je de ce que vous avez fait ? Ou de ce que vous avez accompli ? Si c'est de la compassion que vous êtes venu trouver, je peux vous en offrir. Les oustachis m'ont tout pris. D'abord ils m'ont pris mon mari, et m'ont rendu un monstre. Ensuite il leur a livré mon enfant et en a fait quelque chose de pire encore que ce qu'il était devenu. Donc je dirais : prenez ce que vous avez à prendre. Faites ce que vous avez à faire. Mais c'est la solution de facilité, vous ne croyez pas ? Que sais-je, Reinhardt ? Qu'ai-je la liberté de faire ? C'est… qu'est-ce qui compte encore, aujourd'hui ? Il m'arrive de ne plus le savoir, quelquefois. Et puis parfois, je pense que tout ce qui compte, c'est cette ville. Cette communauté. Elle… nous… méritons de nous en sortir, après tout ce que nous avons traversé.

— Et vous, dans tout ça ? Que voulez-vous ?

— Demandez-moi plutôt ce que je mérite. Ce que chacun de nous mérite ? fit-elle dans un haussement d'épaules, le regard lointain. Est-ce important ? Je joue un rôle. Je suis la veuve d'un dirigeant oustachi. Un homme qui a eu une fin glorieuse, pour sa cause. Et donc ils m'ont enfermée dans une cage dorée, et je passe mon temps en noir, parce que c'est ce que je suis censée faire, porter le deuil d'un homme… porter le deuil d'un homme qui… » Elle s'interrompit, baissa les yeux. « C'est sans importance. J'essaie de travailler, même s'ils s'y opposent, et je fais de mon mieux pour aider les gens de cette ville, même si ce n'est pas la mienne et que je ne serai jamais l'une des leurs. Le peu d'influence que j'ai, je la mets à leur profit. »

Reinhardt sourit et désigna la pièce, son verre à la main.

« Vous appelez ça une cage dorée ? »

Elle sourit en retour, son humeur s'allégeant légèrement, mais c'était un sourire triste, contrit.

« Rien à voir avec la maison de Bistrik, n'est-ce pas ?

— Je me souviens de cette maison, je me souviens des photographies. Sur un piano. Je me souviens de fleurs dans un vase, de leur parfum. Je me souviens du café que vous serviez, avec de la cardamome. Et je me souviens de vous. De votre élégance. De votre aplomb. Je me souviens… »

Reinhardt n'alla pas plus loin. C'était comme si le poids de son regard avait fait barrage à ses mots. Son regard s'égara vers la chandelle, et il continua à boire, à s'emplir de cette chaleur.

« Que voulez-vous, Reinhardt ? murmura-t-elle.

— Tout ce que je voulais, c'était survivre à cette guerre. Je voulais arriver au bout du tunnel. En vie. Mais j'ai pris conscience que la survie n'était pas la vie. Ce n'était qu'un autre moyen de se cacher. J'ai bien cru, une fois, parvenir à éviter ça, mais ça n'a pas fonctionné aussi bien que je l'escomptais. Et aujourd'hui, voilà ce que je suis devenu. Un Feldjäger. Avec plus d'autorité et de pouvoir au bout des doigts que ne devrait en avoir un homme. Et je ne peux pas… je ne peux pas concilier ça avec la personne que je pense être. »

Reinhardt fixa son verre, inspira, puis le vida. Il grimaça, mâchoire serrée, et attendit que la brûlure passe. Il posa le verre sur la table, tout doucement, et, du doigt, le repoussa par à-coups jusqu'à ce qu'il soit hors de portée, près de son hausse-col, dont les maillons renvoyaient la lumière de la bougie.

« Je me plaisais autrefois à croire qu'attraper le coupable suffirait, dit-il en repliant son bras pour venir poser ses coudes sur ses genoux, les mains jointes. Vers la fin, à Berlin, quand tout s'est effondré sous les pieds des nazis, ils se contentaient parfois d'une conviction. Ma conviction leur suffisait. Ici, aujourd'hui… je *sais* que les oustachis sont derrière les meurtres sur lesquels j'enquête. Et je *sais* qu'ils font le maximum pour se soustraire à ce qu'ils ont fait. Mais savoir n'est plus suffisant. Ça ne l'a jamais été. Et ce que je ressens – quand je ne réfléchis pas à un moyen de trouver une échappatoire à cette guerre –, c'est de la culpabilité. J'ai abandonné des gens. L'homme que je devais rencontrer ce soir. Ces gens dans la forêt. Il y avait une fillette… »

Il ne termina pas sa phrase, revoyant la petite fille dans les bras de son père. Sa gorge se serra, ses pensées s'embrouillèrent.

« Vous êtes trop dur avec vous-même.

— Peut-être bien.

— C'est sûr. Et ce n'est pas pour entendre ce genre de vérités que vous êtes venu me trouver.

— Non.

— Pourquoi êtes-vous venu ? »

La voix de Vukić était douce, la lueur de la chandelle soulignait les ridules au coin de ses yeux.

La réponse, Reinhardt la connaissait, mais les mots avaient du mal à sortir, c'est pourquoi il préférait arrêter de boire. Il se voulait sincère, sans le prétexte de l'alcool, et refusait ce filet de sécurité au cas où il viendrait à tomber.

« Pour être avec vous. Je suis venu pour vous. »

Elle ne répondit rien, se contentant de le regarder. Il ne la quittait pas des yeux, sa respiration rendue haletante par la pression dans sa poitrine, cette peur du rejet, de ne pas être à la hauteur, la crainte de ne plus avoir droit à ce genre de choses, mais elle esquissa un geste timide de la main, et son pouce effleura délicatement sa peau pour venir se glisser spontanément entre ses doigts. Il baissa les yeux avant de plonger à nouveau son regard dans le sien. Ses prunelles étaient fixées sur lui, immobiles, mais elles brillaient dans la lueur de la flamme. Il avala sa salive, prit sa main, l'attira doucement à lui. Elle se laissa glisser vers lui, contre lui, sur le vieux canapé défoncé. Il enroula un bras autour de ses épaules, l'une de ses mains allant caresser ses cheveux, et il s'enivra de leur parfum. Ils se laissèrent aller l'un contre l'autre avec douceur, délicatesse. Fermant les yeux, il se sentit peu à peu dériver loin de ce monde.

Après un moment, elle se coula dans ses bras, et il l'accompagna de ses gestes. Silencieux, ils respiraient à l'unisson, en rythme. Il changea de position, et elle tourna la tête vers le haut pour enfouir son visage contre son cou. Là, elle déposa un baiser du bout des lèvres, puis un autre, plus long, plus appuyé. Il l'embrassa tendrement sur le front, leurs visages se frôlèrent, leurs regards se croisèrent. Puis leurs bouches se trouvèrent, se touchèrent. Elle ferma les paupières, et il l'imita. Le reste n'existait plus, il n'y avait plus que la sensation de ses lèvres sur les siennes, le doux vertige de l'alcool et ce fourmillement dans son ventre, de plus en plus puissant, comme la longue inspiration avant le grand plongeon.

Leurs bouches se détachèrent l'une de l'autre après quelques instants, mais ils ne relâchèrent pas leur étreinte. Il embrassa ses paupières, goûta le sel de ses larmes, ses sourcils, leva une main et la passa dans sa chevelure. Elle se rapprocha encore, se serra contre lui et fit courir ses lèvres au creux de son cou. À nouveau, ils échangèrent un baiser, plus long celui-ci, leurs souffles s'accélérèrent, et Reinhardt s'abandonna à ce sentiment vertigineux, à ce désir qu'il n'avait plus éprouvé depuis si longtemps.

Elle décolla ses lèvres de son cou, le souffle court. Tourna lentement la tête, d'un côté puis de l'autre, semblant hésiter, puis revint chercher son regard. Elle l'embrassa les yeux ouverts, suivant du bout des doigts la ligne de sa mâchoire. Il déposa un baiser sur son front, soucieux de ne pas la brusquer.

« Ça fait si longtemps, Gregor, murmura-t-elle.

— Pour moi aussi.

— Ensemble, dit-elle, relevant la tête pour l'embrasser.

— Ensemble », dit-il tout bas, ses lèvres contre les siennes.

Le plongeon, le risque de prononcer des paroles qu'on ne pouvait ensuite plus retirer.

Elle se leva, soudain, et le temps d'une seconde

incertaine, il pensa qu'elle allait le laisser là, mais elle se tourna vers lui, le regarda, et fit glisser sa robe sur ses hanches. Elle prit une inspiration, frissonna, puis passa sa chemise de nuit par-dessus sa tête et la laissa tomber à ses pieds. Reinhardt sentit sa respiration s'accélérer en la découvrant ainsi, et il se leva pour prendre son visage entre ses mains.

« Vous êtes si belle », souffla-t-il avant de l'embrasser.

Un petit bruit s'échappa de la gorge de Vukić, qui de ses mains vint dégrafer les boutons de sa tunique. Il la retira, ainsi que sa chemise. Du bout des pieds, il enleva ses bottes, pris d'un frisson de panique à l'idée de l'image qu'il renvoyait, de l'odeur qu'il dégageait, mais ses craintes furent balayées dès qu'il se retrouva nu auprès d'elle. Leurs corps s'aimantèrent à nouveau, elle caressa ses omoplates avec douceur, il épousa des mains les courbes de ses hanches, l'arrondi de sa taille, puis elle l'attira dans le canapé, encercla son corps de ses jambes, et le monde s'éloigna pour de bon.

22

La première fois fut époustouflante, mais bien plus rapide qu'il ne l'avait espéré. Il lisait de l'interrogation dans le regard de Suzana alors qu'il allait et venait en elle, et il se demanda si son regard à lui reflétait une émotion similaire, ou s'il lui renvoyait une réponse qui ne lui avait pas échappée. Son corps dans le sien, son corps au-dessus du sien, les mouvements de ses seins et leurs yeux qui ne se quittaient plus : c'en était trop. Il se sentait au bord du gouffre, en équilibre au-dessus d'un puits de sentiments profondément enfouis en lui. Elle avait dû le discerner dans son regard ou l'entendre dans son souffle, car elle resserra l'étreinte de ses jambes autour de lui, l'attirant plus profondément en elle, et ce fut dans un frémissement qu'arriva la jouissance, contenue depuis aussi longtemps, semblait-il, qu'elle provenait du plus profond de lui. Fermant les yeux, Reinhardt plongea le visage dans son cou. L'haleine courte, il sentit une pointe d'embarras contrarier son plaisir, et regretta de n'avoir su mieux se contrôler.

Les bras et les jambes de Suzana l'enserrèrent un peu plus, le retenant en elle. Il sourit contre son épaule, l'embrassa, puis il éclata de rire, tout à coup, dans un élan d'autodérision. Il la sentit qui tournait la tête, perçut le sursaut de surprise qui secoua sa gorge et l'entendit rire, elle aussi.

« Je suis désolé, parvint-il à lui glisser après un instant.

— Ma foi, tu as dit que ça faisait longtemps... »

Il la regarda en face et ils rirent de conserve. Changeant de position, ils se tortillèrent l'un contre l'autre jusqu'à trouver une nouvelle intimité, bras et jambes entremêlés. Il tira sur eux la couverture pliée à l'autre bout du canapé. Elle attira sa tête contre sa peau, lui caressa les cheveux, et ils s'endormirent ainsi.

*

Elle le réveilla un peu plus tard, une jambe passée par-dessus sa hanche et ses mains se promenant sur son torse, s'égarant vers son bas-ventre. Ses seins étaient serrés l'un contre l'autre entre ses bras, doux et lourds dans le clair-obscur de la lumière, et il se sentit durcir à son contact. Elle l'embrassa, le sourire aux lèvres, les yeux brillants. Quand il lui rendit son baiser, elle ouvrit la bouche et le surprit avec sa langue, le réveillant pour de bon. Étonné, il ouvrit les yeux et vit qu'elle le regardait d'une manière qui le fit frissonner. Sa langue s'enfonça encore, à sa grande surprise, puis elle remua les hanches, se mit à califourchon sur lui et imprima un mouvement de va-et-vient à son corps. Haletant, il se laissa engloutir par sa chaleur, tandis qu'elle l'agrippait par les épaules comme pour s'arrimer à lui.

Il empoigna sa poitrine, la repoussa en arrière et souleva le bassin pour venir la rejoindre. La lueur de la chandelle allait et venait sur le visage de Suzana au rythme de ses mouvements, ses cheveux oscillaient dans un roulement de balancier. Elle ferma les yeux, et il sentit son corps se raidir et sa respiration s'accélérer, ses hanches cogner de plus en plus fort contre lui.

« Gregor », fit-elle dans un souffle, les membres tendus.

Sa respiration se coupa et elle se recroquevilla contre lui, s'accrochant à ses cheveux. Il la serra dans ses bras et donna un dernier coup de reins. Elle trembla, puis il sentit les muscles de son dos se détendre. Et là, comme il l'avait fait avant elle, elle sourit en se blottissant dans le creux de son cou, et ils se mirent à rire. Salvateur, ce moment les purifia, et ils se rendormirent.

*

Plus tard dans la nuit, alors que la chandelle était presque morte, il la sentit quitter ses bras et se réveilla. Il la vit traverser la pièce d'une démarche chancelante, l'entendit reprendre son souffle en s'appuyant sur une chaise pour ne pas perdre l'équilibre. Elle murmura quelque chose, une petite réprimande, et il sourit. Il s'enfouit dans la chaleur de la couverture, sentit le creux qu'elle avait laissé dans le canapé, la forme de son corps. De petits bruits lui parvinrent depuis la cuisine, le frottement du bois sur le métal, alors qu'elle alimentait le poêle. Elle revint quelques instants plus tard, traînant les pieds, et reprit sa place au chaud contre lui, dans le creux qu'elle avait laissé. Elle se tourna, se positionna en cuillère devant lui, fit venir sa main sur ses seins, et ils dormirent à nouveau.

*

Il se réveilla, plus tard, en proie à un sentiment de lassitude absolue. Quelque chose l'avait tiré de son sommeil, et son esprit s'attarda sur ce petit bruit. Il émergea tranquillement, calmement, à l'écoute, ses yeux s'ouvrant et se fermant à leur propre rythme. Dehors, tout était calme. Il estima l'heure à minuit passé, et peu à peu, son cerveau se remit en route. Les pensées commencèrent à tourner dans sa tête, des éventualités, des questions. Que s'était-il passé, la veille, dans cette maison ? Qui était au courant ? Qui savait qu'il avait rendez-vous là-bas ? Ils étaient peu nombreux à connaître ses faits et gestes des dernières heures, tous dans l'armée, et la quasi-totalité dans le bataillon disciplinaire. L'un d'eux avait parlé.

Il prit conscience que sa colère passée s'était estompée, ou apaisée. Enterrée au fond de lui. Compressée, comme une strate, sous ce manque d'assurance auquel il lui serait visiblement difficile de se soustraire. Et même si les passions de sa jeunesse ne suffisaient pas à le refaçonner, il se sentait pourtant différent. Oui, la colère était passée, les doutes s'insinuaient, mais avec cette introspection, il était revenu en arrière, avait fait ressurgir un gisement de souvenirs et de sentiments, cette version de lui plus jeune. Il ne pouvait accepter de redevenir cet homme, pourtant. Il était trop dangereux, trop imprudent, trop incontrôlable…

Cet homme était celui qui avait tué ces types, dans l'allée. Deux salves. Aucune réflexion, rien qu'une froide réaction. Aucun remord. Vukić lui avait demandé si c'était l'absolution qu'il était venu chercher, mais ce n'est pas à ça qu'il avait pensé. Il était venu confesser une faute. Il n'aurait pas dû tuer ces hommes. Il existait certains usages. Reinhardt le savait, mais il les avait tout de même tués.

À un moment donné, dans le courant de la nuit, quelque chose en lui avait fusionné, il venait de le comprendre. Des parties séparées depuis longtemps. Cette part de lui qui aspirait à découvrir ce qu'il pouvait accomplir en tant que Feldjäger, et qui trouvait un écho dans l'homme qu'il avait été pendant et après l'orage d'acier de la Grande Guerre. Et puis cette autre partie, prudente et insidieuse, cette part de lui dont le seul désir était de suivre furtivement son chemin, sans montrer le moindre égard ou le moindre intérêt pour ce qu'il pouvait penser ou dire. Il avait passé tellement de temps à les évaluer toutes les deux, muselant cette version de lui plus jeune et plus impétueuse, qu'il ignorait quel serait le résultat s'il cédait et s'acceptait enfin comme la somme des différentes facettes de sa personnalité.

Un frottement, du côté de la cuisine, lui fit dresser l'oreille, et il sut qu'il s'agissait du bruit qui l'avait réveillé. Il devina que Vukić était réveillée, elle aussi, et dans une caresse, il murmura à son oreille :

« Dis-lui que tout va bien. »

Elle se tendit et tourna la tête vers lui, ses yeux sombres grands ouverts.

« Va lui dire », lui souffla-t-il à nouveau.

Elle se redressa et s'enveloppa dans sa robe, tandis que Reinhardt enfilait son pantalon et sa chemise. Elle se rendit à la cuisine en silence et appela quelqu'un tout bas. Sa voix était douce, encourageante, et l'instant d'après, elle revenait dans le séjour, un jeune garçon au bout du bras.

Le garçon de la forêt.

Vukić l'attira sur le canapé et le fit asseoir auprès d'elle. L'enfant posa de grands yeux blancs sur Reinhardt, sans piper mot.

« Il s'appelle Neven », lui apprit Vukić.

Le garçon cligna des yeux et leva la tête à l'évocation de son prénom. Elle lui ébouriffa les cheveux et l'embrassa sur le dessus du crâne.

« Je ne pouvais pas le laisser avec les autres. Avec le couple de personnes âgées. Ils n'étaient pas de la même famille, de toute façon.

— Je comprends, dit Reinhardt.

— Vous saviez qu'il était ici ?

— Avant de venir ? J'avais deviné, oui. Mais ce n'est pas pour ça que je suis venu, ajouta-t-il, tendant la main sur le dossier du canapé pour lui caresser l'épaule, puis les cheveux. Comment va-t-il ?

— Il a l'air… d'aller bien. Mais il n'est pas très bavard. Tout ce que je sais, c'est qu'il vivait avec son oncle et sa sœur. Ils avaient une petite ferme, où ils élevaient du bétail. Son oncle vendait leur viande sur le marché.

— Où vivait-il ?

— Il ne sait pas, murmura Vukić en posant le menton sur la tête de Neven. Il n'avait jamais quitté les environs de sa ferme avant la guerre.

— Quelqu'un sait qu'il est ici ?

— Personne, répondit-elle, le regard lointain.

— Vous savez qu'ils feront tout pour le retrouver.

— Je peux le protéger jusqu'à l'arrivée des partisans. »

Reinhardt l'observa et inclina la tête jusqu'à ce que le garçon lève les yeux vers lui.

« Vous pensez que je peux l'interroger ? Sur ce qui s'est passé ?

— Vous êtes obligé ?

— C'est important, Suzana », répondit-il, traversé par un frisson d'excitation en prononçant son prénom.

Elle hocha la tête après quelques secondes, et murmura quelque chose à l'oreille de Neven. Le garçon ne détachait plus ses yeux de Reinhardt, malgré les petits mouvements de sa tête, et son souffle se fit plus court, secouant légèrement sa poitrine. Vukić le serra contre elle, le berça, puis finalement, l'enfant se mit à parler, les prenant tous les deux de court.

« *Došli su kad sam bio u šumi…*

— J'étais dans la forêt quand ils sont arrivés, traduisit Vukić. J'étais avec Almira et Suljo, et j'ai entendu les voitures, puis des cris. J'ai voulu courir à la maison, mais mon oncle m'a toujours dit que si des hommes venaient, si des hommes en uniforme venaient, il fallait que j'aille me cacher quelque part, et ne surtout pas rentrer à la maison.

« Mais c'était compliqué. Je ne pouvais pas m'en aller. Il y avait mon oncle, et ma sœur. Alors je me suis approché aussi près que possible, avec Almira. J'ai vu les hommes. Ils ont fait s'aligner mon oncle, ma sœur et les autres. Et ils ont fait descendre trois hommes de leur camion. Ils pleuraient, mais ils leur ont tiré dessus, et ensuite ils les ont traînés dans l'une des maisons. Après ça, ils ont sorti un vieil homme de leur camion et l'ont forcé à rejoindre mon oncle et ses amis. C'est là qu'ils les ont tous tués. Ils ont mis le feu à la cabane et ils l'ont regardée brûler. Et puis ils sont repartis. »

Le garçon ne cilla pas une seule fois. Reinhardt et Vukić échangèrent un regard, consternés par la brutalité du récit que leur livrait cet enfant sur lequel s'était abattue l'horreur. Reinhardt aurait tellement voulu s'arrêter là, mais il ne pouvait s'y résoudre, et ses yeux implorèrent le pardon de Vukić, tant il semblait impossible d'en demander plus à Neven.

« Neven, j'ai encore quelques questions à te poser, l'informa-t-il avec douceur. As-tu entendu ces hommes dire quelque chose ?

— Des choses. Ils étaient furieux qu'on soit là. "*Qu'est-ce que vous faites ici ?*" a demandé l'un d'eux. Ils n'étaient pas d'accord sur ce qu'ils devaient faire. Puis il y en a un qui a pris une décision, et il les a tous fait mettre en ligne.

— Ceux qu'ils ont fait descendre du camion, les trois hommes qu'ils ont traînés dans la maison. À quoi ressemblaient-ils ?

— C'étaient des Allemands. Ils portaient des uniformes allemands.

— Quand êtes-vous arrivés là-bas, tu te souviens ?

— On est arrivés deux jours avant que ça se passe. On s'était enfuis. Notre village avait été détruit. On a trouvé les maisons et on s'est dit qu'on y serait à l'abri. Que les oustachis ne nous trouveraient pas, ici. Mais Elma – c'était ma sœur – a trouvé les cadavres et elle a eu peur, et tout le monde s'est demandé s'il fallait rester ou non.

— Vous avez trouvé des cadavres ? »

Neven opina solennellement du chef.

« Oui. On a trouvé deux cadavres. Ils avaient été enterrés, mais pas très profond. Des animaux sauvages les avaient découverts.

— Tu as vu ces cadavres ?

— Oui. Eux aussi, c'étaient des Allemands. Elma était terrifiée.

— Je suis désolé d'avoir à te poser ces questions, Neven.

— Tata Suzana dit que vous êtes policier. »

Les yeux de Vukić s'agrandirent tandis qu'elle traduisait, observant le garçon. Il lui dit quelque chose, des mots simples et clairs, et elle lui sourit, mais lorsqu'elle porta à nouveau son regard sur Reinhardt, en passant le dos de sa main sur son visage, un reflet humide et doré miroita sous ses yeux dans la lueur de la bougie.

« Il demande si vous allez arrêter ces hommes.

— Je ferai mon possible, Neven. Je te le promets. »

Le garçon l'observa longuement, puis l'expression de dureté déserta son visage, ses traits s'adoucirent, et Reinhardt sut qu'il avait devant lui le petit garçon qu'il avait toujours été. Celui qui avait existé avant l'épreuve de la guerre.

« Crois-tu pouvoir te rappeler comment étaient les oustachis ?

— Ce n'étaient pas des oustachis.

— De qui parles-tu, Neven ?

— De ceux qui ont tué les soldats. Et ensuite les

autres. Mon oncle, ma sœur. Les oustachis n'ont fait qu'amener le vieil homme. »

Reinhardt pesa ses paroles.

« Mais alors qui a tué ta famille, Neven ?

— Des Allemands.

— Comment le sais-tu ?

— J'ai vu leurs uniformes. Je les ai entendus parler. Ils parlaient comme vous.

— Ils parlaient comme moi ?

— Ils vous ressemblaient.

— Ils me ressemblaient… ? »

Reinhardt se figea. Le garçon le fixa, intensément, et pointa un doigt sur lui.

« Ils vous ressemblaient », répéta-t-il, puis son doigt se dirigea ailleurs.

Reinhardt se leva pour voir ce qu'il était en train de désigner. Un objet métallique aux reflets jaunes, posé sur la table. Il s'en empara et le montra à Neven.

« Ils portaient ça ? »

Neven fit oui de la tête, le doigt tendu vers le hausse-col de Reinhardt.

TROISIÈME PARTIE

QUAND LE LOUP JAILLIT DANS LE CŒUR

23

Reinhardt alla se poster à la fenêtre pendant que Vukić remettait Neven au lit. Il écarta lentement les rideaux et promena son regard sur les lignes géométriques des toits de la ville. Le ciel était parsemé de nuages qui, par endroits, laissaient apparaître une lune aussi brillante qu'un sou neuf. Joufflue et argentée, elle peignait de teintes pâles les flancs enneigés du mont Trebević, ses vallées et vallons encaissées semblant flotter dans la nuit. Il n'y avait plus un bruit à présent, en dehors de l'écho sporadique de détonations de l'autre côté de la vallée, par séries de deux ou de trois.

Il tira le papier ensanglanté et les *Soldbuchs* de la poche de son manteau, retourna s'asseoir dans le canapé et étala les documents sur la table. Il considéra les livrets, se demandant d'où ils provenaient. Les soldats étaient censés les avoir constamment sur eux, et tout manquement à ce devoir constituait une grave infraction, passible, dans le contexte actuel, d'une peine en bataillon disciplinaire.

Il médita là-dessus avant de les ouvrir l'un après l'autre et de feuilleter les pages recensant noms et informations. Sergent Heinrich Keppel, fantassin, né le 15 août 1919 à Freising, en Bavière. Sergent Georg Abler, fantassin, né le 1er mars 1922 à Maribor, en Slovénie. Caporal Marius Maywald, tankiste, né le 19 avril 1921 à Opava, en Bohême-Moravie. Informations personnelles – taille, religion, couleur des yeux et des cheveux. Ils avaient tous servi à différents postes dans différentes unités avant d'être affectés à un bataillon disciplinaire. Des soldats relativement discrets, tout ce qu'il y avait de plus ordinaires. Rien ne lui sauta aux yeux, même si Abler lui disait quelque chose, ou lui rappelait quelqu'un, mais il n'arrivait pas à mettre le doigt dessus. Il ne connaissait personne du nom d'Abler, et jusqu'à très récemment, il n'avait pas eu connaissance de l'existence du bataillon disciplinaire duquel ces livrets de solde provenaient vraisemblablement.

Il les tourna et les retourna entre ses mains, fit glisser ses doigts sur leurs couvertures, passa chaque page en revue. Il ne trouva rien d'anormal sur les reliures crasseuses, sur la tranche émoussée des pages, les gribouillages à l'encre verte, bleue et noire que des dizaines de commis avaient laissés dans autant d'unités militaires. Les livrets étaient en bon état, comme il se devait. Seule la couverture arrière de celui de Keppel présentait quelques taches de sang.

Reinhardt déplia le bout de papier, qui craqua doucement sous ses doigts, et lut les dix noms, remarquant pour la première fois l'écriture élégante, les volutes à l'ancienne et les ornements des lettres en italique. Il palpa la feuille et la plia légèrement pour en apprécier le grammage, la qualité. C'était l'œuvre d'un artisan, constata-t-il, du papier épais et velouté, fabriqué pour une main exercée à l'art de la calligraphie. Rien ne dépassait, rien n'avait bavé. Fallait-il y voir un message ?

Georg Abler, Carl Benirschke, Otto Berthold, Bruno Cejka, Jozef Fett, Werner Janowetz, Marius Maywald, Jurgen Sedlaczek, Christian Seymer et Ulrich Vierow. Les noms ne lui disaient rien. Pas plus que les nombres à six chiffres en face de chacun d'eux. Absolument rien. Il laissa ses pensées faire leur chemin, cherchant à établir une certaine symétrie. Il considéra le *Soldbuch* de Keppel, puis le mit soigneusement de côté. Il avait donc dix noms, cinq corps sur le chantier, trois dans la forêt, plus les deux cadavres déterrés dont avait parlé Neven, probablement Berthold et Seymer, qui, si Reinhardt ne se méprenait pas, avaient disparu les premiers. Dis noms, dix corps. Dix corps, mais seulement deux *Soldbuchs*. Trois, s'il comptait celui de Keppel, mais quelque chose lui disait que celui-ci était à part. Il n'arrivait pas à faire le lien entre ces éléments, et rangea le tout dans la poche de son manteau en entendant Vukić arriver.

« Quelle heure est-il ? demanda-t-elle en venant s'asseoir près de lui.

— Deux heures du matin. Je vais devoir partir. »

Elle hocha la tête, le menton rentré dans le cou. Reinhardt se laissa glisser sur le côté et vint la prendre dans ses bras. Elle le laissa faire, et ils s'enfoncèrent dans le canapé, sa main caressant ses cheveux.

« Tout ça, qu'est-ce que ça veut dire ? murmura-t-elle.

— Vous parlez de Neven ? »

Une petite hésitation, puis Vukić confirma d'un signe de tête. Il se demanda si elle avait voulu parler d'eux deux.

« Je ne suis pas sûr. Je soupçonne… je soupçonne certains oustachis d'essayer de s'infiltrer dans nos rangs. J'imagine qu'ils espèrent ainsi pouvoir s'échapper d'ici. »

Elle se figea, leva la tête vers lui.

« Comment le fait de passer pour des Allemands pourrait-il les aider ?

— Je pense qu'ils essaient de s'engager en tant que Hiwis – nom que l'on donne aux volontaires étrangers. Ce serait un moyen pour eux de se voir confier des tâches subalternes. Ils ne prendraient pas part au combat. Ils seraient à l'abri du danger. Et une fois qu'ils seront loin d'ici… »

Sentant le regard de Vukić peser sur lui, il laissa le silence se refermer sur ses paroles.

« Une fois qu'ils seront loin d'ici, ils pourront reprendre leur véritable identité », termina-t-elle pour lui.

Reinhardt opina du chef, soulagé de la voir baisser la tête et porter ailleurs son regard perçant. Il caressa ses cheveux, conscient que quelque chose avait changé.

Il aurait aimé rester là pour toujours, mais une journée de travail l'attendait, et aucun dieu ne pouvait rallonger la nuit pour ses beaux yeux. Il prit une grande inspiration, que Vukić sembla aussitôt décrypter comme le signal qu'elle était. Elle se redressa.

« Vous devez y aller. »

Elle avait dit ça avec simplicité, dans ce qui était

autant une question qu'une affirmation. Il acquiesça silencieusement.

Elle mit de l'eau à chauffer sur la cuisinière et le laissa utiliser les commodités sur le palier, qu'elle partageait avec les trois autres appartements de l'étage. Il s'y faufila furtivement, soucieux de ne pas attirer l'attention sur elle s'il venait à croiser quelqu'un, mais il ne pouvait s'empêcher de sourire. Lui, frissonnant dans son manteau, ses bottes aux pieds, dans des toilettes communes, avec en tête le souvenir de la nuit qu'il venait de passer. Quand il revint dans l'appartement, ils s'enveloppèrent dans des serviettes et se lavèrent dans la cuisine. La guerre l'avait changé, il le savait. On voyait apparaître les saillies de ses côtes et de ses épaules, les muscles tendus de son torse, et ceux, noueux, de ses bras et de ses jambes. Sa cicatrice striée et livide barrait fièrement son genou. Vukić avait gardé, quant à elle, les hanches arrondies et la poitrine généreuse qui étaient la marque de tant de femmes de ce pays, bien qu'il semblât à Reinhardt que le temps, l'âge et la guerre l'avaient modelée différemment, comme si les courbes de son corps s'étaient adaptées à son état d'esprit. Il la trouvait magnifique.

« Qu'est-ce que vous regardez ?

— Vous », se contenta-t-il de répondre.

Elle rougit, puis sourit. Il la contempla, s'abreuvant d'elle et se demandant si ce qui s'était passé entre eux se reproduirait un jour, conscient que c'était peu probable.

Une fois habillé de ses vêtements sales et tachés, il la vit approcher avec un petit flacon en verre à la main. Elle retira le bouchon et tapota le col de sa chemise avec un peu de parfum, juste sous son menton.

« Si jamais on vous pose des questions… », dit-elle avant de chanceler et de baisser les yeux.

Délicatement, il releva sa tête d'un doigt posé sous son menton. Elle plongea son regard dans le sien avec une détermination inattendue.

« Je pourrai dire que j'étais avec quelqu'un », termina-t-il.

Elle lui sourit, les yeux soudain humides, et il sentit les siens le picoter. Ils se retrouvèrent sur le pas de la porte avant même de s'en rendre compte. Elle le fixa avec intensité, et Reinhardt lui retourna un regard lourd de non-dits, par faute de temps et de mots.

Vukić caressa ses lèvres avec douceur, et murmura :

« Ne dites rien. Plus tard. Si vous avez besoin… si vous voulez… »

Elle rougit à nouveau et secoua légèrement la tête, aux prises avec un sentiment de timidité né de ce qu'ils avaient partagé cette nuit. Ils échangèrent un baiser, et Reinhardt espéra ne pas lui donner l'impression que c'était la dernière fois.

Les portes étaient fermées à tous les étages, il ne croisa personne en descendant silencieusement l'escalier. Arrivé à la porte d'entrée du bâtiment, il tendit l'oreille et boutonna son manteau pour se protéger du froid. Il devait décider où aller maintenant. Il répugnait à partir, sentant au fond de lui que ce vestibule n'était pas une étape à franchir à la légère. Mais l'heure tournait. C'était déjà le cas au réveil, et c'était tout aussi vrai à présent. Peut-être plus.

Il s'apprêtait à sortir quand il se figea. Il avait senti quelque chose ; il ignorait ce que c'était, mais c'était bien là. Dehors, la nuit semblait s'être épaissie, obscurcie, plus que de raison. Sur le qui-vive, il sentit une présence l'épier, quelque part, et il se replia dans l'ombre du porche. Il quadrilla les alentours du regard, tous ses sens en éveil, passant lentement sur les portes, les arcades et les fenêtres, taches d'encre sur les contours charbonneux de la rue. Rien ne bougeait, mais il percevait comme une vibration dans l'air, qui allait à l'encontre de la course naturelle du temps.

Finalement, il se secoua et se mit en route en rasant les murs. La ville était plongée dans un silence particulièrement sinistre après les fusillades de la nuit. Certaines des rues rectilignes du quartier autrichien étaient bordées de tas de neige sale et d'ordures, mais il ne vit pas un chat. Il n'en avançait pas moins à une cadence variable, revenait parfois sur ses pas, jetait des coups d'œil par-dessus son épaule, s'arrêtait pour s'enfouir sous une porte cochère et observer la rue derrière lui, les fenêtres et le trottoir d'en face, avant de repartir. Le ciel, au-dessus de sa tête, était d'un bleu profond taché de gris, la lune éclairait les contours déchiquetés des nuages portés par le vent froid qui balayait la vallée. Il descendit la rue Ante Starcević à la hâte, sans croiser personne, et arriva enfin en vue du poste de garde de la caserne. C'est à cet instant qu'il eut pour la première fois le sentiment qu'il se passait quelque chose.

Ce n'est pas la sécurité renforcée qui l'interpella. On l'avait mise en place la veille, à la suite des premiers combats à la périphérie de la ville. Ce qui fit naître son inquiétude, ce fut la brigade de la Feldgendarmerie venue grossir les rangs des soldats en faction, et la façon dont leur sergent loucha sur son brassard à son approche. Ce dernier exigea de voir son *Soldbuch* et le compara à une liste manuscrite qu'il tenait à la main. Son regard se figea, se fixa sur Reinhardt, puis il appela l'un des autres Feldgendarmes.

« Hé ! Je crois que c'est l'homme que vous cherchez. »

Le deuxième Feldgendarme, un sergent lui aussi, compara le *Soldbuch* à la liste, hocha la tête, et d'un mouvement du poignet, fit venir deux hommes qui encadrèrent Reinhardt.

« Qu'est-ce que ça veut dire, sergent ?

— Les ordres, monsieur.

— Quels ordres ?

— Je ne peux rien dire, monsieur.

— Vous allez m'en dire plus, sergent », l'intima Reinhardt, plantant ses pieds dans le sol.

Il y eut un craquement de cuir, le glissement métallique des armes tout autour, alors que les Feldgendarmes s'écartaient de lui.

« Soyez raisonnable, monsieur », dit le sergent.

Reinhardt soutint son regard, puis il acquiesça de la tête et le suivit jusqu'à une Horch, à l'arrière de laquelle il monta sur ordre de l'homme. La voiture sortit de la caserne en ronronnant et descendit la rue Starcević avant de s'arrêter devant le Palais du gouvernement. Un groupe de soldats chargeait des caisses de documents dans des camions sur les marches du bâtiment. Le sergent l'escorta à l'intérieur, martelant le sol de ses pas au rythme dissonant des battements de cœur de Reinhardt. Il monta les marches qui menaient aux bureaux qu'il avait visités quelques heures plus tôt, sentant son genou le tirailler. Les marches étaient pleines de papiers, en piles ou en boules, et une caisse retournée avait été poussée dans un angle du palier, dont le sol était recouvert d'un tapis de feuilles blanches étalées à la manière de cartes à jouer sur une table de casino. D'autres hommes attendaient à l'étage, des Feldgendarmes, quelques ordonnances et commis, ainsi qu'un homme étrange en pyjama à rayures. Un silence pesant se fit sur le passage de Reinhardt. Un sergent du Feldjägerkorps vint à leur rencontre à la porte qui menait aux bureaux des juges, et lui et le Feldgendarme se regardèrent en chiens de faïence.

« Je prends le relais, dit-il.

— Il est tout à vous, répondit le Feldgendarme, qui se tourna pour faire signe à ses hommes de le suivre.

— Capitaine, monsieur, fit le sergent avec calme. Je vais avoir besoin de ça.

— Que se passe-t-il, sergent ? s'enquit Reinhardt, calme lui aussi, en lui tendant son StG 44.

— Le colonel va vous expliquer, monsieur. Dans un court instant. »

Le sergent guida Reinhardt à travers la pièce, dont les bureaux et les étagères étaient vides, leur contenu remisé dans des caisses empilées un peu partout. Quand des têtes se levèrent pour le regarder d'un air scrutateur, une sueur froide lui passa dans le dos. Le sergent frappa à la porte du bureau de Dreyer, l'entrebâilla et passa sa tête dans l'ouverture. Après un instant, il ouvrit la porte en grand pour laisser entrer Reinhardt.

Dreyer était affalé sur une chaise, le côté gauche de sa tête réduit en une bouillie rouge et sanguinolente. Son bras droit pendait au sol, et un pistolet reposait sur le plancher au-dessous de sa main. Son autre bras était replié sur ses cuisses, le poing serré. La chemise blanche qu'il portait était imbibée de sang à l'endroit où sa tête reposait sur son épaule.

Reinhardt compta cinq hommes dans la pièce. Tous le regardaient. Scheller et Lainer se tenaient près du bureau de Dreyer. Le troisième était le juge Erdmann, et le quatrième, Neuffer, de la Feldgendarmerie, qui semblait – de manière assez surprenante – affreusement mal à l'aise. Le cinquième homme, petit et trapu, était Herzog ; il le toisait avec acrimonie sous ses sourcils baissés, comme le bulldog belliqueux qu'il était.

« C'est lui, Reinhardt ? grogna le général.

— C'est le capitaine Reinhardt, oui, confirma Scheller, dont l'expression grave renforça l'inquiétude de Reinhardt. Capitaine, vous vous souvenez du général Herzog, commandant de la Feldgendarmerie à Sarajevo. »

Reinhardt se mit au garde-à-vous sous le regard pugnace de Herzog, le corps de Dreyer réduit à une tache rouge et blanc à la périphérie de son champ de vision.

« Où étiez-vous au cours des dernières heures ?

— Monsieur ?

— Répondez à la question, capitaine, dit Scheller d'un ton ferme.

— J'étais en… j'étais… », bafouilla-t-il.

Il savait qu'il allait devoir s'expliquer, à un moment ou à un autre, mais les mots ne voulaient pas sortir.

« J'étais en compagnie de quelqu'un, monsieur.

— Une femme ? s'exclama Herzog. Pratique.

— Pratique pour quoi, monsieur ? voulut savoir Reinhardt, tout aussi dérouté qu'inquiet, maintenant.

— *Ceci*, capitaine, grommela Herzog avec un geste dédaigneux de la main en direction du cadavre de Dreyer. Qu'est-ce que vous voulez que ce soit ? »

Le sang déserta le visage de Reinhardt, qui sentit le sol tanguer sous ses pieds.

« Quelque chose à dire pour votre défense ? » demanda Herzog.

Reinhardt remua les lèvres, mais ne put articuler le moindre mot. Sa langue alla chercher le trou dans sa gencive. Du coin de l'œil, il vit Lainer s'approcher, se pencher et le renifler.

« Il sent la cocotte à plein nez, pas de doute là-dessus. »

Reinhardt s'empourpra, et un filet de sueur se déposa sur sa peau. Herzog laissa échapper un petit rire, Lainer et Scheller restèrent impassibles. Erdmann et Neuffer eurent au moins l'élégance de paraître embarrassés, mais le commentaire irréfléchi de Lainer laissa Reinhardt pétrifié l'espace d'un instant, avant que tout ne s'éclaire, ne s'aiguise, ne se recentre.

« Monsieur, suis-je soupçonné d'être impliqué dans la mort du juge ? demanda-t-il, s'adressant au général tout en dévisageant Scheller.

— Je ne sais pas, Reinhardt, fit Herzog. Vous

serez soulagé d'apprendre, je n'en doute pas, que Dreyer s'est donné la mort. Du moins, à ce qu'il semble. N'est-ce pas, Neuffer ?

— Oui, monsieur, murmura le Feldgendarme. Un suicide. Il a laissé un mot.

— Il a laissé un mot », répéta Herzog, les yeux rivés à Reinhardt.

Neuffer lui montra un morceau de papier.

« *Je suis désolé. Je n'en peux plus. Pardonnez-moi.* »

Reinhardt parcourut des yeux l'assistance, le général, les quatre autres hommes, puis la mêlée qui se massait à la porte.

« Très fort.

— Vous jouez les comédiens, Reinhardt ? On ne m'avait pas dit que vous étiez comédien.

— Qui l'a trouvé ? » demanda Reinhardt.

Neuffer cligna des paupières et lança un coup d'œil à Erdmann.

« C'est vous qui l'avez trouvé ? Quand ?

— C'est moi qui pose les questions, Reinhardt, l'interrompit Herzog, coupant la chique au juge, qui ouvrait la bouche pour répondre. Vous prétendez avoir été en compagnie d'une femme – tant mieux pour vous, j'espère que vous lui avez laissé un bon souvenir, car c'est tout ce qui lui restera – mais d'après ce que je sais, vous et votre ami le juge ici présent avez causé plus que votre part de problèmes.

— Monsieur, je ne comprends pas…

— Silence, Reinhardt, gronda Herzog. Vous parlerez quand on vous le demandera. Comme s'il ne suffisait pas que Dreyer s'escrime à semer le trouble et la discorde avec nos alliés au sein du Bureau des crimes de guerre, il a fallu que vous décidiez de courir avec lui après des fantômes et que vous salissiez la réputation et le travail d'un homme comme le commandant Jansky.

— Général, si je puis me permettre, intervint Scheller, impavide. Le capitaine Reinhardt n'a fait que suivre mes ordres. Je suis persuadé qu'il n'avait pas l'intention de manquer de respect à qui que ce soit, ou de semer une quelconque confusion.

— Admirable, Scheller, de prendre la défense de votre homme. Il y a autre chose, cependant. »

Les yeux de Lainer, posés sur Reinhardt, ne laissaient paraître aucune émotion, mais deux points rouges sur ses joues trahissaient sa colère.

« J'aimerais éclaircir un ou deux points avec notre capitaine ici présent. Lui, son juge et leurs contes de fées. Grâce à lui, j'ai dû réprimer une foutue insurrection à la forteresse, cette nuit. Une idée de ce qui a pu se passer, Reinhardt ?

— Pas la moindre, monsieur, répondit ce dernier, bien que saisi d'un mauvais pressentiment.

— Je pense le contraire, voyez-vous. J'ignore quel est l'abruti qui vous a renseigné, ou ce qui vous a poussé à croire que c'était une bonne idée d'aller foutre votre nez dans les affaires d'un bataillon disciplinaire dirigé par l'un de mes officiers – officier qui, soit dit en passant, bénéficie de ma confiance inconditionnelle. Mais je ne peux pas laisser passer une telle faute, Reinhardt. Vous avez merdé. Royalement. Traîner dans la boue le nom d'un officier honnête et lui faire perdre son temps. Mettre en pétard les oustachis, nos fidèles alliés, alors que, sans eux, cette ville s'écroulerait comme un château de cartes.

Répandre des rumeurs et créer des dissensions dans les rangs. Oui, vos petites incursions dans le bataillon disciplinaire ont hérissé le poil de pas mal de monde, et mis des idées délirantes dans la tête des mauvaises personnes, au point que je me suis vu contraint de faire aligner une dizaine d'hommes contre un mur pour les exécuter pour tentative de désertion et vol. J'ai perdu deux hommes de valeur, et six autres ont été blessés avant d'arriver à étouffer la rébellion. Vous savez de quoi il retournait, capitaine ?

— Aucune idée, monsieur.

— Vous êtes un foutu salopard de menteur, Reinhardt. Vous savez très bien de quoi il retournait. Vos Grecs ont essayé de s'évader cette nuit, avec presque une demi-tonne d'or. Mais bien sûr, ce n'est pas vous qui leur avez mis cette idée dans la tête, alors qu'aucun d'eux n'a été foutu d'avoir une idée originale depuis que leur mère a cessé de leur filer ses mamelles à sucer ! »

Dans le dos de Herzog, Erdmann fit une petite grimace, de dégoût sans doute, et lorsque ses yeux rencontrèrent ceux de Reinhardt, il lui décocha une œillade discrète, comme pour lui signifier que rien de ceci n'était de son fait.

« Je sais que vous leur avez parlé, Reinhardt. Si j'avais du temps devant moi, et si j'éprouvais le moindre regret de les avoir fait exécuter, je vous traînerais devant une cour martiale et vous tirerais les vers du nez. En l'état actuel des choses, estimez-vous heureux que les partisans ne nous facilitent pas la tâche, mais si jamais j'entends dire que vous avez encore fait des vôtres, si jamais votre chemin vient à nouveau à croiser le mien, je vous assure que je vous fais bouffer la poussière, ça vous pouvez me croire ! C'est bien clair, capitaine ? Colonel ? C'est clair pour vous ? Contrôlez votre officier, ou chargez un autre de le faire à votre place.

— C'est clair, répondirent Reinhardt et Scheller simultanément.

— Encore une ou deux précisions, messieurs, poursuivit Herzog, le visage barré d'un sourire de satisfaction. Premièrement, le commandant Jansky dispose de mon entière confiance, tout comme il dispose de celle du juge Erdmann ici présent. Je tiens à ce qu'il ne soit plus dérangé par ce simulacre d'enquête. C'est un homme dur, j'en conviens, mais les temps sont durs, et la mission qui lui a été confiée, commander à cette bande de truands, de maquereaux et de parias, et en faire une unité de combat, ou du moins une unité utile à quelque chose, est dure elle aussi, très dure.

« Deuxièmement, j'ignore pourquoi cet homme s'est tué, dit-il en pointant un doigt vers le corps de Dreyer, l'air hautain. Personnellement, je m'en contrefiche. Il n'était pas assez résistant pour l'époque actuelle. Ce n'est pas un crime, je suppose, tout comme je suppose qu'il nous a épargné la lourde tâche d'avoir à nous coltiner plus longtemps son derrière de lavette. Mais si enquête il devait y avoir – ce qui n'arrivera pas –, elle sera du ressort de la Feldgendarmerie. Il n'y a rien ici qui concerne le Feldjägerkorps, termina-t-il, crachant ce dernier mot avec une note acide. Tout cela est-il bien clair ? Je veux entendre un concert de oui, messieurs.

— Général, je pense que vous en avez assez fait, objecta Scheller.

— Rien à foutre de ce que vous pensez, colonel. »

Herzog ricana, les yeux scintillants.

« Je vous rappelle, monsieur…

— Ne venez pas me rebattre les oreilles avec votre prétendue autorité, colonel. Essayez seulement de la faire valoir ici, et je vous la carre bien profond dans le cul. C'est ma ville, ce sont mes hommes, et c'est ma putain d'époque ! C'est bien clair ?

— Clair, monsieur », répondit Reinhardt tout haut, essayant de couvrir de sa voix toute protestation de Scheller et d'empêcher ainsi une éventuelle confrontation avec Herzog.

Les yeux du colonel, petits puits sombres et vides, se portèrent furtivement sur Reinhardt, puis s'égarèrent ailleurs.

« Putain que ça fait plaisir à entendre », dit Herzog dans un rire gras, fixant Scheller. Puis son expression changea, et il se redressa. « J'espère que vous excuserez ma grossièreté, messieurs. Seulement, j'ai tendance à croire que c'est parfois le meilleur moyen de faire passer un message, et de le faire rentrer dans les têtes. Comprenez-moi quand je dis que les temps sont très difficiles et que la dernière chose dont nous avons besoin, c'est de division dans nos rangs. Nous sommes tous dans le même bateau. Même si les jours que nous vivons sont épouvantables, nos lendemains seront peut-être différents, et il est de notre devoir de surmonter cette épreuve, pour nous et pour le Führer. Et pas seulement ça, ajouta-t-il, ressemblant plus que jamais à un bulldog, mais aussi de préparer notre avenir. Au moment où notre ennemi s'y attend le moins. Le préparer *maintenant*. Ici. N'oubliez jamais, messieurs, que le Führer a un plan. Il n'en révèle peut-être pas l'intégralité à tout le monde, mais il a un plan. Et nous devons tâcher de partager sa vision, d'agir à sa manière, d'agir comme il *voudrait* que nous agissions. »

Son regard luisait de mille feux, et quand il le braqua sur chacun d'eux, Reinhardt se demanda si ce qu'il y discernait était de la folie, ou une réelle conviction, et si les deux, au fond, étaient si différents.

« Nos ennemis n'agissent pas toujours comme nous le pensons, et nous devons faire de même, ajouta-t-il. Sur ce, messieurs, j'en ai terminé. Vous avez, il me semble, un ordre de mission, colonel Scheller. Vous partez demain pour Visoko. Quant à vous, Reinhardt, poursuivit Herzog en déboulant vers lui, vous ne vous approchez plus ni du commandant Jansky ni de cette unité. Si j'apprends que vous avez tenté de prendre contact avec lui, de près ou de loin, je vous fais retirer vos galons et affecter à ce bataillon. »

Il s'esclaffa, comme si cette idée venait de lui venir.

« Ce ne serait pas une foutue justice poétique ? »

24

Herzog sortit, se gargarisant de son trait d'humour, les Feldgendarmes dans son sillage. Erdmann chaussa ses lunettes et s'avança vers Reinhardt d'une démarche placide.

« Je vous présente mes plus sincères condoléances, capitaine », dit-il, une main tendue vers l'avant, l'autre venant se poser sur l'épaule de Reinhardt.

Sa poigne était toujours aussi ferme, ses gestes paternalistes, son regard intense. La respiration de Reinhardt s'accéléra, tout à coup.

« Merci, monsieur, répondit-il péniblement.

— Je vous avais mis en garde, n'est-ce pas, quant aux risques encourus ? Quant au danger de vous frotter aux obsessions de Dreyer. Au fait de lui donner de l'espoir. Voyez le résultat. L'un de mes meilleurs juges a mis fin à ses jours.

— Monsieur, si vous me permettez une question… »

Erdmann pinça les lèvres, la lueur dans ses yeux vacilla brièvement, mais il ne relâcha pas son étreinte.

« Je vous en prie.

— Non, les coupa Scheller. Plus de questions. Ça suffit comme ça. » Il montra la porte. « Rentrez à la caserne.

— Bien sûr, monsieur. Mais si vous n'y voyez pas d'inconvénient, j'aimerais rester seul un instant. Je voudrais pouvoir lui dire au revoir. C'était mon ami.

— Cinq minutes, Reinhardt, soupira Scheller. Pas une de plus. »

La main d'Erdmann se resserra sur l'épaule de Reinhardt, un geste de soutien appuyé que ce dernier perçut comme dérangeant. Reinhardt se dégagea adroitement de son étreinte et vit un nuage passer sur les traits du juge, puis s'immiscer dans son regard. Une dernière tape sur l'épaule, et il suivit Scheller et Lainer à l'extérieur.

Alors qu'il s'accroupissait pour faire face au corps de Dreyer, Reinhardt fut secoué d'un tremblement. Il prit soudain conscience qu'il avait été sur la corde raide, qu'il avait retenu son chagrin. Il baissa la tête et posa délicatement les mains sur les avant-bras de son ami.

« Je suis désolé », murmura-t-il, sans vraiment savoir pourquoi il s'excusait.

Il avala sa salive et se fit violence pour soulever la tête de Dreyer, une main posée sur son crâne et l'autre sous son menton. Sa mâchoire était souple, charnue, les replis de sa peau s'étirèrent et se tendirent alors qu'il déplaçait sa tête pour examiner le point de sortie de la balle. Après l'avoir remise en place, Reinhardt souleva la main du cadavre, celle qui reposait sur ses cuisses. Dépliant ses doigts, il trouva un objet brillant dans sa paume. Il s'agissait d'un bijou, une broche en forme d'insecte. Une libellule, magnifiquement émaillée d'or, de vert et de bleu, aux ailes légèrement tordues aux endroits où le poing de Dreyer s'était refermé sur elle. Lorsqu'il releva la manche de sa chemise, Reinhardt découvrit des zébrures rouges au niveau du coude, qui contrastaient avec la peau blafarde. L'autre bras présentait les mêmes marques.

Il ramassa le pistolet à l'aide d'un mouchoir, conscient de l'absurdité de ses efforts pour ne pas contaminer ce qui n'était pas considéré comme une scène de crime, et porta le canon à ses narines. L'arme avait été utilisée, c'était incontestable, mais rien ne prouvait que c'était bien Dreyer qui avait tiré. Il éjecta le chargeur. Il manquait une balle.

Le lit était défait, les couvertures froissées, le drap traînait par terre. Il regarda les pieds du juge. Il portait des chaussettes élimées aux orteils et aux talons.

Il y eut un froissement de tissu derrière lui. Le sang se glaça dans ses veines, et Reinhardt, qui se croyait seul, se retourna d'un bond. Neuffer se tenait dans un coin de la pièce, silencieux, et se frottait les yeux de la paume de ses mains. Une telle démonstration de faiblesse en présence d'un inconnu laissa Reinhardt interdit. Neuffer retira les mains de son visage, dévoilant des yeux rouges et humides, et vit que Reinhardt le regardait.

« Ce n'est pas un suicide, n'est-ce pas ? »

Reinhardt se figea et regarda le Feldgendarme droit dans les yeux.

« Qu'est-ce qui vous fait dire ça ?

— Le fait que vous continuiez à fouiner. » Neuffer se mordit la lèvre inférieure. « Qu'avez-vous trouvé ?

— *Trouvé ?* C'est une sorte de test, Neuffer ? »

Le Feldgendarme garda le silence. Reinhardt se remit debout et, bien qu'agacé à l'idée de se livrer à cette petite mise en scène, s'approcha du gramophone. L'aiguille se trouvait au centre du disque, ce « très mauvais enregistrement de Hans Pfitzner », selon les dires de Dreyer. Son regard accrocha la caisse où étaient rangés les disques de jazz, puis le reflet argenté de la flasque du juge, posée sur la table à côté du cendrier, dans lequel étaient empilés son étui à cigarette et le briquet assorti.

« C'est Erdmann qui l'a trouvé ? » demanda Reinhardt dans une petite grimace, les yeux posés sur la broche que tenait Dreyer au creux de la main.

Neuffer confirma.

« Où était-il ?

— Il dînait avec le général Kathner à son QG.

— Il *dînait* ? Avec tout ce qui se passe... ? Que s'est-il imaginé, que c'était une autre de ces journées ordinaires ?

— Il a dit qu'il avait découvert Dreyer en rentrant, et qu'il nous avait appelés.

— A-t-il touché à quelque chose ?

— Je ne sais pas.

— À quelle heure a-t-il dit qu'il était rentré ?

— Sur les coups d'une heure du matin, peut-être. »

Reinhardt était dans les bras de Vukić à cette heure-là, et il lui semblait déjà que cela remontait à une éternité.

« Quel est le lien entre ces deux hommes, Herzog et Erdmann, et Jansky ? » hasarda Reinhardt dans une tentative de tourner l'apparente tension de son interlocuteur à son avantage.

Neuffer cligna des yeux et détacha son regard du cadavre du juge.

« Jansky ? Ma foi, il travaille pour eux. Avec eux.

— Comment cela ? demanda Reinhardt, dont le pouls s'accéléra.

— Herzog est son chef. Et Erdmann s'occupe de passer en revue tous les… toutes les procédures disciplinaires, et de confirmer les transferts vers le bataillon. Ce n'est pas un suicide, je me trompe ?

— Ce n'est pas un suicide, Neuffer.

— Ce que je voudrais… oui. Non. J'aimerais savoir comment vous pouvez en être sûr. »

Reinhardt regarda de nouveau le Feldgendarme, espérant que ces questions au sujet de Jansky allaient lui apporter des réponses. Il était évident que quelque chose tracassait Neuffer, dont le comportement était aux antipodes du personnage conventionnel et obséquieux qu'il lui avait donné à voir auparavant.

« J'ai vu Dreyer pas plus tard qu'hier, tard dans la nuit, et il allait bien, expliqua Reinhardt. En fait, il était heureux. Plus heureux, du moins, qu'il ne l'avait été depuis longtemps. Il avait quelque chose à quoi s'accrocher. Je sais qu'il évoquait le suicide, parfois, mais il n'avait pas le courage de passer à l'acte. Et s'il l'avait fait, il se serait tiré dans le cœur. Il porte des marques sur les bras, qui indiquent que quelqu'un l'a maintenu assis pendant qu'un autre l'abattait. »

Il parlait avec pondération, étonné d'entendre les intonations académiques de ses paroles, comme s'il instruisait un élève officier du temps où il travaillait dans les forces de police. *Voyez ici, la position du cadavre, qui indique que le coup a été porté selon cet angle*... Il alla jusqu'à la table et s'empara de la flasque, qui n'était pas tout à fait vide. Il ne put s'empêcher de remarquer la façon dont elle renvoyait différents jeux de lumière, brouillée et presque mate sur sa coque, étincelante le long des délicats ornements floraux qui s'entrelaçaient sur son pourtour. C'était un objet splendide. Il la glissa dans sa poche, sentant une onde de chaleur passer sur sa peau alors que Neuffer le regardait. Il ne savait pas vraiment pourquoi il l'avait prise, peut-être pour la lever à la mémoire de Dreyer, un jour prochain.

« J'ai enquêté sur quelques suicides, à l'époque, et je n'ai jamais vu personne sortir de son lit pour se tuer. En outre, il n'aurait jamais voulu partir sur cette musique. »

Reinhardt s'en tint à ces quelques mots, laissant Neuffer tirer ses propres conclusions.

« Mais s'il n'y avait pas de musique, comment aurait-on pu camoufler un coup de feu ?

— Les coups de feu sont loin d'être exceptionnels, ces temps-ci, répliqua Reinhardt d'un ton sec. Des témoins ?

— Personne n'a vu personne. Enfin, personne n'a vu personne...

— ... de louche ? » termina Reinhardt.

Neuffer avait une mine épouvantable, on aurait dit un chat mouillé avec ses cheveux gominés.

« Que pouvons-nous en déduire, Neuffer ? Tout simplement que le meurtrier était probablement l'un des nôtres.

— Alors c'est un meurtre. Oh, bon sang. » Le

commandant étrécit les yeux jusqu'à les fermer complètement. « Cet enfer recommence.

— Comment cela, "ça recommence" ? »

Neuffer leva les yeux au plafond.

« Rien. Ce n'est rien. »

Sa voix se perdit dans un souffle rauque, comme s'il craignait qu'on l'entende. Une fois de plus, Reinhardt fut frappé par sa ressemblance avec l'empereur. Cet air incertain qu'il affichait toujours au milieu de ses soldats, qui s'étaient battus et avaient perdu la vie pour lui dans les tranchées de la Grande Guerre.

« Il y a quelque chose, insista Reinhardt tout bas, réfrénant le ton plus dur qu'il aurait voulu employer. Dites-moi.

— Vous êtes policier. Un vrai de vrai. Moi je ne suis… qu'un figurant, comparé à vous. Cette mort, dit Neuffer en désignant Dreyer, est tout à fait similaire à l'autre.

— Quelle autre ?

— Celle du colonel Wedel. »

Reinhardt se mit à réfléchir, sans se départir de son masque d'impassibilité.

« L'officier responsable de la rédaction des plans de défense qui ont été volés, se remémora-t-il.

— Oui. Le colonel Wedel. Il s'est suicidé, lui aussi.

— Expliquez-moi, Neuffer.

— Nous avons trouvé le corps de Wedel dans ses quartiers. Il s'était tiré une balle dans la tête. Il avait laissé un mot, lui aussi. Quelques jours plus tôt, nous avions interrogé tous ceux qui étaient reliés aux plans, de près ou de loin. Sans résultat. Rien n'avait bougé, personne n'avait quoi que ce soit à se reprocher. Les voleurs semblaient s'être volatilisés. Aucune trace. Rien. Suite à cela, j'ai fini par penser... j'ai fini par penser que c'était un coup de Wedel. Vous savez. Quand on élimine toutes les options... ce qui reste doit forcément être la vérité. »

Reinhardt acquiesça et réexamina son jugement sur cet homme qu'il avait rangé dans la catégorie des moins-que-rien, des pantins.

« Et vous n'avez rien dit ?

— J'ai... essayé. Je crois. Mais je n'avais aucune preuve, et les gens avaient d'autres chats à fouetter. Ce que je veux dire, c'est que le vol de ces plans avait mis une sacrée pagaille. Et puis pourquoi ? Pourquoi aurait-il fait ça ? Je suis allé lui parler, vous savez. Le jour où il s'est suicidé. Je lui ai demandé s'il avait quelque chose à voir avec tout ça. Avec le vol. Je savais que je pouvais me le permettre. Nous nous connaissions, pour ainsi dire. Je lui ai demandé s'il avait quelque chose sur le cœur. Quelque chose à me dire.

— Et ?

— Rien. Wedel m'a semblé s'éteindre pendant que je lui parlais. Ensuite, quand il s'est suicidé, je me suis dit... j'ai eu peur que... j'ai pensé que c'était peut-être moi qui l'avais poussé à se tuer. Que si je l'avais laissé tranquille...

— Vous vous sentez responsable. C'est un tort. Peut-être que Wedel ne s'est pas suicidé, avança Reinhardt avant de désigner Dreyer du doigt. *Lui* ne s'est pas suicidé. De cela, je suis sûr. Et s'il s'avère que Wedel a vraiment mis fin à ses jours, peut-être...

peut-être que c'est parce qu'il ne voyait pas d'autre issue.

— Que voulez-vous dire ? murmura Neuffer.

— J'ai une question à vous poser, en premier lieu, dit Reinhardt en se plantant à quelques centimètres de Neuffer. Quel est le rôle d'Erdmann dans le transfert des hommes vers le bataillon disciplinaire ?

— Un soldat doit se rendre coupable d'un manquement à la discipline pour passer en cour martiale. Par les temps qui courent, c'est une affaire qui peut être expédiée en l'espace de quelques minutes. L'une des peines encourues est le transfert en bataillon disciplinaire. Les cours martiales sont présidées par un juge assisté de deux officiers. Ensuite, les condamnations sont censées être examinées par un officier supérieur, qui les confirme ou les rejette. Il peut être conseillé par un autre juge, quelquefois.

— Ce juge, c'est Erdmann ?

— Et cet officier, c'est Herzog, le plus souvent. Ils ont tous les deux une réputation… Discipline. Sacrifice. Expiation des péchés au service de la patrie, énuméra Neuffer sur un ton acide, en soutenant le regard de Reinhardt.

— Ils sont croyants ?

— Ce n'est pas évident ? Eux, et Dieu seul sait qui encore. Ils ont tous la foi. Ils ont toujours eu la foi. Et rien ne les en empêchera. Je vous en prie. Dites-moi ce que vous vouliez dire. À propos de Wedel.

— Peut-être est-ce lui qui a volé les plans. Mais peut-être qu'on l'y a forcé, et qu'il ne le supportait pas. Ou peut-être qu'il est devenu gênant pour ceux qui l'ont manipulé. Je vais vous dire ce qui s'est passé ici, selon moi. Ils étaient au moins deux hommes, probablement trois. Ils sont entrés. Deux d'entre eux ont maintenu Dreyer de force sur cette chaise, pendant que le troisième collait une arme sur la tempe de mon ami et lui tirait une balle dans la tête. Ils n'ont rien pris. Ils n'ont rien demandé. Ils l'ont tué, c'est tout. Puis ils sont sortis. Ce qui signifie que c'étaient des Allemands. »

25

Ils l'ont tué, c'est tout.

Reinhardt retourna ses paroles dans sa tête tout au long du court trajet qui le ramena à la caserne. Les tirs avaient repris au nord, juste au-dessous des lignes bosselées des collines. Les coups de feu n'étaient pas soutenus, ils éclataient en salves intermittentes, mais leur crépitement se prolongeait à mesure que le ciel bleuissait.

Ils l'ont tué, c'est tout.

Il avait ressenti le besoin de prononcer les mots pour y croire, il en prit conscience alors qu'il suivait Scheller et Lainer dans les couloirs de la caserne. Ni l'un ni l'autre n'avaient prononcé le moindre mot dans la voiture, pas plus qu'à leur arrivée. Le cerveau de Reinhardt tournait à plein régime, assailli par des images du corps sans vie de son ami affalé sur sa chaise, auxquelles se mêlaient les souvenirs de Vukić, du garçon, des visions des cadavres des Grecs le long d'un mur criblé d'impacts de balles, de Valter penché sur une table dans un grenier poussiéreux, d'un oustachi qui se fondait dans l'ombre, avalé par les ténèbres, son visage étant le dernier à disparaître.

Il devait chasser ces pensées de son esprit, il le savait. Ils pénétrèrent dans la salle des opérations du Feldjägerkorps, déserte en cette heure matinale. Les lieux, pourtant, bruissaient d'une rumeur invisible, et des têtes se dressèrent de-ci de-là pour les regarder passer. Scheller donna un coup à sa porte de la paume de sa main et attendit que Reinhardt et Lainer soient entrés pour la claquer derrière eux. Il toisa Reinhardt, qui prit une longue inspiration, s'armant de courage pour ce qui allait suivre.

« Alors ? Où en êtes-vous de votre enquête ? finit par demander le colonel.

— Personne n'a été arrêté, si c'est votre question, monsieur.

— C'est sa question, oui, grinça Lainer.

— Je ne sais pas qui a tué vos hommes, Lainer. Ce que je sais, en revanche, c'est que leur mort s'inscrit dans un cadre beaucoup plus grand, et que ça a un rapport avec les activités de ce bataillon disciplinaire et de son chef, le commandant Jansky.

— Celui à qui on vient de vous ordonner de foutre la paix ? grommela Lainer.

— Continuez, dit Scheller, imperturbable.

— C'est compliqué… commença Reinhardt.

— Dans ce cas, simplifiez, le coupa Lainer.

— C'est impossible.

— Eh bien, si vous passiez moins de temps avec des poules, et que vous vous préoccupiez un peu plus de trouver l'assassin de mes hommes…

— … et si vous ne nous faisiez pas perdre notre temps avec vos remarques », riposta Reinhardt en se dressant de toute sa hauteur face au grand Feldjäger, rouge de fureur.

Lainer étrécit les yeux puis, après quelques secondes, il hocha la tête avec dans le regard une lueur appréciative qui fit dire à Reinhardt qu'il avait trouvé ce qu'il cherchait.

« Reprenons depuis le début, dit Reinhardt.

— Asseyons-nous, proposa Scheller. Poursuivez, Reinhardt.

— Les Feldjäger ont été tués alors qu'ils se renseignaient sur l'origine d'un désordre survenu aux premières heures de l'aube sur un chantier de construction, où intervenaient des hommes issus d'un bataillon disciplinaire en charge de la construction d'une batterie aérienne, rapporta Reinhardt, son regard passant de Lainer à Scheller. Le vacarme en question provenait manifestement du transport de cinq cadavres, tous non identifiables, qui ont été abandonnés là. Bien que je subodore qu'il s'agissait de soldats, je n'ai pu en établir la preuve. Je vous rappelle que nous n'avons aucun témoin de ce qui s'est passé, rien que des conjectures. Je vous rappelle également que la veille, j'étais tombé sur une scène de massacre dans la forêt, où j'avais découvert les trois corps brûlés de ce que j'avais pris pour des soldats allemands, en raison de la présence de lambeaux d'uniformes trouvés sur place. À ce moment-là, je pensais qu'il pouvait s'agir de déserteurs, dans la mesure où nous avons trouvé des preuves de la présence de soldats de différentes unités, fantassins et artilleurs.

« Je suis allé interroger le commandant Jansky au sujet du chantier. Ses réponses, tout comme celles de ses hommes, étaient assez cohérentes, et il s'est montré plutôt coopératif. Mais alors que je partais, l'un des soldats servant dans cette unité est venu me trouver, et m'a affirmé qu'il détenait des informations sur des délits en cours au sein du bataillon. J'ai hésité sur la conduite à tenir vis-à-vis de cet homme, en partie parce qu'il était clairement instable, et aussi parce qu'il avait admis être un informateur de la Feldgendarmerie infiltré dans les rangs.

« Les oustachis étant, à mon sens, les principaux responsables, je me suis mis à la recherche des survivants du massacre de la forêt, afin de voir ce que je pouvais apprendre de plus. Mais les oustachis étaient arrivés les premiers, et ces gens avaient disparu. Mes recherches à la Maison Pâle…

— Vous êtes allé à la Maison Pâle ? s'enquit Scheller, les sourcils froncés.

— En effet, monsieur. Je suis allé où mes découvertes me menaient, répondit Reinhardt, qui souhaitait que le colonel se souvienne de ces mêmes mots, qu'il avait prononcés lors de leur première rencontre, à Vienne. Avec l'aide du capitaine Langenkamp, j'ai interrogé les oustachis et me suis vu répondre qu'aucun des réfugiés que je leur avais décrits n'avait été amené chez eux. Je disposais également de la description de l'oustachi qui les avait arrêtés, et on m'a appris qu'il avait disparu. »

Il prit une grande inspiration. Les eaux devenaient troubles et dangereuses à partir de là – Vukić, Perić, Alexiou, même Dreyer – et il ne pouvait prendre le risque de glisser.

« Plus tard cette nuit-là, les oustachis m'ont conduit sur une autre scène de crime – la troisième, après la forêt et le chantier –, où ils m'ont montré les cadavres mutilés de quatre de leurs hommes, prétendant que c'était l'œuvre des partisans.

— C'est le cas ?

— J'en doute fort. Il y avait trop d'anomalies sur les lieux. C'était une mise en scène. En outre, l'un des cadavres était celui de l'oustachi que je souhaitais interroger au sujet de la disparition des réfugiés.

— Vous pensez qu'ils ont tué un de leurs hommes pour l'empêcher de vous parler ? demanda Lainer, incrédule.

— Je pense qu'ils ont pu le tuer parce qu'il devenait gênant, répondit Reinhardt.

— Je ne vois toujours pas le rapport avec ce complot impliquant le bataillon disciplinaire et Jansky.

— Les ouvriers du chantier étaient des hommes du bataillon disciplinaire. Ce site, dans la forêt, était un camp de bûcheronnage, monsieur. Contrôlé par le bataillon disciplinaire. C'est ce qui explique les preuves de la présence de plusieurs types de soldats, des hommes de toutes les unités pouvant être envoyés dans le bataillon. Il y a aussi cet homme qui servait comme soldat dans le bataillon, qui est venu me proposer des informations, mais on l'a retrouvé mort hier matin.

— Nom de Dieu, Reinhardt ! s'exclama Lainer. Vous me rappellerez de ne pas trop traîner avec vous.

— Lainer, soyez gentil et laissez-moi un moment seul avec Reinhardt. »

Le visage de Scheller resta impassible, contrairement à celui de Lainer, qui hocha néanmoins la tête et quitta le bureau. Puis, à la surprise de Reinhardt, Scheller ouvrit un buffet et en sortit une bouteille de slivovitz qu'il fit claquer sur la table, tenant deux verres entre les doigts épais de son autre main.

« Reinhardt, y a-t-il un moyen de ne pas compliquer les choses ?

— Non, monsieur, répondit Reinhardt en regardant la slivovitz couler dans les verres. Pour la simple raison que j'ignore ce qui se passe. J'ai beaucoup de soupçons, mais peu de preuves. Je ne sais pas qui a tué nos hommes. Mais en enquêtant sur leur mort, j'ai découvert autre chose. Je suis presque sûr que le commandant Jansky est impliqué dans une affaire de corruption d'envergure, et qu'il se fait payer pour fournir un asile aux étrangers. En échange d'argent, il les accepte dans son bataillon en tant qu'engagés volontaires – des Hiwis. Il leur confie des tâches subalternes et les tient à l'abri du danger.

— C'est ce que vous suspectez ?

— J'en ai la certitude. J'ai parlé à l'un de ces Hiwis – un Grec, qui, j'en suis sûr, a servi dans leur bataillon de sécurité – et il a confirmé avoir monnayé son affectation dans cette unité afin de s'enfuir de son pays et d'échapper à toute poursuite judiciaire après la guerre.

— S'agirait-il de l'un des Grecs dont vous avez prétendu ne rien savoir, mais que le général Herzog a fait exécuter cette nuit ?

— Je pense qu'ils ont essayé de s'enfuir les poches pleines, acquiesça Reinhardt dans un hochement de tête. En emportant ce qu'ils pouvaient. Le Grec m'a confirmé que Jansky avait été payé avec de l'or qu'ils avaient volé, et qu'il en restait en stock. »

Scheller soupira, secoua la tête.

« Comme si nous n'avions déjà pas assez de pain

sur la planche. Je ne suis même pas sûr que nous soyons en mesure de lancer une enquête sur une telle affaire… » Il se mordilla doucement la lèvre. « Et le juge, dans tout ça ?

— Le juge Marcus Dreyer s'intéresse – s'intéressait – au commandant Jansky, tous deux ayant eu une histoire commune. Le juge Dreyer était convaincu que Jansky trempait dans une affaire de corruption et, avant que les trois Feldjäger ne soient tués, il m'avait demandé mon aide pour mener l'enquête. J'ai refusé. Mais quand le bataillon disciplinaire et Jansky ont commencé à ressurgir un peu trop souvent pour que ce soit une simple coïncidence, je lui ai proposé mon aide, et il l'a acceptée.

— En retour de quoi il a décidé de se suicider. »

Reinhardt blêmit et sentit un creux se former dans son estomac.

« Vous êtes…

— Dur ? fit Scheller, qui eut la délicatesse de paraître embarrassé.

— C'était mon ami, monsieur », murmura Reinhardt.

Scheller ouvrit la bouche pour parler, mais Reinhardt secoua légèrement la tête.

« Je me suis posé la même question, monsieur, ne vous en faites pas. Dreyer a été tué à cause de son implication dans cette… enquête. Ses théories sur Jansky et mes recherches sur la mort de nos hommes se sont chevauchées. C'est pour cette raison qu'on l'a assassiné. Il ne s'est pas suicidé.

— C'est un peu tiré par les cheveux.

— Non, monsieur, je ne pense pas. Il n'a rien fait d'autre pour mériter ça. Ce qui a fait la différence, c'est moi. Notre association représentait une menace pour quelqu'un, d'une manière ou d'une autre.

— Mais vous, alors ? Vous êtes une menace, et personne ne vous a pris pour cible.

— Pas que je sache », répondit Reinhardt, sinistre, en pensant à ces deux Albanais, et à ce qui aurait pu se passer s'il était arrivé ne serait-ce que quelques minutes plus tôt.

Scheller le fixa intensément, puis laissa échapper un autre soupir.

« Donc, voilà où vous en êtes ?

— Voilà où j'en suis, j'ajouterai simplement que je soupçonne certains oustachis de profiter de l'"offre" de Jansky. Vous vous rappelez quand Langenkamp nous a informés de la disparition de hauts gradés oustachis ? Eh bien, je ne serais pas étonné qu'ils se soient enrôlés avec les Hiwis. Par ailleurs, j'ai croisé Jansky à la Maison Pâle, il était en route pour rencontrer un dirigeant oustachi.

— Il m'a l'air d'un sacré spécimen, ce Jansky.

— Assurément. Et c'est… c'est à ce moment-là que j'ai commencé à me poser de sérieuses questions. Ce qu'il a fait, ce qu'il fait, peut-il l'accomplir sans l'aide de quelqu'un ? Sans l'aide d'un supérieur, d'une personne qui aurait plus de pouvoir que lui ?

— Quoi, comme ces deux personnes que nous avons rencontrées ce soir ? Bon Dieu. Qu'est-ce que je suis censé faire de tout ça, Reinhardt ? »

Reinhardt garda le visage fermé, ne trouvant rien à dire. En reconsidérant tous ces éléments, il fut soudainement frappé tant par la complexité que par la vacuité de cette affaire, ceci sans même avoir pris en compte les informations qu'il avait gardées pour lui, tels que les confidences de Neven sur l'implication d'Allemands dans le massacre de la forêt. Il avait fort à faire, mais peu de marge de manœuvre. À l'image de ce paradoxe entre sa nature et son devoir de Feldjäger.

« Cette ville est au bord de l'implosion, et j'ai besoin de tout le monde sur le pont. Je ne suis pas sûr de pouvoir vous garder plus longtemps sur cette affaire, l'informa Scheller avant de marquer un temps. Eh bien ? Vous ne trouvez rien à redire ? Cela ne vous ressemble pas. »

Reinhardt sentit un sourire lui chatouiller les lèvres en réaction au trait d'humour un peu vain du colonel.

« Il y a un début à tout, dit-il tout bas. J'imagine que je devais m'y attendre. Mais je suis pour le moins surpris de vous voir adhérer à mes propos après ce qui s'est passé ce soir.

— Ne vous méprenez pas, Reinhardt, répliqua Scheller en faisant tourner l'eau-de-vie au fond de son verre. Vous m'avez mis devant le fait accompli. Vous auriez dû me tenir informé de vos faits et gestes. Cela étant dit, je dois admettre que Herzog est un enfoiré de première. »

Reinhardt avala de travers, s'étrangla et se mit à tousser.

« Et lorsqu'un enfoiré tel que lui dit quelque chose, j'ai tendance à penser le contraire. Je vous en prie, reprenez votre souffle, ajouta-t-il, impassible.

— Oui, monsieur. »

Scheller soupira.

« Bon, je ne le fais pas de gaieté de cœur, mais… les choses étant ce qu'elles sont, nous allons devoir mettre la mort des hommes de Lainer sur le compte de la malchance. Mais dès que nous serons loin d'ici, je veux que vous veniez me voir au sujet de ce commandant Jansky. Nous ferons un point sur ce que vous avez, et nous verrons ce que nous pouvons faire quand les choses se seront tassées. Ça vous va ?

— Ça me va, monsieur, répondit Reinhardt, surpris de sentir le soulagement l'envahir, comme s'il prenait conscience, avec le recul, que la somme de ses découvertes et de ses soupçons était trop lourde à porter pour un seul homme dans le contexte actuel. Peut-être ne verrez-vous pas d'inconvénient à ce que je termine ce que j'ai laissé en suspens.

— Comme… ?

— Il me reste encore une ou deux preuves solides et quelques noms sous le coude, ainsi qu'un médecin qui m'a promis d'autopsier ces cinq cadavres. J'aimerais pouvoir terminer de travailler là-dessus. »

Et trouver un moyen de contacter les partisans pour leur dire où trouver leurs oustachis.

« C'est impossible, Reinhardt.

— Aujourd'hui seulement, monsieur. C'est tout ce que je demande. Quelques heures. »

Scheller fit jouer ses lèvres l'une contre l'autre sans quitter Reinhardt du regard.

« Pourquoi ? »

C'était une bonne question. Pourquoi ?

Reinhardt réalisa qu'une vérité toute simple s'était imposée à lui dans le courant de la nuit, alors qu'il était blotti dans les bras de Vukić. Il se sentait isolé et brimé depuis sa révélation dans la montagne, deux ans auparavant, après qu'il avait pris la décision de jouer un nouveau rôle dans cette guerre. Il s'était mis à la recherche d'hommes qui partageraient ses convictions, il les avait trouvés, et une fois de plus il s'était trouvé confronté à des choix mais avait été incapable de prendre une décision. Il était en quête d'une cause à défendre, tout en s'imaginant qu'elle devait forcément être grandiose. Il prenait à présent conscience qu'il n'était pas obligé de garder les yeux rivés sur le lointain, sur un but ou un objectif qui le dépasserait, à attendre un commandement ou un appel retentissant à agir. Il avait fini par comprendre qu'il pouvait se satisfaire d'une cause qui lui semblait juste, en accord avec ses principes.

« Quelqu'un assassine des gens, et... obtenir justice pour ces crimes doit être une cause à défendre sans relâche, laissa-t-il tomber, sentant soudain tout le poids de la mort de Dreyer.

— Quitte à y laisser la vie ? »

Reinhardt ouvrit la bouche, remua les lèvres, mais les mots restèrent bloqués à l'intérieur.

« Oubliez ça, fit Scheller en secouant la tête. Rien d'aussi grandiose. Mais parfois, il est bon de nous rappeler que notre mission n'est pas la justice. C'est la discipline. » Le colonel avala d'un trait ce qui restait de son eau-de-vie. « Bien. Je vous accorde un jour, et un chauffeur. Ensuite, terminé.

— D'accord, monsieur. Merci.

— Comment s'en sort Benfeld ?

— Bien, monsieur.

— Vous pouvez vous adjoindre ses services, si vous le souhaitez.

— Il ne vous sera pas plus utile ailleurs ?

— S'il peut vous aider à obtenir des résultats plus rapidement, prenez-le avec vous.

— Parfait, monsieur.

— Rompez. »

Mais alors que Reinhardt se présentait à la porte, prêt à sortir, Scheller le rappela.

« Reinhardt ? Vous avez une idée de leur identité ? L'identité des meurtriers ? »

Reinhardt s'immobilisa, sa main cramponnée à la poignée.

« C'est presque toujours dans ce qu'il y a de plus simple que réside la vérité, monsieur, dit-il en se retournant. Tous ces gens – y compris nos hommes – sont morts parce qu'ils avaient été témoins de quelque chose. Ils avaient vu ou entendu... »

Il secoua la tête, soupira, essayant de faire le tri dans son esprit épuisé entre ce qu'il savait et ce qu'il voulait garder pour lui.

« Si vous voulez mon avis, ce sont les oustachis. Je les ai croisés à peu près partout au cours de mon enquête. Il y a de fortes chances qu'ils aient tué quatre de leurs hommes, qu'ils n'ont pas hésité à exhiber devant moi. J'ai la quasi-certitude qu'un petit nombre d'entre eux envisage d'échapper à cette guerre avec un peu d'avance. Peut-être que les cinq morts du chantier ont été témoins de leur projet ou devaient y prendre part, mais qu'ils se sont dégonflés avant d'être réduits au silence. Je sais que quelqu'un s'en est pris aux survivants du massacre de la forêt, ce qui signifie qu'ils ont vu quelque chose, et puisqu'il s'agit des oustachis, nous pouvons logiquement en déduire que ces derniers sont impliqués dans ce qui s'est passé là-bas. Tout les désigne. »

En dehors du fait que, d'après Neven, c'étaient des Feldgendarmes qui avaient abattu ces réfugiés dans la forêt, ainsi que les trois hommes, et Reinhardt n'arrivait toujours pas à comprendre ce qui les avait motivés. Quant au fait que l'assassin de Dreyer ne pouvait être qu'un Allemand, il ne voyait pas non plus comment cela pouvait s'articuler avec le reste. La solution était là, à portée de main, il le savait, tout comme il savait qu'avec un peu de temps, il parviendrait à faire la lumière sur ces événements.

« Une brouille entre voleurs, avança Scheller à voix basse, l'air pensif, évaluateur, et Reinhardt se demanda si le colonel avait perçu son propre malaise, deviné qu'il ne lui disait pas tout.

— C'est possible.

— Ça peut être tout un tas de choses, voilà ce que je pense. Et je pense aussi que nous ne devrions probablement pas nous mêler de ça. Même s'il s'agit des oustachis, nous n'avons aucune preuve.

— Je crains fort que vous n'ayez raison, monsieur.

— Je vais faire remonter l'information à Lainer. Voilà qui risque de ne pas lui plaire. Apprendre que nous soupçonnons les oustachis et que nous n'avons pas le moindre moyen d'agir. »

26

Ils l'ont tué, c'est tout.

Cette litanie tournait dans sa tête, encore et encore, à la manière d'une horloge égrenant les heures qui lui restaient pour tenter d'assembler les pièces du puzzle.

« Qui avons-nous sur le tableau principal, et qui est de service actuellement ? »

Le sergent préposé consulta sa montre, puis leva les yeux vers Reinhardt.

« Le caporal Ossig.

— Avez-vous vu le lieutenant Benfeld ?

— Pas depuis quelques heures, monsieur. Je crois qu'il est de repos. »

Reinhardt s'éloigna dans le couloir en direction de la salle radio et du tableau de service de la caserne. Il présenta ses papiers au garde en faction et demanda à parler au caporal Ossig.

Ils l'ont tué, c'est tout.

Ça dépassait la simple corruption. Quelle que fût la somme qu'avait rapportée le trafic que Reinhardt suspectait, il ne comprenait pas pourquoi ils l'avaient tué. Ni qui ces gens pouvaient bien être. S'il n'y prenait pas garde, il risquait de se voir bientôt taxé de folie. De délire. D'obsession. Comme Dreyer. Le juge avait été considéré comme un bouffon. Un bouffon à qui avait été confiée la tâche ingrate d'enquêter sur les activités des oustachis. Il avait fait une fixation sur Jansky, à propos duquel il nourrissait de nombreux soupçons mais dont il ne savait rien. Il avait nourri de nombreux soupçons et su très peu de choses pendant longtemps. Alors pourquoi maintenant ? Que s'était-il passé pour que ça arrive *maintenant* ?

Reinhardt lui avait murmuré des excuses sans vraiment savoir pourquoi, mais il comprenait, à présent. C'est lui qui avait fait la différence. Il avait changé la donne. Il avait apporté un regard neuf, un angle nouveau aux soupçons de Dreyer. Il avait levé le voile sur ce que son ami voyait se profiler, trouvé des preuves dont il n'avait jamais eu connaissance.

Ils l'ont tué, c'est tout.

Le caporal Ossig était un homme entre deux âges, aux faux airs d'épicier – corpulent, massif, avec des cheveux clairsemés rabattus sur son crâne en mèches humides, et un crayon derrière l'oreille – mais il arborait la médaille de la campagne d'hiver et l'insigne de combat d'infanterie sur sa tunique, en plus de sa Croix de fer, ainsi qu'une cicatrice qui lui enrubannait la tête. Il se leva, stoïque, et n'eut pas la moindre réaction quand Reinhardt lui prit le coude pour l'entraîner à l'écart.

« Je dois contacter quelqu'un dans les plus brefs délais, et en toute discrétion. Est-ce possible ?

— Oui, monsieur. Où se trouve votre contact ?

— À Vienne. Voici le numéro de poste de la caserne où il est affecté, dit Reinhardt en lui tendant un morceau de papier qu'il espérait être toujours d'actualité. Vous lui direz que le capitaine Gregor Reinhardt doit lui parler de toute urgence.

— Vous souhaitez patienter, monsieur ?

— Oui. Pour Vienne, c'est le téléphone ou la radio ?

— Les lignes sont toujours opérationnelles, nous allons essayer le téléphone pour commencer. »

Reinhardt prit une chaise dans un coin tandis qu'Ossig disparaissait dans le centre de communications. Il sortit les *Soldbuchs* de sa poche, les réexamina minutieusement, l'un après l'autre, avant de les comparer au sien. En dehors du fait que son propre *Soldbuch* ne contenait pas de photographie – ce n'était pas obligatoire pour les livrets les plus anciens tels que le sien – il ne remarqua rien d'anormal. Tout semblait en ordre, pourtant quelque chose continuait de le tracasser. Les conditions dans lesquelles ils étaient arrivés entre ses mains confirmaient à elles seules le caractère trouble de cette affaire. Il revint au *Soldbuch* d'Abler, à cette photographie qui lui avait paru familière. Il se concentra sur ses traits : un homme mince au visage étroit, le regard tourné vers la droite, une oreille recourbée, la raie au milieu, le col de son uniforme boutonné jusqu'en haut pendouillant autour de son cou décharné. Il déplia la liste, relut les noms finement calligraphiés, les numéros qui venaient en face.

Ils l'ont tué, c'est tout.

Rien. Sa réflexion ne le menait à rien. Il appuya sa tête contre le mur, nauséeux, perclus de fatigue, se rappelant que son dernier repas remontait à la veille, à ce bol de soupe avalé sur le pouce avant son rendez-vous avec Kostas. Il ferma les yeux et se mit à rêver, une déferlante d'images qui s'abattit subitement sur lui.

Il était dans une clairière au milieu de la forêt. Le ciel au-dessus de sa tête était encombré de corps flottants de couleur noire, oiseaux et charognards portés par des vents violents qui tournoyaient en tous sens dans un déchaînement d'ailes et de cris rauques, plongeaient en piqué vers le sol. Il baissait les yeux et les garçons de Kragujevac lui apparaissaient, avant de se fondre l'un dans l'autre pour prendre la forme de Neven, qui tenait un hausse-col ensanglanté entre les mains. Un oustachi surgissait derrière lui, et le garçon se volatilisait, laissant tomber le hausse-col, qui était entraîné vers le sol par sa chaîne aux maillons brillants. Il atterrissait en douceur sur le corps d'une fillette, allongée dans l'herbe comme pour faire un somme, et sa chaîne se déposait sur la ligne de son épaule.

La patrouille rentra juste à temps, au moment où une bande de lumière venait déchirer le voile qui reliait le ciel et la terre. Les ombres indistincts du no man's land s'imprimèrent sur l'horizon, squelettes démembrés des arbres, barbelés entortillés, relief incurvé de la terre. Reinhardt savait qu'ils devaient se mettre à couvert pour éviter que les premières lumières du jour ne révèlent leurs silhouettes aux Britanniques derrière eux.

Poussant devant eux le Tommy qu'ils avaient fait prisonnier, les soldats des troupes d'assaut dégringolèrent dans leur tranchée alors que le premier coup de feu se faisait entendre du côté anglais, puis d'autres, suivis de dizaines de tirs dirigés contre eux. Une mitrailleuse riposta depuis le bunker à leur gauche, dans un fracas retentissant. Tout ne fut que chaos pendant quelques minutes, puis les tirs s'atténuèrent comme à leur habitude, par une sorte d'accord tacite, avant de s'arrêter, chacun ayant défendu son honneur. Le silence se fit.

Brauer fut le premier à laisser échapper un petit rire. Ensuite Rosen. Lebert et Topp gloussèrent comme deux adolescentes, et même Olbrich, d'ordinaire taciturne, se fendit d'un sourire. Voyant le Tommy se débattre comme un beau diable au fond de la tranchée, ses yeux brûlant de colère au-dessus du bâillon qu'ils avaient placé sur sa bouche, Rosen le pointa du doigt, et ils rirent encore plus fort devant son air indigné, mais aussi parce qu'ils étaient en vie.

Ils remirent le prisonnier au garde et le regardèrent s'éloigner dans la tranchée. À l'endroit où un tir d'obus avait troué le parapet, les gardes firent mettre le Tommy à genou et se baissèrent à leur tour pour passer de l'autre côté. Du côté où un panneau clamait ATTENTION AU TIREUR, du côté où étaient suspendus des chiffons rouges et où un plaisantin avait planté un crâne au bout d'une perche, coiffé d'un casque britannique. Ils l'avaient baptisé George en l'honneur du roi d'Angleterre, et le brandissaient devant le trou lorsqu'ils s'ennuyaient, lançant des paris sur l'éventualité de voir les tireurs britanniques le prendre pour cible.

« Oh, pour l'amour du ciel, regardez un peu ça », marmonna Rosen.

Tout le monde regarda. Se serrant contre la paroi pour laisser passer le garde et le prisonnier, un soldat était en train de s'empêtrer dans le fond bourbeux de la tranchée. Son uniforme était immaculé, exception faite d'éclaboussures de boue aux genoux et aux coudes, là où il avait dû tomber. Il portait une paire de bottes en cuir de très bonne qualité qui lui remontaient à mi-jambe. Il était grand, dégingandé, avec une tête ronde perchée sur de larges épaules. Alors que le nouveau venu s'engageait sans le voir devant le trou dans le parapet, la patrouille l'observa avec cette curiosité morbide qui caractérisait les hommes immunisés contre la violence, attendant de voir ce qui allait arriver.

« Dix contre un qu'il ne passe pas, paria Lebert.

— Dix contre un qu'il passe, riposta Olbrich.

— Il n'y arrivera pas, dit Topp. Les Tommies sont réveillés. Il a le soleil dans le dos. »

Reinhardt regarda l'homme haleter et tituber dans le trou, où il s'immobilisa avant de se redresser et de brosser son uniforme. Les hommes de la patrouille retinrent tous leur souffle. Le soldat inclina la tête pour retirer une croûte de terre de sa tunique et une balle déchira l'air à l'endroit où elle se trouvait une seconde plus tôt. Il se tendit au son de la détonation et scruta les alentours, la tête rentrée dans les épaules. Une autre balle siffla à ses oreilles.

« Ah, la chance du débutant, murmura Brauer.

— Bon sang, mais baisse-toi ! À TERRE ! » hurla Reinhardt.

L'homme tourna la tête pour le regarder, et le troisième tir le manqua. Ses yeux s'agrandirent quand il prit conscience de ce qui se passait. Il se jeta au sol au moment précis où un quatrième tir venait se perdre dans la paroi arrière de la tranchée. Reinhardt enten-

dit les rires et les huées des Britanniques de l'autre côté du no man's land.

« Vous l'avez loupé, bande d'abrutis ! cria-t-il en s'approchant de l'homme, qu'il attrapa par le colbac et souleva de terre. Putain, qu'est-ce qui ne va pas chez vous ? Vous êtes cinglé ?

— Non, haleta l'homme en inspectant, bouche bée, son uniforme maculé de boue. Je suis nouveau.

— Vous vous êtes perdu ?

— Je cherche le lieutenant Reinhardt.

— C'est moi.

— Ah ! Ravi de vous rencontrer. Je suis le lieutenant Dreyer. Votre nouveau quartier-maître.

— Un quartier-maître qui fait le déplacement pour nous voir sur le front ? s'étonna Brauer, les sourcils foncés.

— Inhabituel, non ?

— Plutôt.

— J'imagine que ceci aussi doit être inhabituel », dit Dreyer en faisant glisser un sac de son épaule pour en sortir une boîte à cigares en bois.

Il reçut un murmure d'approbation quand il la fit tourner.

« Il ne faut vraiment pas attendre pour les fumer. Il y en a plein d'autres à l'endroit où je les ai eus, mais ces messieurs ne devront pas poser de questions.

— Si en plus vous avez une bouteille de cognac, c'est que vous êtes un saint, déclara Topp.

— Y a qu'à demander », fit Dreyer en tirant une bouteille de son sac, soulevant une nouvelle vague de murmures.

Brauer leva la bouteille à sa santé.

« Si ce genre de surprises est dans vos habitudes, alors vous valez votre pesant d'or.

— Et c'est un grand gaillard, observa Rosen.

— Il faut toujours prendre soin du quartier-maître, dit Brauer avec sagesse, avant de prendre une grande lampée d'alcool.

— C'est en quel honneur, lieutenant ? s'enquit Reinhardt.

— Aucun. Rien de particulier. Je vous assure, c'est sans la moindre arrière-pensée.

— Que faites-vous ici ? Les gens comme vous ne viennent pas par ici, d'habitude.

— Les gens comme moi ? » répéta Dreyer en plantant ses yeux dans ceux de Reinhardt, qui ne pipa mot. Les autres les observaient en silence. « C'est vrai, je n'étais pas obligé de venir. Mais comment voulez-vous vous forger une opinion objective sur une situation que vous n'avez pas vécue de l'intérieur ?

— Une opinion objective ? » Les traits de Brauer se froissèrent dans un rictus d'incompréhension. « Vous êtes quoi, un avocat ?

— Oui, répondit simplement Dreyer avant de prendre une brève inspiration et de se mettre à tousser. Il fallait que je vienne. Comment pourrais-je m'occuper de vous si je ne sais pas à quoi ressemble votre vie ? »

Reinhardt comprit, tout à coup, que l'homme était terrifié, qu'il se réfugiait dans ce qu'il savait faire. Le silence se referma sur ses paroles, puis Olbrich se pencha pour donner une tape sur le bras de Dreyer et lui proposer la bouteille.

« Prenez-en un peu, il est vraiment délicieux. »

Il y eut un éclat de rire général, auquel Dreyer se

joignit timidement. Il but une gorgée de cognac et eut une quinte de toux. Les hommes rirent à nouveau. La bouche fermée, Dreyer aspira de l'air par les narines. Il toussa encore, les yeux exorbités, et recracha du cognac par le nez en cherchant à reprendre sa respiration. Les autres se tordirent de rire, sans pouvoir s'arrêter.

Les yeux fermés, Dreyer relâcha l'air contenu dans ses poumons sous le regard de Reinhardt.

« Ça va aller ? » demanda ce dernier.

Dreyer secoua la tête.

« Cette odeur. Je ne sais… comment faites-vous pour la supporter ? »

Reinhardt le dévisagea, puis ses yeux accrochèrent ceux de Brauer. Son sergent haussa les épaules. Ils n'étaient pas beaux à voir : couverts de boue, bardés d'armes, mal rasés, leurs yeux semblables à des gouffres sombres sous le couvert de leurs sourcils. Reinhardt laissa errer son regard sur les murs bourbeux et imposants de la tranchée et la vit soudain avec un regard neuf, le regard de Dreyer. Les détritus, les déchets et les débris, la surface brune et plate des flaques qui émaillaient le sol, et là, juste au-dessus de leurs têtes, les contours noircis et durs de doigts à l'endroit où la main d'un cadavre avait transpercé la paroi boueuse du parapet. Reinhardt prit une profonde inspiration, la plus longue possible, et ce ne fut que lorsqu'il eut fini que ses narines captèrent quelque chose. Un soupçon de cette puanteur qui incommodait Dreyer.

Il plissa le front, son humeur s'assombrit, et lorsque la bouteille échoua entre ses mains, il la leva en l'air et s'envoya une bonne dose de cognac.

« Capitaine. »

Reinhardt se réveilla, l'esprit accablé de fatigue et gravé au fer rouge par la déferlante d'images. Il battit des paupières en regardant Ossig.

« J'ai une personne pour vous au bout du fil, monsieur. Ce n'est pas votre contact, mais quelqu'un d'autre. Par ici. »

Il escorta Reinhardt à l'intérieur du centre de communications proprement dit, une longue pièce bourdonnante d'animation où s'alignaient des rangées de radios aux boutons noirs et aux cadrans blancs sur lesquelles étaient penchés des opérateurs équipés de casques. Ossig guida Reinhardt jusqu'à une section cloisonnée pourvue d'un radiotéléphone, puis prit congé.

« Allô ? fit Reinhardt dans le combiné.

— *Allô ?* répondit une voix rendue métallique par la friture sur la ligne.

— Je souhaite parler au capitaine Hannes Koenig. Qui est à l'appareil ?

— *Qui êtes-vous ? Vous avez vu l'heure ?*

— Je suis l'un de ses amis. Capitaine Gregor Reinhardt.

— *Ah ! Un ami, dites-vous. Je suis navré, j'ai une mauvaise nouvelle. Le capitaine Koenig est décédé.*

— Que dites-vous ? demanda Reinhardt, peinant à maîtriser l'émotion dans sa voix.

— *Je suis au regret de vous annoncer que le capitaine Koenig a mis fin à ses jours.*

— Quand ?

— *Hier.*

— Quand, hier ?

— *En fin de soirée.* »

Reinhardt s'assit, silencieux.

« *Allô ? Vous êtes toujours là, capitaine ?*

— A-t-il dit quelque chose ? A-t-il... laissé entendre qu'il souhaitait en finir ?

— *C'est une surprise totale.* » *La voix marqua une pause.* « *Mais il a laissé un message.*

— Que... que dit-il ?

— *C'est ça le plus bizarre. Quelque chose d'incompréhensible : "Je ne me résume pas à ça", ou quelque chose comme ça.* »

Reinhardt se glaça. Il lui semblait avoir répondu à l'homme au bout du fil, une quelconque formule de politesse, mais sa mémoire était floue. Tout ce dont il se souvenait, c'est d'avoir repris ses esprits sur sa chaise, penché au-dessus du téléphone dont le combiné avait été remis en place. *Je ne me résume pas à ça.* Il s'agissait ni plus ni moins du credo du groupe que Reinhardt avait rejoint à Vienne. Leur soi-disant cellule de résistance. Et si Koenig l'avait écrit, cela signifiait qu'ils étaient à ses trousses. Il avait attiré leur attention sur lui, d'une manière ou d'une autre. Cette phrase était un message destiné aux autres. Un avertissement qu'il leur avait envoyé à travers sa mort.

Reinhardt prit soudain conscience que c'était lui qui les avait mis sur sa trace, et une sueur froide le traversa de la tête aux pieds. Cela signifiait que ce qu'il avait découvert à Sarajevo avait fait des vagues jusqu'à Vienne. Si ça remontait jusque là-bas, pourquoi pas plus loin encore ?

Qu'est-ce que tout cela pouvait bien cacher ?

Finalement, il se retrouva dans la salle des

opérations à moitié déserte. Il consulta sa montre. Malgré l'enchaînement des événements du matin, il était encore très tôt, pas plus de 5 heures. Sur une table devant lui étaient empilés les *Soldbuchs*, à côté du morceau de papier. Il ne s'était même pas rendu compte qu'il les avait sortis et feuilleta les petits livrets, couverture brune après couverture brune, passant en revue les inscriptions finement tracées qui racontaient les histoires, pour peu qu'on sût les interpréter, des soldats à qui ils avaient appartenu. Reinhardt parvint à décrypter certaines sections, mais il sentait qu'il y avait quelque chose d'anormal ; seulement, il était incapable de mettre le doigt dessus.

Le grondement d'une fusillade se fit entendre à l'extérieur du bâtiment, d'abord faible, puis de plus en plus soutenu. Le bruit sourd de déflagrations d'artillerie résonna dans un fracas discordant. Les hommes présents dans la salle des opérations échangèrent des regards avant de baisser à nouveau la tête. Toujours assis, Reinhardt tendit l'oreille, mais malgré l'affaiblissement des tirs, les détonations continuèrent, en provenance du nord une fois encore.

Il se sentit sombrer, comme s'il commençait à s'effondrer sur lui-même, et il comprit qu'il devait réagir avant que le monde ne se résume plus qu'au rythme de ces coups de feu, occultant tout le reste. Il savait qu'il détenait l'une des clés du mystère, mais il avait besoin de quelqu'un pour l'aider à le déverrouiller.

En dépit de l'heure matinale, les couloirs de la caserne bouillonnaient d'activité et résonnaient d'éclats de voix braillant des ordres. Une fois dans la salle des opérations principale, Reinhardt se fit indiquer le chemin vers les bureaux de l'administration, mais l'officier agacé à qui il s'adressa lui souhaita bon courage pour trouver quelqu'un sur place. Quand il arriva, il constata que l'officier avait dit vrai. Les bureaux étaient vides, des documents en pagaille étaient éparpillés sur le sol, tables et chaises en désordre, et une odeur de brûlé flottait dans l'air, dégagée par une corbeille en train de fumer.

Les traits de Reinhardt se tordirent dans une grimace de frustration, puis une autre idée lui vint, et il se précipita à nouveau dans le tumulte des couloirs pour revenir aux opérations. L'une des pièces attenantes à la salle principale abritait le service du renseignement militaire. Son ancien QG, pensa-t-il avec ironie. L'enfilade de bureaux était noire de monde et embrumée de fumée de cigarette. Une douzaine d'hommes parlaient fébrilement au téléphone, à la radio ou entre eux. Il accrocha le regard de l'un d'eux et l'informa qu'il devait s'entretenir avec un membre du contre-espionnage, de préférence quelqu'un qui s'y connaîtrait en documentation, et plus précisément en faux documents. On lui indiqua un officier, et Reinhardt se fraya un chemin à travers la pièce, au milieu des câbles emmêlés, des jambes et des caisses de papiers.

« J'ai besoin de votre aide », dit-il.

L'officier, capitaine lui aussi, leva le nez des documents qu'il était en train de fourrer dans une caisse. Ses yeux firent un aller-retour du visage de Reinhardt à son hausse-col, inspectèrent ses décorations puis se déportèrent sur son brassard. Il se redressa, les sourcils levés.

« Toujours prêt à rendre service à un membre estimé du Feldjägerkorps. »

Reinhardt tendit la main.

« Reinhardt, dit-il. Y a-t-il un endroit calme où nous pourrions discuter cinq minutes ?

— Prien, se présenta l'officier. Je vous en donne dix si vous avez une cigarette. Par ici. » Il précéda Reinhardt jusqu'à une petite niche dans le mur, dans un coin de la pièce. « Que puis-je faire pour vous ?

— Je veux que vous examiniez quelque chose pour moi, répondit Reinhardt en allumant des cigarettes pour eux deux. Vous vous y connaissez en *Soldbuchs* ? Je pense avoir mis la main sur des faux, je vous serais reconnaissant d'y jeter un œil. »

Prien haussa les sourcils quand Reinhardt lui remit les livrets.

« Intéressant, murmura-t-il en les ouvrant d'un geste vif avant de s'arrêter sur celui de Keppel et de passer le pouce à l'endroit où aurait dû se trouver une photographie. Qu'est-ce qui vous fait penser qu'il pourrait s'agir de faux ?

— Nous les avons trouvés au cours d'une rafle anti-partisans, mentit Reinhardt en recrachant un nuage de fumée.

— Si c'est vrai, cela pourrait être une nouvelle préoccupante, commenta Prien en tirant une loupe de sa poche. Une petite minute, je vais jeter un œil… »

Reinhardt le regarda passer les livrets au crible, et de cinq minutes ils passèrent à dix, puis quinze. Il s'arma de patience, laissant le capitaine étudier les documents, jusqu'à ce qu'il soit arrivé à la dernière page du dernier livret. Il se redressa dans une grimace, une main posée dans son dos.

« Alors ?

— Alors, ces deux-là… répondit Prien en levant les livrets d'Abler et de Maywald. Ils sont authentiques, mais ce sont des exemplaires de remplacement. Regardez, ici, ajouta-t-il en montrant le haut de la première page. Ce numéro, c'est le code pour un livret de remplacement. Donc, si on s'en est servi à des fins crapuleuses, il va vous falloir trouver les documents originaux que ceux-ci sont venus remplacer.

— Intéressant, murmura Reinhardt. Qu'en est-il du troisième ? Celui de Keppel.

— Pour celui-là, je ne suis pas sûr. Hormis le fait que la photo soit manquante, je ne vois rien d'anormal ou d'inhabituel. S'il s'inscrit dans une affaire douteuse, c'était peut-être un coup d'essai. Ils ont peut-être essayé de le retravailler sans y arriver. Ce que je veux dire, c'est qu'il n'est pas impossible de contrefaire des documents, ou de les altérer, mais ça prend du temps, et il vous faut un excellent faussaire et un équipement spécifique.

— Ou peut-être qu'ils ont trouvé un excellent faussaire, mais qu'il n'a pas eu le temps de finir le travail.

— C'est toujours possible. »

Reinhardt secoua la tête, l'âme à la dérive.

« Eh bien, il ne me reste plus qu'à vous remercier, je suppose.

— Attendez, attendez. Il y a deux ou trois petits détails qui méritent qu'on s'y attarde. Mettons celui-ci de côté momentanément – celui de Keppel –, et penchons-nous sur les deux autres, proposa Prien en les ouvrant tous les deux à la première page. Tout est en ordre. Numéros de série des livrets, plaques d'identité militaire, grades, promotions, noms, groupes sanguins, taille des masques à gaz et numéros de matricule. Rien qui sorte de l'ordinaire, non ? Pages suivantes : données personnelles, âge, lieu de naissance, taille, apparence et signes distinctifs...

— Abler a une cicatrice, nota Reinhardt.

— Oui. Il en est fait mention plus loin dans son dossier médical. Blessure de shrapnel au cou. Mais en ce qui concerne ces premières pages, nous avons leurs professions dans le civil – plombier et charpentier, apparemment –, famille...

— Aucun nom, remarqua Reinhardt en comparant les deux livrets.

— En effet. Aucun proche qui les attendrait à la maison. Parents décédés, puisque cette section est également vide. Religion : tous les deux catholiques. Pointure des chaussures – ça m'a toujours fait rire. Et ici nous avons une preuve supplémentaire qu'il s'agit bien d'exemplaires de remplacement. Voyez, juste au-dessus de la certification de l'unité, on trouve la mention "exemplaire de remplacement d'un *Soldbuch* perdu", suivi de la signature de l'officier. »

Reinhardt loucha dessus.

« Ne vous donnez pas cette peine. Les signataires ont souvent une écriture aussi illisible que celle d'un médecin sur une ordonnance. Seules les infirmières savent les déchiffrer, et nous n'en avons pas ici. Vous auriez une autre cigarette ? »

Reinhardt lui en donna une.

« Le nom est illisible, mais pas le titre. Dans les deux cas, il est indiqué “commandant”.

— Ça ne nous éclaire pas beaucoup. En règle générale, cette mention est appliquée avec un tampon. N’importe qui aurait pu s’en charger. Non, ce qu’il y a d’intéressant, c’est ceci, indiqua le capitaine en montrant un cachet décoloré près de la signature du commandant, un cercle incrusté de texte en caractères gothiques, d’un aigle et d’un swastika, accompagné du nom de l’unité, juste en dessous. Vous voyez ?

— “Bataillon disciplinaire 999”, lut Reinhardt, ses yeux passant de l’un à l’autre.

— Si vous jetez un œil à la première page, vous verrez qu’Abler et Maywald ont tous deux commencé leur carrière militaire dans des unités différentes. C’est normal. Transferts de soldats. Mais dans les deux cas, précisa Prien en faisant défiler les pages pour trouver la section réservée aux affectations des soldats, ils ont été condamnés à une peine dans une unité disciplinaire. Abler en octobre 1944, Maywald en janvier de cette année. Ce qui est le plus troublant, c’est que ces deux livrets de remplacement ont été délivrés à quelques jours d’intervalle.

— En mars 1945 », dit Reinhardt dans un hochement de tête, suivant des yeux le doigt du capitaine.

L’information était écrite noir sur blanc, sous ses yeux, mais il lui avait fallu un regard extérieur pour qu’elle lui apparaisse avec clarté.

« Vous pensez à un acte délictueux, n’est-ce pas ? Encore autre chose d’intéressant. Ces deux livrets sont des exemplaires de remplacement délivrés à des soldats qui se sont enrôlés respectivement en 1940 et 1942. À l'époque de leur incorporation... vous vous souvenez de ce à quoi ressemblaient les vieux *Soldbuchs* ? Les anciens livrets...

— ... ne comportaient pas de photographies, termina Reinhardt, se remémorant son propre *Soldbuch*.

— Exactement. Les photographies ont été ajoutées par mesure de sécurité en 1943. »

Reinhardt sentit monter l'excitation.

« Donc, si je résume, reprit-il, ces deux *Soldbuchs* sont venus remplacer d'anciens exemplaires, soit perdus, soit détruits, nous l'ignorons. Chacun des deux livrets originaux a été délivré avant 1943, par conséquent toute comparaison entre ces photographies et celles des exemplaires précédents, s'ils ont bien existé, est impossible. Ceux-ci ont été délivrés en mars 1945 par le bataillon disciplinaire 999.

— Exact. Par ailleurs, ces hommes sont tous les deux des Volksdeutsche.

— Des Volksdeutsche ?

— Oui, des Allemands ethniques. Abler est né en... » Prien tourna les pages du livret. « Là. Abler est originaire de Maribor, en Slovénie. Et Maywald est d'Opava, protectorat de Bohême-Moravie.

— Vous parlez d'une coïncidence... »

Il avait l'information sous les yeux depuis le début.

« Oui, à ce stade-là je dirais que la situation ne doit pas grand-chose au hasard, confirma Prien.

— Merci de votre aide, elle m'a été très utile. Je présume que vous ne savez pas à quoi ils correspondent ? tenta Reinhardt en pointant du doigt les nombres qui accompagnaient les noms manuscrits sur sa liste.

— Non. Pas la moindre idée, sourit Prien.

— Ma foi, ça ne coûtait rien d'essayer. »

Prien hocha la tête et désigna un autre officier.

« Mais lui, là-bas. Il est avocat. Il pourrait peut-être vous aider. »

27

Tout était lié, Reinhardt le savait. Il l'avait su en tant que policier. Il l'avait su en tant qu'officier des renseignements. La paperasse appelait la paperasse. Formulaires et règlements créaient des prisons administratives, un réseau de procédures qui tissait sa toile dans tous les domaines de votre vie, couche après couche. Le secret était d'en connaître le fonctionnement, de savoir en démêler les fils et repérer les chaînons qui n'auraient pas dû manquer. Face à une impasse, il fallait trouver une autre issue. Un certificat de naissance, un diplôme du secondaire, un dossier médical, une pièce d'identité, un permis de conduire, un casier judiciaire, un *Soldbuch* de l'armée, une condamnation. Tout cela formait les maillons d'une chaîne, le reflet de votre vie, qu'il suffisait de savoir décoder et analyser en cas de besoin.

Chaque unité militaire disposait d'un service administratif dirigé par un adjudant, souvent un juriste, tel que celui vers qui Prien l'avait orienté, un homme à l'air pas commode. Après avoir jeté un regard agacé aux documents de Reinhardt, il lui avait expliqué à quoi se référaient ces nombres, et les nombres en question l'avaient mené ici, dans une zone quasiment abandonnée de la caserne, un entrepôt rempli de caisses de rangement.

La paperasse appelait la paperasse. Elle était semblable à un torrent de vase se déversant d'un bureau à l'autre. Certaines personnes ne voyaient que par le papier et ne pouvaient s'en passer. D'autres l'avaient en horreur et s'efforçaient de l'ignorer. D'autres encore savaient en tirer profit pour déjouer le système qu'il était censé servir. Mais à la fin, le papier subsistait. Qu'il soit classé, caché, oublié ou égaré, il était toujours là. Il suffisait de savoir où regarder.

La pièce qui s'ouvrait devant lui débordait de caisses et de casiers empilés les uns sur les autres, leur bois rendu jaune par le faible éclairage qui descendait du plafond. Malgré le froid, l'air était empreint de chaleur et d'une odeur de bois, de verni et de papier. L'odeur des dossiers, des archives, des comptes-rendus, des études de cas… Tout était là, et bien qu'étonné de découvrir qu'on avait pu vouloir conserver tous ces documents, Reinhardt était tout à fait conscient de leur valeur.

« Bon alors, où sont-ils ? » demanda-t-il.

Le sergent qui l'accompagnait parcourut du regard une pile de caisses sur lesquelles étaient inscrits des numéros et des noms, puis revint à la liasse de papiers sur sa planchette à pince.

« Les archives du Palais du gouvernement devraient être ici. Là ! »

À eux deux, ils soulevèrent une demi-douzaine de caisses que le sergent ouvrit à l'aide d'un pied-de-biche. Elles contenaient des dossiers classés dans des pochettes bleues et jaunes. Le sergent les regarda avec un drôle d'air.

« Vous êtes sûr que vous allez arriver au bout, monsieur ?

— Si tout est correctement classé, oui, sergent, à condition que vous me donniez un coup de main.

— Oui, monsieur, mais…

— Il n'y a pas de "mais". Prenez cette boîte. Nous cherchons ces dossiers, l'informa Reinhardt en lui montrant les numéros qui venaient en face des noms sur son bout de papier.

— Oui, monsieur, fit le sergent, à bout de souffle. Qu'est-ce qu'on cherche, déjà ?

— Des archives de cour martiale.

— Les dossiers qui viennent du bureau des cours martiales, vous voulez dire ? »

Reinhardt se figea, leva les yeux vers lui, puis acquiesça de la tête.

« Ils ne sont pas ici, monsieur. Ils sont dans l'annexe. Tout est arrivé du Palais du gouvernement ce matin. Il y a eu une sacrée pagaille là-bas, cette nuit. Un homme a été tué et ça a retardé l'expédition. Ç'a été un véritable enfer, apparemment. Quelqu'un les a réclamés toute la matinée. »

Reinhardt mit un instant à intégrer l'information, mais quand il réalisa ce que venait de dire le sergent, ce dernier fit un pas en arrière, sans doute frappé par l'expression qui venait de se peindre sur ses traits. Mais il ne s'en soucia guère. Reinhardt se rua en avant, posa une main sur son épaule et le repoussa en arrière contre la pile de caisses.

« Qui les a réclamés ?

— Je ne sais pas, monsieur. Je vous assure. Quelqu'un au téléphone. Il a lourdement insisté pour que le lieutenant trouve les caisses. Et puis il y avait un Feldgendarme aussi.

— Montrez-moi cette annexe. »

Le sergent le guida à l'extérieur. Ils passèrent près d'un groupe de soldats et de civils enrôlés de force occupés à charger des caisses dans des camions, leurs semelles crissant sur les graviers humides de la cour. Au coin d'un bâtiment se dressait une longue extension en briques qui prolongeait les murs de la caserne. Le sergent fit glisser de lourdes portes coulissantes sur quelques centimètres et précéda Reinhardt dans l'obscurité. Le bâtiment donnait une impression d'espace, et le travail de maçonnerie était approximatif, la lumière s'écoulant de fentes dans les murs et de trous dans le toit, s'infiltrant à travers un ensemble de chevrons et de traverses. Le sergent bascula un interrupteur et des ampoules s'allumèrent paresseusement pour donner une lumière vacillante qui semblait avoir oublié comment éclairer.

« C'est ici, je pense », dit-il, avançant en crabe pour examiner les inscriptions sur une rangée de caisses empilées de façon désordonnée.

Reinhardt le dépassa, la respiration haletante.

« Merci, sergent, ce sera tout. »

L'autre lui donna son pied-de-biche et le laissa. Reinhardt considéra les trois caisses. Il se rendit compte qu'il les avait déjà vues, bien empaquetées, dans le bureau d'Erdmann au Palais du gouvernement. Il porta un doigt aux lettres au pochoir indiquant *Bureau de la cour martiale*, puis ouvrit la première. Elle contenait des livres, des ouvrages juridiques, ce genre de choses. Il en sortit quelques-uns, les inspecta pour s'assurer qu'il n'y avait rien d'autre à l'intérieur, puis s'intéressa à la caisse suivante, dont il fit sauter le couvercle. Il se figea, le souffle court.

Elle était pleine de documents séparés en trois piles, sur chacun desquels figuraient l'aigle et le swastika, ainsi qu'un nom et un numéro de dossier. Il les sortit pile après pile, s'efforçant de donner un sens à ces séries de chiffres, espérant trouver une correspondance, et finit par en trouver une. Le numéro correspondant à Werner Janowetz. Il découvrit à l'intérieur les minutes d'une cour martiale. Il passa en revue les données personnelles de Janowetz. Volksdeutsche, originaire de la région des Sudètes. Accusé d'absentéisme. Condamné à être transféré en bataillon disciplinaire. Le bataillon disciplinaire 999. Reinhardt en arriva au jugement unanime du jury, et sa respiration se coupa.

Le président de la cour était Dreyer.

Il sauta à la ligne suivante. Herzog avait confirmé la sentence, avec Erdmann pour conseil.

Il avala sa salive, mit le dossier de côté et continua. Il en trouva deux autres coup sur coup, et comprit que dans ce cas précis comme dans l'ensemble de cette affaire, l'astuce était de cacher ce qui devait l'être bien en évidence, sous le nez de tout le monde.

Il trouva les dossiers de Benirschke et de Sedlaczek. Tous deux étaient des Volksdeutsche. Benirschke de Slovénie et Sedlaczek de la province de Voïvodine en Serbie, près de la frontière avec la Hongrie, d'après ce que savait Reinhardt. Suivaient Seymer, un Italien du Tyrol du Sud, et enfin Berthold, né en Roumanie.

Tous les procès-verbaux faisaient mention de peines en bataillon disciplinaire.

Toutes les cours martiales avaient été présidées par le juge Dreyer.

Pas Erdmann.

Il avait eu la certitude qu'il s'agissait d'Erdmann.

Reinhardt sentit la nausée le gagner. Il ne voyait pas ce qu'il pouvait faire de ces informations, mais il eut tout à coup une vision plus précise des implications de toute cette affaire. La solution lui paraissait plus proche, plus accessible, mais aussi beaucoup plus menaçante.

Le frottement de pas sur le sol fut le seul avertissement qu'il reçut. Ça, et un juron suivi d'un ordre.

« Debout, doucement.

— Attention. Je ne veux pas que son sang tache les documents. »

Reinhardt tourna la tête. Metzler se tenait dans son dos, un pistolet à la main, et derrière lui se dressait Erdmann, dont les sourcils érudits s'arquaient au-dessus de la monture argentée de ses lunettes.

« Debout, j'ai dit. »

Reinhardt se leva.

« Tournez-vous. »

Reinhardt se tourna lentement. Tout en pivotant sur ses talons, il attrapa le pied-de-biche posé sur l'une des caisses et, sans lâcher Metzler du regard, fouetta l'air de son bras en direction du pistolet. Le pied-de-biche faucha le Feldgendarme en plein sur le poignet, dans un craquement d'os qui se fend. Les traits de Metzler se tordirent de douleur, son bras vola, et Reinhardt fit décrire un nouvel arc-de-cercle à l'outil en avançant vers lui. Metzler leva le bras et la barre alla rebondir contre son épaule avant de s'écraser sur le côté de son cou. Le corps du Feldgendarme donna l'impression de se replier sur lui-même, puis il s'effondra comme un sac vide.

Estomaqué, Erdmann chercha maladroitement son holster avant de faire volte-face et de s'enfuir. Reinhardt lança le pied-de-biche vers lui. Après avoir fendu l'air, celui-ci frappa le juge dans le dos. Erdmann tituba, trébucha, puis s'écroula sur une pile de caisses qui bascula sur lui. Une main coincée, il poussa un cri, se tortillant pour se dégager. Ses yeux écarquillés débordaient de peur quand Reinhardt se jeta sur lui.

Il souleva la caisse, agrippa le juge par le col et le traîna, gémissant et gesticulant, jusqu'à l'endroit où Metzler gisait inconscient. Il le tira dans un recoin sombre envahi de piles de caisses.

« Qu'est-ce que ça signifie ? » grogna-t-il en brandissant un des dossiers.

Le juge resta muet, se frottant la main. Quand Reinhardt lui colla les documents sous le nez sans le moindre ménagement, il se tordit le cou et cria.

« Qu'est-ce que c'est que ce bordel ?

— Vous ne pouvez pas comprendre, pauvre idiot », parvint à articuler Erdmann.

Reinhardt tordit sa main blessée, et le juge laissa échapper un glapissement.

« Expliquez-moi quand même. Qu'est-ce que Dreyer a à voir avec tout ça ? »

Erdmann eut un petit rire, toussa de la salive et du mucus.

« Votre précieux Dreyer. Pas tout à fait ce qu'il semblait être, n'est-ce pas ? »

Reinhardt lui tordit à nouveau la main, et le visage

du juge se décomposa sous l'effet de la douleur. Ses talons martelèrent le sol.

« Non, je vous en prie.

— Expliquez-moi, Erdmann. Et tâchez d'être clair.

— Du chantage, Reinhardt. C'est aussi simple que ça. Nous avions quelque chose sur lui. Il était entre nos mains, jusqu'à ce qu'il tombe sur vous.

— Quoi ? *Quoi ?!*

— D'accord, d'accord. Une affaire d'argent. C'est toujours une affaire d'argent. Lui et Jansky étaient impliqués dans quelque chose. Je ne sais pas quoi, mais ça remontait à la Pologne. Jansky l'a escroqué, peut-être bien. Je n'en sais rien. Mais quand Dreyer est revenu chercher son dû, Jansky l'a mené tout droit à nous.

— Pourquoi l'avez-vous tué ?

— Nous ne l'avons pas tué, espèce d'imbécile.

— Que voulez-vous dire ?

— Vous vous montriez un peu trop fouineur. Il se servait de vous pour se trouver une échappatoire. Nous l'avons pris entre quatre yeux, moi et Herzog, et lui avons rappelé ce que nous savions sur lui. Même si vous trouviez ce que vous cherchiez, il serait toujours à notre merci. Nous l'avons épargné. Il s'est donné la mort pour nous impliquer. Pour faire croire à un meurtre.

— Pourquoi aurait-il fait cela ? Pourquoi ?!

— Ahhh, ma main…

— Je vous ai demandé d'être clair, Erdmann, si vous ne voulez pas que je m'occupe de votre autre main.

— Je vais vous expliquer. Lâchez-moi ! »

Reinhardt repoussa sa main et Erdmann l'enfouit contre sa poitrine. Soulagé, le juge se laissa glisser en arrière et fixa Reinhardt à travers ses lunettes posées de travers sur son nez aquilin.

« Il a changé d'avis, il ne voulait plus être mêlé à ça. Parce qu'il était faible. Il n'arrivait plus à accepter le sentiment de honte que lui inspiraient ses actes. Non que nous lui ayons laissé le choix. Il était à nous.

— Il était juge de crimes de guerre. Il n'a pas pu… il est impensable qu'il se soit retrouvé impliqué dans vos combines.

— Vous avez pris le temps de vérifier, Reinhardt ? Non ? Un ancien policier comme vous, se moqua Erdmann en repositionnant ses lunettes. Il a été juge de crimes de guerre jusqu'à ce que nous lui mettions la main dessus. Il vous a raconté des histoires. Des histoires à dormir debout. Et il savait que vous l'écouteriez. Car elles parlaient des oustachis. Et vous avez tout avalé.

— Mais bon Dieu, à quoi est-ce que vous jouez ?

— Jouer ? Ça n'a rien d'un jeu, Reinhardt. Il s'agit de préservation. De notre avenir. »

Reinhardt serra les doigts sur la boutonnière d'Erdmann, l'attirant vers lui.

« Préservation ? Avenir ? Pauvre idiot ! C'est terminé. C'est de l'histoire ancienne. Vous êtes aveugle ou quoi ? On ne reviendra pas en arrière. On n'effacera pas ce qu'on a fait. »

Erdmann le regarda, soudain calme, puis il remua la bouche comme s'il voulait cracher, le menton contracté. Reinhardt eut un mouvement de recul. Le temps qu'il comprenne, il était trop tard. Il entendit le juge croquer dans quelque chose et vit ses yeux s'éclairer.

« Un peuple. Un Reich. Un Führer. »

Erdmann eut un hoquet et tout son corps se contracta, tendu comme un arc. Un gargouillis étouffé s'échappa de sa bouche en même temps qu'une écume blanchâtre, et il s'effondra sur le sol comme une poupée de chiffon.

Du cyanure. Le visage de Reinhardt se tordit dans une grimace de dégoût. Il mesurait, au fond de lui, l'extrémité à laquelle Erdmann s'était résolu avec ce geste. Quelle que soit la nature de ce qui se tramait, Erdmann n'avait pas le droit à l'erreur, dût-il le payer de sa vie. Reinhardt prit une profonde inspiration et se mit à réfléchir. Il ignorait de quoi il retournait, mais cette affaire avait des ramifications jusqu'à Vienne, impliquait les hautes sphères de l'armée à travers Herzog, peut-être plus haut encore, et avait vu des soldats en tuer d'autres.

Il se mit debout dans un souffle. Il tira Metzler auprès du corps d'Erdmann et les empila l'un sur l'autre dans le renfoncement du mur, avant de les dissimuler derrière des caisses. Quelqu'un finirait bien par les trouver, mais ça ferait l'affaire quelque temps, espérait-il. Metzler devrait ensuite se débrouiller pour s'expliquer quand il reprendrait conscience. Reinhardt risqua un dernier coup d'œil aux archives et trouva les noms restant sur sa liste. Il s'empara des dossiers et les joignit aux autres, puis remit le couvercle en place en se servant du pied-de-biche comme marteau. Enfouissant les documents sous son manteau, il s'efforça au calme, mais le roulis nauséeux dans son ventre s'accentua, et il se plia en deux dans un souffle rauque, attendant que ça sorte, attendant de pouvoir se purger de ce qui venait de se passer, de ce qu'il avait fait. Il tomba sur un genou et eut un haut-le-cœur, puis vomit le peu qu'il avait dans l'estomac, un filet acide de bave et de bile, comme une manifestation physique des pensées et des images qui lui corrodaient l'esprit.

Dreyer, son ami, lui demandant son aide. « Je *sais* que Jansky est coupable », avait-il affirmé. Reinhardt voyait la vérité se profiler, à présent ; une confirmation à peine voilée de la culpabilité de Dreyer.

Dreyer, le complice, rapportant les découvertes de Reinhardt à Erdmann, à Herzog, et à tous ceux qui étaient impliqués dans cette affaire. Sans cela, comment auraient-ils su pour les Grecs ? Il se rappela aussi, dans un flash, que Dreyer avait mentionné le nom d'Alexiou lors de leur dernier entretien, alors qu'il ne l'avait jamais prononcé lui-même. Dreyer savait. Il savait qui était le « Grec ».

Dreyer, choisissant la seule échappatoire qui s'offrait à lui. Un coup de poker, un geste pour l'homme qu'il avait été autrefois. Un suicide qui passerait pour un meurtre. « Je me serais tiré une balle dans le cœur si j'en avais eu le courage », avait-il dit. « Je ne partirais jamais sur cette musique. » Tant d'indices qui mettraient la puce à l'oreille de Reinhardt, qui enfonceraient un peu plus le clou et finiraient par l'égarer.

Utilisé. Manipulé.

En évidence, sous le nez de tout le monde.

Reinhardt attendit que les derniers spasmes s'apaisent dans son estomac, passa sa manche sur sa bouche, puis il sortit, essayant de garder la tête haute.

Il parvint à maintenir cette posture en fixant ses yeux sur un point lointain jusqu'au mess, qu'il trouva vide. Il dénicha une tasse de café tiède et prit un paquet de rations en conserve dans une pile près de la porte. Il déchira l'emballage, en extirpa pain et confiture, puis étala tout ce qu'il avait sur la table. Les trois *Soldbuchs*, le papier comportant les noms manuscrits, les dossiers.

Tout était lié aux *Soldbuchs* et aux archives judiciaires. Il observa les livrets en croquant dans sa tartine, essaya de comprendre ce qu'ils représentaient. Quelles que soient les informations qui figuraient dans ces *Soldbuchs*, la région militaire dans laquelle ces deux hommes avaient été recrutés disposerait d'éléments enregistrés dans les archives principales, les *Wehrstammbuchs*. On pouvait changer certaines informations à un endroit, mais elles subsistaient ailleurs. Il prit conscience, soudain, qu'il allait à la pêche aux détails, qu'il tentait d'identifier des failles dans un plan prétendument parfait. Tout cela, même s'il ignorait encore de quoi il retournait, n'avait pas à être forcément parfait. Il fallait que cela convienne dans un certain contexte, et le contexte, c'était ici et maintenant.

Cette affaire ne ressemblait à aucune des enquêtes qu'il avait menées. Il n'était même pas sûr de pouvoir la qualifier de la sorte. Il avait quelque chose qui ressemblait à un crime, et même plusieurs, en réalité. Il avait les noms des conspirateurs – Erdmann et Metzler avec certitude, Herzog et Jansky sans doute, mais son esprit continuait à se détourner de Dreyer.

Sans preuves, toutefois, il n'avait aucun moyen de les confondre. Les preuves qu'il détenait, *Soldbuchs* et minutes des procès, ne le menaient pas bien loin. Elles pouvaient tout aussi bien prouver leur culpabilité qu'être expliquées, tout en n'étant que du papier. Tout ce qu'il avait, c'était un témoin, un petit garçon effrayé qu'il ne pouvait mêler à tout cela, un enfant qui prétendait avoir vu des Feldgendarmes abattre d'autres Allemands.

Quelque chose atterrit sous son nez dans un froissement de papier, tout à coup. Reinhardt sursauta et vit qu'il s'agissait d'un dossier. Il tourna la tête, leva les yeux. Il lui fallut un court instant pour reconnaître l'homme qui se tenait derrière lui.

« Dr Henke.

— Dites, pour quelqu'un qui m'a fait passer deux nuits blanches d'affilée, vous n'avez pas l'air particulièrement pressé de savoir ce que j'ai découvert.

— Je vous demande pardon, docteur ?

— Ça oui, il y a de quoi demander pardon. »

Le médecin se laissa tomber sur le banc à côté de Reinhardt, le dos contre le bord de la table et les jambes étendues devant lui. Il bascula la tête en arrière pour laisser échapper un bâillement gargantuesque, battit des paupières à plusieurs reprises, les yeux fixés sur Reinhardt, puis regarda le dossier.

« C'est bien ce que vous vouliez, non ? Une autopsie de ces cinq cadavres ? »

Reinhardt ouvrit la pochette et passa en revue les cinq feuilles de papier manuscrites qu'il contenait.

« Vous les avez faites ?

— Vous me l'avez demandé si gentiment, capitaine. »

Henke se tapota le bout des doigts, et Reinhardt remarqua que ses ongles et les replis de ses articulations étaient tachés de mouchetures et de croûtes d'une substance d'un brun foncé.

« Et à la fin, vous n'êtes même pas venu les chercher, ajouta Henke.

— J'ai tenté… nous avons tenté de vous contacter.

— Eh bien, vous ne m'avez jamais trouvé. Heureusement pour vous, je suis un homme de parole, vous avez de la chance que je me sois arrêté en chemin pour vous les déposer.

— Puis-je vous offrir un café ?

— Vous pouvez. »

Henke bâilla à nouveau. Quand Reinhardt lui rapporta une tasse du percolateur qui se trouvait près de l'entrée du mess, le médecin le remercia d'un signe de tête, détachant son regard des preuves et reposant les *Soldbuchs* sur la table.

« Toutes mes conclusions sont là-dedans. Quatre d'entre eux avaient mangé la même chose à peu près au même moment.

— Qu'est-ce que c'était ?

— Des rations en conserve, répondit Henke en montrant le repas de Reinhardt.

— Des rations en conserve ?

— Et une sorte de bouillon de chèvre et de tubercules. Pas très ragoûtant, si vous voulez mon avis.

— De la chèvre ?

— Vous avez des problèmes d'audition, capitaine ? Vous ne cessez de répéter tout ce que je dis.

— Je vous demande pardon.

— Ça aussi vous le répétez sans cesse. Je dirais que vos soupçons étaient fondés. Il s'agissait vraisemblablement de soldats. Je ne vois pas quel autre groupe d'hommes aurait pu manger la même chose au même moment. Les rations en conserve sont des preuves assez irréfutables, dans la mesure où nous sommes les seuls à en avoir. À moins, compléta le médecin dans un bâillement, que quelqu'un en ait volé un stock.

— Les partisans utilisent les rations des Alliés », murmura Reinhardt en feuilletant le dossier.

Des soldats. Il avait vu juste, et c'était une bonne chose que cela soit confirmé, supposait-il, bien qu'il ait déjà plus ou moins tiré ses propres conclusions au regard des preuves rassemblées ces derniers jours.

« Ces livrets leur appartenaient ? »

Henke désigna les *Soldbuchs* d'un mouvement de la tête. Reinhardt ramassa celui d'Abler et l'ouvrit à la page où figurait sa photographie. Quelque chose parut soudain se mettre en place, et son souffle se coupa, bloqué dans sa gorge par une subite excitation.

« Que voulez-vous dire, docteur ? » parvint-il à articuler après un instant.

Le médecin retourna sa tasse pour faire couler les dernières gouttes de café.

« Simple déduction. Dans la mesure où aucun des cadavres n'avait plus de visage, ces livrets pourraient avoir appartenu à deux ou trois d'entre eux. Taille, poids, couleur des cheveux : ça correspond.

— Physique ordinaire.

— Physique ordinaire », répéta Henke.

Bien en évidence, sous son nez.

Et il le voyait enfin.

28

L'aube avait commencé à colorer le ciel, chatoyant sur les contours des longs nuages qui écrasaient la ville. Dans les collines du Nord, l'écho des coups de feu était permanent et des panaches de fumée noirs venaient tacher la nuit. Des rapports commençaient à arriver, faisant état d'une forte concentration de forces partisanes à la bordure orientale de Sarajevo, et de tentatives de percer les lignes allemande et oustachie. Les combats s'intensifiaient et les troupes allemandes et oustachies qui assuraient l'arrière-garde à l'intérieur de la ville subissaient une pression de plus en plus forte. Pour ne rien arranger, les partisans de Valter dans Sarajevo étaient sortis en force et se livraient à des bombardements, des actes de sabotage et des embuscades, semant le trouble à travers toute la ville.

Après un rapide détour par sa chambre pour jeter quelques affaires dans un grand sac de toile, Reinhardt gagna le parking de la caserne à la hâte, cherchant du regard la voiture et le chauffeur qui l'attendaient là, comme le lui avait promis Scheller. Il avait laissé le colonel dans la salle des opérations quasiment abandonnée, la plupart des Feldjäger ayant déjà quitté la ville pour se déployer sur la route de Visoko. Un rictus de mécontentement avait tordu la bouche de Scheller à l'évocation de leurs ordres, qui étaient de rassembler les traînards et les déserteurs, les égarés et les ahuris, et de les rapatrier sur les premières lignes.

« Ma foi, ça doit être pour ça qu'on nous appelle les voleurs de héros, avait plaisanté Reinhardt en fourrant un paquet de rations dans son sac.

— Ne me reparlez pas de ça, avait marmonné Scheller en lui retournant un regard sombre. Vous allez y arriver, j'en suis convaincu, Reinhardt. Le temps presse. Les lignes vont céder avant la fin de la journée. Bien avant ça, à mon avis.

— J'y arriverai, monsieur. »

Reinhardt avait vérifié le chargeur de son StG 44, attaché sangles et porte-chargeurs, et attrapé un casque.

« Vous avez l'air joyeux comme une jouvencelle, il s'est passé quelque chose ?

— Quoi ?

— C'était de l'ironie, Reinhardt. Vous vous souvenez ? Vous la maniiez avec un certain talent, à l'époque, lui avait rappelé Scheller avant d'être distrait par un messager à la porte. Allez, en route. Bonne chance. »

En effet, Reinhardt se sentait léger, concentré. Cette vérité qu'il avait découverte semblait l'avoir libéré du bourbier dans lequel il était en train de s'empêtrer. Il en avait fait part à Scheller, en grande partie, les mots se bousculant dans sa bouche alors qu'il lui livrait ses conclusions. Ce qu'il savait à présent, et ce qu'il suspectait encore. Il n'avait eu d'autre choix que de lui parler ; sans cela, Scheller n'aurait jamais accepté de le laisser retourner en ville. Le récit terminé, le colonel était resté assis, stupéfait, tandis que Reinhardt tournait en rond comme un lion en cage.

Il avisa la voiture et remercia intérieurement le colonel pour sa prévenance. Il s'était imaginé trouver une Kübelwagen, mais Scheller avait déniché une Panzerfunkwagen, véhicule blindé équipé d'une radio, dont le toit était surmonté d'une antenne-cadre. Debout devant le capot se tenait Benfeld, qui se redressa en le voyant approcher.

« Frenchie, le salua Reinhardt d'une voix où pointait un soupçon de circonspection.

— Capitaine, répondit le grand Feldjäger.

— Scheller vous a informé de l'objet de ma mission ?

— Il m'a dit de garder un œil sur vous, de surveiller vos arrières. Le capitaine Lainer m'a tenu à peu près le même discours, monsieur. Bader, Pollmann et Triendl étaient des nôtres. En plus de ça, nous sommes ensemble depuis le début de cette affaire, dit Benfeld en se hissant sur le côté de la Panzerfunkwagen. Je veux aller jusqu'au bout. »

Bader, Pollmann et Triendl étaient les trois Feldjäger qui avaient été tués sur le chantier. C'est par eux que tout avait commencé. Sauf qu'en réalité, c'était avec trois autres corps, brûlés et abandonnés dans une clairière, que tout avait commencé. Avec le cadavre d'un homme portant un bouc, et une petite fille assassinée. Reinhardt glissa son fusil dans l'habitacle et sonda le visage de Benfeld. Le lieutenant était épuisé. Ils l'étaient tous, mais c'était autre chose que

Reinhardt cherchait. Un vestige, un signe de cette tension manifeste que le lieutenant avait endurée au cours des derniers jours. C'était toujours là, découvrit Reinhardt : une ombre qui guettait au coin de ses yeux, un poids qui pesait sur ses épaules. Et autre chose, aussi. La marque de comptes à régler, mais ni ici ni maintenant, devina Reinhardt, tandis que le moteur grondait et que le véhicule se mettait à trembler.

« Vous avez intérêt à vous accrocher, Benfeld, cria Reinhardt en essayant de passer la première, sa voix entrecoupée de grincements de métal. Ça fait un bail que je n'ai pas conduit un… truc… comme ça. »

La Panzerfunkwagen fit un bond en avant. Il lui fit décrire un large cercle autour du parking avant de s'engager sous l'entrée fortifiée de la caserne. Il s'engagea sur la route principale, s'arrêta, et se tourna vers Benfeld.

« Vous êtes sûr d'être partant pour m'accompagner ? Je ne le prendrai pas mal si vous renonciez. »

Benfeld lui renvoya un regard depuis la tourelle, son visage pâle se découpant sur le ciel.

« Tout va bien là-haut, capitaine.

— Si vous le dites », murmura Reinhardt en redémarrant pied au plancher.

Le gros de la circulation arrivait en sens inverse, camions et voitures remplis de troupes, un convoi d'ambulances, une batterie d'artillerie. La Panzerfunkwagen collait deux camions qui s'engageaient dans la ville, et Reinhardt observa les visages fermés des soldats à l'arrière, recroquevillés sur leurs fusils. Cela ne devait pas être facile de se diriger vers le front alors que tout en eux leur hurlait de partir.

Comment demander à un homme d'être le dernier à mourir pour un tel endroit, pour une telle cause ?

Reinhardt avait la réponse : on ne le lui demandait pas. On le lui ordonnait.

Il déboîta pour dépasser les camions et entra dans Kvaternik, dirigeant la Panzerfunkwagen sur la route en courbe qui bordait la Miljacka. Les rues étaient dépeuplées, des débris et des détritus jonchaient les trottoirs et s'éparpillaient sur la chaussée, les fenêtres d'un bâtiment sur la rive opposée de la rivière étaient couvertes d'une pellicule de suie produite par un incendie récent. Il fonça tout droit et finit par se ranger devant la Maison Pâle sans rencontrer le moindre obstacle.

Laissant Benfeld dans la tourelle, Reinhardt descendit de la Panzerfunkwagen en emportant son fusil d'assaut. Sur le trottoir qui longeait la façade, les entrelacs de fil barbelé avaient été écartés. Des morceaux de vêtements déchirés pendaient aux piquants, des affaires étaient dispersées un peu partout : des cadres photo, un sac à main, une chaussure solitaire. L'entrée du bâtiment n'était pas surveillée, les portes béaient au milieu des fenêtres brisées. Le vestibule vide résonnait, déchets et objets en tous genres parsemaient les marches que Reinhardt grimpa deux à deux pour atteindre l'étage. Il passa près du radiateur auquel pendaient des menottes et remonta le couloir jusqu'au bout, jusqu'au bureau de Putković. L'haleine courte, il poussa la porte et braqua son fusil à l'intérieur de la pièce.

Le bureau était vide. Guidé par le canon de son StG 44, il se dirigea vers les rideaux à demi tirés. Les ténèbres profondes s'insinuaient dans la cour intérieure, où une poignée de corbeaux arpentaient tristement la terre battue. Reinhardt tendit l'oreille avant de se tourner vers la pièce. Des coups de feu répétés éclatèrent à l'extérieur, le boum-boum de l'artillerie lui parvint en salves intermittentes, mais à l'intérieur, tout était calme. Si une présence avait autrefois élu domicile entre ces murs et était venue l'assaillir lors de sa dernière visite, brutale et menaçante, elle était partie.

Son cœur cognait à tout rompre, en écho à un sentiment d'échec qu'il sentait tenace mais qui s'amenuisait peu à peu. Ses yeux tombèrent sur le bar du buffet. Un fluide brûlant lui passa dans les veines, une tentation irraisonnée, et il alla l'ouvrir, les traits crispés par la colère. Il s'empara d'une bouteille dans une profonde inspiration, faisant tinter les autres en la sortant du bar. Une bouteille de slivovitz, claire, étincelante.

« On peut dire ce qu'on veut des Serbes... » murmura-t-il, se remémorant amèrement les paroles de Putković, cette nuit où Bunda l'avait traîné ici. Il tira sur le bouchon, leva la bouteille et la tourna vers la lumière. « Ils font la meilleure slivovitz. »

Son sang se mit à bouillir d'un désir irrépressible. Il bascula la tête en arrière et colla ses lèvres sur le goulot avant de renverser la bouteille. L'alcool inonda sa bouche de ses vapeurs brûlantes. Il hoqueta, s'étrangla, puis envoya voler la bouteille contre le mur, où elle se brisa. Reinhardt cracha, la slivovitz s'échappant d'entre ses lèvres en un brouillard de gouttelettes cristallines.

« Salaud ! » croassa-t-il sans savoir à qui il s'adressait, à Putković ou à lui-même, mais il sentit ce désir brûlant au fond de lui s'estomper, et il devina qu'il avait remporté un début de victoire, au moins sur lui-même.

Ses semelles crissant sur les bris de verre de la bouteille, il gagna lentement cette deuxième porte qui avait attiré son attention la dernière fois. Elle était verrouillée. Il appela, mais comme aucune réponse ne venait, il recula de quelques pas et fit feu sur la serrure. Il ouvrit la porte dans une odeur de sciure de bois, saisi d'un mouvement de recul quand la puanteur contenue à l'intérieur monta à ses narines. Après un temps d'arrêt, il passa son fusil sur son épaule et dégaina son pistolet, un bras plaqué sur ses voies respiratoires.

La pièce était plongée dans l'obscurité, les rideaux étaient tirés sur l'aube pâle. Reinhardt distingua un bureau et un lit, une cheminée dans laquelle s'élevait un dôme de cendres. Il y avait un coffre sur le bureau, un coffre rouge, entouré d'un assortiment de petites bouteilles et de fioles que la lumière parcimonieuse éclairait faiblement. Il repoussa les rideaux sur les côtés, soulevant des particules de poussière qui dansèrent dans la lumière et dévoilant les contours torturés du corps à moitié enfoui dans l'ombre qui gisait sous la fenêtre.

Reinhardt s'accroupit et fit pivoter la tête du mort vers lui du revers de son pouce. Il s'agissait du soldat qui avait accompagné Jansky ici la fois où il l'avait retrouvé en bas. Le soldat qui travaillait dans le bureau du bataillon disciplinaire lors de sa première visite là-bas, celui qui transportait le coffre rouge qui était maintenant posé sur la table toute proche. On lui avait tranché la gorge, et sa tête pendait mollement au-dessus du croissant sombre qui barrait la peau de son cou.

Asphyxié par l'odeur, Reinhardt fut pris d'une quinte de toux. Il se remit debout et s'éloigna, respirant à pleins poumons à travers la laine épaisse de son manteau. Il s'arrêta près de la cheminée et fouilla le tas de cendres du canon de son arme. Sa fouille révéla une certaine quantité de restes et de fragments de… quelque chose. Se mettant à genoux, il les toucha du doigt et en ramassa un. Il leva le coin d'un morceau épais de carton en direction de la lumière et plissa les yeux pour apprécier sa teinte foncée. Puis il sortit l'un des *Soldbuchs* de son sac et le compara au fragment qu'il tenait dans sa main. Ses yeux firent un aller-retour du coffre à la cheminée. Il se leva et fureta dans les bouteilles et flacons de poudre qu'il trouva autour et à l'intérieur du coffre rouge. Il passa un pinceau sur le dos de sa main et mit un coup de tampon sur un bout de papier, se faisant la réflexion qu'il n'était jamais tombé sur un équipement de faussaire aussi complet au cours de ses années dans la police. Il comprenait, à présent, le comportement nerveux du commis, et la raison pour laquelle il ne se séparait jamais de son coffre. Cet homme était sans doute un faussaire, un orfèvre de la contrefaçon, et ceux qui étaient derrière tout ça s'étaient servis de lui avant de s'en débarrasser.

Reinhardt quitta les bureaux et erra dans les couloirs, ouvrant des portes au hasard, mais il ne trouva rien ni personne. Il n'y avait pas un bruit, pas un mouvement. La maison était vide, comme si elle n'avait jamais été habitée, comme si personne n'en avait jamais fait le moindre usage, bon ou mauvais.

Il descendit calmement l'escalier et hésita devant les portes qui menaient, pensait-il, à la cour intérieure, puis aux sous-sols. Il finit par reculer, en proie à un sentiment de frustration.

Il n'y avait rien ici.

Il ressortit, cligna des yeux dans la lueur grise du matin et jeta un œil à la Miljacka qui s'écoulait en contrebas. Il vit un corps emporté par le courant se coincer contre un rocher avant d'être libéré par un remous. Ignorant le regard de Benfeld, il jeta son fusil d'assaut dans la voiture, s'immobilisa, puis se coula à l'intérieur.

« Rien à signaler, Benfeld ?

— Rien, monsieur. À part tout ce vacarme.

— Nous devons aller un peu plus loin.

— Si vous le dites, monsieur.

— Vous avez combattu dans beaucoup de villes ? demanda Reinhardt en claquant la porte blindée.

— J'ai eu mon lot de combats de rue, monsieur.

— Gardez les yeux grands ouverts, dans ce cas. »

Non qu'il ait eu besoin de le dire, mais quelques secondes plus tard il sentit la tourelle pivoter, et le véhicule fut secoué par le recul de la mitrailleuse, qui libéra des douilles usagées sur le plancher de la Panzerfunkwagen. Benfeld garda le silence et Reinhardt ne posa pas de questions, tournant à gauche dans le dédale angulaire de la ville austro-hongroise avant de bifurquer à droite, puis à gauche. Les rues étaient toujours désertes, mais il sentait qu'on les épiait, et d'un coup il écrasa l'accélérateur alors que des fenêtres explosaient dans des nuages de fumée et que quelque chose venait heurter la carrosserie blindée dans un bruit métallique. Benfeld jura en s'extrayant de la tourelle, mais l'instant d'après le danger était passé, et Reinhardt avait rejoint en zigzaguant l'entrée qu'il cherchait.

Il s'extirpa de la voiture au son de fusillades soutenues, le vent et l'écho l'empêchant d'apprécier la distance, mais il vit des silhouettes traverser l'embouchure d'une rue transversale à une centaine de mètres. Après une hésitation, Reinhardt se rua à l'intérieur et monta les marches quatre à quatre. Il fit une pause pour reprendre son souffle et frappa à la porte, d'abord doucement puis un peu plus fort.

« Allez-vous-en ! » fit la voix ténue de Vukić dans l'appartement.

Il frappa à nouveau.

« Suzana. C'est Gregor. »

La porte s'entrouvrit et il glissa une main dans l'interstice avec fermeté, avant de se glisser à l'intérieur et de refermer derrière lui. Vukić se tenait dans l'entrée, ses yeux écarquillés passant de son casque à son harnachement puis au fusil sur son épaule.

« Reinhardt. Gregor. Je pensais… que… que faites-vous ici ?

— Il faut que vous m'aidiez.

— Tout va bien ? Est-ce que… quelqu'un est à vos trousses ? » s'alarma-t-elle, détournant son regard vers la porte comme si elle s'attendait à la voir sauter de ses gonds.

Il tendit les bras vers elle et posa les mains sur ses épaules.

« Je vais bien. Je vais bien.

— Que se passe-t-il, alors ? » souffla-t-elle.

Sur quoi elle secoua la tête et l'attira à elle. Les

bras de Reinhardt l'enlacèrent, son équipement appuyant contre son corps.

« Je me suis fait un sang d'encre », murmura-t-elle.

Il enfouit son visage dans ses cheveux, les yeux fermés, et s'imprégna d'elle autant qu'il put.

« Il faut que vous m'aidiez, répéta-t-il.

— Quoi ? fit-elle contre son cou.

— Il faut que vous me conduisiez auprès de Perić. »

Vukić eut un petit mouvement de la tête et se recula.

« Auprès de Valter ? Je ne sais pas… »

Elle se raidit, fit le geste de s'écarter de lui, mais il maintint son étreinte avec douceur.

« Il n'y a pas de temps à perdre, Suzana…

— Je ne…

— Si, dit-il avec calme.

— Non.

— Suzana. Combien de personnes dans cette ville savent que le vrai nom de Valter est Perić ? »

Elle resta silencieuse, ses yeux plongés dans les siens.

« Je sais, Suzana. Votre travail ? Les propos que vous avez tenus sur cette ville ? Sur les oustachis ? La façon dont les gens vous rendent compte ?

— Je… c'est…

— Ce que nous nous sommes dit la nuit dernière ? Le théâtre ? »

Elle cligna des yeux, et une ombre vint obscurcir son regard, qui se para d'un éclat froid.

« Que voulez-vous ? finit-elle par demander.

— Perić m'a demandé quelque chose, répondit Reinhardt. Il m'a interrogé sur les oustachis. Sur ce que leur réservait l'avenir.

— Et ?

— Et maintenant je le sais.

— Que savez-vous ?

— Je le dirai à Perić. Quand vous m'aurez conduit à lui, dit-il en la voyant pincer les lèvres, le regard toujours stoïque et froid. Suzana, nous avons peu de temps devant nous. Je sais que vous travaillez avec les partisans. Je vous en supplie. S'il vous plaît. Faites-moi confiance. »

Elle prit une longue inspiration, puis hocha la tête, radoucie.

« Ne m'en veuillez pas, Gregor. Il faut que vous compreniez, la confiance, de nos jours… ne se gagne pas… facilement. »

Reinhardt ouvrit la porte tandis qu'elle décrochait son manteau d'une patère, puis il sortit sur le palier. La lumière était faible, les ombres allongées et profondes.

« C'est loin d'ici ? demanda-t-il.

— Non, ce n'est pas loin, répondit-elle en fermant la porte. Mais Valter doit se déplacer aujourd'hui, et… »

Elle s'interrompit, les yeux grands ouverts, voyant Reinhardt lever une main. Il bloqua sa respiration, figé sur place. Un craquement de bois se fit entendre, puis une forme remua dans le noir, au fond du couloir, et Bunda émergea des ténèbres.

29

Reinhardt sentit une émotion viscérale lui empoigner les tripes, une réaction de son cerveau reptilien à l'apparition de l'immense oustachi. C'était la créature à l'entrée de la caverne, les ondulations qui jaillissaient à la surface des eaux sombres. C'était, il le savait à présent, l'ombre qui guettait dans le noir, la présence qu'il avait sentie dans la rue un peu plus tôt dans la matinée. Ils eurent un mouvement de recul face à sa taille imposante, à sa puissance et à l'odeur infecte qu'il dégageait, face à son visage crasseux, ensanglanté et couvert de suie, à ses dents luisant en travers de sa mâchoire taillée à la serpe.

« C'est quoi qu'j'entends sur Valter, là ? »

Bunda bondit en avant. Reinhardt repoussa Vukić dans l'appartement et claqua la porte derrière elle. Il voulut faire glisser son fusil de son épaule mais Bunda était trop près. Il releva le canon vers la tête de l'oustachi mais il buta contre la paume de sa main, qui se referma dessus. Reinhardt abandonna l'idée de reprendre le contrôle de son arme. Au lieu de ça, il riposta instinctivement, comme il l'aurait fait sur le champ de bataille, ployant les jambes avant de donner un coup de tête en avant. Il sentit le haut de son casque heurter la mâchoire de Bunda, entendit ses dents s'entrechoquer, puis un grognement. Allongeant le bras, il enfonça ses doigts dans les orbites de son adversaire, qui rejeta la tête en arrière et la secoua de gauche à droite.

L'instant d'après, l'oustachi envoyait son poing contre la tempe de Reinhardt, faisant voler son casque. Sa vue se brouilla et il lui donna un coup de pied dans l'aine, tout en essayant d'attraper son pistolet. L'autre poussa un grognement, tenta d'esquiver les coups en refermant ses cuisses sur son genou, puis repoussa Reinhardt contre la porte, dont la serrure se brisa dans un craquement. Reinhardt sentit le bois s'affaisser sous son poids alors que son assaillant chargeait à nouveau, et il devina à la façon dont il l'agrippait qu'un autre coup allait suivre, sans pouvoir rien y faire à part baisser la tête, un bras levé devant lui. Le choc n'en fut pas moins puissant, manquant d'écraser l'arrière de son crâne contre la porte. Bunda le repoussa sur le côté et enfonça le battant d'un coup de pied. Celui-ci alla claquer contre le mur, et Reinhardt bascula en arrière, faisant des moulinets avec ses bras pour garder l'équilibre. Son pistolet heurta quelque chose avant de lui échapper. Une douleur électrisante traversa son genou quand l'oustachi envoya son pied dans sa jambe pour le faire tomber, et au moment où il voulut rouler au sol, par réflexe, un nouveau coup oblique vint le faucher dans le dos. Il s'étala sur le plancher et sentit les mains de Bunda s'abattre sur ses épaules pour l'arracher du sol. Après un vol plané à travers la pièce, il alla s'encastrer tête la première dans une pile d'affaires provenant de l'ancienne maison de Vukić.

Il n'avait jamais connu un tel adversaire. Jamais. Il entendit vaguement Vukić pousser un cri, qui sembla venir de loin, et quand il tourna la tête il découvrit Bunda en train de rire et de maintenir sa main en l'air pour lui arracher le pistolet qu'elle venait de ramasser. Sans s'arrêter de ricaner, il la poussa avec force à travers la pièce, et elle s'étala sous une table comme une poupée désarticulée. Reinhardt empoigna sa baïonnette, rassemblant le peu de forces qui lui restaient, et se hissa sur ses genoux pour faire face au géant.

Le sourire de Bunda s'élargit quand il posa les yeux sur lui, puis sur la baïonnette qui dessinait des ronds incertains entre eux. Il tira son gourdin clouté de sa ceinture, le fit tournoyer en l'air, l'empoigna et le fit siffler aux oreilles de Reinhardt. Ce dernier esquiva le coup, sentant la lourde barre fouetter l'air sur son passage, mais quand l'arme revint vers lui, elle s'enfonça dans son épaule. Un cri lui échappa et il vacilla sur le côté, lâchant la baïonnette qui alla cogner quelque part dans un bruit métallique. Son champ de vision fut envahi par des ténèbres rouges.

Reinhardt sentit qu'on le tirait sur le sol, puis quelque chose de froid se referma sur son poignet. Une gifle sur sa joue le fit tressaillir et, suffoquant, il se mit à se débattre. Bunda lui versait de la slivovitz sur le visage. Il crachota, reprenant ses esprits, un poignet menotté à un tuyau en fer chaud qui courait le long d'une plinthe. L'oustachi lui souriait, l'une de ses mains immenses enroulée autour de son hausse-col.

« On s'réveille, Reinhardt, on obéit gentiment. J'veux pas que vous loupez le spectacle. »

Bunda fit couler un peu de slivovitz sur la tête de Reinhardt, qui sentit la morsure de l'alcool sur ses blessures et dans ses yeux. Puis l'oustachi se débarrassa de la bouteille et inclina la tête.

« Je vous ai dit quoi la première fois, Reinhardt ? Vous vous rappelez ? "C'est plus l'endroit que c'était avant", qu'j'ai dit. "Les règles, c'est nous qui les fait, maintenant. Impossible d'y échapper. Impossible de nous en empêcher non plus." Vous vous rappelez pas ? Si. Je sais que si. Les types de votre espèce, ils oublient pas ce genre de trucs. Et j'ai dit quoi d'autre ? Vous vous rappelez ? l'interrogea l'oustachi en serrant la mâchoire de Reinhardt entre ses mains et en la secouant à chaque mot. Vous vous rappelez, pas vrai ? J'ai dit qu'elle est de la putain de noblesse. J'ai dit qu'elle est à nous. »

Bunda eut une petite moue, comme celle qu'une mère aurait pu faire à son enfant.

« Non, articula péniblement Reinhardt, dont la main libre se tendit, ses doigts visant les yeux de Bunda qui les repoussa d'une tape.

— Si, Reinhardt, répliqua l'oustachi avec une étincelle de folie dans le regard. J'ai dit qu'elle est à nous. J'aurais dû dire qu'elle est à moi. Je la mérite. Putain de noblesse. Putains de grands airs. Pas le moment pour les gens comme moi mais à quoi ça sert d'être moi si j'peux pas me servir quand un truc me plaît ?

— NON !

— SI ! Et une traîtresse, en plus. À la colle avec ces putains de partisans. J'vais m'la faire avant de me tirer de ce trou à rat, et tu vas mater. »

Bunda se dressa sur ses pieds de toute sa hauteur et traversa la pièce à grandes enjambées. Il tira Vukić de sous la table et lui colla une gifle pour l'aider à reprendre ses esprits. Il la mit debout, la fit pivoter et la força à se plier en deux sur la table. Elle se débattit vivement, comprenant ce qui allait suivre, courbant le dos et battant l'air de ses mains jusqu'à ce que Bunda plaque brutalement sa tête sur la table.

Reinhardt essaya en vain de se défaire de la menotte, saisi d'un sentiment d'impuissance quand il vit le géant relever la robe de Vukić et arracher ses sous-vêtements. Bunda fit un pas en arrière, son sourire lui dévorant le visage.

« J'avais raison, hein ? C'est pas un derrière royal, ça ? »

Il lui donna une tape qui fit frémir ses fesses.

« Bunda, arrêtez. ARRÊTEZ !

— Et pourquoi que j'arrêterais, hein, Reinhardt ? »

Le géant se délesta de sa veste et agita les épaules pour faire descendre ses bretelles.

« Bouge pas, toi », ordonna-t-il à Vukić en maintenant sa tête contre la table.

Il tripota son pantalon, qui glissa sur ses jambes massives. Un éclat de rire se fraya un chemin dans la gorge de Reinhardt, comprimée par la fureur.

« C'est tout ce que vous avez dans le caleçon ? se moqua-t-il pour essayer d'attirer son attention sur lui. Un grand costaud comme vous ? Et dire que je prêtais foi à ce qu'on dit des hommes aux grands pieds. »

Le visage de Bunda vira au cramoisi, mais il ne bougea pas.

« Z'êtes un marrant, Reinhardt. J'vais la baiser

par tous les trous. On verra si vous trouvez ça marrant. »

Il se tourna et planta ses poings sur les hanches de Vukić, qui s'arc-bouta, se débattit, se tortilla, cria. Reinhardt l'imita, gesticulant, faisant pression sur le mur avec ses pieds, essayant de s'extraire de ses menottes. Elles étaient serrées, épicentre figé de la vague d'horreur qui était en train de s'abattre sur lui. Il tira plus fort, avec toute l'énergie du désespoir, les os de sa main le mettant au supplice. Derrière lui, Bunda intimait à Vukić de ne pas bouger, mais elle ne se laissait pas faire et essaya de se dégager du bord de la table. Puis ses forces l'abandonnèrent. Il y eut un claquement de chair, suivi d'un geignement, et Reinhardt comprit qu'elle avait perdu la partie. Et tandis que Bunda s'esclaffait, son monde se fissura, sa vue se fractura en un kaléidoscope d'images indistinctes, et dans l'une d'elles, il perçut un mouvement.

Il releva la tête et vit Neven s'avancer calmement derrière Bunda, serrant dans ses petits poings le couteau de boucher de son oncle. Le garçon s'arrêta à hauteur des troncs d'arbre qui tenaient lieu de jambes à l'oustachi, puis enfonça la lame à l'arrière de sa cuisse gauche, à deux mains. Le souffle coupé, le géant fit un pas de côté, et Neven larda son autre cuisse. Les jambes de Bunda cédèrent dans un tremblement, et des plaies sanglantes s'y épanouirent. D'abord fines, elles s'ouvrirent subitement, déversant un flot de sang sur sa peau. L'oustachi s'agrippa à la table pour ne pas tomber, et Neven lui donna un coup de couteau dans le dos, près de la colonne vertébrale.

Bunda hurla et se cambra pour chercher la source de cette horrible douleur. Il empoigna Neven par la tête et l'expédia au tapis, mais ses jambes se dérobaient sous lui, incapables de le soutenir. Dans un beuglement, le géant bascula comme un arbre en train de tomber, et sa main se referma sur le manche du couteau fièrement planté au milieu de son dos.

Se tendant en avant autant qu'il put, en dépit de la douleur cuisante dans son poignet, Reinhardt hameçonna des doigts l'arcade sourcilière de Bunda et se dévissa le bras pour atteindre ses yeux. Le grand oustachi poussa un nouveau rugissement, leva les mains, tirant et griffant les doigts d'un Reinhardt plus vigoureux que jamais, mais la pression se fit plus forte et ses yeux s'enfoncèrent dans leurs orbites. Vukić, de son côté, se souleva de la table et se laissa glisser sur le sol avant de se relever, armée du gourdin de Bunda. Un pas, un deuxième, et elle le lui envoya dans l'aine. Le géant se tétanisa, ses mains s'agitèrent, et un braillement sourd claqua dans sa gorge, contrebalancé par un cri de Vukić, qui tirait d'avant en arrière sur le gourdin comme si elle cherchait à extraire un poteau du sol. Elle finit par l'arracher à la chair dans un effort surhumain, le jeta dans un coin et s'effondra sur ses jambes avant de ramper vers le corps inerte de Neven.

Le sang giclait entre les cuisses de Bunda. Reinhardt le sentait s'affaiblir, voyait la vie le quitter peu à peu, et alors que la bile montait dans sa gorge, il roula sur le côté pour vomir piteusement. Le souffle rauque et haletant, Reinhardt se rendit compte que cette émotion viscérale commençait à refluer dans son esprit, et il leva la tête en se passant une main sur la bouche. Jamais. Ni dans les tranchées. Ni dans les rues sombres de Berlin. Ni sur les champs de bataille en ruine de cette guerre. Il n'avait jamais ressenti ça, ne s'était jamais battu de la sorte. Mais la créature des cavernes était vaincue.

« Les clés, murmura-t-il à l'attention de Vukić. S'il vous plaît… »

Elle bougea avec un léger contretemps, attira à elle la veste de Bunda et la poussa en direction de Reinhardt. Il trouva la clé des menottes et maintint quelques instants son poing libéré contre sa poitrine, avant de ramper jusqu'à elle.

« Suzana », souffla-t-il tout bas.

Elle eut un frisson et sursauta quand il toucha son bras. Ses traits étaient figés dans une raideur glacée, ses yeux exorbités et sa bouche grande ouverte, mais elle reprit contenance et son regard s'éclaira quand elle le posa sur le corps de Bunda. Reinhardt se tourna et constata que le géant était toujours vivant et qu'il les regardait, ses yeux semblables à deux gouffres sombres sur son visage exsangue. Il considéra, incrédule, le carnage infligé à son entrejambe, puis le fil de sa respiration se tendit, se coupa, et les ténèbres au fond de ses yeux se dissipèrent dans le néant. Vukić relâcha l'air contenu dans ses poumons et se laissa aller dans les bras de Reinhardt, tout doucement. Ils restèrent accrochés l'un à l'autre jusqu'à ce que Neven s'agite et que le fracas d'un combat extérieur s'insinue dans l'appartement.

« C'est comme si… commença Vukić, tremblante, ses bras secoués de spasmes étreignant Reinhardt, ses yeux braqués sur le cadavre de l'oustachi. C'est comme s'il avait toujours été là. Toujours. À… à m'épier. Je savais… je sentais…

— Il faut partir d'ici. »

Vukić acquiesça silencieusement, se mit debout avec peine et lissa les plis sur ses vêtements. Neven se leva en même temps qu'elle et resta dans son giron.

« Un instant », dit-elle tout bas en entraînant le garçon avec elle dans la pièce d'à côté.

Reinhardt plia un genou, tira sur le couteau de Neven et se redressa. Après un temps d'arrêt, il ramassa la veste de Bunda, qu'il étala sur la table. Fouillant les poches des doigts, il y trouva quelque chose de lisse. Il se figea à nouveau, puis sortit un *Soldbuch* dont il examina la couverture brune. Il avala sa salive avant de l'ouvrir dans un long et lent soupir.

Bunda le fixait sur la photographie, profil anguleux et tête tournée vers la droite. Il s'était peigné et affichait un air sérieux. Sur la page d'en face figuraient les données personnelles d'un soldat du nom de Carl Benirschke, originaire de Maribor en Slovénie.

« Je suis prête. »

Reinhardt se retourna. Vukić se tenait derrière lui, vêtue de son manteau. Neven était à ses côtés. Son regard se porta sur le *Soldbuch* que Reinhardt était en train de ranger dans son sac.

« Ça fait partie des choses dont Perić doit être informé », dit-il en essuyant la lame du couteau sur la chemise de Bunda.

Il eut un regard pour Neven, à qui il tendit le couteau, mais le garçon secoua la tête et Reinhardt le déposa avec précaution sur la table avant de rengainer son pistolet. Il alla ensuite récupérer son fusil sur le palier et les précéda dans l'escalier. Vukić s'arrêta net sur le pas de la porte en découvrant le véhicule blindé, fit un pas en arrière quand Benfeld en descendit. Les traits du lieutenant se froissèrent quand il posa les yeux sur Reinhardt.

« Put… bon sang, monsieur. Qu'est-ce qui s'est passé ?

— Peu importe, Frenchie. On a deux passagers. »

Benfeld ouvrit la bouche, la referma, hocha la tête.

« On va être serrés, mais on fera avec.

— Je vais faire le trajet dans la tourelle, dit Vukić, avant de secouer la tête en voyant Reinhardt et Benfeld sur le point de protester. Il le faut. Si les partisans me voient, ils ne tireront pas. Et on peut compter sur l'effet de surprise pour que les Allemands et les oustachis mettent quelques instants avant de faire feu. »

Marmonnant dans sa barbe, Benfeld se glissa à l'arrière du véhicule. Reinhardt aida Vukić à monter. Une fois dans la tourelle, elle sortit deux longs morceaux d'étoffe rouge de sa poche. Il lui lança un dernier regard, qu'elle lui retourna calmement, sans un mot, puis il poussa Neven derrière le siège du conducteur. Au-dessus d'eux, Vukić s'appuya sur le rebord de la tourelle.

« Il faut vous rendre au théâtre, dit-elle. Je ne vous promets pas qu'il y sera. Nous demanderons, s'il le faut. »

Reinhardt enfila les rues étroites à tombeau ouvert, son genou rendu douloureux par la pression sur l'embrayage, son poignet blessé battant sur le volant. Il espérait que leur chance ne les lâcherait pas, et malgré le fracas de nombreux tirs, la plupart était manifestement concentrée à l'est et au nord. Ils tombèrent sur le théâtre d'une fusillade à une seule occasion, et il ralentit alors que le véhicule s'engageait sur un petit barrage de gravats et de pavés où quelques personnes habillées en civil gisaient sur le sol. Plus loin, des visages apparurent aux fenêtres d'un immeuble, ainsi que des fusils dépassant dans la lumière, mais Vukić leur cria quelque chose, et ils eurent droit à des vivats et à des bras qui se lèvent en signe de victoire.

Pied au plancher, Reinhardt gagna Kvaternik et dépassa les flots bruyants et écumeux de la rivière avant d'arriver au théâtre. Il freina sur ordre de Vukić, voyant des hommes émerger des rues transversales, lourdement armés, pour encercler la voiture. Reinhardt les regarda à travers les vitres, leurs visages assombris par la suspicion et la méfiance malgré les paroles de Vukić. Un homme se fraya un chemin parmi eux, et il reconnut Simo. Le partisan héla Vukić, puis ses yeux se déportèrent sur les vitres, comme ceux de tous les autres qui, d'un même mouvement, resserrèrent leurs rangs.

Reinhardt coupa le moteur et poussa la portière. Une main appuyée sur le cadre, il s'extirpa maladroitement de l'habitacle avant de lever les bras. Même s'ils avaient été prévenus, il y eut un silence parmi les partisans, qui s'écartèrent de lui. Simo s'approcha et lui confisqua son pistolet. Il secoua la tête d'un air déconfit, regardant tour à tour Reinhardt et Neven, qui venait de descendre du véhicule.

« Impressionnant, capitaine. Et très ingénieux, dit-il avec un regard pour Vukić.

— Je dois voir Perić. J'ai l'information qu'il m'a demandée. »

Simo recula légèrement et opina du chef.

« Votre voiture reste ici.

— J'ai un homme à l'intérieur. Je veux qu'il ne lui soit fait aucun mal.

— S'il se tient à carreau, il ne lui arrivera rien.

— Frenchie, fit Reinhardt en passant la tête dans le véhicule. Vous m'attendez ici. »

Les yeux écarquillés de Benfeld, fixés à l'extérieur, se portèrent sur lui.

« Monsieur ? Qu'est-ce qui se passe, bon sang ?

— Des affaires à régler, lieutenant. Vous ne bougez pas d'ici. »

Reinhardt suivit Simo dans le bâtiment aux côtés de Vukić et de Neven, deux partisans sur leurs talons. Ils se laissèrent guider dans le dédale des tunnels et des passages à l'ambiance feutrée, grimpant et traversant des zones dans un silence qui contrastait avec la rumeur extérieure. En haut de l'échelle, Reinhardt se souleva péniblement sur sa main blessée et retrouva le grenier dans lequel Simo l'avait conduit lors de sa première rencontre avec Perić. L'espace était baigné de la lumière du jour, qui se déversait à travers les lucarnes. Il n'avait plus rien à voir avec le souvenir qu'il en avait gardé : c'était devenu une véritable salle de commandement, avec sa radio et ses rangées de téléphones, ses cartes et ses graphiques placardés sur les murs. Le brouhaha ambiant se tut quand les hommes virent Reinhardt émerger de l'ouverture derrière Simo, puis la foule se dispersa. Perić se leva de la table où il était assis. Il laissa échapper un profond soupir et hocha la tête à l'attention de ses hommes, qui reprirent leurs activités. Il s'avança vers Reinhardt et plissa les yeux en voyant Vukić, puis Neven, se hisser dans le grenier.

« Vous avez quelque chose pour moi ? »

Reinhardt acquiesça silencieusement, faisant passer la lanière de son sac par-dessus son épaule.

« Je sais où ils vont. Les oustachis. Ceux qui vous préoccupent. »

Le regard de Perić s'éclaira. Puis il se posa sur les trois *Soldbuchs* que Reinhardt tira de son sac. Il ouvrit celui qu'il avait pris à Bunda, couvrant de sa main la première page pour ne laisser apparaître que la photographie, qu'il montra à Perić et à Simo.

« Qui est-ce ? » leur demanda-t-il.

Les deux partisans louchèrent sur le visage de l'oustachi.

« *Pichu materinu*, marmonna Perić. C'est Bunda.

— Non, le contredit Reinhardt, il s'agit du caporal Carl Benirschke. Et lui, qui est-ce ? »

Il leur tendit un deuxième livret, l'un de ceux qu'il avait récupérés sur les cadavres des Albanais qu'il avait tués.

« C'est… Pero Labaš.

— Faux. C'est le sergent Marius Maywald. Et lui ? »

Les partisans réagirent avec énergie.

« Branimir Zulim. Le bourreau. Le bras droit de Bunda.

— Faux, à nouveau. Il s'agit du soldat George Abler. Mais vous n'avez pas à vous inquiéter de lui. Il est mort. Ce sont les oustachis eux-mêmes qui l'ont tué.

— Vous êtes sûr ? siffla Perić, les yeux rivés au *Soldbuch* d'Abler.

— Une cicatrice qui court de son oreille à son cou, ici ? Il est bel et bien mort. Je soupçonne Bunda d'avoir tué Zulim car il attirait trop l'attention sur lui. C'est lui qui a arrêté les survivants de ce massacre dans la forêt, dit Reinhardt en se tournant vers Vukić. Le couple de personnes âgées.

— Bunda l'a tué ?

— Et j'ai tué Bunda.

— Vous avez tué Bunda ? »

Perić et Simo échangèrent un regard.

« Vous avez tué Bunda ? Comment ? Pourquoi ?

— Peu importe », répondit Reinhardt, sentant peser sur lui les yeux de Vukić.

Un bouillonnement souleva son estomac au souvenir de cette lutte dans l'appartement.

Perić se mit à feuilleter les livrets de solde.

« Qu'est-ce que ça veut dire, Reinhardt ?

— Lorsque vous avez évoqué ces disparitions d'oustachis, d'abord je n'ai su qu'en penser. Vous avez parlé des Albanais que vous aviez capturés, portant des uniformes sans insignes, et je savais qu'ils venaient d'un bataillon disciplinaire. J'avais déjà le bataillon dans le collimateur dans le cadre de mon enquête sur la mort de trois Feldjäger et la découverte de cinq cadavres à proximité de l'endroit où ils avaient été tués. J'ai fini par découvrir que des hommes disparaissaient de ce bataillon. Qu'ils se volatilisaient, pour ainsi dire. Et les morts ont commencé à s'accumuler sur mon chemin, tout comme les disparus, sans que personne sache de quoi il retournait.

« Le soir où nous nous sommes rencontrés, les oustachis m'attendaient à la sortie. Bunda m'a conduit auprès de quatre oustachis qu'il vous accusait – vous, les partisans – d'avoir tués et mutilés. L'un d'eux était ce Zulim, à présent appelé Abler. Bunda m'a mené à Putković. Il m'a montré tous les corps dans la Maison Pâle, tous ces gens que les oustachis avaient enlevés et tués, et il m'a expliqué comment, en cas de besoin, il lui suffisait de donner l'ordre de faire disparaître quelqu'un sans avoir à se cacher. Et durant toute sa démonstration, je n'ai cessé de m'interroger. "Que cache-t-il ?", "Quel est le meilleur moyen de cacher quelque chose ?". » Reinhardt les épingla du regard l'un après l'autre. « Il faut le cacher sous le nez de tout le monde. Bien en évidence.

— Vous... commença Perić avant de s'interrompre. Ce que vous dites, c'est que les oustachis se cachent en intégrant l'armée allemande ?

— Mais ça ne se limite pas à ça. Très vite, j'ai découvert que ce bataillon disciplinaire dont nous avons parlé comptait dans ses rangs de nombreux étrangers. Et nombre de ces étrangers avaient un lourd passé dont ils essayaient de se défaire. J'ai pensé que certains oustachis allaient emprunter le même chemin qu'eux, et j'avais à la fois tort et raison. Certains l'ont emprunté. Une petite clique de comploteurs. Mais leur but n'était pas de devenir simples chauffeurs ou cuisiniers. Ils voulaient devenir quelqu'un d'autre. » Reinhardt reprit les livrets des mains de Perić et les leva devant lui. « Ils sont *devenus* ces hommes. Ces hommes – les vrais – ont été tués. Exécutés. On a détruit leurs corps – en les brûlant, en les défigurant –, de sorte que leurs identités ont pu être récupérées par *ces* hommes-ci, ces oustachis.

— Ça aurait dû…

— … se savoir ? Qui ? Qui aurait pu savoir ? »

Reinhardt s'efforça de parler le plus lentement et le plus calmement possible, malgré l'excitation qu'il sentait monter en lui.

« Les hommes qui tiraient les ficelles étaient intelligents. Ils ont choisi leurs victimes avec soin. Des Volksdeutsche, pour la plupart. Des Allemands ethniques. L'excuse parfaite pour expliquer leur accent, leur connaissance hasardeuse de la langue ou du pays. Ils ont sélectionné des hommes qui n'avaient aucune identité photographique, il était donc impossible de faire une comparaison. Ils ont choisi des hommes sans famille. Pas d'épouse, pas d'enfants, pas de parents. Personne qui les attendrait à la maison. Ils ont choisi des hommes qu'on avait expédiés en bataillon disciplinaire. Des hommes à qui le monde avait tourné le dos. Mais aussi des hommes qui, une fois la guerre terminée, inspireraient de la pitié. Qui oserait interroger un homme condamné à une peine en bataillon disciplinaire ? »

Perić entrouvrit la bouche, mais rien n'en sortit. Ce fut Vukić qui prit le relais des questions :

« Luburić n'était pas au courant ? »

Reinhardt secoua la tête.

« Impossible. Il n'aurait pas laissé faire. Cet homme a la foi. Alors que Putković, non. Lorsque je lui ai demandé comment il voyait l'avenir, il est resté évasif, et Luburić était furieux au sujet de ces trois premiers oustachis qui avaient disparu, ceux dont vous m'avez parlé.

— Mais qu'en est-il des hommes qui tiraient les ficelles, dans ce cas ?

— Je l'ignore, admit Reinhardt. J'ai rencontré certains d'entre eux. Certains sont motivés par la foi, par l'idéologie. La conviction que les revers que subissent l'Allemagne et ses alliés actuellement ne sont que temporaires, et que dans le cas contraire, il faudra préserver des choses pour l'avenir. D'autres sont motivés par l'argent. Toute cette affaire a commencé avec des criminels cherchant l'asile dans un endroit où ils pensaient que personne n'irait les trouver, et ils ont payé le prix fort pour ce privilège. À un moment ou un autre, quelqu'un a commencé à extrapoler sur cette idée. Ce n'était plus seulement l'asile qu'on offrait, mais de nouvelles identités. Les oustachis paient, eux aussi. Et ils paient bien.

— Je n'arrive pas à y croire », murmura Vukić.

Reinhardt fixa son attention sur elle, et bien qu'elle serrât toujours ses bras sur son corps, comme repliée sur une douleur intérieure, elle était chez elle, ici, parmi ces combattants. Elle affichait cet air qui appelait à l'autorité et au respect. Perić la regarda et secoua la tête.

« Il faut mettre un terme à tout ça, grogna-t-il.

— C'est fait, dit Reinhardt.

— Comment le savez-vous ? » demanda Simo.

Reinhardt baissa les yeux, se sentant épuisé tout à coup.

« J'y ai mis un terme, répondit-il simplement, et tout en le disant il ressentit la vérité de ses paroles, et s'en réjouit. Ça a fonctionné tant qu'ils ont pu cacher leurs manigances aux yeux de tous. Mais quand j'ai commencé à creuser, tout a commencé à s'effondrer. J'ai posé trop de questions, établi trop de rapports. Ils ont tout arrêté, je pense. J'ai trouvé leur faussaire, mort. Il ne leur était plus d'aucune utilité. Mais ça aurait pu continuer. Ça aurait pu continuer encore très longtemps.

— Les rats, lâcha Simo dans une grimace.

— Des rats abandonnant le navire. »

La bouche de Reinhardt se tordit, malgré l'ironie qu'il avait voulu injecter dans ses mots.

Perić leva les livrets et inclina la tête en dardant un regard inquisiteur sur Reinhardt.

« C'est beaucoup plus que ce que je vous avais demandé, capitaine. Pourquoi avez-vous fait ça ?

— Parce que je ne me résume pas à ça, répondit Reinhardt en secouant la tête, un sourire contrit sur le visage. Pendant très longtemps, tout ce que je souhaitais était survivre à cette guerre. Mais survivre n'est pas vivre et, pendant longtemps, j'ai redouté qu'on me demande de mourir pour cette guerre. Mais vivre n'est pas survivre. Finalement, j'ai rencontré des gens qui me ressemblaient, qui pensaient comme moi, mais je mentirais si je disais que nous avons accompli quelque chose. Et puis je me suis retrouvé ici, et j'ai découvert que des hommes – des hommes ordinaires, des hommes qui auraient pu être vous ou moi – disparaissaient sans laisser de traces. Comme s'ils n'avaient jamais existé. On avait effacé tout ce qu'ils avaient été, et de nouvelles informations venaient remplir les blancs qu'ils avaient laissés. Alors je me suis dit que quelqu'un devait peut-être se faire leur porte-parole. Quelqu'un qui honorerait leur mémoire. Quelqu'un qui… pourrait essayer de réhabiliter un peu de ce qu'ils avaient été. »

Il s'arrêta, les yeux baissés, étreint par l'embarras.

« Depuis longtemps, je voulais… je voulais mener une action dans cette guerre. Je voulais frapper un grand coup. Un coup glorieux, car j'avais le sentiment que je ne survivrais pas, et je voulais qu'on se souvienne de moi. Parce que je ne me résume pas à cela, dit-il en désignant son uniforme – la Croix d'argent, l'aigle et le swastika, le gris sale de son manteau et l'éclat cuivré de son hausse-col. Je suis plus que ça. Ceci, ajouta-t-il en montrant les *Soldbuchs*, était mon acte de résistance. C'était ma guerre.

— Il faut… il faut que je réfléchisse à ce que je vais faire de ça, avança Perić, et Reinhardt releva la tête en réaction à la note d'inquiétude qu'il perçut dans sa voix. Il se peut que je vous demande de nous apporter encore un peu d'aide. »

Les trois partisans s'éloignèrent, échangeant des messes basses en ordre serré. Reinhardt les suivit du regard et accrocha fugitivement les yeux de Vukić, dans lesquels il discerna quelque chose, un air grave de reconnaissance pour ce qu'il avait fait pour eux, peut-être. Puis elle se retourna.

Il alla piocher ses cigarettes dans le fond de sa poche, appuyé sur les poutres inclinées du toit, ses yeux se perdant au-dehors. Il porta son autre main à sa poitrine et fit jouer ses doigts et son poignet pour tenter de faire passer la douleur infligée par Bunda, serrant sa mâchoire qui avait commencé à enfler.

La lucarne était entrouverte, et un vent froid vint lui fouetter les joues et le cou avec la vivacité d'un oiseau pris au piège. L'ouverture était orientée de telle sorte qu'elle lui permettait d'entrevoir une bonne portion du trottoir d'en face, en contrebas du toit. D'un côté, il pouvait voir le bout de la rue, où la Panzerfunkwagen était stationnée, son antenne-cadre déployée, sa mitrailleuse sur la tourelle légèrement inclinée vers le ciel. De l'autre côté il n'y avait rien d'autre qu'une rue transversale déserte. Rien ne bougeait sur les toits à perte de vue, et le ciel lui aussi était vide, en dehors de quelques ombres virevoltantes, oiseaux et charognards portés par le vent.

Reinhardt fronça les sourcils.

Quelque chose n'allait pas.

30

Reinhardt écrasa sa cigarette sur le cadre de la lucarne. Alors qu'il se tournait, ses yeux captèrent un mouvement en bas de la rue encore déserte un instant plus tôt. Tendant le cou à l'extérieur, il vit les camions faire halte et des hommes en uniformes en descendre. Il n'aurait pu en jurer, mais de là où il se trouvait, il lui sembla reconnaître des SS, et en effet il savait qu'une compagnie avait été maintenue pour assurer une partie de l'arrière-garde. Un rapide coup d'œil vers la Panzerfunkwagen, et il rentra la tête à l'intérieur. Au même moment, la porte sauta sur ses gonds et des partisans jaillirent dans le grenier.

Les nouveaux venus n'étaient qu'agitation, un brouhaha rauque d'informations. Perić se leva et écouta, puis il se tendit et tourna son regard vers Reinhardt, imité par Vukić et Simo, qui traversa la pièce à grandes foulées.

« Vous nous avez trahis ? cria-t-il en agrippant le manteau de Reinhardt pour l'attirer à lui. *Vous nous avez trahis ?!*

— Non ! Qu'est-ce que vous racontez ?

— Des Allemands dans les rues. Et des oustachis.

Ils rappliquent tous. Comment ils peuvent savoir qu'on est ici ?

— Je ne sais pas ! protesta Reinhardt.

— *Izlazite svi !* » cracha Perić.

Un tourbillon d'effervescence se déchaîna dans la pièce au son de sa voix. Reinhardt vit les cartes tomber des murs, les armes se regrouper, les derniers messages fuser dans les radios et les téléphones, puis les partisans décampèrent du grenier, empruntant la porte, l'échelle, les fenêtres qui donnaient sur l'autre côté de la rue. Simo alla se poster derrière la lucarne, regarda des deux côtés, et quand il revint vers eux son visage avait pris un air sinistre.

« Il y en a qui arrivent de partout, dit-il, ses yeux se braquant sur Reinhardt.

— Je n'y suis pour rien, affirma ce dernier. Quoi qu'il en soit, ils ne connaissent pas vos visages, je me trompe ?

— Non. Mais ils connaissent certainement le *vôtre*, dit Perić, passant la sangle d'un MP 40 autour de sa tête. C'est l'heure des adieux, capitaine. Merci. » Il marqua une pause, tendit la main. « Faites attention à vous, Reinhardt.

— Je pars avec le capitaine », les informa Vukić.

Perić et Simo se contentèrent d'un hochement de tête et se mirent en mouvement. Simo remit le pistolet de Reinhardt à Vukić, et l'instant d'après il suivait Perić par la fenêtre, les laissant seuls.

« Prenons le même chemin qu'à l'aller », dit Vukić.

Elle rendit son pistolet à Reinhardt et se mit en route sans attendre, comme pour interrompre toute tentative de dialogue entre eux. Elle s'engagea sur l'échelle, Neven s'élançant à sa suite. Une fois en bas, ils remontèrent les tunnels dans l'écho des cris et des ordres que renvoyaient les murs, le martèlement des pas et, à un moment, une détonation suivie du hurlement d'une femme. Arrivée à la porte secrète, Vukić s'arrêta et tendit l'oreille. Elle pivota vers Reinhardt, les yeux écarquillés, et lui aussi l'entendit : des bruits de pas derrière eux. Perić et Simo déboulèrent à leur suite dans le petit espace.

« Impossible de sortir », souffla Perić.

Il n'y eut plus un mot, seulement la respiration laborieuse des partisans.

« Je peux essayer de vous faire sortir, les informa Reinhardt, attirant leurs regards sur lui. Je peux vous faire passer pour mes prisonniers. Je suis un Feldjäger. Personne ne m'arrêtera ou ne contreviendra à mes ordres. »

Perić haleta, et les trois partisans échangèrent un regard anxieux. Puis Simo hocha la tête et tendit son MP 40 à Reinhardt. Perić réagit avec un léger retard et finit par lui donner le sien, confirmant son accord d'un signe de la tête. Vukić entrouvrit la porte. Entre ses jambes, Neven passa la tête dans l'interstice, puis il lui murmura quelque chose et ils se faufilèrent dans la petite pièce. L'haleine courte, Vukić lança un regard à Reinhardt avant de lever les mains, aussitôt imitée par Simo et Perić. Reinhardt accrocha l'un des fusils en bandoulière sur son épaule et agrippa le deuxième à deux mains, leur faisant signe d'avancer. Il n'y avait personne dans le foyer du théâtre, mais quand il lança un coup d'œil à l'extérieur, il repéra une escouade de SS alignés sur le trottoir opposé de la rue.

« Prêts ? » murmura-t-il.

Ils acquiescèrent silencieusement puis sortirent les mains en l'air, suivis de près par Reinhardt. Entendant les SS se tourner vers eux d'un seul mouvement, il leva une main vers leur officier qui venait vers eux.

« Halte-là ! les interpella l'homme, un Untersturmführer.

— Mes prisonniers, lui lança Reinhardt en retour, faisant avancer les partisans tout en voyant la tête de Benfeld émerger de la tourelle de la Panzerfunkwagen.

— J'ai dit *halte* ! »

Le SS aboya un ordre, et ses hommes se déplacèrent en rang pour les prendre en chasse.

« Mes prisonniers, Untersturmführer ! s'écria Reinhardt, faisant volte-face et maintenant sa position. Ce sont les affaires du Feldjägerkorps. Ne vous en mêlez pas si vous ne voulez pas avoir de gros ennuis. »

L'Untersturmführer se figea, grimaça. Les SS eux-mêmes se devaient de respecter l'autorité des Feldjäger, mais l'homme ne semblait pas décider à abandonner aussi facilement.

« Oui, monsieur. Mais qui sont ces gens ? Et que faites-vous avec eux ?

— Ce sont des déserteurs.

— Des déserteurs ? Pourquoi ne pas les exécuter, tout simplement ? Mes hommes seront ravis de vous rendre ce service.

— Merci, Untersturmführer, votre zèle est louable, mais je penche pour un autre genre de justice.

— Et la femme ?

— Dois-je donc tout vous expliquer, Untersturmführer ? N'avez-vous pas un devoir qui vous attend ? »

Des dizaines d'oustachis firent soudain irruption à l'autre bout de la rue, déferlant vers eux, et à leur tête se trouvait le capitaine Marković, les cheveux en bataille.

« Bien sûr, monsieur. »

L'officier de la SS fit claquer ses talons, inclina la tête et leva le bras.

« Heil Hitler ! »

Reinhardt se tourna, poussant les partisans devant lui avec son MP 40, et ils auraient pu continuer ainsi si une autre voix ne s'était pas élevée à l'autre bout de la rue.

« Stop ! cria Marković.

— Ne vous arrêtez pas, susurra Reinhardt à l'attention des partisans.

— Untersturmführer, fit Marković dans un éclat de voix. Arrêtez ces hommes. Capitaine Reinhardt !

— Vous les connaissez ? »

Les doutes de l'homme revinrent à la charge.

« Ce sont des saboteurs, cria Marković, dont les yeux écarquillés et fous accrochèrent ceux de Reinhardt, qui comprit que le capitaine avait sa part de responsabilité dans ce qui était en train de se passer. Vous devez les arrêter.

— Ceci ne vous regarde pas, Untersturmführer. Pas plus que vous, capitaine Marković. »

L'officier de la SS plissa les yeux, passant de l'un à l'autre des deux hommes, et il fit le geste de dégainer son arme.

Un bruit de verre brisé dans les étages d'un bâtiment vint l'interrompre, et des coups de feu se mirent à pleuvoir sur eux. La chaussée entre les pieds des SS se cribla d'impacts de balles dans une éruption de pierre et de poussière. Certains tombèrent à la renverse, s'effondrèrent par terre, inertes ; d'autres se tournèrent, pivotèrent vers le haut, disparurent derrière de petits nuages de fumée alors qu'ils ripostaient. Des éclats de brique et de verre explosèrent le long des façades.

Simo et Perić prirent la fuite.

« HALTE ! hurla l'Untersturmführer.

— Courez ! » s'écria Reinhardt, resté en arrière dans une tentative de faire le tampon entre eux et les autres, SS et oustachis.

Il brandit son MP 40 et fit feu, visant une zone juste derrière les talons des partisans, comme s'il les avait pris pour cible. Puis il se retourna vers l'Untersturmführer, leva la main et vit Marković lancer quelque chose en l'air, qui retomba et vint ricocher contre le mur avant d'atterrir dans un bruit sourd. Reinhardt plaqua Vukić et Neven au sol au moment où la grenade explosa. On entendit un bref hurlement, puis Reinhardt roula vers les SS et les oustachis. Il compta de nombreux hommes à terre, mais l'Untersturmführer était toujours debout, Marković derrière lui, et ils lui tiraient dessus, les yeux de l'oustachi brillant d'un éclat de folie. Reinhardt prit le temps d'ajuster son tir, puis fit feu à son tour, déchargeant toutes ses munitions sur eux. Le fusil tressautait frénétiquement contre son poignet blessé, et les deux hommes furent projetés en arrière alors qu'il les couvrait d'un feu nourri.

Quand l'arme cliqueta dans le vide, il la laissa tomber et se mit sur un genou pour faire glisser le MP 40 de Perić de son épaule, dépliant le canon tandis qu'une grappe de SS ouvrait le feu. Les balles sifflèrent au-dessus de sa tête dans des claquements déchaînés, mais Reinhardt garda son sang-froid et se pencha sur le fusil d'assaut, le brandissant autant que les sangles le lui permettaient. Il visa, en abattit un, en prit un autre dans son viseur, mais fut coupé dans son élan par le fracas déchirant d'une salve tirée par Benfeld depuis la tourelle. Il se jeta à terre alors que le métal lacérait l'air au-dessus de sa tête et que les murs et les trottoirs disparaissaient dans des nuages de poussière et de brique. Benfeld arrosait la rue de tirs de mitrailleuse, envoyant les SS et les oustachis au sol ou en arrière.

Dans le silence qui suivit, Reinhardt bondit sur ses pieds, laissa pendre le MP 40 sur sa sangle, pivota sur lui-même et fit lever Vukić et le garçon. Ils coururent vers les autres. La grenade qui avait explosé derrière eux avait réduit leurs vêtements en lambeaux. Perić n'avait pas survécu ; l'arrière de son crâne avait été pulvérisé, et une mare de sang s'étendait sous son corps, s'écoulant en paresseux méandres autour des îlots formés par les pavés. Simo rampait au sol en s'aidant de ses mains, gémissant, une jambe morte derrière lui. Il se hissa sur un bras et, découvrant Perić, laissa échapper un juron plein d'amertume, ravalant sa propre douleur. Reinhardt fit un signe à Vukić et, ensemble, ils traînèrent le blessé sous une porte ; pendant toute la manœuvre, il serra les dents pour faire taire les élancements dans son poignet et son genou. Neven tira sur la poignée, et la porte s'ouvrit dans un craquement sur un hall sombre. Ils tirèrent Simo à l'intérieur, puis l'enfant referma la porte. De l'autre côté de la rue, Benfeld allait sauter de son véhicule mais Reinhardt lui intima de ne pas bouger.

Vukić et Reinhardt échangèrent un regard impassible, conscients l'un et l'autre qu'ils refoulaient une vive émotion au fond de leurs yeux.

« Vous ne pouvez pas rester, dit-elle.

— Je ne reviendrai pas, Suzana. »

Elle battit des paupières et ses pupilles brillèrent, soudainement.

« Mais il y a une boucle que je dois boucler. Vous pouvez encore m'aider. Tous les deux, dit-il, incluant Simo, qui cligna des yeux sur le sol.

— Expliquez-moi. »

Il l'attira à lui et lui expliqua. Elle se raidit, hocha la tête en l'écoutant, puis se détendit contre lui. Se reculant, il plongea ses yeux dans les siens et s'y laissa sombrer.

« Vous comprenez ?

— Oui. Je pense… oui, ça peut marcher.

— Il le faut. » Il lui remit le MP 40 puis se baissa pour prendre la main de Simo. « Bonne chance, Simo.

— À vous aussi, capitaine Reinhardt. »

Neven lui donna une tape sur l'épaule. Solennel, le petit garçon le regarda avec de grands yeux. Reinhardt tendit la main, Neven la saisit, puis l'enlaça timidement de ses bras fins. Reinhardt se figea et lui rendit son étreinte, serrant contre lui les épaules fragiles de l'enfant.

Vukić l'accompagna jusqu'à la porte. Il lui caressa le menton et elle le fixa avec intensité. Reinhardt ouvrit la porte et inspecta la rue de haut en bas.

« Attendez », dit-elle, se faufilant devant lui pour jeter un œil vers les fenêtres sur les façades.

Elle cria quelque chose, les yeux écarquillés, puis appela encore. Une voix finit par lui répondre.

« Vous pouvez y aller », dit-elle dans un souffle.

Un dernier regard et Reinhardt sortit furtivement pour courir en direction de la Panzerfunkwagen.

« Capitaine, qu'est-ce que c'est que ce bordel ?! s'exclama Benfeld. Qu'est-ce qui s'est passé, bon Dieu ?

— Remontez dans le véhicule ! » cria Reinhardt au lieutenant.

Il se glissa dans la cabine tandis que Benfeld grimpait dans sa tourelle. Il claqua la portière après avoir lancé un dernier regard au corps de Perić, qui gisait dans une flaque rouge. La Panzerfunkwagen se mit en route dans un rugissement. Après un court instant, Reinhardt observa la rue et les corps éparpillés un peu partout, puis roula sur la dizaine de mètres qui les séparaient du cadavre de Marković. Laissant le moteur tourner, il sauta du véhicule, guettant les fenêtres brisées des bâtiments. Ses doigts glissèrent sur le corps de l'oustachi jusqu'aux poches de sa tunique, d'où il tira un *Soldbuch* à la couverture maculée de sang. Tout en reculant, il aperçut les visages pâles qui l'épiaient et le suivirent jusqu'à ce qu'il regagne la voiture. Il se laissa tomber dans son siège, la respiration pesante, et arracha la Panzerfunkwagen à la rue et à ce charnier.

Il descendit Kvaternik à contresens, filant aussi vite que la rivière qui cascadait dans son lit de rocaille. À l'intersection avec la rue Alexandre Ier dans Marijin Dvor, Reinhardt s'engagea dans un flot anarchique de véhicules qui se dirigeaient tous vers l'ouest afin de quitter la ville. Un drapeau rouge fleurit tout à coup sur la façade d'un immeuble ; des hommes et des femmes agitaient des bannières pourpres depuis les toits. Une foule d'enfants poussait des cris en lançant des cailloux sur les véhicules qui passaient, et une pierre vint ricocher contre la carrosserie blindée de la Panzerfunkwagen. Les contours de Sarajevo défilèrent à travers les vitres, les marches et les colonnes du Musée national sur la gauche, la longue muraille blanche de la caserne sur la droite, les lignes droites des toits que la fumée et les cendres libérées par un incendie rendaient noires et grises. Un convoi ferroviaire était en train de s'extraire de la gare devant laquelle ils passèrent à toute vitesse, la locomotive crachant une épaisse fumée en bouffées frénétiques alors qu'elle essayait de prendre de la vitesse. Ils laissèrent les immeubles derrière eux, et d'un coup la campagne s'ouvrit des deux côtés de la route, des champs qui s'étendaient et s'élançaient sur les versants bombés des collines au nord et au sud.

Zigzaguant au milieu de la circulation, Reinhardt repéra ce qu'il cherchait et quitta la route pour emprunter un chemin poussiéreux qui gravissait une petite colline, du haut de laquelle ils auraient un bon point de vue sur l'est. Il coupa le moteur, et l'espace d'un instant il n'y eut rien d'autre que le silence. Il s'en délecta, le sentant enfin remplir l'espace qui lui était dévolu, puis descendit de la voiture. Il fit quelques pas et alluma une cigarette, pétrissant son poignet gonflé avec un regard vers Sarajevo.

Coiffée d'un tumulte de nuages, la ville se parait d'un voile de fumée grise tourbillonnant au gré des caprices du vent. Des ombres profondes enlaçaient la vallée, et les rayons crépusculaires du soleil qui perçaient les gros nuages blancs nimbaient le panorama d'une aura lumineuse aux teintes ternes. Au nord, où les combats étaient les plus intenses, le feu dévorait le flanc des collines, ses langues oranges venant lécher le ciel. Surmontant le paysage, les montagnes déployaient leurs éminences froissées en hauts replis violets et verts, les pics les plus élevés toujours blancs de neige. Il promena son regard sur la plaine ondulée, sur le chaos des véhicules défilant sur le réseau routier, remarqua les changements de couleur de l'herbe balayée par le vent et la lumière du soleil, entendit le froissement des pas derrière lui et le frottement du barillet d'une arme qui coulisse.

« Vous avez le choix, Frenchie », dit Reinhardt en tirant une longue bouffée sur sa cigarette.

Il fixa son extrémité incandescente, qui rougeoya dans le vent qui soufflait sur cette petite colline, puis tourna légèrement la tête. Le lieutenant se tenait derrière lui, un pistolet frémissant au bout de son bras tendu.

« Vous n'êtes plus obligé de leur obéir, désormais.

— D'obéir à quoi, Reinhardt ? grogna Benfeld, et Reinhardt fut soulagé de l'entendre parler.

— Ils vous ont dit de regarder et d'écouter. De rester aux aguets. D'aller où ils le voulaient et de faire ce qu'ils demandaient. » Reinhardt se retourna pour faire face à Benfeld, la ville en feu se découpant sur l'horizon tacheté de lumière à l'arrière-plan. « Ils vous l'ont demandé parce qu'ils ont un moyen de pression sur vous. De quoi s'agit-il ? De votre frère ? »

Les yeux de Benfeld s'agrandirent, s'étrécirent, vacillèrent, ses lèvres remuèrent, ses doigts serrés sur la crosse de son pistolet blanchirent.

« Que vous ont-ils dit ?

— Ils ont dit… qu'ils pourraient le faire sortir de l'endroit où il se trouvait. De ce bataillon disciplinaire, sur le Front de l'Est.

— Qui vous a dit ça, Benfeld ?

— Un général. Et… un juge. Ils ont dit que si je ne les aidais pas, ils s'assureraient qu'il ne survivrait pas. Ils ont parlé de mon père, de ma mère. Ils ont dit qu'ils étaient capables de n'importe quoi. Le général, il se vantait… d'autres choses. De trahisons. Le juge, il… bavassait au sujet de l'avenir.

— Oh, Benfeld, fit Reinhardt en secouant la tête. Vous savez qu'il n'y a plus aucun espoir pour votre frère. On ne survit pas aux bataillons disciplinaires. Pas à l'est. C'est à cela qu'ils servent.

— Et donc ?» Le jeune homme commençait à se décomposer. « Qu'étais-je censé faire ? Ils savaient tout. Tout sur moi.

— Vous leur avez donc fait part de mes faits et gestes ? De mes déplacements ? Toutes ces tâches que je vous ai confiées, vous les avez négligées.

— Oui.

— Vous leur avez parlé de Koenig.

— Oui.

— Ils l'ont tué. C'était mon ami, et ils l'ont tué.

— J'en suis désolé, murmura Benfeld.

— Vous avez utilisé la radio tout à l'heure. Vous les avait informés, vous avez informé quelqu'un de l'endroit où j'étais.

— Je n'ai… commença le lieutenant avant de s'interrompre, voyant le regard de Reinhardt peser sur lui puis se porter sur l'antenne déployée de la Panzerfunkwagen.

— Vous n'aviez aucun moyen de savoir ce que je

faisais. Vous n'aviez aucun moyen de savoir si ça concernait Jansky.

— Ils ont dit "tout", Reinhardt. *Tout* ce que vous faisiez.

— Alors vous les avez joints par radio ? Qui ?

— Ça n'a aucune importance. Ils m'ont demandé de leur dire où vous étiez, c'est tout. Je suis navré, Reinhardt.

— C'est moi qui suis navré. Je vous ai soupçonné. Je me suis dit que s'il y avait une personne dont je devais me méfier, c'était vous. Mais il en est venu un autre, et vous avez échappé à ma vigilance. Si j'avais su qu'ils avaient un moyen de pression sur vous, je ne vous aurais pas fait venir. Vous… nous… sommes responsables de la mort d'un homme d'honneur.

— Ce partisan ?

— Ce "partisan" n'était autre que Valter, Benfeld, l'être imaginaire des partisans. Tombé le dernier jour de sa guerre. Et maintenant, vous devez faire un choix. »

Benfeld tressaillit, les lèvres serrées, puis il ferma les yeux. Tendant l'avant-bras, il posa l'arrière de son pistolet contre son front. Reinhardt devina ce qui allait suivre. Le lieutenant fit glisser l'arme sous son menton, et Reinhardt, qui était à quelques centimètres de lui, tendit la main et l'agrippa si fort qu'il parvint à le faire bouger.

« Ce n'est pas la solution, Frenchie », murmura-t-il.

Ils restèrent debout face à face, leurs nez se touchant presque, leurs regards rivés l'un à l'autre. Benfeld exerça une pression sur le pistolet ; le poignet de Reinhardt trembla et palpita. Il sentait la force dans les bras du jeune Feldjäger et savait qu'il ne pourrait l'arrêter, quoi qu'il décide de faire.

« Bien sûr que si. Ça ne s'arrêtera jamais, Reinhardt. Comment voudriez-vous lutter contre ces gens ?

— En démantelant ce que vous avez sous les yeux. Pierre après pierre. Brique après brique. Morceau par morceau. Et en un rien de temps, nous aurons un trou dans un mur.

— Quel intérêt ?

— Un mur troué n'est plus tout à fait un mur, affirma Reinhardt avec une note désabusée dans la voix, cherchant, fouillant pour trouver une faille dans le désespoir du lieutenant. Ce contre quoi nous luttons, ce ne sont pas les hommes. C'est le système. Les hommes en tant que pièces sur un échiquier. Mais on ne peut jouer qu'avec ce que l'on nous donne.

— C'est… qu'est-ce que ça peut bien vouloir dire ?

— Je n'ai pas toutes les réponses. Je ne sais même pas si je comprends moi-même ce que je dis. Mais c'est tout le danger et la beauté du système, Frenchie. Vous me suivez ? Dans un système, qui est responsable ? Sur qui rejeter la faute ? Et si l'on ne trouve aucun homme sur qui rejeter la faute, après qui courons-nous… ? Après ceux que l'on peut trouver. On commence par là. On commence petit. Le reste suivra. »

Benfeld se passa une main sur le visage avec humeur.

« Vous semblez si sûr de vous. J'ai envie… de vous croire. »

Reinhardt posa une main sur la nuque de Benfeld et fit cogner son front contre le sien.

« Croyez, Frenchie. Je sais où ils sont. Je sais ce qu'ils ont fait. Nous pouvons y mettre un terme, à notre petit niveau. Vous et moi, et les autres. Vous avez déjà fait votre choix, dans cette rue, quand vous m'avez couvert depuis la tourelle au moment où les SS m'ont pris pour cible. Et vous venez encore de le faire. À l'instant. »

QUATRIÈME PARTIE

LES MORTS VONT VITE

31

Reinhardt poussa la porte dans un petit craquement. La pièce derrière était vide, en dehors de deux tables en piteux état repoussées contre des murs en béton. Il y faisait chaud, cependant ; les contours d'un poêle chatoyant se dessinaient au travers de nappes de chaleur au milieu de la pièce. Il y avait cette odeur, aussi, cette puanteur de maladie. Il referma doucement la porte derrière lui, restant sur ses gardes. La lumière jaune du dehors se déversait par des fenêtres sur le mur d'en face, qui offrait un point de vue déformé sur une grande cour intérieure cernée de hauts murs en briques.

Il se dirigea à pas lents vers une porte entrouverte qu'il poussa de la main. À l'intérieur, l'odeur était encore plus forte. Une forme bossue était étendue sur un lit de camp, recouverte d'une couverture grise. Reinhardt la toucha du doigt, d'abord doucement, puis de manière un peu plus appuyée, et la forme roula sur elle-même, des épaules maigres émergeant du lit, bientôt suivies d'une tête squelettique. Une paire d'yeux cligna dans sa direction, puis une main sortit de sous les couvertures et vint toucher le brassard rouge de Reinhardt et le hausse-col qui pendait à son cou.

« C'est vous », murmura le vieux colonel. Pistorius.

Reinhardt hocha la tête et déplia le morceau de papier ensanglanté pour dévoiler les noms qui y avaient été inscrits avec élégance, à l'ancienne. Le colonel loucha dessus avant de lever les yeux vers lui.

« Vous avez compris.

— Oui, répondit Reinhardt. C'était vous. Vous m'avez envoyé Kreuz, aussi, et lui avez donné ces *Soldbuchs*.

— Oui », souffla Pistorius, qui essaya de s'asseoir.

Reinhardt glissa une main derrière son dos, sentant nettement les omoplates saillantes sous la tunique du colonel, mais ce dernier lui fit signe de le laisser. Il s'écroula à nouveau sur le lit et se mit à tousser. Puis il tourna la tête, crachant dans un mouchoir déjà souillé de rouge.

« C'était moi, parvint-il enfin à articuler. C'était mon dernier… coup… dans ce jeu qui est le leur. Ma dernière chance. Quand je… vous ai vu, j'ai su… »

Sa voix s'éteignit.

« Ils se sont servis de vous aussi.

— Oui. Ils m'ont utilisé. Une… aventure avec une femme. C'est tout ce qu'ils avaient. Ils ont menacé ma réputation. Et ils ont dit… ils ont dit qu'ils protégeraient ma famille. Qu'ils la protégeraient. J'étais déjà mourant, de toute façon. »

Les yeux de Pistorius s'ouvraient et se fermaient au rythme torturé de sa respiration.

Quelqu'un entra dans l'autre pièce dans un bruit de pas rapides. Reinhardt se redressa lentement, puis s'immobilisa en sentant la main du colonel agripper la sienne.

« C'est terminé, alors ? »

Reinhardt opina du chef, et Pistorius s'affala dans son lit en laissant échapper un petit soupir. Il gagna silencieusement la porte, puis pénétra dans la pièce d'à côté, sur ses gardes. Un homme se tenait là, penché sur des papiers sur l'une des tables. Il se tourna et ses yeux s'écarquillèrent sous le coup de la panique. Elle lui dévora le visage un bref instant, puis il regarda derrière Reinhardt, à la recherche des autres. Les deux hommes se firent face, l'air rendu électrique entre eux, puis Jansky reporta son attention sur ses documents.

« Capitaine Reinhardt. Quelle surprise. Puis-je vous aider ?

— Commandant Jansky, vous êtes en état d'arrestation…

— Oh, je vous en prie.

— … pour les meurtres de George Abler, Carl Benirschke, Otto…

— Vous êtes persévérant, capitaine Reinhardt. On ne peut pas dire le contraire.

— Vous êtes une pourriture, commandant Jansky. Je ne peux pas dire le contraire. »

Jansky ricana.

« Attention, Reinhardt. Vous parlez à un officier supérieur.

— Commandant Jansky, je vous arrête pour les meurtres de…

— Oh, foutez-moi la paix ! Vous ne savez pas de quoi vous pa… »

Il s'interrompit, voyant Reinhardt faire glisser le

Soldbuch de Keppel vers lui et le retourner comme une carte à jouer.

« Pour celui-ci, je n'ai toujours pas compris. Qu'est-ce que c'était ? Un premier essai ? »

Jansky ouvrit le livret avant de le renvoyer vers Reinhardt. Il tomba entre ses bottes, ouvert en deux.

« Un premier essai pour quoi, Reinhardt ?

— Ce devait être au moment où vous tentiez de fabriquer vos propres livrets, avant qu'il ne vienne l'idée à l'un d'entre vous de simplement délivrer des exemplaires de remplacement. »

Reinhardt ouvrit le *Soldbuch* taché de sang qu'il avait pris au cadavre de Marković. Le nom à l'intérieur était celui d'Ulrich Vierow, l'un de ceux qui figuraient sur le papier que le colonel lui avait fait passer, mais la photographie était celle du visage élégant de Marković. Il lança le livret vers Jansky, qui le reçut en plein dans la poitrine.

« Vous aviez encore besoin du faussaire, je suppose. Signatures, tampons, un certain niveau d'authenticité. Vous savez que Putković l'a tué ?

— Tué qui, Reinhardt ? »

Jansky souriait, mais ce qui étirait le coin de ses lèvres ressemblait davantage à un rictus crispé. Il observa le livret de Marković et le repoussa de côté sur la table.

« Votre faussaire. Son corps gît dans la Maison Pâle.

— Si vous le dites. Je ne comprends rien à ce que vous racontez.

— Pourquoi avoir fait ça ?

— Fait quoi ?

— Qui a abattu ces trois hommes dans la forêt ?

— Quels hommes ? »

Jansky se détourna de lui pour fouiller dans ses papiers.

« Je suis persuadé que c'était vous, ainsi que les lieutenants Brandt et Metzler. Si vous n'étiez pas encore au courant, Metzler est hors jeu. Je l'ai laissé pour mort dans les archives de la caserne, quant à Erdmann, il s'est suicidé. J'ai trouvé les minutes du procès… »

Il s'interrompit en voyant Jansky pivoter sur lui-même, un pistolet au bout du bras, mais Reinhardt avait anticipé son geste et s'était faufilé jusqu'à lui alors que le commandant avait le dos tourné. Il s'avança au plus près de lui, fit une clé avec son bras et lui arracha son arme, qu'il jeta par terre. Désarmé, le Feldgendarme poussa un glapissement, et Reinhardt lui envoya son coude en pleine figure. Jansky recula d'un pas avant de bondir en avant, son nez pissant le sang. Il se tendit et se tortilla comme une anguille, ses coudes, ses genoux et ses mains telles des lames dirigées contre Reinhardt. Ils échangèrent des coups, Jansky plantant ses poings avec célérité, de bas en haut, Reinhardt ripostant de manière plus mesurée, plus appuyée, avec les coudes et les genoux. Toute la frustration et la colère qu'il avait retenues s'intensifiait à mesure qu'il ripostait, et il finit par envoyer son adversaire au tapis d'une bourrade derrière les jambes, avant de le sonner d'un coup de pied dans la tempe.

Il resta planté au-dessus du Feldgendarme, soufflant comme une forge, et commença à ressentir la piqûre et le gonflement des coups portés sur les blessures infligées par Bunda, la douleur cuisante dans son poignet surpassant toutes les autres. Le commandant rampa dans un coin et s'y terra, ses yeux roulant dans leurs orbites affichant un air vaincu. Les deux hommes s'évaluèrent du regard, puis Jansky se pencha de côté, se passa la langue dans la bouche et jura en crachant une dent. Reinhardt la regarda rebondir sur le sol, et son esprit battit la campagne l'espace d'un instant. Il se retrouva momentanément dans cette cellule en compagnie de la Gestapo, et visualisa sa propre dent en train de cliqueter sur un carrelage chamarré.

« Écoutez, Reinhardt, fit Jansky, qui fouilla l'intérieur de sa bouche du doigt pour en découvrir la nouvelle configuration. Vous êtes un bon enquêteur. Quelle que soit l'explication à tout ça, vous l'avez trouvée. Bravo.

— C'est ici que tout s'arrête, Jansky.

— Qu'est-ce qui s'arrête ? »

Le commandant lâcha un rire, renifla. Du sang dégoulinait sur son menton.

Reinhardt inspira longuement, lentement, puis pinça les lèvres.

« Très bien », dit-il.

Il retourna à la porte par laquelle il était entré et fit un signe de la main. L'instant d'après, la masse imposante du colonel Scheller s'encadra dans l'ouverture, suivie du capitaine Lainer qui passa la tête sous le linteau. Les trois Feldjäger observèrent Jansky, dont le menton se contracta, puis son expression changea, sans doute à cause de la tension nerveuse.

Scheller consulta sa montre.

« Il est presque l'heure, on dirait.

— L'heure de quoi ? » s'enquit Jansky, une expression suspicieuse étalée sur le visage.

Derrière les taches de sang qui maculaient son menton, sa peau était blafarde.

« Oh, je ne sais pas. De faire l'appel, peut-être ? »

Scheller marqua son approbation d'un hochement de la tête. Le grand Feldjäger traversa la pièce pour gagner la porte donnant sur la cour, et Jansky eut un mouvement de recul face au regard qu'il avait dû lui lancer. Le son d'un clairon se fit entendre à l'extérieur, suivi d'un brouhaha humain, des hommes par centaines qui se déversèrent dans la cour dans un martèlement confus de bottes, dont le vacarme s'amplifia avant de se taire.

« Qu'est-ce que vous faites ? Reinhardt ?

— Je mets fin à cette mascarade, Jansky. Debout.

— Reinhardt, siffla Jansky en l'épinglant du regard. Vous ne pouvez pas avoir le beurre et l'argent du beurre. Trop de personnes sont impliquées là-dedans.

— Il y a donc bien quelque chose. »

Jansky secoua la tête et étrécit les yeux sous le coup de la frustration.

« La plupart de ces gens sont des officiers supérieurs, affirma-t-il en se passant une main sur la bouche. Vous pouvez être fier. Vous avez foutu un beau bordel pour pas mal de monde. Mais que croyez-vous qu'il va se passer après ? »

Reinhardt fit lever le commandant de force et le traîna dehors, dans la lumière éclatante du matin. Les aciéries de Zenica encadraient la cour de toute leur hauteur. Cheminées, poutre et grilles en fer rougi, odeur malsaine de rouille et de charbon, atmosphère granuleuse qui semblait vouloir vous pénétrer pour saupoudrer vos entrailles d'une pellicule de poussière et de crasse. Le long de trois des murs étaient alignés les hommes du bataillon disciplinaire, en rangs, l'air apathique malgré leur position au garde-à-vous. La confusion se lisait sur leurs traits quand ils virent passer Scheller et Lainer, puis Jansky avec son visage ensanglanté, Reinhardt sur ses talons. Scheller fit un geste du bras et les lieux furent soudain envahis par des files de soldats, qui entrèrent par les portes, et les rangs du bataillon disciplinaire furent rompus, dispersés tandis que les hommes s'écartaient des nouveaux venus. En quelques secondes seulement, le bataillon disciplinaire fut encerclé par les Feldjäger.

« Messieurs ! s'exclama Scheller. Nous allons faire l'appel. »

Reinhardt fit un pas vers eux, parcourant les rangs du regard à la recherche de ces visages qu'il savait être là, sachant qu'il ne pourrait en reconnaître qu'un. Il sortit le morceau de papier écrit de la main du colonel.

« Caporal George Abler, appela-t-il. Abler ? »

Il lança un coup d'œil circulaire aux visages vides et inexpressifs.

« Sergent Carl Benirschke. Benirschke ? »

Il perçut quelque chose. Un changement dans la posture des hommes. Il regarda Jansky. Le commandant cligna des yeux en retour et haussa les épaules, les lèvres tordues dans un rictus démoniaque.

« Les morts vont vite, Reinhardt. »

Une connexion se fit, et Reinhardt se remémora une lointaine citation qui se déroula devant lui comme sur la page d'un livre – une strophe de *Lénore*, le poème de Bürger.

« *La cloche vibre encore*
Du douzième coup de minuit…
— *Vois la lune briller, petite,*
La lune éclairera nos pas ;
Nous et les morts, nous allons vite[1]. »

Puis le souvenir se referma.

« Vous n'êtes pas le seul à pouvoir débiter des classiques à votre guise, commandant. Puis-je vous rappeler comment se termine le poème ? Il se termine par une mort, non ? »

Jansky pâlit, déglutit. Reinhardt lui tourna le dos.

« Soldat Otto Berthold.

— Soldat Werner Janowetz.

— *C'est quoi ce cirque ?* »

L'éclat de voix provenait des rangs. Reinhardt ne chercha pas à en identifier l'auteur, dans l'espoir, dans l'attente de voir la confusion se propager dans les conversations, de voir les hommes crever eux-mêmes l'abcès qui les rongeait.

« Soldat Christian Seymer.

— Vous vous foutez de nous ? »

Plusieurs hommes se firent l'écho de celui qui venait de parler.

« Pourquoi je me moquerais de vous ? demanda Reinhardt en pointant un doigt vers l'un d'entre eux.

— Parce qu'ils sont *morts*, nom de Dieu, voilà pourquoi.

1. Traduit de l'allemand par Gérard de Nerval (*NdT*).

— C'est exact ? s'écria Reinhardt, qui reçut pour réponse un concert indistinct de murmures d'approbation.

— C'est ces putains de partisans qui les ont tués.

— Disparus dans la forêt.

— C'est exact ? répéta Reinhardt.

— Et comment qu'c'est exact, *voleur de héros.*

— Foutu chien à chaîne. »

Reinhardt promena son regard sur les rangées d'hommes à l'humeur maussade et fracturée, promena son regard sur eux jusqu'à trouver les Hiwis, rassemblés en un groupe resserré dans un coin de la cour. Il s'avança lentement vers eux et sentit les hommes le suivre pesamment des yeux. Il regarda les Hiwis tour à tour et constata qu'ils demeuraient immobiles, loin de l'agitation et de l'animation des autres. Il les regarda à tour de rôle jusqu'à trouver celui qu'il cherchait.

« Sergent Jürgen Sedlazcek. »

Il y eut un silence, comme si les hommes prenaient conscience qu'il ne s'agissait pas d'un jeu, et quelque chose dans ce silence donnait l'impression qu'ils reniflaient l'odeur du sang.

« Sergent Jürgen Sedlazcek », appela à nouveau Reinhardt, fixant l'homme en question.

Les minutes du procès de Sedlazcek indiquaient qu'il était très grand. L'homme ne bougea pas avant que Reinhardt intimât à deux Feldjäger de le faire sortir des rangs d'un geste de la main. Grand, bien en chair, sanglé dans un vieil uniforme dépourvu d'insigne, un ceinturon noir retenant sa bedaine protubérante.

« Sergent Jürgen Sedlazcek, dit Reinhardt, regardant droit dans les yeux l'imperturbable colonel oustachi Ante Putković. Veuillez me désigner les autres.

— Allez vous faire foutre.

— Je sais que Zulim est mort, déclara Reinhardt, brandissant le *Soldbuch* d'Abler. Bunda l'a éliminé, sur vos ordres je présume. Il avait un peu trop attiré l'attention sur lui. »

Putković lâcha un juron dans un souffle.

« Enfoiré de Bunda. Putain de taureau.

— Oui, je crois qu'on peut dire ça. Il avait tendance à réagir de manière excessive à intervalles prévisibles. C'est lui qui a réduit en bouillie les visages de ces cinq prisonniers, j'imagine, dans l'urgence probablement, quand vous avez appris que j'étais dans le coin. Vous n'y êtes pas allés de main morte, si vous me passez l'expression. Mais ce faisant, vous avez souligné le fait qu'ils n'étaient plus identifiables, ce qui bien sûr m'a mis la puce à l'oreille. Voilà ce qu'on récolte quand on envoie un boucher faire le travail d'un orfèvre.

— Allez au diable.

— Bunda est mort, lui aussi.

— Vous mentez. »

Putković se décomposa en voyant Reinhardt sortir le *Soldbuch* de Bunda de sa poche et le lever devant lui.

« J'ai vu Suzana Vukić lui arracher les couilles et je l'ai laissé se vider de son sang.

— *Quoi ?* »

Reinhardt brandit le livret de solde de Marković. Puis celui de Labaš.

« Désignez-moi les autres, s'il vous plaît.

— Non.

— Bozidar Brkić. Tomislav Dubreta. Zvonimir Saulan. »

Putković cligna des paupières.

« Dépêchez-vous si vous ne voulez pas que je dise à ces hommes ce que vous avez fait et qu'ils vous réduisent en pièces tous autant que vous êtes. »

Reinhardt vit la frustration se peindre sur les traits de Putković. Il se tourna et cria quelque chose. Trois hommes sortirent des rangs pour rejoindre le colonel. Reinhardt s'apprêtait à parler quand il discerna une lueur dans les yeux de Putković, comme s'ils dissimulaient un secret.

Dix noms, pensa-t-il. Dix oustachis. Quatre d'entre eux étaient morts. Bunda, Labaš, Zulim et Marković. Il en restait donc six, et il en avait quatre face à lui.

Il y en avait deux autres, quelque part.

Reinhardt arpenta lentement les rangs, scrutant chaque visage, puis il le vit, tout à coup. Ce furent les yeux de l'homme qui le trahirent, ses yeux qui allaient et venaient entre lui et autre chose, à l'autre bout de la cour.

« Vous, le désigna Reinhardt, mais l'homme ne bougea pas. Vous. »

Il s'agissait de l'homme qui avait torturé le prisonnier cette nuit où Bunda et Putković avaient amené Reinhardt à la Maison Pâle.

« Sutko. »

L'homme avala sa salive et fit un pas en avant.

« Et vous », fit Reinhardt en faisant un geste à un second homme à moitié caché derrière un soldat.

L'homme sursauta, blêmit. Il était avec Sutko cette nuit-là. Il avait achevé le prisonnier sur ordre de Putković, comme pour démontrer à Reinhardt que les oustachis disposaient d'un soi-disant pouvoir et qu'ils n'avaient nul besoin de dissimuler leurs exécutions. Son nom lui revint.

« Marin. »

Reinhardt les observa les uns après les autres. Grands, petits, maigres, gros, blonds, bruns.

Des hommes ordinaires.

Cachés bien en évidence.

Reinhardt fit un signe de la tête aux Feldjäger, et les six oustachis furent emmenés dans le poste de commandement. Puis il s'approcha de Jansky, qui se tenait, faible et brisé, au milieu de la cour.

« Il semble que les morts vont vite, en effet. »

32

Un camion s'éloignait de Zenica, s'éloignait de la ville blême qui enserrait les aciéries. La Bosna s'écoulait placidement vers le nord, dans le sens inverse de la route, large rivière d'un vert bouteille au-dessus de laquelle ondoyaient de minces serpentins de brume pareils à une haleine givrée par un matin d'hiver. Le cours d'eau était bordé sur chacune de ses rives de petites collines enveloppées d'arbres qui s'enroulaient et se déroulaient le long de la route, jouant à cache-cache avec le ciel. La lumière avait cet aspect particulier qui donnait l'impression que la moindre branche, la moindre feuille de l'épaisse forêt qui recouvrait le relief avaient été soigneusement sélectionnées, aussi brillantes et délicates que le duvet sur le bras d'une jeune fille caressé par les rayons obliques du soleil.

Benfeld était au volant, taciturne et résigné. Bien qu'occupé à regarder défiler le paysage, Reinhardt ne pouvait détacher ses pensées des aciéries, de ce bureau où il avait entendu les bruits sourds et les grognements provenant de la pièce d'à côté, où Lainer et ses hommes s'occupaient de Jansky et de Brandt. Il était temps pour eux de payer. Reinhardt le comprenait, même si l'homme qu'il avait été – l'homme forgé au travail de police, l'homme qui s'était détaché de cet enfant de la Grande Guerre qu'il était encore très récemment – n'aurait pas été du même avis.

Il était resté assis à attendre, fumant une cigarette en regardant les dix *Soldbuchs* empilés et les minutes de cour martiale qu'il avait dénichées dans les archives, mais ce qui l'intéressait se trouvait en lui, cette déchirure qui le meurtrissait de l'intérieur, et il sentait quelque chose d'ancien, de très ancien, s'agiter au fond de lui, et ce qu'il regardait en réalité était son œil fou et injecté de sang. La sensation était là, griffant sa déchirure de ses doigts couverts de boue comme si elle voulait s'échapper, mais tout à la fois ravie de le laisser en paix. Comme si les actions de Reinhardt satisfaisaient son sens du bien et du mal.

Dans un coin de la pièce, Scheller s'entretenait avec un juge. Reinhardt lui avait fait part de ce qu'il savait, de toute l'histoire, les *Soldbuchs*, les dossiers… Le juge avait clairement été pris de panique face à cette affaire, aussi peu désireux d'en être saisi que d'attraper un bâton merdeux. Qu'il décide de la juger ou pas importait peu à Reinhardt. Il avait fait sa part du travail. Il s'était trouvé un trou dans le mur, avait avancé au milieu des décombres, et reçu assez de lumière pour commencer à entrevoir les contours de ce qu'il avait découvert. Il devait se montrer lucide, il ne pourrait pas faire beaucoup plus, et il se surprit à éprouver de la satisfaction à cette idée.

*

« Le *goût du risque*, Reinhardt », avait dit Jansky, des mots marmonnés entre ses lèvres fendues quand Lainer avait fini par le laisser sortir.

Il l'avait guidé jusqu'à une chaise sur laquelle le commandant à moitié aveuglé s'était laissé tomber. La vision de son visage tuméfié était à peine croyable, et Jansky était resté affalé sur le côté. Sur la chaise la plus proche, le lieutenant Brandt gardait fermés ses yeux ensanglantés, entre lesquels s'épatait un nez écrasé et difforme. Jansky avait grillé une cigarette entre ses deux seuls doigts épargnés.

« S'en sortir impunément, avait continué le commandant. Herzog, Erdmann et les autres pouvaient bien croire ce qu'ils voulaient. Pour moi il s'agissait d'un défi, d'une prise de risque volontaire. L'argent aidant, bien entendu.

— Avez-vous tué ces trois Feldjäger ?

— Oui. Moi, Brandt et Metzler. » Jansky avait avancé la tête vers sa cigarette et l'avait tétée de ses lèvres blessées, comme un oiseau qui picore, avec des gestes d'une étonnante lenteur. « Ils nous sont tombés dessus sur le chantier. Bunda nous accompagnait, ainsi que quelques hommes à lui.

— C'est là que vous avez tué ces cinq soldats ?

— Oui. On les a descendus là quand on a compris qu'on ne pourrait pas retourner dans la forêt, et on les y a laissés, bien qu'on n'ait plus de travail sur ce chantier, parce que l'endroit était toujours à nous et sous notre contrôle. On serait revenus plus tard dans la journée, en toute discrétion, pour démolir la maison et faire disparaître les corps sous les gravats. Fin de l'histoire. Mais Bunda avait une peur bleue de vous, et quand on a compris qu'il allait falloir nous débarrasser des corps à l'intérieur de la ville, il a encore plus paniqué. Il a complètement disjoncté. Ce qu'il a fait à ces cadavres, personne n'a jamais vu un truc pareil. Il leur a explosé le visage avec son gourdin, puis il leur a passé des vêtements qu'il avait rapportés de la Maison Pâle. On aurait dit un petit garçon jouant à la poupée, avait ricané Jansky. Il les déguisait en marmonnant dans sa barbe. Mais c'est là que deux de ses hommes ont marché sur la bombe incendiaire et que l'un d'eux a été tué…

— Labaš ?

— Labaš, avait confirmé Jansky. Brûlé vif. Ensuite vos Feldjäger ont débarqué. Vous connaissez la suite.

— Vous avez envoyé le lieutenant Brandt pour faire le ménage.

— Une perte de temps, mais il fallait tenter le coup. Quand il a découvert ce qu'avait fait Bunda, qu'il avait défiguré les cadavres et mis une belle pagaille, Putković est sorti de ses gonds. Ce qu'il voulait, c'était les transporter à la Maison Pâle et les faire disparaître au milieu de tous les autres morts, mais il était trop tard. Bunda avait paniqué, et ça a encore plus mal tourné après ça. Il a envoyé Zulim chercher ces réfugiés, ceux que vous aviez trouvés, mais ça a un peu plus éveillé vos soupçons et vous êtes venu trouver Zulim. Adieu Zulim. Ces deux-là, vous voyez, ils étaient quasiment inséparables, mais plus rien ne pouvait arrêter Bunda. Il avait une de ces trouilles. Putković était hors de lui à ce moment-là, et il a essayé de s'en sortir comme il pouvait en vous envoyant sur une fausse piste, mais ça n'a pas marché. Bunda. Quel demeuré.

Quelle ironie, tout de même, vous ne trouvez pas ? De ne pas lui avoir… (Jansky avait toussé, la fumée s'évacuant par ses naseaux dans une grimace de douleur, ses yeux rougis louchant sur le juge)… de ne pas lui avoir prêté une oreille plus attentive. Et de ne pas avoir été plus prudents avec ces *Soldbuchs*. Ceux de Zulim et de Labaš, quand on les a récupérés. »

Le reste de l'histoire avait suivi. Les noms, les lieux, la genèse de l'idée, lorsque Jansky avait été approché par Alexiou et s'était vu offrir de l'argent en échange de son aide pour leur offrir une planque, à lui et à ses hommes, au sein d'une unité où personne ne penserait à les chercher. Puis, alors que le bataillon disciplinaire avait battu en retraite, défait et brisé au Monténégro, Herzog et Erdmann étaient venus le trouver un soir pour lui servir de longs discours sur la légitimité de leur cause, sur la nécessité de préserver leur avenir.

« Je les ai pris pour des fous, avait avoué Jansky en écrasant soigneusement sa cigarette, une main soutenant son poignet. Et c'était le cas, mais ils ne toléreraient aucun refus. Ils ont fait venir ce vieux gâteux médaillé de colonel – Pistorius, celui qui crachait ses poumons dans la pièce d'à côté – et ils ont dit qu'il fournirait la légitimité nécessaire pour que des trucs pas très catholiques puissent se faire sans problème.

— Sous votre responsabilité, avait précisé Reinhardt.

— Sous la responsabilité de votre serviteur, avait acquiescé Jansky. Non pas que j'aie eu le choix. Herzog et Erdmann étaient des plus persuasifs. Et de toute façon, je partageais pas mal de leurs idées. »

Il avait raconté comment les deux hommes lui avaient révélé être au courant de ses malversations, du fait qu'il proposait l'asile au plus offrant, et comment il s'était retrouvé pris dans leurs filets alors qu'il avait lui-même tissé la toile. Il était surprenant, devait reconnaître Reinhardt, que le commandant ait pu tomber dans leur piège aussi facilement. Il avait toujours cru que Jansky était à l'initiative de toute la machination, pas un simple pion, et en un sens il avait vu juste. S'il s'était retrouvé mêlé à la cabale de Herzog et Erdmann, Jansky avait joué le jeu de son plein gré. Le goût du risque, s'était souvenu Reinhardt.

La première victime avait été tuée au Monténégro, sa vie échangée contre celle d'un Albanais de la division de la SS Skanderbeg. Deux autres avaient suivi, Jansky et ses coconspirateurs perfectionnant leur technique, mais produire de faux documents n'était pas simple, malgré le concours du faussaire qu'Erdmann avait sorti de son chapeau.

« Leurs… *noms* ? avait bafouillé Jansky quand Reinhardt l'avait interrompu.

— Leurs noms, avait répété Reinhardt. Les noms de ces hommes à qui vous avez volé leur identité. »

Les yeux du commandant s'étaient égarés ailleurs, écarquillés et injectés de sang.

« Je ne… Roesing ? Roese… ? Et… Kaubisch ? Vraiment, je… je ne me rappelle pas. »

Il s'en était tenu à ça. Reinhardt avait fixé sur lui un regard dans lequel on sentait bouillir de la rage à l'idée que ces hommes aient pu être purement et simplement effacés de la surface du monde.

Jansky avait repris son récit : Dreyer était réapparu et avait essayé de reprendre contact avec lui.

« Il était pitoyable. Il pensait détenir des informations sur moi, mais c'était tout le contraire. »

La mâchoire d'acier de la cabale et l'étau du chantage s'étaient refermés sur Dreyer, lui remettant en mémoire ce moment d'égarement en Pologne, et il s'était retrouvé à présider des cours martiales, certaines seulement, ne concernant qu'un type particulier de soldats. À ce moment-là, au moment où l'armée commençait à s'effondrer, ils ne manquaient pas de ressources pour mener à bien leur machination.

« Après ça on est arrivés à Sarajevo et on a commencé à tâter le terrain avec les oustachis, et parbleu, les candidats ont afflué par dizaines ! » caqueta Jansky en montrant les *Soldbuchs*.

Les oustachis avaient fourni le photographe, avant de s'en débarrasser dans la forêt une fois sa tâche accomplie. Mais avec les partisans qui gagnaient de plus en plus de terrain, le temps était compté. C'est Jansky qui avait eu l'idée d'utiliser des exemplaires de remplacement au lieu de tenter de falsifier les *Soldbuchs* existants. C'est lui, également, qui avait eu l'idée de « voler » les plans de défense, dans le but de semer la confusion et d'accélérer l'évacuation de la ville, faisant ensuite porter le chapeau au colonel Wedel, qui avait accepté de se compromettre sous la pression. Jansky avait débité son histoire dans un marmonnement monocorde parfois entrecoupé d'un éclat de rire quand il se remémorait un épisode amusant, suivant d'un doigt les contours de la table, son ongle grattant les nœuds du bois, s'y attardant avant de repartir.

« Pourquoi les oustachis ? Pourquoi eux et pas d'autres ? »

Jansky avait haussé les épaules.

« Aucune idée. Herzog et Erdmann pensaient que Putković en valait la peine. Quoi qu'il en soit, ils n'auraient jamais pu protéger un type tel que Luburić, même s'ils auraient pu le convaincre. Putković en valait la peine, je suppose, et c'est lui qui a amené les autres. Ses acolytes. Son clan. Et bien entendu ils payaient, c'était un plus. Et ils étaient généreux. L'argent d'abord, ou pas de *Soldbuch*. Dans tous les cas, dix était sans doute le bon nombre.

— Dix oustachis ?

— Dix Volksdeutsche, avait précisé Jansky dans un sourire, ses dents semblables à des aiguilles derrière les résidus de sang. Dreyer faisait de son mieux pour en rassembler le plus possible, mais il était difficile de trouver les bons profils. En particulier des hommes aussi grands que Bunda et Putković.

— Qui est derrière tout ça ? »

Jansky avait secoué la tête.

« Aucune idée. Je ne connaissais que Herzog et Erdmann.

— Il y en a d'autres.

— Certainement, avait répondu Jansky d'une voix soudain plus claire. Si vous y réfléchissez, ça ne doit pas être un cas isolé. Ce genre de choses doit arriver à peu près partout. On a de nombreux amis qu'on veut mettre à l'abri du danger. On peut aussi voir ça comme un coup d'essai. Avant autre chose de plus grand et de mieux. » Cette pensée l'avait fait sourire. « Réfléchissez-y. Qu'est-ce que ça fait à votre âme de policier ? »

Quand Reinhardt était parti, Scheller était en train d'aider le juge à trouver le courage de se confronter à Herzog, mais le colonel n'avait que peu d'espoir qu'il en sorte quelque chose. En apparence, Herzog ne pâtirait pas de cette affaire, Reinhardt le savait. Rien de tangible ne le reliait aux meurtres, c'était la parole de Jansky contre la sienne, mais Reinhardt s'était consolé en se disant que les gens puissants subissaient leurs propres sanctions. Des rumeurs circuleraient continuellement sur son compte, Scheller se faisant un devoir de les lancer. Il y aurait des ondit, une perte de confiance, peut-être un transfert, et avec un peu de chance, quelqu'un – peut-être une personne plus impliquée encore que Herzog dans le complot – lui suggérerait une sortie discrète, et cette personne laisserait peut-être derrière elle un pistolet chargé d'une unique balle. Pour usage personnel.

Jansky ne parlerait pas, et en tout état de cause, il n'était déjà plus de ce monde. Lainer ne lui laisserait pas la vie sauve, et pour être tout à fait honnête, Reinhardt n'en avait cure. Les morts n'iraient pas plus loin, et bien que *Lénore* se terminât par un soupçon de rédemption pour son héroïne damnée, il n'en irait pas de même pour Jansky. Le chemin prenait fin avec lui. Quoi qu'il ait pu dire, les preuves ne seraient pas suffisantes pour compromettre d'autres personnes. Il reviendrait au juge de s'occuper du cas de Herzog, peut-être à Scheller. Erdmann était mort. Si des gens étaient impliqués à Vienne, on ne connaîtrait jamais leurs noms. Les autres non plus, car tout le monde était lié.

Et cela aussi, il s'en accommoderait.

Le bataillon disciplinaire allait être démantelé, les

hommes dispersés. La plupart rejoindraient les unités d'où ils venaient, quant à ceux qu'on ne pourrait gracier, ils iraient purger leur peine ailleurs. Les Hiwis étaient en mauvaise posture, il fallait bien le dire.

C'était une bouée de sauvetage que Reinhardt avait trouvée, il le savait à présent. Un moyen de sauver quelque chose de la destruction et des ruines de la guerre, un moyen de préservation pour une quelconque vision tordue du futur. Une image lui vint, celle d'un bateau en plein naufrage, en train de sombrer et de se retourner lentement dans des eaux sombres, sa coque immense en mouvement, des rats abandonnant le navire à la recherche d'un moyen – n'importe lequel – de s'en sortir. Certains se noieraient. Certains vogueraient tout seuls à travers les eaux. D'autres trouveraient un moyen de survie, s'en remettant à cette seule et unique planche de salut.

Des rats abandonnant le navire. Quelqu'un à qui on offrirait une issue de secours.

Une route des rats[1].

Il restait une dernière question, une seule que Reinhardt répugnait à poser.

« Que s'est-il passé entre vous et Dreyer ? »

Jansky avait basculé la tête en arrière, afin de mieux planter ses petits yeux perçants sur Reinhardt.

« Donnez-moi une autre cigarette, et je vous raconterai… Dreyer m'a filé le train en Pologne, avait expliqué Jansky en soufflant un nuage de fumée au-

1. En anglais, « ratline » (jeu de mots avec « rat »). « Ratline » désignait les réseaux d'exfiltration nazis pendant la Seconde Guerre mondiale (*NdT*).

dessus de la table. Un vrai chien pisteur. Il disposait de témoins de ce que nous tramions, trafic d'œuvres d'art pour le compte du Reich, et d'armes pour le gouvernement polonais clandestin. On a fait disparaître ces témoins. Ceux qu'on n'a pas pu éliminer, on a acheté leur silence. Vous auriez dû voir le mal qu'il s'est donné pour nous coincer. On aurait presque éprouvé de la pitié pour lui. »

Il avait tiré longuement sur sa cigarette, son regard dérivant vers Brandt, qui était affalé sur sa chaise, la tête dans les bras.

« Il a fini par mettre la main sur quelqu'un, un dernier témoin. Ça ne l'aurait probablement pas mené bien loin, mais on ne voulait pas prendre de risque, alors on lui a fait une offre. Qu'il a refusée. On lui en a donc fait une autre. Et c'est vrai, ce qu'on dit, que tout homme a un prix. Il n'avait pas l'air très fier de lui, mais il a accepté. Je lui ai conseillé de ne pas se faire autant de mauvais sang, je lui ai dit que puisqu'il n'arrivait pas à nous coincer, il pouvait tout aussi bien se joindre à nous. Il a empoché le pot-de-vin. » Un rictus insolent avait tordu les lèvres fendues de Jansky. « C'est là que je lui ai dit "Le cor de chasse…"

— "… ne fait pas le chasseur", avait terminé Reinhardt.

— L'armée nous a séparés, et nous avons pris deux chemins différents. Je n'ai jamais repensé à lui jusqu'au jour où il a débarqué en Grèce, au sein du Bureau des crimes de guerre. Il avait eu vent de mes agissements avec les Grecs, de tout cet or que j'avais volé, et il a essayé de me faire chanter en échange d'une part du magot. Le pauvre con. Il n'avait pas la moindre idée de ce dans quoi il mettait les pieds. Ni une ni deux, ils l'ont sorti du Bureau pour le réaffecter aux services judiciaires de l'armée. Ce n'était plus le même homme, cependant, avait ajouté Jansky, pensif. La Russie l'avait vraiment bousillé.

— Que lui avez-vous offert ? Quand vous étiez en Pologne ?

— L'Art déco, ça vous dit quelque chose ? Ces conneries de trucs modernes ? Il en était fou, et on en avait des stocks à ne plus savoir qu'en faire. Les Polonais adoraient ça, en particulier les aristocrates et les juifs. Tous ces artistes et ces intellectuels. Je lui en ai fourni tout un lot. Verres. Vases. Cendriers. Bijoux. Peintures. Ce qui l'a emporté sur tout le reste, c'est cette flasque façonnée par un artiste juif. Elle l'hypnotisait. »

*

Reinhardt regarda la flasque posée contre sa cuisse avant de lever les yeux sur la route qui se déroulait devant lui. En dehors d'un ou deux véhicules roulant à tombeau ouvert vers le nord, ils n'avaient croisé personne. Un village surgissait çà et là sur le bord de la route, concentré autour de la pointe d'un minaret, quelquefois un simple hameau dont les toits émergeaient de la forêt, mais les lieux avaient été abandonnés. La campagne avait été vidée et les gens étaient partis ailleurs, conscients que la guerre allait déferler sur eux. Reinhardt contemplait les arbres, se demandant ce qui se passerait si, par un tour de magie, il pouvait les faire disparaître. Que verrait-il alors ? Il imagina une foule de personnes qui apparaîtraient soudain, comme ramenées par la seule force de sa volonté.

Ils gagnèrent les premières lignes sur les coups de midi, même si Reinhardt n'aurait pas appelé *lignes* les groupements de tanks et de canons mobiles qu'ils trouvèrent à un croisement à proximité de la ville de Kakanj. L'officier responsable ayant été informé de leur arrivée, ils passèrent sans encombre, sentant peser sur eux les regards de l'arrière-garde jusqu'au moment où ils disparurent derrière le coude suivant sur la route. Ils firent halte une fois hors de la vue des Allemands, le temps pour Reinhardt de nouer des rubans rouges aux rétroviseurs extérieurs du camion, puis ils repartirent, roulant au pas, s'enfonçant un peu plus à chaque minute en territoire partisan.

Ils les trouvèrent au nord de Visoko. Une voiture était rangée sur le bas-côté, un drapeau rouge flottant au bout d'un mât de fortune calé sur sa lunette arrière. Un homme occupé à fumer se redressa à l'approche du camion, et il monta dans la voiture avant de sortir le bras pour leur faire signe de le suivre. Ils s'insérèrent dans son sillage jusqu'à atteindre un hameau en ruine sur le bord de la route, barrée par un camion dont le capot était drapé d'une bannière rouge. Des partisans surgirent de leur abri par des trous dans les murs. Tous de grands hommes, avec des barbes tondues de près, munis d'armes qui avaient l'air soigneusement entretenues. Ils étaient vêtus d'uniformes verts et marrons, portaient des bottes en cuir, et si leurs visages portaient la couleur sale des longs périples, ils se comportaient comme les soldats de l'armée victorieuse qu'ils étaient.

Benfeld fit faire demi-tour au camion, de sorte qu'il était maintenant positionné face au nord, puis il coupa le moteur dans un cliquètement mécanique. Reinhardt descendit et fit quelques pas en direction des partisans, les bras écartés, avant de s'arrêter à mi-chemin entre le camion et les partisans. Il patienta, immobile, sous les regards curieux d'une dizaine de soldats, jusqu'au moment où il perçut du mouvement derrière leur camion. Deux personnes traversèrent la route. L'un était grand et marchait en boitant, lourdement appuyé sur une canne. L'autre était une femme habillée comme un homme, chemise sombre et pantalon rentré dans des bottines, un pistolet à sa ceinture, ce qui la faisait étrangement ressembler à une Russe. Il l'observa, heureux de la revoir, appréciant les mèches folles d'un gris doré qui s'échappaient du nœud qu'elle s'était fait dans la nuque.

Ils se regroupèrent tous trois au milieu de la route, une étrange tension s'insinuant entre eux. Le rapport de forces s'était inversé, Reinhardt le savait. Il avait toujours été l'intrus, mais c'était peut-être l'une des premières fois qu'ils pouvaient garder la tête haute devant lui.

« Vous avez tenu parole », dit Simo, finalement.

Reinhardt décrocha ses yeux de Vukić, se demandant s'il semblait aussi distant envers elle qu'elle l'était envers lui.

« Par ici », dit-il, prenant la direction du camion.

Simo et Vukić lui emboîtèrent le pas, eux-mêmes suivis par une poignée de partisans. Reinhardt fit un signe de tête à Benfeld, et il libéra la chaîne qui retenait les portes arrière. Il les ouvrit, laissant pénétrer la lumière dans le réduit obscur du support de chargement.

Putković battit des paupières, ses poings liés levés devant ses yeux pour les protéger de la lumière. Les cinq hommes à ses côtés l'imitèrent, abaissant lentement les mains et plissant les yeux, en proie à la confusion. Puis la prise de conscience de l'endroit où ils se trouvaient fut remplacée sur leurs visages par un masque de peur, les uns après les autres.

Les partisans les considérèrent avec ce que Reinhardt ne pouvait décrire que comme un appétit vorace qui ne pouvait ni se déclarer ni être rassasié. Comme si, confrontés à leurs ennemis, au moment précis de leur victoire, ils voyaient soudain tous leurs espoirs et tous leurs choix ne faire plus qu'un. Comme si tout se résumait à une route unique, une route qu'ils répugnaient à emprunter, de peur, peut-être, de voir le charme d'un moment tant attendu se rompre. Finalement, Simo brisa le silence, et il désigna les hommes de la main, puis la route.

« *Izlazite.* »

Putković descendit et se tint sur ses jambes faibles avant de s'appuyer sur le camion. Deux autres sortirent par eux-mêmes du camion, mais Sutko s'effondra et alla se tapir dans le fond, aussitôt pris en main par deux grands partisans qui le jetèrent sur la route, en larmes. Simo se campa face à eux, les jaugeant de toute sa hauteur.

« Franjo Sutko, grogna-t-il, les yeux braqués sur celui qui s'était effondré par terre. Bozidar Brkić. Tomislav Dubreta. Zvonimir Saulan. Nikola Marin. »

Les hommes tressaillirent, reculèrent, alors que Simo n'avait pas bougé.

« Et Ante Putković. »

Simo fit un signe de la tête à ses hommes. Chacun des oustachis fut escorté à l'écart par des partisans. Seul Putković traîna en route, tout son poids rivé au sol, les yeux fixés sur Reinhardt.

« Vous savez ce qu'ils vont nous faire. Vous le savez.

— Je le sais, répondit Reinhardt.

— Et vous les laissez faire ?

— Oui.

— Vous l'aurez sur la conscience.

— Je sais.

— Sur votre conscience ! cria Putković par-dessus son épaule alors qu'ils l'entraînaient ailleurs. *Sur votre conscience !*

— Encore une fois merci, capitaine, dit Simo, faisant passer sa canne dans sa main gauche pour tendre la droite. À votre avenir, Reinhardt. Qu'il vous… qu'il vous apporte ce que vous méritez », termina le grand partisan.

Son regard passa de Reinhardt à Vukić, puis il reprit sa canne dans sa main droite et s'éloigna clopin-clopant.

« Faisons quelques pas », dit Vukić tout bas.

Le cœur dans la gorge, Reinhardt l'accompagna jusqu'au bas-côté, où elle se tourna pour le regarder.

« Tout va bien, Suzana ? » demanda-t-il.

Elle acquiesça silencieusement, inclina la tête un court instant, puis lui adressa un sourire. Mais c'était un sourire étriqué, contraint, et ils savaient l'un comme l'autre qu'elle mettrait du temps à aller mieux.

« Vous êtes différente, fit remarquer Reinhardt. Mais ça vous va bien.

— Les temps ont changé, Gregor », dit-elle simplement.

Ni l'un ni l'autre n'osèrent bouger, puis Reinhardt avança la main pour venir lui caresser l'épaule. Elle vint la couvrir de la sienne.

« Votre main. Comment va-t-elle ?

— Bien. »

Elle effleura des doigts les œdèmes et les bleus qui marbraient son poignet.

« J'ai… c'est moi qui ai dit à Perić où vous étiez.

— Je sais.

— Je pensais que vous pourriez nous aider.

— Je l'ai fait. Vous avez bien fait.

— Était-ce réel, Gregor ? Ce moment que nous avons partagé. J'ai peur que… que ce ne soit pas le cas.

— Je ne me suis jamais servi de vous, Suzana, répondit-il, sentant les mots se précipiter dans sa bouche. Neven, les partisans. Je savais. Mais c'était vous que je voulais.

— C'était réel », dit-elle, et cette affirmation sembla la libérer d'un poids.

Il prit sa main, la porta à ses lèvres.

« Si nous avions cette liberté, vous et moi…

— Cela aurait pu fonctionner, murmura-t-elle, ses doigts si légers contre son menton. Vous pourriez… vous pourriez rentrer avec moi.

— Vous avez une ville et un pays à reconstruire. Vous ne pouvez pas le faire avec moi. Je déteindrais sur vous.

— Ça m'est égal.

— Mais il n'en serait pas toujours ainsi.

— Peut-être quand tout sera terminé… »

Reinhardt lui offrit un pâle sourire.

« Si nous le méritons. »

Elle lui renvoya son sourire, se remémorant leur conversation cette nuit-là. Seuls les souvenirs restaient, et la première entaille était la plus profonde. Mais une coupure nette était la meilleure solution, et il embrassa ses paupières, goûtant le sel de ses larmes.

« Je vous souhaite de trouver le bonheur que vous méritez », murmura-t-il contre la courbe de son front.

Il tourna les talons et s'éloigna, avec l'impression que son cœur voulait jaillir de sa poitrine.

ÉPILOGUE

Rives de la Save, nord de la Bosnie, mi-avril 1945

L'aube se levait sur la rivière noyée de brouillard, peignant le paysage d'un éclat pâle et faible. Des hommes émergèrent de la purée de pois, semblables à des revenants, leurs silhouettes silencieuses et immatérielles se profilant comme si elles ne faisaient pas vraiment partie de la réalité. Le brouillard était si dense à la surface de la Save que Reinhardt s'imaginait presque pouvoir quitter la rive et marcher dessus pour se laisser porter ailleurs. Mais il aurait fallu pour cela que son cœur soit moins lourd.

Les Feldjäger avaient allumé un feu près du pont où ils étaient stationnés. Reinhardt se tenait à proximité des flammes et regardait leur éclat orange caresser le motif à volutes de la flasque de Dreyer, qu'il faisait tourner entre ses doigts. Il leva les yeux et vit une compagnie de Cosaques en uniformes allemands sortir du brouillard, semblant venir de nulle part, une colonne de cavaliers qui avançait lentement à travers champs en direction de la chaussée qui conduisait au pont. L'un d'eux, un jeune homme aux pommettes hautes et aux yeux d'un bleu minéral, se pencha sur sa selle et cracha en voyant Reinhardt. Juste derrière lui, un sergent cosaque – un *starshiy* doté d'une impressionnante moustache à l'impériale – asséna un coup violent sur la nuque du soldat, laissa échapper une bordée de jurons en russe, et d'un mouvement de la tête, fit un signe d'excuse à Reinhardt. Puis ils passèrent leur chemin, les sabots des chevaux résonnant sur le pont, la plupart chargés de femmes et d'enfants. Il les regarda s'éloigner, un peuple en exil qu'espoirs et aspirations entraînaient chaque jour sur une nouvelle route. Tout ce qui les attendait était la promesse d'un avenir lugubre, un destin qui n'aboutirait qu'au sang, aux larmes et à la trahison.

Malgré le printemps qui s'installait peu à peu, le givre étendait encore sa pellicule d'un blanc lumineux sur les replis de la terre. La glace s'était transformée en une boue glissante et grumeleuse dans le sillage des chevaux. Voitures, camions, attelages et chariots, tanks, autochenilles, tout ce qui pouvait rouler avait été saisi. La retraite allemande avait ratissé les terres, arrachant tout sur son passage tandis que, sur le bord de la route, les hommes marchaient et défilaient, apparaissant et disparaissant dans la brume. Quelque part au sud, peut-être à l'est, à l'endroit où se trouvaient les Russes, l'artillerie grondait comme des roues sur un pont de bois.

La circulation alla en s'amenuisant, et il n'y eut bientôt plus que le bruissement régulier de la rivière sous sa nappe de brume. Des ordres crachotèrent dans la radio, et les Feldjäger se mirent en mouvement. Benfeld avança la Horch, Reinhardt s'attarda près du feu encore un instant, puis il jeta la flasque dans le tas de branches et de braises. Il grimpa ensuite dans la voiture, comme libéré d'un poids. Ses hommes montèrent à leur tour dans leurs véhicules, pressant devant eux les individus qu'ils avaient rassemblés – traînards, égarés, un ou deux déserteurs. Le silence régnait, les hommes étaient repliés sur eux-mêmes, sur ce fardeau qu'ils portaient, unique témoin de la seule vérité bonne à entendre : ils étaient toujours vivants. Ils avaient survécu à une nouvelle nuit, à laquelle allait succéder un autre jour.

La voiture cahota sur le pont, dépassant les ingénieurs occupés à installer leurs charges explosives. Une impression étrange s'empara de Reinhardt, un mélange de forces contradictoires. Il lui sembla que ce territoire qu'il laissait derrière lui cherchait à le retenir pour faire ressurgir des souvenirs enfouis, et que l'un d'eux l'intéressait plus que les autres. Deux ans plus tôt, dans la lumière du couchant qui embrasait les montagnes, cette prise de conscience que la vérité profonde de chacun était aussi importante, voire plus importante, que le regard des autres. Il avait fait fausse route depuis ce soir-là, estimant mériter plus : la reconnaissance, la gratitude, l'opportunité de prendre part à un projet qui le dépassait. Mais la vie n'était pas ainsi faite. Il le savait déjà à l'époque, et il le savait aujourd'hui, mais il l'avait oublié quelque part en chemin, obsédé qu'il était par sa propre survie, occupé à panser ses plaies et ses traumatismes, réels ou imaginaires.

Même s'il battait à contretemps, un cœur brisé continuait à battre. Le corps était toujours en mouvement. Les responsabilités devaient être assumées.

La Kübelwagen bringuebala sur la rive nord et pénétra en Croatie. Le petit convoi de Feldjäger se mêla à un flot discontinu d'hommes et de véhicules se dirigeant tous vers l'ouest. La route, semée des ruines et de la destruction laissées derrière elle par l'armée en retraite, suivait le tracé de la rivière avant de se perdre dans des champs détrempés émaillés des lignes d'étain des flaques. Elle les mena sur une petite colline allongée, au sommet de laquelle Reinhardt jeta un dernier regard en arrière. Le soleil était plus haut dans le ciel et le brouillard avait commencé à se déchirer. Il se retirait comme une marée descendante, dévoilant la plaine au-dessous. Le paysage sur la rive sud de la rivière était plat, différent des montagnes auxquelles il était habitué, l'horizon bosselé de collines et de tertres qui émergeaient comme des îles au milieu d'un léger voile de brume. Au-delà de la ligne indistincte qui séparait le ciel et la terre, le soleil s'évasait dans une lumière éblouissante qui noyait les nuages, comme aspiré par le ciel blanc.

La voiture franchit la crête de la colline et prit la direction du nord, laissant la Bosnie derrière elle.

ANNEXES

NOTE HISTORIQUE

NOTE HISTORIQUE

Le 6 avril 1945, quatre ans jour pour jour après les bombardements allemands sur la ville, Sarajevo fut reprise par les partisans de Tito. Ils trouvèrent une ville en état de choc après quatre années d'occupations allemande et oustachie. Les infrastructures étaient en ruine, les habitants sonnés par la violence qui avait sévi, en particulier au cours des derniers mois, quand le régime oustachi avait viré à la folie et à la perte de contrôle.

Les Juifs de Sarajevo furent presque entièrement décimés, tout comme les tziganes. Des milliers de Serbes furent tués ou emprisonnés, spoliés de leurs biens, tandis que des centaines d'autres se réfugiaient dans les collines et dans les rangs des partisans ou des tchetniks. Les musulmans de Bosnie, écartelés entre les exigences de leurs maîtres allemands et oustachis et leur propre vision de leur avenir, parvinrent à assurer leur survie grâce à un mélange de collaboration, de tolérance et de résistance.

Ces années furent parmi les pires de l'histoire de Sarajevo. La majorité de l'activité commerciale et industrielle était paralysée ou arrêtée. Les denrées alimentaires étaient en constante pénurie. La ville était touchée par des épidémies telles que le typhus. Face au désintérêt des Allemands et des oustachis et à leur incapacité à administrer Sarajevo et à fournir les services de base, les différentes organisations caritatives et culturelles prirent le relais, assurant une aide vitale et urgente. Les agents et les bénévoles du Napredak, du Prosvjeta et du Merhamet firent de leur mieux pour aider leurs communautés, malgré des difficultés souvent insurmontables, un découragement des officiels et parfois même une opposition, et il n'était pas rare de voir les provisions et les biens des œuvres de bienfaisance réquisitionnés par les forces d'occupation. Bien que la ville eût atteint le point de rupture, le réseau complexe qui unissait les différentes communautés s'effilocha mais ne céda pas.

Le nombre exact de Sarajéviens ayant trouvé la mort pendant la guerre reste inconnu. L'estimation la plus précise provient des conclusions d'une commission constituée en 1981 par les anciens combattants de la ville. Elle a établi qu'environ 10 900 Sarajéviens étaient morts des suites directes de la guerre, parmi lesquels une écrasante majorité de Juifs. Comme l'a écrit un historien yougoslave, ils étaient acculés dans une ville dans laquelle ils ne pouvaient pas vivre et qu'ils ne pouvaient pas quitter. Pris au piège, victimes de toutes les lubies absurdes et sadiques que la loi ou l'imagination fasciste pouvait inventer, quelque 7 000 Juifs périrent durant les quatre années d'occupation de la ville. Ce chiffre donne encore plus à réfléchir quand on sait qu'il représente plus des deux tiers de l'ensemble des habitants de Sarajevo tués pendant la guerre, comme l'a révélé la commission, et les trois quarts de sa population juive d'avant-guerre. Les conditions de vie innommables auxquelles ils étaient soumis ont été décrites en détail après la guerre par un juge, Srećko Bujas, qui fut l'une des personnes nommées en tant qu'administrateurs de la communauté juive par les oustachis. Horrifié par ce qu'il avait découvert, Bujas se démena pour aider les Juifs de Sarajevo. Négociateur habile et persévérant, motivé par son humanité, Bujas parvint à sauver de nombreux Juifs.

Parmi les autres Sarajéviens tués pendant la guerre, la majorité était serbe. Quelque 1 420 Serbes périrent ou furent tués, ainsi que plus de 400 musulmans et plus d'une centaine de Croates. En outre, plusieurs milliers de Sarajéviens périrent dans les rangs des partisans ou en tant qu'agents clandestins infiltrés au sein de la ville pour le compte du réseau de résistance du parti communiste. Les réfugiés musulmans de Bosnie et de Serbie affluèrent tout au long de la guerre, au point que, malgré des années de conflits et de massacre, la population de Sarajevo, qui comptait environ 90 000 âmes avant la guerre, allait atteindre un peu plus de 100 000 habitants lorsqu'elle se terminerait.

Il va de soi que le nombre de pertes en ville n'inclut pas celles de la campagne, où les atrocités auxquelles se livrèrent les oustachis à l'encontre des Serbes de Bosnie pouvaient presque s'apparenter à un génocide. Des dizaines de milliers de musulmans bosniaques fuirent également en même temps qu'avaient lieu les répressions sanglantes contre les tchetniks. Par ailleurs, le conflit ne fut pas limité à la Bosnie-Herzégovine, mais concernait aussi la totalité de la Yougoslavie d'avant-guerre. À la fin de la guerre, 1,7 million de Yougoslaves avaient trouvé la mort, la plupart – environ un million de personnes – des mains de leurs compatriotes dans un conflit interne et fratricide : des oustachis croates tuant des Juifs, des musulmans, des Serbes, des tchetniks et des partisans ; des partisans tuant des tchetniks et des oustachis ; des tchetniks tuant des oustachis, des musulmans et des partisans.

*

Le parti communiste de Sarajevo, sous le commandement de Vladimir Perić, surnommé Valter, était la seule organisation à proposer une résistance armée efficace, bien que souvent clandestine. Malgré son jeune âge – il avait tout juste vingt ans quand il rejoignit les réseaux du parti en 1943 – Perić était un administrateur compétent en matière de résistance urbaine. De façon notable, le parti communiste fut la seule organisation capable de surmonter les clivages ethniques et religieux que les oustachis et les tchetniks ne pouvaient ou ne voulaient surmonter. En plus de liens étroits avec les campagnes dans lesquelles opéraient les partisans, le parti communiste parvint à dépasser le fossé entre zones rurales et zones urbaines, l'une des caractéristiques les plus emblématiques de l'histoire de Sarajevo. Des cellules du parti communiste constituées de cinq personnes – connues sous le nom de *petorke* – furent actives et utiles dans les derniers jours de l'occupation, perturbant les mouvements allemands et oustachis, protégeant des installations essentielles et des sites culturels des dégradations et assurant la liaison avec les avancées partisanes.

C'est au cours de ces opérations que Perić fut tué, le jour de la libération de Sarajevo, dans des circonstances aujourd'hui encore entourées de mystère. Cet événement ajouta à la fois à son mythe et à la mythologie des activités des partisans et du parti communiste. Sa légende inspira même le classique du septième art *Valter Brani Sarajevo* (*Walter défend Sarajevo*). Compte tenu des circonstances obscures de la disparition de Perić, je me suis permis une touche de licence poétique en y intégrant Reinhardt.

*

En 1944, alors que les Allemands et leurs alliés étaient en pleine déroute à travers l'Europe centrale et l'Europe de l'Est, Sarajevo devint une position de plus en plus vitale et stratégique. La ville fut un point de passage important lors de la retraite allemande, et il fut décidé en haut lieu de garder la position à tout prix, ce qui se traduisit par un contrôle accru de la ville et de ses habitants, et par une répression de plus en plus soutenue. En février 1945, Ante Pavelić, chef des oustachis, envoya Vladimir « Maks » Luburić à Sarajevo dans le but de défaire le mouvement de résistance. Sans doute plus connu pour avoir été le commandant du tristement célèbre camp de concentration de Jasenovac, dans lequel des dizaines de milliers de Serbes, de Juifs et d'autres personnes furent exterminées, Luburić était un oustachi très engagé et un adepte particulièrement imaginatif de la terreur perpétrée par l'État. On lui doit une augmentation substantielle de la répression par le biais d'arrestations, d'actes de torture, de meurtres et d'exécutions de masse. Les ordres furent pour la plupart donnés et coordonnés depuis une villa située sur les rives de la Miljacka. Elle était alors appelée « La maison de la terreur » ; je l'ai rebaptisée en « Maison Pâle ». Les horreurs qui s'y déroulèrent ont notamment été décrites par Landrum Bolling, un journaliste américain qui entra dans Sarajevo avec les partisans le 7 avril.

*

Ce à quoi Perić fait allusion en présence de Reinhardt – le fait que les oustachis ne seront jamais autorisés à s'échapper – s'est révélé exact. Dans les derniers jours de la guerre, plusieurs centaines de milliers de Croates

– oustachis, soldats et civils – furent refoulés à la frontière autrichienne de Bleiburg par les troupes britanniques. Une fois renvoyés en Yougoslavie, ils furent faits prisonniers par les partisans. Ce qui se passa ensuite entache aujourd'hui encore l'histoire yougoslave, et est resté une plaie infectée pendant des décennies : les partisans exécutèrent sommairement des dizaines de milliers de Croates et d'oustachis, et au moins autant de personnes succombèrent aux mauvais traitements infligés lors de marches de la mort vers les camps de concentration.

Malgré ce carnage et la quasi-disparition des oustachis en tant que mouvement, nombre de leurs combattants et une majorité de leurs plus hauts dirigeants abandonnèrent leur peuple et échappèrent aux Britanniques et aux partisans en disparaissant dans les forêts et les montagnes autrichiennes. Certains finirent par être capturés, mais quelques-uns parmi les pires, dont Luburić et Pavelić, parvinrent à s'enfuir par le biais de « ratlines », les routes des rats, réseaux d'exfiltration nazis sur lesquels Reinhardt tombe dans Sarajevo.

Je ne les ai pas nommés ainsi dans le récit, dans la mesure où cette définition n'existait pas encore vraiment à l'époque. Les « ratlines » étaient des filières d'exfiltration de complexité variable utilisées par les nazis et les fascistes fuyant l'Europe libérée après la guerre et conduisant vers des abris à l'étranger. La plus connue de ces filières est peut-être ODESSA, administrée par le colonel SS Otto Skorzeny, mais il en a existé beaucoup d'autres. Des archives déclassifiées en Argentine et en Italie ont mis en lumière de nouvelles preuves faisant état de vastes opérations approuvées par les différents États.

L'Espagne franquiste et l'Amérique du Sud comptaient parmi les principales destinations, et l'Église catholique – des prêtres jusqu'aux plus hautes instances de la papauté, en ayant souvent recours aux ressources du Vatican – joua un rôle tristement central dans le fonctionnement des réseaux d'exfiltration. La preuve a également été faite que les Alliés, en particulier les États-Unis, étaient impliqués dans la fuite de certains de ces individus, dans un contexte d'après-guerre où les tensions est-ouest commençaient à se renforcer pour conduire à ce qui allait devenir la guerre froide. L'indifférence et l'implication des Alliés ne fait aucun doute ; comment, sinon, un homme tel que Pavelić aurait-il pu mener une vie à peu près tranquille dans une Autriche occupée par les Américains jusqu'en avril 1946, avant sa fuite vers Rome, où il fut protégé par un réseau de prêtres croates, notamment dans un monastère infiltré par le renseignement américain ?

Quelle que soit l'identité de ceux qui les ont aidés, et quels que soient les moyens mis en œuvre, le fait est que des centaines, voire des milliers de nazis et de fascistes, dont certains se sont rendus coupables des pires crimes de guerre, ont pu quitter l'Europe et mener des vies paisibles à l'étranger. Quant à savoir si cela leur a donné mauvaise conscience, nul ne le saura jamais. Ce qui est sûr, c'est qu'à de rares exceptions près – Luburić fut finalement assassiné en 1969 par un homme présumé être un agent de l'UDBA, le service secret yougoslave, et Pavelić fut grièvement blessé lors d'une tentative d'assassinat en Argentine et mourut en 1959 en Espagne – et en dépit des initiatives d'activistes éminents tels que Simon Wiesenthal et les époux Klarsfeld, ils ne furent jamais officiellement ennuyés au regard de ce qu'ils avaient fait, ou pas fait, pendant la guerre.

*

Début 1945, l'armée allemande s'était retirée de la presque totalité de l'Europe. La guerre à l'est étant très différente de celle de l'Ouest, les Allemands avaient eu recours à différents organes afin de maintenir l'ordre et la cohésion sur le terrain. Deux des plus connus étaient le Feldjägerkorps et les bataillons disciplinaires.

La Wehrmacht – l'armée du IIIe Reich – avait en commun avec les Soviétiques cette triste particularité d'incarcérer ou d'exécuter un très grand nombre de ses propres soldats en réponse à des manquements à la discipline, qu'ils soient avérés ou supposés. Bien que le bataillon disciplinaire des Balkans 999 n'ait jamais existé, des *Strafbattaliones* – souvent traduits en bataillons disciplinaires – furent formés, quelquefois sous l'autorité de la Feldgendarmerie. On y envoyait des soldats jugés coupables de diverses infractions à la discipline militaire. Ces unités étaient peu armées, et affectées aux tâches subalternes et aux missions les plus dangereuses, y compris des missions suicides : lancer et mener des attaques, souvent à un contre cent, bâtir des lignes de défense dans des conditions difficiles. Il arrivait que des hommes ayant survécu à leur peine soient jugés aptes à retourner à des fonctions ordinaires. Cependant, alors que le conflit se durcissait, les tribunaux militaires subirent des pressions de plus en plus fortes pour transférer les condamnés en bataillons disciplinaires. On estime qu'à la fin de la guerre, des dizaines de milliers de soldats de la Wehrmacht avaient servi au sein d'unités disciplinaires. Le taux de survie est indéterminé mais il n'était probablement pas élevé, dans la mesure où les détenus étaient considérés comme des moins-que-rien.

La maison pâle met en scène un bataillon disciplinaire comptant dans ses rangs une large proportion d'étrangers volontaires, ou *Hilfswillige* – les Hiwis. Il s'agissait d'hommes enrôlés par les Allemands, ou qui s'étaient portés volontaires pour occuper des fonctions auxiliaires : chauffeurs, cuisiniers, aides-soignants, brancardiers… Ce mot a aujourd'hui une connotation particulièrement péjorative, surtout si l'on considère les dizaines de milliers de citoyens soviétiques qui ont servi aux côtés de la Wehrmacht en URSS. Le terme *Hiwi* se rapporte presque exclusivement à eux, à présent, mais d'autres nationalités parmi les pays conquis par l'Allemagne au cours de la Seconde Guerre mondiale y étaient représentées. C'est en partie pour présenter les bouleversements engendrés par la guerre que le roman fait intervenir des Hiwis issus des différents refuges des bataillons disciplinaires à travers les Balkans, un ensemble de Grecs, de Serbes, d'Albanais et de Croates, qui avaient tous de bonnes raisons de ne pas pouvoir rester dans leur pays après le départ des Allemands. Alexiou et ses hommes, par exemple, ont servi dans les bataillons de sécurité créés par le gouvernement collaborateur en Grèce et ont pris part à une redoutable guerre civile dans laquelle, comme ce fut le cas en Yougoslavie, l'occupation allemande fut le déclencheur qui fractura toute une gamme de clivages politiques d'avant-guerre.

Le Feldjägerkorps fut créé en novembre 1943, en partie pour pallier l'apparente incapacité de la Feldgendarmerie et des autres unités de police militaire existantes à maintenir les niveaux souhaités de discipline. Le Feldjägerkorps n'acceptait que les officiers et sous-officiers, et pour être éligibles, les soldats devaient avoir une expérience de combat sur la ligne de front d'au moins trois ans, et s'être vus remettre la Croix de fer de deuxième classe. L'autorité du Feldjägerkorps provenait directement du haut commandement de l'armée – l'*Oberkommando der Wehrmacht* –, ce qui donnait en théorie plus de pouvoir à un simple soldat qu'à un officier ; leur autorité s'étendait même à la Waffen-SS (la branche militaire de la SS).

Les principales missions du Feldjägerkorps étaient de maintenir l'ordre et la discipline à l'intérieur des frontières, d'empêcher les retraites (en particulier celles dues à la panique), de rassembler et de gérer les retardataires et de faire la chasse aux déserteurs. Leur mission, et l'environnement rigoureux dans lequel ils opéraient, leur a conféré une réputation mitigée. Il ne fait aucun doute qu'ils pouvaient se montrer rudes. Nul ne pouvait nier l'existence de cours martiales expéditives et d'exécutions. Néanmoins, en dépit de leur pouvoir considérable, de nombreuses preuves tendent à confirmer qu'ils n'avaient pas recours à la brutalité gratuite et qu'ils pouvaient se montrer durs mais justes.

Trois « Commandements » de Feldjäger furent créés : les Commandements I et II servaient sur le Front de l'Est et furent presque anéantis à la fin de la guerre. Le Commandement III fut formé à Vienne et combattit principalement sur le Front de l'Ouest. Fait intéressant de l'Histoire, le Feldjägerkorps III fut la dernière unité allemande à déposer officiellement les armes en juin 1946, l'occupation américaine en Allemagne ayant eu recours à ses services pour maintenir la discipline parmi les prisonniers de guerre allemands. Bien qu'aucun document n'atteste de l'existence d'un détachement de Feldjäger ayant servi dans les Balkans, cela semblait être une opportunité idéale d'en détacher une petite unité et d'y envoyer Reinhardt en leur compagnie.

*

Le Bureau des crimes de guerre a réellement existé. Il s'agissait d'une section spéciale du service juridique du haut commandement des forces armées, créé pour enquêter sur des présomptions de crimes de guerre des Alliés, en charge des notes diplomatiques, des procès de crimes de guerre et des publications officielles du gouvernement (connues sous le nom de « livres blancs »). Le Bureau, ainsi qu'un certain nombre de ses dirigeants, était le successeur direct d'une entité similaire constituée au sein du ministère de la Guerre prussien au cours de la Première Guerre mondiale. Le traité de Versailles désigna en effet l'Empire allemand comme seul responsable des crimes commis durant la Grande Guerre, et il est probable que personne ne voulait voir la même situation se reproduire. Si la mission du Bureau n'excluait pas de mener l'enquête sur des crimes commis par les Allemands, le gros de son activité était dédié à enquêter sur des soupçons de crimes de guerre perpétrés contre les soldats et les civils allemands, et la grande majorité de leurs travaux porta sur le Front de l'Est.

À tous égards, les juges qui travaillaient au sein du Bureau étaient des professionnels exemplaires, majoritairement non corrompus par le nazisme – le Bureau était effectivement une sorte de milieu d'opposition au national-socialisme, dont plusieurs membres furent exécutés pour leur implication dans des actes de résistance – et ils effectuaient leur travail de manière méticuleuse et méthodique. On peut néanmoins s'interroger sur la façon dont ces juges sont parvenus à mener des enquêtes aussi minutieuses sur des crimes de guerre censés avoir été perpétrés par les Alliés dans le contexte de criminalité publique considérable qui a marqué le régime nazi – et sur l'état d'esprit ou l'environnement bureaucratique que cela nécessitait. L'ironie de la situation ne peut nous échapper : alors que le Bureau n'avait pas vocation à examiner les accusations contre les SS, le pire de tous les crimes – l'Holocauste – leur est passé à côté.

*

Deux ouvrages m'ont été particulièrement précieux dans ma description de la situation de Sarajevo pendant la guerre : le très détaillé *Sarajevo 1941-1945 : Muslims, Christians and Jews in Hitler's Europe*, d'Emily Greble, et *Sarajevo : A Biography*, de Robert Donia. Toute ma reconnaissance va à ces deux auteurs ainsi qu'à mes nombreuses autres sources. L'excellent *The Wehrmacht War Crimes Bureau, 1939-1945*, d'Alfred-Maurice de Zayas, me fut également très utile pour décrire et exposer les systèmes judiciaires de la Wehrmacht. Le non moins excellent *Soldbuch Anatomy* (dererstezug.com/SoldbuchAnatomy1.htm) fut d'une aide inestimable dans ma façon d'aborder la manière dont les *Soldbuchs* furent détournés par Jansky et sa cabale, tout comme les informations disponibles sur soldbuchweb.com. Toute inexactitude historique n'est imputable qu'à l'auteur, ou au privilège de l'artiste de détourner les faits, rien qu'un peu…

*

Le voyage de Reinhardt l'a entraîné sur le chemin du renouveau et de la redécouverte, avec pour point culminant un acte de résistance qui à ses yeux s'inscrit bien dans l'époque dans laquelle il vit. Il reste conscient, malgré tout, que pour s'y résoudre, il lui a fallu faire des compromis avec lui-même et avec sa vision de ce qui lui a toujours semblé juste. En se rangeant du côté des partisans et pas de celui des oustachis, il sait à quoi il s'est résolu. La guerre de Reinhardt n'est pas tout à fait terminée, mais plus important encore, la paix à venir sera un défi à la hauteur du combat qui y a mis fin. Reinhardt a encore une longue route à parcourir avant de pouvoir prétendre, comme tant d'autres, vivre dans un monde en paix.

Bien qu'il soit peu probable qu'il serve encore longtemps sous les couleurs de son pays, il lui reste de nombreuses choses à vivre et de nombreux combats à mener. Reinhardt reviendra donc.

LES PERSONNAGES

Dans l'armée allemande à Sarajevo

Dans la police militaire (Feldjägerkorps)

Capitaine Gregor Sebastian Reinhardt : ex-inspecteur de la Kriminalpolizei (Kripo) à Berlin

Colonel Scheller : commandant du Feldjägerkorps à Sarajevo

Capitaines Lainer et Morten : anciens combattants décorés

Lieutenant Max Benfeld : jeune officier originaire d'Alsace, surnommé « Frenchie »

Sergent Priller : mitrailleur

Caporal Ossig : communications

Bader, Pollmann, Triendl : Feldjäger

Dans la police militaire (Feldgendarmerie)

Général Herzog : commandant de la police militaire de Sarajevo

Commandant Neuffer : officier de liaison avec le Feldjägerkorps

Sergent Ibel : agent de police
Soldat Günsche

Dans le bataillon disciplinaire des Balkans 999, sous le contrôle de la Feldgendarmerie

Colonel Pistorius : commandant
Commandant Erwin Jansky : chef d'état-major
Lieutenants Brandt et Metzler : officiers du bataillon disciplinaire
Kreuz : soldat condamné à une peine en bataillon disciplinaire, récidiviste et informateur
Thun : commis aux documents
Alexiou : un Grec, un « Hiwi », auxiliaire étranger volontaire
Kostas et Panos : ses jumeaux
Georg Abler, Carl Benirschke, Otto Berthold, Bruno Cejka, Jozef Fett, Werner Janowetz, Marius Maywald, Jürgen Sedlaczek, Christian Seymer, Ulrich Vierow : soldats condamnés à des peines en bataillon disciplinaire, sort inconnu

Dans la garnison de Sarajevo

Général Kathner : officier général commandant à Sarajevo
Juge Felix Erdmann : chef de la justice militaire à Sarajevo
Juge Marcus Dreyer : affecté au Bureau des crimes de guerre, vieil ami que Reinhardt a rencontré à Berlin
Colonel Wedel : officier responsable des plans de défense de l'armée à Sarajevo
Capitaine Langenkamp : officier de liaison de l'armée avec les oustachis

Docteur Henke : médecin militaire
Capitaine Prien : officier du renseignement militaire

En ville – Forces adverses, citoyens pris entre deux feux

Partisans

Vladimir « Valter » Perić: chef des partisans à Sarajevo
Simo : son bras droit

Oustachis

Général Vjekoslav « Maks » Luburić: commandant des oustachis à Sarajevo, homme à la terrible réputation
Colonel Ante Putković: son adjoint, connu sous le nom du « Joueur », vieil ennemi de Reinhardt
Capitaine Bunda : oustachi à la carrure imposante et au tempérament sanguin
Capitaine Marković: officier de liaison oustachi avec l'armée allemande
Nikola Marin et Franjo Sutko : bourreaux oustachis
Labaš et Zulim : soldats oustachis, amis de Bunda
Jovan Buzdek, Svetozar Trpić et Branimir Zulim : officiers oustachis, brutes particulièrement intéressées par les partisans

Civils

Suzana Vukić: l'une des directrices du Napredak, organisation humanitaire, et mère de Marija, sur la mort de laquelle Reinhardt a mené l'enquête dans *L'homme de Berlin*
Inspecteur Bakarević: inspecteur de la police de Sarajevo

Almira et Suljo Blagojević : couple de personnes âgées, réfugiés sauvés d'un massacre par Reinhardt

Neven : jeune garçon secouru par Reinhardt au même moment que les Blagojević

Anica : bénévole du Napredak

Safet Kafedzić : dramaturge

Ailleurs et à une autre époque…

Carolin : épouse de Reinhardt, décédée d'un cancer en 1938

Friedrich : fils de Reinhardt, disparu avec la 6e armée allemande à Stalingrad

Capitaine Koenig : officier de la garnison de Vienne, membre de la résistance allemande

Rudolf Brauer : ancien collègue de Reinhardt à la Kripo, son plus vieux et plus proche ami

Colonel Tomas Meissner : mentor de Reinhardt, commandant d'un régiment pendant la Première Guerre mondiale, membre de la résistance allemande, sort inconnu

Commandant Hassler : ancien adjoint du colonel Scheller, mort au combat au Monténégro

Docteur Muamer Begović : partisan éminent, ami de Reinhardt, connu sous le surnom de « l'Ombre »

Inspecteur Andro Padelin : de la police de Sarajevo, oustachi, chargé de collaborer avec Reinhardt dans *L'homme de Berlin*

TABLEAU COMPARATIF DES GRADES DANS LA SS, DANS L'ARMÉE ALLEMANDE ET DANS L'ARMÉE FRANÇAISE

SS	WEHRMACHT	ARMÉE FRANÇAISE
Reichsführer-SS	Generalfeldmarschall	Maréchal
SS-Oberstgruppenführer	Generaloberst	Général d'armée
SS-Obergruppenführer	General	Général de corps d'armée
SS-Gruppenführer	Generalleutnant	Général de division
SS-Brigadeführer	Generalmajor	Général de brigade
SS-Oberführer		
SS-Standartenführer	Oberst	Colonel
SS-Obersturmbannführer	Oberstleutnant	Lieutenant-colonel
SS-Sturmbannführer	Major	Commandant
SS-Hauptsturmführer	Hauptmann	Capitaine
SS-Oberstumführer	Oberleutnant	Lieutenant
SS-Untersturmführer	Leutnant	Sous-lieutenant
SS-Sturmscharführer	Hauptfeldwebe	Major
SS-Stabsscharführer	Stabsfeldwebel	Adjudant-chef
SS-Hauptscharführer	Oberfeldwebel	
SS-Oberscharführer	Feldwebel	Adjudant
SS-Scharführer	Unterfeldwebel	Sergent-chef
SS-Unterscharführer	Unteroffizier	Sergent
SS-Rottenführer	Stabsgefreiter	Caporal-chef
	Obergefreiter	
	Gefreiter	
SS-Sturmmann	Oberschütze	Caporal
SS-Oberschütze	Schütze	Soldat de 1re classe
SS-Schütze	Gemeiner, Landser	Soldat de 2e classe

REMERCIEMENTS

Tout a commencé quand Amanda, mon éditrice, m'a demandé si la deuxième aventure de Reinhardt pourrait être prête dans l'année qui suivrait la parution de *L'homme de Berlin*. Dans la mesure où il m'avait fallu onze ans – à quelques mois près – pour écrire le premier livre, cette idée me rendait un tout petit peu nerveux. Et il s'est avéré qu'Amanda aussi ! L'écriture de *La maison pâle* m'a procuré un sentiment d'immense satisfaction personnelle, mais elle témoigne aussi de l'encouragement et de l'aide inestimables que j'ai reçus tout au long du chemin. Bien plus que pour *L'homme de Berlin*, l'écriture de *La maison pâle* a nécessité une bonne dose de chacun des deux.

Je voudrais remercier mon amie Chelsea Starling, en particulier, de m'avoir mis en relation avec Jordan Rosenfeld, coach littéraire dont les conseils sur l'intrigue m'ont aidé à mieux cerner et affiner mon approche de la façon dont s'articulent et s'assemblent les histoires. Si vous souhaitez en savoir plus sur ce type de cours, il vous suffit de vous rendre sur jordanrosenfeld.net.

Encore merci aux amis et à la famille qui ont lu et commenté les versions préliminaires du texte, tout particulièrement – comme toujours – ma mère, mon père et mes sœurs, mais aussi Severine Rey, Marina Throne-

Holst et Marina Konovalova, Jean Verheyden, Ben Negus, Miriam Lange et Mike Flynn. Merci à Jennie Rathbone d'avoir, d'une part, lu mon manuscrit, mais aussi de m'avoir mis en contact avec les bonnes personnes à World Radio Genève. Un merci spécial au Pr Emily Greble, qui a pris le temps de répondre à mes questions sur Sarajevo, à Franz Bottcher qui a fait plus que sa part en recherchant des procédures judiciaires de l'armée allemande, et à Tamara Simidrijević pour avoir corrigé mon serbo-croate !

Un merci particulier à Pamela Cramer et à sa fille Anna pour cette photo d'un homme lisant *L'homme de Berlin* dans une voiture, prise lors d'une promenade sur Lexington Avenue, à New York, lequel a très vite été baptisé l'Homme de Manhattan ! La photo est visible sur ma page Facebook si vous souhaitez y jeter un œil.

Je remercie à nouveau Ryan, Tamara et Loris, de Geneva Fitness, pour mettre toujours la barre plus haut et m'aider à rester en forme !

Toutes les réactions au premier livre m'ont touché, et j'espère que *La maison pâle* saura se montrer à la hauteur des attentes. J'ai beaucoup apprécié les nombreuses rencontres faites par le biais des groupes de lecture de Sofie von Staplemohr et Monique Bouvoir, et tiens également à remercier Xavier Huberson de Payot et Helen Stubbs d'Off The Shelf. Les messages et les échanges avec tous les lecteurs qui ont pris le temps de me contacter via le site Web ou Facebook ont été un réel plaisir.

Un immense merci à mon agent, Peter Rubie, grâce à qui les choses restent toujours simples. Enfin, et surtout, je veux remercier mon éditrice, Amanda Ng, qui me pousse sans cesse à considérer et reconsidérer le voyage de Reinhardt. Ce ne fut pas une tâche aisée, mais j'y ai pris du plaisir, et j'espère qu'il en sera de même pour vous.

DU MÊME AUTEUR

Aux Éditions du Toucan

LA MAISON PÂLE, 2016, Folio Policier n° 841

L'HOMME DE BERLIN, 2015, Folio Policier n° 816

COLLECTION FOLIO POLICIER

Dernières parutions

525. James Hadley Chase	*Vipère au sein*
526. James Hadley Chase	*Alerte aux croque-morts*
527. Jo Nesbø	*L'étoile du diable*
528. Thierry Bourcy	*L'arme secrète de Louis Renault*
529. Béatrice Joyaud	*Plaisir en bouche*
530. William Lashner	*Rage de dents*
531. Patrick Pécherot	*Boulevard des Branques*
532. Larry Brown	*Fay*
533. Thomas H. Cook	*Les rues de feu*
534. Carlene Thompson	*Six de Cœur*
535. Carlene Thompson	*Noir comme le souvenir*
536. Olen Steinhauer	*36, boulevard Yalta*
537. Raymond Chandler	*Un tueur sous la pluie*
538. Charlie Williams	*Les allongés*
539. DOA	*Citoyens clandestins*
540. Thierry Bourcy	*Le château d'Amberville*
541. Jonathan Trigell	*Jeux d'enfants*
542. Bernhard Schlink	*La fin de Selb*
543. Jean-Bernard Pouy	*La clef des mensonges*
544. A. D. G.	*Kangouroad Movie*
545. Chris Petit	*Le Tueur aux Psaumes*
546. Keith Ablow	*L'Architecte*
547. Antoine Chainas	*Versus*
548. Joe R. Lansdale	*Le mambo des deux ours*
549. Bernard Mathieu	*Le sang du Capricorne III Carmelita*
550. Joe Gores	*Hammett*
551. Marcus Malte	*Le doigt d'Horace*
552. Jo Nesbø	*Le sauveur*
553. Patrick Pécherot	*Soleil noir*

554.	Carlene Thompson	*Perdues de vue*
555.	Harry Crews	*Le Chanteur de Gospel*
556.	Georges Simenon	*La maison du juge*
557.	Georges Simenon	*Cécile est morte*
558.	Georges Simenon	*Le clan des Ostendais*
559.	Georges Simenon	*Monsieur La Souris*
560.	Joe R. Lansdale	*Tape-cul*
561.	William Lashner	*L'homme marqué*
562.	Adrian McKinty	*Le Fils de la Mort*
563.	Ken Bruen	*Le Dramaturge*
564.	Marcus Malte	*Le lac des singes*
565.	Chuck Palahniuk	*Journal intime*
566.	Leif Davidsen	*La photo de Lime*
567.	James Sallis	*Bois mort*
568.	Thomas H. Cook	*Les ombres du passé*
569.	Mark Henshaw – John Clanchy	*L'ombre de la chute*
570.	Olen Steinhauer	*La variante Istanbul*
571.	Thierry Bourcy	*Les traîtres*
572.	Joe R. Lansdale	*Du sang dans la sciure*
573.	Joachim Sebastiano Valdez	*Puma qui sommeille*
574.	Joolz Denby	*Stone Baby*
575.	Jo Nesbø	*Le bonhomme de neige*
576.	René Reouven	*Histoires secrètes de Sherlock Holmes*
577.	Leif Davidsen	*Le dernier espion*
578.	Guy-Philippe Goldstein	*Babel Minute Zéro*
579.	Nick Stone	*Tonton Clarinette*
580.	Thierry Jonquet	*Romans noirs*
581.	Patrick Pécherot	*Tranchecaille*
582.	Antoine Chainas	*Aime-moi, Casanova*
583.	Gabriel Trujillo Muñoz	*Tijuana City Blues*
584.	Caryl Férey	*Zulu*
585.	James Sallis	*Cripple Creek*
586.	Didier Daeninckx	*Éthique en toc*
587.	John le Carré	*L'espion qui venait du froid*
588.	Jeffrey Ford	*La fille dans le verre*

589. Marcus Malte	*Garden of love*
590. Georges Simenon	*Les caves du Majestic*
591. Georges Simenon	*Signé Picpus*
592. Carlene Thompson	*Mortel secret*
593. Thomas H. Cook	*Les feuilles mortes*
594. Didier Daeninckx	*Mémoire noire*
595. Graham Hurley	*Du sang et du miel*
596. Marek Krajewski	*Les fantômes de Breslau*
597. François Boulay	*Traces*
598. Gunnar Staalesen	*Fleurs amères*
599. James Sallis	*Le faucheux*
600. Nicolas Jaillet	*Sansalina*
601. Jean-Bernard Pouy	*Le rouge et le vert*
602. William Lashner	*Le baiser du tueur*
603. Joseph Bialot	*La nuit du souvenir*
604. Georges Simenon	*L'outlaw*
605. Kent Harrington	*Le serment*
606. Thierry Bourcy	*Le gendarme scalpé*
607. Gunnar Staalesen	*Les chiens enterrés ne mordent pas*
608. Jo Nesbø	*Chasseurs de têtes*
609. Dashiell Hammett	*Sang maudit*
610. Joe R. Lansdale	*Vierge de cuir*
611. Dominique Manotti	*Bien connu des services de police*
612. Åsa Larsson	*Horreur boréale*
613. Saskia Noort	*Petits meurtres entre voisins*
614. Pavel Kohout	*L'heure étoilée du meurtrier*
615. Boileau-Narcejac	*La vie en miettes*
616. Boileau-Narcejac	*Les veufs*
617. Gabriel Trujillo Muñoz	*Loverboy*
618. Antoine Chainas	*Anaisthêsia*
619. Thomas H. Cook	*Les liens du sang*
620. Tom Piccirilli	*La rédemption du Marchand de sable*
621. Francis Zamponi	*Le Boucher de Guelma*
622. James Sallis	*Papillon de nuit*

623. Kem Nunn	*Le Sabot du Diable*
624. Graham Hurley	*Sur la mauvaise pente*
625. Georges Simenon	*Bergelon*
626. Georges Simenon	*Félicie est là*
627. Ken Bruen	*La main droite du diable*
628. William Muir	*Le Sixième Commandement*
629. Kirk Mitchell	*Dans la vallée de l'ombre de la mort*
630. Jean-François Vilar	*Djemila*
631. Dashiell Hammett	*Moisson rouge*
632. Will Christopher Baer	*Embrasse-moi, Judas*
633. Gene Kerrigan	*À la petite semaine*
634. Caryl Férey	*Saga maorie*
635. James Sallis	*Le frelon noir*
636. Gabriel Trujillo Muñoz	*Mexicali City Blues*
637. Heinrich Steinfest	*Requins d'eau douce*
638. Simon Lelic	*Rupture*
639. Jenny Siler	*Flashback*
640. Joachim Sebastiano Valdez	*Les larmes des innocentes*
641. Kjell Ola Dahl	*L'homme dans la vitrine*
642. Ingrid Astier	*Quai des enfers*
643. Kent Harrington	*Jungle rouge*
644. Dashiell Hammett	*Le faucon maltais*
645. Dashiell Hammett	*L'introuvable*
646. DOA	*Le serpent aux mille coupures*
647. Larry Beinhart	*L'évangile du billet vert*
648. William Gay	*La mort au crépuscule*
649. Gabriel Trujillo Muñoz	*Mezquite Road*
650. Boileau-Narcejac	*L'âge bête*
651. Anthony Bourdain	*La surprise du chef*
652. Stefán Máni	*Noir Océan*
653. ***	*Los Angeles Noir*
654. ***	*Londres Noir*
655. ***	*Paris Noir*
656. Elsa Marpeau	*Les yeux des morts*
657. François Boulay	*Suite rouge*
658. James Sallis	*L'œil du criquet*

659. Jo Nesbø	*Le léopard*
660. Joe R. Lansdale	*Vanilla Ride*
661. Georges Flipo	*Le commissaire n'aime point les vers*
662. Stephen Hunter	*Shooter*
663. Pierre Magnan	*Élégie pour Laviolette*
664. James Hadley Chase	*Tu me suivras dans la tombe*
665. Georges Simenon	*Long cours*
666. Thomas H. Cook	*La preuve de sang*
667. Gene Kerrigan	*Le chœur des paumés*
668. Serge Quadruppani	*Saturne*
669. Gunnar Staalesen	*L'écriture sur le mur*
670. Georges Simenon	*Chez Krull*
671. Georges Simenon	*L'inspecteur Cadavre*
672. Kjetil Try	*Noël sanglant*
673. Graham Hurley	*L'autre côté de l'ombre*
674. John Maddox Roberts	*Les fantômes de Saigon*
675. Marek Krajewski	*La peste à Breslau*
676. James Sallis	*Bluebottle*
677. Philipp Meyer	*Un arrière-goût de rouille*
678. Marcus Malte	*Les harmoniques*
679. Georges Simenon	*Les nouvelles enquêtes de Maigret*
680. Dashiell Hammett	*La clé de verre*
681. Caryl Férey – Sophie Couronne	*D'amour et dope fraîche*
682. Marin Ledun	*La guerre des vanités*
683. Nick Stone	*Voodoo Land*
684. Frederick Busch	*Filles*
685. Paul Colize	*Back up*
686. Saskia Noort	*Retour vers la côte*
687. Attica Locke	*Marée noire*
688. Manotti – DOA	*L'honorable société*
689. Carlene Thompson	*Les ombres qui attendent*
690. Claude d'Abzac	*Opération Cyclope*
691. Joe R. Lansdale	*Tsunami mexicain*
692. F. G. Haghenbeck	*Martini Shoot*

693. *** — *Rome Noir*
694. *** — *Mexico Noir*
695. James Preston Girard — *Le Veilleur*
696. James Sallis — *Bête à bon dieu*
697. Georges Flipo — *Le commissaire n'a point l'esprit club*
698. Stephen Hunter — *Le 47e samouraï*
699. Kent Anderson — *Sympathy for the Devil*
700. Heinrich Steinfest — *Le grand nez de Lilli Steinbeck*
701. Serge Quadruppani — *La disparition soudaine des ouvrières*
702. Anthony Bourdain — *Pizza créole*
703. Frederick Busch — *Nord*
704. Gunnar Staalesen — *Comme dans un miroir*
705. Jack Ketchum — *Une fille comme les autres*
706. John le Carré — *Chandelles noires*
707. Jérôme Leroy — *Le Bloc*
708. Julius Horwitz — *Natural Enemies*
709. Carlene Thompson — *Ceux qui se cachent*
710. Fredrik Ekelund — *Le garçon dans le chêne*
711. James Sallis — *Salt River*
712. Georges Simenon — *Cour d'assises*
713. Antoine Chainas — *Une histoire d'amour radioactive*
714. Matthew Stokoe — *La belle vie*
715. Frederick Forsyth — *Le dossier Odessa*
716. Caryl Férey — *Mapuche*
717. Franck Bill — *Chiennes de vies*
718. Kjell Ola Dahl — *Faux-semblants*
719. Thierry Bourcy — *Célestin Louise, flic et soldat dans la guerre de 14-18*
720. Doug Allyn — *Cœur de glace*
721. Kent Anderson — *Chiens de la nuit*
722. Raphaël Confiant — *Citoyens au-dessus de tout soupçon…*
723. Serge Quadruppani — *Madame Courage*
724. Boileau-Narcejac — *Les magiciennes*

725.	Boileau-Narcejac	*L'ingénieur aimait trop les chiffres*
726.	Inger Wolf	*Nid de guêpes*
727.	Seishi Yokomizo	*Le village aux Huit Tombes*
728.	Paul Colize	*Un long moment de silence*
729.	F. G. Haghenbeck	*L'Affaire tequila*
730.	Pekka Hiltunen	*Sans visage*
731.	Graham Hurley	*Une si jolie mort*
732.	Georges Simenon	*Le bilan Malétras*
733.	Peter Duncan	*Je suis un sournois*
734.	Stephen Hunter	*Le sniper*
735.	James Sallis	*La mort aura tes yeux*
736.	Elsa Marpeau	*L'expatriée*
737.	Jô Soares	*Les yeux plus grands que le ventre*
738.	Thierry Bourcy	*Le crime de l'Albatros*
739.	Raymond Chandler	*The Long Goodbye*
740.	Matthew F. Jones	*Une semaine en enfer*
741.	Jo Nesbø	*Fantôme*
742.	Alix Deniger	*I cursini*
743.	Anders Bodelsen	*Septembre rouge (Rouge encore)*
744.	Patrick Pécherot	*La saga des brouillards*
745.	Thomas H. Cook	*Secrets de famille*
746.	Ken Bruen	*Chemins de croix*
747.	David Ellis	*La comédie des menteurs*
748.	Boileau-Narcejac	*À cœur perdu (Meurtre en 45 tours)*
749.	Boileau-Narcejac	*Le mauvais œil* suivi d'*Au bois dormant*
750.	Ingrid Astier	*Angle mort*
751.	Carlene Thompson	*Jusqu'à la fin*
752.	Dolores Redondo	*Le gardien invisible*
753.	Dashiell Hammett	*Le sac de Couffignal* suivi d'*Âmes malhonnêtes* et de *Tulip*
754.	Mario Falcone	*L'aube noire*
755.	François Boulay	*Cette nuit…*

756. Didier Daeninckx — *Têtes de Maures*
757. Gunnar Staalesen — *Face à face*
758. Dominique Manotti — *L'évasion*
759. Laurent Guillaume — *Black cocaïne*
760. Jô Soares — *Meurtres à l'Académie*
761. Inger Wolf — *Mauvaises eaux*
762. Jo Nesbø — *Police*
763. Jonathan Ames — *Tu n'as jamais été vraiment là*
764. Jack Vance — *Méchant garçon*
765. John le Carré — *L'appel du mort*
766. Bill Pronzini — *Mademoiselle Solitude*
767. Franz Bartelt — *Chaos de famille*
768. Thierry Bourcy — *Les ombres du Rochambeau*
769. Georges Simenon — *Nouvelles exotiques*
770. Jo Nesbø — *L'inspecteur Harry Hole. L'intégrale, I*
771. Lorenzo Lunar — *La vie est un tango*
772. Nick Stone — *Cuba Libre*
773. Jean-Claude Izzo — *Fabio Montale*
774. Boileau-Narcejac — *Les intouchables*
775. Boileau-Narcejac — *Les visages de l'ombre*
776. Joe R. Lansdale — *Diable rouge*
777. Fredrik Ekelund — *Blueberry Hill*
778. Heinrich Steinfest — *Le poil de la bête*
779. Batya Gour — *Meurtre en direct*
780. Laurent Whale — *Les Rats de poussière I Goodbye Billy*
781. Joe R. Lansdale — *Le sang du bayou*
782. Boileau-Narcejac — *Le contrat*
783. Boileau-Narcejac — *Les nocturnes*
784. Georges Simenon — *Le bateau d'Émile*
785. Dolores Redondo — *De chair et d'os*
786. Max Bentow — *L'Oiseleur*
787. James M. Cain — *Bloody cocktail*
788. Marcus Sakey — *Les Brillants*
789. Joe R. Lansdale — *Les Mécanos de Vénus*
790. Jérôme Leroy — *L'ange gardien*

791. Sébastien Raizer	*L'alignement des équinoxes*
792. Antonio Manzini	*Piste noire*
793. Jo Nesbø	*Du sang sur la glace*
794. Joy Castro	*Après le déluge*
795. Stuart Prebble	*Le Maître des insectes*
796. Sonja Delzongle	*Dust*
797. Luís Miguel Rocha	*Complots au Vatican I Le dernier pape*
798. Caryl Férey	*Saga maorie*
799. Thierry Bourcy	*Célestin Louise, flic et soldat dans la guerre de 14-18*
800. Barry Gornell	*La résurrection de Luther Grove*
801. Antoine Chainas	*Pur*
802. Attica Locke	*Dernière récolte*
803. Maurice G. Dantec	*Liber mundi I Villa Vortex*
804. Howard Gordon	*La Cible*
805. Alain Gardinier	*DPRK*
806. Georges Simenon	*Le Petit Docteur*
807. Georges Simenon	*Les dossiers de l'Agence O*
808. Michel Lambesc	*La « horse »*
809. Frederick Forsyth	*Chacal*
810. Gunnar Staalesen	*L'enfant qui criait au loup*
811. Laurent Guillaume	*Delta Charlie Delta*
812. Laurent Whale	*Les Rats de poussière II Le manuscrit Robinson*
813. J. J. Murphy	*Le cercle des plumes assassines*
814. Éric Maravélias	*La faux soyeuse*
815. DOA	*Le cycle clandestin, tome I*
816. Luke McCallin	*L'homme de Berlin*
817. Lars Pettersson	*La loi des Sames*
818. Boileau-Narcejac	*Schuss*
819. Dominique Manotti	*Or noir*
820. Alberto Garlini	*Les noirs et les rouges*
821. Marcus Sakey	*Les Brillants II Un monde meilleur*
822. Thomas Bronnec	*Les initiés*
823. Kate O'Riordan	*La fin d'une imposture*

824. Mons Kallentoft, Markus Lutteman	*Zack*
825. Robert Karjel	*Mon nom est N.*
826. Dolores Redondo	*Une offrande à la tempête*
827. Benoît Minville	*Rural noir*
828. Sonja Delzongle	*Quand la neige danse*
829. Germán Maggiori	*Entre hommes*
830. Shannon Kirk	*Méthode 15-33*
831. Elsa Marpeau	*Et ils oublieront la colère*
832. Antonio Manzini	*Froid comme la mort*
833. Luís Miguel Rocha	*Complots au Vatican II La balle sainte*
834. Patrick Pécherot	*Une plaie ouverte*
835. Harry Crews	*Le faucon va mourir*
836. DOA	*Pukhtu. Primo*
837. DOA	*Pukhtu. Secundo*
838. Joe R. Lansdale	*Les enfants de l'eau noire*
839. Gunnar Staalesen	*Cœurs glacés*
840. Jo Nesbø	*Le fils*
841. Luke McCallin	*La maison pâle*
842. Caryl Férey	*Les nuits de San Francisco*
843. Graham Hurley	*Le paradis n'est pas pour nous*
844. Boileau-Narcejac	*Champ clos*
845. Lawrence Block	*Balade entre les tombes*
846. Sandrine Roy	*Lynwood Miller*
847. Massimo Carlotto	*La vérité de l'Alligator*
848. Benoît Philippon	*Cabossé*
849. Grégoire Courtois	*Les lois du ciel*
850. Caryl Férey	*Condor*
851. Antonio Manzini	*Maudit printemps*
852. Jørn Lier Horst	*Fermé pour l'hiver*
853. Sonja Delzongle	*Récidive*
854. Noah Hawley	*Le bon père*
855. Akimitsu Takagi	*Irezumi*
856. Pierric Guittaut	*La fille de la Pluie*
857. Marcus Sakey	*Les Brillants III En lettres de feu*
858. Matilde Asensi	*Le retour du Caton*

859. Chan Ho-kei	*Hong Kong Noir*
860. Harry Crews	*Des savons pour la vie*
861. Mons Kallentoft, Markus Lutteman	*Zack II Leon*
862. Elsa Marpeau	*Black Blocs*
863. Jo Nesbø	*Du sang sur la glace II Soleil de nuit*
864. Brigitte Gauthier	*Personne ne le saura*
865. Ingrid Astier	*Haute Voltige*
866. Luca D'Andrea	*L'essence du mal*
867. DOA	*Le cycle clandestin, tome II*
868. Gunnar Staalesen	*Le vent l'emportera*
869. Rebecca Lighieri	*Husbands*
870. Patrick Delperdange	*Si tous les dieux nous abandonnent*
871. Neely Tucker	*La voie des morts*
872. Nan Aurousseau	*Des coccinelles dans des noyaux de cerise*
873. Thomas Bronnec	*En pays conquis*
874. Lawrence Block	*Le voleur qui comptait les cuillères*
875. Steven Price	*L'homme aux deux ombres*
876. Jean-Bernard Pouy	*Ma ZAD*
877. Antonio Manzini	*Un homme seul*
878. Jørn Lier Horst	*Les chiens de chasse*
879. Jérôme Leroy	*La Petite Gauloise*
880. Elsa Marpeau	*Les corps brisés*
881. Sonja Delzongle	*Boréal*
882. Patrick Pécherot	*Hével*
883. Attica Locke	*Pleasantville*
884. Harry Crews	*Car*
885. Caryl Férey	*Plus jamais seul*
886. Guy-Philippe Goldstein	*Sept jours avant la nuit*
887. Tonino Benacquista	*Quatre romans noirs*
888. Melba Escobar	*Le salon de beauté*
889. Noah Hawley	*Avant la chute*
890. Tom Piccirilli	*Les derniers mots*

Composition : IGS-CP
Impression Novoprint
le 17 octobre 2019
Dépôt légal : octobre 2019
Premier dépôt légal dans la collection : octobre 2017

ISBN : 978-2-07-079404-1/Imprimé en Espagne

363479